TESS GERRITSEN
Leichenraub

AF179045

Tess Gerritsen

Leichenraub

Thriller

Deutsch von Andreas Jäger

blanvalet

Die Originalausgabe erschien 2007 unter dem Titel
»The Bone Garden« bei Ballantine Books,
an imprint of Random House Publishing Group,
a division of Random House Inc., New York.

Penguin Random House Verlagsgruppe FSC® N001967

1. Auflage 2024
Copyright der Originalausgabe © 2007 by Tess Gerritsen
Dieses Werk wurde im Auftrag
der Jane Rotrosen Agency LLC vermittelt durch
die Literarische Agentur Thomas Schlück, Hannover.
Copyright der deutschsprachigen Ausgabe © 2008
by Limes Verlag, München,
in der Penguin Random House Verlagsgruppe GmbH,
Neumarkter Straße 28, 81673 München
Umschlaggestaltung: www.buerosued.de
Umschlagmotiv: mauritius images (Arnav Mukherjee /
Alamy / Alamy Stock Photos; Eric Nathan / Alamy /
Alamy Stock Photos); www.buerosued.de
WR · Herstellung: DiMo · TaVr
Satz, Druck und Bindung: GGP Media GmbH, Pößneck
Printed in Germany
ISBN 978-3-7341-1342-0

www.blanvalet.de

Zum Andenken an Ernest Brune Tom,
der mich gelehrt hat,
immer nach den Sternen zu greifen

20. März 1888

Liebste Margaret,

ich danke Dir für Deine freundlichen Zeilen, in denen Du mir so aufrichtig Dein Beileid zum Tod meiner geliebten Amelia aussprichst. Dieser Winter ist eine sehr schwere Zeit für mich gewesen – bringt doch, wie es scheint, jeder Monat Nachricht vom Hinscheiden eines weiteren alten Freundes, dahingerafft von Krankheit und Altersschwäche. Nun muss ich mit tiefer Schwermut auf die rasch dahinschwindenden Jahre blicken, die mir noch verbleiben.

Mir ist klar geworden, dass dies vielleicht meine letzte Gelegenheit ist, auf ein schwieriges Thema zu sprechen zu kommen, das ich schon längst hätte anschneiden sollen. Ich habe immer gezögert, es zu erwähnen, da ich wusste, dass Deine Tante es für das Klügste hielt, es Dir vorzuenthalten. Glaube mir, sie hat es allein aus Liebe getan, weil sie Dich schützen wollte. Aber ich kenne Dich seit Deiner frühesten Kindheit, liebe Margaret, und habe Dich zu der furchtlosen Frau heranwachsen sehen, die Du heute bist. Ich weiß, dass Du fest an die Macht der Wahrheit glaubst. Und deshalb bin ich davon überzeugt, dass es auch Dein Wunsch ist, diese Geschichte zu hören, sosehr sie Dich auch erschüttern mag.

Achtundfünfzig Jahre sind seit jenen Ereignissen vergangen. Du warst damals noch sehr klein und dürftest keine Erinnerung daran haben. Ich selbst hatte sie fast schon vergessen. Aber dann stieß ich vergangenen Mittwoch auf einen alten Zeitungsausschnitt, der all die Jahre zwischen den Seiten meiner alten Ausgabe von Wistars Anatomie gesteckt hatte, und mir wurde bewusst, dass die Tatsachen höchstwahrscheinlich mit mir untergehen werden, wenn ich nicht bald davon erzähle. Nach dem Tod Deiner Tante bin ich der letzte Verbliebene, der die Geschichte noch kennt. Alle anderen sind nicht mehr.

Ich muss Dich warnen: Die Einzelheiten sind alles andere als erfreulich. Aber es ist auch eine Geschichte von edler Seelengröße und bewegender Tapferkeit. Du hättest vielleicht nicht gedacht, dass Deine Tante diese Eigenschaften besaß. Zweifellos schien sie nicht außergewöhnlicher als irgendeine grauhaarige alte Dame, der man auf der Straße begegnet. Doch ich versichere Dir, Margaret, sie verdiente unseren höchsten Respekt.

Vielleicht mehr als irgendeine Frau, die ich je gekannt habe.

Jetzt ist es spät geworden, und nach Einbruch der Dunkelheit kann ein alter Mann die Augen nicht mehr so lange offen halten. Fürs Erste lege ich Dir den Zeitungsausschnitt bei, den ich bereits erwähnte. Falls Du nichts weiter von der Sache zu hören wünschst, so lass es mich wissen, und ich werde das Thema nie wieder ansprechen. Aber wenn Dich die Geschichte Deiner Eltern ernsthaft interessiert, dann werde ich bei nächster Gelegenheit wieder zur Feder greifen. Und Du wirst die Geschichte – die wahre Geschichte – von Deiner Tante und dem West End Reaper erfahren.

Es grüßt Dich recht herzlich
Dein
O.W.H.

1

Gegenwart

So also endet eine Ehe, dachte Julia Hamill, während sie die Schaufel in die Erde stieß. Nicht mit zärtlich geflüsterten Abschiedsworten, nicht mit dem liebevollen Druck einer arthritischen Hand irgendwann in vierzig Jahren, nicht mit einer Schar trauernder Kinder und Enkelkinder, die sich um ihr Krankenhausbett versammeln. Sie hob eine Schaufel voll Erde heraus und warf sie zur Seite. Kleine Steinchen fielen rasselnd auf den stetig anwachsenden Hügel. Alles nur Lehm und Steine, für nichts zu gebrauchen außer vielleicht für Brombeersträucher. Unfruchtbarer Boden – wie ihre Ehe, aus der nichts Bleibendes hervorgegangen war, nichts, was sich zu bewahren lohnte.

Sie trat auf die Schaufel und hörte einen hellen, metallischen Klang, während ihr die Erschütterung bis ins Rückgrat fuhr. Wieder war das Blatt auf einen Stein gestoßen, einen großen, wie es sich anhörte. Julia setzte neu an, doch aus welchem Winkel sie den Stein auch anging, es wollte ihr nicht gelingen, ihn zu lockern. Frustriert und schwitzend stand sie in der brennenden Sonne und starrte in das Loch hinab. Den ganzen Vormittag hatte sie gearbeitet wie eine Besessene, und unter ihren Lederhandschuhen platzten schon die Blasen auf. Beim Graben hatte sie eine Wolke von Stechmücken aufgescheucht, die sirrend ihr Gesicht umschwärmten und sich in ihren Haaren verfingen.

Es führte kein Weg daran vorbei: Wenn sie auf diesem Grundstück etwas anpflanzen wollte, wenn sie diese von Unkraut überwucherte Wiese in einen Garten verwandeln wollte, musste sie da einfach durch. Und dieser Stein war ihr im Weg.

Plötzlich schien ihr das ganze Unterfangen zum Scheitern verurteilt, mehrere Nummern zu groß für ihre armseligen Anstrengungen. Sie ließ die Schaufel fallen und sank zu Boden, landete unsanft mit dem Po auf dem steinigen Erdhaufen. Wie war sie überhaupt auf die Idee gekommen, sie könnte diesen Garten wieder herrichten, dieses Haus retten? Über das wuchernde Unkraut hinweg starrte sie auf die windschiefe Veranda, die verwitterten Holzschindeln. *Julias Schnapsidee* – so sollte sie das Ganze nennen. Gekauft zu einem Zeitpunkt, als sie nicht bei klarem Verstand gewesen, als ihr ganzes Leben in Stücke gegangen war. Warum nicht noch mehr Ballast an Bord des sinkenden Schiffs nehmen? Es sollte ein Trostpreis sein dafür, dass sie die Scheidung überlebt hatte. Mit achtunddreißig würde Julia endlich ein Haus haben, das ihr gehörte, ein Haus mit einer Vergangenheit, mit einer Seele. Als sie das erste Mal mit der Maklerin durch die Räume gegangen war und die handgeschnitzten Deckenbalken gesehen hatte, als sie durch einen Riss in den zahlreichen Schichten, die seither dazugekommen waren, ein Stückchen der alten Tapete erspäht hatte, da hatte sie gewusst, dass dieses Haus etwas Besonderes war. Und es hatte nach ihr gerufen, sie um Hilfe angefleht.

»Die Lage ist unschlagbar«, hatte die Maklerin gesagt. »Und Sie bekommen fast viertausend Quadratmeter Grund dazu; so was finden Sie heute kaum noch, so nahe bei Boston.«

»Und warum ist es dann immer noch auf dem Markt?«, hatte Julia gefragt.

»Sie sehen ja, in was für einem schlechten Zustand es ist. Als wir es in unsere Kartei aufgenommen haben, war hier alles bis unter die Decke zugestellt mit Kisten und Kartons voller Bücher und alter Papiere. Die Erben haben einen Monat gebraucht, um alles rauszuschaffen. Wie Sie sehen, muss es von Grund auf renoviert werden, bis auf das Fundament.«

»Na ja, was mir gefällt, ist, dass es eine interessante Vergangenheit hat. Der Zustand würde mich nicht davon abhalten, es zu kaufen.«

Die Maklerin zögerte. »Es gibt da noch etwas, was ich Ihnen sagen sollte. Im Rahmen der Offenlegungspflicht.«

»Was denn?«

»Die Vorbesitzerin war schon über neunzig, und – nun ja, sie ist hier gestorben. Das schreckt manche Interessenten ein wenig ab.«

»Über neunzig? Dann war es also eine natürliche Todesursache, oder?«

»Das nimmt man jedenfalls an.«

Julia runzelte die Stirn. »Man weiß es nicht genau?«

»Es war Sommer. Und es vergingen fast drei Wochen, bis einer ihrer Verwandten sie…« Die Maklerin verstummte. Plötzlich hellte ihre Miene sich auf. »Aber wissen Sie, das Grundstück allein ist schon etwas ganz Besonderes. Sie könnten das ganze Haus abreißen. Sich alles vom Hals schaffen und von vorn anfangen!«

So, wie man sich eine in die Jahre gekommene Ehefrau wie mich vom Hals schafft, hatte Julia gedacht. *Dieses prächtige, verfallene Haus und ich, wir haben beide etwas Besseres verdient.*

Jetzt, als sie zusammengesunken auf dem Erdhaufen hockte und nach Mücken schlug, dachte sie: *Was habe ich mir da eingebrockt?* Wenn Richard diese Ruine je zu Gesicht bekäme, würde er alles bestätigt sehen, was er immer schon über sie gedacht hatte: die leichtgläubige Julia, Wachs in den Händen jedes Maklers. Stolze Besitzerin eines Schrotthaufens.

Sie fuhr sich mit dem Handrücken über die Augen, über die schweißnasse Wange. Dann sah sie wieder in das Loch hinunter. Wie konnte sie auch nur im Entferntesten hoffen, ihr Leben in Ordnung zu bringen, wenn sie nicht einmal die Kraft aufbrachte, einen blöden Stein aus dem Weg zu räumen?

Sie griff nach einer Pflanzschaufel, beugte sich über das Loch und machte sich daran, die Erde wegzukratzen. Mehr und mehr von dem Stein kam zum Vorschein, wie die Spitze eines Eisbergs, über dessen wahre Dimensionen sie nur Mutmaßungen anstellen konnte. Vielleicht groß genug, um die

Titanic zum Sinken zu bringen. Sie grub weiter, immer tiefer und tiefer, ohne auf die Mücken zu achten oder auf die Sonne, die auf ihren ungeschützten Kopf niederbrannte. Der Stein wurde plötzlich zu einem Symbol für all die Hindernisse, all die Herausforderungen, vor denen sie in der Vergangenheit immer gekniffen hatte.

Ich lass nicht zu, dass du mich besiegst.

Mit der Pflanzschaufel hackte sie auf die Erde unter dem Stein ein und versuchte, so viel Platz zu schaffen, dass sie die Schaufel unter den Stein schieben könnte. Die Haare fielen ihr ins Gesicht und klebten in Strähnen an ihrer schweißnassen Haut, während sie schaufelte und kratzte und der Tunnel immer tiefer wurde. Noch bevor Richard das Grundstück zu sehen bekäme, würde sie es in ein Paradies verwandeln. Es blieben ihr noch zwei Monate, bis sie sich das nächste Mal einem Raum voller Drittklässler stellen musste. Zwei Monate, um dieses Unkraut herauszureißen, den Boden zu düngen und Rosen zu pflanzen. Richard hatte ihr prophezeit, wenn sie je in ihrem Garten in Brookline Rosen pflanzen sollte, würden sie mit Sicherheit eingehen. »Da muss man schon ein bisschen Ahnung haben«, hatte er gesagt – nur eine hingeworfene Bemerkung, aber geschmerzt hatte sie dennoch. Sie wusste, was er in Wirklichkeit meinte.

Man muss Ahnung haben – und du hast keine.

Sie legte sich auf den Bauch und hackte unermüdlich weiter, bis ihre Pflanzkelle auf etwas Hartes stieß. *O Gott, nicht noch ein Stein.* Sie strich sich die Haare aus dem Gesicht und starrte den Gegenstand an, auf den ihr Werkzeug gerade getroffen war. Das spitze Metallblatt hatte eine glatte Fläche beschädigt, und feine Risse strahlten von dem Punkt aus, an dem die Kelle aufgetroffen war. Sie wischte Erde und Kiesel beiseite und legte eine unnatürlich glatte Kuppel frei. Flach auf dem Bauch liegend, spürte sie, wie ihr Herz gegen die Erde schlug, und sie hatte plötzlich Mühe, Luft zu bekommen. Doch sie grub weiter, mit beiden Händen jetzt, und ihre behandschuhten Finger wühlten sich durch den hartnäckigen Lehm. Immer größere Teile des kuppelförmigen Objekts kamen ans Tageslicht, gerundete Flächen, zusammengefügt mit einer gezackten Naht. Tiefer und tiefer scharrte sie, und ihr Puls ging schneller, als sie einen kleinen, mit Erde gefüllten Hohlraum entdeckte. Sie zog den Handschuh aus und stieß mit dem bloßen Finger die harte Lehmkruste an. Plötzlich brach der Klumpen auseinander, und die Krümel rieselten herab.

Julia fuhr zurück, schnellte auf die Knie hoch und starrte das Ding an, das sie soeben freigelegt hatte. Das Sirren der Mücken schwoll zu einem Kreischen an, doch sie wedelte sie nicht weg, zu betäubt, um ihre Stiche zu spüren. Ein Windhauch strich über das Gras und ließ den süßlichen Duft von wilden Möhren aufsteigen. Julia hob den Blick und betrachtete ihr unkrautüberwuchertes Grundstück, dieses Stück Land, das sie in ein Paradies verwandeln wollte. Sie hatte von einem üppigen Garten voller Rosen und blühender Stauden geträumt, von einer Gartenlaube, umrankt von rosa Clematis. Doch als sie jetzt den Blick darüber schweifen ließ, sah sie keinen Garten mehr.

Sie sah einen Friedhof.

»Du hättest mich um Rat fragen können, bevor du diese Bruchbude gekauft hast«, sagte ihre Schwester Vicky, die an Julias Küchentisch saß.

Julia stand am Fenster und starrte hinaus auf die zahlreichen Erdhaufen in ihrem Garten, die wie Mini-Vulkane aus dem Boden gesprossen waren. Seit drei Tagen war das Team vom Rechtsmedizinischen Institut nun schon zugange, hatte sich in ihrem Garten quasi häuslich eingerichtet. So sehr hatte sie sich schon daran gewöhnt, dass sie alle naselang durch ihr Haus stapften, um die Toilette zu benutzen, dass sie sie regelrecht vermissen würde, wenn die Ausgrabungen abgeschlossen waren und sie es endlich wieder für sich allein hatte, dieses Haus mit seinen handgeschnitzten Deckenbalken und seiner Geschichte. Und seinen Geistern.

Dr. Isles, die Rechtsmedizinerin, war gerade eingetroffen und kam auf die Grabungsstätte zu. Julia fand die Frau irgendwie irritierend, mit ihrer Art, die weder freundlich noch unfreundlich war, dem gespenstisch bleichen Teint und dem rabenschwarzen Haar. Sie sieht so ruhig und gefasst aus, dachte Julia, als sie die Frau durchs Fenster beobachtete.

»Das ist doch sonst nicht deine Art, die Dinge so zu überstürzen«, meinte Vicky. »Du schaust dir was an und machst noch am selben Tag ein Angebot? Hast du gedacht, jemand anders könnte es dir wegschnappen?« Sie deutete auf die windschiefe Kellertür. »Die schließt ja nicht mal richtig. Hast du dir mal die Fundamente angesehen? Dieses Haus hat doch sicher seine hundert Jahre auf dem Buckel.«

»Hundertdreißig«, murmelte Julia, ohne den Blick vom Garten zu wenden, wo Dr. Isles jetzt am Rand der Grube stand.

»Ach, Schatz«, sagte Vicky mit sanfterer Stimme, »ich weiß, dass es ein schwieriges Jahr für dich war, und kann mir vorstellen, was du zurzeit durchmachst. Ich wünschte nur, du hättest mich angerufen, bevor du so eine schwerwiegende Entscheidung triffst.«

»Es ist gar nicht so schlecht«, beharrte Julia. »Das Grundstück hat viertausend Quadratmeter. Und es ist nahe an der Stadt.«

»Und im Garten ist eine Leiche vergraben. Das wird den Wiederverkaufswert sicher wahnsinnig heben.«

Julia massierte sich den Nacken, der plötzlich ganz verspannt war. Vicky hatte recht. Vicky hatte immer recht. Ich habe meine ganzen Ersparnisse in dieses Haus gesteckt, dachte Julia, und jetzt bin ich stolze Besitzerin eines Anwesens, auf dem ein Fluch liegt. Durch das Fenster sah sie wieder einen Neuankömmling im Garten eintreffen. Es war eine ältere Frau mit kurzen grauen Haaren, bekleidet mit Bluejeans und schweren Arbeitsstiefeln – nicht gerade das Outfit, das man bei so einem großmütterlichen Typ erwarten würde. Noch so eine schräge Gestalt, die an diesem Tag in ihrem Garten herumspazierte. Wer waren diese Leute, die her-

14

beiströmten, sobald irgendwo eine Leiche gefunden wurde? Warum hatten sie sich für einen Beruf entschieden, der sie tagtäglich mit dem Tod konfrontierte – mit Dingen, die den meisten Menschen schon Gänsehaut verursachten, wenn sie nur daran dachten?

»Hast du mit Richard gesprochen, bevor du es gekauft hast?«

Julia erstarrte. »Nein, ich habe nicht mit ihm gesprochen.«

»Hast du überhaupt mal von ihm gehört in letzter Zeit?«, fragte Vicky. Ihr veränderter Tonfall – plötzlich ganz leise, fast zögerlich – brachte Julia endlich doch dazu, sich zu ihrer Schwester umzudrehen.

»Warum fragst du?«

»Du warst schließlich mit ihm verheiratet. Rufst du ihn denn nicht ab und zu an, einfach nur, um zu fragen, ob er deine Post weiterleitet oder so was in der Art?«

Julia trat an den Tisch und ließ sich auf einen Stuhl sinken. »Ich rufe ihn nicht an. Und er ruft mich nicht an.«

Einen Moment lang saß Vicky nur schweigend da, während Julia den Blick stoisch gesenkt hielt. »Es tut mir ja so leid«, sagte sie schließlich. »Ich wusste doch nicht, dass es dir immer noch so wehtut.«

Julia lachte auf. »Tja nun, mir tut es auch leid.«

»Es ist jetzt ein halbes Jahr her. Ich dachte, du wärst inzwischen über die Trennung hinweg. Du bist intelligent, du siehst super aus – eigentlich solltest du längst wieder im Geschäft sein.«

Typisch Vicky, so eine Bemerkung. Die unverwüstliche Vicky, die gerade mal fünf Tage nach ihrer Blinddarmoperation wieder im Gerichtssaal aufgekreuzt war und ihr Anwaltsteam zum Sieg geführt hatte. Von so einem kleinen Rückschlag wie einer Scheidung würde sie sich nicht einmal eine Woche lang aus dem Konzept bringen lassen.

Vicky seufzte. »Um ehrlich zu sein, ich bin nicht den ganzen Weg hierhergefahren, nur um das neue Haus zu sehen. Du bist meine kleine Schwester, und es gibt da etwas, was du wissen solltest. Du hast ein Recht, es zu erfahren. Ich weiß nur nicht recht, wie ...« Sie brach ab und blickte zur Küchentür, an der es gerade geklopft hatte.

Julia öffnete die Tür und erblickte Dr. Isles, die trotz der Hitze immer noch kühl und beherrscht wirkte. »Ich wollte Ihnen nur Bescheid sagen, dass mein Team heute abziehen wird«, sagte Maura Isles.

Julia warf einen Blick auf die Grabungsstätte und sah, dass die Mitarbeiter schon ihre Werkzeuge einpackten. »Sie sind hier fertig?«

»Wir haben genug gefunden, um sagen zu können, dass dies kein Fall für die Rechtsmedizin ist. Ich habe ihn an Dr. Petrie aus Harvard weitergegeben.« Isles deutete auf die Frau, die gerade eingetroffen war – das Großmütterchen in Bluejeans.

Vicky trat zu ihnen an die Tür. »Wer ist Dr. Petrie?«

»Sie ist forensische Anthropologin. Sie wird die Grabung abschließen, zu rein wissenschaftlichen Zwecken. Falls Sie nichts dagegen haben, Ms. Hamill.«

»Die Knochen sind also alt?«

»Es handelt sich eindeutig nicht um ein Begräbnis aus der jüngeren Vergangenheit. Warum kommen Sie nicht einfach mit nach draußen und sehen es sich an?«

Maura Isles trat hinaus in den Garten, und Vicky und Julia gingen mit ihr den Hang hinunter. Nach drei Tagen Graben war aus dem Loch eine gähnende Grube geworden. Die Gebeine waren auf einer Plane ausgebreitet.

Obwohl Dr. Petrie mindestens sechzig sein musste, sprang sie behände aus der Hocke auf und trat näher, um ihnen die Hand zu geben. »Sie sind die Hausbesitzerin?«, fragte sie Julia.

»Ich habe das Anwesen erst vor Kurzem gekauft. Letzte Woche bin ich eingezogen.«

»Sie Glückliche«, erwiderte Petrie, und das schien sie tatsächlich ernst zu meinen.

»Wir haben die Erde gesiebt und sind dabei auf verschiedene Gegenstände gestoßen«, erklärte Dr. Isles. »Ein paar Knöpfe

und eine verzierte Gürtelschnalle, alles eindeutig sehr alt.«
Sie griff in eine Kiste, die neben den Gebeinen stand. »Und
heute haben wir das hier gefunden.« Sie nahm einen kleinen
verschließbaren Plastikbeutel heraus. Julia sah bunte Edelsteine durch die transparente Hülle schimmern.

»Das ist ein sogenannter Regard-Ring«, sagte Dr. Petrie.
»Diese Art von Akrostichon-Schmuck war im frühen Vikto-
rianischen Zeitalter der letzte Schrei. Die Anfangsbuchsta-
ben der verschiedenen Steine bildeten ein Wort. Ein Rubin,
ein Smaragd und ein Granat – *ruby*, *emerald* und *garnet* –
ergaben zum Beispiel die ersten drei Buchstaben des Worts
regard, also ›Hochachtung‹. Solche Ringe verschenkte man
als Zeichen der Zuneigung.«

»Sind das echte Edelsteine?«

»O nein. Das ist wahrscheinlich nur farbiges Glas. Der
Ring hat keine Gravur – das ist billiger Modeschmuck, Dut-
zendware.«

»Ob es wohl Aufzeichnungen über die Beisetzung gibt?«

»Das bezweifle ich. Mir scheint, dass es sich hier eher nicht
um ein ordentliches Begräbnis handelt. Es gibt keinen Grabstein, keine Sargreste. Sie wurde einfach in ein Stück Leder
gewickelt und verscharrt. Eine ziemlich respektlose Art, mit
einer Verstorbenen umzugehen.«

»Vielleicht war sie arm.«

»Aber warum dann dieser spezielle Ort? Hier gab es nie einen Friedhof – jedenfalls ist auf den historischen Karten keiner verzeichnet. Ihr Haus ist rund hundert Jahre alt, nicht
wahr?«

»Es wurde 1880 erbaut.«

»Regard-Ringe waren in den 1840er-Jahren schon aus der
Mode gekommen.«

»Und was war hier vor 1840?«, fragte Julia.

»Soweit ich weiß, war das Grundstück Teil eines Landguts,
das einer bedeutenden Bostoner Familie gehörte. Das meiste
dürfte Weideland gewesen sein. Landwirtschaftliche Nutzflä-
chen.«

Julia blickte den Hang hinauf, wo Schmetterlinge zwischen den Blüten der wilden Möhren und der Wicken umherflatterten. Sie versuchte, sich das Grundstück so vorzustellen, wie es damals ausgesehen hatte. Ein offenes Feld, das zu dem von Bäumen beschatteten Bach hin abfiel, ein paar grasende Schafe. Ein Ort, an dem sich normalerweise nur Tiere aufhielten. Ein Ort, wo ein Grab schnell in Vergessenheit geraten würde.

Vicky starrte mit angewiderter Miene auf die Knochen herab. »Ist das – *ein* Mensch?«

»Ein vollständiges Skelett«, antwortete Petrie. »Sie wurde tief genug begraben, um vor Tierfraß geschützt zu sein. An diesem Hang fließt das Wasser ganz gut ab. Und die Lederfragmente, die wir gefunden haben, deuten darauf hin, dass sie in eine Art Tierhaut gehüllt war. Die ausgewaschenen Tannine dürften eine konservierende Wirkung gehabt haben.«

»Es war also eine Frau?«

»Ja.« Petrie blickte auf, die wachen blauen Augen in der grellen Sonne zusammengekniffen. »Es handelt sich um ein weibliches Skelett. Nach dem Zahnstatus und dem Zustand der Wirbel zu urteilen, war sie noch recht jung, mit Sicherheit noch keine fünfunddreißig. Alles in allem ist sie erstaunlich gut erhalten.« Petrie sah Julia an. »Bis auf den Sprung, der von Ihrer Pflanzschaufel stammt.«

Julia errötete. »Ich habe den Schädel für einen Stein gehalten.«

»Es ist nicht schwierig, zwischen alten und neuen Frakturen zu unterscheiden. Sehen Sie.« Petrie ging wieder in die Hocke und nahm den Schädel in die Hand. »Der Sprung, den Sie verursacht haben, ist genau hier, und die Risse zeigen keinerlei Verfärbung. Aber sehen Sie die Fraktur hier, im Scheitelbein? Und da ist noch eine zweite im Jochbein, unter dem Auge. Diese Flächen sind vom langen Liegen in der Erde braun verfärbt. Das verrät uns, dass es sich um prämortale Frakturen handelt und nicht um Ausgrabungsschäden.«

»Prämortal?« Julia sah sie an. »Wollen Sie damit sagen...«

»Diese Schläge haben mit ziemlicher Sicherheit ihren Tod verursacht. Das war ein Mord, wenn Sie mich fragen.«

In der Nacht lag Julia wach, lauschte auf das Knarren der alten Böden, das Rascheln der Mäuse im Mauerwerk. So alt dieses Haus auch war, das Grab draußen war sogar noch älter. Während Arbeiter diese Balken zusammengehämmert, während sie die Kiefernholzböden verlegt hatten, war nur wenige Dutzend Schritte von hier die Leiche einer unbekannten Frau in der Erde verrottet. Hatten sie von ihrer Existenz gewusst, als sie beschlossen hatten, hier zu bauen? Hatte ein Stein das Grab markiert?

Oder wusste niemand, dass sie hier begraben war? Gab es niemanden, der sich an sie erinnerte?

Sie strampelte die Decke zur Seite und blieb schwitzend auf der Matratze liegen. Obwohl beide Fenster offen waren, war es stickig im Schlafzimmer; nicht der Hauch einer Brise, der die Hitze gelindert hätte. Ein Glühwürmchen blinkte in der Dunkelheit über ihr. Wie ein Irrlicht kreiste es durchs Zimmer und suchte verzweifelt zu entkommen.

Sie setzte sich im Bett auf und schaltete das Licht ein. Das magische Glimmen über ihr verwandelte sich schlagartig in einen gewöhnlichen braunen Käfer, der an der Decke umherflatterte. Sie überlegte, wie sie ihn fangen könnte, ohne ihn zu töten. Fragte sich, ob das Schicksal eines verirrten Insekts die Mühe wert war.

Das Telefon klingelte. Es gab nur einen Menschen, der sie abends um halb zwölf noch anrufen würde.

»Ich hoffe, ich habe dich nicht geweckt«, sagte Vicky. »Ich bin gerade erst von einem dieser endlosen Abendessen nach Hause gekommen.«

»Es ist sowieso zu heiß zum Schlafen.«

»Julia, da war noch etwas, was ich dir sagen wollte, als ich heute Mittag bei dir war. Aber vor all den Leuten konnte ich nicht darüber sprechen.«

»Keine Ratschläge mehr wegen des Hauses, okay?«

»Es geht nicht um das Haus. Es geht um Richard. Es ist mir total unangenehm, dass ich diejenige bin, die es dir beibringen muss, aber ich an deiner Stelle würde es wissen wollen. Du solltest es nicht über zehn Ecken erfahren.«

»Was denn?«

»Richard heiratet wieder.«

Julia umklammerte den Hörer, packte ihn so fest, dass ihre Finger taub wurden. In dem langen Schweigen, das folgte, hörte sie ihren eigenen pochenden Herzschlag in den Ohren.

»Du hast es also nicht gewusst.«

»Nein«, hauchte Julia.

»Der Kerl ist so ein Arschloch«, knurrte Vicky mit genug Bitterkeit für zwei. »Wie ich höre, ist es schon seit einem Monat geplant. Tiffani heißt sie – mit *i*. Noch kitschiger geht's ja wohl kaum. Ich habe keine Spur Achtung übrig für einen Mann, der eine *Tiffani* heiratet.«

»Ich begreife nicht, wie das so schnell gehen konnte.«

»Oh, Schatz, das ist doch wohl offensichtlich, oder nicht? Er muss schon länger was mit ihr gehabt haben, als ihr noch verheiratet wart. Ist dir nie aufgefallen, dass er öfter mal spät nach Hause kam? Und dann waren da die ganzen Geschäftsreisen. Ich habe es einfach nicht übers Herz gebracht, etwas zu sagen.«

Julia schluckte. »Ich will jetzt nicht darüber reden.«

»Ich hätte es mir denken können. Ein Mann verlangt nicht einfach so aus heiterem Himmel die Scheidung.«

»Gute Nacht, Vicky.«

»Hey, alles in Ordnung?«

»Ich will einfach nicht reden.« Julia legte auf.

Lange saß sie regungslos da. Über ihrem Kopf kreiste immer noch das Glühwürmchen auf der Suche nach einem Ausweg aus seinem Gefängnis. Irgendwann würde es am Ende seiner Kräfte sein. Gefangen ohne Nahrung und ohne Wasser, würde es in diesem Zimmer sterben.

Sie stieg auf die Matratze. Als das Glühwürmchen auf sie zuschwirrte, fing sie es rasch ein. Mit dem Insekt in den hohlen Händen ging sie barfuß in die Küche und öffnete die Hintertür. Draußen auf der Veranda ließ sie das Glühwürmchen frei. Es flatterte in die Dunkelheit davon, ohne sein Licht noch einmal aufglimmen zu lassen, einzig und allein auf Flucht bedacht.

Wusste es, wer ihm das Leben gerettet hatte? Wenigstens eine winzige Kleinigkeit, die sie zustande gebracht hatte.

Sie blieb noch eine Weile auf der Veranda stehen und sog gierig die Nachtluft in ihre Lunge. Der Gedanke, in diese stickig-heiße Schlafkammer zurückzukehren, war ihr unerträglich.

Richard heiratete wieder.

Ihr Atem stockte und entwich dann in einem Schluchzen. Sie packte das Geländer und spürte, wie sich kleine Splitter in ihre Finger bohrten.

Und ich bin die Letzte, die es erfährt.

Sie starrte hinaus in die Nacht und dachte an die Gebeine, die nur wenige Dutzend Meter von hier verscharrt worden waren. Eine vergessene Frau, ihr Name verloren im Nebel der Jahrhunderte. Sie dachte an die kalte Erde, die auf ihr gelastet hatte, während oben die winterlichen Flocken wirbelten, den Wechsel der Jahreszeiten, Jahrzehnt um Jahrzehnt, das verstrich, während das Fleisch verrottete und die Würmer sich daran gütlich taten. Ich bin wie du: auch eine vergessene Frau, dachte sie.

Und ich weiß nicht einmal, wer du bist.

2

November 1830

Der Tod trat ein, begleitet von lieblichem Glockengeläut.

Rose Connolly hatte gelernt, diesen Klang zu fürchten; allzu oft hatte sie ihn schon gehört, wenn sie am Krankenbett ihrer Schwester saß, wenn sie Aurnias Stirn trocknete, ihr die Hand hielt oder ihr einen Schluck Wasser zu trinken gab. Tag für Tag kündigten diese verfluchten Glocken, geläutet von einem Ministranten, die Ankunft des Pfarrers im Krankensaal an, wo er die Kommunion austeilte und das Sakrament der Letzten Ölung spendete. Obgleich erst siebzehn Jahre alt, hatte Rose in den letzten fünf Tagen genug Tragödien für mehr als nur ein Menschenleben mit angesehen. Am Sonntag war Nora gestorben, drei Tage nachdem sie ihr Baby zur Welt gebracht hatte. Am Montag war es das Mädchen mit den braunen Haaren am anderen Ende des Krankensaals gewesen. So bald nach der Niederkunft war sie dem Fieber erlegen, dass Rose keine Gelegenheit gehabt hatte, ihren Namen in Erfahrung zu bringen – nicht, solange die Familie schluchzend am Bett der Toten stand, das Neugeborene schrie wie eine verbrühte Katze und der vielbeschäftigte Sargtischler im Hof hämmerte. Am Dienstag, nach vier Tagen Fieberqualen, die mit der Geburt eines Sohnes endeten, war Rebecca endlich von ihren Leiden erlöst worden, aber erst, nachdem Rose gezwungen worden war, den Gestank des fauligen Ausflusses einzuatmen, der zwischen den Beinen des Mädchens hervorsickerte und die Laken verkrustete. Der ganze Saal roch nach Schweiß, Fieber und Eitergeschwüren. Zu später Stunde, wenn das Stöhnen der Sterbenden durch die Korridore hallte, schreckte Rose oft aus ihrem Erschöpfungsschlaf hoch, nur um festzustellen, dass die Wirklichkeit noch entsetzlicher war als ihre Albträume. Nur wenn sie in den Hof des Krankenhauses hinaustrat und die kalte, neblige Luft tief einatmete, konnte sie den üblen Dünsten der Entbindungsstation entfliehen.

Aber immer wieder musste sie an den Ort des Schreckens zurückkehren. Zu ihrer Schwester.

»Schon wieder die Glocken«, flüsterte Aurnia, und ihre eingefallenen Lider flatterten. »Welche arme Seele ist es diesmal?«

Rose blickte zum anderen Ende der Entbindungsstation, wo man hastig einen Vorhang um eines der Betten gezogen hatte. Vor wenigen Augenblicken hatte sie beobachtet, wie Schwester Mary Robinson den kleinen Tisch vorbereitet und Kerzen und Kruzifix bereitgestellt hatte. Obwohl sie den Pfarrer nicht sehen konnte, hörte sie sein Gemurmel hinter dem Vorhang, und sie konnte das heiße Kerzenwachs riechen.

»Durch die große Güte Seiner Gnade möge der Herr dir alle Sünden vergeben, die du begangen ...«

»Wer?«, fragte Aurnia wieder. Voller Unruhe versuchte sie sich aufzusetzen und über die Reihe von Betten hinwegzusehen.

»Ich fürchte, es ist Bernadette«, sagte Rose.

»Oh! Oh, nein!«

Rose drückte die Hand ihrer Schwester. »Sie kann immer noch durchkommen. Hab ein wenig Hoffnung.«

»Das Kind! Was ist mit ihrem Kind?«

»Der Junge ist gesund. Hast du ihn nicht heute Morgen in seinem Bettchen schreien hören?«

Aurnia ließ sich seufzend auf das Kopfkissen zurücksinken, und der Atem, der ihrem Mund entströmte, trug den üblen Geruch des Todes in sich, als ob ihr Körper bereits von innen her verfaulte, ihre Organe sich zersetzten. »Nun, das ist immerhin ein kleiner Segen.«

Ein Segen? Dass der Junge als Waise aufwachsen würde? Dass seine Mutter die letzten drei Tage unentwegt vor Schmerzen gewimmert hatte, mit ihrem vom Kindbettfieber aufgetriebenen Bauch? Rose hatte in den letzten sieben Tagen viel zu viele Beispiele solchen *Segens* zu Gesicht bekommen. Wenn das ein Zeichen Seiner Güte war, dann wollte sie mit Ihm nichts zu schaffen haben. Aber solche blasphemischen Gedanken sprach sie in Gegenwart ihrer Schwester nicht aus. Es war der Glaube, der Aurnia in den vergangenen Monaten Kraft gegeben, der ihr geholfen hatte, die Nächte durchzustehen, wenn Rose sie hinter der Decke, die zwischen ihren Betten aufgehängt war, leise hatte weinen hören. Aber was hatte ihr Glaube der armen Aurnia letztlich genutzt? Wo war Gott in diesen Tagen, da Aurnia sich vergeblich quälte, um ihr erstes Kind zur Welt zu bringen?

Wenn du die Gebete einer guten Frau hörst, Gott, warum lässt du sie dann leiden?

Rose erwartete keine Antwort, und sie bekam keine. Alles, was sie hörte, war das nutzlose Gemurmel des Pfarrers hinter dem Vorhang, der Bernadettes Bett abschirmte.

»Im Namen des Vaters und des Sohnes und des Heiligen Geistes, möge alle Macht des Teufels in dir ausgelöscht sein, durch das Auflegen meiner Hände und durch die Anrufung der glorreichen und heiligen Jungfrau Maria, Mutter Gottes...«

»Rose?«, flüsterte Aurnia.

»Ja, mein Herz?«

»Ich fürchte sehr, dass auch für mich die Zeit gekommen ist.«

»Die Zeit wofür?«

»Für den Pfarrer. Die Beichte.«

»Und welche kleinen Sünden können dich denn wohl plagen? Gott kennt deine Seele, mein Herz. Denkst du, Er sieht nicht, wie gut du bist?«

»Ach Rose, du weißt ja nicht, was ich mir alles habe zuschulden kommen lassen! So vieles, was ich mich schäme, dir zu sagen! Ich kann nicht sterben, ohne...«

»Red mir nicht vom Sterben. Du darfst nicht aufgeben. Du musst *kämpfen*.«

Aurnia antwortete mit einem matten Lächeln und hob die Hand, um ihrer Schwester übers Haar zu streichen. »Meine kleine Rosie. Dir hat man noch nie so leicht Angst machen können.«

Aber Rose *hatte* Angst. Schreckliche Angst, dass ihre Schwester sie verlassen würde. Panische Angst, dass Aurnia, wenn sie einmal den letzten Segen erhalten hätte, den Kampf aufgeben und sich in ihr Schicksal fügen würde.

Aurnia schloss die Augen und seufzte. »Wirst du heute Nacht wieder bei mir bleiben?«

»Ganz bestimmt werde ich das.«

»Und Eben? Ist er nicht gekommen?«

Roses Finger krampften sich um Aurnias Hand. »Willst du ihn wirklich hier haben?«

»Wir sind einen heiligen Bund eingegangen, er und ich. In guten wie in schlechten Tagen.«

Meistens in schlechten, hätte Rose am liebsten gesagt, doch sie hütete ihre Zunge. Eben und Aurnia mochten ein Ehepaar sein, aber es war besser, wenn er sich hier nicht blicken ließ, denn Rose fand die Gegenwart dieses Mannes schier unerträglich. Die letzten vier Monate hatte sie mit Aurnia und Eben in einem Logierhaus in der Broad Street gewohnt, wo Rose ihr Lager in einem winzigen Alkoven hatte, der an das Schlafzimmer der beiden grenzte. Sie hatte versucht, Eben aus dem Weg zu gehen, doch nachdem Aurnia durch die Schwangerschaft schwerfällig und müde geworden war, hatte Rose mehr und mehr von den Pflichten ihrer Schwester in Ebens Schneiderwerkstatt übernommen. Im engen Hinterzimmer der Werkstatt, zwischen Ballen von Musselin und Wolltuch, hatte sie die verstohlenen Blicke ihres Schwagers aufgefangen, und ihr war nicht entgangen, wie oft er scheinbar zufällig ihre Schulter streifte oder allzu dicht hinter ihr stand, um ihre Stiche zu begutachten, wenn sie sich mit dem Nähen von Hosen und Westen abplagte. Sie hatte Aurnia nichts davon erzählt, denn sie wusste, dass Eben alles leugnen würde. Und am Ende wäre es doch nur Aurnia, die darunter zu leiden hätte.

Rose wrang einen Lappen über der Schüssel aus, und als sie ihn auf Aurnias Stirn drückte, fragte sie sich: *Wo ist meine schöne Schwester geblieben?* Nach nicht einmal einem Jahr Ehe war das Licht in Aurnias Augen schon erloschen, der Glanz ihres feuerroten Haars verblasst. Geblieben war nur diese teilnahmslose Hülse, das Haar von Schweiß verfilzt, das Gesicht eine stumpfe Maske der Resignation.

Kraftlos zog Aurnia ihren Arm unter der Decke hervor. »Ich möchte dir das hier schenken«, hauchte sie. »Nimm es jetzt, bevor Eben es sich nimmt.«

»Was denn, mein Herz?«

»Das.« Aurnia berührte das herzförmige Medaillon, das sie um den Hals trug. Es hatte den unverkennbaren Glanz von echtem Gold, und Aurnia trug es Tag und Nacht. Ein Geschenk von Eben, nahm Rose an. Es hatte eine Zeit gegeben, da hatte seine Frau ihm immerhin so viel bedeutet, dass er ihr dieses ausgefallene Schmuckstück geschenkt hatte. Warum war er jetzt nicht hier, da sie ihn am meisten brauchte?

»Bitte. Hilf mir, es abzunehmen.«

»Behalt es – es ist noch nicht an der Zeit, es herzugeben«, sagte Rose.

Aber Aurnia hatte sich schon selbst das Halsband abgezogen und drückte ihrer Schwester das Medaillon in die Hand. »Es gehört dir. Als Dank für all den Trost, den du mir gespendet hast.«

»Ich werde es für dich aufbewahren, das ist alles.« Rose steckte das Schmuckstück in ihre Tasche. »Wenn das alles überstanden ist, wenn du dein süßes kleines Baby im Arm hältst, werde ich es dir wieder um den Hals legen.«

Aurnia lächelte. »Ach, könnte es nur so sein.«

»Es *wird* so sein.«

Das leiser werdende Klingen der Glocken zeigte an, dass der Pfarrer seine Riten für die sterbende Bernadette beendet hatte. Rasch eilte Schwester Robinson herbei, um den Vorhang beiseitezuziehen, denn die nächste Gruppe von Besuchern war soeben eingetroffen.

Erwartungsvolles Schweigen breitete sich aus, als Dr. Chester Crouch die Entbindungsstation betrat. Heute wurde Dr. Crouch von Miss Agnes Poole begleitet, der Oberschwester des Krankenhauses, sowie von einer Entourage aus vier Medizinstudenten. Dr. Crouch begann seine Visite am ersten Bett, bei einer Frau, die erst an diesem Morgen eingeliefert worden war, nach zwei Tagen fruchtloser Wehen zu Hause. Die Studenten standen im Halbkreis und sahen zu, wie Dr. Crouch den Arm unter die Bettdecke schob, um die Patientin diskret zu untersuchen. Sie stieß einen Schmerzensschrei aus, als seine Hand tief zwischen ihre Schenkel eindrang. Als er sie wieder hervorzog, waren die Finger blutverschmiert.

»Handtuch!«, kommandierte er, und Schwester Poole reichte ihm prompt das Verlangte. Während er sich die Hand abwischte, sagte er zu den vier Studenten: »Diese Patientin macht keine Fortschritte. Die Lage des Kindskopfes ist unverändert, und die Cervix hat sich nicht vollständig geöffnet. Wie sollte ihr Arzt in diesem Fall verfahren? Sie, Mr. Kingston! Haben Sie eine Antwort?«

Mr. Kingston, ein gut aussehender und elegant gekleideter junger Mann, antwortete ohne Zögern: »Ich denke, dass hier Mutterkorn in Souchong-Tee zu empfehlen wäre.«

»Gut. Was könnte man sonst noch tun?« Er fixierte den kleinsten der vier Studenten, einen Burschen von koboldhafter Erscheinung, wozu nicht zuletzt die großen Ohren beitrugen. »Mr. Holmes?«

»Man könnte es mit einem Abführmittel versuchen, um die Wehen zu fördern.«

»Gut. Und Sie, Mr. Lackaway?« Dr. Crouch wandte sich an einen Mann mit blondem Haar, dessen Gesicht augenblicklich feuerrot anlief. »Was könnte noch getan werden?«

»Ich – also …«

»Das ist *Ihre* Patientin. Wie werden Sie vorgehen?«

»Ich würde darüber nachdenken müssen.«

»Darüber *nachdenken*? Ihr Großvater und Ihr Vater waren beide Ärzte! Ihr Onkel ist Dekan des Boston Medical College.

Sie sind intensiver mit der Heilkunst in Berührung gekommen als irgendeiner Ihrer Kommilitonen. Ich bitte Sie, Mr. Lackaway! Haben Sie denn gar nichts beizutragen?«

Hilflos schüttelte der junge Mann den Kopf. »Es tut mir leid, Sir.«

Seufzend wandte sich Dr. Crouch an den vierten Studenten, einen großen, dunkelhaarigen jungen Mann. »Dann sind Sie jetzt an der Reihe, Mr. Marshall. Was könnte in dieser Situation noch unternommen werden? Eine Patientin in den Wehen, die keine Fortschritte macht?«

»Ich würde sie dazu ermuntern, sich aufzusetzen und aufzustehen«, erwiderte der Student. »Und, wenn sie dazu in der Lage ist, im Saal auf und ab zu gehen.«

»Was noch?«

»Das ist die einzige zusätzliche Maßnahme, die mir angemessen erscheint.«

»Und was halten Sie davon, die Patientin zur Ader zu lassen?

Eine Pause. Und dann die bedächtige Antwort: »Von der Wirksamkeit dieser Behandlung bin ich nicht überzeugt.«

Dr. Crouch lachte verblüfft auf. »Sie – *Sie* sind nicht überzeugt?«

»Auf der Farm, auf der ich aufgewachsen bin, habe ich mit Aderlass experimentiert, und auch mit Schröpfen. Ich habe mit diesen Maßnahmen genauso viele Kälber verloren wie ohne sie.«

»Auf der *Farm*? Sie sprechen von Aderlass bei *Kühen*?«

»Und Schweinen.«

Schwester Agnes Poole kicherte.

»Wir haben es hier mit Menschen zu tun, nicht mit Vieh, Mr. Marshall«, sagte Dr. Crouch. »Nach meiner Erfahrung ist ein therapeutischer Aderlass äußerst wirksam als schmerzstillende Maßnahme. Er sorgt dafür, dass die Patientin sich so weit entspannt, dass der Muttermund sich richtig öffnen kann. Wenn das Mutterkorn und das Abführmittel nicht wirken, werde ich diese Patientin ganz sicher zur Ader lassen.«

Er gab Schwester Poole das schmutzige Handtuch zurück und ging weiter zu Bernadettes Bett. »Und diese hier?«, fragte er.

»Ihr Fieber ist zwar abgeflaut«, antwortete Schwester Poole, »aber der Ausfluss ist jetzt sehr übelriechend. Sie hat die Nacht unter großen Schmerzen zugebracht.«

Wieder langte Dr. Crouch unter die Decke, um die inneren Organe abzutasten. Bernadette ließ ein schwaches Stöhnen hören. »Ja, ihre Haut ist ganz kühl«, pflichtete er bei. »Aber in diesem Fall ...« Er brach ab und blickte auf. »Sie hat Morphium bekommen?«

»Mehrmals, Sir. Wie Sie angeordnet haben.«

Er zog die Hand unter der Bettdecke hervor. Gelblicher Schleim glitzerte auf seinen Fingern, und die Schwester reichte ihm wieder das Handtuch. »Setzen Sie die Morphiumgaben fort«, sagte er leise. »Versuchen Sie, Ihre Beschwerden zu lindern.« Er hätte sie ebenso gut gleich für tot erklären können.

Bett für Bett, Patientin für Patientin, arbeitete Dr. Crouch sich vor. Als er schließlich an Aurnias Bett trat, war das Tuch, mit dem er sich jedes Mal die Hände abgewischt hatte, mit Blut getränkt.

Rose stand auf, um ihn zu begrüßen. »Dr. Crouch.«

Er sah sie stirnrunzelnd an. »Sie sind Miss ...«

»Connolly«, sagte Rose, und sie fragte sich, wie es sein konnte, dass dieser Mann sich nicht an ihren Namen erinnerte. Sie war es gewesen, die ihn in das Logierhaus gerufen hatte, wo Aurnia einen Tag und eine Nacht in den Wehen gelegen hatte, ohne dass sich etwas tat. Rose hatte bei jedem von Crouchs Besuchen am Bett ihrer Schwester gesessen, doch stets hatte er sie so verwirrt angeschaut, als sähe er sie zum ersten Mal. Allerdings sah er Rose auch nicht wirklich *an*; sie war nur eine unbedeutende Weibsperson, die keinen zweiten Blick wert war.

Er wandte seine Aufmerksamkeit Schwester Poole zu. »Und welche Fortschritte macht diese Patientin?«

»Ich glaube, die tägliche Dosis Abführmittel, die Sie ihr

gestern Abend verschrieben haben, hat die Qualität ihrer Wehen verbessert. Aber sie hat sich nicht an Ihre Anweisung gehalten, aus dem Bett aufzustehen und im Saal umherzugehen.«

Rose starrte Schwester Poole an; nur mit Mühe konnte sie ihre Zunge im Zaum halten. Im Saal umhergehen? Hatten sie denn alle den Verstand verloren? Über die letzten fünf Tage hatte Rose mit angesehen, wie Aurnia immer schwächer geworden war. Miss Poole musste doch erkennen, dass Roses Schwester sich kaum noch aufsetzen konnte, geschweige denn gehen. Aber die Schwester sah Aurnia überhaupt nicht an; ihr ehrfürchtiger Blick ruhte auf Dr. Crouch, der nun die Hand unter die Bettdecke schob. Als er den Geburtskanal untersuchte, stöhnte Aurnia so gequält auf, dass Rose sich beherrschen musste, um ihn nicht von ihr fortzuzerren.

Er richtete sich auf und sah Schwester Poole an. »Die Fruchtblase ist zwar geplatzt, aber der Muttermund ist noch nicht gänzlich geöffnet.« Er trocknete seine Hand an dem verschmierten Handtuch ab. »Der wievielte Tag ist es?«

»Heute ist der fünfte«, antwortete Schwester Poole.

»Dann ist es vielleicht Zeit für eine weitere Dosis Mutterkorn.« Er griff nach Aurnias Handgelenk und fühlte ihren Puls. »Ihr Herzschlag ist beschleunigt. Und sie macht heute einen etwas fiebrigen Eindruck. Ein Aderlass dürfte den Organismus abkühlen.«

Schwester Poole nickte. »Ich hole die …«

»Sie haben Sie schon genug zur Ader gelassen«, fuhr Rose dazwischen.

Alles verstummte. Dr. Crouch blickte sichtlich verblüfft zu ihr auf. »Wie sind Sie noch mal mit ihr verwandt?«

»Ich bin ihre Schwester. Ich war hier, als Sie sie das erste Mal zur Ader gelassen haben, Dr. Crouch. Und beim zweiten Mal und beim dritten Mal auch.«

»Und Sie können sehen, wie gut es ihr getan hat«, sagte Schwester Poole.

»Ich kann Ihnen sagen, dass es ihr nicht gutgetan hat.«

»Weil Sie keine medizinische Ausbildung haben, Kind! Sie wissen nicht, worauf Sie achten müssen.«

»Wünschen Sie nun, dass ich sie behandle, oder nicht?«, fragte Dr. Crouch gereizt.

»Doch, Sir, aber Sie sollen sie nicht ausbluten!«

Schwester Poole sagte mit eisiger Stimme: »Entweder Sie sind jetzt still, Miss Connolly, oder Sie verlassen die Station! Und lassen Sie den Doktor tun, was notwendig ist.«

»Ich habe heute ohnehin keine Zeit, sie zur Ader zu lassen.« Dr. Crouch sah demonstrativ auf seine Taschenuhr. »Ich habe in einer Stunde einen Termin, und danach muss ich meine Vorlesung vorbereiten. Ich werde gleich morgen früh noch einmal nach der Patientin sehen. Vielleicht wird bis dahin auch Miss, äh...«

»Connolly«, sagte Rose.

»Vielleicht wird bis dahin auch Miss Connolly eingesehen haben, dass eine weitere Behandlung tatsächlich notwendig ist.« Er klappte die Uhr zu. »Meine Herren, wir sehen uns zur Morgenvorlesung um Punkt neun Uhr. Gute Nacht.« Er nickte und wandte sich zum Gehen. Als er davonstolzierte, folgten ihm die vier Medizinstudenten wie gehorsame Entlein.

Rose lief ihnen nach. »Sir? Mr. Marshall, nicht wahr?«

Der größte der Studenten drehte sich um. Es war der dunkelhaarige junge Mann, der zuvor bezweifelt hatte, dass es klug sei, eine Frau in den Wehen zur Ader zu lassen; der Student, der gesagt hatte, er sei auf einer Farm aufgewachsen. Sie musste nur einen Blick auf seinen schlecht sitzenden Anzug werfen, um zu wissen, dass er tatsächlich aus bescheideneren Verhältnissen stammte als seine Kommilitonen. Sie war schon lange genug Näherin, um einen guten Stoff zu erkennen, und sein Anzug war von minderer Qualität, der Wollstoff stumpf und formlos, ohne den Glanz, der feineres Tuch auszeichnete. Während seine Kommilitonen weiter dem Ausgang zustrebten, blieb Mr. Marshall stehen und sah Rose erwartungsvoll an. Er hat müde Augen, dachte sie, und für einen so jungen Mann sieht er sehr abgekämpft aus. Anders als die anderen blickte er ihr offen ins Gesicht, als ob er sie als seinesgleichen betrachtete.

»Ich habe notgedrungen mit angehört, was Sie zu dem Doktor gesagt haben«, begann sie. »Über den Aderlass.«

Der junge Mann schüttelte den Kopf. »Ich habe mir zu viel herausgenommen, fürchte ich.«

»Aber ist es denn wahr? Was Sie gesagt haben?«

»Ich habe nur meine Beobachtungen geschildert.«

»Und habe ich unrecht, Sir? Sollte ich ihm gestatten, meine Schwester zur Ader zu lassen?«

Er zögerte. Nervös blickte er sich zu Schwester Poole um, die die beiden mit sichtlicher Missbilligung beobachtete. »Ich bin nicht qualifiziert, Ihnen einen Rat zu geben. Ich bin nur ein Student im ersten Semester. Dr. Crouch ist mein Professor, und er ist ein ausgezeichneter Arzt.«

»Ich habe dreimal mit angesehen, wie er sie zur Ader gelassen hat, und jedes Mal haben er und die Schwestern behauptet, ihr Zustand hätte sich gebessert. Aber um ehrlich zu sein, ich sehe keinerlei Verbesserung. Jeden Tag sehe ich nur …« Sie brach ab; ihre Stimme versagte, und sie musste gegen die Tränen ankämpfen. Leise fuhr sie fort: »Ich will doch nur das Beste für Aurnia.«

Schwester Poole mischte sich ein: »Sie fragen einen *Medizinstudenten*? Glauben Sie, er weiß es besser als Dr. Crouch?« Sie schnaubte verächtlich. »Da können Sie ebenso gut einen Stallburschen fragen«, sagte sie und rauschte aus dem Krankensaal.

Mr. Marshall schwieg eine Weile. Erst als Schwester Poole den Saal verlassen hatte, sprach er weiter, und seine Worte, so freundlich sie waren, bestätigten Roses schlimmste Befürchtungen.

»Ich würde sie nicht zur Ader lassen«, sagte er leise. »Es würde nichts nützen.«

»Was würden Sie denn tun? Wenn sie Ihre eigene Schwester wäre?«

Der Blick des jungen Mannes ruhte bedauernd auf der schlafenden Aurnia. »Ich würde ihr helfen, sich im Bett aufzusetzen. Ihr kalte Kompressen gegen das Fieber auflegen und gegen die Schmerzen Morphium geben. Ich würde vor allem dafür sorgen, dass sie genug Nahrung und Flüssigkeit bekommt. Und Trost, Miss Connolly. Wenn ich eine Schwester hätte, die so leidet, wäre es das, was ich ihr geben würde.« Er sah Rose an. »Trost und Beistand«, sagte er traurig und ging davon.

Rose wischte sich die Tränen ab und ging zurück zu Aurnias Bett, vorbei an einer Frau, die sich in eine Schüssel erbrach, an einer anderen, deren Bein von der Wundrose rot und geschwollen war. Frauen in den Wehen, Frauen, die furchtbare Schmerzen litten. Draußen fiel der kalte Novemberregen, aber hier drinnen, wo bei geschlossenen Fenstern der Holzofen brannte, war die Luft dumpf und stickig und voll übler Krankheitsdünste.

War es ein Fehler gewesen, sie hierherzubringen?, fragte sich Rose. *Hätte ich sie lieber zu Hause behalten sollen, wo sie nicht die ganze Nacht dieses furchtbare Stöhnen, dieses klägliche Gewimmer hören müsste?* Das Zimmer in ihrem Logierhaus war eng und kalt, und Dr. Crouch hatte dazu geraten, Aurnia ins Krankenhaus zu verlegen, wo er sich besser um sie kümmern könne. »Für Wohlfahrtsfälle, wie Ihre Schwester einer ist«, hatte er gesagt, »betragen die Kosten nur so viel, wie Ihre Familie aufbringen kann.« Warme Mahlzeiten, ein Stab von Schwestern und Ärzten, die für sie sorgten – all das würde auf sie warten, hatte Dr. Crouch ihnen versichert.

Aber nicht das hier, dachte Rose, als sie die Reihe von leidenden Frauen betrachtete. Ihr Blick blieb an Bernadette haften, die jetzt still und stumm dalag. Langsam trat Rose an das Bett und starrte auf die junge Frau, die erst vor fünf Tagen lachend ihren neugeborenen Sohn im Arm gehalten hatte.

Bernadette hatte aufgehört zu atmen.

3

»Will dieser verfluchte Regen denn gar nicht mehr aufhören?«, rief Edward Kingston und starrte hinaus in den Wolkenbruch.

Wendell Holmes hauchte einen Ring Zigarrenrauch aus, der unter dem Vordach des Krankenhauseingangs hervorquoll und sich im Regen in dünne Kringel auflöste. »Wieso diese Ungeduld? Man könnte meinen, du hättest eine dringende Verabredung.«

»Habe ich auch. Mit einem Glas vom allerbesten Bordeaux.«

»Gehen wir in den Hurricane?«, fragte Charles Lackaway.

»Falls meine Kutsche sich irgendwann blicken lässt.« Edward blickte finster auf die Straße hinaus, wo Pferdehufe klapperten und Kutschen vorüberrollten, von deren Rädern der Matsch in Klumpen aufspritzte.

Obwohl Norris Marshall zusammen mit den anderen auf der Veranda stand, wäre die Kluft zwischen ihm und seinen Kommilitonen für jeden, der auch nur einen flüchtigen Blick auf die vier jungen Männer warf, offensichtlich gewesen. Norris war neu in Boston, ein Farmerssohn aus Belmont, der sich mit geborgten Lehrbüchern selbst Physik beigebracht hatte, der Eier und Milch gegen Privatstunden bei einem Lateinlehrer eingetauscht hatte. Er war noch nie im Hurricane gewesen; er wusste nicht einmal, wo die Schenke war. Seine Kommilitonen, allesamt Absolventen des Harvard College, tauschten den neuesten Klatsch über Leute aus, die er nicht kannte; sie lachten über Witze, die er nicht verstand; und wenn sie es nicht offen darauf anlegten, ihn auszuschließen, dann nur, weil es gar nicht nötig war. Es verstand sich von selbst, dass er nicht zu ihrem gesellschaftlichen Kreis gehörte.

Edward seufzte und stieß dabei eine Rauchwolke aus. »Unerhört, wie dieses Mädchen mit Dr. Crouch geredet hat, findet ihr nicht? Diese Unverfrorenheit! Wenn eins von den Mädchen in unserem Haushalt so zu reden wagte, würde meine Mutter es mit einem Tritt auf die Straße befördern!«

»Deine Mutter«, bemerkte Charles in ehrfürchtigem Ton, »jagt mir gehörigen Respekt ein.«

»Mutter sagt, es ist wichtig, den Iren ihre Schranken zu zeigen. Nur so kann die Ordnung gewahrt werden, bei den ganzen Zuzüglern, die jetzt die Stadt überschwemmen und nichts als Ärger machen.«

Zuzügler. Norris war einer von ihnen.

»Die Bridgets sind die schlimmsten. Diese Irenweiber kannst du nicht eine Minute aus den Augen lassen, sonst stehlen sie dir die Hemden geradewegs aus dem Schrank. Und wenn du dann feststellst, dass etwas fehlt, behaupten sie, es wäre in der Wäsche verloren gegangen oder der Hund hätte es gefressen.« Edward schnaubte verächtlich. »Ein Mädchen wie die da muss erst mal lernen, was sich gehört.«

»Ihre Schwester liegt vielleicht im Sterben«, bemerkte Norris.

Die drei Harvard-Absolventen drehten sich um, offensichtlich überrascht, dass ihr sonst so schweigsamer Kommilitone sich zu Wort meldete.

»Im Sterben? Das ist eine ziemlich dramatische Behauptung«, meinte Edward.

»Fünf Tage in den Wehen, und sie sieht jetzt schon aus wie eine Leiche. Dr. Crouch kann sie so viel zur Ader lassen, wie er will, aber es sieht nicht gut für sie aus. Die Schwester weiß es. Aus ihr spricht der Kummer.«

»Trotzdem sollte sie nicht vergessen, wer ihr Wohltäter ist.«

»Und ihm für jeden Krümel dankbar sein?«

»Dr. Crouch ist keineswegs dazu verpflichtet, die Frau zu behandeln. Und doch tut die Schwester so, als sei es ihr gutes Recht.« Edward drückte seine Zigarre auf dem frisch gestrichenen Geländer aus. »Ein bisschen Dankbarkeit würde diese Leute schon nicht umbringen.«

Norris spürte, wie ihm das Blut ins Gesicht schoss. Er wollte eben zu einer scharfen Erwiderung ansetzen, als Wendell das Gespräch elegant auf ein anderes Thema lenkte.

»Ich glaube, da ließe sich ein Gedicht draus machen, findet ihr nicht? ›Das unerschrockene Irenmädchen‹.«

Edward seufzte. »Bitte nicht. Verschone uns mit deinen scheußlichen Versen.«

»Oder wie wär's mit diesem Titel«, warf Charles ein. »›Ode an eine treue Schwester‹?«

»Gar nicht übel!«, meinte Wendell. »Mal sehen.« Er hielt inne. »Hier steht die tapf're Kriegerin, die treue, schöne Maid …«

»Der Schwester Leben gilt die Schlacht«, dichtete Charles weiter.

»Sie – sie …« Wendell grübelte über den nächsten Vers des Gedichts nach.

»… wacht, allzeit bereit!«, endete Charles.

Wendell lachte. »Und wieder triumphiert die Poesie!«

»Während wir anderen leiden«, brummte Edward.

Norris hörte sich das alles mit dem quälenden Unbehagen des Außenseiters an. Wie ungezwungen seine Kommilitonen miteinander lachten. Wie wenig es bedurfte – nur ein paar Zeilen eines Stegreif-Gedichts –, um ihn daran zu erinnern, dass diese drei einer Welt entstammten, zu der er keinen Zugang hatte.

Wendell richtete sich plötzlich auf und spähte hinaus in den Regen. »Das ist doch deine Kutsche, nicht wahr, Edward?«

»Wurde aber auch allerhöchste Zeit.« Edward klappte den Kragen hoch, um sich vor dem Wind zu schützen. »Gehen wir, meine Herren?«

Norris' drei Kommilitonen eilten die Verandastufen hinunter. Edward und Charles patschten über das nasse Pflaster und kletterten in die Kutsche. Doch Wendell zögerte und blickte sich zu Norris um. Dann machte er kehrt und kam wieder die Stufen herauf.

»Willst du uns nicht Gesellschaft leisten?«, fragte Wendell.

Norris war so verblüfft über die Einladung, dass er nicht sofort antwortete. Obwohl er fast einen ganzen Kopf größer war als Wendell Holmes, gab es doch so manches, was ihn an diesem zierlichen Mann einschüchterte. Und es waren nicht nur Wendells elegante Anzüge oder seine berühmte Schlagfertigkeit, es war auch seine scheinbar unerschütterliche Selbstsicherheit. Dass dieser Mann ihn einlud, sich ihnen anzuschließen, darauf war Norris nicht vorbereitet gewesen.

»Wendell!«, rief Edward aus dem Kutschenfenster. »Wir fahren!«

»Wir gehen in den Hurricane«, sagte Holmes. »Da zieht es uns abends regelmäßig hin.« Er hielt inne. »Oder hast du schon etwas anderes vor?«

»Das ist wirklich sehr freundlich.« Norris' Blick ging zu den beiden Männern, die in der Kutsche warteten. »Aber ich glaube nicht, dass Mr. Kingston einen vierten Gast erwartet hat.«

»Mr. Kingston«, erwiderte Wendell lachend, »täte es ganz gut, wenn ihm öfter einmal etwas Unerwartetes widerführe. Aber es ist ja auch nicht er, der sie einlädt. Sondern ich. Also, kommst du nun mit auf eine Runde Rum-Flip?«

Norris sah hinaus in den Regen, der immer noch in Strömen fiel, und dachte sehnsüchtig an das wärmende Feuer, das im Hurricane gewiss brennen würde. Und noch mehr lockte ihn die Gelegenheit, die ihm soeben eröffnet worden war – die Chance, in den Kreis seiner Kommilitonen aufgenommen zu werden, einer von ihnen zu sein, und sei es auch nur für diesen Abend. Er spürte, wie Wendell ihn beobachtete. Diese Augen, in denen sonst der Schalk zu blitzen pflegte, hinter denen immer schon die nächste geistreiche Bemerkung zu lauern schien, diese Augen hatten plötzlich etwas unangenehm Durchdringendes.

»Wendell!« Jetzt war es Charles, der von der Kutsche aus

rief, die Stimme zu einem ungehaltenen Quäken erhoben. »Wir erfrieren hier noch!«

»Es tut mir leid«, sagte Norris. »Ich fürchte, ich bin heute abend schon anderweitig verpflichtet.«

»Oh?« Wendell zog eine Braue hoch und musterte ihn schelmisch. »Es handelt sich gewiss um eine ganz reizende Alternative.«

»Es ist keine Dame, fürchte ich. Aber es ist eine Verpflichtung, der ich mich unmöglich entziehen kann.«

»Verstehe«, sagte Wendell, auch wenn er ganz offensichtlich nicht verstand, denn sein Lächeln war abgekühlt, und er wandte sich bereits zum Gehen.

»Es ist nicht so, als würde ich nicht gerne …«

»Ist schon in Ordnung. Ein andermal vielleicht.«

Es wird kein anderes Mal geben, dachte Norris. Er sah Wendell nach, wie er eilig über die Straße lief und zu seinen beiden Gefährten in die Kutsche stieg. Der Kutscher ließ die Peitsche schnalzen, und sie fuhren los. Wasser spritzte auf, als die Räder durch die Pfützen rollten. Norris malte sich die Unterhaltung aus, die sich bald unter den drei Freunden in dieser Kutsche entspinnen würde. Ungläubiges Staunen darüber, dass ein einfacher Farmersbursche aus Belmont es gewagt hatte, die Einladung auszuschlagen. Spekulationen darüber, was das für eine Verpflichtung sein mochte, die so wichtig war, dass er ihr den Vorzug gab – wenn nicht eine Verabredung mit einer Vertreterin des schönen Geschlechts. Norris stand auf der Veranda, die Finger um das Geländer gekrampft, voll Bitterkeit über all das, was er nicht ändern konnte, über all das, was ihm für immer verwehrt bleiben würde.

Edward Kingstons Kutsche verschwand um die Ecke, mit den drei Männern, auf die ein warmes Feuer und ein geselliger Abend mit angeregten Gesprächen und geistigen Getränken warteten. Während sie in der warmen Stube des Hurricane sitzen, dachte Norris, werde ich einer gänzlich anderen Beschäftigung nachgehen. *Einer Beschäftigung, auf die ich liebend gerne verzichten würde, wenn ich nur könnte.*

Er gab sich einen Ruck und trat hinaus in die Kälte und den strömenden Regen. Entschlossen stapfte er durch die Pfützen zu seiner Unterkunft, wo er rasch in alte Kleider schlüpfen würde, um sich dann noch einmal in den Regen hinauszuwagen.

Sein Ziel war eine Schenke in der Broad Street, nicht weit vom Hafen. Hier traf man keine elegant gekleideten Harvard-Zöglinge, die an ihrem Rum-Flip nippten. Sollte ein Gentleman sich zufällig in das Black Spar verirren, würde er sich nur einmal kurz umsehen müssen, um zu wissen, dass es ratsam wäre, ein Auge auf seine Geldbörse zu haben. Norris hatte an diesem Abend kaum etwas von Wert in seinen Taschen – wie übrigens auch an jedem anderen Abend; sein schäbiger Mantel und seine schlammbespritzten Hosen würden gewiss keinen Taschendieb hinter dem Ofen hervorlocken. Er kannte schon einige der Stammgäste, und sie wussten um seine ärmlichen Verhältnisse; so hoben sie nur kurz die Köpfe, als er eintrat. Ein Blick, um zu sehen, wer da gekommen war, und schon stierten alle wieder in ihre Gläser.

Norris trat an die Theke, wo die mondgesichtige Fanny Burke stand und Bier zapfte. Sie fixierte ihn mit ihren kleinen, bösen Augen. »Du bist spät dran, und er hat üble Laune.«

»Fanny!«, grölte einer der Gäste. »Kriegen wir diese Woche noch was zu trinken oder nicht?«

Die Frau trug die Gläser zum Tisch und knallte sie vor die Gäste hin. Nachdem sie das Geld eingesteckt hatte, machte sie kehrt und zog sich wieder hinter den Schanktisch zurück. »Er ist hinten im Hof, mit dem Wagen«, sagte sie zu Norris. »Er wartet schon auf dich.«

Norris hatte keine Zeit gehabt, etwas zu essen, und er beäugte hungrig den Brotlaib, den sie hinter dem Schanktisch aufbewahrte. Doch er machte gar nicht erst den Versuch, sie um eine Scheibe anzubetteln. Bei Fanny Burke gab es nichts umsonst, nicht einmal ein Lächeln. Mit knurrendem Magen stieß er eine Tür auf, durchquerte den dunklen, mit Kisten und Gerümpel vollgestellten Flur und trat durch die Hintertür ins Freie.

Im Hof roch es nach nassem Stroh und Pferdemist, und der unablässige Regen hatte den Boden in einen matschigen Acker verwandelt. Unter dem Vordach des Stalls wieherte ein Pferd, und Norris sah, dass es bereits vor den Rollwagen gespannt war.

»Das nächste Mal wart ich nicht auf dich, Junge!« Fannys Mann Jack tauchte aus dem Dunkel des Stalls auf. Er trug zwei Schaufeln, die er hinten auf den Karren warf. »Wenn du Wert drauf legst, bezahlt zu werden, dann sei gefälligst zur vereinbarten Zeit hier.« Ächzend schwang er sich auf den Bock und nahm die Zügel in die Hand. »Kommst du jetzt?«

Im Schein der Stalllaterne sah Norris, wie Jack auf ihn herabstarrte, und wie immer war er verwirrt und wusste nicht recht, welches Auge er ansehen sollte. Das linke und das rechte blickten in völlig verschiedene Richtungen. *Schielaugen-Jack*, so wurde der Mann von allen genannt – allerdings nur hinter seinem Rücken. Niemand hätte es gewagt, ihn so anzureden.

Norris kletterte zu Jack auf den Wagen. Der wartete nicht erst, bis Norris richtig auf dem Bock saß, sondern ließ sofort ungeduldig die Peitsche schnalzen. Das Pferd zog an, und der Wagen rollte über den schlammbedeckten Hof und zum hinteren Tor hinaus.

Der Regen prasselte auf ihre Hüte und rann in kleinen Bächen an ihren Mänteln herab, doch Schielaugen-Jack schien sich überhaupt nicht daran zu stören. Wie ein buckliger Kobold hockte er neben Norris und ließ nur dann und wann die Peitsche knallen, wenn das Pferd seinen Schritt ein wenig verlangsamte.

»Wie weit fahren wir diesmal?«, fragte Norris.

»Aus der Stadt raus.«

»Wohin?«

»Spielt das eine Rolle?« Jack zog einen Batzen Rotz hoch und spuckte ihn auf die Straße.

Nein, es spielte keine Rolle. Was Norris betraf, war dies eine Nacht, die er einfach hinter sich bringen musste, ganz gleich, wie unangenehm es werden mochte. Er hatte nie die harte Arbeit auf der Farm gescheut, und er genoss es sogar, wenn seine Muskeln vom tüchtigen Gebrauch schmerzten, aber von *dieser* Art von Arbeit konnte man Albträume bekommen. Als normaler Mensch jedenfalls. Er sah seinen Gefährten von der Seite an und fragte sich, wovon einer wie Jack Burke wohl Albträume bekam, wenn überhaupt.

Der Rollwagen holperte über das Pflaster, und das Klappern der Schaufeln hinten auf der Ladefläche mahnte sie unablässig an die unangenehme Aufgabe, die vor ihnen lag. Norris dachte an seine Kommilitonen, die in diesem Moment gewiss in der warmen Stube des Hurricane saßen und sich eine letzte Runde genehmigten, ehe sie alle nach Hause gingen, um noch ein wenig Wistars *Anatomie* zu studieren. Auch er hätte jetzt lieber gelernt, aber er hatte nun einmal diese Abmachung mit dem College, eine Abmachung, die er bereitwillig eingegangen war. Das dient alles einem höheren Zweck, dachte er, als sie Boston hinter sich ließen und Richtung Westen fuhren, als die Schaufeln klapperten und der Rollwagen im Rhythmus der Worte knarrte, die ihm durch den Kopf gingen: *Ein höherer Zweck. Ein höherer Zweck.*

»Bin vor zwei Tagen schon mal hier vorbeigekommen«, sagte Jack und spuckte wieder. »Da bin ich in der Schenke dort eingekehrt.« Er streckte den Arm aus, und durch den Schleier des Regens sah Norris den Feuerschein in einem Fenster. »Hab mich ganz nett mit dem Wirt unterhalten.«

Norris sagte nichts und wartete nur. Es gab einen Grund, weshalb Jack ihm das erzählte. Der Mann machte nicht Konversation um der Konversation willen.

»Er sagt, er weiß von einer Familie in der Stadt, zwei junge Damen und ihr Bruder, die alle die Schwindsucht haben. Sind alle drei ganz schlecht dran.« Er gab einen Laut von sich, der vielleicht ein Lachen darstellen sollte. »Muss mich morgen noch mal erkundigen, ob sie nicht schon so weit sind. Mit ein bisschen Glück kriegen wir drei auf einen Schlag.« Jack sah Norris an. »Dafür werde ich dich brauchen.«

Norris nickte steif. Seine Abneigung gegen den Mann war plötzlich so übermächtig, dass er es kaum noch ertrug, neben ihm zu sitzen.

»Oh, du hältst dich wohl für zu fein für so was, wie?«, meinte Jack.

Norris gab keine Antwort.

»Zu fein, um dich mit einem wie mir abzugeben.«

»Ich tue das für das Wohl der Allgemeinheit.«

Jack lachte. »Ganz schön hochtrabende Worte für einen Bauernburschen. Meinst wohl, du wirst später mal in Saus und Braus leben, was? In einem feinen Haus?«

»Darum geht es nicht.«

»Umso dümmer von dir. Was ist denn der Sinn von dem Ganzen, wenn kein Geld dabei rausspringt?«

Norris seufzte. »Ja, Mr. Burke, Sie haben natürlich recht. Geld ist das Einzige, wofür es sich zu schuften lohnt.«

»Denkst wohl, das macht dich auch zu einem feinen Gentleman? Denkst wohl, sie laden dich dann zu ihren schicken Austernempfängen ein? Und lassen dich um die Hand ihrer Töchter anhalten?«

»Wir leben in einer neuen Zeit. Heutzutage kann es jeder in der Gesellschaft zu etwas bringen.«

»Und du meinst, *die* wissen das auch? Diese jungen Herren aus Harvard? Meinst du wirklich, die werden dich mit offenen Armen aufnehmen?«

Norris verstummte. Er fragte sich, ob Jack nicht doch in gewisser Weise recht hatte. Wieder musste er an Wendell Holmes, Kingston und Lackaway denken, wie sie im Hurricane saßen, in ihren maßgeschneiderten Röcken, umgeben von ihresgleichen. Welten entfernt vom Schmutz des Black Spar, wo Fanny Burke über ihr Lumpenreich der hoffnungslosen Seelen herrschte. *Auch ich hätte den heutigen Abend im Hurricane verbringen können*, dachte er. *Wendell hat mich gefragt – aber hat er es aus Höflichkeit oder aus Mitleid getan?*

Jack ließ die Zügel schnalzen, und der Rollwagen rumpelte weiter über die schlammige, von Wagenspuren zerfurchte Straße. »Ist noch 'n ganzes Stück«, sagte er und lachte schnaubend. »Ich hoffe, der *Gentleman* hier hat 'ne angenehme Fahrt.«

Als Jack das Fuhrwerk endlich anhielt, waren Norris' Kleider klatschnass. Zitternd vor Kälte stieg er vom Wagen, seine Muskeln so steif, dass sie ihm kaum gehorchen wollten. Seine Schuhe versanken sofort knöcheltief im Schlamm.

Jack drückte ihm die Schaufeln in die Hand. »Los, wir dürfen keine Zeit verlieren.« Er raffte noch ein paar Kellen und eine Plane von der Ladefläche und ging dann voran durch das nasse Gras. Die Laterne zündete er noch nicht an, denn er wollte auf keinen Fall gesehen werden. Er schien den Weg auch im Dunkeln zu kennen; mit traumwandlerischer Sicherheit schlängelte er sich zwischen den Grabsteinen hindurch, bis er vor einem kahlen Erdhaufen stehen blieb. Kein Stein kennzeichnete den vom Regen durchtränkten Grabhügel.

»Erst heute beerdigt«, sagte Jack, indem er nach einer Schaufel griff.

»Wie haben Sie davon erfahren?«

»Ich frage herum. Ich höre zu.« Er sah sich das Grab an, murmelte: »Der Kopf dürfte auf dieser Seite sein«, und stieß die Schaufel in den feuchten Boden. »Bin vor vierzehn Tagen mal in der Gegend gewesen«, sagte er, während er die Erde zur Seite warf. »Da hab ich gehört, dass hier jemand kurz davor ist, den Geist aufzugeben.«

Norris machte sich ebenfalls an die Arbeit. Obwohl es eine frische Grabstelle war und die Erde sich noch nicht gesetzt hatte, war der Boden nass und schwer. Nachdem er ein paar Minuten gegraben hatte, spürte er die Kälte schon nicht mehr.

»Wenn jemand im Sterben liegt, reden die Leute drüber«, stieß Jack ächzend hervor. »Halt die Ohren offen, und du kriegst mit, wer mit einem Bein im Grab steht. Sie bestellen Särge, kaufen Blumen.« Jack warf noch eine Schaufel voll beiseite und hielt keuchend inne. »Der Trick besteht darin, sie nicht merken zu lassen, dass du interessiert bist. Sobald einer Verdacht schöpft, gibt's Schwierigkeiten.« Er machte sich wieder ans Graben, jedoch langsamer als zuvor. Norris übernahm den Löwenanteil; tiefer und tiefer bohrte sich seine Schaufel in den schmatzenden Lehm. Es regnete immer noch; das Wasser sammelte sich in dem Loch, und Norris' Hosen waren schon bis zu den Knien mit Schlamm bedeckt. Bald stellte Jack das Graben ganz ein und kletterte aus dem Loch, um sich an den Rand zu setzen. Sein Atem ging jetzt so laut und pfeifend, dass Norris aufschaute, um sich zu vergewissern, dass der Mann nicht kurz vor dem Kollaps stand. Das war der einzige Grund, weshalb der alte Geizkragen bereit war, auch nur einen Penny von seinen Einnahmen mit einem anderen zu teilen; der einzige Grund, weshalb er einen Helfer mitgenommen hatte: Er schaffte es einfach nicht mehr allein. Er wusste, wo die Schätze vergraben waren, aber er brauchte das Kreuz eines jungen Mannes, die Muskeln eines jungen Mannes, um sie zu heben. Und so hockte Jack da und sah zu, wie sein Gehilfe sich abmühte und das Loch tiefer und tiefer wurde.

Norris' Schaufel stieß auf Holz.

»Wurde aber auch Zeit«, brummte Jack. Unter dem Schutz der Plane zündete er die Laterne an, griff nach der Schaufel und ließ sich zu Norris in die Grube gleiten. Die Männer kratzten die Erde vom Sargdeckel, Schulter an Schulter in dem engen Erdloch, und Norris musste würgen, als ihm Jacks stinkender Atem in die Nase stieg, ein widerlicher Brodem von Tabaksdünsten und faulen Zähnen. Nicht einmal diese Leiche kann so widerlich riechen, dachte er. Nach und nach entfernten sie die ganze Erde und legten das Kopfende des Sargs frei.

Jack klemmte zwei Eisenhaken unter den Deckel und drückte Norris eines der Seile in die Hand. Sie stiegen aus der Grube und zogen mit vereinten Kräften, legten sich ächzend ins Zeug, bis die Nägel quietschten und das Holz knarrte.

Plötzlich splitterte der Deckel, das Seil wurde schlaff, und Norris fiel hinterrücks zu Boden.

»Gut! Das reicht schon!«, sagte Jack. Er senkte die Laterne in die Grube und warf einen Blick auf den Körper im Sarg.

Durch den zersplitterten Sargdeckel konnten sie sehen, dass es sich um die Leiche einer Frau handelte. Ihre Haut war bleich wie Wachs, und goldene Locken umrahmten ihr herzförmiges Gesicht. Auf ihrer Brust lag ein vertrockneter Blumenstrauß, dessen Blüten schon im prasselnden Regen zerfielen. So schön, dachte Norris. *Ein Engel, allzu früh in den Himmel abberufen.*

»Frischer geht's kaum«, meinte Jack befriedigt und ließ ein gackerndes Lachen hören. Er steckte beide Hände durch den zerbrochenen Deckel und schob sie unter die Arme des Mädchens. Sie war so leicht, dass er sie ohne Hilfe aus dem Sarg zerren konnte. Doch er keuchte schwer, als er sie aus dem Grab hob und auf die Plane legte. »Na los, ziehen wir sie aus.«

Übelkeit erfasste Norris. Er rührte sich nicht vom Fleck.

»Was denn? So ein hübsches Mädchen, und du magst es gar nicht anfassen?«

Norris schüttelte den Kopf. »Sie hat Besseres verdient.«

»Mit dem Letzten, den wir ausgebuddelt haben, hattest du keine Probleme.«

»Das war ja auch ein alter Mann.«

»Und das da ist ein Mädchen. Was ist der Unterschied?«

»Sie wissen genau, was der Unterschied ist!«

»Alles, was ich weiß, ist, dass sie den gleichen Preis erzielen wird. Und dass es wesentlich mehr Spaß machen wird, sie auszuziehen.« Mit einem leisen Kichern der Vorfreude zog er ein Messer aus der Tasche. Da er weder die Zeit noch die Geduld hatte, sich mit Knöpfen und Haken abzumühen, schob er einfach die Klinge unter den Halsausschnitt des Kleides der Toten und schlitzte den Stoff von oben nach unten auf. Darunter kam ein hauchdünnes Unterkleid zum Vorschein. Jack arbeitete jetzt mit sichtlicher Begeisterung. Nachdem er den Unterrock sorgfältig zerteilt hatte, zog er der Toten die zierlichen Satinschühchen von den Füßen. Norris konnte nur stumm zuschauen, entsetzt über die Verletzung der Würde dieser jungen Frau. Und auch noch von einem Mann wie Jack Burke geschändet zu werden! Doch er wusste, dass es getan werden musste, denn das Gesetz war unerbittlich. Mit einem geraubten Leichnam erwischt zu werden, war schlimm genug; wer aber mit Diebesgut angetroffen wurde, das von einer Leiche stammte, und sei es nur ein Fetzen ihres Kleides, riskierte weit härtere Strafen. Sie durften nichts als den Leichnam selbst mitnehmen. Und so riss Jack ihr schonungslos alles vom Leib, einschließlich der Ringe an den Fingern und der Seidenbänder in ihrem Haar. Er warf alles zurück in den Sarg und sah sich dann nach Norris um.

»Hilfst du mir jetzt, sie auf den Karren zu schaffen, oder nicht?«, knurrte er.

Norris starrte auf die nackte Leiche herab. Ihre Haut war weiß wie Alabaster, und sie war entsetzlich dünn, der Körper ausgezehrt von einer langen, gnadenlosen Krankheit. Jetzt konnte ihr niemand mehr helfen; aber vielleicht könnte sie im Tod noch etwas Gutes bewirken.

»Wer ist da draußen?«, rief eine ferne Stimme. »Wer schleicht da herum?«

Schon beim ersten Anruf hatte Norris sich flach auf die Erde geworfen. Jack löschte sofort die Lampe und zischte: »Schaff sie weg, er darf sie nicht sehen!« Norris schleifte die Leiche zurück in das offene Grab, dann sprangen sie beide hinterher. Dicht an die Tote geschmiegt, spürte Norris, wie sein Herz gegen ihre kalte Haut schlug. Er wagte es nicht, auch nur einen Finger zu rühren, und lauschte auf die sich nähernden Schritte des Wachmanns, doch er hörte nur das Trommeln des Regens und das Hämmern seines eigenen Pulsschlags. Die Frau lag unter ihm wie eine willige Geliebte. Hatte irgendein anderer Mann die Berührung ihrer Haut erfahren, die Rundungen ihrer entblößten Brust ertastet? *Oder bin ich der Erste?*

Es war Jack, der es zuerst wagte, den Kopf zu heben und

über den Rand des Grabes hinauszuspähen. »Ich kann ihn nirgends sehen«, flüsterte er.

»Er könnte immer noch auf der Lauer liegen.«

»Kein Mensch, der seine fünf Sinne beisammenhat, würde bei diesem Wetter länger im Freien bleiben, als er unbedingt muss.«

»Und was sagt das über uns?«

»Heute Nacht ist der Regen unser Freund.« Jack richtete sich ächzend auf und streckte seine steifen Glieder. »Wir sollten sie möglichst schnell wegschaffen.«

Sie zündeten die Laterne nicht wieder an, sondern arbeiteten im Dunkeln. Während Jack die Füße nahm, fasste Norris den nackten Körper unter den Achseln, und er spürte, wie sich die nassen Haare der Toten über seine Arme legten, als er ihren Oberkörper aus der Grube hob. Welchen süßen Duft diese blonden Ringellocken auch einst ausgeströmt haben mochten, er war jetzt überlagert vom leisen Geruch der Verwesung. Schon hatte in ihrem Körper der unaufhaltsame Prozess der Fäulnis eingesetzt, der schon bald ihre Schönheit zunichte machen würde, wenn ihre Haut sich ablöste und die Augen in ihre Höhlen einsanken. Aber noch war das Mädchen ein Engel, und er fasste es behutsam an, als er es auf die die Segeltuchplane bettete.

Der Regen schwächte sich zu einem Nieseln ab, während sie hastig die Grube zuschütteten und die nasse Erde auf den nunmehr leeren Sarg häuften. Wenn sie das Grab offen ließen, würden sie nur die Aufmerksamkeit der Verwandten darauf lenken, dass hier Leichenräuber am Werk gewesen waren und die sterblichen Überreste ihrer geliebten Toten verschleppt hatten. Sie nahmen sich lieber Zeit, ihre Spuren zu verwischen, als zu riskieren, dass die empörten Hinterbliebenen Nachforschungen anstellten. Nachdem die Grube wieder ganz aufgefüllt war, machten sie sich daran, im schwachen Mondlicht, das durch die Wolkendecke drang, die Erde so gut es ging mit ihren Schaufeln zu glätten. Bald würde im wahrsten Sinne des Wortes Gras über die Sache wachsen, ein Stein würde gesetzt werden, und die Familie würde weiter Blumen auf ein Grab legen, in dem niemand ruhte.

Sie hüllten die Leiche in die Plane, und Norris trug sie auf seinen Armen wie ein Bräutigam, der seine frisch Angetraute über die Schwelle trägt. Sie war so leicht, so erschreckend leicht, und es kostete ihn nicht die geringste Anstrengung, sie über den nassen Rasen zu tragen, vorbei an den Grabsteinen derer, die vor ihr gegangen waren. Sanft legte er sie auf dem Wagen ab, während Jack die Schaufeln achtlos neben sie warf.

Sie wurde keinen Deut sorgfältiger behandelt als das Werkzeug, das neben ihr klapperte, und ihr Leichnam wurde durchgeschüttelt wie irgendeine wertlose Ladung, als sie durch den eisigen Nieselregen in die Stadt zurückfuhren. Norris sah keine Veranlassung, das Wort an Jack zu richten, und so hüllte er sich in Schweigen und sehnte nur das Ende der Nacht herbei, damit er von der Gesellschaft dieses widerlichen Mannes erlöst wäre. Als sie sich der Stadtgrenze näherten, mussten sie die Straße nach und nach mit anderen Fuhrwerken und Kutschen teilen. Die anderen Fuhrleute winkten im Vorbeifahren; der eine oder andere grüßte auch und wechselte ein paar Worte unter Leidensgenossen. *In so einer Nacht jagt man keinen Hund vor die Tür, wie? Wieso musste es auch uns erwischen? Morgen früh kriegen wir Glatteis, wart's ab!* Jack erwiderte die Grüße gut gelaunt und verriet nicht die geringste Unruhe angesichts der verbotenen Last, die er beförderte.

Als sie in die gepflasterte Gasse hinter der Apotheke einbogen, pfiff Jack fröhlich vor sich hin. Zweifellos dachte er schon an das Bargeld, das bald seine Taschen füllen würde. Rumpelnd kam das Fuhrwerk auf dem Kopfsteinpflaster zum Stehen. Jack sprang vom Wagen und klopfte an die Hintertür der Apotheke. Einen Augenblick später wurde geöffnet, und Norris sah das Licht einer Lampe durch den Türspalt schimmern.

»Wir haben eine«, sagte Jack.

Die Tür wurde ganz geöffnet, und sie erblickten einen bärtigen, korpulenten Mann mit einer Lampe in der Hand. Um diese Stunde war er bereits im Schlafrock. »Nun, bringen Sie sie herein. Aber seien Sie bloß leise.«

Jack spuckte auf die Straße und wandte sich an Norris. »Na, nun mach schon. Trag sie rein!«

Norris hob die in die Plane gehüllte Leiche vom Wagen und trug sie durch die offene Tür. Der Mann mit der Lampe fing seinen Blick auf und begrüßte ihn mit einem Nicken. »Nach oben, Dr. Sewall?«, fragte Norris.

»Sie kennen den Weg, Mr. Marshall.«

Ja, Norris kannte den Weg, denn es war nicht sein erster Besuch in dieser dunklen Gasse, und es war auch nicht das erste Mal, dass er eine Leiche diese schmale Stiege hinauftrug. Das letzte Mal hatte seine Last ihn gehörig ins Schwitzen gebracht; unter Ächzen und Stöhnen hatte er den übergewichtigen Leichnam die Treppe hinaufgezerrt, dass die fetten, nackten Beine gegen die Stufen geschlagen waren. Heute Nacht war seine Last sehr viel leichter; kaum schwerer als ein Kind. Im ersten Stock angelangt, verharrte er im dunklen Flur. Dr. Sewall schob sich an ihm vorbei und ging voran. Die Dielen knarrten unter seinen schweren Schritten, und die Flamme seiner Öllampe warf flackernde Schatten an die Wände. Norris folgte Sewall durch die letzte Tür in einen Raum, wo schon ein Tisch für die kostbare Ware bereitstand. Behutsam legte er den Leichnam darauf. Jack war ihnen nach oben gefolgt und baute sich nun an einem Ende des Tischs auf. Das Geräusch seines pfeifenden Atems wirkte in dem stillen Zimmer doppelt laut.

Sewall trat an den Tisch und schlug die Plane zurück.

Im flackernden Schein der Lampe schien das Gesicht des Mädchens vom rosig-warmen Glanz des Lebens erfüllt. Aus den nassen Haarsträhnen sickerte das Regenwasser und rann über ihre Wangen wie glitzernde Tränen.

»Ja, sie ist in gutem Zustand«, murmelte Dr. Sewall, als er die Plane zurückstreifte und den nackten Oberkörper freilegte. Norris musste gegen den Wunsch ankämpfen, dem Mann in den Arm zu fallen. Mit Abscheu sah er das lüsterne Blitzen in Jacks Augen, die Begierde, mit der er sich vorbeugte, um besser sehen zu können. Norris blickte auf das Gesicht des Mädchens herab und dachte: *Es tut mir so leid, dass du diese Demütigung über dich ergehen lassen musst.*

Sewall richtete sich auf und nickte. »Sie ist in Ordnung, Mr. Burke.«

»Und Sie werden sich sicher auch gut mit ihr amüsieren«, meinte Jack grinsend.

»Wir tun das nicht zum Amüsement«, gab Sewall zurück. »Sie dient einem höheren Zweck: dem Erkenntnisgewinn.«

»Oh, gewiss«, sagte Jack. »Also, wo bleibt mein Geld? Ich möchte gern bezahlt werden für den ganzen *Erkenntnisgewinn*, den ich Ihnen verschaffe.«

Sewall zog einen kleinen Stoffbeutel hervor und drückte ihn Jack in die Hand. »Ihr Lohn. Wenn Sie mir noch eine bringen, gibt es noch einmal die gleiche Summe.«

»Da sind nur fünfzehn Dollar drin! Wir hatten zwanzig ausgemacht.«

»Sie haben heute Nacht Mr. Marshalls Dienste in Anspruch genommen. Fünf Dollar werden für seine Studiengebühren gutgeschrieben. Macht zusammen zwanzig.«

»Ich weiß verdammt gut, was das zusammen macht«, brummte Jack, während er das Geld in seine Tasche stopfte. »Und für das, was ich liefere, ist das bei Weitem nicht genug.«

»Ich bin sicher, dass ich einen anderen Leichenräuber finden kann, der hochzufrieden ist mit dem, was ich zahle.«

»Aber niemand wird sie Ihnen so frisch liefern. Da kriegen sie nur halb verfaultes Fleisch, das von Würmern wimmelt.«

»Zwanzig Dollar pro Exemplar, mehr zahle ich nicht. Ob Sie einen Gehilfen brauchen oder nicht, ist Ihre Entscheidung. Aber ich bezweifle, dass Mr. Marshall ohne angemessene Entschädigung arbeiten wird.«

Jack warf Norris einen bösen Blick zu. »Er ist bloß mein

Mann fürs Grobe. Ich bin derjenige, der weiß, wo man sie findet.«

»Dann finden Sie sie weiter für mich.«

»Oh, ich werde immer was für Sie haben, keine Sorge.« Jack wandte sich zum Gehen. In der Tür blieb er stehen und wandte sich widerwillig zu Norris um. »Im Black Spar, Donnerstagabend, sieben Uhr«, sagte er knapp und verschwand. Sie hörten seine polternden Schritte auf der Treppe, dann fiel die Haustür ins Schloss.

»Gibt es niemanden sonst, an den Sie sich wenden können?«, fragte Norris. »Der Kerl ist der übelste Abschaum.«

»Aber das sind die Leute, mit denen wir gezwungen sind zu arbeiten. Alle Leichenräuber sind gleich. Wenn unsere Gesetze aufgeklärter wären, dann wäre für solches Gesindel wie ihn nichts zu holen. Aber bis es so weit ist, müssen wir mit Mr. Burke und seinesgleichen vorliebnehmen.« Sewall trat wieder an den Tisch und blickte auf das Mädchen. »Immerhin schafft er es, uns brauchbare Leichen zu liefern.«

»Ich würde jede Art von Beschäftigung dieser vorziehen, Dr. Sewall.«

»Sie wollen doch Arzt werden, nicht wahr?«

»Ja, aber mit *diesem* Mann arbeiten zu müssen. Gibt es denn keine anderen Aufgaben, die ich übernehmen könnte?«

»Es gibt keine dringlichere Aufgabe für unser College als die Beschaffung von Studienexemplaren.«

Norris blickte auf das Mädchen herab. Und sagte leise: »Ich kann mir nicht vorstellen, dass sie sich je als *Studienexemplar* gesehen hat.«

»Wir sind alle Studienexemplare, Mr. Marshall. Ohne die Seele ist ein Körper wie der andere. Herz, Lunge, Nieren. Unter ihrer Haut ist auch eine so reizende junge Dame wie diese hier nicht anders als alle anderen. Es ist natürlich immer eine Tragödie, wenn ein Mensch so jung sterben muss.« Mit einem Ruck zog Dr. Sewall die Plane über den Leichnam, und das Tuch senkte sich sanft auf die schlanke Gestalt des Mädchens. »Aber im Tod wird sie einem edleren Zweck dienen.«

51

4

Rose wurde von einem Stöhnen geweckt. Irgendwann in der Nacht war sie auf dem Stuhl an Aurnias Bett eingeschlafen. Jetzt hob sie den Kopf und sah plötzlich, dass die Augen ihrer Schwester offen waren, ihr Gesicht schmerzverzerrt.

Rose richtete sich auf. »Aurnia?«

»Ich halte das nicht länger aus. Wenn ich doch nur sterben könnte.«

»Sag so was nicht, mein Herz.«

»Das Morphium – es bringt mir keine Linderung.«

Da fiel Roses Blick auf Aurnias Bettdecke. Auf den frischen Blutfleck. Erschrocken sprang sie auf. »Ich hole eine Schwester.«

»Und den Pfarrer, Rose. Bitte.«

Rose eilte aus dem Krankensaal. Der schwache Schein von Öllampen kämpfte gegen die Dunkelheit an, und die Flammen flackerten, als sie vorbeilief. Als sie mit Schwester Robinson und Schwester Poole an das Bett von Aurnia zurückkehrte, hatte sich der Fleck auf ihrer Decke schon zu einem breiten, leuchtend roten Streifen ausgeweitet. Mrs. Poole warf nur einen entsetzten Blick auf das Blut und herrschte die andere Schwester an: »Wir bringen Sie sofort in den Operationssaal!«

Es blieb keine Zeit mehr, Dr. Crouch zu holen; stattdessen wurde der junge Assistenzarzt Dr. Berry, der sein Zimmer auf dem Gelände des Spitals hatte, geweckt. Das blonde Haar zerzaust, die Augen blutunterlaufen, wankte Dr. Berry schlaftrunken in den Operationssaal, in den man Aurnia eilends gebracht hatte. Als er die starke Blutung sah, wurde er kreidebleich.

»Wir müssen uns beeilen!«, sagte er und begann, in seiner

Instrumententasche zu kramen. »Die Gebärmutter muss entleert werden. Möglicherweise müssen wir das Kind opfern.«

Aurnia stieß einen gequälten Protestschrei aus. »Nein! Nein, mein Baby muss am Leben bleiben!«

»Halten Sie sie fest«, befahl er. »Das wird sehr schmerzhaft.«

»Rose«, flehte Aurnia. »Lass nicht zu, dass er mein Kind tötet!«

»Miss Connolly, verlassen Sie den Raum!«, fuhr Agnes Poole sie an.

»Nein, wir werden sie brauchen«, sagte Dr. Berry.

»Wir sind doch zu zweit – das reicht, um die Patientin festzuhalten.«

»Wenn ich erst anfange, könnte es sein, dass nicht einmal Sie und Schwester Robinson zusammen stark genug sind.«

Aurnia wand sich, als eine neue Wehe sie erfasste, und ihr Stöhnen schwoll zu einem Schrei an. »O Gott, diese Schmerzen!«

»Binden Sie ihre Hände fest, Miss Poole«, befahl Dr. Berry. Er sah Rose an. »Und Sie, Mädchen! Sie sind ihre Schwester?«

»Ja, Sir.«

»Kommen Sie her, und beruhigen Sie sie. Und helfen Sie mit, sie festzuhalten, wenn es sein muss.«

Zitternd trat Rose ans Bett. Der Eisengeruch des Bluts war überwältigend. Die klatschnasse Matratze glänzte hellrot, und Aurnias blutverschmierte Schenkel waren gänzlich entblößt, jeder Versuch, ihre Sittsamkeit zu wahren, in der drängenden Sorge um ihr Überleben gänzlich vergessen. Ein Blick in Dr. Berrys aschfahles Gesicht verriet Rose, dass die Lage bitterernst war. Und er war so jung – gewiss zu jung, um eine solche Krise zu bewältigen, mit dem blassen Bartflaum, der seine Oberlippe zierte. Bald lagen seine chirurgischen Instrumente wild auf dem niedrigen Tischchen verstreut, während er hektisch nach dem richtigen Werkzeug suchte. Das Instrument, nach dem er schließlich griff, war eine Furcht einflößende Vorrichtung, dem Anschein nach wie geschaffen zum Verstümmeln und Zermalmen.

»Tun Sie meinem Baby nicht weh!«, stöhnte Aurnia. »Bitte!«

»Ich werde versuchen, das Leben Ihres Kindes zu retten«, sagte Dr. Berry. »Aber dazu müssen Sie ganz still liegen, Madam. Haben Sie mich verstanden?«

Aurnia brachte ein schwaches Nicken zustande.

Die beiden Schwestern banden Aurnias Hände fest und stellten sich sodann zu beiden Seiten des Bettes auf. Jede fasste ein Bein der Patientin.

»Sie, Mädchen! Fassen Sie ihre Schultern«, wies Schwester Poole Rose an. Das milchweiße Gesicht ihrer Schwester starrte zu ihr auf, umwallt von ihrem feuerroten Haar, die grünen Augen wild vor Panik. Angstschweiß glitzerte auf Aurnias Haut. Plötzlich verzerrten sich ihre Züge vor Schmerz, sie versuchte sich verzweifelt aufzurichten und hob den Kopf von der Matratze.

»Halten Sie sie still! Halten Sie sie!«, befahl Dr. Berry. Er nahm seine riesige Zange und bückte sich zwischen Aurnias Schenkel. Rose war froh, dass sie nicht mit ansehen musste, was er als Nächstes tat. Aurnia schrie, als würde ihr die Seele aus dem Leib gerissen. Plötzlich spritzte ein roter Schwall dem jungen Arzt ins Gesicht, und er prallte mit blutbespritztem Hemd zurück.

Aurnias Kopf fiel kraftlos auf das Kissen zurück, und dann lag sie nur schwer atmend da, während ihre Schreie zu einem Wimmern erstarben. In der jähen Stille war plötzlich ein anderes Geräusch zu hören. Ein merkwürdiges Miauen, das nach und nach zu einem Heulen anschwoll.

Das Kind! Das Kind lebt!

Der Arzt richtete sich auf, und im Arm hielt er das neugeborene Mädchen, dessen bläuliche Haut mit Blut beschmiert war. Er übergab es an Schwester Robinson, die den schreienden Säugling rasch in ein Tuch wickelte.

Rose starrte das Hemd des Doktors an. So viel Blut. Wo sie

auch hinschaute, überall sah sie Blut – auf der Matratze, auf den Laken. Sie blickte ins Gesicht ihrer Schwester und sah, dass ihre Lippen sich bewegten, doch bei dem Geschrei des Neugeborenen konnte sie die Worte nicht verstehen.

Schwester Robinson brachte Aurnia den gewickelten Säugling ans Bett. »Da ist Ihr kleines Töchterchen, Mrs. Tate. Sehen Sie nur, wie entzückend es ist!«

Aurnia schien Mühe zu haben, ihre neugeborene Tochter zu erkennen. »Margaret«, hauchte sie, und Rose brannten plötzlich Tränen in den Augen. Es war der Name ihrer Mutter. *Wenn sie doch noch am Leben wäre und ihr erstes Enkelkind sehen könnte.*

»Sag es ihm«, flüsterte Aurnia. »Er weiß es noch nicht.«

»Ich werde nach ihm schicken. Ich *sorge* dafür, dass er kommt«, erwiderte Rose.

»Du musst ihm sagen, wo ich bin.«

»Er weiß, wo du bist.« *Eben kann sich bloß nicht zu einem Besuch aufraffen.*

»Die Blutung ist zu stark.« Dr. Berry schob die Hand zwischen Aurnias Schenkel, doch sie war schon so benommen, dass der Schmerz sie kaum zusammenzucken ließ. »Aber ich kann keine Plazentaretention tasten.« Er fegte seine blutigen Instrumente beiseite, und die Zange landete scheppernd auf dem Boden. Dann legte er die Hände auf Aurnias Unterleib und knetete das Gewebe kräftig durch. Immer noch tränkte frisches Blut die Laken, größer und größer wurde der Fleck. Dr. Berry blickte auf, und in seinen Augen blitzten die ersten Anzeichen von Panik auf. »Kaltes Wasser!«, befahl er. »So kalt, wie es nur geht! Wir brauchen Kompressen. Und Mutterkorn!«

Schwester Robinson legte das gewickelte Kind in das Bettchen und eilte aus dem Saal, um das Verlangte zu besorgen.

»Er weiß es nicht«, stöhnte Aurnia.

»Sie muss *unbedingt* still liegen!«, mahnte Dr. Berry. »Sie verschlimmert sonst die Blutung!«

»Bevor ich sterbe, muss jemand ihm sagen, dass er ein Kind hat …«

Die Tür flog auf, und Schwester Robinson stürzte wieder herein, in den Händen eine Schüssel mit Wasser. »Es ist ganz kalt, wie Sie befohlen haben, Dr. Berry«, sagte sie.

Der Arzt tauchte ein Handtuch ins Wasser, wrang es aus und legte die eiskalte Kompresse auf den Unterleib der Patientin. »Geben Sie ihr das Mutterkorn!«

In der Wiege schrie das Neugeborene jetzt lauter; mit jedem Atemzug wurde sein Geheul durchdringender. Plötzlich platzte Schwester Poole heraus: »Um Himmels willen, schafft das Baby hier raus!« Schwester Robinson wollte schon nach dem Säugling greifen, doch Schwester Poole fuhr sie an: »Nicht du! Dich brauche ich hier. Gib es *ihr*!« Sie sah Rose an. »Nehmen Sie Ihre Nichte, und sorgen Sie dafür, dass sie sich beruhigt. Wir müssen uns um Ihre Schwester kümmern!«

Rose nahm den schreienden Säugling und ging widerstrebend zur Tür. Dort blieb sie stehen und blickte sich zu ihrer Schwester um. Aurnias Lippen waren jetzt noch blasser, der letzte Rest von Farbe schien aus ihrem Gesicht zu weichen, während sie unhörbare Worte flüsterte.

Bitte, lieber Gott, sei barmherzig. Wenn du mein Gebet hörst, lass meine gute Schwester nicht sterben.

Rose verließ den Saal. Draußen in dem düsteren Gang wiegte sie das weinende Kind, doch es wollte sich einfach nicht trösten lassen. Rose steckte den Finger in Margarets kleines Mündchen, und sofort bissen die zahnlosen Kiefer zu, und die Kleine begann zu saugen. Endlich war Ruhe. Ein kalter Luftzug hatte den Weg in den dunklen Korridor gefunden, und schon zwei der Lampen waren erloschen. Jetzt brannte nur noch eine einsame Flamme. Rose starrte die geschlossene Tür an, getrennt von der einzigen Menschenseele, die ihr lieb und teuer war.

Nein – jetzt gibt es noch jemanden, dem ich meine Liebe schenken kann, dachte sie und sah auf die kleine Margaret herab. *Dich.*

Sie stellte sich unter die eine flackernde Lampe und studierte das helle, flaumige Haar des Babys. Die Augenlider waren noch von den Anstrengungen der Geburt geschwollen. Rose begutachtete die fünf winzigen Finger und staunte über die Vollkommenheit dieser kleinen, rundlichen Hand, deren einziger Makel ein herzförmiges Muttermal am Handgelenk war. So also fühlt sich neues Leben an, dachte sie, in die Betrachtung des schlafenden Säuglings versunken. So rosig, so warm. Sie legte eine Hand auf die kleine Brust und spürte durch die Decke den Herzschlag, schnell wie der eines Vogels. So ein süßes Mädchen, dachte sie. *Meine kleine Meggie.*

Plötzlich wurde die Tür aufgestoßen, und Licht strömte in den Korridor. Schwester Poole kam heraus und schloss sogleich die Tür hinter sich.

Rose, die schon das Schlimmste befürchtete, fragte: »Meine Schwester...?«

»Sie lebt noch.«

»Und ihr Zustand? Wird sie...?«

»Die Blutung hat aufgehört, mehr kann ich Ihnen nicht sagen«, beschied ihr Schwester Poole knapp. »Jetzt bringen Sie das Baby auf die Station. Da ist es wärmer. Hier im Flur ist es viel zu zugig für ein Neugeborenes.« Sie machte kehrt und eilte über den Flur davon.

Fröstelnd sah Rose auf Meggie herab und dachte: *Ja, es ist viel zu kalt hier für dich, du armes Würmchen.* Sie trug das Baby zurück in die Entbindungsstation und setzte sich auf ihren alten Stuhl an Aurnias leerem Bett. Während die Nacht vorrückte, schlief das Baby in ihren Armen. Der Wind rüttelte an den Fenstern, der Eisregen tickte an die Scheiben, doch von Aurnias Zustand gab es keine Nachrichten.

Von draußen drang das Rumpeln von Wagenrädern auf Pflastersteinen herein. Rose ging zum Fenster. Im Hof kam gerade ein leichter Einspänner zum Stehen. Das Gesicht des Kutschers war durch das Wagendach verdeckt. Plötzlich schnaubte das Pferd in Panik, tänzelte nervös auf der Stelle und schien kurz davor durchzugehen. Einen Augenblick später entdeckte Rose den Grund für die Unruhe des Tieres: Es war nur ein großer Hund, der zielstrebig quer über den Hof trottete. Ihr Blick folgte ihm über das von Regen und Eis glitzernde Pflaster.

»Miss Connolly.«

Erschrocken drehte Rose sich um und erblickte Schwester Poole. Die Frau hatte sich so lautlos hereingeschlichen, dass Rose sie nicht hatte kommen hören.

»Geben Sie mir das Kind.«

»Aber sie schläft so fest«, protestierte Rose.

»Ihre Schwester kann das Baby unmöglich stillen. Sie ist viel zu schwach. Ich habe mir erlaubt, eine andere Lösung in die Wege zu leiten.«

»Was für eine Lösung?«

»Es ist jemand vom Säuglingsheim da, um sie zu holen. Man wird ihr eine Amme besorgen. Und sie wird ganz gewiss ein gutes Zuhause bekommen.«

Rose starrte die Schwester ungläubig an. »Aber sie ist doch kein Waisenkind! Sie hat eine Mutter!«

»Eine Mutter, die höchstwahrscheinlich nicht mehr lange leben wird.« Schwester Poole streckte die Arme aus, und ihre Hände sahen aus wie abweisende Klauen. »Geben Sie sie mir. Es ist nur zum Besten des Kindes. Sie können ganz bestimmt nicht für sie sorgen.«

»Sie hat auch einen Vater. Ihn haben Sie noch nicht gefragt.«

»Wie hätte ich ihn fragen sollen? Er hat sich ja nicht mal hier sehen lassen.«

»Ist Aurnia damit einverstanden? Lassen Sie mich mit ihr sprechen.«

»Sie ist bewusstlos. Sie kann nichts sagen.«

»Dann werde *ich* für sie sprechen. Das hier ist meine Nichte, Miss Poole. Sie gehört zu meiner Familie.« Rose drückte das Baby fester an sich. »Ich werde sie nicht irgendwelchen Fremden überlassen.«

Agnes Pooles Miene war starr vor unterdrückter Wut. Einen gefährlichen Moment lang schien sie im Begriff, Rose das Baby mit Gewalt zu entreißen. Stattdessen machte sie kehrt und rauschte aus dem Krankensaal. Bei jedem Schritt machte ihr Kleid ein knallendes Geräusch. Dann fiel eine Tür ins Schloss.

Draußen im Hof klapperten die Hufe des Pferdes nervös auf dem Pflaster.

Rose trat wieder ans Fenster und beobachtete, wie Agnes Pooles Gestalt sich aus dem Schatten des Hauseingangs löste. Sie steuerte auf den wartenden Einspänner zu und sprach mit der Person auf dem Kutschbock. Kurz darauf ließ der Unbekannte die Peitsche schnalzen, und das Pferd zockelte los. Während die Kutsche zum Tor hinausfuhr, blieb Agnes Poole allein im Hof zurück, ihre Silhouette umrahmt von den nass glänzenden Pflastersteinen.

Roses Blick heftete sich auf das Baby in ihren Armen, und in den Zügen des schlafenden Mädchens sah sie ein kleines, lebendiges Abbild ihrer eigenen geliebten Schwester. *Niemand wird dich mir je wegnehmen. Nicht, solange ich atme.*

5

Gegenwart

»Danke, dass Sie sich so kurzfristig Zeit für mich genommen haben, Dr. Isles.« Julia nahm im Büro der Rechtsmedizinerin Platz. Sie war direkt aus der Sommerhitze in das kühle Gebäude gekommen, und nun erblickte sie hinter dem Schreibtisch eine Frau, die sich in dieser frostigen Umgebung ganz und gar zu Hause zu fühlen schien. Abgesehen von den gerahmten Blumendrucken an der Wand war Maura Isles' Büro streng zweckmäßig eingerichtet: überall Akten und Fachbücher, dazu ein Mikroskop und ein Schreibtisch, auf dem peinlichste Ordnung herrschte. Julia rutschte unbehaglich auf ihrem Stuhl hin und her; sie kam sich vor, als würde sie selbst durch dieses Mikroskop begutachtet. »Es kommt sicher nicht oft vor, dass jemand mit so einer Bitte an Sie herantritt, aber ich muss es einfach wissen. Sonst finde ich keine Ruhe.«

»Sie sollten sich an Dr. Petrie wenden«, sagte Isles. »Das Skelett ist ein Fall für die forensische Anthropologie.«

»Ich bin nicht wegen des Skeletts hier. Ich habe schon mit Dr. Petrie gesprochen, und sie konnte mir nichts Neues sagen.«

»Und wie kann ich Ihnen dann helfen?«

»Als ich das Haus kaufte, erzählte die Maklerin mir, die Vorbesitzerin sei eine ältere Frau gewesen, die auf dem Grundstück gestorben war. Alle gingen damals von einem natürlichen Tod aus. Aber vor ein paar Tagen erwähnte mein Nachbar, dass es in dem Viertel mehrere Einbrüche gegeben habe. Und letztes Jahr wurde ein Mann gesehen, der die Straße auf und ab fuhr, als ob er die Häuser auskundschaftete. Und jetzt frage ich mich, ob …«

»Ob es doch kein natürlicher Tod war?«, vollendete Dr. Isles ohne Umschweife. »Das ist es, was Sie wissen wollen, nicht wahr?«

Julia hielt dem Blick der Rechtsmedizinerin stand. »Ja.«

»Leider habe ich die betreffende Obduktion nicht selbst durchgeführt.«

»Aber es gibt doch irgendwo einen Bericht, oder? Darin müsste die Todesursache verzeichnet sein, nicht wahr?«

»Ich müsste den Namen der Verstorbenen wissen.«

»Den habe ich hier.« Julia griff in ihre Handtasche und nahm einen Stapel Fotokopien heraus, die sie Maura Isles reichte. »Das ist der Nachruf aus der Lokalzeitung. Ihr Name war Hilda Chamblett. Und das sind sämtliche Zeitungsartikel, die ich über sie finden konnte.«

»Sie haben sich also schon eingehend mit dem Fall befasst.«

»Er hat mich nun mal beschäftigt.« Julia lachte verlegen. »Und dann ist da das alte Skelett in meinem Garten. Es macht mich ein wenig nervös, dass gleich zwei Frauen dort gestorben sind.«

»Im Abstand von mindestens hundert Jahren.«

»Es ist der Todesfall von letztem Jahr, der mich wirklich beunruhigt. Zumal nach dem, was mein Nachbar über diese Einbrüche gesagt hat.«

Isles nickte. »Das würde mich wahrscheinlich auch beunruhigen. Ich werde den Bericht heraussuchen.« Sie verließ das Büro und kam Augenblicke später mit der Akte in der Hand zurück. »Die Obduktion wurde von Dr. Costas vorgenommen«, sagte sie, während sie wieder an ihrem Schreibtisch Platz nahm und die Akte aufschlug. »›Chamblett, Hilda, 92, gefunden im Garten hinter ihrem Haus in Weston. Die Leiche wurde von einem Verwandten entdeckt, der verreist gewesen war und drei Wochen nicht nach ihr gesehen hatte. Der Todeszeitpunkt ist somit ungewiss.‹« Isles blätterte weiter und hielt inne. »Die Fotos sind nicht besonders angenehm«, sagte sie. »Die müssen Sie nicht unbedingt sehen.«

Julia schluckte. »Nein. Aber vielleicht könnten Sie mir einfach nur das Ergebnis vorlesen?«

Isles überflog die Zusammenfassung und blickte auf. »Sind Sie sicher, dass Sie das hören wollen?« Als Julia nickte, begann sie vorzulesen: »›Leiche wurde auf dem Rücken liegend gefunden, inmitten von hohem Gras und Unkraut, das sie schon aus wenigen Schritten Entfernung vollständig verdeckte …‹«

Das gleiche Unkraut, mit dem ich noch vor kurzem gekämpft habe, dachte Julia. *Ich habe das Gras ausgerissen, das Hilda Chambletts Leiche verbarg.*

»›Keine intakten Reste von Haut oder weichem Gewebe an exponierten Stellen erhalten. Fetzen von Kleidung, dem Augenschein nach ein ärmelloses Baumwollkleid, haften noch an Teilen des Rumpfs. Am Hals sind die Wirbel deutlich sichtbar, weiches Gewebe fehlt. Dick- und Dünndarm fehlen größtenteils, Reste von Lunge, Leber und Milz weisen Schädigungen mit gezackten Rändern auf. Von besonderem Interesse sind flaumig ausgefranste Stränge, bei denen es sich vermutlich um Nerven- und Muskelfasern handelt. Sie finden sich in den Gelenken sämtlicher Gliedmaßen. Das Periost der Schädel-, Rippen-, Arm- und Beinknochen ist in ähnlicher Weise ausgefranst. In der Nähe der Leiche wurde eine auffällige Häufung von Vogelkot registriert.‹«

Julia starrte Isles an. »Soll das heißen, das war das Werk von *Krähen*?«

»Dieser Befund ist typisch für Krähenfraß. Es ist bekannt, dass Vögel generell häufig für postmortale Schäden verantwortlich sind. Selbst unsere süßen kleinen Singvögel picken und zerren an der Haut einer Leiche. Krähen sind wesentlich größer, und sie sind Fleischfresser; sie können eine Leiche in kurzer Zeit skelettieren. Sie fressen das ganze weiche Gewebe, aber Nervenstränge und Sehnen können sie nicht ganz herausreißen. Diese Fasern bleiben an den Gelenken hängen, wo sie durch wiederholtes Hacken zerfasert werden. Deshalb hat Dr. Costas diese Fasern als *flaumig ausgefranst* beschrieben – weil sie von den Schnäbeln der Krähen so gründlich zerfetzt worden waren.« Dr. Isles klappte die Akte zu. »Das ist der Bericht.«

»Sie haben mir nicht gesagt, was die Todesursache war.«

»Weil sie nicht zu bestimmen war. Nach drei Wochen sind die Schäden durch Tierfraß und Verwesung zu groß.«

»Dann haben Sie also keine Idee?«

»Sie war zweiundneunzig. Es war ein heißer Sommer, und sie war allein draußen in ihrem Garten. Die Annahme, dass sie einen Herzinfarkt hatte, liegt da nahe.«

»Aber sicher können Sie sich nicht sein.«

»Nein, das können wir nicht.«

»Es könnte also auch ...«

»Ein Mord gewesen sein?« Isles' Blick war direkt.

»Sie lebte allein. Sie war schutzlos.«

»Hier ist keine Rede von irgendwelchen verdächtigen Spuren im Haus. Keine Anzeichen für einen Einbruch.«

»Vielleicht war der Mörder nicht an ihrem Besitz interessiert. Sondern nur an *ihr*. An dem, was er *ihr* antun konnte.«

Isles sagte ruhig: »Glauben Sie mir, ich weiß, was Sie denken. Wovor Sie Angst haben. In meinem Beruf sehe ich immer wieder, was Menschen anderen Menschen antun können. Furchtbare Dinge, die einen an der Bedeutung des Wortes ›menschlich‹ zweifeln lassen und die Frage aufwerfen, ob wir auch nur einen Deut besser sind als Tiere. Aber dieser spezielle Todesfall lässt bei mir keine Alarmglocken läuten. Man sollte immer zuerst an das Naheliegende denken, und wenn eine zweiundneunzigjährige Frau in ihrem eigenen Garten tot aufgefunden wird, ist Mord nicht die erste Vermutung, die sich einem aufdrängt.« Isles musterte Julia eine Weile. »Wie ich sehe, stellt Sie das nicht zufrieden.«

Julia seufzte. »Ich weiß nicht, was ich denken soll. Ich bereue schon, dass ich das Haus überhaupt gekauft habe. Ich habe nicht eine Nacht ruhig schlafen können, seit ich dort eingezogen bin.«

»Sie wohnen noch nicht sehr lange dort. Ein Umzug in eine

neue Umgebung bedeutet immer Stress. Geben Sie sich ein wenig Zeit zur Eingewöhnung. Es gibt immer eine gewisse Umstellungsphase.«

»Ich hatte Träume«, sagte Julia.

Isles schien nicht beeindruckt – und warum sollte sie es sein? Sie, eine Frau, die ihre Zeit damit zubrachte, Leichen aufzuschlitzen, eine Frau, die sich für einen Beruf entschieden hatte, der den meisten Menschen schlaflose Nächte verursachen würde? »Was für Träume?«

»Es ist jetzt drei Wochen her, und ich habe sie fast jede Nacht gehabt. Ich hoffe immer, dass sie irgendwann aufhören; dass es nur der Schock war, diese Knochen in meinem Garten zu finden.«

»Davon könnte jeder Albträume bekommen.«

»Ich glaube nicht an Geister. Wirklich nicht. Aber ich habe das Gefühl, dass sie versucht, mir etwas zu sagen. Dass sie mich auffordert, etwas zu *tun*.«

»Die verstorbene Vorbesitzerin? Oder das Skelett?«

»Ich weiß es nicht. *Irgendjemand.*«

Isles' Miene blieb vollkommen neutral. Falls sie Julia für verrückt hielt, ließ sie es sich nicht anmerken. Aber ihre Worte ließen keinen Zweifel an ihrem Standpunkt in der Sache. »Ich bin nicht sicher, ob ich Ihnen da helfen kann. Ich bin nur Rechtsmedizinerin, und ich habe Ihnen meine Meinung als Expertin gesagt.«

»Und nach Ihrer Expertenmeinung ist Mord immer noch eine Möglichkeit, oder?«, beharrte Julia. »Sie können es nicht ausschließen.«

Isles zögerte. »Nein«, gestand sie schließlich ein. »Das kann ich nicht.«

In dieser Nacht träumte Julia von Krähen. Zu Hunderten hockten sie in einem toten Baum, starrten mit ihren gelben Augen auf sie herab. Und warteten.

Ein raues Gekrächze riss sie aus dem Schlaf, und als sie die Augen aufschlug, sah sie, dass das Licht des frühen Morgens schon durch ihr vorhangloses Fenster fiel. Ein schwarzes Flügelpaar glitt vorüber, wie eine Sense, die über den Himmel geschwungen wurde. Und dann ein zweites. Sie stieg aus dem Bett und trat ans Fenster.

Die Eiche, in der sie saßen, war nicht tot, wie in ihrem Traum, sondern voll ausgeschlagen in üppigstem Sommergrün. Mindestens zwei Dutzend Krähen hatten sich in ihrer Krone versammelt; wie merkwürdige schwarze Früchte saßen sie im Geäst, krächzten und raschelten mit ihren glänzenden Federn. Sie hatte sie schon früher in diesem Baum gesehen, und sie hatte keinen Zweifel, dass es sich um dieselben Vögel handelte, die sich letzten Sommer an Hilda Chambletts Leiche gütlich getan hatten; dieselben Vögel, die mit ihren scharfen Schnäbeln so lange gehackt und gezerrt hatten, bis von den Nerven- und Sehnensträngen nur noch ledrige Fetzen übrig waren. Und nun waren sie wieder da, begierig auf das nächste Festmahl. Sie wussten, dass Julia sie beobachtete, und starrten mit ihren verstörend intelligenten Augen zurück, als gingen sie davon aus, dass es nur eine Frage der Zeit war.

Sie wandte sich ab und dachte: *Ich werde Vorhänge vor dieses Fenster hängen müssen.*

In der Küche kochte sie Kaffee und machte sich einen Toast mit Butter und Marmelade. Draußen löste der Morgennebel sich allmählich auf; es versprach ein sonniger Tag zu werden. Ein guter Tag, um noch einen Sack Komposterde zu verteilen und einen weiteren Ballen Torf in das Blumenbeet am Bach einzuarbeiten. Obwohl ihr Rücken vom Verlegen der Badezimmerfliesen am Abend zuvor noch immer schmerzte, wollte sie nicht einen einzigen der schönen Tage vergeuden. *Die Zeiten im Leben, die wir im Garten verbringen dürfen, sind begrenzt, und wenn ein Sommer einmal vorbei ist, kann nichts ihn wiederbringen.* Sie hatte schon zu viele Sommer vergeudet. *Aber dieser hier gehört mir.*

Draußen schwoll das Krächzen und Flattern zu einer lärmenden Kakophonie an. Sie sah aus dem Fenster und beobachtete, wie die Krähen plötzlich alle gleichzeitig aufflogen und in alle vier Winde davonflatterten. Dann fiel ihr Blick auf die hinterste Ecke des Gartens, unten am Bach, und sie begriff, warum die Krähen so unvermittelt geflüchtet waren.

Da stand ein Mann an der Grundstücksgrenze. Und starrte zu ihrem Haus herauf.

Sie wich rasch zurück, um nicht gesehen zu werden. Dann schob sie sich ganz langsam wieder ans Fenster heran und spähte hinaus. Der Mann war schlank und dunkelhaarig, er trug Bluejeans und einen braunen Wollpullover gegen die kühle Morgenluft. Nebelschleier stiegen in dünnen Fetzen aus dem Gras auf und schlängelten sich um seine Beine. Setz auch nur einen Fuß auf mein Grundstück, dachte sie, und ich rufe die Polizei.

Er ging zwei Schritte auf ihr Haus zu.

Sie lief zum Tisch und schnappte sich das schnurlose Telefon. Sogleich eilte sie wieder ans Fenster, um nach dem Mann Ausschau zu halten, doch sie konnte ihn nicht mehr sehen. Dann kratzte etwas an ihrer Küchentür, und sie erschrak so heftig, dass sie beinahe das Telefon fallen ließ. *Sie ist doch abgeschlossen, oder? Ich habe die Tür doch gestern Abend abgeschlossen, oder etwa nicht?* Sie wählte die Notrufnummer.

»McCoy!«, rief eine Stimme. »Komm, Junge, geh da weg!«

Als sie erneut einen Blick aus dem Fenster warf, sah sie den Mann urplötzlich hinter einigen hoch aufschießenden Unkrautpflanzen auftauchen. Etwas tappte über ihre Veranda, dann tauchte ein gelber Labrador auf, der quer durch den Garten auf den Mann zulief.

»Notrufzentrale.«

Julia sah auf das Telefon in ihrer Hand hinunter. O Gott, was war sie doch für eine Idiotin. »Entschuldigen Sie«, sagte sie. »Ich habe die Nummer aus Versehen gewählt.«

»Ist alles in Ordnung, Ma'am? Sind Sie sicher?«

»Ja, es ist alles in bester Ordnung. Ich habe aus Versehen die Schnellwahltaste gedrückt. Vielen Dank.« Sie beendete das Gespräch und sah wieder aus dem Fenster. Der Mann bückte sich gerade, um eine Leine am Halsband des Hundes zu befestigen. Als er sich aufrichtete, fing er Julias Blick auf und winkte ihr zu.

Sie öffnete die Küchentür und trat hinaus in den Garten.

»Tut mir leid!«, rief der Mann. »Ich wollte nicht über Ihr Grundstück gehen, aber er ist mir durchgebrannt. Er glaubt, dass Hilda immer noch hier wohnt.«

»Er war schon mal hier?«

»Allerdings. Sie hatte immer eine Schachtel Hundekuchen im Haus, extra für ihn.« Er lachte. »McCoy vergisst nie, wo er was zu futtern gekriegt hat!«

Sie ging den Hang hinunter auf den Mann zu. Er machte ihr keine Angst mehr. Ein Vergewaltiger oder ein Mörder konnte doch unmöglich so einen netten Hund haben. Der Labrador zerrte an seiner Leine und tänzelte aufgeregt umher, begierig darauf, Julias Bekanntschaft zu machen.

»Sie sind die neue Besitzerin, nehme ich an?«, sagte er.

»Julia Hamill.«

»Tom Page. Ich wohne gleich nebenan.« Er wollte ihr die Hand geben, doch im letzten Moment fiel ihm die Plastiktüte ein, die er darin hielt, und er lachte verlegen. »Oh – der Hundebeutel. Ich war gerade dabei, sein Geschäft zu entsorgen.«

Deswegen hat er sich also vorhin kurz ins Gras geduckt, dachte sie. *Er hat bloß die Hinterlassenschaft seines Vierbeiners beseitigt.*

Der Hund bellte ungeduldig und stellte sich auf die Hinterbeine. Er bettelte regelrecht um Julias Aufmerksamkeit.

»McCoy! Platz, Junge!« Tom zog einmal kurz an der Leine, und der Hund gehorchte widerstrebend.

»McCoy – ungewöhnlicher Name für einen Hund«, meinte sie.

»Nun ja, also … eigentlich heißt er Dr. McCoy.«

»Ah. *Star Trek.*«

Er sah sie an und lächelte verlegen. »Daran merken Sie,

wie alt ich bin. Ist schon erschreckend, wie viele junge Leute heutzutage noch nie etwas von Dr. McCoy gehört haben. Da komme ich mir immer uralt vor.«

Aber uralt ist er ganz bestimmt nicht, dachte sie. Vielleicht Anfang vierzig. Vom Küchenfenster aus hatte sein Haar pechschwarz gewirkt; jetzt, als sie direkt vor ihm stand, sah sie, dass es schon mit ein paar grauen Strähnen durchsetzt war. Und seine dunklen Augen, die er im hellen Licht der Morgensonne zusammenkniff, waren von ausgeprägten Lachfältchen flankiert.

»Ich bin froh, dass endlich jemand Hildas Anwesen gekauft hat«, sagte er und blickte zum Haus hinüber. »Es war eine Weile ganz schön einsam dort.«

»Es ist in einem ziemlich schlechten Zustand.«

»Sie war damit schlicht überfordert. Der Garten war zu viel für sie, aber mit ihrem verdammten Besitzerstolz hat sie es einfach nicht über sich gebracht, irgendjemand anders dort arbeiten zu lassen.« Sein Blick fiel auf den kahlen Flecken Erde, wo die Knochen exhumiert worden waren. »Sonst hätten sie dieses Skelett vielleicht schon viel früher gefunden.«

»Sie haben davon gehört.«

»Nicht nur ich, die ganze Nachbarschaft. Vor ein paar Wochen bin ich mal hier vorbeigekommen und habe den Leuten beim Graben zugeschaut. Die sind ja mit einem ganzen Team bei Ihnen angerückt.«

»Ich habe Sie aber nicht gesehen.«

»Ich wollte nicht aufdringlich erscheinen. Aber neugierig war ich schon.« Er sah sie an, und sein Blick war so direkt, dass ihr ein wenig unwohl dabei war, als ob seine Augen die geheimsten Windungen ihres Gehirns erforschen könnten. »Wie gefällt es Ihnen hier?«, fragte er. »Abgesehen von den Skeletten?«

Fröstelnd verschränkte sie die Arme in der kühlen Morgenluft. »Ich weiß nicht.«

»Haben Sie sich noch nicht entschieden?«

»Nun ja, ich liebe Weston, aber die Knochen sind mir doch

ein bisschen unheimlich. Zu wissen, dass sie hier all die Jahre begraben war. Irgendwie gibt mir das so ein Gefühl der...« Sie zuckte mit den Achseln. »Der Verlorenheit, würde ich sagen.« Ihr Blick ging zu der Grabstätte. »Ich wüsste zu gerne, wer sie war.«

»Konnte die Universität Ihnen das nicht sagen?«

»Sie glauben, dass das Grab aus dem frühen 19. Jahrhundert stammt. Der Schädel der Frau war an zwei Stellen gebrochen, und sie wurde ohne großes Zeremoniell begraben. Einfach in eine Tierhaut gehüllt und in der Erde verscharrt. Als hätte es jemand sehr eilig gehabt, sie verschwinden zu lassen.«

»Eine Leiche mit gebrochenem Schädel und ein hastiges Begräbnis? Das klingt mir aber schwer nach Mord.«

Sie sah ihn an. »Das finde ich auch.«

Eine Weile schwiegen sie beide. Der Nebel hatte sich jetzt fast ganz verzogen, und in den Bäumen zwitscherten die Vögel. Keine Krähen diesmal, sondern Singvögel, die anmutig von Ast zu Ast flatterten. Seltsam, dachte sie, dass die Krähen einfach so verschwunden sind.

»Ist das Ihr Telefon?«, fragte er.

Jetzt hörte sie das Geräusch auch, und sie blickte zum Haus. »Ich sollte wohl besser hingehen.«

»Hat mich gefreut, Sie kennenzulernen!«, rief er ihr nach, während sie die Stufen zu ihrer Veranda hinaufeilte. Als sie endlich ihre Küche erreicht hatte, war er schon weitergegangen, mit dem sich sträubenden McCoy im Schlepptau. Schon hatte sie seinen Nachnamen wieder vergessen. Und hatte er eigentlich einen Ehering am Finger getragen oder nicht?

Die Anruferin war Vicky. »Na, was macht das Projekt ›Schöner wohnen‹?«, fragte sie.

»Ich habe gestern Abend den Boden im Bad gefliest.« Julia konnte den Blick noch immer nicht vom Garten losreißen, wo sie Toms braunen Pullover jetzt im Schatten der Bäume verschwinden sah. Das muss so eine Art Lieblingspulli von ihm sein, dachte sie. Mit so einem zerschlissenen Teil ließ man sich nicht in der Öffentlichkeit blicken, wenn man nicht aus irgendeinem Grund sehr daran hing. Irgendwie machte ihn das noch ein bisschen sympathischer. Das und sein Hund.

»...und ich finde wirklich, du solltest wieder mal mit einem Mann ausgehen.«

Schlagartig war Julias Aufmerksamkeit wieder bei Vicky. »Was?«

»Ich weiß, was du von Blind Dates hältst, aber der Typ ist wirklich total nett.«

»Keine Anwälte mehr, Vicky.«

»Sie sind nicht alle wie Richard. Manche ziehen immer noch eine richtige Frau jeder aufgedonnerten Tiffani vor. Apropos Tiffani – ich habe gerade herausgefunden, dass ihr Daddy ein großes Tier bei Morgan Stanley ist. Kein Wunder, dass es da eine rauschende Hochzeitsfeier gibt.«

»Vicky, so genau will ich das alles gar nicht wissen.«

»Ich finde, irgendjemand sollte ihrem Daddy mal stecken, was für einen Loser sich sein Töchterchen da angelacht hat.«

»Ich muss jetzt Schluss machen. Ich komme gerade aus dem Garten und habe total verdreckte Hände. Ich ruf dich später zurück.« Sie legte auf und hatte sofort ein schlechtes Gewissen wegen ihrer kleinen Notlüge. Aber allein die Erwähnung von Richards Namen hatte einen Schatten auf ihren Tag geworfen, und sie wollte einfach nicht an ihn denken. Da schaufelte sie zehnmal lieber Dünger.

Sie schnappte sich ihren Gartenhut und die Handschuhe, trat vor die Tür und blickte zum Bachbett hinunter. Tom mit dem braunen Pulli war nirgends zu sehen, und sie registrierte einen leisen Anflug von Enttäuschung. *Du bist gerade erst von einem Mann sitzen gelassen worden. Bist du so scharf darauf, noch einmal enttäuscht zu werden?* Sie holte die Schubkarre und die Schaufel aus dem Schuppen und ging den Hang hinunter zu dem alten Blumenbeet, das sie wieder herzurichten begonnen hatte. Während sie die Karre rumpelnd durchs Gras schob, musste sie daran denken, wie oft die alte

Hilda Chamblett wohl diesen überwucherten Pfad entlangge-gangen war. Ob sie einen Hut getragen hatte wie Julia? Ob sie bisweilen innegehalten und aufgeblickt hatte, wenn sie die Vögel singen hörte? Ob ihr auch dieser seltsam verkrümmte Ast in der Krone der Eiche aufgefallen war?

Ob sie an jenem Julitag gewusst hatte, dass es ihr letzter Tag auf Erden war?

An diesem Abend war sie zu erschöpft, um irgendetwas Auf-wendigeres zu kochen als ein gegrilltes Käsesandwich und eine Tomatensuppe. Sie aß am Küchentisch, vor sich die Kopien der Zeitungsausschnitte über Hilda Chamblett. Die Artikel waren kurz und berichteten lediglich, dass eine äl-tere Frau in ihrem Garten tot aufgefunden worden sei und dass die Polizei nicht von einem Verbrechen ausgehe. *Mit zweiundneunzig steht man ohnehin schon mit einem Bein im Grab.* Kann man sich einen schöneren Tod vorstellen, so wurde eine Nachbarin zitiert, als an einem Sommertag in sei-nem eigenen Garten zu sterben?

Sie las den Nachruf.

Hilda Chamblett, eine alteingesessene Bürgerin der Stadt Weston, Massachusetts, wurde am 25. Juli in ihrem Garten tot aufgefunden. Die rechtsmedizinische Untersuchung er-gab eine »höchstwahrscheinlich natürliche Todesursache«. Die seit zwanzig Jahren verwitwete Mrs. Chamblett war in Gärtnerkreisen wohlbekannt, vor allem als begeisterte Züch-terin von Iris und Rosen. Sie hinterlässt einen Cousin, Henry Page aus Islesboro, Maine, ihre Nichte Rachel Surrey aus Roanoke, Virginia, sowie zwei Großnichten und einen Groß-neffen.

Als das Telefon läutete, fuhr sie so heftig zusammen, dass sie die Seite mit Tomatensuppe bekleckerte. Sicher wieder Vicky, dachte sie, die sich fragt, warum ich sie noch nicht zu-rückgerufen habe. Sie wollte nicht mit Vicky reden, wollte nichts hören über die Planungen für Richards aufwendige Hochzeit. Aber wenn sie jetzt nicht abhob, würde Vicky es einfach immer wieder versuchen.

Julia griff nach dem Telefon. »Hallo?«

Eine Männerstimme, heiser und rau vom Alter, ertönte: »Spreche ich mit Julia Hamill?«

»Ja.«

»Sie sind also die Frau, die Hildas Haus gekauft hat.«

Julia runzelte die Stirn. »Wer ist da, bitte?«

»Henry Page. Ich bin Hildas Cousin. Wie ich höre, haben Sie ein paar alte Knochen in Ihrem Garten gefunden.«

Julia drehte sich wieder zum Küchentisch um und überflog rasch den Nachruf. Ein Suppenklecks war genau auf der Stelle gelandet, wo die Hinterbliebenen aufgelistet waren. Sie wischte ihn weg und fand den Namen.

… hinterlässt einen Cousin, Henry Page aus Islesboro, Maine …

»Ich interessiere mich sehr für diese Knochen«, sagte er. »Ich gelte so ein bisschen als der Familienchronist, müssen Sie wissen.« Mit verächtlichem Schnauben setzte er hinzu: »Weil sich sonst kein Schwein dafür interessiert.«

»Was können Sie mir über die Knochen sagen?«, fragte sie.

»Gar nichts.«

Und wieso rufen Sie mich dann an?

»Ich habe mich mit der Sache beschäftigt«, fuhr er fort. »Als Hilda starb, hinterließ sie ungefähr dreißig Kartons mit alten Papieren und Büchern. Ich gebe zu, ich habe den Krempel einfach erst mal zur Seite geräumt und das ganze letzte Jahr nicht einen Blick drauf geworfen. Aber dann habe ich von Ihren geheimnisvollen Knochen gehört und mich gefragt, ob sich darüber nicht irgendetwas in diesen Kartons finden ließe.« Er hielt inne. »Interessiert Sie das überhaupt, oder sollte ich lieber den Mund halten und einfach auflegen?«

»Ich höre Ihnen zu.«

»Das ist mehr, als die meisten meiner Verwandten tun. Niemand hat mehr etwas übrig für Geschichte. Immer heißt es nur *schnell, schnell, schnell,* nur ja nichts verpassen und immer der neuesten Mode nachlaufen.«

»Sie sprachen von diesen Kartons, Mr. Page.«

»Oh, ja. Ich bin da auf einige interessante Dokumente von historischer Bedeutung gestoßen. Und ich frage mich, ob ich den Schlüssel zum Rätsel der Identität dieser alten Gebeine gefunden habe.«

»Was steht in diesen Dokumenten?«

»Es handelt sich um Briefe und Zeitungen. Ich habe sie alle hier bei mir zu Hause. Sie können sie sich jederzeit gerne anschauen, falls Sie mal Lust haben, nach Maine heraufzukommen.«

»Das ist eine furchtbar lange Fahrt, nicht wahr?«

»Nicht, wenn Sie wirklich interessiert sind. Mir ist das ohnehin vollkommen gleich. Aber da es hier um Ihr Haus geht, um Menschen, die dort einmal gelebt haben, dachte ich, die Geschichte würde Sie vielleicht faszinieren. Mich fasziniert sie jedenfalls. Sie klingt abstrus, aber ich habe hier einen Zeitungsartikel, der sie zu belegen scheint.«

»Was ist das für ein Artikel?«

»Es geht um den brutalen Mord an einer Frau.«

»Wo? Wann?«

»In Boston. Es geschah im Herbst 1830. Wenn Sie nach Maine kommen, Miss Hamill, können Sie die Dokumente selbst lesen. Über die merkwürdige Geschichte von Oliver Wendell Holmes und dem West End Reaper.«

6

1830

Rose zog sich das Umschlagtuch über den Kopf, band es fest zum Schutz vor der Novemberkälte und trat vor die Tür. Sie hatte die kleine Meggie in der Entbindungsstation zurückgelassen, wo sie gierig an der Brust einer anderen jungen Mutter trank. Heute Abend verließ Rose das Krankenhaus zum ersten Mal seit zwei Tagen. Die Luft war neblig und feucht, doch Rose sog sie mit einem Gefühl der Erleichterung ein, froh um jede Minute, die sie den Gerüchen der Krankenstation und dem Wimmern und Wehklagen der Frauen entkommen konnte. Auf der Straße hielt sie einen Moment inne und atmete tief ein, um den Gifthauch der Krankheit aus ihrer Lunge zu waschen, und sie roch den Fluss und das Meer, hörte das Rumpeln einer Kutsche, die im Nebel vorbeifuhr. Ich war so lange mit den Sterbenden eingesperrt, dachte sie, dass ich vergessen habe, wie es ist, unter den Lebenden zu wandeln.

Eilig machte sie sich auf den Weg durch den Nebel und die Kälte, die ihr bis in die Knochen drang. Ihre Schritte hallten von den Backsteinmauern wider, als sie durch das Gewirr von Gassen dem Hafen zustrebte. In dieser unwirtlichen Nacht begegnete sie nur wenigen Menschen, und sie zog sich das Tuch noch fester um die Schultern, als wäre es eine Tarnkappe, die sie vor feindseligen Blicken aus verborgenen Winkeln schützen könnte. Sie beschleunigte ihren Schritt, und ihr Atem schien unnatürlich laut, verstärkt durch den dichter werdenden Nebel, der immer undurchdringlicher wurde, je näher sie ihrem Ziel kam. Und dann vernahm sie plötzlich, durch das Brausen ihres eigenen Atems hindurch, hinter sich das Geräusch von Schritten.

Sie blieb stehen und drehte sich um.

Die Schritte kamen näher.

Rose wich zurück; ihr Herz klopfte wie wild. Aus den wirbelnden Nebelschwaden tauchte dunkel eine wabernde Form auf, die sich allmählich zu einer festen Gestalt wandelte – einer Gestalt, die direkt auf sie zukam.

Eine Stimme rief: »Miss Rose! Miss Rose! Sind Sie das?«

Alle Anspannung wich aus ihren Muskeln. Sie seufzte erleichtert auf, als sie den schlaksigen Jüngling aus dem Nebel auf sich zukommen sah. »Zum Donnerwetter, Billy! Dafür hättest du eine Maulschelle verdient!«

»Wofür, Miss Rose?«

»Dafür, dass du mich halb zu Tode erschreckt hast.«

So betreten, wie er sie ansah, hätte man denken können, dass sie ihn tatsächlich geschlagen hatte. »Das hab ich nicht gewollt«, wimmerte er. Und es stimmte natürlich; dem Burschen konnte man schwerlich eine böse Absicht unterstellen. Alle kannten den einfältigen Billy, aber niemand wollte sich zu ihm bekennen. Er war eine allgegenwärtige und lästige Erscheinung im Bostoner West End, wo er von einem Hof zum nächsten zog auf der Suche nach einem Schlafplatz in Stall oder Scheune, wo er sich seine Mahlzeiten erbettelte und von Resten lebte, die ihm mitleidige Hausfrauen oder Fischhändler überließen. Billy wischte sich mit einer schmutzigen Hand übers Gesicht und sagte in weinerlichem Ton: »Jetzt sind Sie ganz böse auf mich, nicht wahr?«

»Was machst du um diese Zeit hier draußen?«

»Ich such mein Hündchen. Das ist verschwunden.«

Davongelaufen wohl eher, wenn das Tier auch nur für einen Penny Verstand hatte. »Nun, dann hoffe ich, dass du es bald findest«, sagte sie und wandte sich ab, um weiterzugehen.

Er trottete ihr nach. »Wo gehen *Sie* denn hin?«

»Ich hole Eben. Er muss ins Krankenhaus kommen.«

»Warum?«

»Weil meine Schwester sehr krank ist.«

»Wie krank?«

»Sie hat ein Fieber, Billy.« Nach einer Woche auf der Entbindungsstation war Rose klar, was das bedeutete. Binnen eines Tages nach der Geburt der kleinen Meggie war Aurnias Bauch angeschwollen, ihre Gebärmutter hatte jenen übel riechenden Ausfluss hervorzubringen begonnen, von dem Rose wusste, dass er beinahe unweigerlich der Anfang vom Ende war. Schon so viele andere junge Mütter hatte sie dort auf der Station am Kindbettfieber sterben sehen. Sie hatte den mitleidigen Blick in Schwester Robinsons Augen gesehen, einen Blick, der sagte: *Da ist nichts mehr zu machen.*

»Wird sie sterben?«

»Ich weiß es nicht«, antwortete sie leise. »Ich weiß es nicht.«

»Ich fürchte mich vor toten Leuten. Wie ich klein war, da hab ich meinen eigenen Pa tot gesehen. Sie haben gewollt, dass ich ihn küssen soll, obwohl seine ganze Haut weggebrannt war, aber ich wollte nicht. War ich ein böser Junge, weil ich's nicht gemacht hab?«

»Nein, Billy. Du bist immer ein guter Junge gewesen, seit ich dich kenne.«

»Ich wollte ihn nicht anfassen. Aber er war mein Pa, und sie haben gesagt, ich muss es tun.«

»Kannst du mir das ein andermal erzählen? Ich bin in Eile.«

»Ich weiß. Weil Sie Mr. Tate holen wollen.«

»Jetzt geh, und such dein Hündchen, ja?« Sie beschleunigte ihren Schritt und hoffte nur, dass der Junge ihr nicht folgen würde.

»Er ist nicht im Logierhaus.«

Erst nach ein paar Schritten drangen Billys Worte in ihr Bewusstsein. Sie blieb stehen. »Was?«

»Mr. Tate – er ist nicht in Mrs. O'Keefes Logierhaus.«

»Woher weißt du das? Wo ist er denn?«

»Ich hab ihn drüben in der Mermaid gesehen. Mr. Sitterley hat mir ein Stückchen Lammpastete geschenkt, aber er hat gesagt, ich soll's draußen auf der Gasse essen. Da hab ich

Mr. Tate reingehen sehen, und er hat nicht mal guten Tag gesagt.«

»Bist du sicher, Billy? Ist er immer noch dort?«

»Wenn Sie mir 'nen Vierteldollar geben, bring ich Sie hin.«

Sie winkte ab. »Ich habe keinen Vierteldollar. Ich finde auch allein hin.«

»Oder einen Ninepence?«

Sie ging davon. »Und auch keinen Ninepence.«

»Einen Large Cent? Einen halben Cent?«

Rose ging stur weiter und war erleichtert, als sie den Plagegeist endlich abschütteln konnte. Ihre Gedanken waren bei Eben; sie überlegte schon, was sie zu ihm sagen sollte. Der ganze Zorn auf ihren Schwager, den sie so lange zurückgehalten hatte, kochte jetzt in ihr hoch, und als sie die Mermaid erreichte, war sie so weit, dass sie ihm am liebsten wie eine Katze mit ausgefahrenen Krallen ins Gesicht gesprungen wäre. Durch das Fenster sah sie den warmen Schein des Kaminfeuers und hörte gedämpftes Gelächter. Sie war versucht, einfach wieder zu gehen, ohne ihn bei seinem Zechgelage zu stören. Aurnia würde es ohnehin nie erfahren.

Es ist seine letzte Chance, Abschied zu nehmen. Du musst es tun.

Sie stieß die Tür der Schenke auf und trat ein.

In der Hitze, die vom Kamin ausstrahlte, begannen ihre vor Kälte tauben Wangen sogleich zu kribbeln. Sie blieb in der Nähe des Eingangs stehen und blickte sich in der Stube um, wo die Gäste an Tischen zusammensaßen oder am Schanktisch hockten. Eine Frau mit wilder schwarzer Mähne und einem grünen Kleid saß an einem Ecktisch und lachte aus vollem Hals. Mehrere Männer drehten sich zu Rose um, und als sie die Blicke sah, die sie ihr zuwarfen, hüllte sie das Tuch trotz der Hitze noch enger um ihre Schultern.

»Sie wünschen, bedient zu werden?«, rief ihr ein Mann zu, der hinter dem Schanktisch stand. Das muss Mr. Sitterley sein, dachte sie, der Schankwirt, der dem einfältigen Billy einen Bissen Lammpastete zugesteckt hatte, gewiss mit der

Absicht, ihn aus seinem Lokal zu scheuchen. »Miss?«, sagte der Mann.

»Ich suche nur jemanden«, erwiderte sie. Ihr Blick blieb an der Frau in dem grünen Kleid haften. Neben ihr saß ein Mann, der sich jetzt umdrehte und Rose einen bösen Blick zuwarf.

Sie ging hinüber und trat an seinen Tisch. Aus der Nähe betrachtet sah die Frau, die neben ihm saß, schon wesentlich unattraktiver aus. Das Mieder ihres Kleids war mit Rumflecken und Speiseresten verschmutzt, und wenn sie den Mund aufsperrte wie jetzt, waren ihre faulen Zähne zu sehen. »Du musst ins Krankenhaus kommen, Eben«, sagte Rose.

Aurnias Mann zuckte mit den Achseln. »Kannst du nicht sehen, dass du mich bei meiner Trauer störst?«

»Geh jetzt zu ihr, solange du noch kannst. Solange sie noch am Leben ist.«

»Von wem redet die denn, Schätzchen?«, fragte die Frau und zupfte Eben am Ärmel. Der widerliche Gestank ihrer faulen Zähne wehte Rose ins Gesicht, und ihr wurde fast übel.

»Von meiner Frau«, knurrte Eben.

»Du hast mir nicht gesagt, dass du 'ne Frau hast.«

»Dann sag ich's dir eben jetzt.« Er trank einen Schluck Rum.

»Wie kannst du nur so herzlos sein?«, rief Rose. »Es ist sieben Tage her, dass du sie zuletzt besucht hast. Du bist nicht einmal gekommen, um deine eigene Tochter zu sehen!«

»Ich hab ja schon schriftlich auf meine Rechte als Vater verzichtet. Die Damen vom Säuglingsheim können sie gerne haben.«

Sie starrte ihn entsetzt an. »Das kann doch nicht dein Ernst sein.«

»Wie soll ich denn für das Balg sorgen? Es ist der einzige Grund, weshalb ich deine Schwester geheiratet habe. Das Weib war schwanger, da hab ich eben getan, was sich gehört. Aber ein unbeschriebenes Blatt war die nicht mehr.« Wieder zuckte er mit den Achseln. »Die werden schon ein gutes Zuhause für sie finden.«

»Sie muss bei ihrer Familie sein. Ich werde sie selbst großziehen, wenn es sein muss.«

»Du?« Er lachte. »Du bist doch erst vor ein paar Monaten über den Teich gekommen und weißt gerade mal, wie man mit Nadel und Faden umgeht.«

»Ich weiß genug, um für mein eigen Fleisch und Blut zu sorgen.« Rose packte ihn am Arm. »Steh auf. Du *wirst* mit mir kommen.«

Er schüttelte sie ab. »Lass mich in Ruhe.«

»Steh auf, du Bastard.« Mit beiden Händen zerrte sie an seinem Arm, bis er schwerfällig aufstand. »Sie hat nur noch ein paar Stunden zu leben. Auch wenn du sie anlügen musst, auch wenn sie dich gar nicht hören kann, du *wirst* ihr sagen, dass du sie liebst!«

Er stieß sie weg und stand einen Moment lang schwankend da, mit benebeltem Hirn und wackligen Knien. Alle Gespräche in der Schenke waren verstummt, und nur das Knistern des Kaminfeuers war zu hören. Eben blickte sich um und sah all die missbilligenden Blicke, die auf ihn gerichtet waren. Alle hatten sie den Wortwechsel mit angehört, und es war klar, dass hier niemand Verständnis für ihn hatte.

Er nahm Haltung an und bemühte sich um einen höflichen Ton. »Ist doch kein Grund, mich gleich so anzukeifen. Ich komme ja mit.« Er zog seine Jacke gerade und rückte den Kragen zurecht. »Ich wollte nur noch mein Glas austrinken.«

Mit hocherhobenem Kopf ging er zur Tür, stolperte über die Schwelle und trat hinaus auf die Straße. Rose folgte ihm. Draußen war der Nebel so dicht, dass die Feuchtigkeit durch Mark und Bein zu dringen schien. Sie waren erst ein paar Schritte gegangen, als Eben unvermittelt zu ihr herumfuhr.

Der Schlag ließ sie taumelnd zurückweichen. Schwankend fiel sie gegen eine Hausmauer; ihre Wange pochte, und der Schmerz war so heftig, dass ihr schwarz vor Augen wurde. Den zweiten Schlag sah sie nicht einmal kommen. Seine Wucht schleuderte sie zur Seite, sie fiel auf die Knie und spürte, wie das eiskalte Wasser ihren Rock durchtränkte.

»Das ist für die Frechheiten, die du mir vor allen Leuten an den Kopf geworfen hast«, knurrte er. Er packte sie am Arm und schleifte sie über das Kopfsteinpflaster in einen engen Durchgang.

Ein weiterer krachender Schlag traf ihren Mund, und sie schmeckte Blut.

»Und das ist für die vier Monate, die ich dich ertragen musste. Immer hast du ihre Partei ergriffen, immer habt ihr beide euch gegen mich verbündet. Meine Zukunft ist ruiniert, nur weil sie sich hat schwängern lassen. Meinst du, sie hätte nicht drum gebettelt? Meinst du, ich hätte sie verführen müssen? O nein, deine ach so tugendsame Schwester hat es selber gewollt. Hatte keine Scheu, mir zu zeigen, was sie zu bieten hatte. Aber die Ware war verdorben.«

Er hievte sie hoch und stieß sie gegen eine Mauer.

»Also spiel mir hier nicht die Unschuld vom Lande vor. Ich weiß, was für eine verkommene Sippe ihr seid. Ich weiß, was du willst. Dasselbe, was deine Schwester gewollt hat.«

Er warf sich auf sie und drückte sie so fest an die Mauer, dass sie sich nicht mehr rühren konnte. Von den Schlägen war sie derart benommen, dass sie nicht die Kraft aufbrachte, ihn von sich zu stoßen. Sie spürte, wie er hart wurde, als er sein Becken an ihres presste, spürte seine Hand, die ihre Brüste begrapschte. Dann riss er mit einem Ruck ihr Kleid hoch und zerrte an ihrem Unterrock, ihren Strümpfen, zerriss den Stoff in seiner Gier, an die nackte Haut zu gelangen. Als sie seine Hand auf ihrem bloßen Schenkel spürte, ging ein Ruck durch ihren Körper.

Wie kannst du es wagen!

Ihre Faust erwischte ihn unter dem Kinn, und sie spürte, wie seine Kiefer aufeinanderschlugen, hörte seine Zähne zusammenkrachen. Er schrie auf und taumelte zurück, die Hand vor den Mund geschlagen.

»Meine Zunge! Ich hab mir auf die Zunge gebissen!« Er sah auf seine Hand hinunter. »O Gott, ich blute!«

Sie lief los. Schon war sie aus der Passage hinaus, doch er

stürzte sich auf sie und bekam eine Handvoll Haare zu fassen. Die Nadeln fielen klimpernd auf das Pflaster, als sie sich loswand und über ihren zerrissenen Unterrock stolperte. Der Gedanke an seine Hand auf ihrem Schenkel, seinen Atem in ihrem Gesicht genügte, um sie rasch wieder auf die Beine zu bringen. Sie raffte den Rock über die Knie und rannte Hals über Kopf in das Labyrinth des Nebels davon. Sie wusste nicht, in welcher Straße sie sich befand oder in welche Richtung sie lief. Zum Fluss? Zum Hafen? Sie wusste nur eines: Der Nebel war ihr Freund; er hüllte sie ein wie ein Mantel, und je tiefer sie darin eintauchte, desto sicherer war sie. Eben war zu betrunken, um mit ihr Schritt halten zu können, geschweige denn, um sich in dem Gewirr von Gassen zurechtzufinden. Schon klangen seine Schritte ferner, seine Flüche verhallten, bis Rose schließlich nur noch das Trappeln ihrer eigenen Füße, das Pochen ihres eigenen Herzens hörte.

Sie bog um eine Ecke und blieb abrupt stehen. Durch das Geräusch ihres eigenen Atems hindurch drang plötzlich das Klappern eines vorbeifahrenden Fuhrwerks an ihr Ohr, doch Schritte konnte sie nicht hören. Sie erkannte, dass sie an der Straße nach Cambridge stand und dass sie kehrtmachen müsste, um zum Krankenhaus zurückzugelangen.

Eben würde damit rechnen, dass sie dorthin zurückging. Er würde ihr auflauern.

Sie bückte sich und riss den verhedderten Streifen ihres Unterrocks ab. Dann setzte sie ihren Weg in nördlicher Richtung fort, wobei sie sich an die Seitenstraßen und kleinen Gassen hielt und an jeder Ecke stehen blieb, um auf Schritte zu lauschen. Der Nebel war so dicht, dass sie nur die Umrisse eines Wagens erkennen konnte, der sie auf der Straße passierte; das Hufgetrappel des Pferdes schien aus allen Richtungen zugleich zu kommen, das Echo gebrochen und zerstreut von den Dunstschwaden. Sie hängte sich an den Wagen und trottete hinter ihm drein, als er die Blossom Street hinauffuhr, die zum Krankenhaus führte. Falls Eben sie angreifen sollte, würde sie schreien wie am Spieß, und dann würde der Kutscher gewiss anhalten und ihr zu Hilfe eilen.

Plötzlich bog der Wagen nach rechts ab, weg vom Krankenhaus, und Rose blieb allein zurück. Sie wusste, dass das Krankenhaus direkt vor ihr lag, an der North Allen Street, aber noch konnte sie es durch den Nebel nicht sehen. Gewiss lauerte Eben bereits dort, um sich auf sie zu stürzen. Sie starrte die Straße hinauf und spürte schon die drohende Gefahr, vermutete Eben in einem dunklen Winkel lauern und auf sie warten.

Sie machte kehrt. Es gab noch einen anderen Weg in das Gebäude, aber sie würde durch das nasse Gras des Krankenhausangers stapfen müssen, um zum Hintereingang zu gelangen. Am Rand der Grünfläche hielt sie inne. Der Weg, den sie nehmen musste, war vom Nebel verhüllt, doch zwischen den Nebelschwaden konnte sie gerade eben den Lichtschein der Krankenhausfenster ausmachen. Er würde nicht damit rechnen, dass sie im Dunkeln mitten über die Wiese marschierte. Und ganz bestimmt würde er selbst vor so einer Strapaze zurückscheuen, zumal wenn er sich dafür die Schuhe schmutzig machen müsste.

Sie begann, durch das hohe Gras zu staksen. Die Wiese war vom Regen durchtränkt, und eisiges Wasser sickerte ihr in die Schuhe. Immer wieder verschwanden die Lichter des Krankenhauses hinter Nebelschwaden, und sie musste ein ums andere Mal stehen bleiben, um sich zu orientieren. Da waren sie wieder – weit weg zu ihrer Linken. In der Dunkelheit war sie vom Weg abgekommen, und jetzt musste sie ihren Kurs korrigieren. Die Lichter schienen inzwischen heller, der Nebel lichtete sich allmählich, als sie den sanften Hang zum Gebäude hinaufstieg. Ihre klatschnassen Röcke klebten ihr an den Beinen und machten jeden Schritt zu einer Anstrengung. Als sie endlich von der Wiese auf das Pflaster stolperte, waren ihre Füße taub vor Kälte und wollten ihr kaum noch gehorchen.

Durchfroren und am ganzen Leib zitternd begann sie, die Stufen zum Hintereingang zu erklimmen.

Da rutschte plötzlich ihr Schuh weg, und sie sah, dass die Stufe glitschig von einer schwarzen Flüssigkeit war. Überrascht starrte sie auf die dunkle Kaskade, die sich über die Treppe ergossen hatte. Doch erst als sie den Blick hob, um den Ursprung dieses Wasserfalls auszumachen, entdeckte sie den Leichnam der Frau, der dort oben quer auf der Treppe lag, die Röcke über die Stufen gebreitet, einen Arm weit ausgestreckt, wie um den Tod willkommen zu heißen.

Im ersten Moment hörte Rose nur das Trommeln ihres eigenen Herzens, das Rauschen ihres eigenen Atems. Und dann drang das Geräusch eines Schrittes an ihr Ohr, und ein Schatten bewegte sich über ihr wie eine dräuende Wolke, die den Mond verdeckt. Das Blut schien in Roses Adern zu gefrieren. Sie starrte die hoch aufragende Gestalt an.

Was sie sah, war der leibhaftige Sensenmann.

Panische Angst raubte ihr die Stimme, und sie taumelte stumm rückwärts, wäre beinahe gestürzt, als sie auf der letzten Stufe strauchelte. Plötzlich stieß die Kreatur auf sie herab, das wallende schwarze Cape wie ein gewaltiges Schwingenpaar. Sie wirbelte herum, Flucht ihr einziger Gedanke, und sah vor sich den menschenleeren Anger, in dichte Nebelschwaden gehüllt. Eine Hinrichtungsstätte. *Wenn ich dorthin laufe, werde ich gewiss sterben.*

Sie schwenkte nach links und rannte an der Seite des Gebäudes entlang. Hinter sich konnte sie das Monstrum hören, dessen Schritte immer näher kamen.

Blitzschnell tauchte sie in einen Durchgang ein und gelangte in einen Innenhof. Sie lief sogleich zur nächsten Tür, fand sie aber verschlossen. Verzweifelt trommelte sie mit den Fäusten dagegen und schrie um Hilfe, doch niemand öffnete.

Ich sitze in der Falle.

Hinter ihr knirschte es im Kies. Sie fuhr herum und sah sich ihrem Angreifer gegenüber. In der Dunkelheit konnte sie nur schwarze Schatten ausmachen, die sich bewegten. Sie wich mit dem Rücken zur Tür zurück, und ihr Atem wurde zu einem Schluchzen. Sie dachte an die tote Frau, an den

Wasserfall von Blut auf den Stufen, und sie verschränkte die Arme vor der Brust zu einem schwachen Schild, um ihr Herz zu schützen.

Der Schatten kam immer näher.

Rose zuckte zusammen und wandte das Gesicht ab in Erwartung des ersten Messerstichs. Doch stattdessen hörte sie eine Stimme.

»Miss? Miss, sind Sie verletzt?«

Sie schlug die Augen auf und erblickte die Silhouette eines Mannes. Hinter ihm blinkte in der Dunkelheit ein Licht auf, das allmählich heller wurde. Es war eine Laterne, und sie schwang in der Hand eines zweiten Mannes, der nun näher kam. Der Mann mit der Laterne rief: »Wer ist da draußen? Hallo?«

»Wendell? Hierher!«

»Norris? Was ist das für ein Geschrei?«

»Hier ist eine junge Frau. Sie scheint verletzt zu sein.«

»Was ist mit ihr?«

Die schwankende Laterne kam näher, und das Licht blendete Rose. Sie blinzelte und richtete den Blick auf die Gesichter der Männer, die sie anstarrten. Sie erkannte sie beide, und die beiden erkannten auch Rose.

»Das ist doch – Miss Connolly, nicht wahr?«, sagte Norris Marshall.

Rose schluchzte nur. Ihre Beine knickten plötzlich unter ihr weg, sie glitt an der Wand hinab und landete hart auf den kalten Pflastersteinen.

7

Obleich Norris Mr. Pratt von der Bostoner Nachtwache noch nie zuvor begegnet war, hatte er schon mit Männern wie ihm zu tun gehabt: Männern, denen ihre Autorität so sehr zu Kopfe gestiegen war, dass es sie blind machte für die unbestreitbare Tatsache ihrer eigenen Dummheit. Es war Pratts Arroganz, die Norris am ärgerlichsten fand und die sich sogar im Gang des Mannes ausdrückte. Die Brust gereckt, die Arme in martialischer Manier schwingend, kam er in den Sektionssaal des Krankenhauses stolziert. Mr. Pratt war kein großer Mann, doch er vermittelte den Eindruck, dass er sich für einen solchen hielt. Das einzig Imposante an ihm war sein Schnauzbart, der buschigste, den Norris je gesehen hatte. Es sah aus, als hätte ein Eichhörnchen seine Krallen in Pratts Oberlippe geschlagen und nicht mehr losgelassen. Während der Mann sich mit einem Bleistift Notizen machte, musste Norris unwillkürlich diesen Schnauzbart anstarren und sich vorstellen, wie das Eichhörnchen plötzlich davonhüpfte und wie Mr. Pratt seiner flüchtigen Gesichtsbehaarung nachsetzte.

Schließlich sah Pratt von seinem Notizbuch auf und musterte Norris und Wendell, die neben dem verhüllten Leichnam standen. Pratts Blick wanderte weiter zu Dr. Crouch, der offensichtlich die medizinische Autorität im Raum war.

»Sie sagen, Sie haben den Leichnam untersucht, Dr. Crouch?«, fragte Pratt.

»Nur oberflächlich. Wir haben uns erlaubt, die Tote in das Gebäude zu tragen. Es schien uns nicht richtig, sie dort draußen auf den kalten Stufen liegen zu lassen, wo jeder über sie hätte stolpern können. Auch wenn es sich um eine Fremde handelte, was nicht der Fall ist, wären wir ihr dieses Minimum an Respekt schuldig.«

»Dann ist die Tote Ihnen allen also bekannt?«

»Jawohl, Sir. Wir haben sie erst erkannt, als wir mit der Laterne hinausgingen. Das Opfer, Miss Poole, war Oberschwester an diesem Krankenhaus.«

»Miss Connolly muss Ihnen das doch schon gesagt haben«, warf Wendell ein. »Haben Sie sie denn noch nicht befragt?«

»Ja, aber ich halte es für notwendig, alle ihre Aussagen zu überprüfen. Sie wissen ja, wie das ist mit diesen flatterhaften Mädchen. Und das gilt ganz besonders für die Irinnen. Die verdrehen doch nur zu gerne ihre Geschichte mal so und mal so, je nachdem, woher gerade der Wind weht.«

»Ich würde Miss Connolly kaum als flatterhaft bezeichnen«, wandte Norris ein.

Wachmann Pratt fixierte Norris mit zusammengekniffenen Augen. »Sie kennen sie?«

»Ihre Schwester ist Patientin hier, auf der Entbindungsstation.«

»Aber *kennen* Sie sie auch, Mr. Marshall?«

Der prüfende Blick, mit dem Pratt ihn musterte, gefiel Norris gar nicht. »Ich habe mit ihr gesprochen. Über die Behandlung ihrer Schwester.«

Pratts Stift flog wieder über das Papier. »Sie studieren Medizin, ist das korrekt?«

»Ja.«

Pratt beäugte Norris' Kleidung. »Sie haben Blut am Hemd. Ist Ihnen das bewusst?«

»Ich habe geholfen, die Leiche von der Treppe hereinzutragen. Und zuvor hatte ich Dr. Crouch assistiert.«

Pratt sah Crouch an. »Trifft das zu, Dr. Crouch?«

Norris spürte, wie ihm die Röte ins Gesicht stieg. »Glauben Sie, ich würde Sie in diesem Punkt belügen? In Gegenwart von Dr. Crouch?«

»Meine einzige Pflicht ist es, die Wahrheit aufzudecken.«

Du bist doch zu dumm, um die Wahrheit zu erkennen, wenn du sie hörst.

Dr. Crouch sagte: »Mr. Holmes und Mr. Marshall sind meine

Studenten. Sie haben mir heute am früheren Abend in der Broad Street bei einer schwierigen Entbindung assistiert.«

»Was haben Sie denn da entbunden?«

Dr. Crouch starrte Pratt an, offenbar fassungslos angesichts der Frage. »Was glauben Sie denn? Den Gordischen Knoten vielleicht?«

Pratt schlug mit seinem Bleistift auf das Notizbuch. »Ihr Sarkasmus ist völlig unangebracht. Ich möchte nur wissen, wo Sie alle sich heute Abend aufgehalten haben.«

»Ich finde das unerhört. Ich bin Arzt, Sir, und ich habe es nicht nötig, über meine Aktivitäten Rechenschaft abzulegen.«

»Und Ihre beiden Assistenten hier? Waren Sie den ganzen Abend mit den beiden zusammen?«

»Nein, das war er nicht«, antwortete Wendell einen Deut zu beiläufig.

Norris sah seinen Kommilitonen erstaunt an. Wozu dem Mann unnötige Informationen liefern? Das würde doch nur seinen Argwohn nähren. Tatsächlich glich Wachmann Pratt jetzt einer schnauzbärtigen Katze, die sprungbereit am Mauseloch lauert.

»Wann waren Sie nicht zusammen?«, fragte Pratt.

»Wünschen Sie eine Aufstellung, wann und wie oft ich auf den Pisspott gegangen bin? Ach ja, und wenn ich mich nicht irre, war ich auch mal scheißen. Und was ist mit dir, Norris?«

»Mr. Holmes, ich halte absolut nichts von Ihrem vulgären Humor.«

»Humor ist die einzig mögliche Reaktion auf so absurde Fragen wie diese. Wir waren es schließlich, die die Nachtwache *gerufen* haben, Herrgott noch mal!«

Der Schnauzbart zuckte. Das Eichhörnchen wurde langsam zappelig. »Die Gotteslästerung können Sie sich sparen«, sagte er kalt und steckte seinen Bleistift ein. »Nun denn. Zeigen Sie mir die Leiche.«

»Sollte Constable Lyons nicht zugegen sein?«, fragte Dr. Crouch.

Pratt warf ihm einen ungehaltenen Blick zu. »Er bekommt meinen Bericht morgen früh.«

»Aber er sollte hier sein. Das ist eine ernste Angelegenheit.«

»Im Augenblick liegt die Verantwortung bei mir. Constable Lyons wird zu einer angemesseneren Tageszeit von den Fakten in Kenntnis gesetzt werden. Ich sehe keinen Grund, ihn aus dem Bett zu holen.« Pratt deutete auf den verhüllten Leichnam. »Decken Sie sie auf«, befahl er.

Pratt hatte eine lässige Haltung eingenommen, das Kinn vorgereckt in der großspurigen Pose eines Mannes, der viel zu sehr von sich eingenommen ist, als dass er sich von so einer Kleinigkeit wie dem Anblick einer Leiche aus der Fassung bringen ließe. Doch als Dr. Crouch das Laken zurückschlug, schnappte Pratt unwillkürlich nach Luft und wich vom Tisch zurück. Obwohl Norris die Tote bereits gesehen und sogar geholfen hatte, sie ins Haus zu tragen, war auch er aufs Neue schockiert über die Art und Weise, wie Agnes Poole massakriert worden war. Sie hatten die Tote nicht ausgezogen; das war auch kaum nötig. Die Klinge hatte die Vorderseite ihres Kleides aufgeschlitzt, sodass ihre Verletzungen offen dalagen – so grässliche Verletzungen, dass Wachmann Pratt erstarrte und keinen Laut hervorbringen konnte. Sein Gesicht war weiß wie Quark.

»Wie Sie sehen«, sagte Dr. Crouch, »wurde das Opfer entsetzlich zugerichtet. Ich wollte warten, bis ein Vertreter der Amtsgewalt zugegen wäre, um die Untersuchung abzuschließen. Doch schon ein flüchtiger Blick genügt, um zu erkennen, dass der Mörder nicht allein den Rumpf aufgeschlitzt hat. Er ist weiter gegangen, sehr viel weiter.« Crouch krempelte die Ärmel hoch und wandte sich dann zu Pratt um. »Wenn Sie sehen wollen, was er angerichtet hat, müssen Sie schon an den Tisch kommen.«

Pratt schluckte. »Ich kann … es ganz gut von hier aus sehen.«

»Das bezweifle ich. Aber wenn Ihr Magen dafür zu schwach

ist, bitte – es ist ja niemandem gedient, wenn Sie uns die Leiche vollspucken.« Er band sich eine Schürze um und fuhr fort: »Mr. Holmes, Mr. Marshall, ich werde Ihre Hilfe benötigen. Das ist eine gute Gelegenheit für Sie, sich die Hände schmutzig zu machen. Nicht jeder Student hat so früh in seiner Ausbildung das Glück.«

Glück war nicht gerade das Wort, das Norris in den Sinn kam, als er in die klaffende Höhle des Rumpfs starrte. Aufgewachsen auf der Farm seines Vaters, war ihm der Geruch von Blut ebenso vertraut wie das Schlachten und Zerlegen von Schweinen oder Ochsen. Er hatte sich oft genug die Hände schmutzig gemacht, wenn er den Knechten geholfen hatte, die Tiere auszuweiden und zu häuten. Er wusste, wie der Tod aussah und wie er roch, denn er war bei seiner Arbeit hautnah mit ihm in Berührung gekommen.

Aber dies war ein ganz anderes Gesicht des Todes, ein Gesicht, das ihm allzu vertraut und nahe war. Es war nicht das Herz eines Schweins, nicht die Lunge eines Ochsen, die er da anstarrte. Und in diesen erschlafften Zügen hatte noch vor wenigen Stunden das Leben pulsiert. Wenn er Schwester Poole so vor sich sah, wenn er in ihre glasigen Augen starrte, war es seine eigene Zukunft, die ihm entgegenblickte. Widerstrebend nahm er sich eine Schürze vom Haken an der Wand, band sie um und nahm seine Position an Dr. Crouchs Seite ein. Wendell stand auf der anderen Seite des Tisches. Obgleich zwischen ihnen ein blutiger Leichnam lag, verriet seine Miene keine Spur von Abscheu; stattdessen betrachtete er die Tote mit gespannter Neugier. Bin ich der Einzige, der sich daran erinnert, wer diese Frau war?, fragte sich Norris. Kein angenehmer Mensch, gewiss, aber doch mehr als ein bloßer Kadaver, mehr als eine anonyme Leiche, die es zu sezieren galt.

Dr. Crouch tauchte einen Lappen in eine Schüssel mit Wasser und wischte vorsichtig das Blut von der aufgeschlitzten Haut. »Wie Sie hier erkennen können, meine Herren, muss die Klinge sehr scharf gewesen sein. Das sind ganz saubere und sehr tiefe Schnitte. Und das Muster – das Muster ist höchst faszinierend.«

»Was meinen Sie damit? Welches Muster?«, fragte Pratt. Seine Stimme klang merkwürdig gedämpft und nasal.

»Wenn Sie sich bequemen würden, an den Tisch heranzutreten, könnte ich es Ihnen zeigen.«

»Ich muss mir Notizen machen, sehen Sie das nicht? Beschreiben Sie es mir einfach.«

»Eine bloße Beschreibung wird der Sache nicht gerecht. Vielleicht sollten wir doch nach Constable Lyons schicken? Es muss doch *irgendjemanden* in der Wache geben, der sich nicht von seinem schwachen Magen an der Erfüllung seiner Pflicht hindern lässt!«

Pratt lief hochrot an. Jetzt endlich näherte er sich dem Tisch und stellte sich neben Wendell. Er warf einen Blick in die offene Bauchhöhle und wandte sich gleich wieder ab. »Also gut. Ich habe es gesehen.«

»Aber sehen Sie auch das Muster – sehen Sie, wie absonderlich es ist? Ein Schnitt quer durch das Abdomen, von einer Seite zur anderen. Und dann ein senkrechter Schnitt, genau entlang der Längsachse des Körpers, auf das Brustbein zu, wobei die Leber verletzt wird. Die Schnitte sind so tief, dass jeder einzelne für sich den Tod herbeigeführt hätte.« Er griff mit bloßen Händen in die Wunde und hob die Eingeweide heraus. Erst nachdem er die glänzenden Schlingen eingehend untersucht hatte, ließ er sie in einen Eimer gleiten, der neben dem Tisch stand. »Es muss eine sehr lange Klinge gewesen sein. Sie ist bis zum Rückgrat durchgedrungen und hat die linke Niere oben angeschnitten.« Er blickte auf. »Sehen Sie das, Mr. Pratt?«

»Ja. Ja, gewiss.« Pratts Blick war gar nicht auf die Leiche gerichtet; stattdessen fixierte er höchst interessiert Norris' blutbefleckte Schürze.

»Und dann ist da dieser vertikale Schnitt. Auch er ist enorm tief.« Er hob den Rest des Dünndarms heraus, und Wendell hielt rasch den Eimer hin, um ihn aufzufangen, als er über die

Tischkante quoll. Als Nächstes kamen die Bauchorgane, die eins nach dem anderen reseziert wurden. Leber, Milz, Bauchspeicheldrüse. »Hier hat die Klinge die absteigende Aorta verletzt, was die große Menge Blut auf der Treppe erklärt.« Crouch blickte auf. »Der Tod muss sehr schnell eingetreten sein, durch Exsanguination.«

»Ex... was?«, fragte Pratt.

»Um es einfach auszudrücken, Sir: Sie ist verblutet.«

Pratt schluckte krampfhaft und zwang sich schließlich, auf das Abdomen hinunterzusehen, das jetzt kaum mehr als eine leere Höhle war.

»Sie sagten, es müsse eine lange Klinge gewesen sein. Wie lang?«

»Um so tief einzudringen? Mindestens sieben oder acht Zoll.«

»Vielleicht ein Schlachtermesser.«

»Es sieht gewiss nach der Tat eines Schlachters aus.«

»Er könnte auch ein Schwert benutzt haben«, bemerkte Wendell.

»Ziemlich auffällig, würde ich meinen«, entgegnete Dr. Crouch. »Mit einem bluttriefenden Schwert an der Seite durch die Stadt zu marschieren.«

»Wie kommen Sie eigentlich auf ein Schwert?«, fragte Pratt.

»Wegen der Art der Wunden. Die beiden Schnitte, einer senkrecht zum anderen. Mein Vater hat in seiner Bibliothek ein Buch über merkwürdige Bräuche im Fernen Osten. Ich habe von Wunden wie diesen gelesen, die man sich beim japanischen Seppuku beibringt. Das ist ein ritueller Selbstmord.«

»Hier handelt es sich wohl kaum um einen Selbstmord.«

»Das ist mir auch klar. Aber das Muster ist identisch.«

»Es ist in der Tat ein höchst merkwürdiges Muster«, sagte Dr. Crouch. »Zwei separate Schnitte, im rechten Winkel zueinander. Beinahe so, als habe der Täter ihr ein Zeichen in den Leib schneiden wollen – das Zeichen des...«

»Des Kreuzes?« Pratt blickte auf, plötzlich höchst interessiert. »Das Opfer war nicht irischer Abstammung, oder?«

»Nein«, antwortete Crouch. »Ganz bestimmt nicht.«

»Aber viele der Patienten in diesem Krankenhaus sind es?«

»Es ist der Auftrag des Krankenhauses, den Unglückseligen zu dienen. Viele unserer Patienten, wenn nicht die meisten, sind Wohlfahrtsfälle.«

»Also Iren. Wie Miss Connolly.«

»Also, nun hören Sie mal«, warf Wendell mit höchst ungebührlicher Direktheit ein. »Sie lesen ganz bestimmt zu viel in diese Wunden hinein. Dass das Muster einem Kreuz ähnelt, heißt noch lange nicht, dass der Mörder Papist ist.«

»Sie verteidigen diese Leute?«

»Ich weise nur auf die Mängel in Ihrer Argumentation hin. Man kann unmöglich eine solche Schlussfolgerung ziehen, wie Sie es tun, nur weil die Wunden diese eigentümliche Form haben. Ich habe Ihnen eine nicht minder wahrscheinliche Deutung geliefert.«

»Dass irgendein Bursche aus Japan mit seinem Schwert hier an Land gegangen ist?« Pratt lachte. »So einen werden Sie in Boston kaum finden. Aber Papisten gibt es hier wie Sand am Meer.«

»Man könnte ebenso gut schlussfolgern, dass der Mörder bewusst den Verdacht auf die Papisten lenken *will*!«

»Mr. Holmes«, sagte Crouch, »Sie sollten besser davon absehen, der Nachtwache zu erklären, wie sie ihre Pflicht zu tun hat.«

»Ihre *Pflicht* ist es, die Wahrheit herauszufinden, und nicht, unbegründete Vermutungen aufzustellen, die auf religiöser Intoleranz beruhen.«

Pratts Augen verengten sich plötzlich. »Mr. Holmes, Sie sind doch mit Reverend Abiel Holmes verwandt, nicht wahr? Aus Cambridge?«

Es trat eine Pause ein, in der Norris einen Anflug von Unbehagen über Wendells Züge huschen sah.

»Ja«, antwortete Wendell schließlich. »Er ist mein Vater.«

»Ein guter, aufrechter Calvinist. Und doch scheint sein Sohn...«

»Danke, aber sein Sohn kann sehr wohl für sich selbst denken«, gab Wendell zurück.

»Mr. Holmes«, warnte Dr. Crouch, »Ihre Haltung ist nicht sonderlich hilfreich.«

»Aber sie bleibt nicht unbemerkt«, sagte Pratt. *Und wird so schnell nicht vergessen werden*, setzte sein Blick unmissverständlich hinzu. Er wandte sich an den Arzt. »Wie gut kannten Sie Miss Poole, Dr. Crouch?«

»Sie hat viele meiner Patienten gepflegt.«

»Und Ihre Meinung über sie?«

»Sie war sehr kompetent und tüchtig. Und ausgesprochen höflich.«

»Hatte sie Ihres Wissens irgendwelche Feinde?«

»Ganz bestimmt nicht. Sie war Krankenschwester. Ihre Aufgabe bestand darin, Schmerzen und Leiden zu lindern.«

»Aber es gab doch gewiss den einen oder anderen unzufriedenen Patienten oder Angehörigen? Jemanden, der seinen Groll gegen das Krankenhaus und dessen Personal gerichtet haben könnte?«

»Möglich ist es. Aber mir will niemand einfallen, der...«

»Was ist mit Rose Connolly?«

»Sie meinen die junge Dame, die den Leichnam gefunden hat?«

»Ja. Hatte sie irgendwelche Meinungsverschiedenheiten mit Schwester Poole?«

»Durchaus möglich. Das Mädchen ist sehr eigensinnig. Schwester Poole beklagte sich sogar bei mir über ihre fordernde Art.«

»Sie machte sich Gedanken wegen der Versorgung ihrer Schwester«, sagte Norris.

»Aber das kann nicht als Entschuldigung für Respektlosigkeit gelten, Mr. Marshall«, wandte Dr. Crouch ein. »Für *niemanden*.«

Pratt sah Norris an. »Sie verteidigen das Mädchen.«

»Sie und ihre Schwester scheinen sich sehr nahezustehen, und Miss Connolly hat allen Grund, aufgebracht zu sein. Das ist alles, was ich sagen will.«

»Aufgebracht genug, um eine Gewalttat zu begehen?«

»Das habe ich nicht gesagt.«

»Wie kam es eigentlich, dass Sie sie heute Abend fanden? Sie war draußen im Hof, nicht wahr?«

»Dr. Crouch hatte mich gebeten, zu ihm in die Entbindungsstation zu kommen, weil es wieder eine Krise gab. Ich war auf dem Weg von meiner Wohnung hierher.«

»Wo befindet sich Ihre Wohnung?«

»Ich habe ein Dachzimmer gemietet, am Ende der Bridge Street. Das ist auf der anderen Seite des Krankenhausangers.«

»Sie überqueren also den Anger, um zum Krankenhaus zu gelangen?«

»Ja. Und so bin ich auch heute Abend gekommen, über die Wiese. Ich hatte schon fast das Krankenhaus erreicht, als ich Schreie hörte.«

»Miss Connollys Schreie? Oder die des Opfers?«

»Es war eine Frau. Mehr weiß ich nicht. Ich ging dem Geräusch nach, und im Hof stieß ich auf Miss Connolly.«

»Haben Sie diese Kreatur gesehen, die sie so fantasievoll beschreibt?« Pratt konsultierte seine Notizen. »›Ein Monstrum, von Gestalt wie der Schnitter Tod, mit einem schwarzen Cape, das flatterte wie die Schwingen eines riesigen Vogels.‹« Er blickte auf.

Norris schüttelte den Kopf. »Ich habe kein solches Wesen gesehen. Ich habe lediglich das Mädchen gefunden.«

Pratt wandte sich an Wendell. »Und wo waren Sie?«

»Ich war drinnen und assistierte Dr. Crouch. Auch ich hörte die Schreie und ging mit einer Laterne hinaus, um nachzusehen. Ich fand Mr. Marshall im Hof, bei Miss Connolly, die dort am Boden kauerte.«

»Kauerte?«

»Es war deutlich zu sehen, dass sie verängstigt war. Sicherlich glaubte sie, einer von uns beiden sei der Mörder.«

»Ist Ihnen irgendetwas Ungewöhnliches an ihr aufgefallen? Außer der Tatsache, dass sie verängstigt wirkte?«

»Sie *war* verängstigt«, bemerkte Norris.

»Ihre Kleidung beispielsweise. Der Zustand ihres Kleides. Ist Ihnen nicht aufgefallen, dass es völlig zerrissen war?«

»Sie war soeben vor einem Mörder geflohen, Mr. Pratt«, sagte Norris. »Da ist es doch wohl verständlich, dass ihre Kleidung ein wenig in Unordnung war.«

»Ihr Kleid war *zerrissen*, als ob sie heftig mit jemandem gerungen hätte. Nicht etwa mit einem von Ihnen?«

»Nein«, antwortete Wendell.

»Warum fragen Sie sie nicht selbst, wie es passiert ist?«, schlug Norris vor.

»Das habe ich getan.«

»Und was hat sie gesagt?«

»Sie behauptete, es sei früher am Abend passiert. Als der Ehemann ihrer Schwester sie zu belästigen versuchte.« Er schüttelte angewidert den Kopf. »Diese Leute treiben es wie die Tiere in ihren Elendsquartieren.«

Norris hörte den hässlichen Ton des Vorurteils in der Stimme des Mannes. *Tiere.*

O ja, er wusste, dass die Iren so genannt wurden, diese unmoralischen Kreaturen, die sich unentwegt der Unzucht hingaben und fortwährend Nachwuchs in die Welt setzten. In Pratts Augen war Rose nur eine von vielen »Bridgets«, eine schmutzige Einwanderin wie Tausende andere, die sich in den Elendsvierteln von South Boston und Charlestown drängten, die mit ihren unreinlichen Angewohnheiten und ihren rotznäsigen Bälgern in der ganzen Stadt Pocken- und Choleraepidemien ausgelöst hatten.

»Miss Connolly ist doch kein Tier«, sagte Norris.

»Sie kennen sie gut genug, um das sagen zu können?«

»Ich glaube nicht, dass *irgendein* Mensch eine solche Beleidigung verdient hat.«

»Für einen Mann, der sie kaum kennt, sind Sie sehr schnell bereit, für sie in die Bresche zu springen.«

»Ich habe Mitleid mit ihr. Weil ihre Schwester im Sterben liegt.«

»Ach, *das*. Das ist vorbei.«

»Wie meinen Sie das?«

»Es passierte heute am frühen Abend«, erklärte Pratt und klappte sein Notizbuch zu. »Rose Connollys Schwester ist tot.«

8

Wir konnten nicht mehr voneinander Abschied nehmen.

Rose wusch Aurnias Körper mit einem feuchten Lappen; behutsam wischte sie ihr Gesicht sauber von Schmutz, getrocknetem Schweiß und Tränen, dieses Gesicht, das jetzt so seltsam glatt und frei von Sorgenfalten war. Wenn es einen Himmel gab, dachte sie, dann war Aurnia sicher schon dort und konnte sehen, in welch verzweifelter Lage Rose war. *Ich habe Angst, Aurnia. Und Meggie und ich wissen nicht, wohin.*

Aurnias sorgfältig gebürstetes Haar glänzte im Schein der Lampe; wie kupferfarbene Seide ergoss es sich über das Kissen. Obwohl sie jetzt gewaschen war, haftete der üble Geruch noch an ihr, und der Hauch der Verwesung umfing den Leib der Frau, die einst Rose im Arm gehalten, mit der sie als kleines Mädchen ihr Bett geteilt hatte.

Für mich bist du immer noch schön. Und wirst es immer sein.

In einem kleinen Korb neben dem Bett schlief Meggie tief und fest. Sie ahnte nichts vom Hinscheiden ihrer Mutter, von ihrer eigenen ungewissen Zukunft. Wie deutlich man sieht, dass sie Aurnias Kind ist, dachte Rose. Das gleiche rote Haar, der gleiche lieblich geschwungene Mund. Die letzten zwei Tage war Meggie auf der Station von drei verschiedenen Müttern gestillt worden, die ohne Murren das Kind von einer zur anderen weitergegeben hatten. Sie alle hatten Aurnias Todeskampf miterlebt, und sie wussten, dass sie es nur den Launen der Vorsehung verdankten, dass sie selbst noch nicht zur Kundschaft des Sargtischlers zählten.

Rose blickte auf, als eine Schwester auf sie zukam. Es war Miss Cabot, die nach Schwester Pooles Tod das Kommando übernommen hatte.

»Es tut mir leid, Miss Connolly, aber es ist Zeit, die Verstorbene abzutransportieren.«

»Sie ist doch gerade erst gestorben.«

»Zwei Stunden ist es jetzt her, und wir brauchen das Bett.« Die Schwester reichte Rose ein kleines Bündel. »Die persönlichen Sachen Ihrer Schwester.«

Hier waren die wenigen traurigen Habseligkeiten, die Aurnia ins Krankenhaus mitgebracht hatte: ihr verschmutztes Nachthemd, ein Haarband und der billige kleine Ring aus Blech und buntem Glas, den Aurnia von Kindesbeinen an als Glücksbringer in Ehren gehalten hatte. Am Ende hatte er ihr kein Glück mehr gebracht.

»Das bekommt der Ehemann«, sagte Schwester Cabot. »Und jetzt muss sie weggeschafft werden.«

Rose hörte das Quietschen von Rädern und sah den Hausmeister des Krankenhauses einen Handkarren hereinrollen. »Ich hatte noch nicht genug Zeit, mich zu verabschieden.«

»Es darf keinen weiteren Aufschub geben. Der Sarg steht schon im Hof bereit. Sind Anordnungen für die Beerdigung getroffen worden?«

Rose schüttelte den Kopf. »Ihr Mann hat sich um nichts gekümmert«, sagte sie bitter.

»Wenn die Angehörigen das Geld nicht aufbringen, kann eine würdige Beisetzung arrangiert werden.«

Ein Armenbegräbnis, das war es, was sie meinte. Verscharrt in einem Massengrab, zusammen mit namenlosen Hausierern, Bettlern und Dieben.

»Wie viel Zeit habe ich für die Vorbereitungen?«, fragte Rose.

Schwester Cabot ließ den Blick ungeduldig über die Reihe von Betten schweifen, als dächte sie an die ganze andere Arbeit, die sie noch zu erledigen hatte. »Morgen um die Mittagsstunde«, antwortete sie, »wird der Wagen kommen, um den Sarg abzuholen.«

»So wenig Zeit?«

»Die Verwesung wartet nicht.« Die Schwester wandte sich

ab und gab dem Mann, der stumm im Hintergrund gewartet hatte, ein Zeichen. Er trat vor und schob den Karren an das Bett heran.

»Noch nicht. *Bitte.*« Rose zog den Mann am Ärmel, versuchte, ihn von Aurnia wegzuzerren. »Sie können sie doch nicht draußen in der Kälte stehen lassen!«

»Bitte, machen Sie uns keine Schwierigkeiten!«, sagte die Schwester. »Wenn Sie ein privates Begräbnis wünschen, dann sollten Sie zusehen, dass Sie alles vor morgen Mittag in die Wege leiten, denn sonst wird die Stadt sie auf den Südlichen Friedhof bringen lassen.« Sie wandte sich an den Hausmeister. »Entfernen Sie die Verstorbene.«

Der Mann schob seine kräftigen Arme unter Aurnias Körper und hob sie aus dem Bett. Als er den Leichnam in den Handkarren legte, entwich Rose ein Schluchzen, und ihre Finger krampften sich um das Nachthemd ihrer Schwester, dessen Stoff mit braunen Flecken getrockneten Bluts verkrustet war. Aber keine Schreie, kein Flehen konnte den Lauf der Dinge ändern, die nun folgten: Aurnia, nur in Leinen und Gaze gehüllt, würde in den kalten Hof hinausgefahren werden, ihre zarte Haut würde an das splittrige Holz schlagen, wenn die Räder über das Kopfsteinpflaster holperten. Würde er sie behutsam anfassen, wenn er sie in den Sarg legte? Oder würde er sie einfach nur hineinrollen lassen, sie fallen lassen wie ein Stück Fleisch vom Schlachter, und zulassen, dass ihr Kopf auf die bloßen Kiefernbretter schlug?

»Lassen Sie mich bei ihr bleiben«, flehte sie und griff nach dem Arm des Mannes. »Lassen Sie mich zusehen.«

»Da gibt's nichts zu sehen, Miss.«

»Ich will nur sichergehen. Ich will die Gewissheit, dass sie gut behandelt wird.«

Er zuckte mit den Achseln. »Ich behandle sie alle gut. Aber Sie können zuschauen, wenn Sie wollen. Mir ist das einerlei.«

»Da ist noch etwas«, sagte Schwester Cabot. »Das Kind. Sie können unmöglich angemessen für den Säugling sorgen, Miss Connolly.«

Die Frau im Bett nebenan sagte: »Sie sind gekommen, als du weg warst, Rose. Jemand vom Säuglingsheim war hier und wollte sie mitnehmen. Aber wir haben das nicht zugelassen. So eine Unverfrorenheit – warten ab, bis du einmal nicht da bist, und versuchen dann, deine Nichte zu stehlen!«

»Mr. Tate hat auf seine Rechte als Vater verzichtet«, sagte Schwester Cabot. »Wenigstens ist *ihm* klar, was das Beste für das Kind ist.«

»Das Kind ist ihm gleichgültig«, sagte Rose.

»Sie sind viel zu jung, um es selbst großzuziehen. Nehmen Sie doch Vernunft an, Mädchen, und geben Sie es in die Hände von Leuten, die es können.«

Anstelle einer Antwort schnappte Rose sich das Baby aus dem Körbchen und drückte es fest an ihre Brust. »Ich soll sie fremden Menschen überlassen? Da müsste ich schon selbst auf dem Sterbebett liegen.«

Konfrontiert mit Roses offenbar unüberwindlichem Widerstand, stieß Schwester Cabot schließlich einen entnervten Seufzer aus. »Wie Sie wollen. Sie werden es mit Ihrem Gewissen ausmachen müssen, wenn dem Kind etwas zustößt. Ich habe keine Zeit für so etwas; nicht heute Abend, wo doch die arme Agnes ...« Sie schluckte krampfhaft und wandte sich dann zum Hausmeister um, der immer noch mit Aurnias Leichnam auf dem Handkarren wartete. »Bringen Sie sie weg.«

Rose hielt Meggie noch immer fest im Arm, als sie dem Mann aus dem Krankensaal hinaus in den Hof folgte. Dort, im gelben Schein seiner Lampe, hielt sie Wache, als Aurnia in den Kiefernsarg gebettet wurde. Sie sah zu, wie er den Deckel festnagelte, mit Hammerschlägen, die wie Pistolenschüsse hallten, und mit jedem Schlag schien es ihr, als würde ein Nagel in ihr eigenes Herz getrieben. Nachdem der Sarg dicht verschlossen war, nahm der Mann ein Stück Holzkohle und schrieb in krakeligen Lettern auf den Deckel: *A. Tate.*

»Nur damit's keine Verwechslung gibt«, sagte er, während er sich aufrichtete und sie ansah. »Sie wird noch bis morgen Mittag hier sein. Treffen Sie bis dahin Ihre Vorbereitungen.«

Rose legte die Hand auf den Deckel. *Ich werde einen Weg finden, mein Herz. Ich werde dafür sorgen, dass du ein anständiges Begräbnis bekommst.* Sie schlang ihr Tuch um sich und Meggie und verließ den Hof des Krankenhauses.

Sie wusste nicht, wohin sie sich wenden sollte. Ganz bestimmt nicht zurück zum Logierhaus, zu dem Zimmer, das sie mit ihrer Schwester und Eben geteilt hatte. Eben war wahrscheinlich in diesem Moment dort und schlief seinen Rausch aus, und sie hatte keine Lust auf eine Begegnung mit ihm. Am Morgen, wenn er wieder nüchtern wäre, würde sie ihn sich vornehmen. Ihr Schwager war sicherlich herzlos, aber er hatte auch einen kalt berechnenden Verstand. Er hatte ein Geschäft zu führen und einen Ruf zu wahren. Wenn bösartige Gerüchte auch nur den kleinsten Schatten auf seinen Namen fallen ließen, könnte die Glocke über der Tür seiner Schneiderwerkstatt jäh verstummen. Morgen früh, dachte sie, werden Eben und ich unseren Streit beilegen, und er wird uns beide aufnehmen. *Schließlich ist sie seine Tochter.*

Aber heute Nacht hatten sie kein Dach über dem Kopf.

Ihre Schritte verlangsamten sich, bis sie erschöpft an der Straßenecke stehen blieb. Die Macht der Gewohnheit hatte sie in eine vertraute Richtung gelenkt, und nun blickte sie die gleiche Straße hinauf, durch die sie bereits früher an diesem Abend gegangen war. Eine Droschke rumpelte vorbei, gezogen von einem lendenlahmen Pferd mit hängendem Kopf. Selbst so ein ärmliches Gefährt, mit seinen klapprigen Rädern und dem geflickten Verdeck, war ein unerreichbarer Luxus. Sie malte sich aus, wie es wäre, darin zu sitzen, ihre müden Füße auf ein kleines Bänkchen gestellt, geschützt vor Wind und Regen, während sie in der Droschke reiste wie eine Prinzessin. Als das Gefährt weiterrollte, erblickte Rose plötzlich eine wohlbekannte Gestalt, die direkt gegenüber auf der anderen Straßenseite gestanden hatte.

»Haben Sie schon das Neueste gehört, Miss Rose?«, rief der

einfältige Billy. »Schwester Poole ist ermordet worden, drüben beim Krankenhaus!«

»Ja, Billy, ich weiß.«

»Es heißt, ihr Bauch war ganz aufgeschlitzt, so...« Er fuhr sich mit dem Finger von unten nach oben über den Nabel. »Und den Kopf hat er ihr abgeschlagen mit einem Schwert. Und die Hände auch. Drei Leute haben ihn dabei gesehen, und er ist davongeflogen wie ein großer schwarzer Vogel.«

»Wer hat dir das erzählt?«

»Mrs. Durkin, drüben beim Pferdestall. Sie hat's von Crab gehört.«

»Ach, dieser Crab, das ist doch ein dummer Bursche. Was du da herumerzählst, ist Unsinn, und du solltest es sein lassen.«

Er verstummte, und ihr wurde klar, dass sie ihn gekränkt hatte. Seine Füße schleiften wie zwei riesige Anker über das Pflaster. Unter der Mütze, die er tief ins Gesicht gezogen hatte, ragten zwei gewaltige Ohren hervor wie verbogene Teller. Der arme Billy reagierte so selten beleidigt, da vergaß man zu leicht, dass auch er Gefühle hatte.

»Es tut mir leid«, sagte sie.

»Was denn, Miss Rose?«

»Du hast mir nur erzählt, was du gehört hast. Aber nicht alles, was du hörst, ist die reine Wahrheit. Manche Leute lügen. Manche sind richtige Teufel. Du kannst nicht allen Menschen trauen, Billy.«

»Woher wissen *Sie* denn, dass es eine Lüge ist? Was Crab gesagt hat?«

Seine Stimme hatte einen gereizten Klang, den sie von ihm gar nicht kannte, und sie war versucht, ihm die Wahrheit zu sagen: dass sie diejenige war, die Schwester Poole gefunden hatte. Nein, es war besser zu schweigen. Ein Wort in Billys Ohr geflüstert, und wer konnte sagen, in welch entstellter und verzerrter Form die Geschichte morgen die Runde machen – und welch abenteuerliche Rolle sie selbst darin spielen würde?

Es dürfen keine Gerüchte über mich aufkommen.

Sie setzte ihren Weg fort, und das Baby schlief noch immer fest in ihren Armen, während sie einer vertrauten Umgebung entgegenstrebte. Wenn man schon in der Gosse schlafen musste, dann lieber in einer Gosse, die man kannte. Vielleicht würde Mrs. Combs von nebenan ihr und Meggie ein Eckchen in ihrer Küche überlassen, nur für die eine Nacht. *Ich könnte ihren alten Mantel ausbessern, den mit dem notdürftig geflickten Riss.* Das war doch gewiss einen bescheidenen Platz in der Küche wert.

»Ich hab der Nachtwache alles gesagt, was ich gesehen hab«, sagte Billy, der tänzelnd an ihrer Seite lief. »Ich war ja losgegangen, um nach Tüpfel Ausschau zu halten. Immer wieder bin ich diese Straße rauf und runter gelaufen, und deswegen sagt die Wache auch, ich wär ein guter Zeuge.«

»Das bist du sicher.«

»Es tut mir leid, dass sie tot ist, weil sie mich jetzt nicht mehr auf Botengänge schicken wird. Hat mir jedes Mal einen Penny gegeben, aber letztes Mal nicht. Das ist nicht in Ordnung, oder? *Das* hab ich der Nachtwache aber nicht gesagt, weil sie sonst denken, ich hätt sie deswegen umgebracht.«

»Niemand würde so etwas von dir denken, Billy.«

»Man sollte einen Mann immer für seine Arbeit bezahlen, aber das hat sie letztes Mal nicht getan.«

Sie gingen zusammen an dunklen Fenstern vorbei, an stillen Häusern. *Es ist so spät,* dachte sie; *alles schläft schon, nur wir nicht.* Der Junge wich nicht von ihrer Seite, bis sie schließlich stehen blieb.

»Gehen Sie denn nicht rein?«, fragte Billy.

Sie blickte zu Mrs. O'Keefes Logierhaus auf. Ihre müden Füße hatten sie automatisch zu dieser Tür getragen, durch die sie schon so oft gegangen war. Oben im ersten Stock, in dem kleinen Alkoven des Zimmers, das sie mit Aurnia und Eben geteilt hatte, stand gewiss noch ihr schmales Bett. Der dünne Vorhang, mit dem es abgeteilt war, hatte nicht ausgereicht, um die Geräusche aus dem anderen Bett zu dämpfen. Ebens Lustgestöhn, sein Schnarchen, sein trockener Husten am Morgen. Bei dem Gedanken, wie seine Hände heute Abend ihre Schenkel begrapscht hatten, wandte sie sich mit Schaudern ab und eilte davon.

»Wo gehen Sie hin?«, fragte Billy.

»Ich weiß es nicht.«

»Gehen Sie nicht nach Hause?«

»Nein.«

Er holte sie ein. »Bleiben Sie einfach wach? Die ganze Nacht?«

»Ich muss einen Platz zum Schlafen finden. Wo es warm ist, wo Meggie nicht frieren muss.«

»Ist es bei Mrs. O'Keefe nicht warm?«

»Ich kann da heute Nacht nicht hingehen, Billy. Mr. Tate ist böse auf mich. Sehr, sehr böse. Und ich habe Angst, dass er …« Sie hielt inne und starrte auf die Nebelschwaden, die wie gespenstische Hände nach ihren Füßen zu greifen schienen. »O Gott, Billy«, flüsterte sie. »Ich bin so müde. Was soll ich nur mit ihr machen?«

»Ich weiß, wo Sie sie hinbringen können«, sagte er. »Es ist ein Geheimversteck. Aber Sie dürfen keinem davon erzählen.«

Das Morgengrauen hatte die Dunkelheit noch nicht verdrängt, als Schielaugen-Jack sein Pferd vor den Wagen spannte und auf den Bock kletterte. Er lenkte das Gefährt zum Hoftor hinaus auf das eisige Kopfsteinpflaster, das im Schein der Laterne wie Glas glitzerte. Zu dieser Stunde war sein Gefährt das einzige, das unterwegs war, und das Klappern der Hufe, das Rattern der Räder hallte unangenehm laut durch die ansonsten totenstille Straße. Die Menschen, die aus dem Schlaf gerissen wurden, wenn sein Wagen draußen vorbeirumpelte, würden denken, dass es bloß irgendein Handwerker war, der seinen Geschäften nachging. Vielleicht ein Schlachter, der seine Schweinehälften zum Markt fuhr, der Steinmetz mit seinen Granitblöcken oder ein Bauer, der die Ställe mit Heuballen belieferte. Niemals würden diese schlaftrunkenen Bürger in ihren warmen Betten darauf kommen, welche Art von Fracht bald auf diesen Karren geladen würde, der jetzt unter ihren Fenstern vorbeifuhr. Die Lebenden wollten sich lieber nicht mit den Toten befassen, und so blieben die Toten unsichtbar – eingenäht in Leinentücher, vernagelt in Kiefernholzkisten und auf rumpelnden Karren heimlich im Schutz der Nacht davongeschafft. Seht mich an, dachte Jack und lächelte grimmig, ich bringe fertig, wozu euch allen der Mumm fehlt. Oh, mit der Leichenräuberei konnte man ein hübsches Sümmchen verdienen. Das Hufgetrappel des Pferdes schlug den Takt zu diesen poetischen Worten, die ihm immer wieder durch den Kopf gingen, während sein Wagen ostwärts fuhr, auf den Charles River zu.

Ein hübsches Sümmchen. Ein hübsches Sümmchen.

Und wo immer es etwas zu verdienen gab, war Jack Burke nicht weit.

Direkt vor der Nase seines Pferdes tauchte urplötzlich eine kauernde Gestalt aus dem Nebel auf. Jack zog hart die Zügel an, und das Tier blieb schnaubend stehen. Ein junger Bursche sprang auf und begann, im Zickzack über die Straße zu laufen, wobei er die langen Arme schwenkte wie Windmühlenflügel.

»Böses Hundchen! Böses Hundchen, komm sofort zurück!«

Der Hund jaulte auf, als der Junge sich auf ihn stürzte und ihn im Nacken packte. Das zappelnde Tier fest im Arm, richtete der Bursche sich auf und machte große Augen, als er plötzlich Jack erblickte, der ihn aus dem Nebel heraus anstarrte.

»Billy, du verdammter Schwachkopf«, fuhr Jack ihn an. Oh, er kannte den Burschen nur zu gut, diesen kleinen Plagegeist – überall lief er einem über den Weg, immer auf der Suche nach einer kostenlosen Mahlzeit, einem Schlafplatz für die Nacht. Mehr als einmal hatte Jack den einfältigen Billy schon von seinem Hof jagen müssen. »Aus dem Weg! Um ein Haar hätte ich dich überfahren!«

Der Junge glotzte ihn nur verständnislos an. Er hatte jede Menge schiefe Zähne im Mund, und sein Kopf war zu klein für den Körper des schlaksigen Jünglings. Er grinste blöde, während der Köter in seinen Armen zappelte. »Er kommt nicht immer, wenn ich ihn rufe. Er muss lernen, sich zu benehmen.«

»Kannst nicht mal für dich selber sorgen und musst unbedingt einen Hund haben, wie?«

»Er ist mein Freund. Er heißt Tüpfel.«

Jack musterte den schwarzen Köter, der, soweit er erkennen konnte, keinen einzigen Tüpfel am Leib hatte. »Na, das ist ja vielleicht ein cleverer Name, und so ungewöhnlich.«

»Wir sind losgegangen, um ein bisschen Milch zu besorgen. Babys brauchen Milch, nicht wahr, und sie hat schon alles getrunken, was ich ihr gestern gebracht habe. Da wird sie heute Morgen Hunger haben, und wenn sie Hunger haben, dann schreien sie.«

Was *redete* der Narr denn da? »Geh mir aus dem Weg«, sagte Jack. »Ich habe dringende Geschäfte!«

»In Ordnung, Mr. Burke!« Der Junge trat zur Seite, um das Fuhrwerk passieren zu lassen. »Ich werde mir auch mal ein Geschäft zulegen.«

Na klar, Billy. Ganz bestimmt wirst du das. Jack ließ die Zügel schnalzen, und der Wagen rollte mit einem Ruck an. Das Pferd war erst ein paar Schritte gegangen, als Jack es abrupt zum Stehen brachte und sich zu Billy umdrehte. Die spindeldürre Gestalt des Jungen war schon halb vom Nebel verschluckt. Der Junge musste mindestens sechzehn oder siebzehn sein, aber er war nur Haut und Knochen, ungefähr so kräftig wie eine klappernde Holzpuppe. Trotzdem, ein zusätzliches Paar Hände konnte nicht schaden.

Und billig wäre er auch.

»He, Billy!«, rief Jack. »Willst du dir einen Ninepence verdienen?«

Der Junge lief auf ihn zu, ohne das unglückselige Hundchen aus seinem Würgegriff zu entlassen. »Womit, Mr. Burke?«

»Lass den Hund laufen, und steig auf.«

»Aber wir müssen Milch besorgen.«

»Willst du jetzt deinen Ninepence oder nicht? Davon kannst du dir dann Milch kaufen.«

Billy ließ den Hund fallen, der sofort davonlief. »Geh schön nach Hause!«, befahl Billy ihm. »So ist's brav, Tüpfel!«

»Steig auf, Junge.«

Billy kletterte auf das Fuhrwerk und pflanzte seinen mageren Hintern auf den Bock. »Wo fahren wir hin?«

Jack ließ die Zügel schnalzen. »Das wirst du schon sehen.«

Sie fuhren durch die wabernden Nebelschleier dahin, vorbei an Häusern, deren Fenster schon hier und da von Kerzenschein erhellt wurden. In der Ferne war Hundegebell zu hören, doch hier waren die einzigen Geräusche das Klappern der Hufe und das Rumpeln der Räder, die durch die enge Gasse rollten.

Billy drehte sich zur Ladefläche um. »Was ist denn da unter der Plane, Mr. Burke?«

»Nichts.«

»Aber da ist doch was. Ich kann's doch sehen.«

»Willst du dir einen Ninepence verdienen? Dann halt die Klappe.«

»Na schön.« Der Junge war ungefähr fünf Sekunden lang still. »Wann krieg ich denn das Geld?«

»Wenn du mir geholfen hast, etwas zu transportieren.«

»So wie 'n Möbeltransport?«

»Genau.« Jack spuckte auf die Straße. »So was wie 'n Möbeltransport.«

Sie hatten jetzt fast den Charles River erreicht und ratterten die North Allen Street hinauf. Der Morgen rückte näher, aber der Nebel war immer noch dicht. Je näher Jack seinem Ziel kam, desto mehr schienen die weißen Schwaden, die vom Fluss herüberzogen, den Wagen einzuhüllen wie ein schützender Mantel. Als sie endlich anhielten, konnte Jack nur noch wenige Schritte weit sehen, doch er wusste genau, wo er war.

Und Billy wusste es auch. »Was machen wir denn hier am Krankenhaus?«

»Warte hier«, wies Jack den Jungen an. Er sprang vom Wagen, und seine Stiefelsohlen schlugen hart auf die Pflastersteine.

»Wann transportieren wir denn die Möbel?«

»Ich muss erst sehen, ob sie auch da sind.« Jack öffnete das Tor und trat in den Hinterhof des Krankenhauses. Er musste nur wenige Schritte gehen, bis er entdeckte, was er vorzufinden gehofft hatte: einen frisch vernagelten Sarg. Der Name *A. Tate* war auf den Deckel gekritzelt. Er hob ihn an einem Ende an, um das Gewicht zu prüfen, und konnte sich vergewissern, dass tatsächlich jemand darin lag und der Sarg bald abtransportiert würde. Zum Armenfriedhof gewiss, nach den groben Kiefernholzbrettern zu urteilen.

Er machte sich daran, den Deckel aufzustemmen. Es ging recht schnell, da er nur mit wenigen Nägeln befestigt war. Niemand achtete darauf, dass die Leiche eines Almosenempfängers in ihrem Sarg sicher verwahrt war. Er hob den Deckel ab und warf einen Blick auf die in ein Leinentuch gehüllte Leiche. Nicht besonders groß, wie es schien; mit der wäre er auch ohne den einfältigen Billy fertiggeworden.

Er ging zum Wagen zurück, wo der Junge immer noch wartete.

»Sind es Stühle? Oder ein Tisch?«

»Was faselst du denn da?«

»Die Möbel.«

Jack ging um den Wagen herum und zog mit einem Ruck die Plane herunter. »Hilf mir beim Tragen.«

Billy rutschte vom Bock und ging nach hinten zu Jack. »Das ist ja ein Holzklotz.«

»Du bist ein richtiger Schlaumeier.« Jack packte den Klotz an einem Ende und zog ihn vom Wagen.

»Ist das Brennholz?«, fragte Billy und nahm das andere Ende. »Muss das nicht erst gehackt werden?«

»Nur tragen, nicht fragen, ja?« Sie trugen den Klotz zum

Sarg und legten ihn ab. »Und jetzt hilf mir, das da rauszuholen«, befahl Jack.

Billy warf einen Blick in den Sarg und erstarrte. »Da liegt ja jemand drin!«

»Komm schon, fass an dem Ende da an.«

»Aber das ist – das ist ja ein *Toter*!«

»Willst du jetzt deinen Ninepence oder nicht?«

Billys riesige Augen starrten ihn aus seinem bleichen, mageren Gesicht heraus an. »Ich fürchte mich vor Toten.«

»Die können dir doch nichts tun, du Idiot.«

Der Junge wich zurück. »Aber sie verfolgen einen. Die Geister, meine ich.«

»Ich hab noch nie 'nen Geist gesehen.«

Der Junge ging weiter rückwärts und war schon fast am Tor.

»Billy! Komm gefälligst zurück.«

Doch stattdessen machte der Junge kehrt und flüchtete aus dem Hof. Wie eine Marionette mit schlenkernden Gliedern verschwand seine Gestalt im Nebel.

»So ein Taugenichts«, brummte Jack. Er atmete einmal durch, hob den eingehüllten Leichnam auf und rollte ihn aus dem Sarg. Der Körper landete hart auf dem Pflaster.

Es wurde von Minute zu Minute heller. Er musste schnell arbeiten, bevor ihn jemand entdeckte. Nachdem er den Klotz in den Sarg gewuchtet hatte, legte er rasch den Deckel darauf und nagelte ihn mit wenigen Hammerschlägen wieder fest. Ruhe in Frieden, Mr. Klotz, dachte er grinsend. Dann schleifte er den Körper mitsamt dem Leichentuch, in das er genäht war, über den Hof zu seinem Wagen, wo er innehielt, um seinen Blick über die Straße schweifen zu lassen. Er sah niemanden.

Und niemand sieht mich.

Augenblicke später saß er wieder auf seinem Wagen und lenkte das Fuhrwerk die North Allen Street hinunter. Mit einem Blick über die Schulter vergewisserte er sich, dass seine Ladung noch unter der Plane lag. Die Leiche selbst hatte er sich nicht angesehen, aber das war auch nicht nötig. Ob jung oder alt, Mann oder Frau, jedenfalls war sie frisch, und allein darauf kam es an. Diesmal würde er den Lohn mit niemandem teilen müssen, auch nicht mit dem einfältigen Billy.

Er hatte gerade neun Pence gespart. Das war die zusätzliche Anstrengung allemal wert.

9

Als Rose erwachte, fand sie Meggie schlafend an ihrer Seite, und das Gackern und Flattern von Hühnern drang an ihr Ohr, das Rascheln von Stroh. Keines dieser Geräusche war ihr vertraut, und es dauerte eine Weile, bis ihr wieder einfiel, wo sie war.

Bis ihr wieder einfiel, dass Aurnia tot war.

Der Kummer packte sie wie eine eiserne Faust und drückte ihr die Brust zusammen, so heftig, dass es ihr einen Moment lang den Atem verschlug. Sie starrte zu den grob behauenen Dachbalken des Stalls empor und dachte: *Dieser Schmerz ist mehr, als ich ertragen kann.*

Plötzlich vernahm sie hinter sich ein gleichmäßiges Trommeln, und als sie sich umdrehte, erblickte sie einen schwarzen Hund, der mit dem Schwanz wedelte und dabei gegen einen Ballen Heu schlug. Er schüttelte sich, wobei Strohhalme und Staubkörnchen durch die Luft flogen, und kam dann auf sie zugetrabt, um ihr das Gesicht abzulecken und eine schleimige Spur auf ihrer Wange zu hinterlassen. Sie schob ihn weg und setzte sich auf. Der Hund winselte gelangweilt und tappte die Stufen hinunter. Rose spähte über den Rand des Heubodens und sah ihn an einem Pferd vorbeilaufen, das im Stall angebunden war. Zielstrebig, als hätte er eine wichtige Verabredung, verschwand er durch die offene Stalltür. In der Ferne krähte ein Hahn.

Sie sah sich auf dem Heuboden um und fragte sich, wo Billy geblieben war.

Das hier war also sein Unterschlupf. Hier und da entdeckte sie zwischen den Heuballen und rostigen Geräten Spuren seiner Anwesenheit. Eine Mulde im Stroh markierte die Stelle, wo er letzte Nacht geschlafen hatte. Auf einer umgedrehten

Holzkiste standen eine angeschlagene Tasse mit Untertasse und ein Tranchierbrett, wie ein Gedeck für ein feines Diner. Sein Einfallsreichtum entlockte ihr ein Lächeln. Gestern Abend war Billy verschwunden und nach einer Weile mit einem Becher kostbarer Milch zurückgekommen, die er zweifellos heimlich aus dem Euter einer Kuh oder Ziege gezapft hatte. Rose hatte nicht gefragt, wo sie herkam, während Meggie an dem milchgetränkten Lappen genuckelt hatte; sie war einfach nur dankbar gewesen, irgendetwas zu haben, womit sie den Hunger des Babys stillen konnte.

Das Kind mochte nun satt sein, Rose selbst aber hatte seit gestern Mittag nichts mehr gegessen, und ihr knurrte der Magen. Sie durchstöberte den Heuboden und wühlte im Stroh, bis sie ein Hühnerei fand, warm und offenbar an diesem Morgen frisch gelegt. Sie schlug es auf und legte den Kopf in den Nacken. Das rohe Ei glitt ihr durch die Kehle, und augenblicklich rebellierte ihr Magen gegen den glitschigen, sämigen Dotter. Sie krümmte sich angewidert und nahm ihren ganzen Willen zusammen, um das Ei bei sich zu behalten. Es ist vielleicht das Einzige, was ich heute zu essen bekommen werde, dachte sie, und ich will es nicht vergeuden. Endlich legte sich ihre Übelkeit, und als sie den Kopf hob, fiel ihr Blick auf das Holzkästchen, das in einer Ecke des Heubodens stand.

Sie klappte den Deckel auf.

Darin lagen hübsche Glasstückchen, eine Muschel und zwei Knöpfe aus Fischbein – Schätze, die Billy auf seinen Streifzügen durch das West End gesammelt hatte. Ihr war aufgefallen, dass er den Blick stets gesenkt hielt und umhertippelte wie ein alter Mann, die schmalen Schultern hochgezogen – alles nur, um hier einen Penny oder dort eine verlorene Schnalle vom Boden aufzulesen. Jeder Tag war für den einfältigen Billy eine einzige Schatzsuche, und ein hübscher Knopf genügte, um ihn glücklich zu machen. Ja, er war vielleicht der glücklichste Junge von ganz Boston, weil er so leicht mit einem simplen Knopf zufriedenzustellen war. Aber Knöpfe kann man nicht essen, und mit wertlosem Glasschmuck kann man kein anständiges Begräbnis bezahlen.

Sie klappte das Kästchen zu und trat ans Fenster, um durch die verschmierte Scheibe hinauszuspähen. Unten sah sie die Hühner im Garten kratzen und picken, zwischen braunen Stängeln und Ranken, die in der Kälte eingegangen waren.

Billys Schatz erinnerte sie plötzlich an etwas, das sie in ihrer Tasche verstaut hatte, etwas, das sie bis zu diesem Moment völlig vergessen hatte. Sie nahm das Medaillon an der Kette heraus, und beim Anblick von Aurnias Halsschmuck wallte die Trauer erneut in ihr auf. Das Medaillon war herzförmig, die Kette federleicht, ein zartes Band, gemacht für den Hals einer feinen Dame. Rose erinnerte sich daran, wie sie auf Aurnias milchweißer Haut geglänzt hatte. Wie schön meine Schwester doch war, dachte sie, und nun dient sie nur noch den Würmern zur Nahrung.

Das war echtes Gold. Damit könnte sie Aurnia ein anständiges Begräbnis bezahlen.

Sie hörte Stimmen und spähte erneut aus dem Fenster. Ein mit Heuballen beladener Wagen war soeben in den Hof eingefahren, und zwei Männer standen daneben und feilschten um den Preis.

Es wurde Zeit, dass sie verschwand.

Sie nahm das schlafende Baby auf und stieg die Treppe hinunter. Lautlos schlüpfte sie zur Stalltür hinaus.

Als die beiden Männer sich endlich auf einen Preis für das Heu geeinigt hatten, war Rose Connolly schon weit weg und schüttelte sich das Stroh aus dem Rock, während sie mit Meggie auf dem Arm in Richtung West End marschierte.

Ein frostiger Nebel lag auf dem Friedhof von St. Augustine und hüllte die Beine der Trauernden ein, deren Oberkörper ohne Verbindung zum Boden über dem weißen Dunst zu schweben schienen. Es sind heute so viele hier, dachte Rose; doch die Trauer dieser Menschen galt nicht Aurnia. Sie sah der Prozession zu, die dem kleinen, dicht über der Nebelbank dahingleitenden Sarg folgte, und sie konnte jedes Schniefen, jeden Schluchzer hören; jeder Klagelaut eingefangen und verstärkt, als ob die Luft selbst weinte. Das Kinderbegräbnis zog vorüber; schwarze Röcke und Mäntel, die den Nebel zu silbrigen Strudeln aufwirbelten. Niemand beachtete Rose. Mit Meggie im Arm stand sie verloren in einer Ecke des Friedhofs neben dem frisch aufgeschütteten Erdhügel. Für die anderen war sie nur ein Gespenst im Nebel, ihr Kummer unsichtbar für die, deren eigener Schmerz sie blind machte.

»Jetzt liegt sie wohl tief genug, Miss.«

Rose wandte sich zu den beiden Totengräbern um. Der ältere wischte sich mit dem Ärmel übers Gesicht und schmierte sich dabei feuchte Erde auf die Wange, die von Jahren der Plackerei in Sonne und Wind tief gefurcht war. Armer Mann, dachte sie, in deinem Alter solltest du nicht mehr die Schaufel schwingen müssen, solltest nicht mehr den gefrorenen Boden aufhacken müssen. *Aber wir müssen alle essen.* Und was würde sie tun, wenn sie so alt war wie er, wenn sie nicht mehr genug sehen konnte, um den Faden ins Nadelöhr einzufädeln?

»Kommt sonst niemand, um ihr die letzte Ehre zu erweisen?«, fragte er.

»Niemand sonst«, antwortete Rose und sah auf Aurnias Sarg hinunter. Es war Roses Verlust, ihrer allein, und sie war zu selbstsüchtig, um ihn mit irgendjemandem zu teilen. Sie unterdrückte den plötzlichen Impuls, den Deckel herunterzureißen, um noch einmal das Gesicht ihrer Schwester zu sehen. Was, wenn sie durch irgendein Wunder gar nicht tot wäre? Was, wenn Aurnia sich regte und die Augen aufschlüge? Rose streckte die Hand nach dem Sarg aus und zwang sich sogleich, sie wieder zurückzuziehen. Es gibt keine Wunder, sagte sie sich. *Und Aurnia ist tot.*

»Also, bringen wir's zu Ende?«

Sie schluckte ihre Tränen hinunter und nickte.

Der alte Mann drehte sich zu seinem Gehilfen um, einem

jungen Burschen mit stumpfem Blick, der sichtlich lustlos geschaufelt hatte und nun in schlaffer Haltung und mit gleichgültiger Miene dastand. »Hilf mir, sie herunterzulassen.«

Die Stricke knarrten, als sie den Sarg in das Grab senkten; Erdklumpen lösten sich und fielen mit dumpfem Poltern in die Grube. Ich habe dafür bezahlt, dass du ein Grab ganz für dich allein hast, dachte Rose. *Deine eigene Ruhestätte, die du nicht mit einem Mann teilen musst, der dich begrapscht, oder mit einem stinkenden Bettler. Endlich wirst du allein schlafen können, ein Luxus, der dir im Leben stets versagt geblieben ist.*

Mit einem Ruck schlug der Sarg am Boden auf. Der Junge hatte nicht aufgepasst und das Seil zu schnell abrollen lassen. Rose bemerkte den Blick, den der Alte dem Burschen zuwarf, ein Blick, der sagte: *Dich knöpfe ich mir später noch vor.* Der Junge beachtete ihn gar nicht und zog ungerührt sein Seil aus der Grube. Es glitt heraus wie eine Kobra, und das Ende schlug hart gegen den Kiefernholzsarg. Jetzt, da ihre Arbeit fast erledigt war und sie sich ans Auffüllen der Grube machten, ging der Junge wesentlich munterer zu Werke. Vielleicht dachte er an sein Mittagessen an einem warmen Feuer und daran, dass nur noch dieses eine Grab ihn davon trennte. Er hatte nicht gesehen, wer in dem Sarg lag, und es war ihm auch gleich. Was zählte, war allein, dass dieses Loch gefüllt werden musste, also legte er sich ins Zeug, und Schaufel um Schaufel nasser Erde landete auf dem Sarg.

Am anderen Ende des Friedhofs, wo das Kind zur letzten Ruhe gebettet wurde, erhob sich aus der Schar der Trauernden ein lautes Wehklagen, und ein so animalischer Schmerzensschrei entrang sich der Kehle einer Frau, dass Rose sich umdrehte und zu dem anderen Grab blickte. Da erst sah sie die geisterhafte Silhouette, die durch den Nebel auf sie zukam. Die Gestalt löste sich aus dem Dunstschleier, der sie umfing, und Rose erkannte das Gesicht, das unter der Kapuze des Umhangs hervorschaute. Es war Mary Robinson, die junge Schwester aus dem Krankenhaus. Mary hielt inne und sah sich um, als spürte sie, dass jemand hinter ihr stand, doch Rose sah nur die anderen Trauergäste, die wie Statuen im Kreis um das Grab des Kindes standen.

»Ich wusste nicht, wie ich Sie sonst finden sollte«, sagte Mary. »Mein Beileid zum Tod Ihrer Schwester. Möge Gott ihrer Seele gnädig sein.«

Rose wischte sich die Augen und schmierte Tränen über ihre vom Nebel feuchte Wange. »Sie waren gut zu ihr, Miss Robinson. Viel besser als ...« Sie brach ab, ehe ihr Schwester Pooles Name über die Lippen kam. *Von den Toten soll man nicht schlecht reden.*

Mary trat näher. Als Rose ihre Tränen weggeblinzelt hatte, fiel ihr die angespannte Miene der jungen Krankenschwester auf, ihre verkniffenen Augen. Mary beugte sich vor und senkte die Stimme zu einem Flüstern, sodass ihre Worte fast im kratzenden Geräusch der Schaufeln untergingen.

»Es kommen Leute und fragen nach dem Kind.«

Rose stieß einen müden Seufzer aus und sah auf ihre Nichte hinunter, die ruhig in ihren Armen lag. Die kleine Meggie hatte Aurnias gutmütiges Wesen geerbt, und sie war es zufrieden, einfach still zu liegen und die Welt mit ihren großen Augen zu betrachten. »Ich habe ihnen meine Antwort gegeben. Sie bleibt bei ihrer eigenen Familie. Bei mir.«

»Rose, das sind nicht die Leute vom Säuglingsheim. Ich habe Miss Poole versprochen, nichts zu sagen, aber jetzt kann ich nicht länger schweigen. In der Nacht, als das Baby zur Welt kam, nachdem Sie den Raum verlassen hatten, sagte Ihre Schwester uns ...« Mary erstarrte plötzlich, und ihre Augen fixierten nicht mehr Rose, sondern irgendetwas in der Ferne.

»Miss Robinson?«

»Passen Sie gut auf das Kind auf«, sagte Mary. »Halten Sie es versteckt.«

Rose drehte den Kopf, um zu sehen, was Marys Aufmerksamkeit auf sich gezogen hatte, und als sie Eben aus dem Nebel auf sich zuschreiten sah, wurde ihre Kehle trocken. Ihre

Hände zitterten, doch sie wich nicht zurück, entschlossen, sich nicht einschüchtern zu lassen. Nicht heute, nicht hier, am Grab ihrer Schwester. Als er näher kam, sah sie, dass er ihren Ranzen in der Hand trug – den Ranzen, mit dem sie vor vier Monaten in Boston angekommen war. Verächtlich warf er ihn Rose vor die Füße.

»Ich habe mir erlaubt, deine Habseligkeiten zu packen«, sagte er. »Da du in Mrs. O'Keefes Haus nicht länger willkommen bist.«

Sie hob den Ranzen aus dem Matsch auf, und ihre Wangen glühten vor Empörung bei der Vorstellung, dass Eben in ihren Kleidern gewühlt hatte, in ihren persönlichen Sachen.

»Und komm ja nicht gelaufen und bettle um Almosen«, fügte er hinzu.

»War es das, was du mir gestern Abend aufzwingen wolltest? Ein Almosen?«

Sie richtete sich auf und sah ihm direkt in die Augen, und beim Anblick seiner aufgeplatzten Lippe durchfuhr sie ein Gefühl der Befriedigung. *War ich das? Gut gemacht!* Ihre kühle Entgegnung machte ihn sichtlich wütend, und er trat einen Schritt näher. Dann fiel sein Blick auf die beiden Totengräber, die immer noch damit beschäftigt waren, die Grube aufzufüllen. Er hielt inne, die Rechte zur Faust geballt. Na los, dachte sie. *Schlag mich, während ich deine Tochter im Arm halte. Soll die ganze Welt doch sehen, was für ein Feigling du bist.*

Er schürzte die Lippen und bleckte die Zähne wie ein Tier, und die Worte, die er hervorstieß, klangen wie ein Zischen, gepresst und bedrohlich. »Du hattest kein Recht, mit der Nachtwache zu reden. Sie sind heute Morgen gekommen, während des Frühstücks. Die anderen Mieter tuscheln schon darüber.«

»Ich habe der Wache nichts als die reine Wahrheit gesagt. Nämlich, was du mir angetan hast.«

»Als ob *dir* irgendjemand glauben würde. Weißt du, was ich Mr. Pratt gesagt habe? Ich habe ihm gesagt, was du wirklich für eine bist – ein kleines Luder nämlich. Ich habe ihm erzählt, wie ich dich aufgenommen habe, wie ich dir Kost und Unterkunft gewährt habe, alles nur meiner Frau zuliebe. Und so dankst du mir meine Großzügigkeit!«

»Ist es dir denn völlig gleichgültig, dass sie tot ist?« Rose sah auf das Grab hinunter. »Du bist nicht hier, um Abschied zu nehmen. Du bist nur gekommen, um mich einzuschüchtern. Und das, während deine eigene Frau …«

»Mein eigenes teures Weib konnte dich auch nicht ausstehen.«

Rose blickte zu ihm auf, und ihre Augen blitzten. »Du lügst!«

»Glaubst mir wohl nicht?« Er schnaubte verächtlich. »Du hättest hören sollen, was sie mir so alles ins Ohr geflüstert hat, während du schliefst. Was für eine Last du wärst, wie ein Mühlstein um den Hals, den sie mit sich herumschleppen musste, weil sie wusste, dass du ohne unsere Mildtätigkeit verhungern würdest.«

»Ich habe für meinen Unterhalt gearbeitet! Jeden einzelnen Tag!«

»Als ob ich nicht jederzeit ein Dutzend andere Mädchen finden könnte, die genauso geschickt mit Nadel und Faden sind wie du, und billiger obendrein! Na los, geh doch hinaus in die Welt, dann wirst du schon sehen, wo du landest – und wie lange es dauert, bis du am Hungertuch nagst. Dann wirst du auf Knien zu mir gekrochen kommen.«

»Zu dir?« Jetzt war es Rose, der zum Lachen zumute war, und sie tat es auch, obwohl ihr Magen sich vor Hunger schon zusammenkrampfte. Sie hatte gehofft, dass Eben an diesem Morgen nüchtern aufwachen und wenigstens einen Anflug von Bedauern wegen seiner gestrigen Tat empfinden würde. Dass er durch Aurnias Tod plötzlich einsehen würde, was für einen Schatz er verloren hatte, und dass die Trauer aus ihm einen besseren Menschen machen würde. Aber sie war wie Aurnia in ihrer törichten Zuversicht, wenn sie glaubte, dass er seinen kleinlichen Stolz überwinden könnte. Gestern Abend hatte Rose ihn gedemütigt, und bei Tage betrachtet blieb von seinem herrischen Gehabe nicht viel übrig. Sie sah keine Trauer in seinen Augen, nur verletzte Eitelkeit, und jetzt bereitete es ihr Vergnügen, noch tiefer in dieser Wunde zu bohren.

»Ja, vielleicht werde ich am Hungertuch nagen«, fuhr sie fort. »Aber wenigstens kümmere ich mich um meine Familie. Ich sorge dafür, dass meine Schwester ein anständiges Begräbnis bekommt. Ich werde ihr Kind großziehen. Was glaubst du, wie die Leute über dich reden werden, wenn sie hören, dass du deine eigene Tochter ihrem Schicksal überlassen hast? Dass du keinen Penny für die Beerdigung deiner eigenen Frau übrig hattest?«

Er lief hochrot an und schielte nach den beiden Totengräbern, die mit ihrer Arbeit fertig waren und nun dastanden und gebannt lauschten. Mit zusammengekniffenen Lippen griff er in die Tasche und holte eine Handvoll Münzen hervor. »Da!«, fauchte er und hielt den Totengräbern das Geld hin. »Nehmt!«

Der ältere Mann schielte mit sichtlichem Unbehagen zu Rose. »Die Lady hier hat uns schon bezahlt, Sir.«

»Zum Henker, nun nehmt schon das verfluchte Geld!« Eben packte die schmutzverkrustete Hand des Mannes und drückte die Münzen hinein. Dann sah er Rose an. »Betrachte meine Verpflichtung als erfüllt. Und nun zu dir: Du hast noch etwas, was *mir* gehört.«

»Dir ist Meggie doch völlig gleichgültig. Warum solltest du sie haben wollen?«

»Es ist nicht das Balg, das ich will. Sondern die anderen Sachen. Aurnias Sachen. Ich bin ihr Mann, also steht mir ihr ganzer Besitz rechtmäßig zu.«

»Es gibt nichts.«

»Im Krankenhaus hat man mir gesagt, sie hätten dir ihre Habseligkeiten gestern Abend ausgehändigt.«

»Ist das alles, was du willst?« Sie löste das kleine Bündel, das sie sich um den Leib geschlungen hatte, und gab es ihm. »Dann gehört es jetzt dir.«

Er öffnete das Bündel, woraufhin das schmutzige Nachthemd und das Haarband auf die Erde fielen. »Wo ist der Rest?«

»Ihr Ring ist da.«

»Dieses Stück Blech?« Er hielt Aurnias Glücksbringer mit den Steinen aus gefärbtem Glas hoch. Mit einem verächtlichen Schnauben warf er ihn Rose vor die Füße. »Wertlos. Jedes billige Freudenmädchen in Boston trägt genau so einen am Finger.«

»Sie hat ihren Ehering zu Hause gelassen. Das weißt du.«

»Ich rede von ihrer Halskette. Mit dem goldenen Medaillon. Sie hat mir nie verraten, wie sie dazu gekommen ist, und die ganzen Monate hat sie sich immer geweigert, es zu verkaufen, obwohl ich das Geld für die Werkstatt gut hätte gebrauchen können. Für alles, was ich mir habe gefallen lassen, verdiene ich wenigstens das als Ausgleich.«

»Du verdienst auch nicht das kleinste Haar von ihrem Kopf.«

»Wo ist es?«

»Ich habe es versetzt. Was glaubst du denn, wovon ich ihre Beerdigung bezahlt habe?«

»Es war doch weit mehr wert als *das* hier«, entgegnete er und deutete auf das Grab.

»Es ist weg, Eben. Ich habe für dieses Grab bezahlt, und du bist hier nicht erwünscht. Du hast meiner Schwester keinen Frieden gelassen, als sie noch gelebt hat. Das Mindeste, was du tun kannst, ist, dass du sie jetzt in Frieden ruhen lässt.«

Sein Blick streifte den alten Totengräber, der ihn grimmig anstarrte. O ja, wenn niemand hinsah, hatte Eben keine Skrupel, eine Frau zu schlagen, aber jetzt musste er sich Mühe geben, seine Fäuste gesenkt und seine lästerliche Zunge im Zaum zu halten. So sagte er nur: »Du wirst noch von mir hören, Rose.« Dann machte er kehrt und stapfte davon.

»Miss? Miss?«

Rose wandte sich zu dem alten Totengräber um und fing seinen mitfühlenden Blick auf. »Sie haben uns schon bezahlt.

Ich denke, Sie können das gut gebrauchen. Damit müssten Sie sich und das Kind eine Zeit lang ernähren können.«

Sie starrte die Münzen an, die er ihr in die Hand gedrückt hatte. Und sie dachte: *Eine Weile wird das hier den Hunger fernhalten. Es reicht, um eine Amme zu bezahlen.*

Die beiden Arbeiter rafften ihre Gerätschaften zusammen und ließen Rose an Aurnias frisch aufgeschüttetem Grabhügel stehen. *Sobald die Erde sich gesetzt hat, dachte sie, werde ich dir einen Grabstein kaufen. Vielleicht kann ich ja genug sparen, um mehr als nur deinen Namen eingravieren zu lassen, mein Herz. Vielleicht einen gemeißelten Engel oder ein paar Verszeilen, um die Welt wissen zu lassen, um wie viel ärmer sie ohne dich ist.*

Sie hörte gedämpftes Schluchzen; die Trauergemeinde von der anderen Beerdigung begann, den Friedhof zu verlassen. Sie sah die bleichen, in schwarze Wolle gehüllten Gesichter, als sie im Nebel vorbeizogen. *So viele, die gekommen sind, um den Tod eines Kindes zu beklagen. Wo ist deine Trauergemeinde, Aurnia?*

Da erst fiel ihr Mary Robinson wieder ein. Sie blickte sich um, konnte die Krankenschwester aber nirgends entdecken. Die Ankunft des streitlustigen Eben hatte sie wohl vertrieben. Noch etwas, was Rose ihm immer nachtragen würde.

Regentropfen besprengten ihr Gesicht. Die anderen Trauernden strömten mit gesenkten Köpfen zum Friedhofstor hinaus, zu den Kutschen und den warmen Mahlzeiten, die auf sie warteten. Nur Rose verweilte noch und hielt Meggie fest im Arm, während der Regen den Boden aufweichte.

»Schlafe wohl, mein Herz«, flüsterte sie.

Sie hob ihren Ranzen auf und las Aurnias Sachen von der Erde auf. Dann verließ sie mit Meggie den Friedhof von St. Augustine und schlug den Weg zu den Elendsquartieren von South Boston ein.

10

»Die Geburtshilfe ist jener Zweig der Medizin, der sich mit der Empfängnis und ihren Folgen befasst. Und heute haben Sie von einigen dieser oftmals leider tragischen Folgen gehört ...«

Schon von der großen Treppe aus, die zum Hörsaal führte, konnte Norris Dr. Crouchs dröhnende Stimme hören. Er eilte die Stufen hinauf und ärgerte sich, dass er so spät zu seiner Morgenvorlesung kam. Aber die vergangene Nacht hatte er wieder einmal in der ungehobelten Gesellschaft von Schielaugen-Jack verbracht. Diesmal hatte ihr Beutezug sie nach Süden geführt, nach Quincy. Die ganze Fahrt über hatte Jack über seinen Rücken geklagt – der einzige Grund, weshalb er Norris gebeten hatte, ihn auf dieser jüngsten Tour zu begleiten. Sie waren erst weit nach Mitternacht nach Boston zurückgekehrt, mit nur einem einzigen Exemplar auf dem Wagen, das zudem in einem so schlechten Zustand war, dass Dr. Sewall angesichts des üblen Geruchs das Gesicht verzogen hatte, als er die Plane zurückschlug. »Der hat ja schon tagelang in der Erde gelegen«, hatte Sewall moniert. »Können Sie denn nicht Ihre Nasen gebrauchen? Allein der Gestank hätte Sie doch schon warnen müssen!«

Norris hing dieser Gestank immer noch in den Haaren und in den Kleidern. Man wurde ihn nie ganz los; wie Maden bohrte er sich unter die Haut, bis jeder Atemzug damit verpestet war und man lebendes nicht mehr von totem Fleisch unterscheiden konnte. Er roch ihn auch jetzt, als er die Treppe zum Hörsaal hinaufstieg, wie ein wandelnder Leichnam, der seinen Verwesungsgeruch hinter sich herzieht. Er öffnete die Tür und schlüpfte lautlos ins Auditorium. Unten auf dem Podium schritt Dr. Crouch dozierend auf und ab.

»... obgleich ein separater Zweig der Medizin, der sich von der Chirurgie und der Heilkunde unterscheidet, erfordert die Praxis der Geburtshilfe Kenntnisse der Anatomie und Physiologie, der Pathologie und...« Dr. Crouch hielt inne und fixierte Norris, der auf der Suche nach einem freien Platz erst ein paar Schritte den Mittelgang hinuntergekommen war. Die plötzliche Stille fesselte die Aufmerksamkeit des ganzen Auditoriums in dramatischerer Weise, als es der lauteste Zuruf vermocht hätte. Wie ein vieläugiges Monstrum drehten die Studenten sich um und starrten Norris an, der wie angewurzelt stehen blieb.

»Mr. Marshall«, sagte Crouch. »Es ehrt uns, dass Sie sich für unsere Gesellschaft entschieden haben.«

»Ich bitte um Verzeihung, Sir! Ich habe keine Entschuldigung vorzubringen.«

»Soso. Nun, suchen Sie sich einen Platz!«

Norris entdeckte einen freien Stuhl in der Reihe direkt vor Wendell und seinen Freunden und setzte sich rasch hin.

Auf dem Podium räusperte Crouch sich und fuhr fort. »So möchte ich also zum Schluss kommen, meine Herren, und Sie mit der folgenden Überlegung entlassen: Der Arzt ist manchmal das einzige Bollwerk gegen die Ausbreitung der Finsternis. Wenn wir die düsteren Krankenstuben betreten, dann kommen wir, um eine Schlacht zu schlagen und um jenen bedauernswerten Seelen, deren Leben an einem seidenen Faden hängt, himmlische Hoffnung und Zuversicht zu bringen. Seien Sie sich also stets jenes heiligen Vertrauens bewusst, das bald schon auf Ihren Schultern ruhen könnte.« Crouch baute sich mit seinen kurzen Beinen in der Mitte des Podiums auf, und seine Worte klangen wie ein Aufruf zum Kreuzzug. »Bleiben Sie Ihrer Berufung treu! Seien Sie jenen treu, die ihr Leben in Ihre kundigen Hände legen!«

Crouch blickte erwartungsvoll zu seinem Publikum auf, das ein paar Sekunden lang in tiefem Schweigen verharrte. Dann erhob Edward Kingston sich von seinem Platz, um laut und demonstrativ zu applaudieren, eine Geste, die Crouch durchaus registrierte. Andere schlossen sich eilig an, bis schließlich der ganze Saal von ihrem Applaus widerhallte.

»Na, so was nenne ich eine hamletwürdige Vorstellung«, meinte Wendell, dessen trockener Kommentar im Getöse der klatschenden Hände unterging. »Wann wird er sich auf dem Boden wälzen und uns die Sterbeszene geben?«

»Psst, Wendell«, warnte Charles. »Willst du uns alle in Schwierigkeiten bringen?«

Dr. Crouch trat vom Podium ab und setzte sich in die erste Reihe zu den anderen Mitgliedern des Lehrkörpers. Nun erhob sich Dr. Aldous Grenville, der nicht nur Dekan der Medizinischen Hochschule, sondern auch Charles' Onkel war, um zu den Studenten zu sprechen. Obwohl sein Haar sich schon silbern gefärbt hatte, stand er noch aufrecht und ungebeugt, eine auffallende Erscheinung, die mit einem Blick den ganzen Saal zum Schweigen bringen konnte.

»Ich danke Ihnen, Dr. Crouch, für Ihre höchst aufschlussreiche und inspirierende Vorlesung über die Kunst und Wissenschaft der Geburtshilfe. Wir kommen nun zum letzten Teilabschnitt des heutigen Programms, einer anatomischen Sektion, die unser angesehener Professor für Chirurgie, Dr. Erastus Sewall, präsentieren wird.«

Schwerfällig erhob sich der korpulente Dr. Sewall von seinem Platz in der ersten Reihe und betrat das Podium. Dort schüttelten die beiden Herren einander herzlich die Hand, woraufhin Dr. Grenville sich wieder hinsetzte und Sewall die Bühne überließ.

»Bevor ich beginne«, sagte Sewall, »möchte ich zunächst einen Freiwilligen aufrufen. Vielleicht wäre einer der Herren Erstsemester so kühn, mir als Prosektor zur Seite zu treten?«

Tiefes Schweigen war die Antwort, während fünf Reihen junger Männer betreten auf ihre Schuhe hinabsahen.

»Ich bitte Sie, meine Herren, wenn Sie sich nicht die Hände blutig machen, werden Sie auch nie verstehen, wie die menschliche Maschine funktioniert. Sie haben Ihre medizinischen Studien gerade erst begonnen, und Sie sind noch nicht eingeweiht in die Geheimnisse des Sektionssaals. Heute werde ich Ihnen helfen, sich mit dieser wundersamen Apparatur vertraut zu machen, diesem komplizierten und erhabenen Bau. Wenn einer von Ihnen vielleicht den Mut aufbringen könnte?«

»Ich mach's«, sagte Edward und stand auf.

»Mr. Edward Kingston hat sich freiwillig gemeldet«, stellte Professor Grenville fest. »Bitte begeben Sie sich zu Dr. Sewall aufs Podium.«

Während Edward den Mittelgang hinaufschritt, bedachte er seine Kommilitonen mit einem siegessicheren Grinsen. *Ich bin kein Feigling, im Gegensatz zu euch*, sagte sein Blick.

»Wo nimmt er nur die Nerven her?«, murmelte Charles.

»Wir kommen alle noch an die Reihe«, meinte Wendell.

»Sieh nur, wie er sich in der Aufmerksamkeit aalt. Ich schwöre, ich würde zittern wie ein armer Sünder.«

Räder rumpelten über das hölzerne Podium, als ein Assistent einen Tisch von der Seite hereinschob. Dr. Sewall zog seinen Rock aus und krempelte die Ärmel hoch, während der Assistent wieder hinausging, um einen kleinen Tisch mit einem Tablett voller Instrumente hereinzufahren. »Jeder von Ihnen«, sagte Sewall, »wird die Gelegenheit bekommen, im Sektionssaal das Skalpell zu führen. Aber dennoch wird Ihr Kontakt mit diesem Gegenstand viel zu oberflächlich bleiben. Angesichts des Mangels an anatomischen Übungsexemplaren müssen Sie jede Gelegenheit nutzen, die sich Ihnen bietet. Wann immer ein Leichnam zur Verfügung gestellt wird, werden Sie, wie ich hoffe, die Gunst des Augenblicks nutzen und Ihr Wissen zu mehren suchen. Heute bietet sich uns zu unserem großen Glück eine solche Gelegenheit.« Er legte eine Pause ein, um sich eine Schürze umzubinden. »Die Kunst der Sektion«, fuhr er fort, während er die Bänder hinter dem Rücken verknotete, »ist genau dies – eine Kunst. Heute werde ich Ihnen demonstrieren, wie Sie dabei vorgehen sollten. Nicht wie ein Abdecker, der einen Kadaver ausschlachtet, sondern wie ein Bildhauer, der ein Kunstwerk aus einem

Marmorblock hervortreten lässt. Das ist es, was ich heute zu tun beabsichtige – nicht nur einen Leichnam zu sezieren, sondern die Schönheit jedes einzelnen Muskels und jedes Organs, jedes Nervs und jedes Blutgefäßes zu enthüllen.« Er wandte sich zu dem Tisch um, auf dem die Leiche lag, immer noch unter ihrem Laken verborgen. »Nun wollen wir unser heutiges Studienobjekt enthüllen.«

Norris spürte schon, wie die Übelkeit in ihm hochstieg, als Dr. Sewall nun nach dem Zipfel des Lakens griff. Er ahnte bereits, wer darunter lag, und ihm graute vor dem Moment, da die halb verweste Leiche enthüllt würde, die er und Schielaugen-Jack letzte Nacht ausgegraben hatten. Doch als Sewall das Tuch zurückschlug, war es nicht der stinkende männliche Leichnam, der zum Vorschein kam.

Es war eine Frau. Und selbst von seinem Platz im Auditorium aus erkannte Norris sie wieder.

Lockiges rotes Haar wallte über die Kante des Tisches. Ihr Kopf war leicht zur Seite geneigt, sodass sie ihr Gesicht mit den halb geschlossenen Augen und den leicht geöffneten Lippen den Zuhörern zuwandte. Im Hörsaal war es so still geworden, dass Norris das Pochen seines eigenen Herzschlags in den Ohren hören konnte. *Diese Tote ist Rose Connollys Schwester. Die Schwester, die ihr Ein und Alles war.* Wie in Gottes Namen war die geliebte Schwester des Mädchens auf dem Seziertisch der Anatomie gelandet?

Mit ruhiger Hand nahm Dr. Sewall ein Skalpell vom Tablett und trat an die Seite des Leichnams. Er schien das betroffene Schweigen, das sich über den Saal gelegt hatte, überhaupt nicht zu registrieren, und wie er so sein Studienobjekt betrachtete, hätte man ihn für irgendeinen Handwerker halten können, der sich an seine Arbeit machte. Er sah Edward an, der reglos am Fußende des Tisches stand. Zweifellos hatte auch Edward die Tote wiedererkannt.

»Ich rate Ihnen, eine Schürze umzulegen.«

Edward schien ihn nicht zu hören.

»Mr. Kingston, wenn Sie sich nicht den feinen Anzug ruinieren wollen, den Sie da tragen, schlage ich vor, dass Sie Ihre Jacke ausziehen und sich eine Schürze umbinden. Und dann kommen Sie her und assistieren mir.«

Selbst der arrogante Eddie hatte, wie es schien, die Nerven verloren, und er schluckte vernehmlich, als er die vom Hals bis zu den Knöcheln reichende Schürze umband und seine Ärmel hochkrempelte.

Dr. Sewall setzte das Skalpell an. Es war ein roher Schnitt, der vom Brustbein bis zum Becken ging. Die Haut teilte sich, und der Inhalt der Bauchhöhle quoll hervor. Die Darmschlingen glitten aus dem offenen Abdomen und hingen triefend über den Rand des Tisches herab.

»Den Eimer«, sagte Sewall. Er blickte zu Edward auf, der nur entsetzt auf die klaffende Wunde starrte. »Würde vielleicht *irgendjemand* die Güte haben, den Eimer hinzustellen? Mein Assistent hier scheint im Moment zu keiner zielgerichteten Bewegung in der Lage zu sein.«

Nervöses Gelächter breitete sich im Auditorium aus angesichts der öffentlichen Zurechtstutzung des überheblichen Kommilitonen. Errötend griff Edward nach dem Holzeimer, der auf dem Tablett stand, und stellte ihn auf den Boden, um die tropfenden Darmschlingen aufzufangen, die aus dem Bauchraum der Leiche quollen.

»Über den Eingeweiden«, erklärte Dr. Sewall, »liegt eine Hülle, die Omentum oder Bauchnetz genannt wird. Ich habe es soeben durchtrennt und die Gedärme freigelegt, die Sie nun aus dem Abdomen herausfallen sehen. Bei älteren Herrschaften, zumal bei solchen, die allzu ausgiebig den Freuden der Tafel gefrönt haben, kann dieses Netz sehr stark verfettet sein. Aber bei diesem jungen weiblichen Leichnam finde ich nur ganz spärliche Ablagerungen.« Er hob das fast durchsichtige Bauchnetz an und hielt es mit blutigen Händen hoch, sodass alle es sehen konnten. Dann beugte er sich über den Tisch und warf die Gewebemasse in den bereitstehenden Eimer, wo sie mit einem feuchten Klatschen landete.

»Als Nächstes werde ich den Darm entfernen, der uns so

gründlich den Blick auf die Organe darunter verstellt. Während jeder Abdecker, der schon einmal eine Kuh oder ein Pferd geschlachtet hat, mit der enormen Länge der Gedärme vertraut ist, sind junge Studenten bei ihrer ersten Sektion häufig erstaunt, wenn sie damit konfrontiert werden. Zunächst werde ich den Dünndarm resezieren, indem ich ihn auf der Höhe des Pylorus oder Magenpförtners durchtrenne…«

Er beugte sich mit dem Skalpell in der einen Hand über den Leichnam, und als er sich wieder aufrichtete, hielt er das abgetrennte Ende des Dünndarms in der anderen. Er ließ es über den Rand des Tisches gleiten, und Edward fing es mit der bloßen Hand auf, bevor es auf den Boden klatschen konnte. Angewidert verzog er das Gesicht und warf das Darmende hastig in den Eimer.

»Jetzt werde ich das andere Ende heraustrennen, dort, wo der Dünndarm zum Dickdarm wird, am ileozökalen Übergang.«

Wieder setzte er das Skalpell an. Wieder richtete er sich auf, in der Hand das abgetrennte Darmende.

»Um Ihnen die Wunder des menschlichen Verdauungssystems zu demonstrieren, möchte ich nun meinen Assistenten bitten, das andere Ende des Dünndarms zu nehmen und damit so weit wie möglich den Mittelgang hinaufzugehen.«

Edward zögerte, den Blick voller Abscheu auf den Eimer gerichtet. Schließlich schnitt er eine Grimasse, griff in den Berg von Eingeweiden und zog das abgetrennte Ende hervor.

»Gehen Sie los, Mr. Kingston. Immer auf den Ausgang zu.«

Edward begann, den Mittelgang hinaufzugehen, und zog dabei sein Ende des Dünndarms hinter sich her. Norris stieg der üble Geruch faulender Innereien in die Nase, und er sah, wie der Student auf der anderen Seite des Gangs sich die Nase zuhielt, um nicht den Gestank einatmen zu müssen. Und immer noch ging Edward weiter, mit dem stinkenden Schlauch des Dünndarms im Schlepptau, bis dieser sich schließlich vom Boden hob und straff spannte. Tropfen spritzten auf den Boden.

»Beachten Sie die Länge«, sagte Dr. Sewall. »Was wir hier

sehen, sind schätzungsweise sechs Meter Darm. *Sechs Meter,* meine Herren! Und das ist nur der Dünndarm. Den Dickdarm habe ich noch in situ belassen. Im Bauch eines jeden von Ihnen befindet sich eines dieser höchst wundersamen Organe. Denken Sie daran, während Sie dort sitzen und Ihr Frühstück verdauen. Ganz gleich, was Ihre Stellung im Leben ist, ob Sie nun reich sind oder arm, alt oder jung, in Ihrer Bauchhöhle sieht es genauso aus wie bei jedem anderen Mann.«

Und bei jeder Frau, dachte Norris, dessen Blick nicht auf das sezierte Organ, sondern auf den ausgeweideten Leichnam dort unten auf dem Tisch gerichtet war. Selbst von einer solchen Schönheit blieb nach der Sektion kaum mehr als ein Eimer voller Innereien. Wo war die Seele bei alldem? Wo war die Frau, die einmal diesen Körper bewohnt hatte?

»Mr. Kingston, Sie können jetzt zum Podium zurückkommen und den Darm wieder in den Eimer werfen. Als Nächstes wollen wir uns ansehen, wie das Herz und die Lunge in die Brusthöhle eingebettet sind.« Dr. Sewall griff nach einem bedrohlich aussehenden Instrument und klemmte eine Rippe zwischen den stählernen Backen ein. Das Geräusch des brechenden Knochens hallte von den Saalwänden wider. Sewall blickte in die Runde. »Sie können die Thoraxorgane nur richtig sehen, wenn Sie direkt in die Brusthöhle hineinschauen. Ich denke, es wäre das Beste, wenn die Erstsemester sich von ihren Plätzen erheben und für den Rest der Sektion näher herantreten würden. Kommen Sie, verteilen Sie sich um den Tisch herum.«

Norris stand auf. Er saß direkt am Gang und war deshalb einer der Ersten, die den Tisch erreichten. Er starrte hinunter – aber nicht in den Thorax, sondern in das Gesicht der Frau, deren innerste Geheimnisse hier vor einem Saal voller wildfremder Männer enthüllt wurden. Sie war so hübsch, dachte er. Aurnia Tate hatte in der Blüte ihrer Weiblichkeit gestanden.

»Wenn Sie ein wenig näher treten«, sagte Dr. Sewall, »möchte ich Sie zunächst auf einen interessanten Befund im Becken des Studienobjekts hinweisen. Nach der Größe des Uterus zu schließen, den ich hier mühelos ertasten kann, würde ich sagen, dass diese Frau vor Kurzem erst niedergekommen ist. Obwohl es sich um einen relativ frischen Leichnam handelt, werden Sie den besonders unangenehmen Geruch bemerken, welcher der Bauchhöhle entströmt, sowie die offensichtliche Entzündung des Peritoneums. Unter Berücksichtigung all dieser Befunde bin ich bereit, eine Vermutung bezüglich der wahrscheinlichen Todesursache zu äußern.«

Im Auditorium war plötzlich ein dumpfer Aufschlag zu vernehmen, und gleich darauf hörte man einen Studenten aufgeregt rufen: »Atmet er? Sieh nach, ob er noch atmet!«

»Was ist das Problem?«, rief Dr. Sewall.

»Es ist Dr. Grenvilles Neffe, Sir!«, antwortete Wendell. »Charles ist ohnmächtig geworden!«

In der ersten Reihe stand Professor Grenville auf, sichtlich betroffen von der Nachricht. Rasch eilte er die Stufen hinauf zu Charles und schob die Studenten beiseite, die sich im Mittelgang drängten.

»Es ist nicht weiter schlimm, Sir«, verkündete Wendell. »Charles kommt schon wieder zu sich.«

Unten auf dem Podium seufzte Dr. Sewall. »Ein schwacher Magen ist keine Empfehlung für jemanden, der Medizin studieren möchte.«

Grenville kniete sich neben seinen Neffen und tätschelte ihm die Wangen. »Komm, komm, Junge. Dir ist nur ein bisschen schwindlig geworden. Es war ein anstrengender Vormittag.«

Stöhnend setzte Charles sich auf und hielt sich den Kopf. »Mir ist schlecht.«

»Ich bringe ihn hinaus, Sir«, erbot sich Wendell. »Er kann sicherlich ein wenig frische Luft gebrauchen.«

»Danke, Mr. Holmes«, sagte Grenville. Als er sich aufrichtete, wirkte er selbst ein wenig wacklig auf den Beinen.

Das ist uns allen an die Nerven gegangen, selbst den Erfahrensten unter uns.

Mit Wendells Hilfe stand Charles schwankend auf und ließ sich von ihm zum Ausgang führen. Norris hörte einen der Studenten kichern und sagen: »Natürlich wieder unser Charlie – wer sonst? Wenn einer in Ohnmacht fällt, dann er!«

Aber es hätte jedem von uns passieren können, dachte Norris, als er sich im Auditorium umsah und in die aschfahlen Gesichter blickte. Welcher normale Mensch könnte ein Gemetzel mit ansehen, wie sie es an diesem Morgen erlebt hatten, und nicht entsetzt sein?

Und es war noch nicht vorbei.

Auf dem Podium griff Dr. Sewall wieder zum Skalpell und musterte seine Zuhörerschaft mit kühlem Blick. »Meine Herren – können wir fortfahren?«

11

Gegenwart

Julia fuhr nach Norden. Sie ließ die Hitze des Bostoner Sommers hinter sich und reihte sich ein in die Autokolonne der Wochenendurlauber, die sich in Richtung Maine wälzte. Als sie die Grenze zu New Hampshire überquerte, war die Temperatur bereits um gute fünf Grad gefallen, und als sie eine halbe Stunde später Maine erreichte, war die Luft schon regelrecht kühl. Bald verschwanden Wälder und Felsküste hinter einer Nebelbank, und je weiter sie nach Norden vordrang, desto grauer wurde die Welt um sie herum. Die Straße schlängelte sich durch eine gespenstische Landschaft mit verschleierten Bäumen und Gehöften, die kurz aus dem Nebel auftauchten und wieder verschwanden.

Als sie am Nachmittag endlich den kleinen Badeort Lincolnville erreichte, war der Nebel so dicht, dass sie kaum die hoch aufragenden Umrisse der Fähre nach Islesboro ausmachen konnte, die am Pier lag. Henry Page hatte sie gewarnt, dass der Platz für Fahrzeuge begrenzt sein würde, also ließ sie ihren Wagen auf dem Terminal-Parkplatz stehen, nahm ihre Reisetasche aus dem Kofferraum und ging an Bord.

Sie wusste nicht, welche Aussicht sich normalerweise aus dem Fenster der Fähre bot; heute jedenfalls konnte sie bei der Überfahrt nach Islesboro absolut gar nichts sehen.

Als sie von Bord ging, tauchte sie in eine verwirrende graue Welt ein. Henry Pages Haus war nur eine Meile Fußweg vom Fährhafen entfernt. »Ein schöner Spaziergang an einem Sommertag«, hatte er gesagt. Aber im dichten Nebel kann einem eine Meile schier endlos vorkommen. Sie ging weit außen am Rand der Straße, um nicht Gefahr zu laufen, überfahren zu werden, und kletterte vorsichtshalber immer ein Stück die Böschung hinauf, wenn sie ein Fahrzeug kommen hörte. Das ist also der Sommer in Maine, dachte sie, während sie in Shorts und Sandalen fröstelte. Sie hörte die Vögel zwitschern, konnte sie aber nicht sehen. Alles, was sie sah, waren der Asphalt zu ihren Füßen und das Gras am Straßenrand.

Plötzlich tauchte ein Briefkasten vor ihr auf. Er war gründlich durchgerostet und hing an einem krummen Pfosten. Als sie ganz nahe heranging, konnte sie die verblassten Buchstaben an der Seite entziffern: *Stonehurst*.

Henry Pages Haus.

Die einspurige, ungeteerte Zufahrt stieg stetig an durch einen dichten Wald, mit Büschen und niedrigen Ästen, die wie mit Krallen nach vorbeifahrenden Autos zu greifen schienen. Je höher sie kam, desto stärker wurde das Gefühl, dass sie auf dieser einsamen Straße, auf dieser vom Nebel umfangenen Insel festsaß. Das Haus tauchte so plötzlich auf, dass sie erschrocken stehen blieb, als hätte sie gerade in dem weißen Dunst die Umrisse einer unheimlichen Bestie ausgemacht. Es war aus Stein und altem Holz, das nach Jahren in der salzhaltigen Luft einen silbrigen Überzug bekommen hatte. Zwar konnte sie das Meer nicht sehen, doch sie wusste, dass es nicht weit war, denn sie konnte die Wellen an die Felsen schlagen hören, während über ihr die kreischenden Möwen kreisten.

Sie stieg die ausgetretenen Granitstufen zur Veranda hinauf und klopfte an die Tür. Mr. Page hatte ihr gesagt, dass er zu Hause sein würde, doch niemand öffnete ihr. Sie fror, denn sie hatte keine Jacke mitgenommen, und es würde ihr nichts anderes übrig bleiben, als zum Fährhafen zurückzugehen. Frustriert ließ sie ihre Tasche auf der Veranda stehen und ging ums Haus herum. Da Henry nicht zu Hause war, könnte sie wenigstens kurz seinen Meerblick bewundern – falls an diesem Tag überhaupt etwas zu sehen war.

Über einen Pfad aus Steinplatten gelangte sie in den Garten, der mit Sträuchern und wucherndem Gras zugewachsen war. Obwohl hier offenbar schon lange kein Gärtner mehr nach dem Rechten gesehen hatte, konnte sie allein an dem kunstvoll ausgeführten Mauerwerk erkennen, dass der Garten einmal ein Schmuckstück gewesen sein musste. Sie sah moosbewachsene Stufen, die bergab führten und im Nebel verschwanden, sowie niedrige Steinmauern, die eine Reihe terrassenförmig angelegter Blumenbeete einfassten. Angelockt vom Rauschen der Wellen begann sie, die Stufen hinabzusteigen, vorbei an Büscheln von Thymian und Katzenminze. Das Meer musste jetzt ganz nahe sein, und sie rechnete jeden Moment damit, einen Blick auf den Strand zu erhaschen.

Sie machte noch einen Schritt und hatte plötzlich keinen Boden mehr unter dem Fuß.

Ihr stockte der Atem, sie wich zurück und landete hart mit dem Hinterteil auf den Steinstufen. Einen Moment lang saß sie nur da und starrte durch die dahintreibenden Nebelschwaden zu den Felsen in gut sechs Metern Tiefe hinunter. Erst jetzt bemerkte sie die frischen Abbruchkanten links und rechts der Treppe und die frei liegenden Wurzeln eines Baumes, der sich mühsam an der abbröckelnden Steilwand festklammerte. Sie blickte in die Tiefe und dachte: *Den Sturz hätte ich überlebt, aber in diesem eiskalten Wasser würde man in kürzester Zeit ertrinken.*

Mit wackligen Knien stieg sie den Hang hinauf und ging zurück zum Haus, und die ganze Zeit fürchtete sie, dass die Klippe plötzlich abbrechen und sie mit in die Tiefe reißen könnte. Sie war fast oben angekommen, als sie den Mann sah, der dort auf sie wartete.

Er stand leicht gebeugt da, und seine knotigen Finger umklammerten den Griff eines Gehstocks. Schon am Telefon hatte Henry Page sich alt angehört, doch dieser Mann wirkte noch älter: Sein Haar war weiß wie der Nebel, und die Augen hinter den Gläsern seiner Nickelbrille blinzelten angestrengt.

»Die Treppe ist nicht sicher«, sagte er. »Jedes Jahr bricht eine Stufe ab. Der Boden ist nicht stabil.«

»Das habe ich auch schon festgestellt«, erwiderte sie, noch außer Atem von dem schnellen Anstieg.

»Ich bin Henry Page. Und Sie sind Julia Hamill, nehme ich an.«

»Ich hoffe, es war in Ordnung, dass ich mich ein bisschen umgesehen habe. Sie waren nicht zu Hause.«

»Ich war die ganze Zeit zu Hause.«

»Es hat aber niemand aufgemacht.«

»Sie denken wohl, ich kann die Treppe runterspringen wie ein junger Hüpfer? Ich bin neunundachtzig. Das nächste Mal versuchen Sie's mal mit ein bisschen Geduld.« Er machte kehrt und ging über die Steinterrasse auf eine Verandatür zu. »Kommen Sie rein. Ich habe schon einen feinen Sauvignon Blanc kaltgestellt. Obwohl bei dem kühlen Wetter vielleicht eher ein Roter angebracht wäre.«

Sie folgte ihm ins Haus. Als sie durch die Terrassentür trat, dachte sie: *Dieses Haus wirkt so uralt wie er selbst.* Es roch nach Staub und alten Teppichen.

Und nach Büchern. In diesem Zimmer mit Meerblick standen Tausende von Büchern dicht an dicht in Regalen, die vom Boden bis zur Decke reichten. Eine Wand war ganz von einem mächtigen Kamin eingenommen. Obwohl das Zimmer riesig war, ließ der Nebel, der gegen die Panoramafenster wallte, es düster und beengt wirken; ein Eindruck, der noch verstärkt wurde durch ein Dutzend Kartons, die sich in der Mitte des Raums neben einem massiven Esstisch aus Eichenholz stapelten.

»Das sind ein paar von Hildas Kartons«, sagte er.

»Ein paar?«

»Im Keller sind noch zwei Dutzend mehr, die ich nicht mal angerührt habe. Vielleicht könnten Sie sie für mich rauftragen; mit dem Stock ist das ein bisschen schwierig. Ich würde ja meinen Großneffen bitten, mir zu helfen, aber er hat immer so viel zu tun.«

Ich vielleicht nicht?

Er schlurfte hinüber zum Esstisch, wo der Inhalt eines der

Kartons auf der zerkratzten Tischplatte ausgebreitet war. »Wie Sie sehen, war Hilda von der Sammelwut befallen. Konnte nichts wegwerfen. Wenn man so lange lebt wie sie, hat man da am Ende einen ziemlichen Haufen *Krempel* beisammen. Aber wie ich festgestellt habe, ist dieser Krempel ziemlich interessant. Es ist alles völlig durcheinander. Die Umzugsfirma, die ich beauftragt habe, hat die Sachen einfach aufs Geratewohl in Kartons geworfen. Diese alten Zeitungen hier stammen aus den Jahren 1840 bis 1910. Irgendeine Ordnung ist nicht zu erkennen. Ich könnte wetten, dass irgendwo sogar noch ältere herumliegen, aber wir werden sämtliche Kartons öffnen müssen, um sie zu finden. Könnte Wochen dauern, bis wir mit all dem durch sind.«

Julia, deren Blick auf den *Boston Daily Advertiser* vom 10. Januar 1840 geheftet war, registrierte plötzlich, dass er das Wort »wir« benutzt hatte. Sie sah ihn an. »Es tut mir leid, Mr. Page, aber ich hatte nicht vor, besonders lange zu bleiben. Könnten Sie mir einfach nur zeigen, was Sie zu meinem Haus gefunden haben?«

»Ach ja. Hildas Haus.« Zu ihrer Verblüffung ließ er sie stehen und schlurfte davon. Sie hörte das dumpfe *Tock-tock* seines Gehstocks auf dem Holzfußboden, und dann rief er von nebenan: »Es wurde 1880 erbaut. Für eine Vorfahrin von mir namens Margaret Tate Page.«

Julia folgte Henry in eine Küche, die aussah, als sei sie seit den Fünfzigerjahren nicht mehr renoviert worden. Die Schränke waren mit einer Schmutzschicht überzogen, der Herd war mit Spritzern von altem Fett und, wie es aussah, eingetrockneter Tomatensauce verunreinigt.

Henry kramte im Kühlschrank und zog eine Flasche Weißwein heraus.

»Das Haus wurde von Generation zu Generation weitervererbt. Allesamt Hamsterer, genau wie Hilda«, meinte er, während er einen Korkenzieher in die Flasche drehte. »Und deshalb haben wir jetzt diese Fundgrube an Dokumenten. Das Haus war die ganzen Jahre über im Besitz unserer Familie.«

Der Korken glitt mit einem Plopp aus der Flasche, und er sah sie an. »Bis Sie es gekauft haben.«

»Die Gebeine in meinem Garten wurden wahrscheinlich vor 1880 vergraben«, sagte sie. »Das sagte mir die Anthropologin von der Universität. Das Grab ist älter als das Haus.«

»Mag sein, mag sein.« Er nahm zwei Weingläser aus dem Schrank.

»Was Sie in diesen Kartons gefunden haben, wird uns nichts über die Gebeine verraten.« *Und ich vergeude hier nur meine Zeit.*

»Wie können Sie das sagen? Sie haben sich ja die Papiere noch gar nicht angeschaut.« Er schenkte Wein ein und hielt ihr ein Glas hin.

»Ist es nicht ein bisschen früh am Tag für Alkohol?«, fragte sie.

»Früh?« Er schnaubte. »Ich bin neunundachtzig Jahre alt und habe vierhundert Flaschen der erlesensten Weine im Keller, die ich alle noch zu leeren gedenke. Ich mache mir eher Sorgen, dass es zu *spät* sein könnte, mit dem Trinken anzufangen. Also leisten Sie mir bitte Gesellschaft. Die beste Flasche schmeckt noch besser, wenn man sie teilt.«

Sie nahm das Glas.

»Also, wo waren wir stehen geblieben?«

»Ich sagte, das Grab der Frau ist älter als das Haus.«

»Ah ja.« Er nahm sein Glas und schlurfte zurück in die Bibliothek. »Das mag sehr wohl sein.«

»Ich kann mir also nicht vorstellen, dass in diesen Kartons irgendetwas ist, was mir verraten könnte, wer sie war.«

Er kramte in den Papieren auf dem Esstisch und zog ein Blatt heraus, das er vor sie hinlegte. »Hier, Ms. Hamill. Hier ist der entscheidende Hinweis.«

Sie sah auf den handgeschriebenen Brief, der auf den 20. März 1888 datiert war.

Liebste Margaret,

ich danke Dir für Deine freundlichen Zeilen, in denen Du mir so aufrichtig Dein Beileid zum Tod meiner geliebten Amelia aussprichst. Dieser Winter ist eine sehr schwere Zeit für mich gewesen – bringt doch, wie es scheint, jeder Monat Nachricht vom Hinscheiden eines weiteren alten Freundes, dahingerafft von Krankheit und Altersschwäche. Nun muss ich mit tiefer Schwermut auf die rasch dahinschwindenden Jahre blicken, die mir noch verbleiben.

Mir ist klar geworden, dass dies vielleicht meine letzte Gelegenheit ist, auf ein schwieriges Thema zu sprechen zu kommen, das ich schon längst hätte anschneiden sollen. Ich habe immer gezögert, es zu erwähnen, da ich wusste, dass Deine Tante es für das Klügste hielt, es Dir vorzuenthalten...

Julia blickte auf. »Das wurde 1888 geschrieben. Also lange nachdem die Gebeine vergraben wurden.«

»Lesen Sie weiter«, sagte er. Und das tat sie.

Fürs Erste lege ich Dir den Zeitungsausschnitt bei, den ich bereits erwähnte. Falls Du nichts weiter von der Sache zu hören wünschst, so lass es mich wissen, und ich werde das Thema nie wieder ansprechen. Aber wenn Dich die Geschichte Deiner Eltern ernsthaft interessiert, dann werde ich bei nächster Gelegenheit wieder zur Feder greifen. Und Du wirst die Geschichte – die wahre Geschichte – von Deiner Tante und dem West End Reaper erfahren.

Es grüßt Dich recht herzlich
Dein
O.W.H.

»Ist Ihnen klar, wer O.W.H. ist?«, fragte Henry. Seine Augen, die von den Brillengläsern vergrößert wurden, glänzten vor Eifer.

»Sie sagten mir am Telefon, es sei Oliver Wendell Holmes.«

»Und Sie *wissen* doch, wer das war?«

»Ein Richter, nicht wahr? Am Obersten Gerichtshof.«

Henry seufzte entnervt. »Nein, das ist Oliver Wendell Holmes *junior*, der Sohn! Dieser Brief ist von Wendell *senior*. Sie *müssen* doch von ihm gehört haben.«

Julia zog die Stirn kraus. »Er war Schriftsteller, nicht wahr?«

»Das ist *alles*, was Sie über ihn wissen?«

»Tut mir leid. Ich bin nicht direkt Geschichtslehrerin.«

»Aber Sie sind Lehrerin? Was unterrichten Sie denn?«

»Dritte Klasse Grundschule.«

»Auch eine Grundschullehrerin sollte wissen, dass Oliver Wendell Holmes mehr war als nur eine literarische Persönlichkeit. Ja, er war Dichter und Romancier und Biograf. Daneben war er auch Dozent, Philosoph und eine der einflussreichsten Stimmen im damaligen Boston. Und noch eines war er. Was seinen Beitrag zum Wohl der Menschheit betrifft, war es seine wichtigste Funktion überhaupt.«

»Und die wäre?«

»Er war Arzt. Einer der besten seiner Zeit.«

Sie betrachtete den Brief mit neuem Interesse. »Das ist also ein historisch bedeutendes Dokument.«

»Und die Margaret, an die der Brief adressiert ist – das ist meine Ururgroßmutter, Dr. Margaret Tate Page, geboren 1830. Sie war eine der ersten Ärztinnen in Boston. Es ist *ihr* Haus, in dem Sie jetzt wohnen. 1880, als ihr Haus gebaut wurde, war sie also fünfzig.«

»Wer ist diese Tante, die er in dem Brief erwähnt?«

»Ich habe keine Ahnung. Über sie weiß ich absolut gar nichts.«

»Gibt es noch mehr Briefe von Holmes?«

»Ich hoffe, wir werden sie hier finden.« Er blickte auf die Kartons, die neben dem Esstisch standen. »Bisher habe ich erst diese sechs durchsucht. Es ist alles durcheinander, keine Spur von Ordnung. Aber hier ist die Geschichte Ihres Hauses,

Ms. Hamill. Das ist alles, was von den Menschen übrig ist, die dort gelebt haben.«

»Er schreibt, er habe einen Artikel beigelegt. Haben Sie den gefunden?«

Henry griff nach einem Zeitungsausschnitt. »Ich glaube, er bezog sich auf das hier.«

Der Ausschnitt war so stark vergilbt, dass sie Mühe hatte, die winzigen Druckbuchstaben im grauen Licht, das durch das Fenster fiel, zu erkennen. Erst als Henry eine Lampe einschaltete, konnte sie die Worte entziffern.

Das Datum war der 28. November 1830.

Mord im West End
als »schockierend und bizarr« beschrieben

Um zehn Uhr abends wurde die Nachtwache zum Massachusetts General Hospital gerufen, nachdem auf der Hintertreppe des Krankenhauses die Leiche der Krankenschwester Miss Agnes Poole in einer großen Blutlache aufgefunden worden war. Laut Aussage von Officer Pratt von der Wache ließen ihre Verletzungen keinerlei Zweifel daran, dass es sich um einen Mordanschlag der brutalsten Art handle, höchstwahrscheinlich ausgeführt mit einem großen Schneidewerkzeug wie etwa einem Schlachtermesser. Die Identität der einzigen Zeugin wurde dem Verfasser dieser Zeilen aus Sorge um ihre Sicherheit nicht mitgeteilt, doch Mr. Pratt bestätigt, dass es sich um eine junge Frau handle, die den Angreifer wie folgt beschrieb: »In einen schwarzen Umhang gehüllt wie der Schnitter Tod, mit den Schwingen eines Raubvogels.«

»Dieser Mord passierte in Boston«, sagte Julia.

»Nur eine halbe Tagesreise per Kutsche von Ihrem Haus in Weston entfernt. Und das Mordopfer war eine Frau.«

»Ich sehe keine Verbindung zu meinem Haus.«

»Oliver Wendell Holmes könnte die Verbindung sein. Er schreibt an Margaret, die damals in Ihrem Haus wohnte. Er macht rätselhafte Andeutungen über ihre Tante und über einen Mörder, der als der West End Reaper bekannt war. Irgendwie wird Holmes in diesen Mordfall hineingezogen – so weit, dass er sich fünfzig Jahre später genötigt sieht, Margaret in einem Brief davon zu berichten. Warum? Was war dieses mysteriöse Geheimnis, von dem sie nie erfahren sollte?«

Das ferne Dröhnen eines Nebelhorns ließ Julia aufmerken. »Ich wünschte, ich müsste nicht die letzte Fähre erwischen. Ich würde wirklich gerne die Antwort herausfinden.«

»Dann bleiben Sie doch einfach noch eine Weile. Warum übernachten Sie nicht hier? Ich habe Ihre Reisetasche vor meiner Haustür stehen sehen.«

»Ich wollte sie nicht im Auto lassen, deshalb habe ich sie mitgenommen. Ich hatte vor, mir in einem Motel in Lincolnville ein Zimmer zu nehmen.«

»Aber Sie sehen doch, welche Berge von Arbeit hier noch auf uns warten! Ich habe oben ein absolut tadelloses Gästezimmer mit einem ganz atemberaubenden Blick.«

Sie sah zum Fenster hinaus in den Nebel, der inzwischen noch dichter geworden war, und fragte sich, von welchem Blick er da eigentlich redete.

»Aber vielleicht meinen Sie ja, es ist die Mühe nicht wert. Offenbar bin ich der Einzige, dem noch etwas an der Vergangenheit liegt. Ich dachte nur, Sie würden vielleicht ähnlich denken, weil Sie schließlich die Knochen *angefasst* haben.« Er seufzte. »Na ja, was spielt das schon für eine Rolle? Eines Tages werden wir alle sein wie sie. Tot und vergessen.« Er wandte sich ab. »Die letzte Fähre legt um halb fünf ab. Sie sollten sich besser auf den Weg zum Anleger machen, wenn Sie sie noch erwischen wollen.«

Sie rührte sich nicht. Sie dachte immer noch über das nach, was er gesagt hatte. Über die vergessenen Frauen.

»Mr. Page?«, sagte sie.

Er drehte sich zu ihr um, ein gebeugtes altes Männlein, das sich an seinem knotigen Gehstock festhielt.

»Ich denke, ich werde hier übernachten.«

Für einen Mann seines Alters war Henry erstaunlich trinkfest. Als sie mit dem Essen fertig waren, hatten sie ihre zweite Flasche Wein bereits zu einem guten Teil geleert, und Julia fing schon fast an, doppelt zu sehen. Die Dunkelheit war hereingebrochen, und im Lampenschein verschwammen alle Konturen im Raum in einem warmen Dunstschleier. Sie hatten an demselben Tisch gegessen, auf dem die Papiere ausgebreitet waren, und neben den Tellern mit den Resten des Brathähnchens lag ein Stapel alter Briefe und Zeitungen, die sie noch durchsehen musste. Aber so, wie sich ihr jetzt schon der Kopf drehte, würde sie das unmöglich heute Abend noch schaffen.

Henry dagegen zeigte keinerlei Ermüdungserscheinungen. Er schenkte sich Wein nach und trank einen Schluck, während er nach dem nächsten Dokument griff. Es gehörte zu der schier endlosen Sammlung handgeschriebener Korrespondenz, die an Margaret Tate Page adressiert war; Briefe von ihren Kindern und Enkeln und von Ärztekollegen aus aller Welt. Wie konnte Henry sich nach so vielen Gläsern Wein immer noch auf diese verblasste Tinte konzentrieren? Neunundachtzig, das klang uralt, aber Henry drohte sie unter den Tisch zu trinken und sie bei ihrem abendlichen Lesemarathon hoffnungslos abzuhängen.

Er beäugte sie über den Rand seines Glases hinweg. »Haben Sie schon aufgegeben?«

»Ich bin erschöpft. Und ein bisschen beschwipst, fürchte ich.«

»Es ist doch erst zehn Uhr.«

»Ich habe nicht Ihre Ausdauer.« Sie sah zu, wie er den Brief dicht vor seine Brille hielt und die Augen zusammenkniff, um die verblichene Schrift zu entziffern. »Erzählen Sie mir von Ihrer Cousine Hilda«, forderte sie ihn auf.

»Sie war Lehrerin, genau wie Sie.« Er drehte den Brief um und fügte abwesend hinzu: »Ist nie dazu gekommen, sich eigene Kinder zuzulegen.«

»Ich auch nicht.«

»Mögen Sie keine Kinder?«

»Doch, sehr sogar.«

»Hilda konnte sie nicht ausstehen.«

Julia sank in ihren Stuhl zurück und betrachtete den Stapel Kartons, Hilda Chambletts einzige Hinterlassenschaft. »Deswegen hat sie also allein gelebt. Weil sie niemanden hatte.«

Henry blickte auf. »Was glauben Sie denn, warum ich allein lebe? Weil ich es so will! Ich will in meinem eigenen Haus bleiben und nicht in irgendeinem Pflegeheim enden.« Er griff nach seinem Glas. »Hilda war genauso.«

Genauso eigensinnig? Genauso aufbrausend?

»Sie ist da gestorben, wo sie sterben wollte«, sagte er. »Zu Hause, in ihrem eigenen Garten.«

»Ich finde es nur so traurig, dass sie tagelang dort gelegen hat, bis jemand sie fand.«

»Mir dürfte es ähnlich ergehen. Mein Großneffe wird wahrscheinlich meine vergammelte Leiche hier in diesem Sessel finden.«

»Das ist eine schreckliche Vorstellung, Henry.«

»Wenn man Wert auf seine Ruhe legt, ist das nur die logische Konsequenz. Sie leben auch allein, da müssen Sie doch wissen, was ich meine.«

Sie starrte in ihr Glas. »Ich habe es mir nicht so ausgesucht«, sagte sie. »Mein Mann hat mich verlassen.«

»Warum? Sie scheinen mir doch eine ganz nette junge Frau zu sein.«

Ganz nett. Ja, da werden mir die Männer in Scharen die Tür einrennen. Seine Bemerkung war so unabsichtlich beleidigend, dass sie einfach lachen musste. Aber mitten in ihrem Lachanfall begannen plötzlich die Tränen zu fließen. Sie beugte sich vor und ließ den Kopf in die Hände sinken, bemüht, ihre Gefühle unter Kontrolle zu bekommen. Warum passierte das gerade jetzt, warum hier, vor diesem Mann, den sie kaum kannte? Nach der Trennung von Richard hatte sie die ersten Monate überhaupt nicht geweint, hatte alle mit ihrem stoischen Gleichmut verblüfft. Jetzt konnte sie anscheinend die Tränen nicht zurückhalten, obwohl sie so sehr dagegen ankämpfte, dass es sie am ganzen Leib schüttelte. Henry sagte kein Wort und machte keinerlei Anstalten, sie zu trösten. Er studierte sie einfach nur, so wie er diese alten Zeitungen studiert hatte; als sei dieser Gefühlsausbruch ein interessantes neues Phänomen.

Sie wischte sich die Tränen ab und stand abrupt auf. »Ich räume jetzt den Tisch ab«, sagte sie. »Und dann werde ich wohl zu Bett gehen.« Rasch sammelte sie die Teller ein und wandte sich in Richtung Küche.

»Julia«, sagte er. »Wie heißt er eigentlich? Ihr Mann, meine ich?«

»Richard. Und er ist mein Exmann.«

»Lieben Sie ihn immer noch?«

»Nein«, sagte sie leise.

»Und warum zum Teufel weinen Sie dann wegen ihm?«

Typisch Henry, mit seiner gnadenlosen Logik so direkt auf den Punkt zu kommen. »Weil ich eine Idiotin bin«, sagte sie.

Irgendwo im Haus klingelte ein Telefon.

Julia hörte Henry an ihrer Zimmertür vorbeischlurfen, begleitet vom *Tock-tock* seines Gehstocks. Wer immer der Anrufer war, er wusste offenbar, dass Henry besonders lange brauchte, um ans Telefon zu kommen, denn es läutete mehr als ein Dutzend Mal, bis er endlich abhob. Aus der Ferne vernahm sie, wie er sich mit »Hallo?« meldete, und wenige Sekunden später hörte sie ihn sagen: »Ja, sie ist im Moment hier bei mir. Wir sind die Kartons durchgegangen. Um ehrlich zu sein, ich habe mich noch nicht entschieden.«

Entschieden? Wozu? Mit wem sprach er da?

Sie lauschte angestrengt auf seine nächsten Worte, doch er hatte die Stimme gesenkt, und sie konnte nur noch ein undeutliches Gemurmel hören. Nach einer Weile verstummte er ganz, und sie hörte nur noch das Meer unter ihrem Fenster und das Ächzen und Knarren im Gebälk des alten Hauses.

Am nächsten Morgen, bei Licht betrachtet, schien ihr der Anruf absolut nichts Beunruhigendes mehr zu haben.

Sie wälzte sich aus dem Bett, zog ihre Jeans und ein frisches T-Shirt an und trat ans Fenster. Auch heute konnte von einem atemberaubenden Blick keine Rede sein. Der Nebel schien eher noch dichter als gestern; so undurchdringlich lag er hinter der Scheibe, dass sie das Gefühl hatte, wenn sie die Hand hinausstreckte, würde sie in eine Masse grauer Zuckerwatte einsinken. Jetzt bin ich den ganzen Weg bis nach Maine heraufgefahren, dachte sie, und habe nicht ein einziges Mal das Meer gesehen.

Ein lautes Klopfen an der Tür ließ sie erschrocken herumfahren.

»Julia!«, rief Henry. »Sind Sie schon wach?«

»Ich bin gerade aufgestanden.«

»Sie müssen sofort nach unten kommen.«

Sein Ton war so drängend, dass sie gleich zur Tür ging und sie aufriss.

Er stand im Flur und strahlte vor Begeisterung übers ganze Gesicht. »Ich habe noch einen Brief gefunden.«

12

1830

Eine Wolke von Zigarrenrauch hing wie ein durchscheinender Schleier über dem Sektionssaal, und der Duft des Tabaks überlagerte dankenswerterweise den Gestank der Verwesung. Auf dem Tisch, an dem Norris arbeitete, lag ein Leichnam mit aufgebrochenem Brustkorb; Herz und Lunge waren bereits entfernt und lagen als übel riechende Masse in einem Eimer. Auch die kühle Luft im Saal konnte den Fäulnisprozess nicht aufhalten, der schon längst eingesetzt hatte, bevor die Leichen aus dem Staat New York eingetroffen waren. Zwei Tage zuvor hatte Norris zugesehen, wie die vierzehn Fässer angeliefert wurden, alle randvoll mit Salzlake.

»Angeblich müssen wir sie inzwischen aus New York kommen lassen«, meinte Wendell, während er mit seinen drei Kommilitonen in der Bauchhöhle der Leiche herumsäbelte und mit bloßen Händen in die eiskalte Masse von Gedärmen langte.

»Hier in Boston sterben nun einmal nicht genug Arme«, sagte Edward. »Sie sind einfach so verdammt gesund, weil wir sie ständig verwöhnen und verhätscheln. Und wenn sie dann doch sterben, kommt man nicht an sie heran. In New York buddeln sie die Leichen einfach auf dem Armenfriedhof aus, und niemand stellt irgendwelche Fragen.«

»Das ist doch nicht möglich«, wunderte sich Charles.

»Sie haben dort zwei verschiedene Gruben. Die zweite ist für den Ausschuss – die Leichen, auf die wahrscheinlich niemand Anspruch erhebt.« Edward sah auf ihren Leichnam hinunter, dessen graues Gesicht von den Falten und Narben vieler harter Jahre gezeichnet war. Der linke Arm war irgendwann gebrochen und schief verheilt. »Ich würde sagen, der hier kommt garantiert aus der zweiten Grube. Irgendein alter Paddy, schätze ich – was meint ihr?«

Dr. Sewall, der Dozent, ging im Sektionssaal auf und ab, vorbei an den Tischen, an denen immer vier junge Männer an einer Leiche arbeiteten. »Ich möchte, dass Sie die Resektion sämtlicher innerer Organe heute abschließen«, wies er sie an. »Sie verderben sehr schnell. Selbst diejenigen unter Ihnen, die glauben, einen starken Magen zu haben, werden den Gestank bald unerträglich finden. Rauchen Sie so viele Zigaretten, wie Sie wollen, schütten Sie sich mit Whiskey voll, aber ich garantiere Ihnen, dass eine Nase voll Eingeweide, die schon eine Woche vor sich hin gefault sind, selbst den Zähesten von Ihnen umwerfen wird.«

Und der Schwächste von uns hat jetzt schon Probleme, dachte Norris, als er in das bleiche, von Rauch eingehüllte Gesicht seines Kommilitonen Charles blickte, der auf der anderen Seite des Tisches stand und hektisch an seiner Zigarre sog.

»Sie haben die Organe in situ gesehen und mit eigenen Augen einige der verborgenen Rädchen dieses wundersamen Mechanismus beobachten können«, sagte Sewall. »In diesem Raum, meine Herren, bringen wir Licht in das Mysterium des Lebens. Wenn Sie Gottes Meisterwerk in seine Einzelteile zerlegen und seine kunstvolle Ausführung erforschen wollen, müssen Sie jedes Organ an seinem angestammten Platz in Augenschein nehmen. Dann werden Sie erkennen, dass jedes einzelne unerlässlich für das Funktionieren des Ganzen ist.« Sewall blieb an Norris' Tisch stehen, beäugte die Organe im Eimer und hob sie mit bloßen Händen heraus. »Wer von Ihnen hat das Herz und die Lunge reseziert?«, fragte er.

»Das war ich, Sir«, antwortete Norris.

»Saubere Arbeit. Die beste, die ich im ganzen Saal bisher gesehen habe.« Sewall musterte ihn. »Sie haben das schon einmal gemacht, nehme ich an.«

»Auf der Farm, Sir.«

»Schafe?«

»Und Schweine.«

»Ich merke schon, dass Sie mit dem Messer umgehen können.« Sewall wandte sich an Charles. »Ihre Hände sind noch
sauber, Mr. Lackaway.«

»Ich …ich dachte, ich lasse die anderen Herren erst mal
anfangen.«

»Anfangen? Sie sind ja längst mit dem Thorax fertig und
haben bereits das Abdomen eröffnet.« Er sah auf den Leichnam hinunter und rümpfte die Nase. »Nach dem Geruch zu
urteilen, ist der hier schon weit fortgeschritten. Er wird ver-
fault sein, ehe Sie überhaupt zum Skalpell gegriffen haben,
Mr. Lackaway. Worauf warten Sie noch? Machen Sie sich die
Hände schmutzig.«

»Ja, Sir.«

Als Dr. Sewall den Saal verließ, griff Charles widerstrebend
nach dem Skalpell. Den Blick starr auf ihren schon halb ver-
faulten Leichnam gerichtet, zögerte er, die Hand mit dem
Messer über den Eingeweiden. Während er noch damit beschäftigt war, seinen ganzen Mut zusammenzunehmen,
kam plötzlich ein Stück Lunge über den Tisch geflogen und
klatschte ihm an die Brust. Charles stieß einen spitzen Schrei
aus, prallte zurück und versuchte hektisch, die blutige Masse
abzuwischen.

Edward lachte. »Du hast doch gehört, was Dr. Sewall gesagt hat. Mach dir schön die Hände schmutzig!«

»Um Himmels willen, Edward!«

»Schade, dass du dein Gesicht nicht sehen kannst, Charlie.
Man könnte meinen, ich hätte einen Skorpion nach dir geworfen.«

Jetzt, da Dr. Sewall den Saal verlassen hatte, wurden die Studenten übermütig. Eine Flasche Whiskey begann die Runde zu
machen. Die Gruppe am Nebentisch setzte ihre Leiche auf und
steckte ihr eine brennende Zigarre in den Mund. Der Rauch
kringelte an den blicklosen Augen vorbei.

»Das ist widerlich«, sagte Charles. »Ich kann das nicht.« Er
legte das Messer hin. »Ich *wollte* doch nie Arzt werden.«

»Und wann willst du das deinem Onkel beibringen?«, fragte Edward.

Neues Gelächter brandete am anderen Ende des Saals auf, wo der Hut eines Studenten plötzlich auf dem Kopf einer toten Frau gelandet war. Aber Charles' Blick blieb auf Paddy geheftet, dessen schiefer Arm und verkrümmtes Rückgrat stumme Zeugen eines Lebens voller Qualen waren.

»Komm schon, Charlie«, ermunterte Wendell ihn und hielt ihm ein Skalpell hin. »Wenn du einmal angefangen hast, ist es gar nicht mehr so schlimm. Wir wollen doch diesen armen Kerl nicht verkommen lassen. Er kann uns so viel beibringen.«

»Dass du das sagst, wundert mich nicht, Wendell. Dir macht so etwas ja Spaß.«

»Wir haben das Bauchnetz schon abgezogen. Du kannst jetzt den Dünndarm resezieren.«

Während Charles das dargebotene Skalpell anstarrte, tönte eine spöttische Stimme quer durch den Saal: »Charlie! Fall uns ja nicht wieder in Ohnmacht!«

Charles lief puterrot an und nahm das Skalpell. Mit verbissener Miene begann er zu schneiden. Aber das war alles andere als eine fachgerechte Sektion: Seine Klinge zerfetzte den Darm, und ein so fürchterlicher Gestank breitete sich aus, dass Norris vom Tisch zurückwankte und sich den Arm vors Gesicht hielt, um den Geruch fernzuhalten.

»Halt!«, rief Wendell. Er packte Charles' Arm, aber sein Freund säbelte einfach weiter. »So wird das doch nichts!«

»Ihr habt gesagt, ich soll schneiden! Ihr habt gesagt, ich soll mir die Hände schmutzig machen. Das ist es, was mein Onkel die ganze Zeit sagt – dass ein Arzt nichts taugt, wenn er nicht bereit ist, sich die Hände schmutzig zu machen!«

»Wir sind nicht dein Onkel«, sagte Wendell. »Wir sind deine Freunde. Und jetzt *hör auf.*«

Charles warf das Messer weg, doch das Klirren ging in dem Tohuwabohu unter, das die übermütigen jungen Männer veranstalteten. Konfrontiert mit einer solch grausigen Aufgabe, reagierten sie auf durchaus verständliche Weise: mit Albernheit und frivolen Scherzen.

Norris hob das Messer auf und fragte leise: »Alles in Ordnung, Charles?«

»Mir geht's gut.« Charles atmete tief aus. »Mir fehlt absolut gar nichts.«

Ein Student, der an der Tür Schmiere stand, zischte warnend: »Sewall kommt zurück!«

Sofort wurde es mucksmäuschenstill im Saal. Die Leichen wurde von Hüten und Zigarren befreit und in ihre ursprüngliche würdevolle Lage zurückgebracht. Als Dr. Sewall den Saal betrat, sah er nur fleißige Studenten und ernste Gesichter. Er ging direkt auf Norris' Tisch zu, wo er innehielt und auf die zerfetzten Eingeweide starrte.

»Was ist denn *das* für eine Schweinerei, zum Teufel?« Entsetzt sah er die vier Studenten an. »Wer ist für dieses Gemetzel verantwortlich?«

Charles schien den Tränen nahe. Jeder Tag schien für ihn eine neue Demütigung bereitzuhalten, eine neue Gelegenheit, seine Unfähigkeit unter Beweis zu stellen. Unter Sewalls strengem Blick schien er jetzt dem Zusammenbruch gefährlich nahe.

Edward meldete sich allzu eifrig zu Wort: »Mr. Lackaway hat versucht, den Dünndarm zu resezieren, Sir, und…«

»Es ist meine Schuld«, unterbrach ihn Norris.

Sewall starrte ihn ungläubig an. »Mr. Marshall?«

»Es war – wir haben herumgealbert, Charles und ich. Und – nun ja, es ist ein bisschen aus dem Ruder gelaufen, und wir bitten vielmals um Entschuldigung. Nicht wahr, Charles?«

Sewall betrachtete Norris eine Weile. »Angesichts Ihrer offenkundigen Fähigkeiten als Präparator ist dieses schlechte Benehmen doppelt enttäuschend. Versprechen Sie mir, dass so etwas nicht wieder vorkommt.«

»Das wird es nicht, Sir.«

»Man sagt mir, dass Dr. Grenville Sie zu sprechen wünscht, Mr. Marshall. Er erwartet Sie in seinem Büro.«

»Jetzt? Worum geht es?«

»Ich schlage vor, dass Sie das selbst herausfinden. Nun gehen Sie schon.« Sewall wandte sich an den ganzen Kurs. »Und was den Rest von Ihnen betrifft: Jetzt ist Schluss mit den Albernheiten. An die Arbeit, meine Herren!«

Norris wischte sich die Hände an der Schürze ab und sagte zu seinen Mitstudenten: »Dann müsst ihr drei den alten Paddy wohl ohne mich fertig sezieren.«

»Was will denn Dr. Grenville von dir?«, fragte Wendell.

»Ich habe keine Ahnung«, antwortete Norris.

»Professor Grenville?«

Der Dekan der Medizinischen Hochschule blickte von seinem Schreibtisch auf. Im düsteren Tageslicht, das durch das Fenster hinter ihm fiel, erinnerte die Silhouette seiner drahtigen weißen Mähne an ein Löwenhaupt. Während Norris auf der Schwelle verweilte, spürte er Aldous Grenvilles prüfende Blicke, und er fragte sich, welchem Fehltritt er es wohl zu verdanken hatte, dass er hierherbestellt worden war. Während er den langen Flur entlanggegangen war, hatte er sein Gedächtnis nach irgendeinem Vorfall durchwühlt, der Dr. Grenville auf seinen Namen aufmerksam gemacht haben könnte. Und ein Fehltritt war es gewiss, denn Norris wollte kein anderer Grund einfallen, weshalb dieser Mann von einem einfachen Farmerssohn aus Belmont, einem von Dutzenden neuer Studenten, auch nur Notiz nehmen sollte.

»Kommen Sie doch herein, Mr. Marshall. Und schließen Sie bitte die Tür.«

Mit einem unbehaglichen Gefühl nahm Norris Platz. Grenville entzündete eine Lampe, deren auflodernde Flamme die glänzende Fläche des Schreibtischs und die Bücherregale aus Kirschholz in einen warmen Schein tauchte. Die Silhouette verwandelte sich in ein faszinierendes Gesicht, umrahmt von einem buschigen Backenbart. Obgleich sein Haar dicht wie das eines jungen Mannes war, hatte es sich bereits silbern verfärbt, was seinen ohnehin markanten Zügen eine distinguierte Autorität verlieh. Er sank in seinen Sessel zurück und fixierte Norris mit seinen dunklen Augen, in denen sich das Licht der Lampe spiegelte.

»Sie waren dabei, dort drüben im Krankenhaus«, begann Grenville. »In der Nacht, als Agnes Poole starb.«

Die unvermittelte Einführung dieses grausigen Themas brachte Norris aus der Fassung, und er konnte nur stumm nicken. Der Mord lag jetzt sechs Tage zurück, und seither kursierten in der Stadt die wildesten Spekulationen darüber, wer – oder was – die Frau getötet haben könnte. Der *Daily Advertiser* hatte einen geflügelten Dämon beschrieben. Es gab die unvermeidlichen Gerüchte über Papisten, zweifellos in die Welt gesetzt von Wachmann Pratt. Aber das waren nicht die einzigen: Ein Prediger in Salem hatte von dem Bösen gesprochen, das unter den Menschen wandelte, von finsteren Kreaturen und Fremden, die den Teufel anbeteten und nur von den rechtschaffenen Werkzeugen Gottes bekämpft werden konnten. Am Abend zuvor hatte ein betrunkener Mob, angefeuert von solch hanebüchenen Geschichten, einen Mann, der das Pech hatte, italienischer Abstammung zu sein, die ganze Hanover Street hinuntergejagt und ihn gezwungen, in einem Wirtshaus Zuflucht zu suchen.

»Sie sind als Erster auf die Zeugin gestoßen. Das irische Mädchen«, sagte Grenville.

»Ja.«

»Haben Sie sie seit jener Nacht noch einmal gesehen?«

»Nein, Sir.«

»Sie wissen doch, dass die Nachtwache nach ihr sucht.«

»Mr. Pratt sagte es mir. Ich weiß nichts von Miss Connolly.«

»Mr. Pratt hat mir aber etwas anderes zu verstehen gegeben.«

Deswegen also war er gerufen worden. Die Nachtwache wollte, dass Grenville ihm Informationen entlocktc.

»Das Mädchen ist seit jener Nacht nicht mehr in seiner Unterkunft gesehen worden«, sagte Grenville.

»Sie hat gewiss Verwandte in Boston.«

»Nur den Mann ihrer Schwester, einen Schneider namens Tate. Er sagte der Nachtwache, sie sei haltlos und neige dazu, ungeheuerliche Behauptungen aufzustellen. Sie habe sogar *ihn* unehrenhafter Handlungen gegen sie bezichtigt.«

Norris erinnerte sich daran, wie Rose Connolly es gewagt hatte, die Meinung des hoch angesehenen Dr. Crouch anzuzweifeln, eine erstaunlich kühne Tat für ein Mädchen, dem eine solche Kritik gar nicht zustand. Aber haltlos? Nein, was Norris an jenem Nachmittag im Krankensaal gesehen hatte, war ein Mädchen, das einfach nur auf seinem Standpunkt beharrte, ein Mädchen, das sich schützend vor seine Schwester stellte.

»Ich habe nichts Fragwürdiges in ihrem Verhalten entdecken können«, sagte er.

»Sie hatte einige recht erstaunliche Behauptungen aufgestellt. Über eine Kreatur in einem Cape.«

»Sie sprach von einer *Gestalt*, Sir. Sie hat nie behauptet, die Erscheinung sei in irgendeiner Weise übernatürlich gewesen. Es war der *Daily Advertiser*, der sie als ›West End Reaper‹ bezeichnete. Sie war vielleicht verängstigt, aber hysterisch war sie nicht.«

»Sie können Mr. Pratt nicht sagen, wo sie sich aufhalten könnte?«

»Wieso glaubt er, dass ich das kann?«

»Er deutete an, Sie seien möglicherweise besser vertraut mit ihren… Kreisen.«

»Ich verstehe.« Norris' Gesichtsmuskeln spannten sich an. *Die Herren sind also der Ansicht, dass ein Bauernbursche in einem Anzug immer noch ein Bauernbursche ist.* »Dürfte ich fragen, wieso er sie plötzlich so dringend finden muss?«

»Sie ist eine Zeugin, und sie ist erst siebzehn Jahre alt. Es gilt, auch an ihre Sicherheit zu denken. Und an die Sicherheit des Kindes ihrer Schwester.«

»Ich kann mir kaum vorstellen, dass Mr. Pratt sich auch nur einen Deut um ihr Wohlergehen schert. Gibt es noch einen anderen Grund, weshalb er sie sucht?«

Grenville schwieg einen Moment. Nach einer Weile räumte er ein: »Es gibt da einen Umstand, den Mr. Pratt nicht in der Presse erwähnt sehen möchte.«

»Was ist das für ein Umstand?«

»Es geht um ein Schmuckstück. Ein Medaillon, das kurze Zeit im Besitz von Miss Connolly war, bevor es den Weg in ein Leihhaus fand.«

»Was hat es mit diesem Medaillon auf sich?«

»Es gehörte ihr nicht. Von Gesetzes wegen hätte es an den Mann ihrer Schwester gehen sollen.«

»Wollen Sie damit sagen, Miss Connolly sei eine Diebin?«

»Nicht ich behaupte das. Sondern Mr. Pratt.«

Norris dachte an Rose, an ihre unbedingte Loyalität gegenüber ihrer Schwester. »Ich kann mir nicht vorstellen, dass sie so kriminell veranlagt ist.«

»Welchen Eindruck hatten Sie von ihr?«

»Ein kluges Mädchen. Offen und geradeheraus. Aber keine Diebin.«

Grenville nickte. »Ich werde Mr. Pratt Ihre Meinung übermitteln.«

Norris, der annahm, die Unterredung sei damit beendet, wollte sich schon erheben, als Grenville sagte: »Einen Augenblick noch, Mr. Marshall. Es sei denn, Sie haben noch eine andere Verabredung?«

»Nein, Sir.« Norris ließ sich wieder auf den Stuhl sinken. Er wand sich unbehaglich, während der andere ihn ruhig ansah.

»Sind Sie mit dem bisherigen Verlauf Ihres Studiums zufrieden?«, fragte Grenville.

»Ja, Sir. Sehr sogar.«

»Und mit Dr. Crouch?«

»Er ist ein ausgezeichneter Lehrer. Ich bin dankbar, dass er mich in seinen Kurs aufgenommen hat. An seiner Seite habe ich sehr viel über Geburtshilfe gelernt.«

»Obgleich Sie, wie ich höre, Ihre eigenen, sehr dezidierten Ansichten zu dem Gegenstand haben.«

Norris' Unbehagen verstärkte sich. Hatte Dr. Crouch sich über ihn beschwert? Musste er sich nun auf die Konsequenzen gefasst machen? »Ich hatte nicht die Absicht, seine Methoden anzuzweifeln«, sagte er. »Ich wollte nur einen Beitrag…«

»Sollte man Methoden nicht anzweifeln, wenn sie nicht funktionieren?«

»Ich hätte ihm nicht widersprechen dürfen. Ich verfüge gewiss nicht über Dr. Crouchs Erfahrung.«

»Nein. Sie verfügen über die Erfahrung eines Farmers.« Norris errötete, und Grenville fügte hinzu: »Sie denken, ich hätte Sie soeben beleidigt.«

»Ich maße mir nicht an, Ihre Absichten zu kennen.«

»Ich wollte Sie keineswegs beleidigen. Ich kenne so manchen klugen Farmersburschen. Und mehr als nur ein paar idiotische Gentlemen. Was ich mit meiner Bemerkung über Farmer meinte, war, dass Sie über praktische Erfahrung verfügen. Sie haben den ganzen Prozess von der Empfängnis bis zur Geburt beobachtet.«

»Aber wie Dr. Crouch mir sehr deutlich zu verstehen gegeben hat, kann man eine Kuh nicht mit einem Menschen vergleichen.«

»Natürlich nicht. Kühe sind viel umgänglichere Wesen. Der Meinung dürfte auch Ihr Vater sein, sonst würde er sich nicht auf einer Farm verstecken.«

Norris sah ihn verblüfft an. »Sie kennen meinen Vater?«

»Nein, aber ich habe von ihm gehört. Er muss stolz auf Sie sein, weil Sie ein so anspruchsvolles Studium absolvieren.«

»Nein, Sir. Er ist gar nicht glücklich über meine Entscheidung.«

»Wie kann das sein?«

»Er wollte, dass sein Sohn Farmer wird wie er. Bücher betrachtet er als Zeitverschwendung. Dass ich überhaupt hier an der Medizinischen Hochschule studieren kann, verdanke ich allein der Großzügigkeit von Dr. Hallowell.«

»Dr. Hallowell aus Belmont? Der Herr, der Ihr Empfehlungsschreiben verfasst hat?«

»Ja, Sir. Es gibt wahrlich keinen gütigeren Mann als ihn. Er und seine Gattin haben mir immer das Gefühl gegeben, in ihrem Haus willkommen zu sein. Er hat mich persönlich in Physik unterrichtet und mich ermuntert, mir Bücher aus seiner eigenen Bibliothek auszuleihen. Jeden Monat, so schien es mir, kamen neue hinzu, und er gewährte mir freien Zugang zu allen – Romane, griechische und römische Geschichte, Gedichtbände von Dryden, Pope und Spenser. Es ist eine außergewöhnliche Sammlung.«

Grenville lächelte. »Und Sie haben guten Gebrauch davon gemacht.«

»Die Bücher waren meine Rettung«, sagte Norris, doch im gleichen Moment war es ihm peinlich, dass er einen so entlarvenden Ausdruck verwendet hatte. Aber tatsächlich beschrieb kein anderes Wort so treffend, was die Bücher für ihn bedeutet hatten an jenen freudlosen Abenden auf der Farm. Er und sein Vater hatten einander nie viel zu sagen gehabt. Wenn sie gesprochen hatten, dann darüber, ob das Heu noch zu nass war oder wie bald die Kühe kalben würden. Nur über das, was sie beide quälte, hatten sie nicht gesprochen.

Und sie würden es nie tun.

»Es ist schade, dass Ihr Vater Sie nicht ermutigt hat«, sagte Grenville. »Und doch haben Sie es mit wenig Unterstützung sehr weit gebracht.«

»Ich habe ... eine Anstellung gefunden, hier in der Stadt.« So widerwärtig die Arbeit mit Jack Burke auch sein mochte. »Es reicht, um die Studiengebühren zu bezahlen.«

»Ihr Vater trägt nichts dazu bei?«

»Er hat wenig, was er mir schicken könnte.«

»Ich hoffe, er war Sophia gegenüber freigebiger. Sie hatte Besseres verdient.«

Norris war verblüfft, den Namen aus Grenvilles Mund zu hören. »Sie kennen meine Mutter?«

»Als meine Frau Abigail noch lebte, waren sie und Sophia

die besten Freundinnen. Aber das war vor vielen Jahren, noch vor Ihrer Geburt.« Er schwieg einen Moment. »Wir waren beide überrascht, als Sophia plötzlich heiratete.«

Und noch überraschter, dachte Norris, mussten sie gewesen sein, als sie erfuhren, wen sie sich zum Mann gewählt hatte. Einen Farmer von geringer Bildung. Obgleich ein durchaus gut aussehender Mann, hatte Isaac Marshall doch keinerlei Interesse an der Musik und den Büchern, die Sophia so am Herzen lagen, keinerlei Interesse an irgendetwas anderem als seiner Ernte und seinem Vieh. Zögernd fragte Norris: »Sie wissen doch, dass meine Mutter nicht mehr in Belmont lebt?«

»Ich hörte, sie sei in Paris. Ist sie immer noch dort?«

»Soweit ich weiß, ja.«

»Sie wissen es nicht bestimmt?«

»Sie hat nicht geschrieben. Das Landleben war nicht einfach für sie, denke ich. Und sie…« Norris verstummte, und die Erinnerung an den Weggang seiner Mutter war wie eine kräftige Hand, die sich plötzlich um seinen Brustkorb schloss. Sie war an einem Samstag abgereist, einem Tag, an den er sich kaum erinnerte, weil er so krank gewesen war. Und Wochen später war er immer noch schwach und wacklig auf den Beinen gewesen, als er nach unten gegangen war und seinen Vater in der Küche angetroffen hatte, wo er am Fenster stand und in den Sommerdunst hinausstarrte. Isaac hatte sich zu ihm umgedreht, und seine Miene war so unnahbar gewesen wie die eines Fremden.

»Deine Mutter hat geschrieben. Sie kommt nicht mehr zurück.« Mehr hatte Isaac nicht gesagt, bevor er zur Haustür hinausgegangen war und gleich weiter zum Stall, um die Kühe zu melken. Warum sollte irgendeine Frau auch freiwillig bei einem Mann bleiben, dessen einzige Leidenschaften die Strapazen harter Arbeit und der Anblick eines ordentlich gepflügten Feldes waren? Es war Isaac, vor dem sie geflohen war; Isaac war derjenige, der Sophia vertrieben hatte.

Aber als mehr und mehr Zeit vergangen war, ohne dass weitere Briefe gekommen waren, hatte Norris eine Wahrheit zu akzeptieren gelernt, die kein elfjähriger Junge hinzunehmen gezwungen sein sollte: dass seine Mutter auch vor ihm geflohen war, dass sie ihren Sohn einem Vater überlassen hatte, der seine Kühe liebevoller behandelte als sein eigen Fleisch und Blut.

Norris holte tief Luft, und als er ausatmete, stellte er sich vor, dass auch sein Schmerz ihn verließ. Aber sie war noch immer da, die quälende Sehnsucht, nur ein einziges Mal die Frau wiederzusehen, die ihm das Leben geschenkt hatte. Und die ihm dann das Herz gebrochen hatte. So erpicht war er darauf, das Gespräch zu beenden, dass er unvermittelt herausplatzte: »Ich sollte jetzt in den Sektionssaal zurückgehen. War das alles, was Sie mit mir besprechen wollten, Sir?«

»Da ist noch eine Sache. Es geht um meinen Neffen.«

»Charles?«

»Er spricht in den höchsten Tönen von Ihnen. Ja, er schaut sogar zu Ihnen auf. Er war noch sehr jung, als sein Vater an einem Fieber starb, und ich fürchte, Charles hat die zarte Konstitution seines Vaters geerbt. Meine Schwester hat ihn sehr verhätschelt, als er noch klein war, und so ist er zu einem recht empfindsamen jungen Mann herangewachsen. Umso mehr nimmt das Studium der Anatomie ihn mit.«

Norris dachte an die Szene, die er vorhin im Sektionssaal erlebt hatte: Charles, weiß im Gesicht und am ganzen Leib zitternd, wie er nach dem Skalpell gegriffen und in blinder Frustration die Eingeweide zerstückelt hatte.

»Das Studium fällt ihm schwer«, fuhr Grenville fort, »und er erfährt nur wenig Ermutigung von seinem Freund Mr. Kingston. Nur Spott und Hohn.«

»Wendell Holmes ist ihm ein guter und hilfsbereiter Freund.«

»Ja, aber Sie sind vielleicht der geübteste Präparator in Ihrem Kurs. Das höre ich jedenfalls von Dr. Sewall. Ich wäre Ihnen daher dankbar, wenn Sie darauf achtgeben wollten, ob Charles zusätzliche Anleitung braucht...«

»Ich bin gerne bereit, mich um ihn zu kümmern, Sir.«

»Und Sie werden Charles nicht verraten, dass wir darüber gesprochen haben?«

»Sie können sich auf mich verlassen.«

Beide Männer erhoben sich. Grenville taxierte ihn eine Weile schweigend. »Und das werde ich auch.«

13

Selbst ein unbeteiligter Beobachter hätte auf den ersten Blick erkannt, dass die vier jungen Männer, die an diesem Abend die Gaststube des Hurricane betraten, nicht alle von gleichem Stand waren. Wenn man einen Mann nach der Qualität seines Gehrocks beurteilen konnte, dann hob sich Norris allein schon durch diesen Umstand von seinen drei Kommilitonen ab, und ganz gewiss von dem illustren Dr. Chester Crouch, der seine vier Studenten zu einem abendlichen Umtrunk eingeladen hatte. Crouch ging voran und führte die vier durch die voll besetzte Schenke zu einem Tisch nahe dem Kamin. Dort zog er seinen schweren, mit einem Pelzkragen besetzten Mantel aus und übergab ihn dem Mädchen, das herbeigeeilt war, kaum dass es die Gruppe in der Tür erblickt hatte. Das Schankmädchen war nicht das einzige weibliche Wesen, das ihr Eintreten zur Kenntnis genommen hatte. Ein Trio junger Damen – vielleicht Ladengehilfinnen oder abenteuerlustige Besucherinnen vom Lande – beäugte die jungen Männer interessiert, und eine lief rot an, als sie einen Blick von Edward auffing. Dieser aber war es offenbar gewohnt, die Blicke der Damenwelt auf sich zu ziehen, denn er tat ihre Schäkereien mit einem Achselzucken ab.

Beim Schein des lodernden Kaminfeuers konnte Norris nicht umhin, Edwards elegante Halsbinde zu bewundern, geknotet *à la sentimentale,* und seinen grünen Gehrock mit den silbernen Knöpfen und dem Samtkragen. Norris' drei Kommilitonen hatten sich vom Schmutz des Sektionssaals nicht daran hindern lassen, ihre feinen Hemden und ihre Pikeewesten zu tragen, während sie den alten Paddy zerlegt hatten. Er selbst hätte es nie riskiert, so teuren Musselinstoff durch solch fatale Flecken zu ruinieren. Sein eigenes Hemd war alt und ausgefranst und nicht so viel wert wie Kingstons Krawatte allein. Er sah auf seine Hände hinunter, seine Fingernägel, die immer noch mit getrocknetem Blut verkrustet waren. Ich werde nach Hause gehen mit dem Gestank dieser alten Leiche, der immer noch in meinen Kleidern hängt, dachte er.

Dr. Crouch rief: »Eine Runde Brandy mit Wasser für meine famosen Studenten! Und eine Austernplatte!«

»Sehr wohl, Dr. Crouch«, erwiderte das Schankmädchen und eilte an den voll besetzten Tischen vorbei, um die Getränke zu holen, nicht ohne zuvor verstohlen in Edwards Richtung zu schielen. Wendell, obgleich nicht minder modisch gekleidet, war zu klein, um solche bewundernden Blicke anzuziehen, und Charles war zu blass und zu schüchtern. Norris schließlich war der mit dem abgetragenen Mantel und den in Auflösung begriffenen Schuhen, den man keines zweiten Blickes würdigte.

Der Hurricane gehörte nicht zu den Gasthäusern, die Norris regelmäßig besuchte. Zwar konnte er hier und da einen ausgebeulten Mantel oder die verschlissene Uniform eines Offiziers auf halbem Sold entdecken, doch meist erblickte er um sich herum hohe Kragen sowie edles Schuhwerk, und er erkannte so manchen Kommilitonen, der mit denselben Fingern, die noch vor wenigen Stunden in blutigen Innereien gewühlt hatten, begierig nach Austern griff.

»Die erste Sektion ist lediglich eine Einführung«, sagte Crouch, der die Stimme heben musste, um sich im Lärm der Schankstube verständlich zu machen. »Sie können die menschliche Maschine in all ihrer Großartigkeit nicht annähernd begreifen, solange Sie nicht die Vielfalt ihrer Erscheinungsformen bei Jung und Alt, bei Mann und Frau kennengelernt haben.« Er rückte näher an seine vier Studenten heran und fuhr mit leiserer Stimme fort: »Dr. Sewall hofft, nächste Woche eine neue Lieferung beschaffen zu können. Er hat bis zu dreißig Dollar pro Stück geboten, doch es gibt ein Problem mit dem Nachschub.«

»Es werden doch wohl immer noch Leute sterben«, meinte Edward.

»Aber dennoch herrscht Mangel. In der Vergangenheit konnten wir uns auf die Lieferanten aus New York und Pennsylvania verlassen. Doch inzwischen ist uns allenthalben Konkurrenz erwachsen. Die Hochschule für Ärzte und Chirurgen in New York hat dieses Jahr zweihundert neue Studenten aufgenommen, die Universität von Pennsylvania gar vierhundert. Es ist ein Wettlauf um die gleiche knappe Ware, an dem inzwischen jede zweite Lehranstalt beteiligt ist, und Jahr für Jahr wird es schlimmer.«

»In Frankreich gib es solche Probleme nicht«, bemerkte Wendell.

Crouch seufzte neidisch. »In Frankreich haben sie eingesehen, was für das Gemeinwohl unerlässlich ist. Die Medizinische Fakultät in Paris hat ungehinderten Zugang zu den Armenhospitälern. Dort stehen den Studenten so viele Leichen zur Verfügung, wie sie für ihr Studium benötigen. *Das* ist der Ort, um Medizin zu studieren.«

Das Schankmädchen kam mit ihren Getränken und einer Schale voller dampfender Austern zurück und stellte alles auf den Tisch. »Dr. Crouch«, sagte sie. »Da ist ein Herr, der Sie zu sprechen wünscht. Er sagt, seine Frau stehe vor der Niederkunft, und es gehe ihr sehr schlecht.«

Crouch sah sich in der Gaststube um. »Welcher Herr?«

»Er wartet draußen mit einer Kutsche.«

Crouch erhob sich seufzend. »Wie es aussieht, muss ich Sie verlassen.«

»Sollen wir Sie begleiten?«, fragte Wendell.

»Nein, nein. Lassen Sie die Austern nicht verkommen. Ich sehe Sie alle morgen früh im Krankenhaus.«

Kaum hatte Dr. Crouch die Schenke verlassen, als seine vier Studenten sich auch schon über den Berg Austern hermachten.

»Er hat ganz recht, sage ich euch«, meinte Wendell, während er nach einer besonders saftigen Auster griff. »Paris ist die beste Stadt zum Studieren, und er ist nicht der Einzige, der das sagt. Wir sind hier wirklich benachteiligt. Dr. Jackson hat James dazu ermuntert, sein Studium dort abzuschließen, und Johnny Warren wird sich demnächst auch nach Paris aufmachen.«

Edward schnaubte verächtlich. »Wenn unsere Ausbildung wirklich so minderwertig ist, wieso bist *du* dann noch hier?«

»Mein Vater ist der Meinung, ein Studium in Paris sei ein unnötiger Luxus.«

Für ihn ist es vielleicht nur ein Luxus, dachte Norris. *Für mich ist es eine glatte Unmöglichkeit.*

»Zieht es dich nicht dorthin?«, fragte Wendell. »Wo du zu Füßen von Koryphäen wie Louis und Chomel lernen könntest? Und an frischen Leichen studieren, nicht an diesen halb verwesten Exemplaren, denen das Fleisch praktisch schon von den Knochen fault? Die Franzosen haben den Wert der Wissenschaft begriffen.« Er warf die leere Austernschale auf den Teller. »*Das* ist der richtige Ort, um Medizin zu studieren.«

»Wenn ich nach Paris fahre«, meinte Edward lachend, »dann nicht, um dort zu studieren. Es sei denn, die weibliche Anatomie. Und die kann man überall studieren.«

»Wenn auch nirgends so gründlich wie in Paris«, sagte Wendell und wischte sich grinsend den Saft vom Kinn. »Wenn man den Geschichten über die Leidenschaftlichkeit der Französinnen Glauben schenken darf.«

»Mit einer gut gefüllten Geldbörse kann man sich überall Leidenschaftlichkeit erkaufen.«

»Was auch zu kurz geratene Männer wie mich Hoffnung schöpfen lässt.« Wendell hob sein Glas. »Ah, ich fühle ein Gedicht in mir! Eine Ode auf die französische Weiblichkeit.«

»Bitte nicht!«, stöhnte Edward. »Keine Verse heute Abend!«

Norris war der Einzige, der darüber nicht lachen konnte. Dieses Gerede über Paris, über Frauen, die für Geld zu haben waren, riss die tiefste Wunde seiner Kindheit wieder auf.

Meine Mutter hat sich für Paris und gegen mich entschieden. Und wer war der Mann, der sie dorthin gelockt hatte? Obgleich sein Vater sich immer geweigert hatte, darüber zu sprechen, war Norris zwangsläufig zu dieser Schlussfolgerung gelangt: Zweifellos steckte ein Mann dahinter. Sophia war gerade einmal dreißig Jahre alt gewesen, eine aufgeweckte, lebhafte junge Schönheit, gefangen auf einer Farm im abgeschiedenen Belmont. Bei welcher ihrer Reisen nach Boston war sie ihm begegnet? Welche Versprechungen hatte er ihr gemacht? Was hatte er ihr geboten als Entschädigung dafür, dass sie ihren Sohn im Stich lassen sollte?

»Du bist auffallend still heute Abend«, sagte Wendell. »Ist es wegen dieses Gesprächs mit Dr. Grenville?«

»Nein, ich sagte dir doch, dass es weiter nichts war. Es ging nur um Rose Connolly.«

»Ach, dieses irische Mädchen«, sagte Edward und verzog das Gesicht. »Ich habe den Verdacht, dass Mr. Pratt mehr Indizien gegen sie in der Hand hat, als wir erfahren dürfen. Und es geht nicht nur um irgendwelchen modischen Flitterkram, den sie gestohlen hat. Mädchen, die stehlen, sind auch zu Schlimmerem fähig.«

»Ich weiß nicht, wie du so etwas von ihr behaupten kannst«, entgegnete Norris. »Du kennst sie doch gar nicht.«

»Wir waren alle auf der Krankenstation an jenem Tag. Sie legte einen völligen Mangel an Respekt vor Dr. Crouch an den Tag.«

»Das macht sie noch nicht zur Diebin.«

»Es macht sie zu einem undankbaren kleinen Luder. Was genauso schlimm ist.« Edward warf eine leere Austernschale auf den Teller. »Lasst es euch gesagt sein, Herrschaften! Wir werden noch mehr von Rose Connolly hören.«

An diesem Abend trank Norris zu viel. Er spürte die Folgen, als er am Fluss entlang heimwärts wankte, den Bauch voll mit Austern, die Wangen gerötet vom Brandy. Es war ein wahres Festmahl gewesen, das Beste, was er seit seiner Ankunft in

Boston genossen hatte. So viele Austern – er hätte gar nicht gedacht, dass er solche Mengen verdrücken könnte! Aber trotz der wärmenden Wirkung des Alkohols fror er in dem eiskalten Wind, der vom Charles River her wehte, bis auf die Knochen. Er dachte an seine drei Kommilitonen, die jetzt auf dem Weg zu ihren eigenen, weit luxuriöseren Wohnungen waren, und er stellte sich das lustig flackernde Kaminfeuer und das behagliche Zimmer vor, das auf jeden von ihnen wartete.

Er blieb mit der Schuhspitze an einem unebenen Pflasterstein hängen, strauchelte und konnte sich erst im letzten Moment fangen. Benebelt vom Alkohol, stand er wankend im Wind und blickte über den Fluss hinweg. Im Norden, am anderen Ende der Prison Point Bridge, konnte er den schwachen Lichtschein des staatlichen Zuchthauses ausmachen. Im Westen fiel sein Blick über das Wasser auf die erleuchteten Fenster des Gefängnisses am Lechmore Point. Das war ja wirklich eine erhebende Aussicht – Gefängnisse, wohin man schaute. Und sie erinnerten ihn daran, wie tief ein Mensch fallen konnte. Vom begüterten Gentleman zum einfachen Handwerker, dachte er, dafür genügt eine einzige geschäftliche Fehlentscheidung oder eine Pechsträhne beim Kartenspiel. Wenn die Villa und die Kutsche einmal verloren sind, findest du dich schnell als schlichter Barbier oder Stellmacher wieder. *Noch eine Stufe tiefer, noch mehr drückende Schulden, und du läufst in Lumpen herum und verkaufst Streichhölzer auf der Straße oder fegst für ein paar Pennys Staub. Noch eine Stufe tiefer, und schon hockst du fröstelnd in einer Zelle am Lechmore Point oder starrst durch die Gitterstäbe in Charlestown.*

Und wenn du dort angelangt bist, kannst du nur noch eine Stufe tiefer fallen – nämlich ins Grab.

O ja, es war eine düstere Aussicht, aber es war auch das, was seinen Ehrgeiz anfachte. Weder die verlockende Vorstellung, sich jeden Abend an Austern satt essen zu können, noch eine Vorliebe für feine Kalbslederschuhe und Samtkragen waren es, die ihn antrieben. Nein, es war jener Blick in die andere Richtung, über den Rand des Abgrunds, in den er jederzeit zu stürzen drohte.

Ich muss lernen, dachte er. *Es bleibt mir noch etwas Zeit heute Abend, und ich bin nicht so betrunken, dass ich nicht noch ein weiteres Kapitel in meinem Wistar lesen, mir nicht noch ein paar neue Fakten einprägen könnte.*

Doch als er die enge Stiege zu seiner eiskalten Dachkammer erklommen hatte, war er zu erschöpft, um das Lehrbuch, das auf dem Tisch am Fenster lag, auch nur aufzuschlagen. Um Kerzen zu sparen, tappte er im Dunkeln umher. Besser kein Wachs vergeuden und gleich ins Bett gehen, um morgen zeitig aufzustehen und sich mit frischem Kopf bei Tageslicht ans Lernen zu machen. Im schwachen Schein, der durchs Fenster fiel, zog er sich aus. Während er seine Krawatte aufband und die Weste aufknöpfte, blickte er auf den Krankenhausanger hinaus. In der Ferne, jenseits der dunklen Grünfläche, konnte er das Licht in den Fenstern des Hospitals schimmern sehen. Er stellte sich die düsteren Krankensäle vor, die vom Husten der Patienten widerhallten, und die langen Reihen von Betten, in denen sie schliefen. So viele Jahre des Studiums lagen noch vor ihm, und doch hatte er nie daran gezweifelt, dass seine Bestimmung ihn hierhergeführt hatte. Dass dieser Augenblick, hier in seiner kalten Dachkammer, ein Teil jener Reise war, zu der er vor Jahren als kleiner Junge aufgebrochen war: damals, als er zum ersten Mal seinem Vater beim Aufschneiden eines geschlachtetes Schweins zugesehen hatte. Als er das noch zuckende Herz im offenen Brustkorb des Tieres erblickt hatte. Er hatte die Hand an seine eigene Brust gedrückt, hatte das Pochen seines eigenen Herzens gespürt und gedacht: *Wir sind alle gleich. Ob Schwein oder Rind oder Mensch – die Maschine ist die gleiche. Wenn ich nur erst verstehe, was das Feuer lodern, was die Räder laufen lässt, dann werde ich auch wissen, wie ich die Maschine in Gang halten, wie man den Tod überlisten kann.*

Er streifte seine Hosenträger ab, zog die Hose aus und legte

166

sie sorgfältig über den Stuhl. Dann schlüpfte er fröstelnd unter die Decke. Trotz seines vollen Magens und obwohl sein Kopf sich von dem Brandy immer noch drehte, schlief er fast augenblicklich ein.

Und wurde prompt von einem Klopfen an der Tür wieder geweckt.

»Mr. Marshall? Mr. Marshall, sind Sie da?«

Norris wälzte sich aus dem Bett, wankte benommen zur Tür und öffnete sie. Vor ihm stand der ältliche Hausmeister des Krankenhauses. Eine flackernde Laterne tauchte sein Gesicht in einen unheimlichen Schein.

»Sie werden gebraucht, drüben im Krankenhaus«, sagte der Alte.

»Was ist passiert?«

»Bei der Canal Bridge ist eine Kutsche umgekippt. Sie bringen die Verletzten zu uns, und wir können Schwester Robinson nirgendwo finden. Sie haben schon nach anderen Ärzten geschickt, aber ich dachte mir, wo Sie doch so nahe beim Krankenhaus wohnen, hole ich Sie am besten auch gleich her. Besser ein Medizinstudent als gar nichts.«

»Ja, gewiss«, erwiderte Norris, ohne auf die unbeabsichtigte Kränkung einzugehen. »Ich bin gleich da.«

Er zog sich im Dunkeln an, tastete blind nach Hose, Stiefeln und Weste. Auf den guten Rock verzichtete er. Wenn es blutig zuginge, würde er ihn ohnehin ausziehen müssen, um ihn nicht zu ruinieren. Er schlüpfte in einen Mantel, um sich vor der Kälte zu schützen, tastete sich durch das düstere Treppenhaus nach unten und trat hinaus in die Nacht. Der Wind wehte von Westen her, beladen mit den üblen Gerüchen des Flusses. Norris ging quer über die Wiese, und schon bald waren seine Hosenbeine klatschnass vom Gras. Sein Herz pochte in banger Vorahnung. Eine umgekippte Kutsche, dachte er. Verletzungen aller Art. Würde er wissen, was zu tun war? Der Anblick von Blut schreckte ihn nicht; in der Schlachtkammer zu Hause auf der Farm hatte er reichlich Gelegenheit gehabt, sich damit vertraut zu machen. Was er fürchtete, war seine eigene Unwissenheit. So sehr war er in Gedanken schon bei der Krise, die ihn erwartete, dass er zunächst nicht begriff, was er da hörte. Aber nach ein paar Schritten hörte er es wieder, und er blieb stehen.

Es war das Stöhnen einer Frau, und es kam vom Flussufer.

Schmerzenslaute – oder nur eine Hure, die einen Freier bediente? Schon mehr als einmal war er des Nachts Zeuge solcher Szenen geworden, hatte das Wimmern und Stöhnen heimlicher Lust belauscht. Aber jetzt war nicht die Zeit, hinter Huren herzuspionieren; das Krankenhaus wartete auf ihn.

Dann drang der Laut erneut an sein Ohr, und er hielt inne. *Das ist kein Luststöhnen.*

Er lief hinunter zum Uferpfad und rief: »Hallo? Wer ist da?« Als er den Blick senkte, sah er etwas Dunkles dort liegen, nahe der Stelle, wo die Wellen ans Ufer schlugen. *Ein menschlicher Körper?*

Er kletterte über die Felsen hinunter. Sogleich versanken seine Schuhe in schwarzem Schlamm, der an den Sohlen saugte, und die feuchte Kälte kroch in das rissige, spröde Leder. Während er auf das Wasser zustapfte, begann sein Herz plötzlich, schneller zu schlagen, und sein Atem ging stoßweise. Es *war* ein menschlicher Körper. In der Dunkelheit konnte er gerade eben die Gestalt einer Frau ausmachen. Sie lag auf dem Rücken, ihre Röcke von der Hüfte abwärts ins Wasser eingetaucht. Mit vor Kälte und Panik tauben Händen packte er sie unter den Armen und zerrte sie die Uferböschung hinauf, bis sie ganz auf dem Trockenen war. Als er es geschafft hatte, rang er vor Anstrengung nach Luft, und seine Hose war tropfnass. Er kauerte sich neben die Frau und tastete ihre Brust nach einem Herzschlag ab, nach Atembewegungen, irgendeinem Lebenszeichen.

Eine warme Flüssigkeit umspülte seine Hand. So unerwartet war die Empfindung, dass er zuerst nicht wahrhaben wollte, was sein eigener Tastsinn ihm sagte. Dann blickte er hinunter und sah das ölige Glitzern des Bluts auf seiner Handfläche.

Hinter ihm kullerte ein Kiesel über die Steine. Er fuhr herum, und ein eisiger Schauer durchfuhr ihn.

Die Kreatur stand über ihm auf dem Uferdamm. Ihr schwarzes Cape flatterte wie gewaltige Schwingen im Wind. Unter der Kapuze schimmerte das knöcherne Weiß eines Totenkopfs, und die leeren Augenhöhlen starrten ihn an, als hätten sie in ihm ihr nächstes Opfer erkannt, die nächste Seele, die unter der Sense des Schnitters fallen musste.

So starr vor Angst war Norris, dass er nicht hätte fliehen können, selbst wenn das Wesen sich auf ihn gestürzt hätte, selbst wenn in diesem Moment die Sense zischend durch die Luft auf ihn herabgesaust wäre.

Und dann war die Kreatur urplötzlich verschwunden, und Norris sah nur noch den Nachthimmel mit dem Mond, der durch ein feines Gespinst von Wolken schimmerte.

Das Licht einer Laterne erhellte den Uferpfad. »Hallo?«, rief der Hausmeister des Krankenhauses. »Wer ist da unten?«

Norris, dem die Panik noch die Kehle zuschnürte, brachte nur ein ersticktes »Hier!« hervor. Und dann, lauter: »Hilfe. Ich brauche Hilfe!«

Der Hausmeister kletterte die schlammige Böschung hinunter, in der Hand die schwankende Laterne. Entsetzt hielt er inne, als das Licht auf die Leiche zu seinen Füßen fiel. Auf das Gesicht von Mary Robinson. Dann hob er den Blick zu Norris, und der Ausdruck in seinem Gesicht war unverkennbar.

Es war Angst.

14

Norris starrte auf seine Hände. Die Schicht von getrocknetem Blut, die sie bedeckte, bekam schon Risse und blätterte ab. Er war gerufen worden, um bei einem Notfall zu helfen; stattdessen hatte er nur mit noch mehr Blut und Verwirrung das allgemeine Chaos vergrößert. Durch die geschlossene Tür hörte er die durchdringenden Schmerzensschreie eines Mannes, und er fragte sich, welche Gräuel das Messer des Chirurgen wohl in diesem Moment an dieser unglücklichen Seele verübte.

Nicht schlimmer als die Gräuel, die an Mary Robinson verübt worden waren.

Erst als er sie ins Haus getragen und bei Licht betrachtet hatte, war ihm das ganze Ausmaß ihrer grässlichen Verletzungen aufgegangen. Er hatte den bluttriefenden Körper in die Eingangshalle gebracht, wo eine schockierte Schwester ihn nur stumm in den Operationssaal gewiesen hatte. Aber als er Mary auf dem Tisch abgelegt hatte, hatte er schon gewusst, dass ihr kein Chirurg mehr würde helfen können.

»Wie gut kannten Sie Mary Robinson, Mr. Marshall?«

Norris blickte von seinen blutverkrusteten Händen auf und sah Mr. Pratt von der Nachtwache an. Hinter Pratt standen Constable Lyons und Dr. Aldous Grenville, die es vorgezogen hatten, während der Befragung zu schweigen. Sie standen ein wenig abseits im Dunkeln, außerhalb des Lichtkegels der Lampe.

»Sie war Krankenschwester. Ich hatte sie natürlich schon einmal gesehen.«

»Aber haben Sie sie gekannt? Hatten Sie irgendeine Beziehung zu ihr außerhalb Ihrer Tätigkeit am Krankenhaus?«

»Nein.«

»Überhaupt keine?«

»Ich bin mit dem Studium der Medizin beschäftigt, Mr. Pratt. Daneben bleibt mir nur wenig Zeit.«

»Sie wohnen in Sichtweite des Krankenhauses. Ihre Unterkunft befindet sich direkt an der Grenze dieses Grundstücks, und Miss Robinson wohnte nur wenige Schritte von diesem Gebäude hier entfernt. Sie mussten nur aus der Haustür treten, um ihr zu begegnen.«

»Das wird man wohl kaum als eine Beziehung bezeichnen können.« Norris blickte wieder auf seine Hände. Das wird mein intimster Kontakt mit der armen Mary bleiben, dachte er. *Dass ihr Blut an meiner Haut klebt.*

Mr. Pratt wandte sich zu Dr. Grenville um. »Sie haben den Leichnam untersucht, Sir?«

»Das habe ich. Und ich möchte, dass Dr. Sewall ihn ebenfalls untersucht.«

»Aber können Sie eine Meinung äußern?«

Norris sagte leise: »Es ist derselbe Mörder. Dasselbe Muster. Das wissen Sie doch sicherlich schon, Mr. Pratt?« Er sah auf. »Zwei Schnitte. Einer quer über den Bauch. Dann wird die Klinge gedreht und der Leib von unten nach oben bis zum Brustbein aufgeschlitzt. In der Form eines Kreuzes.«

»Aber diesmal, Mr. Marshall«, warf Constable Lyons ein, »ist der Täter noch einen Schritt weiter gegangen.«

Norris sah den Hauptmann der Nachtwache an. Zwar war er Constable Lyons noch nie zuvor begegnet, doch er kannte den Ruf des Mannes. Anders als der aufgeblasene Mr. Pratt war Constable Lyons ein leiser, zurückhaltender Mensch, den man leicht übersehen konnte. In der letzten Stunde hatte er seinem Untergebenen Pratt die Leitung der Ermittlungen in vollem Umfang überlassen. Jetzt trat Lyons ins Licht, und Norris erblickte einen Herrn von gedrungener Gestalt, etwa fünfzig Jahre alt, mit sauber gestutztem Bart und einer Brille.

»Ihr fehlt die Zunge«, sagte er.

Wachmann Pratt wandte sich an Grenville. »Der Täter hat sie herausgeschnitten?«

Grenville nickte. »Es dürfte keine allzu schwierige Operation gewesen sein. Alles, was man dazu braucht, ist ein scharfes Messer.«

»Warum sollte er so etwas Absurdes tun? Sollte es eine Strafe sein? Eine Botschaft?«

»Die Antwort kann Ihnen wohl nur der Mörder geben.«

Norris gefiel es gar nicht, wie Pratt sich sofort an ihn wandte. »Und Sie haben ihn gesehen, Mr. Marshall.«

»Ich habe *etwas* gesehen.«

»Eine Kreatur mit einem Cape? Mit einem Gesicht wie ein Totenschädel?«

»Er sah genau so aus, wie Rose Connolly ihn beschrieben hat. Sie hat Ihnen die Wahrheit gesagt.«

»Und doch hat der Hausmeister des Krankenhauses keine Spur von einem solchen Monster gesehen. Er sagte mir, er habe nur Sie gesehen, wie Sie sich über das Opfer beugten. Und sonst niemanden.«

»Die Kreatur stand nur einen Augenblick lang dort. Als der Hausmeister mich fand, war sie schon wieder verschwunden.«

Pratt betrachtete ihn einen Moment lang. »Was glauben Sie, warum ihr die Zunge herausgeschnitten wurde?«

»Ich weiß es nicht.«

»Es ist eine ungeheuerliche Tat. Aber dass ein Student der Anatomie einen Körperteil einer Leiche an sich nimmt, leuchtet schon eher ein. Zu rein wissenschaftlichen Zwecken natürlich.«

»Mr. Pratt«, schaltete Grenville sich ein, »Sie haben keine Veranlassung, Mr. Marshall zu verdächtigen.«

»Einen jungen Mann, der rein zufällig bei beiden Morden in der Nähe war?«

»Er ist Medizinstudent. Da ist es nur natürlich, dass er sich in der Nähe des Krankenhauses aufhält.«

Pratt sah Norris an. »Sie sind auf einer Farm aufgewachsen, nicht wahr? Haben Sie Erfahrung im Schlachten von Tieren?«

»Diese Fragen sind jetzt weit genug gegangen«, sagte Constable Lyons. »Mr. Marshall, es steht Ihnen frei, zu gehen.«

»Sir«, protestierte Pratt, empört über diesen Eingriff in seine Autorität. »Ich glaube, dass wir dieser Sache längst noch nicht gründlich genug nachgegangen sind.«

»Mr. Marshall ist nicht verdächtig, und er sollte nicht als Verdächtiger behandelt werden.« Lyons sah Norris an. »Sie können gehen.«

Norris stand auf und ging zur Tür. Dort hielt er inne und blickte sich um. »Ich weiß, dass Sie Rose Connolly nicht geglaubt haben«, sagte er. »Aber jetzt habe ich die Kreatur mit eigenen Augen gesehen.«

Pratt schnaubte verächtlich. »Den Schnitter Tod?«

»Er existiert wirklich, Mr. Pratt. Ob Sie mir nun glauben oder nicht, *irgendetwas* geht dort draußen um. Etwas, dessen Anblick mich bis ins Mark erschüttert hat. Und ich hoffe bei Gott, es nie wieder zu sehen.«

Wieder hämmerte jemand an seine Tür. Was für einen Albtraum ich hatte, dachte Norris, als er die Augen aufschlug und das Tageslicht durch sein Fenster scheinen sah. *Das kommt davon, wenn man zu viele Austern isst und zu viel Brandy trinkt. Dann träumt man von Monstern.*

»Norris? Norris, wach auf!«, rief Wendell.

Die Visite mit Dr. Crouch. Ich habe verschlafen.

Norris schlug die Decke zurück und setzte sich auf. Da erst fiel sein Blick auf seinen Mantel, dessen Stoff über und über mit Blut verschmiert war. Er sah auf seine Schuhe hinunter, die er neben dem Bett hatte stehen lassen, und bemerkte das schlammverkrustete Leder. Und noch mehr Blut. Selbst das Hemd, das er am Leib trug, wies ziegelrote Spritzer an Manschetten und Ärmeln auf. Es war kein Albtraum gewesen. Er war mit Mary Robinsons Blut an den Kleidern eingeschlafen.

Wendell klopfte wieder an die Tür. »Norris, ich muss mit dir reden!«

Norris stolperte durch das Zimmer, öffnete die Tür und sah Wendell im dunklen Treppenhaus stehen.

»Du siehst fürchterlich aus«, sagte Wendell.

Norris ging zurück zum Bett und ließ sich stöhnend auf die Matratze sinken. »Es war eine fürchterliche Nacht.«

»Ich habe davon gehört.«

Wendell trat ein und schloss die Tür. Während er sich in der elenden kleinen Dachkammer umschaute, sagte er kein Wort, und es war auch nicht nötig: Die Miene, mit der er die faulenden Dachbalken, den durchhängenden Fußboden und die strohgefüllte Matratze auf dem grob gezimmerten Bettgestell betrachtete, sprach Bände. Eine Maus schoss aus einer dunklen Ecke hervor, huschte quer durchs Zimmer und verschwand unter dem Schreibtisch, auf dem aufgeschlagen ein stockfleckiges Exemplar von Wistars *Anatomie* lag. So kalt war es an diesem Morgen Ende November, dass sich an der Innenseite der Fensterscheibe Eisblumen gebildet hatten.

»Du fragst dich sicher, warum ich nicht zur Visite erschienen bin«, sagte Norris. Es war ihm peinlich, dass Wendell ihn so sah, nur mit einem Hemd bekleidet, und als er den Blick senkte, sah er die Gänsehaut auf seinen bloßen Oberschenkeln.

»Wir wissen, warum du nicht gekommen bist. Es ist das einzige Gesprächsthema im Krankenhaus – was mit Mary Robinson passiert ist.«

»Dann weißt du auch, dass ich es bin, der sie gefunden hat.«

»Das ist jedenfalls die eine Version.«

Norris blickte erstaunt auf. »Es gibt noch eine andere?«

»Alle möglichen Gerüchte machen die Runde. Abscheuliche Gerüchte, muss ich dir leider sagen.«

Norris starrte wieder auf seine nackten Knie. »Würdest du mir bitte meine Hose reichen? Es ist verdammt kalt hier.«

Wendell warf ihm die Hose zu und wandte sich dann ab, um aus dem Fenster zu schauen. Als Norris sich ankleidete, bemerkte er Blutflecken an den Aufschlägen seiner Hose. Wohin er auch schaute, überall sah er Mary Robinsons Blut an seinen Kleidern.

»Was erzählen sie sich über mich?«, fragte er.

Wendell drehte sich zu ihm um. »Zum Beispiel, was für ein merkwürdiger Zufall es sei, dass du so kurz nach den beiden Morden am Tatort aufgetaucht bist.«

»Ich war nicht derjenige, der Agnes Pooles Leiche fand.«

»Aber du warst dort.«

»Genau wie du.«

»Ich beschuldige dich nicht.«

»Und was tust du dann hier? Wolltest du dir einmal anschauen, wie der ›Reaper‹ so lebt?« Norris stand auf und streifte die Hosenträger über die Schultern. »Guter Stoff für Klatsch und Tratsch, kann ich mir vorstellen. Pikante Details, die du deinen Harvard-Kumpels beim Madeira servieren kannst.«

»So denkst du doch nicht ernsthaft über mich, oder?«

»Ich weiß, wie ihr über *mich* denkt.«

Wendell trat auf ihn zu. Er war viel kleiner als Norris, und jetzt starrte er zu ihm auf wie ein wütender Terrier. »Vom ersten Tag an, als du hier angekommen bist, spielst du unentwegt den Beleidigten. Den armen Farmerssohn, der überall ausgeschlossen wird. Niemand will dein Freund sein, weil dein Rock nicht gut genug ist oder weil du nicht genug Kleingeld in der Tasche hast. Glaubst du wirklich, dass das meine Meinung von dir ist? Dass du meiner Freundschaft nicht würdig seist?«

»Ich weiß, wo mein Platz in eurem Kreis ist.«

»Maße dir nicht an, meine Gedanken zu lesen. Charles und ich haben alles versucht, um dich einzubeziehen, um dir das Gefühl zu geben, willkommen zu sein. Und doch hältst du uns auf Distanz, als sei es für dich schon beschlossene Sache, dass unsere Freundschaft zum Scheitern verurteilt ist.«

»Wir sind Kommilitonen, Wendell. Mehr nicht. Wir haben beide denselben Lehrer, und wir teilen uns den alten Paddy. Vielleicht trinken wir ab und zu ein Glas zusammen. Aber schau dich doch nur in diesem Zimmer um. Dann siehst du, dass wir nur sehr wenig gemeinsam haben.«

»Ich habe mehr mit dir gemeinsam, als ich je mit Edward Kingston gemeinsam haben werde.«

Norris lachte. »O ja. Sieh nur, wir tragen sogar beide die gleiche feine Satinweste! Nenn mir eine Sache, die wir gemeinsam haben, abgesehen von diesem armen alten Paddy auf dem Seziertisch.«

Wendell wandte sich zum Schreibtisch um, auf dem der aufgeschlagene Wistar lag. »Du hast gelernt, wie ich sehe.«

»Du hast meine Frage nicht beantwortet.«

»Das *war* meine Antwort. Du sitzt hier in dieser eiskalten Dachkammer und brennst deine Kerzen bis auf die letzte Talgpfütze ab, und du *lernst*. Warum? Nur, damit du eines Tages einen Zylinder tragen kannst? Irgendwie kann ich mir das nicht vorstellen.« Er sah Norris an. »Ich glaube, du lernst aus dem gleichen Grund wie ich. Weil du an die Wissenschaft glaubst.«

»Jetzt maßt du dir an, *meine* Gedanken lesen zu können.«

»Neulich bei der Visite mit Dr. Crouch auf der Entbindungsstation – da war diese Frau, deren Wehen schon viel zu lange dauerten. Er war dafür, sie zur Ader zu lassen. Erinnerst du dich?«

»Ja, und?«

»Du hast ihm widersprochen. Du sagtest, du hättest mit Kühen experimentiert. Und dass der Aderlass bei ihnen keinen Nutzen gezeitigt habe.«

»Und dafür wurde ich nach Strich und Faden lächerlich gemacht.«

»Das musst du doch vorher gewusst haben. Und dennoch hast du es gesagt.«

»Weil es die Wahrheit war. Die Kühe haben mich das gelehrt.«

»Und du bist nicht zu stolz, um von Kühen zu lernen.«

»Ich bin Farmer. Wo sollte ich sonst etwas lernen?«

»Und ich bin der Sohn eines Pfarrers. Glaubst du, ich hätte

auch nur im Entferntesten solch nützliche Dinge gelernt, wenn ich ihn von der Kanzel predigen hörte? Ein Farmer weiß mehr über Leben und Tod, als du jemals lernen wirst, wenn du eine Kirchenbank drückst.«

Mit einem Schnauben wandte Norris sich ab und griff nach seinem Gehrock, dem einzigen Kleidungsstück, das von Mary Robinsons Blut verschont geblieben war – und das nur, weil er ihn letzte Nacht dagelassen hatte. »Du hast ja merkwürdige Vorstellungen vom edlen Beruf des Farmers.«

»Ich erkenne einen Mann der Wissenschaft, wenn er vor mir steht. Und ich habe auch deine Großzügigkeit bemerkt.«

»Meine Großzügigkeit?«

»Im Sektionssaal, als Charles den alten Paddy so fürchterlich zugerichtet hat. Wir wissen beide, dass Charles *so* dicht davorsteht, vom College zu fliegen. Aber du bist vorgetreten und hast ihn in Schutz genommen, im Gegensatz zu Edward und mir.«

»Das hat doch nichts mit Großzügigkeit zu tun. Ich konnte es einfach nicht ertragen, einen erwachsenen Mann weinen zu sehen.«

»Norris, du bist anders als die meisten anderen in unserem Kurs. Du hast eine *Berufung*. Denkst du, Charles Lackaway macht sich irgendetwas aus Anatomie, aus *Materia medica*? Er ist nur hier, weil sein Onkel es von ihm erwartet. Weil sein verstorbener Vater Arzt war und sein Großvater ebenfalls, und weil er nicht den Mumm hat, sich seiner Familie zu widersetzen. Und Edward – der macht sich gar nicht erst die Mühe, sein Desinteresse zu verbergen. Die Hälfte der Studenten ist allein ihren Eltern zuliebe hier, und von den anderen wollen die meisten nur ein Handwerk lernen, das ihnen ein bequemes Auskommen ermöglicht.«

»Und warum bist *du* hier? Weil du dich auch berufen fühlst?«

»Ich gebe zu, die Medizin war nicht meine erste Wahl. Aber von der Dichtung kann man kaum leben. Obwohl ich schon im *Daily Advertiser* veröffentlicht habe.«

Norris musste sich beherrschen, um nicht zu lachen. Wenn *das* keine nutzlose Beschäftigung war: das Privileg begüterter Männer, die es sich leisten konnten, kostbare Stunden mit Verseschmieden zu vergeuden. Diplomatisch antwortete er: »Ich bin mit deinem Werk leider nicht vertraut.«

Wendell seufzte. »Dann wirst du wohl verstehen, warum ich die Dichtung nicht zu meinem Brotberuf machen wollte. Und für das Jurastudium war ich ebenso wenig geeignet.«

»Die Medizin ist also nur deine dritte Wahl. Das hört sich kaum nach einer Berufung an.«

»Aber sie ist zu meiner Berufung *geworden*. Ich weiß, dass ich dazu bestimmt bin.«

Norris griff nach seinem Mantel und hielt einen Herzschlag lang inne, den Blick auf die Blutflecken geheftet. Dann zog er ihn dennoch an. Ein Blick aus dem Fenster auf den Reif, der auf der Wiese lag, sagte ihm, dass er an diesem Tag jede wärmende Schicht würde brauchen können, die seine dürftige Garderobe zu bieten hatte. »Wenn du mich jetzt entschuldigen würdest – ich will zusehen, dass ich wenigstens den Rest des Tages noch einigermaßen sinnvoll nutze. Ich muss Dr. Crouch mein Fehlen erklären. Ist er noch im Krankenhaus?«

»Norris, wenn du ins Krankenhaus gehst, muss ich dich vor dem warnen, was dich dort erwartet.«

Norris drehte sich zu ihm um. »Was?«

»Es wird viel geredet, unter den Patienten und dem Personal. Man macht sich so seine Gedanken über dich. Die Leute haben Angst.«

»Sie glauben, dass *ich* sie getötet habe?«

»Die Kuratoren haben mit Mr. Pratt gesprochen.«

»Sie hören doch nicht etwa auf sein Geschwätz?«

»Sie haben keine andere Wahl, als ihn anzuhören. Sie sind für die Einhaltung der Ordnung im Krankenhaus verantwortlich. Sie können gegen jeden Arzt, der dort arbeitet, disziplinarische Maßnahmen ergreifen. Und ganz bestimmt haben sie die Macht, einen einfachen Medizinstudenten aus dem Krankenhaus zu verweisen.«

»Aber wie soll ich dann lernen? Wie soll ich mein Studium fortsetzen?«

»Dr. Crouch versucht, mit ihnen zu reden. Und auch Dr. Grenville hat sich gegen deinen Ausschluss ausgesprochen. Aber es gibt noch andere ...«

»Andere?«

»Gerüchte unter den Familien der Patienten. Und auch auf der Straße.«

»Was sagen sie?«

»Die Tatsache, dass ihr die Zunge entfernt wurde, hat einige davon überzeugt, dass der Mörder ein Medizinstudent sein muss.«

»Oder jemand, der schon einmal Tiere geschlachtet hat«, sagte Norris. »Und auf mich trifft beides zu.«

»Ich bin nur gekommen, um dir zu sagen, wie die Dinge stehen. Dass die Menschen ... nun ja, sich vor dir fürchten.«

»Und wieso fürchtest *du* dich nicht vor mir? Wieso nimmst *du* an, ich sei unschuldig?«

»Ich nehme gar nichts an.«

Norris lachte verbittert auf. »Oh, es geht doch nichts über einen loyalen Freund!«

»Verdammt, das ist *genau* das, was ein Freund tun würde! Er würde dir die Wahrheit sagen. Dass deine Zukunft auf dem Spiel steht.« Wendell ging zur Tür. Dort drehte er sich noch einmal um. »Du hast mehr dickköpfigen Stolz im Leib als sämtliche Söhne reicher Eltern, die ich je gekannt habe, und du benutzt ihn, um alles in den schwärzesten Farben zu malen. Ich brauche keinen Freund wie dich. Und ich *will* auch keinen Freund wie dich.« Er riss die Tür auf.

»Wendell.«

»Es wäre klug von dir, mit Dr. Crouch zu sprechen. Und du solltest anerkennen, dass er dich verteidigt. Wenigstens er hat diese Anerkennung verdient.«

»Wendell, es tut mir leid«, sagte Norris. Und er seufzte. »Ich bin es nicht gewohnt, das Beste von anderen Menschen anzunehmen.«

»Also nimmst du immer gleich das Schlimmste an?«

»Ich werde selten enttäuscht.«

»Dann brauchst du einen besseren Bekanntenkreis.«

Darüber musste Norris lachen. Er setzte sich aufs Bett und rieb sich das Gesicht. »Da hast du wohl recht.«

Wendell schloss die Tür und kam auf ihn zu. »Was wirst du tun?«

»Gegen die Gerüchte? Was kann ich schon tun? Je mehr ich auf meiner Unschuld beharre, desto schuldiger erscheine ich.«

»Du musst etwas tun. Es geht um deine Zukunft.«

Und die hing an einem seidenen Faden. Es brauchte nur den Hauch eines Zweifels, ein paar Gerüchte – und der Vorstand des Krankenhauses würde ihn für immer aus den Stationen verbannen. Wie leicht ist doch ein Ruf besudelt, dachte Norris. Der Verdacht würde an ihm kleben wie ein blutbefleckter Mantel, würde ihm alle Aussichten ruinieren, alle Wege verbauen, bis ihm nur noch eine Richtung offenstünde: zurück zur Farm seines Vaters. In ein Haus, das er mit einem kalten, freudlosen Mann teilen müsste.

»Solange dieser Mörder nicht gefasst ist«, sagte Wendell, »werden alle Augen auf dich gerichtet bleiben.«

Norris sah auf seinen blutbefleckten Rock, und mit einem Frösteln erinnerte er sich an die Kreatur, die oben auf der Uferböschung gestanden und zu ihm herabgestarrt hatte. *Ich habe ihn mir nicht eingebildet.*

Rose Connolly hat ihn auch gesehen.

15

Noch eine Woche von diesem bitterkalten Wetter, dachte Schielaugen-Jack, und der Boden wird so tief gefroren sein, dass man nicht mehr graben kann. Bald würden sie die Leichen in oberirdischen Grüften lagern, wo sie bis zum Einsetzen des Frühlingstauwetters blieben. Dann würden schwere Schlösser zu überwinden sein und Friedhofswärter zu bestechen – eine ganze Reihe neuer Komplikationen, die der Wetterumschwung mit sich brachte. In Jacks Augen war der Wechsel der Jahreszeiten nicht an der Apfelblüte oder dem fallenden Laub im Herbst abzulesen, sondern an der Qualität des Bodens. Im April musste man mit dem Matsch kämpfen, so dick und gefräßig, dass er einem glatt die Stiefel von den Füßen zog. Im August waren die Erdschollen trocken und zerbröckelten in der Hand leicht zu warmem Staub – eine gute Zeit zum Graben, abgesehen davon, dass man mit jedem Spatenstich eine Wolke stechwütiger Mücken aufscheuchte. Im Januar tönte das Schaufelblatt wie eine Glocke, wenn man es in den gefrorenen Boden rammte, und von der Erschütterung, die sich durch den Stiel übertrug, taten einem die Hände weh. Selbst ein Feuer, das man auf dem Grab brennen ließ, brauchte Tage, um den Boden aufzutauen. Nur wenige Leichen wurden im Januar beigesetzt.

Doch jetzt im Spätherbst gab es noch eine reiche Ernte einzubringen.

Und so lenkte Jack seinen Rollwagen durch die dichter werdende Dunkelheit. Knirschend rumpelten die Räder durch den mit einer dünnen Eisschicht überzogenen Morast. Zu dieser Stunde begegnete ihm auf dieser einsamen Straße kein Mensch. Hinter einem Feld, das mit braunen, abgebrochenen Maisstängeln übersät war, sah er im Fenster eines Bauernhauses Kerzenlicht schimmern, doch nichts rührte sich ringsum, und er hörte lediglich den Hufschlag des Pferdes und das Knacken des Eises unter den Wagenrädern. In einer bitterkalten Nacht wie dieser nahm er nur ungern eine so weite Fahrt auf sich, doch es blieb ihm kaum eine Wahl. Auf dem Old-Granary-Friedhof hatten sie jetzt Grabwächter postiert, ebenso auf Copp's Hill in der North Side. Selbst auf dem abgelegenen Gottesacker von Roxbury Crossing patrouillierten jetzt Wachen. Jeden Monat, so kam es ihm vor, war er gezwungen, noch ein Stück weiter hinauszufahren. Es hatte eine Zeit gegeben, da hatte er nicht weiter fahren müssen als bis zum Zentralfriedhof am Boston Common. Dort konnte er in einer mondlosen Nacht mit ein paar flinken Helfern unter einem reichen Angebot an Almosenempfängern, Papisten und alten Soldaten wählen. Ob reich oder arm, eine Leiche war eine Leiche, und jede brachte die gleiche Summe ein. Den Anatomen war es egal, ob das Fleisch, in das sie schnitten, wohlgenährt oder ausgezehrt war.

Aber inzwischen hatten die Medizinstudenten mit ihrer achtlosen Buddelei und ihren nachlässigen Versuchen, die Spuren ihres Tuns zu beseitigen, diese Quelle versiegen lassen. Von Alkohol und Draufgängertum befeuert, fielen sie in die Friedhöfe ein und hinterließen zerstörte Gräber und zertrampelte Erde, derart offenkundige Anzeichen ihrer Grabschändung, dass selbst die Armen bald dazu übergingen, ihre Toten zu bewachen. Diese verdammten Studenten hatten den professionellen Leichenräubern wie ihm das Geschäft ruiniert. Früher hatte er gut davon leben können. Aber heute Nacht war an einen schnellen Beutezug nicht zu denken; stattdessen musste er eine mühselige Fahrt auf dieser endlosen Nebenstraße auf sich nehmen, und ihm graute schon vor der Plackerei, die auf ihn wartete. Obendrein war er ganz auf sich gestellt; in diesen Zeiten, wo es so wenig zu holen gab, scheute er die Kosten für einen Partner. Nein, heute Nacht würde er alles ganz allein machen müssen. Er hoffte nur, bald ein frisches Grab zu finden, am besten eines, bei dem die Totengräber zu faul gewesen waren, die vollen sechs Fuß auszuheben.

Seine eigene Leiche würde nicht so schlampig verscharrt werden.

Schielaugen-Jack wusste genau, wie er begraben werden würde. Er hatte alles sorgfältig geplant. Zehn Fuß tief, mit einem Eisenkäfig um den Sarg und einem Wächter, der dafür bezahlt würde, ihn dreißig Tage lang zu bewachen. Lange genug, um das Fleisch verrotten zu lassen. Er hatte gesehen, was die Messer der Anatomen anrichteten. Er war dafür bezahlt worden, die Überreste zu beseitigen, nachdem sie mit Schneiden und Sägen fertig waren, und er hatte keine Lust, als Haufen abgetrennter Gliedmaßen zu enden. Kein Doktor würde seine Leiche je anrühren, dachte er. Schon jetzt sparte er für sein eigenes Begräbnis, und er bewahrte seinen Schatz in einem Kästchen unter den Dielen im Schlafzimmer auf. Fanny wusste, was für ein Grab er wollte, und er würde ihr genug hinterlassen, um dafür zu sorgen, dass alles ordnungsgemäß erledigt wurde.

Für Geld konnte man alles kaufen. Sogar Schutz vor Männern wie Jack.

Vor ihm lag die niedrige Friedhofsmauer. Er zog die Zügel an und verharrte einen Moment auf der Straße, um das Dunkel abzusuchen. Der Mond war schon untergegangen, und nur die Sterne schimmerten über dem Gräberfeld. Jack griff hinter sich nach Schaufel und Laterne und sprang vom Wagen. Unter seinen Sohlen knirschte die vom Frost aufgebrochene Erde. Seine Beine waren steif von der langen Fahrt, und die Laterne schlug scheppernd gegen die Schaufel, als er schwerfällig über die Steinmauer kletterte.

Es dauerte nicht lange, bis er ein frisches Grab entdeckt hatte. Im Schein der Laterne war ein Haufen aufgeworfener Erde zu sehen, der noch nicht mit einer Eisschicht überzogen war. Er warf einen Blick auf die Grabsteine zur Linken und zur Rechten, um zu sehen, wie die Särge ausgerichtet waren. Dann stieß er genau dort, wo der Kopf sein musste, die Schaufel in die Erde. Schon nach wenigen Minuten war er außer Atem. Er musste eine Pause machen, sein Atem ging pfeifend in der eisigen Luft, und er bedauerte allmählich, den jungen Norris Marshall nicht mitgenommen zu haben. Aber er würde den Teufel tun und auch nur einen Dollar von seinem Lohn abgeben, wenn er die Arbeit ebenso gut allein bewältigen konnte.

Wieder stieß er die Schaufel in den Boden und wollte eben den nächsten Haufen Erde herausheben, als ein lauter Ruf ihn erstarren ließ.

»Da ist er! Schnappt ihn euch!«

Drei Laternen kamen schwankend auf ihn zu, so schnell, dass ihm keine Zeit blieb, sein eigenes Licht zu löschen. In seiner Panik ließ er die Laterne einfach stehen und flüchtete nur mit der Schaufel. Der Weg lag in völliger Dunkelheit, und jeder Grabstein war ein Hindernis, das nur darauf lauerte, ihn wie mit knochigen Händen zu Fall zu bringen und seine Flucht zu vereiteln. Der Friedhof selbst schien sich an ihm rächen zu wollen für all seine Freveltaten in der Vergangenheit. Er strauchelte und fiel auf die Knie, und das Eis unter ihm splitterte wie Glas.

»Da drüben!«, ertönte eine Stimme.

Ein Schuss knallte, und die Kugel zischte haarscharf an Jacks Wange vorbei. Er rappelte sich auf und kletterte über die Steinmauer, ließ die Schaufel liegen, wo er sie hatte fallen lassen. Als er den Bock erklomm, pfiff eine zweite Kugel so knapp an seinem Kopf vorbei, dass er spürte, wie sie seine Haare streifte.

»Er entkommt uns!«

Ein Peitschenschlag, und das Pferd galoppierte los und zog den wild ratternden Wagen hinter sich her. Jack hörte noch einen letzten Schuss, dann blieben seine Verfolger zurück, und die Dunkelheit verschluckte das Licht ihrer Laternen.

Als er endlich die Zügel anzog, keuchte das Pferd vor Erschöpfung, und er wusste, wenn er ihm keine Pause gönnte, würde er es auch noch verlieren, wie er schon seine Schaufel und seine Laterne verloren hatte. Und wie würde er dann dastehen – ein Handwerker ohne Handwerkszeug?

In einem Handwerk, für das er allmählich zu alt wurde.

Diese Nacht konnte er komplett in den Wind schreiben. Und was würde die nächste bringen, und die Nacht darauf? Er dachte an den Kasten unter dem Schlafzimmerboden, an das Geld, das er gespart hatte. Nicht genug – es war nie genug. Er musste an die Zukunft denken, an seine und Fannys. Wenn sie die Gastwirtschaft halten könnten, würden sie wenigstens nicht verhungern. Aber was für ein trostloser Lebensabend, wenn die Hoffnungen für die Zukunft sich darin erschöpften, dass man *wenigstens nicht verhungern würde*.

Und selbst das war nicht gewiss. Der Hungertod war eine ständige Bedrohung. Ein verirrter Funke aus dem Kamin, der die Gaststube in Brand setzte, und das Black Spar, das Lokal, das Fannys Vater ihnen hinterlassen hatte, wäre verloren. Dann würde Jack sie beide allein ernähren müssen, eine Belastung, der er von Jahr zu Jahr weniger gewachsen war. Und das lag nicht nur an seinen schlimmen Knien und seinen Kreuzschmerzen, sondern auch am Geschäft selbst. Überall schossen neue medizinische Hochschulen aus dem Boden, und die Studenten brauchten Leichen. Die Nachfrage war gestiegen, was neue Leichenräuber auf den Plan rief; allesamt jünger, schneller und wagemutiger als er.

Und mit gesunden Rücken.

Vor einer Woche war Jack mit einem leider schon stark in Mitleidenschaft gezogenen Exemplar bei Dr. Sewall erschienen – noch dem Besten, was er in dieser Nacht hatte auftreiben können. Im Hof hatte er sechs Fässer stehen sehen, alle versehen mit der Aufschrift *Eingelegte Gurken*.

»Die sind gerade angeliefert worden«, hatte Sewall ihm erklärt, während er das Geld abgezählt hatte. »Und alle in gutem Zustand.«

»Das sind ja nur fünfzehn Dollar«, hatte Jack sich beschwert, als Sewall ihm die Münzen in die Hand gedrückt hatte.

»Ihr Exemplar ist schon halb verwest, Mr. Burke.«

»Ich habe mit zwanzig gerechnet.«

»Ich habe für die dort in den Fässern zwanzig pro Stück bezahlt«, erwiderte Sewall. »Sie sind viel besser erhalten, und ich kann sechs Stück auf einmal bekommen. Direkt aus New York angeliefert.«

Der Teufel soll New York holen, dachte Jack, während er zitternd auf seinem Wagen kauerte. *Wo soll ich in Boston noch Ware herbekommen?* Es starben einfach nicht genug Leute. Was es brauchte, war eine ordentliche Seuche, die in den Elendsvierteln von Southie und Charlestown einmal so richtig aufräumte. Niemand würde das Lumpenpack vermissen. Da wären diese Iren endlich mal zu etwas nütze. Ja, sie könnten ihn reich machen. Um reich zu werden, hätte Jack Burke seine Seele verkauft.

Vielleicht hatte er sie ja schon verkauft.

Als er das Black Spar erreichte, waren seine Glieder steif, und er schaffte es kaum, vom Wagen zu steigen. Er führte das Pferd in den Stall, klopfte sich den gefrorenen Matsch von den Stiefeln und wankte erschöpft in die Gaststube. Alles, was er jetzt wollte, war ein warmes Plätzchen am Feuer und ein Glas Brandy. Doch kaum hatte er sich in einen Sessel sinken lassen, da merkte er schon, wie Fanny hinter der Theke ihn beäugte. Er ignorierte sie, ignorierte alles um sich herum und starrte in die Flammen, während er darauf wartete, dass das Gefühl in seine tauben Zehen zurückkehrte. Die Schenke war fast leer; die Kälte hatte die wenigen Stammgäste ferngehalten, und an diesem Abend hatte es nur die elendsten der Vagabunden von der Straße hereingeschwemmt. An der Theke stand ein Mann, der verzweifelt in seinen dreckigen Taschen nach ein paar Münzen kramte. Nichts konnte einer bitterkalten Nacht wie dieser so zuverlässig ihren Stachel nehmen wie ein paar kostbare Schlückchen Rum. Ein zweiter Gast in der Ecke hatte den Kopf schon auf den Tisch sinken lassen und schnarchte so laut, dass die Batterie leerer Gläser vor ihm klirrte.

»Du bist früh zurück.«

Jack blickte zu Fanny auf, die vor ihm stand und ihn mit zusammengekniffenen Augen musterte.

»Kein guter Abend«, sagte er nur und leerte sein Glas.

»Denkst du, ich hätte hier einen guten Abend gehabt?«

»Du hast ihn immerhin am Feuer verbringen können.«

»Mit denen da?« Sie schnaubte verächtlich. »Für die hat es sich ja kaum gelohnt, die Tür aufzuschließen.«

»Noch einen Flip!«, rief der Mann an der Theke.

»Zeig mir zuerst deine Münzen«, gab Fanny prompt zurück.

»Ich hab sie. Sie sind irgendwo in diesen Taschen.«

»Aber gesehen habe ich noch nichts davon.«

»Nun haben Sie doch ein bisschen Mitleid, gute Frau. Es ist eine kalte Nacht.«

»Und du bist im Nu wieder draußen in der Kälte, wenn du nicht für das nächste Glas bezahlen kannst.« Sie wandte sich wieder zu Jack um. »Du bist mit leeren Händen zurückgekommen, nicht wahr?«

Er zuckte mit den Achseln. »Sie hatten Wachen aufgestellt.«

»Und du hast es nicht noch woanders versucht?«

»Konnte ich nicht. Ich musste die Schaufel zurücklassen. Und die Laterne.«

»Du hast es nicht mal fertiggebracht, dein eigenes Werkzeug mit nach Hause zu bringen?«

Er knallte sein Glas auf den Tisch. »Das *reicht*!«

Sie beugte sich weiter herab und sagte leise: »Es gibt leichtere Arten, zu Geld zu kommen, Jack. Das weißt du. Lass mich nur den richtigen Leuten Bescheid sagen, und du hast so viel Arbeit, wie du dir nur wünschen kannst.«

»Und lass mich dafür aufknüpfen?« Er schüttelte den Kopf. »Nein, danke, da bleibe ich lieber bei meinem Handwerk.«

»Du kommst in letzter Zeit immer öfter mit leeren Händen zurück.«

»Es ist eben nicht mehr zu holen.«

»Das sagst du jedes Mal.«

»Weil es nun einmal so ist. Es wird immer schlimmer.«

»Denkst du, mein Geschäft läuft besser?« Sie deutete mit einer ungehaltenen Kopfbewegung auf den fast leeren Schankraum. »Die sitzen jetzt alle in der Mermaid. Oder im Plough and Star oder bei Coogan. Noch so ein Jahr wie dieses, und wir werden uns nicht mehr halten können.«

»Missus?«, rief der Mann an der Theke. »Ich weiß, dass ich das Geld habe. Nur noch ein Glas, und ich verspreche, dass ich beim nächsten Mal zahle.«

Zornentbrannt fuhr Fanny zu ihm herum. »Dein Versprechen ist nichts wert! Wer nicht zahlt, fliegt raus. Also verschwinde!« Sie stapfte auf ihn zu und packte ihn am Kragen. »Na los, raus mit dir!«

»Ein Gläschen können Sie doch wohl entbehren.«

»Nicht einen verdammten Tropfen!« Sie schleifte den Mann quer durch die Stube, riss die Tür auf und stieß ihn hinaus in die Kälte. Dann knallte sie die Tür zu und wandte sich um, keuchend und mit rotem Gesicht. Wenn Fanny wütend war, bot sie einen furchterregenden Anblick, und selbst Jack duckte sich in seinen Sessel und zitterte vor dem, was noch kommen mochte. Ihr Blick blieb an dem einen verbliebenen Gast haften, der am Ecktisch eingeschlafen war.

»Das gilt auch für dich! Es wird Zeit, dass du gehst!«

Der Mann rührte sich nicht.

So ignoriert zu werden, setzte den Beleidigungen die Krone auf; Fannys Gesicht lief dunkelrot an, und die Muskeln ihrer stämmigen Arme spannten sich. »Wir haben geschlossen! *Raus!*« Sie ging auf den Mann zu und versetzte ihm einen kräftigen Knuff in die Schulter. Doch anstatt aufzuwachen, kippte er zur Seite und fiel wie ein Sack vom Stuhl.

Im ersten Moment starrte Fanny nur angewidert auf seinen offenen Mund und die heraushängende Zunge. Dann zog sie die Stirn in Falten und beugte sich so tief hinunter, dass Jack dachte, sie wollte den Mann küssen.

»Er atmet nicht mehr, Jack«, sagte sie.

»Was?«

Sie sah auf. »Schau du ihn dir mal an.«

Jack hievte sich aus dem Sessel hoch und ging ächzend neben dem Mann in die Knie.

»Du hast schon so viele Leichen gesehen«, sagte sie. »Du solltest es sagen können.«

Jack blickte in die geöffneten Augen des Mannes. Auf seinen lila verfärbten Lippen glitzerte Speichel. Wann hatte er aufgehört zu schnarchen? Wann war es am Ecktisch still geworden? Der Tod war auf so leisen Sohlen hereingeschlichen, dass sie sein Eintreten nicht einmal bemerkt hatten.

Er blickte zu Fanny auf. »Wie heißt er?«

»Keine Ahnung.«

»Weißt du, wer er ist?«

»Bloß irgendein Herumtreiber vom Hafen. Er ist allein gekommen.«

Jacks Rücken schmerzte, als er sich aufrichtete und Fanny ansah. »Du ziehst ihm die Kleider aus. Ich gehe inzwischen den Wagen anspannen.«

Er musste ihr nichts erklären; sie erwiderte seinen Blick mit einem Nicken und einem verschlagenen Blitzen in den Augen.

»So verdienen wir uns doch noch unsere zwanzig Dollar«, sagte er.

16

Gegenwart

»›Auferstehungsmann‹«, sagte Henry, »ist ein altes Wort, das niemand mehr gebraucht. Die meisten Leute wissen heute gar nicht mehr, dass es früher einen Grab- oder Leichenräuber bezeichnete.«

»Und Norris Marshall war so ein Mann«, meinte Julia.

»Nur aus Not. Es war eindeutig nicht sein Gewerbe.«

Sie saßen am Esstisch und hatten die Seiten des neu entdeckten Briefes von Oliver Wendell Holmes neben ihren Kaffeetassen und den Muffins ausgebreitet. Obwohl es schon später Vormittag war, hingen immer noch dichte Nebelschwaden vor den Fenstern, die aufs Meer gingen, und Henry hatte alle Lichter eingeschaltet, um das düstere Zimmer heller zu machen.

»Frische Leichen waren zur damaligen Zeit ein wertvoller Rohstoff. So wertvoll, dass ein schwunghafter Handel damit betrieben wurde. Und alles nur, um den Bedarf der neuen medizinischen Hochschulen zu decken, die im ganzen Land wie Pilze aus dem Boden schossen.« Henry schlurfte zu einem der Bücherregale, zog aus den Reihen vergilbter Bände ein Buch heraus und trug es an den Tisch, an dem er und Julia gefrühstückt und dabei gelesen hatten. »Sie müssen sich klarmachen, was es bedeutete, um 1830 in Amerika Medizin zu studieren. Es gab keine wirklichen Qualitätsstandards, keine offizielle Zulassung für medizinische Lehranstalten. Manche waren halbwegs brauchbar, andere kaum mehr als Projekte von Profitmachern, die möglichst viel Studiengebühren einsacken wollten.«

»Und die Hochschule, an der Wendell Holmes und Norris Marshall studierten?«

»Das Boston Medical College gehörte zu den besseren. Aber selbst dort mussten die Studenten sich um die Leichen balgen. Ein wohlhabender Student konnte einen Auferstehungsmann bezahlen, um an einen Leichnam als Studienobjekt heranzukommen. Aber wenn man arm war wie Mr. Marshall, musste man selbst losziehen und sich eine Leiche ausbuddeln. Wie es aussieht, hat er sich auf diese Weise auch sein Studium finanziert.«

Julia schauderte. »Auf so ein Praktikum hätte ich wohl lieber verzichtet.«

»Aber es war ein Weg für einen mittellosen jungen Mann, es zum Arzt zu bringen. Kein leichter Weg, ganz bestimmt nicht. Um Medizin studieren zu können, brauchte man keinen College-Abschluss, aber man musste Kenntnisse in Latein und Physik vorweisen. Norris Marshall muss sich dieses Wissen im Selbststudium angeeignet haben – keine geringe Leistung für einen Farmerssohn ohne bequemen Zugang zu einer Bibliothek.«

»Er muss unglaublich begabt gewesen sein.«

»Und entschlossen. Aber der Lohn der Mühen war offensichtlich. Der Arztberuf bot eine der wenigen Möglichkeiten des gesellschaftlichen Aufstiegs. Ärzte genossen hohen Respekt. Solange man allerdings noch Medizinstudent war, begegneten einem die Menschen eher mit Abscheu oder gar mit Angst.«

»Wieso?«

»Weil man sie als eine Art Geier betrachtete, die hinter Leichen her waren. Die sie ausbuddelten und aufschnitten. Sicher waren die Studenten mit ihren wilden Eskapaden oft auch selbst schuld an ihrem schlechten Ruf, besonders durch die derben Scherze, die sie mit Leichenteilen trieben. Zum Beispiel, mit abgetrennten Armen aus dem Fenster zu winken.«

»Das haben sie gemacht?«

»Vergessen Sie nicht, das waren junge Männer, alle erst Anfang zwanzig. Und Männer dieses Alters sind nicht gerade bekannt für ihre Reife und Einsicht.« Er schob ihr das Buch hin. »Es steht alles da drin.«

»Sie haben sich schon über das Thema informiert?«

»Oh, ich weiß eine ganze Menge darüber. Mein Vater und mein Großvater waren beide Ärzte, und ich habe diese Geschichten gehört, seit ich ein kleiner Junge war. In unserer Familie hat eigentlich so gut wie jede Generation einen Arzt hervorgebracht. Mich hat das Mediziner-Gen wohl leider übersprungen, aber mein Großneffe setzt die Tradition fort. Als ich ein junger Bursche war, hat mein Großvater mir eine Anekdote von einem Studenten erzählt, der eine Frauenleiche aus dem Sektionssaal herausschmuggelte. Er legte sie seinem Zimmergenossen ins Bett, um ihm einen Streich zu spielen. Offenbar fanden sie das ausgesprochen witzig.«

»Das ist doch krank.«

»Die meisten normalen Menschen würden Ihnen da beipflichten. Und das erklärt, wie es zu den Anatomie-Unruhen kommen konnte, bei denen aufgebrachte Menschenmengen die Hochschulen angriffen. Es passierte in Philadelphia, in Baltimore und in New York. Alle medizinischen Hochschulen im Land mussten damals jederzeit damit rechnen, dass ihre Gebäude niedergebrannt wurden. Der Abscheu und das Misstrauen in der Bevölkerung saßen so tief, dass ein einziger Vorfall genügte, um einen Aufruhr auszulösen.«

»Mir scheint, dass das Misstrauen der Menschen durchaus begründet war.«

»Aber wo wären wir heute, wenn angehende Ärzte keine Leichen sezieren dürften? Wenn Sie an die Medizin als Wissenschaft glauben, dann müssen Sie auch die Notwendigkeit anatomischer Studien anerkennen.«

In der Ferne ertönte das Nebelhorn der Fähre. Julia sah auf ihre Uhr und stand auf. »Ich muss jetzt los, Henry. Wenn ich die nächste Fähre erwischen will.«

»Wenn Sie wiederkommen, können Sie mir helfen, die Kartons aus dem Keller raufzutragen.«

»Ist das eine Einladung?«

Verärgert pochte er mit seinem Gehstock auf den Boden. »Ich dachte, das versteht sich von selbst.«

Julia betrachtete den Stapel ungeöffneter Kartons und dachte an die ungehobenen Schätze, die darin verborgen lagen, all die Briefe, die es noch zu lesen galt. Sie wusste nicht, ob die Kartons die Antwort auf die Frage nach der Identität der Gebeine aus ihrem Garten enthielten. Was sie aber wusste, war, dass die Geschichte von Norris Marshall und dem West End Reaper sie schon jetzt in ihren Bann geschlagen hatte und dass sie begierig war, mehr zu erfahren.

»Sie kommen doch wieder, nicht wahr?«, fragte Henry.

»Warten Sie, ich schau mal in meinen Terminkalender.«

Es war schon fast Abendessenszeit, als sie endlich in Weston ankam. Hier schien wenigstens die Sonne, und sie freute sich schon darauf, den Grill anzuwerfen und sich mit einem Glas Wein in den Garten zu setzen. Doch als sie in ihre Auffahrt einbog und den silbernen BMW erblickte, der dort parkte, krampfte sich ihr Magen so heftig zusammen, dass ihr beim bloßen Gedanken an Wein schon schlecht wurde. Was tat Richard denn hier?

Sie stieg aus und schaute sich suchend um, konnte ihn aber nirgends entdecken. Erst als sie durchs Haus gegangen war und aus der Küchentür trat, sah sie ihn: Er stand unten im Garten und inspizierte das Grundstück.

»Richard?«

Ihr Exmann drehte sich zu ihr um, als sie auf ihn zuging. Es war fünf Monate her, dass sie ihn zuletzt gesehen hatte. Er sah fitter und schlanker aus, und seine Haut war noch tiefer gebräunt. Es tat weh, zu sehen, wie gut die Scheidung ihm ganz offensichtlich getan hatte. Oder lag es daran, dass sie so viel Zeit in exklusiven Countryclubs verbrachten, er und seine Tiffani mit »i«?

»Ich habe versucht, dich anzurufen, aber du gehst ja nie ran«, sagte er. »Ich dachte, vielleicht willst du ja nicht mit mir telefonieren.«

»Ich war übers Wochenende in Maine.«

Es fragte gar nicht erst nach dem Grund; nichts, was sie tat, interessierte ihn wirklich. Stattdessen deutete er auf den unkrautüberwucherten Garten. »Nettes Grundstück. Da könntest du eine Menge draus machen. Es ist sogar Platz für einen Pool.«

»Ich kann mir keinen Swimmingpool leisten.«

»Dann eben eine Sonnenterrasse. Du musst nur das ganze Gestrüpp da unten am Bach rausreißen.«

»Richard, warum bist du hier?«

»Ich war zufällig in der Nähe. Da dachte ich mir, ich schau mal vorbei und seh mir dein neues Zuhause an.«

»Tja, mehr gibt es da nicht zu sehen.«

»Das Haus sieht aus, als müsste man noch einiges dran machen.«

»Ich richte es nach und nach her.«

»Wer hilft dir dabei?«

»Niemand«, antwortete sie mit stolz emporgerecktem Kinn. »Ich habe die Badezimmerfliesen selbst verlegt.«

Wieder schien er nicht einmal zu registrieren, was sie gesagt hatte. Es war eines ihrer üblichen Einbahn-Gespräche. Beide redeten, aber sie war die Einzige, die zuhörte. Erst jetzt wurde ihr das bewusst.

»Hör zu, ich habe eine lange Fahrt hinter mir, und ich bin müde«, sagte sie und wandte sich zum Haus um. »Ich bin eigentlich nicht in geselliger Stimmung.«

»Warum hast du hinter meinem Rücken über mich geredet?«, fragte er.

Sie hielt inne und sah ihn an. »Was?«

»Offen gestanden, ich bin überrascht, Julia. Ich hätte nie gedacht, dass du so nachtragend sein könntest, aber offenbar bringt eine Scheidung den wahren Charakter eines Menschen zum Vorschein.«

Zum ersten Mal nahm sie den hässlichen, aggressiven Unterton in seiner Stimme wahr. Wie hatte sie ihn bis jetzt überhören können? Schon seine Körperhaltung hätte sie vorwarnen sollen: breitbeinig, die Hände in den Taschen zu Fäusten geballt.

»Ich habe keine Ahnung, wovon du sprichst«, sagte sie.

»Davon, dass du überall herumerzählst, ich hätte auf deinen Gefühlen herumgetrampelt! Ich hätte während unserer ganzen Ehe mit anderen Frauen geschlafen!«

»Das habe ich nie irgendwem erzählt! Auch wenn es vielleicht wahr ist.«

»Was redest du denn da für einen Blödsinn?«

»Du *bist* doch fremdgegangen, oder nicht? Hat sie gewusst, dass du verheiratet warst, als ihr anfingt, miteinander ins Bett zu gehen?«

»Wenn du zu irgendwem auch nur *ein* Wort sagst ...«

»Die Wahrheit, meinst du? Unsere Scheidung war noch nicht mal durch, da habt ihr beide schon das neue Porzellan ausgesucht. Das weiß doch jeder.« Sie hielt inne, als ihr plötzlich aufging, was hier eigentlich lief. *Vielleicht weiß es eben nicht jeder.*

»Unsere Ehe war schon lange vor der Scheidung am Ende.«

»Ist das die Version, die du allen auftischst? Mir ist das jedenfalls neu.«

»Willst du die ungeschminkte Wahrheit darüber hören, was schiefgelaufen ist? Was ich alles hätte erreichen können, wenn *du* mich nicht daran gehindert hättest?«

Sie seufzte. »Nein, Richard, das will ich absolut nicht hören. Es interessiert mich ehrlich gesagt nicht mehr.«

»Und warum zum Teufel versuchst du dann, meine Hochzeit zu torpedieren? Warum streust du Gerüchte über mich?«

»Wer hört denn diese Gerüchte? Deine Freundin? Oder ist es ihr Daddy? Hast du Angst, er könnte die Wahrheit über seinen neuen Schwiegersohn erfahren?«

»Versprich mir nur, dass du damit aufhörst.«

»Ich habe nie ein Wort zu irgendjemandem gesagt. Ich habe ja nicht einmal gewusst, dass du heiratest, bis Vicky es mir erzählt hat.«

Er starrte sie an. »Vicky. Dieses *Miststück*.«

»Geh nach Hause«, sagte sie und ließ ihn stehen.

»Du rufst jetzt sofort Vicky an. Sag ihr, sie soll gefälligst die Klappe halten.«

»Es ist ihre Klappe. Da habe ich keinen Einfluss drauf.«

»Ruf jetzt endlich deine *verdammte Schwester* an!«, schrie er.

Das laute Gebell eines Hundes ließ sie plötzlich innehalten. Als sie sich umdrehte, sah sie Tom an der Grenze ihres Grundstücks stehen und an der Hundeleine zerren, während McCoy aufgeregt herumsprang und sich loszureißen versuchte.

»Ist alles in Ordnung, Julia?«, rief Tom.

»Ja, alles bestens«, antwortete sie.

Tom trat näher – fast sah es aus, als würde er von seinem eigensinnigen Hund den Hang hinaufgezogen. Er kam bis auf wenige Schritte auf die beiden zu. »Sind Sie sicher?«, fragte er.

»Sie«, fuhr Richard ihn an, »wir führen hier eine private Unterhaltung!«

Toms Blick verweilte auf Julia. »Das klang aber nicht sehr privat.«

»Es ist schon in Ordnung, Tom«, sagte Julia. »Richard wollte gerade gehen.«

Tom wartete noch eine Weile, als wollte er sich vergewissern, dass die Situation unter Kontrolle war. Dann machte er kehrt und ging mit dem Hund im Schlepptau zurück zum Weg, der unten am Bach entlangführte.

»Wer zum Teufel ist das?«, fragte Richard.

»Ein Nachbar.«

Richard verzog die Lippen zu einem hässlichen Grinsen. »Ist er der Grund, weshalb du das Haus gekauft hast?«

»Verschwinde aus meinem Garten«, sagte sie und ging zurück zum Haus.

Als sie durch die Tür trat, hörte sie das Telefon klingeln, doch sie lief nicht hin, um abzuheben. Ihre Aufmerksamkeit war noch immer von Richard abgelenkt. Durchs Fenster beobachtete sie ihn, bis er endlich ihren Garten verließ.

Der Anrufbeantworter sprang an. »Julia, ich habe gerade etwas gefunden. Wenn Sie nach Hause kommen, rufen Sie mich doch zurück, dann kann ich...«

Sie nahm den Hörer ab. »Henry?«

»Oh. Sie sind da.«

»Ich bin eben nach Hause gekommen.«

Eine Pause. »Was haben Sie denn?«

Für einen Mann, dem es an den grundlegendsten sozialen Fertigkeiten gebrach, hatte Henry ein geradezu unheimliches Gespür für ihre Stimmungen. Sie hörte einen Motor anspringen, ging mit dem Telefon ans Wohnzimmerfenster und sah Richards BMW davonfahren. »Nichts, gar nichts«, sagte sie. *Nicht mehr.*

»Es war in Karton Nummer sechs«, sagte er.

»Was?«

»Das Testament von Dr. Margaret Tate Page. Es stammt aus dem Jahr 1890, als sie sechzig Jahre alt war. Darin vermacht sie ihren Besitz ihren diversen Enkelkindern. Darunter ist auch ein Mädchen namens Aurnia.«

»Aurnia?«

»Ein ungewöhnlicher Name, nicht wahr? Ich denke, das bestätigt zweifelsfrei, dass es sich bei Margaret Tate Page um unser Baby Meggie handelt, zur Frau herangewachsen.«

»Dann ist die Tante, die Holmes in seinem ersten Brief erwähnt...«

»Rose Connolly.«

Julia ging zurück in ihre Küche und sah in den Garten hinaus, auf dasselbe Stück Land, das eine andere, längst verstorbene Frau einst erblickt hatte, wenn sie aus ihrem Fenster gesehen hatte. *Wer lag all die Jahre in meinem Garten begraben?*

War es Rose?

17

1830

Das Licht, das durch die schmutzige Fensterscheibe fiel, war zu einem trüben Zinngrau verblasst. Nie gab es genug Kerzen in der Schneiderwerkstatt, und Rose konnte kaum ihre Stiche sehen, während die Nadel rhythmisch durch die weiße Gaze fuhr. Das Unterkleid aus blassrosa Satin hatte sie bereits fertig, und auf ihrem Werktisch lagen die seidenen Rosen und Schleifen, die noch an den Schultern und an der Taille angenäht werden mussten. Es war ein feines Ballkleid, und während Rose daran arbeitete, stellte sie sich vor, wie die Röcke rascheln würden, wenn die Trägerin die Tanzfläche betrat, wie die Satinschleifen an der abendlichen Festtafel glänzen würden. Es würde Weinpunsch in Kristallpokalen geben, Austerncreme und Ingwerkekse, und alle könnten sich satt essen, niemand würde hungrig nach Hause gehen. Sie selbst würde nie einen solchen Abend erleben, aber dafür das Kleid, das sie nähte, und mit jedem Stich nähte sie einen kleinen Teil von sich selbst hinein, eine Spur von Rose Connolly, die in den Falten von Satin und Gaze verbleiben und mit ihnen durch den Ballsaal wirbeln würde.

Das Licht im Fenster war jetzt nur noch ein schwacher Schimmer, und sie musste sich anstrengen, um den Faden zu erkennen. Irgendwann würde sie auch so aussehen wie die anderen Frauen in diesem Raum: die Augen verkniffen und schielend, die Finger schwielig und vernarbt von zahllosen Nadelstichen. Und wenn sie sich am Ende des Tages erhoben, blieb ihr Rücken gebeugt, als hätten sie es ganz und gar verlernt, aufrecht zu stehen.

Die Nadel bohrte sich in Roses Finger. Sie hielt erschrocken die Luft an und ließ die Gaze auf den Nähtisch fallen. Als sie den pochenden Finger an den Mund führte, schmeckte sie Blut; doch es war nicht der Schmerz, der sie beunruhigte; vielmehr fürchtete sie, dass die weiße Gaze einen Fleck abbekommen haben könnte. Sie hielt den Stoff hoch, um den letzten schwachen Lichtstrahl einzufangen, und konnte gerade so in einer Falte des Saums einen dunklen Punkt ausmachen, so winzig, dass er mit Sicherheit keinem Menschen auffallen würde. Meine Stiche und mein Blut, dachte sie; beides hinterlasse ich auf diesem Kleid.

»Schluss für heute, meine Damen«, verkündete der Aufseher.

Rose faltete die Kleider, an denen sie gearbeitet hatte, zusammen und legte sie auf den Tisch, um am nächsten Tag daran weiterzuarbeiten. Dann reihte sie sich in die Schlange der Frauen ein, die darauf warteten, ihren Wochenlohn ausgezahlt zu bekommen. Während sie sich alle in ihre Mäntel und Tücher hüllten, bevor sie sich auf den kalten Nachhauseweg machten, winkten einige Rose zum Abschied zu oder nickten flüchtig in ihre Richtung. Sie kannten sie noch nicht sehr gut, und sie wussten auch nicht, wie lange sie bei ihnen bleiben würde. Zu viele andere Mädchen waren schon gekommen und gegangen, und zu oft waren die Versuche, mit ihnen Freundschaft zu schließen, ins Leere gelaufen. Also beobachteten sie nur und warteten ab; vielleicht, weil sie spürten, dass Rose es nicht lange aushalten würde.

»Du da, Mädchen! Rose, nicht wahr? Ich muss mit dir reden.«

Mit bangem Herzen wandte Rose sich zu ihrem Aufseher um. Was hatte Mr. Smibart heute wohl wieder an ihr zu bemäkeln? Denn gewiss *hatte* er etwas zu bemäkeln mit seiner unangenehm näselnden Stimme, über die die Mädchen hinter seinem Rücken kicherten.

»Ja, Mr. Smibart?«, erwiderte sie.

»Es ist schon wieder passiert«, sagte er. »Und es kann nicht geduldet werden.«

»Es tut mir leid, aber ich weiß nicht, was ich falsch gemacht habe. Wenn meine Arbeit nicht zufriedenstellend ist...«

»Deine Arbeit ist durchaus brauchbar.« Aus Mr. Smibarts Mund war *durchaus brauchbar* geradezu ein Kompliment, und sie gestattete sich einen kleinen Seufzer der Erleichterung, da zumindest für den Augenblick ihre Anstellung nicht in Gefahr schien.

»Es geht um diese andere Sache«, fuhr er fort. »Ich verbitte mir, dass ich hier ständig von Außenstehenden gestört werde in Angelegenheiten, die du in deiner Freizeit regeln solltest. Sag deinen Bekannten, dass du zum *Arbeiten* hier bist.«

Jetzt begriff sie. »Verzeihen Sie, Sir. Letzte Woche habe ich Billy gesagt, dass er nicht hierherkommen soll, und ich dachte, er hätte verstanden. Aber er hat den Verstand eines Kindes, und er begreift es einfach nicht. Ich werde es ihm noch einmal erklären.«

»Diesmal war es nicht der Junge. Sondern ein Mann.«

Rose erstarrte. »Was für ein Mann?«, fragte sie leise.

»Glaubst du, ich habe die Zeit, jeden Kerl nach seinem Namen zu fragen, der meinen Mädchen nachschleicht? Irgend so ein Bursche mit stechendem Blick, der alle möglichen Fragen über dich gestellt hat.«

»Was für Fragen?«

»Wo du wohnst, wer deine Freundinnen sind. Als ob ich dein Privatsekretär wäre! Das hier ist ein Geschäft, Miss Connolly, und ich werde solche Störungen nicht länger dulden.«

»Es tut mir leid«, murmelte sie.

»Das sagst du immer wieder, und es wird trotzdem nicht besser. Keine Besucher mehr!«

»Jawohl, Sir«, erwiderte sie kleinlaut und wandte sich zum Gehen.

»Ich erwarte, dass du die Sache mit ihm klärst. Wer immer er ist.«

Wer immer er ist.

Sie fröstelte, als sie gegen den schneidenden Wind ankämpfte, der ihre Röcke peitschte und ihr Gesicht taub werden ließ. An diesem kalten Abend wagten sich nicht einmal die Hunde vor die Tür, und sie ging allein die Straße entlang, nachdem sie als Letzte das Gebäude verlassen hatte. Es muss dieser furchtbare Mr. Pratt von der Nachtwache sein, der sich nach mir erkundigt hat, dachte sie. Bis jetzt war es ihr gelungen, ihm aus dem Weg zu gehen, aber Billy hatte ihr erzählt, dass der Mann überall in der Stadt nach ihr fragte. Und das alles nur, weil sie es gewagt hatte, Aurnias Medaillon zu versetzen. Wie hatte ein so wertvolles Schmuckstück in Roses Hände geraten können, wo es doch an den Ehemann der Verstorbenen hätte gehen sollen?

Diesen Ärger habe ich nur Eben zu verdanken, dachte Rose. *Ich habe ihn beschuldigt, mich angegriffen zu haben, und jetzt rächt er sich, indem er mich beschuldigt, eine Diebin zu sein. Und natürlich glaubt die Nachtwache Eben, denn alle Iren sind schließlich Diebe.*

Sie drang tiefer in das Labyrinth der Elendsbehausungen ein. Ihre Schuhe brachen durch das dünne Eis in stinkende Pfützen ein, während sie durch Straßen ging, die sich in enge Gassen verzweigten, als wollten die Häuser von South Boston sie ringsum einkesseln. Endlich kam sie zu der Tür mit dem niedrigen Bogen und der Vortreppe, auf der die Reste diverser Mahlzeiten herumlagen; abgenagte Knochen und mit schwarzem Schimmel überzogenes Brot warteten hier auf streunende Hunde, die so ausgehungert waren, dass sie auch verdorbene Speisen nicht verschmähten.

Rose klopfte an die Tür.

Ein kleiner Junge mit ungewaschenem Gesicht und blonden Strähnen, die ihm wie ein zerfledderter Vorhang in die Augen hingen, öffnete ihr. Er konnte kaum älter als vier sein, und er starrte die Besucherin stumm an, ohne sich von der Stelle zu rühren.

Eine schrille Frauenstimme rief: »Herrgott noch eins, Conn, es zieht! Mach die Tür zu!«

Der stumme Knabe trollte sich in eine dunkle Ecke, als

Rose eintrat und die Tür, durch die der Wind pfiff, sorgfältig schloss. Es dauerte eine Weile, bis ihre Augen sich an das schummrige Licht in dem niedrigen Raum gewöhnt hatten, doch nach und nach konnte sie verschiedene Formen ausmachen: den Sessel neben dem Herd, wo das Feuer bis auf die Glut niedergebrannt war. Den Tisch mit den ineinandergestapelten Schüsseln. Und überall um sie herum ein Gewusel von kleinen Köpfen. So viele Kinder – Rose zählte mindestens acht, doch sicherlich gab es noch mehr, die sie nicht sehen konnte, weil sie sich zum Schlafen in irgendeine dunkle Ecke verzogen hatten.

»Hast du das Geld für diese Woche mitgebracht?«

Rose betrachtete die ungeheuer dicke Frau, die im Sessel saß. Jetzt, nachdem ihre Augen sich umgestellt hatten, konnte sie Hepzibahs Gesicht mit dem wulstigen Doppelkinn sehen. *Steht sie eigentlich nie aus diesem Sessel auf?* Ganz gleich, zu welcher Tages- oder Nachtzeit Rose diese trostlose Behausung auch aufsuchte, immer thronte Hepzibah wie eine fette Königin in ihrem Sessel, während ihre kleinen Schützlinge wie zerlumpte Bittsteller um ihre Füße herumkrochen.

»Ich habe das Geld dabei«, antwortete Rose und drückte Hepzibah die Hälfte ihres Wochenlohns in die Hand.

»Ich hab sie grad gefüttert. Kann den Hals gar nicht voll kriegen, die Kleine. Kaum hab ich sie angelegt, hat sie mir fast schon die Brust leer gesaugt. Hab noch nie ein Baby gehabt, das solche Unmengen trinkt. Eigentlich müsste ich für die mehr verlangen.«

Rose kniete sich hin, um ihre Nichte aus dem Körbchen zu heben, und dachte: Mein süßes Baby, wie ich mich freue, dich zu sehen! Die kleine Meggie sah mit großen Augen zu ihr auf, und Rose hätte schwören können, dass ihr winziges Mündchen sich zu einem Begrüßungslächeln formte. *O ja, du erkennst mich, nicht wahr? Du weißt, dass ich die Einzige bin, die dich liebt.*

Es gab keine anderen Sitzgelegenheiten im Zimmer, also ließ Rose sich auf den verdreckten Boden nieder, mitten unter die Schar der Kinder, die darauf warteten, dass ihre Mütter von der Arbeit zurückkamen und sie von Hepzibahs gleichgültiger Aufsicht erlösten. Wenn ich es mir nur leisten könnte, dich besser unterzubringen, Meggie, dachte sie, während sie mit ihrer kleinen Nichte spielte und ihr ein fröhliches Glucksen entlockte. *Wenn ich doch nur ein bequemes, sauberes Zimmer hätte, wo ich deine Wiege neben meinem Bett aufstellen könnte.* Aber das Zimmer in der Fishery Alley, das Rose sich mit zwölf anderen Mietern teilte, war noch schlimmer: von Ratten befallen und verpestet von Krankheiten. Nie dürfte sie Meggie einer solchen Umgebung aussetzen. Da war es viel besser, wenn sie hier bei Hepzibah blieb, deren üppige Brüste nie versiegten. Hier hatte sie es wenigstens warm und musste keinen Hunger leiden. Solange Rose das Geld beschaffen konnte.

Nur mit dem größten Widerwillen legte sie Meggie schließlich in das Körbchen zurück und stand auf, um zu gehen. Die Nacht war hereingebrochen, und Rose war erschöpft und hungrig. Meggie hätte nichts davon, wenn ihre einzige Stütze in der Welt krank würde und nicht mehr arbeiten könnte.

»Ich komme morgen wieder«, sagte Rose.

»Und nächste Woche noch mal das Gleiche«, erwiderte Hepzibah. Sie meinte natürlich das Geld. Bei ihr drehte sich alles nur ums Geld.

»Sie bekommen es. Passen Sie nur gut auf sie auf.« Rose blickte sich sehnsüchtig nach dem Baby um und fügte leise hinzu: »Sie ist alles, was mir geblieben ist.«

Sie trat hinaus auf die Straße. Es war jetzt dunkel, und das einzige Licht spendeten die Kerzen, die hinter rußigen Fensterscheiben schimmerten. Als sie um die Ecke bog, verlangsamte sich ihr Schritt, bis sie schließlich stehen blieb.

Vor ihr in der Gasse wartete eine wohlbekannte Gestalt. Der einfältige Billy winkte und kam auf sie zu, wobei er seine unglaublich langen Arme schwang wie Tentakel. Aber es war nicht Billy, den sie anstarrte, sondern der Mann, der hinter ihm stand.

»Miss Connolly«, sagte Norris Marshall. »Ich muss mit Ihnen sprechen.«

Sie sah Billy verärgert an. »Hast du ihn hierhergebracht?«

»Er hat gesagt, er ist Ihr Freund.«

»Glaubst du denn *alles*, was man dir erzählt?«

»Ich *bin* Ihr Freund«, sagte Norris.

»Ich habe in dieser Stadt keine Freunde.«

»Und was ist mit mir?«, fragte Billy mit weinerlicher Stimme.

»Außer dir«, verbesserte sie sich. »Aber jetzt weiß ich, dass ich dir nicht trauen kann.«

»Er ist ja nicht von der Nachtwache. Sie haben mich bloß vor *denen* gewarnt.«

»Sie wissen doch«, warf Norris ein, »dass Mr. Pratt Sie sucht? Sie wissen, was er über Sie sagt?«

»Er hat behauptet, ich sei eine Diebin. Wenn nicht Schlimmeres.«

»Und Mr. Pratt ist ein Hanswurst.«

Ein grimmiges Lächeln war ihre Reaktion. »Da haben wir etwas gemeinsam – ich bin der gleichen Meinung.«

»Wir haben noch etwas gemeinsam, Miss Connolly.«

»Ich kann mir nicht vorstellen, was das sein soll.«

»Ich habe ihn auch gesehen«, sagte er leise. »Den Reaper.«

Sie starrte ihn an. »Wann?«

»Letzte Nacht. Er stand bei der Leiche von Mary Robinson.«

»Schwester Robinson?« Sie wich einen Schritt zurück – die schockierende Nachricht traf sie wie ein Schlag in die Magengrube. »Mary ist tot?«

»Das wussten Sie nicht?«

»Ich wollt's Ihnen sagen, Miss Rose«, warf Billy eifrig ein. »Ich hab's heut Morgen gehört, drüben im West End. Sie haben sie aufgeschlitzt, genau wie Schwester Poole!«

»Die Nachricht hat sich in der Stadt verbreitet wie ein Lauffeuer«, sagte Norris. »Ich wollte mit Ihnen sprechen, ehe Ihnen irgendeine verzerrte Version der Ereignisse zu Ohren kommt.«

Der Wind pfiff durch die Gasse, und die Kälte drang wie Nägel durch ihren Mantel. Als sie das Gesicht abwandte, um es vor der eisigen Bö zu schützen, löste sich ihr Haar aus dem Kopftuch und peitschte ihre tauben Wangen.

»Können wir uns irgendwo unterhalten, wo es warm ist?«, fragte er. »Und wo wir ungestört sind?«

Sie wusste nicht, ob sie diesem Mann vertrauen konnte. An dem Tag, als sie einander zum ersten Mal begegnet waren, am Krankenbett ihrer Schwester, war er höflich zu ihr gewesen; der Einzige in diesem Kreis von Studenten, in dessen Blick sie wahre Achtung gelesen hatte. Sie wusste nichts über ihn – nur, dass sein Rock von minderer Qualität war, seine Ärmelaufschläge ausgefranst. Sie blickte sich auf der Gasse um, während sie überlegte, wo sie hingehen könnten. Um diese Zeit ging es in den Schenken und Kaffeehäusern sehr laut zu, und es gab dort zu viele Augen, zu viele Ohren.

»Kommen Sie mit mir«, sagte sie.

Ein paar Straßen weiter bog sie in eine dunkle Passage ein und schlüpfte in einen Hauseingang. Im Treppenhaus stank es nach gekochtem Kohl, und an der Wand brannte ein einsamer Leuchter, dessen Flamme heftig erzitterte, als der Wind die Tür zuschlug.

»Unser Zimmer ist oben«, sagte Billy und sprang vor ihnen die Stufen hinauf.

Norris sah Rose an. »Er wohnt bei Ihnen?«

»Ich konnte ihn doch nicht weiter in der kalten Scheune schlafen lassen«, sagte sie. Sie hielt inne, um eine Kerze an dem Wandleuchter zu entzünden, und stieg die Treppe hinauf, wobei sie mit der Hand die Flamme abschirmte. Norris folgte ihr, und nachdem sie ein Dutzend knarrende Stufen erklommen hatten, gelangten sie in den düsteren, stinkenden Raum, der die dreizehn Mieter beherbergte. Im Schein der Kerze wirkten die Decken, die lose zwischen den einzelnen Strohmatratzen aufgehängt waren, wie ein Regiment von Gespenstern. Einer der Mieter lag in einer dunklen Ecke, und obwohl er selbst im Schatten verborgen war, hörten sie ihn unablässig husten.

»Ist er krank?«

»Er hustet Tag und Nacht.«

In gebückter Haltung, um nicht mit dem Kopf an die niedrigen Deckenbalken zu stoßen, schlängelte Norris sich zwischen den Matratzen hindurch und kniete neben dem Kranken nieder.

»Der alte Clary ist zu schwach zum Arbeiten«, erklärte Billy. »Deswegen bleibt er den ganzen Tag im Bett.«

Norris sagte nichts, doch zweifellos war ihm klar, was das blutbefleckte Bettzeug bedeutete. Clarys bleiches Gesicht war von der Schwindsucht so ausgezehrt, dass die Knochen durch die Haut zu schimmern schienen. Man musste nur in seine eingesunkenen Augen schauen und das Rasseln seiner verschleimten Lunge hören, um zu wissen, dass hier nichts mehr zu machen war.

Wortlos richtete Norris sich wieder auf.

Rose bemerkte seinen Gesichtsausdruck, als er sich im Zimmer umsah und den Blick über die Kleiderbündel schweifen ließ, über die Strohhaufen, die als Betten dienten. In den dunklen Ecken hörte man ein Rascheln und Trippeln, und Rose hob den Fuß, als etwas Schwarzes vor ihr über den Boden huschte. Sie spürte, wie es unter ihrer Sohle knirschte. Ja, Mr. Marshall, dachte sie, hier wohne ich, in dieser Bude, in der es vor Ungeziefer wimmelt, mit einem stinkenden Eimer, in den alle ihre Notdurft verrichten; hier schlafe ich auf dem Boden, wo die Mieter so dicht gedrängt liegen, dass man aufpassen muss, wie man sich dreht, um nicht einen Ellbogen ins Auge zu bekommen oder mit den Haaren an einem dreckigen Fuß hängen zu bleiben.

»Hier drüben ist mein Bett!«, erklärte Billy und ließ sich auf einen Haufen Stroh plumpsen. »Wenn wir den Vorhang zuziehen, haben wir ein richtiges kleines Zimmer für uns allein. Sie können sich dorthin setzen, Sir. Die alte Polly wird nicht merken, dass jemand ihr Bett benutzt hat.«

Norris schien nicht sonderlich erpicht darauf, sich auf das Bündel aus Lumpen und Stroh niederzulassen. Während Rose den Vorhang zuzog, damit sie nicht von dem sterbenden Mann in der Ecke gestört wurden, starrte Norris auf Pollys Bett, als frage er sich, wie viele ungebetene Gäste er sich wohl einhandeln würde, wenn er sich darauf setzte.

»Warten Sie!« Billy sprang auf, lief davon und kam Augenblicke später wieder zurück, in der Hand einen überschwappenden Wassereimer. »Jetzt können Sie die Kerze hinstellen.«

»Er fürchtet sich vor dem Feuer«, sagte Rose, während sie die Kerze vorsichtig auf dem Boden absetzte. Und Billy hatte auch allen Grund zu solchen Befürchtungen in einem Raum voller Lumpen und Stroh. Erst nachdem Rose sich auf ihr eigenes Bett gesetzt hatte, fügte Norris sich in sein Schicksal und nahm ebenfalls Platz. Von der Decke abgeschirmt in ihrer eigenen Ecke des Zimmers, bildeten die drei einen Kreis um die flackernde Flamme, die flüchtige Schatten auf den Stoff warf.

»Jetzt erzählen Sie«, forderte sie ihn auf. »Sagen Sie mir, was mit Mary passiert ist.«

Er starrte in die Flamme. »Ich habe sie gefunden«, sagte er. »Letzte Nacht, am Flussufer. Ich ging gerade über den Krankenhausanger, als ich sie stöhnen hörte. Sie wurde aufgeschlitzt, Miss Connolly, auf die gleiche Art und Weise wie Agnes Poole. Dasselbe Muster, mit einem Messer in ihren Leib geschnitten.«

»In der Form eines Kreuzes?«

»Ja.«

»Gibt Mr. Pratt immer noch den Papisten die Schuld?«

»Das kann ich mir jetzt kaum noch vorstellen.«

Sie lachte bitter. »Dann stecken Sie den Kopf in den Sand, Mr. Marshall. Keine Anschuldigung ist so hanebüchen, dass man sie den Iren nicht ins Gesicht schleudern würde.«

»Im Fall von Mary Robinson sind es aber nicht die Iren, gegen die sich der Verdacht richtet.«

»Wer sonst könnte diesmal das unglückliche Opfer von Mr. Pratts Verdächtigungen sein?«

»Ich.«

In der Stille, die folgte, starrte sie auf die Schatten, die sich auf Norris' Gesicht zeigten. Billy hatte sich neben seinem Wassereimer zusammengerollt wie eine Katze und war eingenickt; das Stroh am Boden raschelte leise im Rhythmus seines Atems. Der schwindsüchtige Mann in der Ecke hustete immer noch in einem fort, und das feuchte Rasseln seines Atems erinnerte sie daran, dass der Tod stets in der Nähe lauerte.

»Sie sehen also«, sagte er, »dass ich weiß, wie es ist, zu Unrecht beschuldigt zu werden. Ich weiß, was Sie durchgemacht haben.«

»*Sie* wissen das, wie? Aber ich bin es, die jeden Tag ihres Lebens mit Argwohn beäugt wird. Davon haben *Sie* keine Ahnung.«

»Miss Connolly, letzte Nacht habe ich dieselbe Kreatur gesehen wie Sie, aber niemand glaubt mir. Niemand sonst hat sie gesehen. Und was das Schlimmste ist: Der Hausmeister des Krankenhauses sah mich, wie ich mich über die Leiche beugte. Die Schwestern beäugen mich voller Argwohn, ebenso wie die anderen Studenten. Ich hatte immer nur ein Ziel: Arzt zu werden. Jetzt ist alles, wofür ich gearbeitet habe, in Gefahr, weil so viele an meinem Wort zweifeln. So, wie man auch an Ihrem Wort gezweifelt hat.« Er beugte sich weiter vor, und der Kerzenschein malte gespenstische Schatten auf sein Gesicht. »Sie haben es auch gesehen, dieses Wesen mit dem Cape. Ich muss wissen, ob Sie sich an die gleichen Dinge erinnern wie ich.«

»Ich habe Ihnen an jenem Abend gesagt, was ich gesehen habe. Aber damals haben Sie mir wohl nicht geglaubt.«

»Zugegeben, Ihre Geschichte klang zu dem Zeitpunkt…«

»Wie eine Lüge?«

»Ich würde Sie niemals der Lüge bezichtigen. Ja, ich fand Ihre Schilderung ein wenig abstrus. Sie waren schließlich überreizt und sichtlich zu Tode erschrocken.« Leise fügte er hinzu: »So wie ich letzte Nacht. Was ich sah, ließ mir das Blut in den Adern gefrieren.«

Sie starrte in die Kerzenflamme und flüsterte: »Es hatte Flügel.«

»Ein Cape vielleicht. Oder ein dunkler Mantel.«

»Und sein Gesicht schimmerte weiß.« Sie sah Norris an, und das Spiel von Licht und Schatten auf seinem Gesicht brachte die Erinnerung mit erschreckender Klarheit zurück. »Weiß wie ein Totenschädel. Ist es das, was Sie gesehen haben?«

»Ich weiß es nicht. Der Mond spiegelte sich im Wasser. Solche Lichtreflexe können das Auge täuschen.«

Sie presste die Lippen aufeinander. »Ich sage Ihnen, was ich gesehen habe, und Sie kommen mir mit Erklärungen. ›Es war nur *die Spiegelung des Mondlichts*‹!«

»Ich bin ein Mann der Wissenschaft, Miss Connolly. Ich muss immer nach logischen Erklärungen suchen.«

»Und was ist logisch daran, zwei Frauen zu ermorden?«

»Vielleicht gar nichts. Vielleicht ist es einfach nur böse.«

Sie schluckte und sagte leise: »Ich fürchte, er hat mein Gesicht gesehen.«

Billy stöhnte und wälzte sich auf die andere Seite. Sie betrachtete sein schlafendes Gesicht, so entspannt und unschuldig, und sie dachte: *Billy weiß nichts vom Bösen. Er sieht ein Lächeln und versteht nicht, was für finstere Absichten sich dahinter verbergen können.*

Auf der Treppe waren stampfende Schritte zu hören, und Rose spannte sich an, als sie das Gekicher einer Frau hörte, untermalt vom Lachen eines Mannes. Eine der Bewohnerinnen hatte einen Freier nach oben gelockt. Rose war klar, dass der Frau nichts anderes übrig blieb; sie wusste, dass ein paar Minuten mit gespreizten Beinen den Unterschied zwischen einem vollen und einem knurrenden Magen ausmachen konnten. Aber die Geräusche, die das Paar auf der anderen Seite des dünnen Vorhangs von sich gab, trieben Rose die Schamröte ins Gesicht. Sie brachte es nicht über sich, Norris anzusehen, sondern starrte auf ihre Hände hinunter, die Finger im Schoß verschränkt, während die beiden stöhnten und ächzten und das Stroh unter ihren rhythmischen Bewegungen raschelte. Und die ganze Zeit über kam aus der Ecke das Husten des todkranken Mannes, der seinen blutigen Schleim auswarf.

»Und deswegen halten Sie sich versteckt?«, fragte Norris.

Widerstrebend hob sie den Blick und fand, dass er sie unverwandt ansah, als sei er entschlossen, das Treiben des Paares und das Sterben zu ignorieren, das sich nur wenige Schritte von ihnen entfernt vollzog – als seien sie hinter der schmutzigen Decke in ihrer eigenen Welt eingeschlossen, in der seine ganze Aufmerksamkeit allein ihr galt.

»Ich verstecke mich, um mir und allen Beteiligten Ärger zu ersparen, Mr. Marshall.«

»Auch der Nachtwache? Sie behauptet, Sie hätten ein Schmuckstück versetzt, das Ihnen nicht gehörte.«

»Meine Schwester gab es mir.«

»Mr. Pratt sagt, Sie hätten es gestohlen. Sie hätten es ihr weggenommen, als sie im Sterben lag.«

Sie schnaubte abschätzig. »Das ist das Werk meines Schwagers. Eben ist auf Rache aus, also streut er Gerüchte über mich. Selbst wenn es wahr wäre, selbst wenn ich es tatsächlich an mich genommen hätte, wäre ich nicht verpflichtet gewesen, es ihm zu geben. Wie sonst hätte ich Aurnias Beerdigung bezahlen sollen?«

»Ihre Beerdigung? Aber sie …« Er brach ab.

»Was ist mit Aurnia?«, fragte sie.

»Nichts. Es ist nur … ein ungewöhnlicher Name, das ist alles. Ein sehr schöner Name.«

Sie lächelte betrübt. »Es war der Name unserer Großmutter. Er bedeutet ›goldene Dame‹. Und meine Schwester war wirklich eine goldene Dame, ein Glückskind. Bis zu ihrer Heirat.«

Hinter dem Vorhang steigerte sich das Tempo des Stöhnens, begleitet vom lauten Klatschen von Haut auf nackter Haut. Rose konnte Norris nicht mehr in die Augen sehen. Stattdessen starrte sie auf ihre Schuhe, auf den strohbedeckten Boden. Ein Insekt kroch aus der Matratze, auf der Norris saß. Sie fragte sich, ob er es überhaupt bemerkte, und musste gegen den Impuls ankämpfen, es zu zerquetschen.

»Aurnia hatte Besseres verdient«, sagte Rose leise. »Aber am Ende war ich die Einzige, die an ihrem Grab stand. Und Mary Robinson.«

»Schwester Robinson war dort?«

»Sie war gut zu meiner Schwester, zu allen Menschen. Anders als Miss Poole. Oh, die habe ich gar nicht leiden können, das gebe ich zu, aber Mary war anders.« Sie schüttelte traurig den Kopf.

Das Paar hinter dem Vorhang war jetzt fertig, und das Lustgestöhn wich erschöpftem Keuchen. Rose beachtete die beiden längst nicht mehr; sie dachte an ihre letzte Begegnung mit Mary Robinson zurück, auf dem Friedhof von St. Augustine. Sie erinnerte sich an die nervösen Blicke der Frau, ihre zitternden Hände. Und daran, wie sie plötzlich ohne Abschied verschwunden war.

Billy blinzelte und setzte sich auf. Schmutzige Strohhalme rieselten aus seinen Haaren, als er sich am Kopf kratzte. Er sah Norris an. »Schlafen Sie jetzt hier bei uns?«, fragte er.

Rose errötete. »Nein, Billy. Das tut er nicht.«

»Ich kann mein Bett woanders aufschlagen, um Platz für Sie zu machen«, meinte Billy. Und dann fügte er mit eifersüchtigem Unterton hinzu: »Aber ich bin der Einzige, der neben Miss Rose schlafen darf. Das hat sie mir versprochen.«

»Ich würde nicht im Traum daran denken, dir deinen Platz wegzunehmen, Billy«, sagte Norris. Er stand auf und klopfte sich das Stroh von der Hose. »Entschuldigen Sie, dass ich Ihre Zeit in Anspruch genommen habe, Miss Connolly. Danke für das Gespräch.« Er zog den Vorhang zur Seite und begann, die Treppe hinunterzugehen.

»Mr. Marshall?« Rose sprang hastig auf und lief ihm nach. Er war schon am Fuß der Treppe angelangt und hatte die Hand an der Türklinke. »Ich muss Sie bitten, nicht mehr an meinem Arbeitsplatz nach mir zu fragen«, sagte sie.

Er sah fragend zu ihr hinauf. »Wie bitte?«

»Sie gefährden meinen Lebensunterhalt, wenn Sie das tun.«

»Ich war nie an Ihrer Arbeitsstätte.«

»Ein Mann war heute dort und hat sich erkundigt, wo ich wohne.«

»Ich weiß ja nicht einmal, wo Sie arbeiten.« Er öffnete die Tür und ließ einen Windstoß herein, der an seinem Rock zerrte und Roses Rocksaum flattern ließ. »Wer immer sich nach Ihnen erkundigt hat, ich war es nicht.«

An diesem kalten Abend verschwendet Dr. Nathaniel Berry keinen Gedanken an den Tod.

Vielmehr steht ihm der Sinn danach, sich ein williges Weibsbild zu suchen, und warum auch nicht? Er ist jung, und er arbeitet jeden Tag viele Stunden als Assistenzarzt im Krankenhaus. Er hat keine Zeit, Frauen in der Weise zu umwerben, wie es von einem Gentleman erwartet wird; keine Zeit für höfliches Geplauder bei Soireen und Hausmusikabenden, keine freien Nachmittage für romantische Spaziergänge auf der Colonnade Row. In diesem Jahr dreht sich für ihn alles um die Patienten im Massachusetts General, und das vierundzwanzig Stunden am Tag. Nur selten ist es ihm vergönnt, einen Abend außerhalb des Krankenhausgeländes zu verbringen.

Aber heute Abend ist ihm zu seiner Überraschung eine seltene Nacht in Freiheit geschenkt worden.

Wenn ein junger Mann seine natürlichen Triebe zu lange unterdrücken muss, lässt er sich, wenn er endlich aller Zwänge ledig ist, von ebendiesen Trieben leiten. Und so lenkt Dr. Berry, als er seine Unterkunft im Krankenhaus verlässt, seine Schritte in das verrufene Viertel mit Namen North Slope, zur Sentry Hill Tavern, wo wettergegerbte Matrosen mit freigelassenen Sklaven trinken und wo man von jeder jungen Dame, die zur Tür hereintritt, getrost annehmen darf, dass ihr der Sinn nach mehr als nur einem Glas Brandy steht.

Dr. Berry hält sich nicht lange in der Schenke auf; nicht länger, als es dauert, zwei Rum-Flips zu trinken. Dann kommt er wieder heraus, an seiner Seite ausgelassen kichernd das auserwählte Objekt seiner Lust. Er hätte sich eine aussuchen können, der man ihr Gewerbe nicht so eindeutig ansieht wie dieser schlampigen Dirne mit ihren verfilzten schwarzen Haaren, aber für seine Zwecke ist sie genau die Richtige, und so führt er sie hinunter zum Fluss, dem üblichen Ort für solche heimlichen Zusammenkünfte. Sie geht bereitwillig mit, wenngleich mit etwas unsicheren Schritten, und die enge Gasse hallt wider von ihrem trunkenen Gelächter. Doch als sie direkt vor sich das Wasser erblickt, bleibt sie plötzlich stehen, pflanzt sich breitbeinig hin wie ein störrischer Esel.

»Was ist?«, fragt Dr. Berry, der voller Ungeduld darauf wartet, ihre Röcke zu heben.

»Der Fluss. Dieses Mädchen wurde da unten ermordet.«

Das weiß Dr. Berry natürlich schon. Schließlich hat er Mary Robinson gekannt und mit ihr gearbeitet. Aber wenn er so etwas wie Trauer über ihren Tod empfindet, muss dieses Gefühl jetzt ganz hinter seinem drängenden Bedürfnis zurücktreten. »Keine Sorge«, beruhigt er die Dirne. »Ich werde dich beschützen. Komm weiter.«

»Das bist doch nicht etwa du, oder? Der West End Reaper?«

»Natürlich nicht! Ich bin Arzt.«

»Es heißt, er *könnte* Arzt sein. Dass er deswegen Krankenschwestern ermordet.«

Dr. Berry kann es inzwischen kaum noch erwarten, sich endlich Erleichterung zu verschaffen. »Aber du bist schließlich keine Krankenschwester, oder? Komm schon, es soll dein Schaden nicht sein.« Er zerrt sie ein paar Schritte weiter, doch erneut sträubt sie sich und bleibt stehen.

»Woher soll ich wissen, dass du mich nicht aufschlitzt wie diese armen Frauen?«

»Die ganze Schenke hat uns doch zusammen weggehen sehen. Wenn ich wirklich der Reaper wäre, glaubst du, ich würde vor aller Augen so ein Risiko eingehen?«

Seine unangreifbare Logik scheint sie zu überzeugen, denn

nun gestattet sie ihm, sie zum Fluss zu führen. Jetzt, da er so kurz vor dem Ziel steht, ist sein einziger Gedanke, tief in sie einzudringen. Nicht ein Mal kommt ihm Mary Robinson in den Sinn, als er die Hure praktisch zum Ufer hinunterschleift, und warum sollte sie auch? Keine Vorahnungen plagen Dr. Berry, während er mit der Hure zum Schatten der Brücke strebt, wo sie nicht gesehen werden können.

Aber gehört werden können sie umso besser.

Die Laute steigen aus der Dunkelheit auf und werden vom Wind über die Uferböschung geweht. Das Rascheln eines Rocks, der hochgerissen wird, das erhitzte Keuchen, das Stöhnen, das den Höhepunkt anzeigt. Nach wenigen Minuten ist alles vorbei, und das Mädchen eilt die Böschung hinauf, vielleicht noch ein wenig zerzauster, aber um einen Half Eagle reicher. Sie bemerkt nicht die Gestalt, die dort im Schatten steht, als sie zur Schenke zurückeilt, um nach dem nächsten Freier Ausschau zu halten.

Das ahnungslose Mädchen geht einfach weiter und schaut sich nicht ein einziges Mal zur Brücke um, wo Dr. Berry noch damit beschäftigt ist, seine Hose zuzuknöpfen. Sie sieht nicht, was da lautlos die Böschung hinuntergleitet und auf ihn zuschleicht.

Als Dr. Berrys letztes Todesröcheln am Fluss verhallt, ist die Hure schon wieder in der Schenke und sitzt lachend auf dem Schoß eines Matrosen.

18

»Sie wünschten mich zu sprechen, Dr. Grenville?«, sagte Norris.

Dr. Grenville blickte ihn über seinen Schreibtisch hinweg an, und sein Gesicht, das die Morgensonne hinter seinem Rücken in Schatten tauchte, verriet nichts. Jetzt ist es so weit, dachte Norris. Seit Tagen quälten ihn die Gerüchte, die Andeutungen. Er hatte das Geflüster auf den Gängen gehört, hatte die Blicke seiner Mitstudenten aufgefangen. Als er nun Grenville gegenüberstand, machte er sich darauf gefasst, das Unvermeidliche zu hören. Besser, die Antwort gleich zu kennen, dachte er, als noch Tage oder Wochen unter dem Getuschel zu leiden, ehe das Ende kam.

»Sie haben den jüngsten Artikel im *Daily Advertiser* gesehen?«, fragte Grenville. »Über die West-End-Morde?«

»Ja, Sir.« Warum es noch länger hinausschieben?, dachte er. Besser, er brachte es gleich hinter sich. Er sagte: »Ich möchte die Wahrheit wissen, Sir. Werde ich nun vom College verwiesen oder nicht?«

»Sie glauben, ich hätte Sie deswegen herbestellt?«

»Das ist eine naheliegende Vermutung. Angesichts...«

»Der Gerüchte? O ja, es wird eine Menge geredet. Ich habe von den Familien einiger unserer Studenten gehört. Sie sorgen sich alle um den Ruf dieser Lehranstalt. Ohne unseren Ruf sind wir nichts.«

Norris schwieg, doch die Angst lag ihm wie ein Stein im Magen.

»Die Eltern dieser Studenten machen sich auch Sorgen um das Wohlergehen ihrer Söhne.«

»Und sie glauben, ich stelle eine Bedrohung dar.«

»Sie verstehen doch, warum, oder nicht?«

Norris sah ihn unverwandt an. »Sie verdammen mich allein aufgrund von Indizien.«

»Indizien können eine beredte Sprache sprechen.«

»Aber auch eine irreführende Sprache. Sie ertränken die Wahrheit. Das Medizinische College rühmt sich seiner wissenschaftlichen Methoden. Geht es bei diesen Methoden nicht allein darum, Antworten auf der Basis von Fakten und nicht von Gerüchten zu suchen?«

Grenville lehnte sich in seinem Sessel zurück, ohne jedoch den Blick von Norris zu wenden. Allein die Objekte, mit denen er sich in seinem Arbeitszimmer umgab, waren ein Beleg dafür, wie hoch er das Studium der Naturwissenschaft schätzte. Auf seinem Schreibtisch lag ein grotesk verformter menschlicher Schädel neben einem normal entwickelten. In der Ecke hing das Skelett eines Zwergs, und auf den Regalen des Bücherschranks standen in Whiskeykrügen eingelegte Präparate: eine abgetrennte Hand mit sechs Fingern; eine von einem Tumor halb zerfressene Nase; ein Neugeborenes mit einem einzelnen Zyklopenauge. Alles stumme Zeugen der Faszination, die anatomische Kuriositäten auf ihn ausübten.

»Ich bin nicht der Einzige, der den Mörder gesehen hat«, sagte Norris. »Auch Rose Connolly hat ihn gesehen.«

»Ein Monster mit schwarzen Schwingen und dem Gesicht eines Totenschädels?«

»*Irgendetwas* treibt im West End sein Unwesen.«

»Die Nachtwache betrachtet die Taten als das Werk eines Schlächters.«

»Und das ist der eigentliche Vorwurf gegen mich, nicht wahr? Dass ich der Sohn eines Farmers bin. Wäre ich Edward Kingston oder Ihr Neffe Charles oder der Sohn eines allseits bekannten Gentlemans, wäre ich dann immer noch verdächtig? Gäbe es dann irgendeinen Zweifel an meiner Unschuld?«

Nach kurzem Schweigen erwiderte Grenville: »Ich verstehe Sie sehr gut.«

»Doch es ändert nichts.« Norris wandte sich zum Gehen.

»Guten Tag, Dr. Grenville. Ich sehe, dass ich hier keine Zukunft habe.«

»Warum sollten Sie hier keine Zukunft haben? Habe ich Sie etwa der Anstalt verwiesen?«

Norris hatte die Hand schon am Türknauf. Er wandte sich um. »Sie sagten, meine Anwesenheit stelle ein Problem dar.«

»Sie ist in der Tat ein Problem, doch ich werde mich um dieses Problem kümmern. Mir ist durchaus bewusst, dass Sie in verschiedenster Weise benachteiligt sind. Anders als so viele Ihrer Kommilitonen kommen Sie nicht direkt von Harvard oder überhaupt von irgendeinem College. Sie sind Autodidakt, und doch sind sowohl Dr. Sewall als auch Dr. Crouch von Ihren Fähigkeiten beeindruckt.«

Im ersten Moment fehlten Norris die Worte. »Ich ... ich weiß nicht, wie ich Ihnen danken soll.«

»Danken Sie mir noch nicht. Es könnte immer noch anders kommen.«

»Sie werden das nicht bereuen!« Wieder griff Norris nach dem Türknauf.

»Mr. Marshall, da wäre noch eine Sache.«

»Sir?«

»Wann haben Sie Dr. Berry das letzte Mal gesehen?«

»Dr. Berry?« Die Frage kam so völlig unerwartet, dass Norris verdutzt innehielt. »Gestern Abend war das. Als er das Krankenhaus verließ.«

Grenville blickte mit besorgter Miene zum Fenster hinaus. »Da habe auch ich ihn zuletzt gesehen«, murmelte er.

»Obgleich es schon so manche Spekulationen hinsichtlich der Ätiologie gegeben hat«, sagte Dr. Chester Crouch, »ist die Frage nach den Ursachen des Kindbettfiebers noch längst nicht geklärt. Es handelt sich um eine äußerst bösartige Erkrankung, die jungen Frauen das Leben raubt, just wenn sie sich mit dem Geschenk der Mutterschaft ihren Herzenswunsch erfüllt haben ...« Er hielt inne und starrte zur Tür.

Alle Augen richteten sich auf Norris, als er den Hörsaal

betrat. Ja, der berüchtigte Reaper war gekommen. Zitterten sie vor ihm? Fürchtete jeder, dass er sich neben ihn setzen könnte, dass seine Verworfenheit auf ihn abfärben würde?

»Bitte, suchen Sie sich einen Platz, Mr. Marshall!«, sagte Crouch.

»Ich bin dabei, Sir.«

»Hier!« Wendell stand auf. »Wir haben dir einen Platz freigehalten, Norris.«

Norris spürte, wie ihn die Blicke der Kommilitonen verfolgten, als er sich durch die Sitzreihe zwängte, vorbei an jungen Männern, die zurückzuzucken schienen, wenn er sie im Vorbeigehen streifte. Er ließ sich auf den freien Platz zwischen Wendell und Charles sinken. »Ich danke euch beiden«, flüsterte er.

»Wir hatten schon befürchtet, du würdest gar nicht kommen«, sagte Charles. »Du hättest die Gerüchte heute Morgen hören sollen. Man munkelt ...«

»Sind die Herrschaften jetzt vielleicht fertig mit ihrer Privatunterhaltung?«, fragte Crouch, und Charles errötete. »Nun, wenn Sie mir gnädigerweise gestatten würden fortzufahren.« Crouch räusperte sich und begann wieder, auf dem Podium auf und ab zu gehen. »Wir erleben zurzeit eine regelrechte Epidemie auf unserer Entbindungsstation, und ich fürchte, es wird noch weitere Fälle geben. Wir werden uns also an diesem Vormittag dem Thema des Kindbettfiebers widmen, auch als Puerperalfieber bekannt. Es trifft die Frau in der Blüte ihrer Jugend, gerade dann, wenn ihr Leben die größte Erfüllung erfährt. Auch wenn ihr Kind wohlbehalten entbunden wird und sogar gedeiht, lauern auf die junge Mutter immer noch Gefahren. Die Krankheit kann sich während der Wehen manifestieren, doch manchmal treten die Symptome erst Stunden oder gar Tage nach der Niederkunft auf. Es beginnt mit Schüttelfrost, der bisweilen so heftig ist, dass das ganze Bett wackelt. Darauf folgt unweigerlich ein Fieber, das mit Rötung der Haut und Herzrasen einhergeht. Aber die eigentliche Tortur sind die Schmerzen. Sie beginnen im Beckenbereich und steigern sich mit dem Anschwellen des Abdomens zu einer unerträglichen Empfindlichkeit. Die leiseste Berührung der Haut löst Schmerzensschreie aus. Oft kommt es auch zu einem blutigen, ausgesprochen übel riechenden Ausfluss. Der Gestank haftet an Kleidern und Bettzeug und kann das ganze Krankenzimmer erfüllen. Sie können sich nicht vorstellen, wie quälend und demütigend es für eine feine Dame ist, die stets auf peinlichste Sauberkeit und Hygiene geachtet hat, wenn sie feststellen muss, dass von ihrem Körper ein so abstoßender Geruch ausgeht. Aber das Schlimmste steht ihr noch bevor.«

Crouch hielt inne. Seine Zuhörer waren vollkommen still und hingen gebannt an seinen Lippen.

»Der Puls beschleunigt sich«, fuhr Crouch fort. »Die Sinne sind benebelt, sodass die Patientin manchmal nicht mehr den Tag oder die Stunde weiß oder nur noch zusammenhanglos vor sich hin murmelt. Oft kommt hartnäckiges Erbrechen hinzu, mit einem unbeschreiblich übel riechenden Auswurf. Der Atem geht schwer, der Puls wird unregelmäßig. In diesem Stadium kann kaum noch etwas das Leiden lindern als Morphium und Wein. Denn bald darauf tritt unweigerlich der Tod ein.« Er brach ab und blickte sich im Saal um. »In den folgenden Monaten werden Sie das soeben Geschilderte selbst sehen, fühlen und riechen können. Manche behaupten, es handle sich um eine Seuche wie die Pocken. Aber wenn dem so ist, warum greift sie dann nicht auf die Frauen über, welche die Patientinnen pflegen, oder auf andere Frauen, die nicht schwanger sind? Andere sprechen von einem Miasma, schädliche Ausdünstungen in der Luft. Und in der Tat, welche andere Erklärung könnte es dafür geben, dass Tausende Frauen dieser Krankheit zum Opfer fallen, sei es in Frankreich, in Ungarn oder in England?

Auch hier bei uns beobachten wir eine starke Zunahme der Fälle. Beim jüngsten Treffen der *Boston Society for Medical Improvement* haben meine Kollegen alarmierende Zahlen vorgelegt. Ein Arzt verlor in rascher Folge fünf Patientinnen. Und ich habe allein in diesem Monat deren sieben verloren.«

Wendell beugte sich vor und zog die Stirn in Falten. »Mein Gott«, murmelte er. »Es ist wahrhaftig eine Epidemie.«

»Die Furcht vor dieser Krankheit ist inzwischen so groß, dass viele werdende Mütter sich in ihrer Unwissenheit entschließen, nicht ins Krankenhaus zu gehen. Doch im Krankenhaus erwarten sie weit bessere Bedingungen als in ihren schmutzigen Behausungen, wo kein Arzt ihnen beisteht.«

Wendell stand unvermittelt auf. »Eine Frage, Sir. Wenn Sie gestatten?«

Crouch blickte auf. »Ja, Mr. Holmes?«

»Gibt es auch in den Elendsvierteln eine solche Epidemie? Unter der irischen Bevölkerung in South Boston?«

»Noch nicht.«

»Aber so viele dieser Menschen leben in Schmutz und Unflat. Ihre Ernährung ist mangelhaft, ihre Lebensbedingungen sind in jeder Hinsicht entsetzlich. Müsste es unter diesen Umständen nicht besonders viele solcher Todesfälle geben?«

»Die Armen haben eine andere Konstitution. Das ist ein zähes Volk.«

»Ich habe gehört, dass Frauen, die plötzlich auf der Straße oder auf dem Feld niederkommen, nur selten an dem Fieber erkranken. Liegt das auch an ihrer kräftigeren Konstitution?«

»Das ist meine Theorie. Ich werde in den kommenden Wochen noch mehr dazu sagen.« Er hielt inne. »Aber nun kommen wir zu Dr. Sewalls anatomischer Übung. Sein heutiges Anschauungsobjekt ist, ich bedaure, es sagen zu müssen, eine meiner eigenen Patientinnen, eine junge Frau, die ebenjener Krankheit erlegen ist, die ich soeben beschrieben habe. Ich möchte nun Dr. Sewall bitten, den anatomischen Befund zu demonstrieren.«

Während Dr. Crouch Platz nahm, bestieg Dr. Sewall das Podium. Die Holzstufen knarrten unter seiner beachtlichen Leibesfülle.

»Was Sie soeben gehört haben«, begann Sewall, »ist die

klassische Beschreibung des Kindbettfiebers. Nun sollen Sie die Pathologie dieser Krankheit kennenlernen.« Er hielt inne und blickte sich im Auditorium um. »Mr. Lackaway! Würden Sie bitte herunterkommen und mir assistieren?«

»Sir?«

»Sie haben sich bis jetzt noch nicht freiwillig zu einer anatomischen Übung gemeldet. Das ist Ihre Chance.«

»Ich glaube nicht, dass ich die beste Wahl bin ...«

Edward, der hinter Charles saß, sagte: »Ach, nun *komm* schon, Charlie.« Er gab ihm einen Klaps auf die Schulter. »Ich verspreche dir auch, dass dich diesmal jemand auffängt, wenn du in Ohnmacht fällst.«

»Ich warte, Mr. Lackaway«, sagte Sewall.

Charles schluckte hörbar. Dann erhob er sich und ging widerstrebend hinunter zum Podium.

Sewalls Assistent schob den Leichnam herein und zog das Laken weg. Charles prallte zurück, den Blick starr auf die junge Frau gerichtet. Schwarzes Haar wallte über den Rand des Tisches, und ein weißer, schlanker Arm hing schlaff an der Seite herab.

»Das wird ein Spaß«, meinte Edward, der sich vorgebeugt hatte und in Wendells Ohr flüsterte. »Was schätzt du, wie lange es dauert, bis er umkippt? Wollen wir wetten?«

»Das ist nicht witzig, Edward.«

»*Noch* nicht.«

Auf dem Podium deckte Sewall das Tablett mit seinen Instrumenten auf. Er wählte ein Skalpell und drückte es Charles in die Hand, der das Instrument anstarrte, als hätte er noch nie ein Messer gesehen. »Wir werden keine vollständige Autopsie durchführen, sondern uns auf die Pathologie dieser spezifischen Krankheit konzentrieren. Sie haben die ganze Woche an einem Leichnam gearbeitet, sodass die Sektion Ihnen inzwischen leicht von der Hand gehen dürfte.«

»Ich gebe ihm zehn Sekunden, dann liegt er flach«, murmelte Edward.

»Psst!«, zischte Wendell.

Charles trat an den Leichnam heran. Selbst von seinem Platz aus konnte Norris sehen, wie die Hand seines Kommilitonen zitterte.

»Das Abdomen«, sagte Sewall. »Setzen Sie den Schnitt.«

Charles drückte die Klinge auf die Haut. Das ganze Auditorium schien den Atem anzuhalten, während er noch zögerte. Mit einer angewiderten Grimasse zog er die Klinge senkrecht über den Unterleib des Leichnams, allerdings so oberflächlich, dass die Haut sich nicht einmal teilte.

»Sie müssen schon etwas beherzter zu Werke gehen«, sagte Sewall.

»Ich ... ich habe Angst, ich könnte etwas Wichtiges beschädigen.«

»Sie sind noch nicht einmal bis zum subkutanen Fettgewebe durchgedrungen. Schneiden Sie tiefer.«

Charles hielt inne und nahm seinen ganzen Mut zusammen. Wieder setzte er das Skalpell an. Wieder war der Schnitt zu flach und zu zögerlich, sodass die Bauchwand größtenteils intakt blieb.

»Auf diese Weise werden Sie sie ganz in Stücke schneiden, bevor Sie endlich in der Bauchhöhle sind.«

»Ich möchte nicht den Darm auftrennen.«

»Sehen Sie, an dieser Stelle sind Sie schon durchgedrungen, oberhalb des Umbilicus. Stecken Sie den Finger hinein, und kontrollieren Sie Ihren Schnitt.«

Obwohl es im Saal nicht sehr warm war, wischte Charles sich mit dem Ärmel den Schweiß von der Stirn. Dann straffte er mit einer Hand die Bauchwand, um ein drittes Mal zum Schnitt anzusetzen. Rosafarbene Darmschlingen glitten heraus, von denen blutige Flüssigkeit auf den Boden troff. Charles schnitt weiter, und seine Klinge erweiterte stetig die Öffnung, aus der die Gedärme hervorquollen. Ein übler Fäulnisgeruch entstieg der Bauchhöhle, und er wandte das Gesicht ab, bleich vor Übelkeit.

»Passen Sie doch auf!«, schnauzte Sewall. »Sie haben den Darm geritzt!«

Charles zuckte zusammen, das Skalpell fiel ihm aus der Hand und schlug polternd auf die Dielen. »Ich habe mich geschnitten!«, wimmerte er. »In den Finger!«

Sewall stöhnte entnervt auf. »Also schön, dann ab mit Ihnen. Setzen Sie sich, ich werde die Demonstration selbst zu Ende führen.«

Die Wangen glühend vor Scham und Erniedrigung, schlich Charles sich vom Podium und kehrte an seinen Platz zurück.

»Alles in Ordnung, Charlie?«, flüsterte Wendell.

»Ich habe mich unmöglich angestellt.«

Von hinten schlug ihm eine Hand auf die Schulter. »Sieh es doch einmal positiv«, meinte Edward. »Wenigstens bist du diesmal nicht in Ohnmacht gefallen.«

»Mr. Kingston!«, dröhnte Dr. Sewalls Stimme vom Podium. »Möchten Sie vielleicht Ihren Kommentar noch einmal für alle wiederholen?«

»Nein, Sir.«

»Dann seien Sie so freundlich, und passen Sie auf. Diese Frau hat ihren Körper selbstlos der Wissenschaft zur Verfügung gestellt. Das Mindeste, was Sie tun könnten, wäre, ihr durch Ihr Schweigen Ihren Respekt zu erweisen.« Dr. Sewall wandte sich wieder der Leiche zu, deren Bauchhöhle weit geöffnet war. »Sie sehen hier das freigelegte Bauchfell oder Peritoneum, dessen Erscheinungsbild völlig abnorm ist. Es ist getrübt. Bei einem gesunden jungen Soldaten, der einen schnellen Tod in der Schlacht gestorben ist, sind diese Membranen hell und glänzend. Bei Fällen von Kindbettfieber jedoch erscheint das Peritoneum glanzlos, und es finden sich Ansammlungen einer hellen, zähen Flüssigkeit, die so übel riecht, dass es selbst dem abgehärtetsten Anatomen den Magen umdreht. Ich habe Abdomen gesehen, wo die Organe geradezu in dieser Brühe schwammen und die Eingeweide zahlreiche Einblutungen aufwiesen. Wir können uns nicht erklären, was die Ursache dieser Veränderungen ist. In der Tat sind, wie Dr. Crouch bereits ausgeführt hat, die Theorien über die Ursachen des Kindbettfiebers Legion. Ist es mit Wundrose oder Typhus verwandt? Ist es ein Zufall oder vielmehr Vorsehung, wie Dr. Meigs aus Philadelphia glaubt? Ich bin nur ein einfacher Anatom. Ich kann Ihnen lediglich zeigen, was ich mit meinem Skalpell freigelegt habe. Indem sie ihre sterblichen Überreste für Studienzwecke zur Verfügung stellte, hat diese Verstorbene jedem von Ihnen kostbares Wissen geschenkt.«

Ein Geschenk kann man das wohl kaum nennen, dachte Norris. Dr. Sewall lobte regelmäßig die Unglücklichen, die auf seinem Seziertisch landeten, in den höchsten Tönen. Er nannte sie edel und selbstlos, als hätten sie sich freiwillig zur Verfügung gestellt, um öffentlich aufgeschnitten und ausgeweidet zu werden. Aber diese Frau war keine Freiwillige; sie war ein Wohlfahrtsfall, und weder Verwandte noch Freunde hatten auf ihren Leichnam Anspruch erhoben. Sewalls Lob war eine Ehre, um die sie nicht gebeten hatte und die sie gewiss mit Abscheu erfüllt hätte.

Dr. Sewall hatte den Brustkorb eröffnet und hielt nun einen Lungenflügel hoch, um ihn seinen Zuhörern zu zeigen. Erst vor wenigen Tagen hatte eine derartige Verstümmelung eines Leichnams diese Gruppe von Studenten zutiefst schockiert. Jetzt saßen die gleichen jungen Männer schweigend und unbeeindruckt da. Niemand sah weg, niemand schlug die Augen nieder. Die Bilder des Sektionssaals waren ihnen inzwischen vertraut; sie kannten seine Gerüche, jene unverwechselbare Mischung aus Verwesungsgestank und Karbolsäure, und jeder von ihnen hatte das Seziermesser in den eigenen Händen gehalten. Als Norris sich umsah, erblickte er in den Mienen seiner Kommilitonen die ganze Bandbreite von Langeweile bis hin zu äußerster Konzentration. Die wenigen Wochen Medizinstudium hatten ihr Rückgrat ebenso wie ihren Magen gestärkt, sodass sie ohne Abscheu zusehen konnten, wie Sewall das Herz und den zweiten Lungenflügel aus dem Brustkorb herausschnitt. Wir haben die Fähigkeit eingebüßt, Entsetzen zu empfinden, dachte Norris. Es war der erste Schritt, und es war ein notwendiger Schritt in ihrer Ausbildung.

Es stand ihnen noch Schlimmeres bevor.

19

Schon früh am Abend war Schielaugen-Jacks Wahl auf ihn gefallen. Der Matrose saß allein an einem Tisch; er redete mit niemandem und starrte immer nur auf den Rum, den Fanny ihm servierte. Drei Gläser hatte sie ihm schon hingestellt, für mehr reichte sein Geld nicht. Er kippte den letzten Schluck hinunter, und während Fanny wartete, kramte er in seinen Taschen nach Münzen, wurde aber nicht fündig. Jack konnte sehen, wie Fanny die Lippen zusammenpresste, wie ihre Augen sich zu Schlitzen verengten. Sie hatte keine Geduld mit Schnorrern. Ihr Standpunkt war, dass ein Mann, der sich an einem ihrer Tische breitmachte und die bescheidene Wärme ihres Kamins genoss, gefälligst in der Lage zu sein hatte, für ständigen Nachschub an Rum zu bezahlen. Entweder man bestellte noch einen, oder man ging seiner Wege. Obwohl das Black Spar an diesem Abend halb leer war, ließ Fanny keine Ausnahmen zu. Sie machte keinen Unterschied zwischen Stammgästen und Laufkundschaft; wer kein Geld hatte, bekam nichts zu trinken und wurde an die kalte Nachtluft gesetzt. Das war das Problem, dachte Jack, während er zusah, wie Fannys Gesicht sich zu einer hässlichen Fratze verzog. Deswegen war das Black Spar vom Bankrott bedroht. Man musste nur ein Stück die Straße hinuntergehen zu dieser neuen Schenke, der Mermaid, und man fand ein lachendes junges Schankmädchen vor und ein loderndes Kaminfeuer, das die armseligen Flämmchen in Fannys Herd beschämte.

Und man traf eine große Gästeschar an, darunter viele ehemalige Stammgäste des Black Spar, die Fanny vertrieben hatte. Kein Wunder – jeder normale Mann, der die Wahl zwischen einem fröhlichen Schankmädchen und Fannys sauertöpfischer Miene hatte, würde seine Schritte zur Mermaid lenken. Jack wusste jetzt schon, was sie als Nächstes tun würde. Zunächst würde sie den unglücklichen Matrosen auffordern, noch ein Glas zu bestellen. Und wenn er es nicht bezahlen könnte, würde er ihre übliche Tirade zu hören bekommen. *Denkst du, der Tisch da gehört dir? Denkst du, ich kann es mir leisten, dich den ganzen Abend da hocken zu lassen, wo du einem zahlenden Gast den Platz wegnimmst?* Als ob die zahlenden Gäste schon nach diesem Tisch Schlange stünden. *Ich muss schließlich die Pacht bezahlen und die Rechnungen der Handwerker. Die arbeiten nicht umsonst, und ich erst recht nicht.* Er konnte sehen, wie ihre Kiefermuskeln sich anspannten, wie sie schon kampfeslustig die Muskeln ihrer stämmigen Arme spielen ließ.

Doch bevor sie etwas sagen konnte, fing Jack ihren Blick auf und schüttelte warnend den Kopf. *Lass den da in Ruhe, Fanny.*

Einen Moment lang starrte sie Jack an. Dann nickte sie zum Zeichen, dass sie verstanden hatte, ging zum Schanktisch und goss ein Glas Rum ein.

Sie brachte es dem Matrosen an den Tisch und stellte es vor ihn hin.

Der machte kurzen Prozess damit. Ein paar kräftige Schlucke, und das Glas war leer.

Fanny stellte ihm noch eines hin, ganz unauffällig, um nicht die Aufmerksamkeit der anderen Gäste auf das bodenlose Glas des Mannes zu lenken. Was bei dieser Kundschaft ohnehin nicht sehr wahrscheinlich war: Im Black Spar mischte man sich, wenn man klug war, nicht in fremde Angelegenheiten, sondern trank in Ruhe seinen Rum. Niemand zählte, wie oft Fanny ein leeres Glas abräumte und es durch ein volles ersetzte. Niemand achtete darauf, dass der Mann immer weiter nach vorn sackte, bis sein Kopf auf seinen Armen ruhte.

Einer nach dem anderen wankten die Gäste, deren Taschen

sich geleert hatten, hinaus in die Kälte, bis nur noch einer übrig war – der schnarchende Matrose am Ecktisch.

Fanny ging zur Tür, schob den Riegel vor und drehte sich zu Jack um.

»Wie viel hast du ihm gegeben?«, fragte er.

»Genug, um ein Pferd zu ersäufen.«

Der Matrose schnarchte rasselnd.

»Er ist noch ganz schön lebendig«, stellte Jack fest.

»Ich kann's ihm ja schlecht in den Schlund gießen.«

Sie starrten auf den schlafenden Mann, von dessen Lippen ein langer, schleimiger Speichelfaden rann. Über dem ausgefransten Rockkragen war sein Nacken schwarz von Kohlenstaub. Eine fette Laus, prallvoll mit Blut, krabbelte durch einen wirren Verhau blonder Haare.

Jack gab ihm einen Knuff in die Schulter, doch der Mann schnarchte ungerührt weiter.

Fanny schnaubte. »Du kannst nicht erwarten, dass sie alle schön brav umkippen.«

»Er ist noch jung. Sieht kerngesund aus.« *Zu gesund.*

»Ich hab ihm gerade eine Unmenge an Rum eingeflößt, für den er nicht bezahlt hat. Das gibt mir niemand wieder.«

Jack stieß den Mann fester an, woraufhin er langsam vom Stuhl sackte und mit einem dumpfen Schlag auf dem Boden landete. Jack starrte ihn einen Moment lang an, dann bückte er sich und rollte ihn auf den Rücken. Verdammt. Er atmete immer noch.

»Ich will das Geld für meinen Rum wiederhaben«, beharrte Fanny.

»Dann mach *du* es.«

»Ich bin nicht stark genug.«

Jack betrachtete ihre Arme, kräftig und muskulös vom Stemmen schwerer Tabletts und Fässer. Oh, sie war gewiss stark genug, einen Mann zu erwürgen. Sie scheute nur die Verantwortung.

»Na los, mach schon«, drängte sie ihn.

»Ich darf keine Spuren an seinem Hals hinterlassen. Das wäre verdächtig.«

»Alles, was die wollen, ist eine Leiche. Wo sie herkommt, interessiert keinen.«

»Aber ein Mann, der ganz offensichtlich ermordet wurde ...«

»Feigling.«

»Ich will dir doch nur erklären, dass es natürlich aussehen muss.«

»Dann sorgen wir dafür, dass es natürlich aussieht.« Sie betrachtete den am Boden liegenden Mann mit zusammengekniffenen Augen. Oh, niemand konnte sich wünschen, von einer Frau wie Fanny so angesehen zu werden. Jack fürchtete sich nicht vor vielen Dingen, aber er kannte Fanny gut genug, um zu wissen: Wen sie einmal im Visier hatte, der konnte sein Testament machen. »Warte hier«, sagte sie.

Als ob er vorhätte zu verschwinden.

Er lauschte auf ihre Schritte, als sie die Treppe zu ihrem Schlafzimmer hinaufstapfte. Kurz darauf kam sie mit einem abgewetzten Kissen und einem schmutzigen Lumpen zurück. Er begriff sofort, was sie vorhatte, doch auch als sie ihm diese harmlos aussehenden Instrumente des Todes in die Hand drückte, rührte er sich nicht von der Stelle. Er hatte schon Leichen ausgegraben, denen das Fleisch von den Knochen gefallen war. Er hatte sie aus dem Fluss gefischt, hatte sie aus aufgebrochenen Särgen gezogen, sie in Fässer mit Salzlake geworfen. Aber einen eigenhändig zur Leiche zu *machen*, das war etwas ganz anderes. Darauf stand der Galgen.

Trotzdem. Zwanzig Dollar waren zwanzig Dollar, und wer würde diesen Mann schon vermissen?

Jacks Kniegelenke knackten, als er neben dem betrunkenen Matrosen in die Hocke ging und den Lumpen zusammenballte. Die Kiefermuskeln des Mannes waren erschlafft, die Zunge hing ihm seitlich heraus. Jack stopfte ihm den Lumpen in den weit offenen Mund. Sofort schnellte der Kopf des Mannes hoch, und er sog pfeifend die Luft durch die Nase ein. Jack nahm das Kissen und drückte es ihm auf Mund und Nase. Schlagartig war der Mann hellwach und griff nach dem Kissen, versuchte es wegzureißen, um atmen zu können.

»Halt die Arme fest! Die Arme!«, schrie Jack.

»Ich versuch's ja, verdammt!«

Der Mann bäumte sich auf und wand sich, die Fersen seiner Stiefel trommelten auf den Boden.

»Ich kann ihn nicht festhalten! Er will einfach nicht still liegen!«

»Dann *setz* dich auf ihn!«

»Setz *du* dich auf ihn!«

Fanny raffte ihre Röcke und pflanzte ihren ausladenden Hintern auf die Lendengegend des Mannes. Während er zuckte und sich aufbäumte, ritt sie ihn wie eine Hure, ihr Gesicht rot und verschwitzt.

»Er wehrt sich immer noch«, sagte Jack.

»Halt das Kissen nieder. Drück fester zu!«

Die schiere Panik hatte dem Opfer übermenschliche Kräfte verliehen. Der Mann griff nach Jacks Armen und brachte ihm mit den Fingernägeln blutige Striemen bei. Herrgott noch mal, wie lange wollte er sich denn noch Zeit lassen mit dem Sterben? Wieso konnte er sich nicht einfach in sein Schicksal ergeben und ihnen die ganze Mühe ersparen? Ein Fingernagel kratzte über Jacks Hand. Er schrie vor Schmerz auf und warf sich mit seinem ganzen Gewicht auf das Kissen, aber noch immer wehrte der Mann sich. *Verdammt noch mal, nun stirb schon!*

Jack hievte sich auf die Brust des Mannes und setzte sich auf seine Rippen. Jetzt ritten sie ihn beide, Fanny und Jack, sie auf dem Becken, Jack auf dem Brustkorb. Sie waren beide kräftig gebaut, und mit ihrem vereinten Gewicht gelang es ihnen endlich, seinen Widerstand zu brechen. Nur seine Füße bewegten sich jetzt noch; mit den Fersen schlug er einen verzweifelten Trommelwirbel auf den Dielen. Immer noch hielt er Jacks Arme, doch seine Kraft verließ ihn, und seine Bewegungen wurden schwächer. Jetzt wurde auch das Trommeln der Füße langsamer, bis die Stiefel nur noch ganz schwach auf den Boden schlugen. Jack spürte, wie der Brustkorb unter ihm ein letztes Mal erzitterte. Dann erschlafften die Arme und fielen zur Seite.

Erst nach einer Weile wagte Jack es, das Kissen wegzunehmen. Er starrte auf das fleckige Gesicht hinunter, die Abdrücke des groben Stoffs auf der Haut. Dann zog er dem Mann den speichelgetränkten Lumpen aus dem Mund und warf ihn in die Ecke, wo er mit einem feuchten Klatschen landete.

»So, das wäre erledigt«, sagte Fanny. Sie rappelte sich schwer atmend auf, ihr Haar völlig zerzaust.

»Wir müssen ihn ausziehen.«

Sie gingen gemeinsam zu Werke, streiften ihm Jacke und Hemd vom Leib, Stiefel und Hosen, alles zu zerschlissen und verdreckt, um es zu behalten. Wozu das Risiko eingehen, mit den Sachen des Toten erwischt zu werden? Dennoch durchsuchte Fanny noch die Taschen und schnaubte entrüstet, als sie eine Handvoll Münzen zum Vorschein brachte.

»Sieh an! Er hatte also doch Geld! Hat sich den ganzen Abend von mir freihalten lassen und keinen Ton gesagt!« Sie drehte sich um und warf die Kleider des Mannes in den Kamin. »Wenn er nicht schon tot wäre, würde ich ...«

Es klopfte an der Tür, und sie erstarrten beide. Wechselten einen Blick.

»Geh nicht hin!«, flüsterte Jack.

Wieder klopfte es, lauter und nachdrücklicher. »Ich will was zu trinken!«, ertönte eine lallende Stimme. »Aufmachen!«

Fanny schrie durch die Tür zurück: »Wir haben schon geschlossen!«

»Wie könnt ihr schon geschlossen haben?«

»Wenn ich's dir doch sage. Geh woanders hin!«

Sie hörten, wie der Mann noch ein letztes Mal verärgert mit der Faust an die Tür schlug. Dann torkelte er weiter, zweifellos in Richtung Mermaid, und seine Flüche verhallten in der Nacht.

»Schaffen wir ihn auf den Wagen«, sagte Jack. Er packte den nackten Mann unter den Armen und erschrak sogleich über die ungewohnte Wärme eines Körpers, der erst wenige Minuten tot war. Doch die kalte Nacht würde das sehr bald beheben. Schon verließen die Läuse ihren Wirt; in Scharen krabbelten sie durch das wirre Haar und sprangen von der Kopfhaut. Als er und Fanny den Toten durch das Hinterzimmer schleiften, sah Jack die kleinen schwarzen Punkte auf seine Arme springen, und er musste sich beherrschen, um nicht auf der Stelle die Leiche fallen zu lassen und nach den blutgierigen Insekten zu schlagen.

Draußen im Hof wuchteten sie den Leichnam auf den Rollwagen und ließen ihn dort unbedeckt liegen, während Jack das Pferd anspannte. Eine noch warme Leiche abliefern, das ging nun wirklich nicht. Obwohl es wahrscheinlich keinen Unterschied machen würde, denn Dr. Sewall hatte noch nie viele Fragen gestellt.

Und auch diesmal stellte er keine. Nachdem Jack die Leiche auf Sewalls Tisch abgeladen hatte, trat er nervös von einem Fuß auf den anderen, während der Anatom die Plane zurückschlug. Im ersten Moment sagte Sewall gar nichts, obwohl ihm doch auffallen musste, wie außergewöhnlich frisch dieser Leichnam war. Mit einer Lampe inspizierte er aus nächster Nähe die Haut, bewegte die Gelenke und blickte prüfend in den Mund. Keine blauen Flecken, dachte Jack. *Keine Wunden.* Einfach nur eine arme, unglückliche Seele, mitten auf der Straße tot zusammengebrochen, wo Jack ihn dann zufällig gefunden hatte. Das war die Geschichte. Doch dann beobachtete er mit Schrecken, wie eine Laus über die Brust des Toten krabbelte. Läuse blieben nicht lange auf einer Leiche sitzen, und doch wimmelte es auf diesem Körper noch von ihnen. *Sieht er es? Weiß er Bescheid?*

Dr. Sewall stellte die Lampe ab und verließ das Zimmer. Jack hatte das Gefühl, dass er sehr lange weg war – viel zu lange. Doch dann kam er zurück, in der Hand einen Beutel voller Münzen.

»Dreißig Dollar«, sagte er. »Können Sie mir noch mehr solche besorgen?«

Dreißig? Das war mehr, als Jack erwartet hatte. Grinsend nahm er den Beutel entgegen.

»So viele, wie Sie finden können«, sagte Sewall. »Ich habe Käufer.«

»Dann werde ich noch mehr finden.«

»Was ist denn mit Ihren Händen passiert?« Sewall fixierte die roten Kratzer, die die Fingernägel des Opfers auf Jacks Haut hinterlassen hatten. Sofort zog Jack die Hände zurück und verbarg sie in den Falten seines Mantels. »Hab 'ne Katze ersäuft. Die war damit gar nicht einverstanden.«

Die Münzen klingelten fröhlich in Jacks Tasche, als er den leeren Wagen über das holprige Pflaster lenkte. Was waren schon ein paar Kratzer an den Händen, wenn man dafür dreißig Dollar einstecken konnte? Das war mehr, als er je für ein einziges Exemplar kassiert hatte. Den ganzen Heimweg über sah er Bilder von prall gefüllten Geldsäcken mit schimmernden Goldmünzen vor sich. Das einzige Problem waren die Gäste des Black Spar: Es waren einfach nicht genug, und wenn er so weitermachte, würden bald gar keine mehr übrig sein. Es war alles die Schuld dieser verfluchten Fanny – sie verjagte sie alle mit ihrem Jähzorn und ihrem elenden Geiz. Das musste sich auf der Stelle ändern. Zuerst einmal würden sie ein bisschen mehr Großzügigkeit an den Tag legen. Den Rum nicht mehr verwässern und vielleicht kleine Speisen gratis anbieten.

Nein, das mit dem Essen war eine schlechte Idee. Dann würde es nur noch länger dauern, sie betrunken zu machen. Besser wäre es, einfach den Rum fließen zu lassen. Jetzt musste er zuerst einmal Fanny überzeugen – keine leichte Aufgabe. Aber wenn er diesen Beutel voller Münzen vor ihren gierigen Augen schwenkte, würde ihr gewiss ein Licht aufgehen.

Er bog in die schmale Durchfahrt ein, die zu seinem Hoftor führte. Da riss er plötzlich an den Zügeln und hielt das Pferd an.

Vor ihm stand eine Gestalt in einem schwarzen Cape, deren Silhouette sich von den eisglatt glänzenden Pflastersteinen abhob.

Jack kniff die Augen zusammen, um das Gesicht zu erkennen. Die Züge waren durch die Kapuze verdunkelt, und als die Gestalt näher trat, konnte er nur den bleichen Schimmer der Zähne sehen.

»Sie waren fleißig heute Abend, Mr. Burke.«

»Ich weiß nicht, was Sie meinen.«

»Je frischer sie sind, desto mehr bringen sie ein.«

Jack gefror das Blut in den Adern. *Jemand hat uns gesehen.* Er saß reglos da, und sein Herz klopfte wild, während sich seine Hände um die Zügel krampften. *Ein einziger Zeuge genügt, und ich baumle am Galgen.*

»Ihre Frau hat angedeutet, Sie würden sich gerne auf bequemere Weise Ihren Lebensunterhalt verdienen.«

Fanny? Was zum Teufel hatte sie ihm nun schon wieder eingebrockt? Jack glaubte fast, sehen zu können, wie die Kreatur grinste, und ein Schauer überlief ihn. »Was wollen Sie?«

»Sie sollen mir einen kleinen Dienst erweisen, Mr. Burke. Ich möchte, dass Sie jemanden finden.«

»Wen?«

»Ein Mädchen. Ihr Name ist Rose Connolly.«

20

Im Logierhaus in der Fishery Alley waren die Nächte niemals still.

Eine neue Mieterin hatte sich in dem ohnehin schon voll belegten Zimmer zu ihnen gesellt, eine ältere Frau, seit Kurzem verwitwet, die sich ihr Zimmer in der Summer Street – ein Einzelzimmer mit einem richtigen Bett – nicht mehr leisten konnte. In der Fishery Alley landete man, wenn einem das Glück unter den Händen zerfiel, wenn der Mann starb, die Fabrik schloss oder man zu alt und hässlich war, um noch für einen Freier interessant zu sein. Diese neue Bewohnerin war mit einem doppelten Fluch beladen: nicht nur verwitwet, sondern auch krank, gequält von einem feuchten Husten. Zusammen mit dem schwindsüchtigen Mann, der in der Ecke im Sterben lag, bildete sie ein Husten-Duett, begleitet vom Schnarchen, Schniefen und Rascheln der übrigen Mieter. So viele Menschen waren hier auf engstem Raum zusammengepfercht, dass man auf Zehenspitzen über schlafende Leiber hinwegsteigen musste, wenn einen der Harndrang zum Eimer trieb. Und wenn man dabei aus Versehen über einen ausgestreckten Arm stolperte oder auf einen Finger trat, wurde man mit einem spitzen Schrei und einem wütenden Klaps auf den Knöchel belohnt. Und in der folgenden Nacht würde man vermutlich wenig Schlaf bekommen, weil die eigenen Finger die Strafe zahlen mussten.

Rose lag wach und lauschte auf das Knistern des Strohs unter den ruhelosen Leibern. Sie musste dringend ihre Blase entleeren, aber unter der Decke war es so schön warm, und sie wollte nicht aufstehen. So versuchte sie zu schlafen und hoffte, dass der Drang sich vielleicht legen würde, doch da wimmerte plötzlich Billy neben ihr und zuckte mit den Gliedern, als ob er sich im Fallen zu fangen versuchte. Sie ließ dem Albtraum seinen Lauf; wenn sie den Jungen jetzt weckte, würden sich die Bilder nur umso tiefer in sein Gedächtnis einprägen. Irgendwo in der Dunkelheit hörte sie Geflüster, dann das Rascheln von Kleidern und gedämpftes Stöhnen, während zwei Leiber sich zusammen im Stroh wälzten. Wir sind nicht besser als die Tiere auf einem Bauernhof, dachte sie; gezwungen, vor allen anderen unsere körperlichen Bedürfnisse und unsere Triebe zu befriedigen. Auch die neue Bewohnerin, die noch mit hocherhobenem Haupt hier angekommen war, hatte sich bald genötigt gesehen, ihren Stolz über Bord zu werfen, mit jedem Tag ein wenig mehr von ihrer Würde aufzugeben, bis auch sie wie alle anderen ungeniert die Röcke raffte und sich breitbeinig in die Ecke stellte, um in den Eimer zu pinkeln. War dies ihre eigene Zukunft, die Rose in ihr sah? Frierend und krank, auf dreckiges Stroh gebettet? Aber Rose war noch jung und kräftig, mit Händen, die zupacken konnten und wollten. Unmöglich konnte sie sich in dieser alten Frau wiedererkennen, die dort hustend in der Ecke lag.

Und doch war Rose schon genau wie sie, Schulter an Schulter mit wildfremden Menschen auf ihrer Strohmatratze.

Billy wimmerte erneut und wälzte sich auf sie zu, blies ihr seinen heißen, stinkenden Atem ins Gesicht. Sie drehte sich weg, um ihm auszuweichen, und stieß gegen die alte Polly, die ärgerlich nach ihr trat. Rose rollte sich resigniert auf den Rücken und versuchte, ihre immer vollere Blase zu ignorieren. Sehnsüchtig dachte sie an die kleine Meggie. *Gott sei Dank schläfst du nicht in diesem Dreckloch, musst nicht diese stinkende Luft einatmen. Ich werde dafür sorgen, dass du gesund heranwächst, Mädchen, und wenn ich irgendwann blind werde vom ständigen Einfädeln und mir die Finger abfallen, weil ich von früh bis spät nähe und nähe, Kleider für feine Damen, die sich nie Gedanken darüber machen müssen, wo ihr Baby seine Milch herbekommt.* Sie dachte an das Kleid, das sie gestern fertig genäht hatte, aus weißer Gaze mit einem Unterkleid aus blassrosa Satin. Inzwischen war es wohl an die junge Dame ausgeliefert worden, die es bestellt hatte: Miss Lydia Russell, die Tochter des angesehenen Dr. Russell. Rose hatte fieberhaft gearbeitet, um es rechtzeitig fertig zu bekommen, denn man hatte ihr gesagt, dass Miss Lydia es für den Empfang der Medizinischen Fakultät morgen Abend brauchte, der im Haus des Dekans, Dr. Aldous Grenville, stattfand. Billy hatte das Haus gesehen und Rose geschildert, wie prächtig es war. Er hatte gehört, der Schlachter habe ganze Schweinelenden angeliefert und einen großen Korb voller frisch geschlachteter Gänse, und morgen würden sie in Dr. Grenvilles Küche den ganzen Tag kochen und backen und braten. Rose stellte sich die Festtafel vor mit den Platten mit zartem Fleisch, Kuchen und saftigen Austern. Sie hörte das Lachen und Scherzen der Damen, sah das Kerzenlicht und die Herren Doktoren in ihren feinen Gehröcken. Sie stellte sich die mit Bändern geschmückten Damen vor, die sich abwechselnd ans Klavier setzten und darin wetteiferten, den versammelten jungen Herren ihre Künste zu demonstrieren. Würde Miss Lydia Russell auch am Klavier sitzen? Würde der Rock, den Rose genäht hatte, elegant über die Bank herabfallen? Würde er der Figur der Trägerin schmeicheln und die Blicke eines jungen Galans auf sie lenken?

Würde Norris Marshall dort sein?

Der Gedanke, dass er die junge Dame bewundern könnte, deren Kleid Rose in so vielen Stunden der Plackerei genäht hatte, erfüllte sie mit plötzlicher Eifersucht. Sie erinnerte sich an seinen Besuch in ihrem Logierhaus und an die bestürzte Miene, mit der er das von Ungeziefer wimmelnde Stroh beäugt hatte, das schmutzige Kleiderbündel. Sie wusste, dass er aus bescheidenen Verhältnissen stammte, und doch war er für sie unerreichbar. Selbst ein Farmerssohn konnte eines Tages in den besten Salons von Boston empfangen werden, wenn er eine Arzttasche in der Hand trug.

Sollte Rose jemals einen solchen Salon betreten, dann nur mit einem Schrubber in der Hand.

Sie war eifersüchtig auf die Lady, die ihn eines Tages heiraten würde. *Sie* wollte diejenige sein, die ihn tröstete; diejenige, der jeden Morgen sein Lächeln galt. Aber das wird niemals sein, dachte sie. Wenn er mich ansieht, sieht er nur eine Näherin oder eine Küchenmagd. Niemals eine künftige Ehefrau.

Wieder drehte Billy sich um, und diesmal stieß er mit Schwung gegen sie. Sie versuchte, ihn wegzuschieben, doch es war, als versuchte man, einen nassen Mehlsack vom Fleck zu bewegen. Resigniert setzte sie sich auf. Ihre volle Blase ließ sich nicht länger ignorieren. Der Eimer stand am anderen Ende des Zimmers, und ihr graute davor, im Dunkeln über all die schlafenden Leiber zu steigen. Besser, sie nähme gleich die Treppe, die viel näher lag, und ginge vor die Tür, um ihre Notdurft zu verrichten.

Sie zog ihre Schuhe an und schlüpfte in den Mantel, kletterte über den schlafenden Billy hinweg und tappte die Stufen hinunter. Draußen schlug ihr der kalte Wind so jäh ins Gesicht, dass sie erschrocken nach Luft schnappte. Sie verlor keine Zeit, und nachdem sie rasch die Fishery Alley hinauf und hinunter geblickt und niemanden gesehen hatte, raffte sie ihren Rock und ließ sich, wo sie gerade stand, in die Hocke sinken. Mit einem Seufzer der Erleichterung schlüpfte sie anschließend wieder in die Pension und wollte eben die Treppe hinaufsteigen, als sie den Hauswirt rufen hörte.

»Wer da? Wer ist da gerade reingekommen?«

Sie spähte durch die offene Tür in seine Stube. Mr. Porteous saß da, die Füße auf eine Bank gestützt. Er war halb blind und konnte seine Pension nur noch mit der Hilfe seiner liederlichen Tochter führen. Nicht, dass es viel Arbeit gewesen wäre: die Miete kassieren, einmal im Monat frisches Stroh ausgeben und morgens ein wenig Porridge servieren, meistens mit Mehlwürmern als Dreingabe. Abgesehen davon ignorierte Porteous seine Mieter, und sie ignorierten ihn.

»Ich bin es«, sagte Rose.

»Komm rein, Mädchen.«

»Ich bin auf dem Weg nach oben.«

Porteous' Tochter erschien in der Tür. »Da ist ein Herr, der dich sprechen will. Er sagt, er kennt dich.«

Norris Marshall ist wiedergekommen – das war ihr erster Gedanke. Doch als sie ins Zimmer trat und den Besucher erblickte, der am Kamin stand, ließ die bittere Enttäuschung die Worte der Begrüßung auf ihren Lippen ersterben.

»Hallo, Rose«, sagte Eben. »War ein schweres Stück Arbeit, dich ausfindig zu machen.«

Sie war ihrem Schwager keine Nettigkeiten schuldig. Schroff fragte sie ihn: »Was tust du hier?«

»Ich bin gekommen, um Wiedergutmachung zu leisten.«

»Die, bei der du etwas gutzumachen hättest, kann dir nicht mehr vergeben.«

»Du hast jedes Recht, meine Entschuldigung auszuschlagen. Ich schäme mich für mein Verhalten, und jede Nacht liege ich wach, weil ich unentwegt daran denke, in wie vielen Dingen ich deiner Schwester ein besserer Gatte hätte sein können. Ich hatte sie nicht verdient.«

»Nein, das ist wahr.«

Er kam mit ausgestreckten Armen auf sie zu, doch sie traute seinen Augen nicht; sie hatte ihnen noch nie getraut. »Ich weiß nur einen Weg, wie ich das, was ich Aurnia angetan habe, wiedergutmachen kann«, sagte er. »Indem ich dir ein guter Bruder bin und meiner Tochter ein guter Vater. Indem ich für euch beide sorge. Geh, und hol das Baby, Rose. Lass uns nach Hause gehen.«

Der alte Porteous und seine Tochter verfolgten die Szene mit gespannter Aufmerksamkeit. Sie verbrachten den größten Teil ihres Lebens in dieser düsteren Stube, und sie waren gewiss seit vielen Wochen nicht mehr so gut unterhalten worden.

»Dein altes Bett wartet auf dich«, sagte Eben. »Und ein eigenes Bettchen für das Kind.«

»Ich habe hier schon für den ganzen Monat bezahlt«, erwiderte Rose.

»*Hier?*« Eben lachte. »Du kannst doch unmöglich *das hier* vorziehen!«

»Ich muss doch sehr bitten, Mr. Tate«, warf Porteous ein, der plötzlich merkte, dass er gerade beleidigt worden war.

»Wie bist du denn hier untergebracht, Rose?«, fragte Eben. »Hast du dein eigenes Zimmer, mit einem guten Federbett?«

»Ich gebe ihnen frisches Stroh, Sir«, sagte Porteous' Tochter. »Jeden Monat.«

»Oh! Frisches Stroh! Nun, das spricht natürlich sehr für dieses Etablissement.«

Die Frau blickte unbehaglich zu ihrem Vater. Selbst ihrem beschränkten Verstand war es nicht entgangen, dass Ebens Bemerkungen alles andere als schmeichelhaft waren.

Eben atmete durch, und als er weitersprach, war seine Stimme ruhiger. Besonnen. »Rose, bedenke doch bitte, was ich dir anbiete. Wenn du nicht glücklich bist, kannst du immer noch hierher zurückkehren.«

Sie dachte an das Zimmer im ersten Stock, wo vierzehn Mieter dicht an dicht lagen, wo die Luft nach Urin und ungewaschenen Körpern roch und der Atem des Schlafnachbarn nach faulen Zähnen stank. Das Haus, in dem Eben wohnte, war nichts Besonderes, aber es war sauber, und dort würde sie wenigstens nicht auf Stroh schlafen.

Und er war ihr Verwandter. Er und Meggie waren alles, was sie hatte.

»Geh rauf, und hol sie. Und dann verschwinden wir.«

»Sie ist nicht hier.«

Er runzelte die Stirn. »Wo ist sie dann?«

»Sie ist bei einer Amme untergebracht. Aber meine Tasche ist oben.« Sie wandte sich zur Treppe.

»Wenn nichts Wertvolles drin ist, lass sie hier! Wir wollen keine Zeit verlieren.«

Sie dachte an die verpestete Bude im ersten Stock und hatte plötzlich kein Bedürfnis mehr, dorthin zurückzukehren. Weder jetzt noch irgendwann später. Trotzdem tat es ihr leid, einfach so zu gehen, ohne Billy Bescheid zu sagen.

Sie sah Porteous an. »Bitte sagen Sie Billy, er soll mir morgen meine Tasche vorbeibringen. Ich werde ihn dafür bezahlen.«

»Du meinst den schwachsinnigen Burschen? Weiß er denn, wo er hinmuss?«, fragte Porteous.

»Zur Schneiderwerkstatt. Er kennt den Weg.«

Eben fasste sie am Arm. »Die Nacht wird von Stunde zu Stunde kälter.«

Draußen wirbelte inzwischen Schnee aus der Dunkelheit herab; kleine, harte Nadeln, die sich tückisch auf die ohnehin schon eisglatten Pflastersteine legten.

»Wo geht es denn zu dieser Amme?«, fragte Eben.

»Es ist nur ein paar Straßen weiter.« Sie deutete in die Richtung. »Gar nicht weit.«

Eben schritt kräftig aus und zwang sie zu einem so halsbrecherischen Tempo auf diesem gefährlich glatten Untergrund, dass ihre Schuhe nur so über das Pflaster rutschten und schlitterten und sie sich an seinem Arm festklammern musste, um nicht zu stürzen. Warum diese Eile, fragte sie sich, wo doch, wie er ihr versichert hatte, ein warmes Zimmer auf sie wartete? Und warum war er, nachdem er sie so leidenschaftlich um Vergebung angefleht hatte, plötzlich in Schweigen verfallen? Er hat Meggie *das Baby* genannt, dachte sie. Welcher Vater kennt nicht einmal den Namen seines Kindes? Je mehr sie sich Hepzibahs Tür näherten, desto unruhiger wurde sie. Sie hatte Eben noch nie getraut. Warum sollte sie ihm jetzt trauen?

An Hepzibahs Haus blieb sie nicht stehen, sondern sie ging einfach daran vorbei und bog in die nächste Gasse ein. Während sie Eben immer weiter von Meggie wegführte, überlegte sie, was der wahre Grund für seinen Besuch sein könnte. In der Art, wie er ihren Arm gepackt hielt, lag keine Wärme, kein Trost, nur kalte, gebieterische Härte.

»Wo ist es denn nun?«, wollte er wissen.

»Es ist noch ein Stück Wegs.«

»Du hast gesagt, es sei ganz in der Nähe.«

»Es ist schon so spät, Eben! Müssen wir sie denn jetzt holen? Wir werden das ganze Haus aufwecken.«

»Sie ist meine Tochter. Sie muss bei *mir* sein.«

»Und wie willst du sie ernähren?«

»Dafür ist schon gesorgt.«

»Wie meinst du das – es ist *dafür gesorgt*?«

Er schüttelte sie heftig. »Bring mich einfach nur zu ihr!«

Rose hatte nicht die Absicht, das zu tun. Nicht jetzt, nicht, solange sie nicht wusste, was er wirklich wollte. Stattdessen führte sie ihn durch das Straßengewirr, bis sie in sicherer Entfernung von Meggie waren.

Plötzlich brachte er sie mit einem Ruck zum Stehen. »Was treibst du eigentlich für ein Spiel mit mir, Rose? Wir sind schon zweimal an dieser Straße hier vorbeigekommen!«

»Es ist dunkel, und diese Gassen verwirren mich. Wenn wir bis zum Morgen warten könnten…«

»Lüg mich nicht an!«

Sie riss sich von ihm los. »Vor ein paar Wochen war dir deine Tochter noch völlig egal. Und jetzt kannst du es plötzlich nicht erwarten, sie in die Finger zu bekommen. Aber jetzt gebe ich sie nicht mehr her – schon gar nicht in deine Hände. Und du kannst mich nicht dazu zwingen.«

»Mag sein, dass ich dich nicht zwingen kann«, sagte er. »Aber es gibt da jemanden, der dich vielleicht überzeugen kann.«

»Wen?«

Statt einer Antwort packte er ihren Arm und zog sie die Straße entlang. Rose stolperte hilflos hinterdrein, während er in Richtung Hafen stürmte. »Hör auf, dich zu sträuben. Ich werde dir nichts tun!«

»Wohin gehen wir?«

»Zu einem Mann, der dein Leben verändern könnte. Wenn du nett zu ihm bist.« Er führte sie zu einem Haus, das sie noch nie gesehen hatte, und klopfte an die Tür.

Ein Herr in mittleren Jahren öffnete ihnen. Er hielt eine flackernde Lampe in der Hand und musterte sie durch eine

Brille mit Goldrand. »Ich wollte die Hoffnung schon aufgeben und gehen, Mr. Tate«, sagte er.

Eben gab Rose einen Stoß und schob sie vor sich her über die Schwelle. Sie hörte, wie hinter ihr der Riegel vorgeschoben wurde.

»Wo ist das Kind?«, fragte der Mann.

»Sie will es mir nicht sagen. Ich dachte, Sie könnten sie überreden.«

»Das ist also Rose Connolly«, sagte der Mann, und sie hörte den Londoner Akzent in seiner Stimme. Ein Engländer. Er stellte die Lampe hin und musterte sie mit einer Gründlichkeit, die sie ängstigte, wenngleich er selbst kein besonders Furcht einflößender Mann war. Er war kleiner als Eben, und sein dichter Backenbart war fast völlig ergraut. Sein Rock war modisch und passgenau geschnitten und aus feinem Tuch gefertigt. Obwohl er keine einschüchternde Erscheinung war, nötigte sein kühler, durchdringender Blick ihr gehörigen Respekt ab.

»So viel Aufhebens um dieses simple Mädchen.«

»Sie ist schlauer, als sie aussieht«, meinte Eben.

»Das wollen wir hoffen.« Der Mann ging durch einen Korridor voran. »Hier entlang, Mr. Tate. Wir werden sehen, was sie uns erzählen kann.«

Eben packte Roses Arm, und sein fester Griff ließ keinen Zweifel daran, dass sie dorthin gehen würde, wohin er sie führte. Sie folgten dem Mann in einen Raum mit grob gezimmerten Möbeln und zerschrammtem Fußboden. An den Wänden erblickte sie Regale mit zerfledderten Rechnungsbüchern, deren Seiten vom Alter vergilbt waren. Im Kamin lag nur kalte Asche. Das Zimmer schien dem Mann nicht angemessen, dessen maßgeschneiderter Rock und wohlhabende Erscheinung besser zu einem der feinen Häuser am Beacon Hill gepasst hätten.

Eben stieß sie auf einen Stuhl. Ein finsterer Blick von ihm machte die Botschaft unmissverständlich klar: *Du bleibst hier sitzen und rührst dich nicht von der Stelle.*

Der ältere Mann stellte die Lampe auf einen Schreibtisch, wobei er eine kleine Staubwolke aufwirbelte. »Sie sind untergetaucht, Miss Connolly«, sagte er. »Warum?«

»Wie kommen Sie darauf, dass ich untergetaucht wäre?«

»Warum sollten Sie sich sonst Rose Morrison nennen? Das ist, wenn ich mich nicht irre, der falsche Name, den Sie Mr. Smibart nannten, als er Sie als Näherin einstellte.«

Sie starrte Eben finster an. »Ich wollte meinem Schwager nicht mehr begegnen.«

»Deswegen haben Sie Ihren Namen geändert? Es hatte nichts mit dem hier zu tun?« Der Engländer griff in seine Westentasche und zog einen Gegenstand hervor, der im Schein der Lampe glänzte. Es war Aurnias Halskette. »Ich glaube, dass Sie das hier vor einigen Wochen versetzt haben. Etwas, das Ihnen nicht gehörte.«

Sie starrte ihn stumm an.

»Sie *haben* es also gestohlen.«

Diesen Vorwurf konnte sie nicht unwidersprochen lassen. »Aurnia hat es mir gegeben!«

»Und Sie haben es gleich ungeniert zu Geld gemacht?«

»Sie hatte ein anständiges Begräbnis verdient. Ich wusste nicht, wie ich sonst dafür hätte bezahlen sollen.«

Der Engländer wandte sich an Eben. »Das haben Sie mir nicht gesagt. Sie hatte einen guten Grund, es zu versetzen.«

»Trotzdem gehörte es nicht ihr«, beharrte Eben.

»Und ebenso wenig Ihnen, wie es scheint, Mr. Tate.« Der Mann sah Rose an. »Hat Ihre Schwester Ihnen je erzählt, woher sie diese Halskette hatte?«

»Ich dachte immer, Eben hätte sie ihr geschenkt. Aber dafür ist er ja viel zu geizig.«

Der Engländer ignorierte Ebens finsteren Blick und fixierte weiter Rose. »Sie hat Ihnen also nie gesagt, woher sie es hatte?«, fragte er.

»Wieso spielt das eine Rolle?«, gab sie zurück.

»Dies ist ein wertvolles Schmuckstück, Miss Connolly. Nur eine vermögende Person kann sich so etwas leisten.«

»Jetzt wollen Sie auch noch behaupten, Aurnia hätte es gestohlen. Sie sind von der Nachtwache, nicht wahr?«

»Nein.«

»Wer sind Sie?«

Eben versetzte ihr einen harten Schlag auf die Schulter. »Zeig ein wenig Respekt!«

»Vor einem Mann, der mir nicht einmal seinen Namen nennen will?«

Eben hatte schon wieder die Hand erhoben, um sie für ihre Unverfrorenheit zu bestrafen, als der Engländer dazwischenfuhr: »Es ist nicht nötig, zu roher Gewalt zu greifen, Mr. Tate!«

»Aber Sie sehen doch, was für eine Sorte Mädchen sie ist! Mit so etwas habe ich mich herumschlagen müssen!«

Der Engländer trat auf Rose zu und sah sie durchdringend an. »Ich komme nicht von den hiesigen Behörden, wenn Sie das beruhigt.«

»Und warum stellen Sie mir dann all diese Fragen?«

»Ich arbeite für einen Klienten, der nicht genannt werden soll. Mein Auftrag ist es, Informationen zu beschaffen. Informationen, die, wie ich fürchte, nur Sie liefern können.«

Sie lachte ungläubig auf. »Ich bin eine Näherin, Sir. Fragen Sie mich alles über Knöpfe oder Schleifen, und ich habe die Antworten parat. Aber abgesehen davon weiß ich nicht, wie ich Ihnen helfen könnte.«

»Sie können mir sehr wohl helfen. Sie allein.« Er kam so nahe heran, dass ihr der süßliche Tabakgeruch seines Atems in die Nase stieg. »Wo ist das Kind Ihrer Schwester? Wo ist das Baby?«

»Er hat sie nicht verdient.« Sie sah Eben von der Seite an. »Was ist das für ein Vater, der auf das Recht an seiner eigenen Tochter verzichtet?«

»Sagen Sie mir nur, wo sie ist.«

»Sie ist in Sicherheit und bekommt zu essen. Mehr muss er nicht wissen. Anstatt tief in die Tasche zu greifen, um einen teuren Anwalt zu bezahlen, hätte er besser seiner Tochter Milch und ein warmes Bettchen gekauft.«

»Das glauben Sie also wirklich? Dass ich von Mr. Tate beauftragt wurde?«

»Stimmt das denn nicht?«

Der Engländer lachte verblüfft. »Du lieber Himmel, nein!«, sagte er, und er bemerkte, wie Eben vor Wut rot anlief. »Ich arbeite für einen anderen, Miss Connolly. Jemanden, der sehr daran interessiert ist, das Kind zu finden.« Er beugte sich noch weiter vor, und sie wich zurück, bis sie mit dem Rücken an die Stuhllehne stieß. »Wo ist das Baby?«

Rose saß da und schwieg, und sie musste plötzlich an jenen Tag auf dem Friedhof von St. Augustine denken, als sie an Aurnias offenem Grab gestanden hatte. Mary Robinson war wie ein Geist aus dem Nebel aufgetaucht, ihr Gesicht bleich und angespannt, während sie sich fortwährend nervös umgeblickt hatte. *Es kommen Leute und fragen nach dem Kind. Passen Sie gut auf sie auf. Halten Sie sie versteckt.*

»Miss Connolly?«

Das Herz schlug ihr bis zum Hals, als er sie mit seinen Blicken durchbohrte. Doch sie blieb stumm.

Zu ihrer Erleichterung richtete er sich auf und ging langsam zum anderen Ende des Zimmers, wo er beiläufig mit dem Finger über das Bücherregal fuhr und den Staub betrachtete, der daran haften blieb. »Mr. Tate sagt mir, Sie seien ein kluges Mädchen. Ist das wahr?«

»Das kann ich nicht beurteilen, Sir.«

»Ich finde, Sie sind viel zu bescheiden.« Er wandte sich um und sah sie an. »Welch eine Schande, dass ein Mädchen von Ihrer Intelligenz gezwungen ist, in so prekären Verhältnissen zu leben. Ihre Schuhe sehen aus, als würden sie jeden Moment auseinanderfallen. Und dieser Umhang – wann ist der zuletzt gereinigt worden? Sie haben doch gewiss Besseres verdient.«

»Wie viele andere auch.«

»O ja, aber *Sie* sind es, der hier eine Chance geboten wird.«

»Eine Chance?«

»Eintausend Dollar. Wenn Sie mir das Kind bringen.«

Sie war wie vor den Kopf geschlagen. So viel Geld – damit könnte man sich ein Zimmer in einem guten Logierhaus leisten, wo es jeden Abend eine warme Mahlzeit gab. Dazu neue Kleider und einen warmen Mantel, nicht diesen schäbigen Umhang mit seinem ausgefransten Saum. All die verlockenden Annehmlichkeiten, von denen sie nur träumen konnte.

Und ich muss nur eines dafür tun: Meggie hergeben.

»Ich kann Ihnen nicht helfen«, sagte sie.

Ebens Schlag kam so plötzlich, dass der andere Mann keine Zeit hatte dazwischenzugehen. Roses Kopf wurde zur Seite geschleudert, und sie wand sich auf ihrem Stuhl. Ihre Wange brannte wie Feuer.

»Das war nicht nötig, Mr. Tate!«

»Aber Sie sehen doch, wie sie ist, oder?«

»Sie erreichen mehr mit dem Zuckerbrot als mit der Peitsche.«

»Na, das Zuckerbrot hat sie ja gerade ausgeschlagen.«

Rose hob den Kopf und starrte Eben mit unverhohlenem Hass an. Ganz gleich, was sie ihr anbieten mochten, seien es tausend oder zehntausend Dollar, sie würde nie ihr eigen Fleisch und Blut hergeben.

Der Engländer stand jetzt vor ihr und betrachtete ihr Gesicht, auf dem sich sicherlich schon ein roter Striemen zeigte. Von ihm fürchtete sie keinen Schlag; dieser Mann, so vermutete sie, war es weit eher gewohnt, Worte und bares Geld als Instrumente der Überredung einzusetzen und die Gewalt anderen zu überlassen.

»Versuchen wir es noch einmal«, sagte er zu Rose.

»Sonst lassen Sie mich wieder von ihm schlagen?«

»Dafür entschuldige ich mich.« Er sah Eben an. »Verlassen Sie das Zimmer.«

»Aber ich kenne sie besser als irgendjemand sonst! Ich kann Ihnen sagen, wenn sie...«

»*Verlassen Sie das Zimmer.*«

Eben warf Rose einen giftigen Blick zu, ehe er hinausging und die Tür hinter sich zuschlug.

Der Mann nahm einen Stuhl und stellte ihn vor Rose hin. »Nun, Miss Connolly«, sagte er, während er gegenüber von ihr Platz nahm, »Sie wissen, dass es nur eine Frage der Zeit ist, bis wir sie finden. Ersparen Sie uns die ganze Mühe, und Sie sollen belohnt werden.«

»Warum ist sie so wichtig für Sie?«

»Nicht für mich. Für meinen Klienten.«

»Wer *ist* dieser Klient?«

»Jemand, dem das Wohl des Kindes am Herzen liegt. Der nicht will, dass ihr ein Leid geschieht.«

»Wollen Sie damit sagen, dass Meggie in Gefahr ist?«

»Unsere Sorge ist, dass *Sie* in Gefahr sein könnten. Und wenn Ihnen etwas zustößt, werden wir das Kind nie finden.«

»Jetzt drohen Sie mir also, wie?« Sie rang sich ein Lachen ab, demonstrierte eine Unbekümmertheit, die sie nicht wirklich empfand. »Sie haben das Zuckerbrot beiseitegelegt und packen wieder die Peitsche aus.«

»Sie missverstehen mich.« Er beugte sich vor, und seine Miene war bitterernst. »Agnes Poole und Mary Robinson sind beide tot. Das wissen Sie doch?«

Sie schluckte. »Ja.«

»Sie waren Zeugin in jener Nacht, als Agnes Poole starb. Sie haben den Mörder gesehen. Und das weiß er mit Sicherheit auch.«

»Jeder weiß, wer der Mörder ist«, erwiderte sie. »Ich habe es gestern auf der Straße gehört. Dr. Berry ist aus der Stadt geflohen.«

»Ja, das haben die Zeitungen berichtet. Dr. Nathaniel Berry wohnt im West End. Er kannte die beiden Opfer. Er hat versucht, eine dritte Frau zu töten – eine Prostituierte, die behauptet, sie habe um ihr Leben laufen müssen. Jetzt ist Dr. Berry verschwunden, also muss er natürlich der Mörder sein.«

»Ist er es denn nicht?«

»Glauben Sie alles, was Sie auf der Straße hören?«

»Aber wenn er nicht der Mörder ist…«

»Dann könnte der West End Reaper noch immer in Boston sein, und es ist durchaus möglich, dass er weiß, wer Sie sind. Nach dem, was mit Mary Robinson passiert ist, würde ich mich an Ihrer Stelle in Acht nehmen. Wir haben Sie gefunden, und das könnte auch ein anderer schaffen. Und deshalb bin ich so besorgt um das Wohlergehen Ihrer Nichte. Sie sind der einzige Mensch, der weiß, wo das Baby zu finden ist. Sollte Ihnen irgendetwas zustoßen...« Er hielt inne. »Eintausend Dollar, Miss Connolly. Damit könnten Sie sich aus Boston absetzen und sich ein komfortables neues Zuhause suchen. Geben Sie uns das Kind, und das Geld gehört Ihnen.«

Sie sagte nichts. Im Geiste hörte sie immer wieder Mary Robinsons letzte Worte: *Halten Sie sie versteckt. Passen Sie gut auf sie auf.*

Schließlich war der Mann ihres Schweigens überdrüssig und stand auf. »Sollten Sie es sich noch anders überlegen, dann können Sie mich hier finden.« Er drückte ihr eine Visitenkarte in die Hand, und sie las den Namen, der dort gedruckt stand.

Mr. Gareth Wilson
Nr. 5 Park Street
Boston

»Sie tun gut daran, mein Angebot zu bedenken«, sagte er. »Und Sie sollten auch an das Wohl des Kindes denken. Inzwischen geben Sie gut auf sich acht, Miss Connolly. Sie können nie wissen, welches Ungeheuer vielleicht hinter der nächsten Ecke auf Sie lauert.« Damit ging er hinaus und ließ sie allein in diesem kalten, staubigen Zimmer zurück, den Blick immer noch starr auf die Visitenkarte geheftet.

»Bist du wahnsinnig, Rose?«

Sie hob den Kopf, als sie Ebens Stimme hörte, und sah ihn in der Tür stehen.

»Das ist mehr Geld, als du in deinem Leben je sehen wirst! Wie kannst du so ein Angebot ablehnen?«

Sie sah ihm fest in die Augen, und plötzlich begriff sie, warum es ihm so wichtig war. Was sein Interesse an der Sache war. »Er hat dir Geld versprochen, nicht wahr?«, sagte sie. »Wie viel?«

»Es lohnt sich jedenfalls.«

»Es lohnt sich, dafür dein Kind herzugeben?«

»Hast du es denn noch immer nicht kapiert? Sie ist nicht *mein* Kind.«

»Aurnia hätte nie…«

»Hat sie aber. Ich dachte, es wäre meins, und das ist der einzige Grund, weshalb ich sie geheiratet habe. Aber die Zeit bringt die Wahrheit ans Licht, Rose. Sie hat mir gezeigt, was für eine Frau ich da geheiratet habe.«

Sie schüttelte den Kopf, wollte es noch immer nicht glauben.

»Wer immer der Vater ist«, sagte Eben, »er will das Kind. Und er hat so viel Geld, dass er jeden Preis dafür zahlen kann.«

Genug Geld, um einen Anwalt zu bezahlen. Genug, um seiner Geliebten eine kostbare Halskette zu kaufen. Vielleicht auch genug, um sich Schweigen zu erkaufen. Denn welcher feine Gentleman will schon alle Welt wissen lassen, dass er mit einer armen Näherin, die erst vor einem Jahr aus Irland eingewandert ist, ein Kind gezeugt hat?

»Nimm das Geld«, sagte Eben.

Sie stand auf. »Eher verhungere ich, als dass ich sie hergebe.«

Als sie das Zimmer verließ, folgte er ihr bis zur Haustür. »Du hast kaum eine Wahl! Wie willst du für dein Essen bezahlen? Für ein Dach über dem Kopf?«

Sie trat hinaus auf die Straße, und er rief ihr nach: »Diesmal haben sie dich noch sanft angefasst, aber nächstes Mal wirst du nicht mehr so viel Glück haben!«

Zu ihrer Erleichterung folgte Eben ihr nicht. Die Nacht war noch kälter geworden, und sie zitterte, als sie den Weg zurück zur Fishery Alley einschlug. Die Straßen waren menschenleer, und der Wind zog mit unsichtbaren Fingern verschlungene Furchen in den Schnee vor ihren Füßen. Plötzlich blieb sie stehen und schaute sich um. Hatte sie da gerade Schritte gehört? Sie spähte mit zusammengekniffenen Augen in das dichte Schneetreiben, konnte aber niemanden entdecken, der ihr folgte. *Geh nicht zu Meggie heute Nacht; vielleicht sind sie dir auf den Fersen.* Mit schnelleren Schritten strebte sie weiter der Fishery Alley zu, nur darauf bedacht, sich so bald wie möglich aus dem schneidenden Wind ins Warme zu retten. Wie töricht war sie doch gewesen, sich von Eben aus der relativen Geborgenheit ihres Logierhauses, so armselig es sein mochte, weglocken zu lassen. Der arme einfältige Billy war ein besserer Mensch, ein treuerer Freund, als Eben es je sein würde.

Sie tauchte in das Gassengewirr von South Boston ein. Die Kälte hatte alle vernünftigen Leute von den Straßen vertrieben, und als sie an einer Schenke vorbeikam, hörte sie die Stimmen der Männer, die sich dort im Warmen versammelt hatten, um dem Schneetreiben zu entgehen. Durch die beschlagenen Fenster konnte sie ihre Silhouetten vor dem Kaminfeuer ausmachen. Sie hielt sich nicht lange auf, sondern eilte gleich weiter und hoffte nur, dass der alte Porteous und seine Tochter die Tür noch nicht verriegelt hatten. Selbst ihr armseliger Strohhaufen, ihr Fleckchen Boden zwischen all den ungewaschenen Leibern, erschien ihr in dieser Nacht wie ein Luxus, den sie nicht so leichtfertig hätte aufgeben dürfen. Die Geräusche der Schenke verhallten hinter ihr, und sie hörte nur noch das Pfeifen des Windes in dem engen Durchgang und das Rauschen ihres eigenen Atems. Die Fishery Alley war gleich um die nächste Ecke, und wie ein Pferd, das den nahen Stall wittert und weiß, dass es bald im Trockenen sein wird, beschleunigte sie ihren Schritt und wäre fast auf dem glatten Pflaster ausgerutscht. Sie stützte sich an einer Hauswand ab und hatte sich gerade wieder aufgerichtet, als sie das Geräusch hörte.

Es war ein Räuspern, und es kam aus der Kehle eines Mannes.

Langsam schob sie sich an der Wand entlang und spähte um die Hausecke in die Fishery Alley. Im ersten Moment sah sie nur Schatten und den schwachen Schein einer Kerze, der aus einem Fenster drang. Dann löste sich die Gestalt eines Mannes aus einem Hauseingang. Er ging in der Gasse auf und ab und klopfte sich auf die Schultern, um sich zu wärmen. Dann räusperte er sich noch einmal, spuckte aufs Pflaster und kehrte wieder zu dem Hauseingang zurück, in dessen Schatten er verschwand.

Lautlos wich sie von der Ecke zurück. Vielleicht hat der Mann ja nur zu viel getrunken, dachte sie. *Vielleicht wird er sich bald auf den Heimweg machen.*

Oder vielleicht hält er Ausschau nach mir.

Sie wartete mit pochendem Herzen, während die Minuten verstrichen und ihr Rock im Wind flatterte. Wieder hörte sie den Mann husten und ausspucken, dann hämmerte jemand an eine Tür, und sie vernahm Porteous' Stimme: »Ich hab's Ihnen doch schon mal gesagt, sie kommt heute Nacht wahrscheinlich nicht mehr zurück.«

»Wenn sie kommt, geben Sie mir Bescheid. Unverzüglich.«

»Das habe ich Ihnen versprochen.«

»Dann bekommen Sie Ihre Belohnung. Und nur dann.«

»Das will ich hoffen«, erwiderte Porteous, und dann fiel die Tür ins Schloss.

Rose schlüpfte rasch in einen Durchgang zwischen zwei Häusern und beobachtete von dort aus, wie der Mann aus der Fishery Alley herauskam und direkt an ihr vorbeiging. Sein Gesicht konnte sie nicht erkennen, doch sie sah seine massige Silhouette und hörte seinen pfeifenden Atem in der Kälte. Sie wartete, bis er weit genug weg war; erst dann wagte sie sich aus ihrem Versteck hervor.

Jetzt habe ich nicht einmal mehr einen armseligen Haufen Stroh, zu dem ich heimkehren kann.

Fröstelnd stand sie auf der Straße und starrte verzweifelt in die Dunkelheit hinaus, die den Mann verschluckt hatte. Dann machte sie kehrt und ging in die andere Richtung davon.

21

Gegenwart

Die Strecke war Julia inzwischen vertraut – die gleiche Straße nach Norden, die gleiche Fähre, sogar der gleiche dichte Nebel, der ihr während der Überfahrt nach Islesboro die Sicht nahm. Diesmal aber war sie auf das feuchte Wetter vorbereitet: In Pullover und langen Jeans zog sie ihren kleinen Rollkoffer die ungeteerte Auffahrt von Stonehurst hinauf. Als die verwitterte Fassade plötzlich vor ihr aus dem Nebel auftauchte, hatte sie das merkwürdige Gefühl, dass das Haus sie wie eine Heimkehrerin willkommen hieß – ziemlich erstaunlich angesichts ihrer ersten Begegnung mit dem aufbrausenden Henry. Aber es hatte zwischen ihnen auch herzliche Momente gegeben. Einmal, schon leicht beschwipst vom Wein, hatte sie Henrys wettergegerbtes Gesicht betrachtet und sich gedacht: *So griesgrämig er sein kann, hinter dieser mürrischen Miene verbirgt sich eine so tiefe Aufrichtigkeit und Integrität, dass ich einfach weiß, ich kann diesem Mann uneingeschränkt vertrauen.*

Sie schleppte ihren Koffer die Verandastufen hinauf und klopfte an die Tür. Diesmal war sie entschlossen, geduldig zu warten, bis er auftauchte. Als sich nach einer Weile immer noch nichts rührte, drückte sie die Klinke und fand die Haustür unverschlossen. Sie steckte den Kopf hinein und rief: »Henry?« Als keine Antwort kam, trug sie den Koffer über die Schwelle und rief noch einmal die Treppe hinauf: »Henry, ich bin da!«

Wieder keine Antwort.

Sie ging in die Bibliothek, wo durch die seeseitigen Fenster das fahle Licht eines weiteren nebelverhangenen Nachmittags drang. Ihr Blick fiel auf die verstreuten Papiere auf dem Tisch, und ihr erster Gedanke war: *Henry, diesmal hast du aber wirklich ein Chaos angerichtet.* Dann entdeckte sie den Gehstock, der am Boden lag, und die zwei mageren Beine, die hinter dem Kartonstapel hervorschauten.

»Henry!«

Er lag auf der Seite, die Hose mit Urin getränkt. In Panik drehte sie ihn auf den Rücken und beugte sich über ihn, um festzustellen, ob er noch atmete.

Er schlug die Augen auf. Und flüsterte: »Ich wusste, dass Sie kommen würden.«

»Ich könnte mir vorstellen, dass er eine Herzrhythmusstörung hatte«, sagte Dr. Jarvis. »Ich kann keine Hinweise auf einen Schlaganfall oder einen Infarkt finden, und sein EKG sieht im Moment ganz normal aus.«

»Im Moment?«, fragte Julia.

»Das ist das Problem bei Herzrhythmusstörungen. Sie können ohne Vorwarnung einsetzen und wieder verschwinden. Deswegen möchte ich ihn die nächsten vierundzwanzig Stunden noch unter Beobachtung halten, damit wir sehen können, was sein Herz macht.« Jarvis blickte hinüber zu dem geschlossenen Vorhang, der die Sicht auf Henrys Bett verdeckte, und senkte die Stimme. »Aber wir werden alle Hände voll zu tun haben, ihn zu überreden, so lange zu bleiben. Und da kommen Sie dann ins Spiel, Ms. Hamill.«

»Ich? Aber ich bin doch nur bei ihm zu Gast. Sie müssen mit der Familie reden.«

»Die habe ich bereits angerufen. Sein Großneffe ist auf dem Weg von Massachusetts hierher, aber er wird frühestens gegen Mitternacht eintreffen. Bis dahin könnten Sie Henry vielleicht dazu überreden, in diesem Bett liegen zu bleiben.«

»Wo sollte er denn hingehen? Es geht doch keine Fähre mehr.«

»Ha, glauben Sie wirklich, das könnte Henry aufhalten? Er

würde einfach einen Freund anrufen, der ein Boot hat, und sich von ihm fahren lassen.«

»Sie scheinen ihn ja recht gut zu kennen.«

»Das ganze Krankenhaus kennt Henry Page. Ich bin der einzige Arzt, den er noch nicht rausgeschmissen hat.« Jarvis seufzte und klappte die Patientenakte zu. »Und ich bin vielleicht gerade dabei, diesen exklusiven Status zu verlieren.«

Julia sah Dr. Jarvis nach und dachte: *Wie komme ich eigentlich zu dieser Ehre?* Aber das war nun einmal die Verpflichtung, die sie sich aufgebürdet hatte, als sie ihn in seiner Bibliothek am Boden liegend gefunden hatte. Sie war es gewesen, die den Krankenwagen gerufen und Henry auf der Überfahrt zum Festland begleitet hatte. Die letzten vier Stunden hatte sie im Wartezimmer des Penobscot Bay Medical Center gesessen und gewartet, bis die Ärzte und Krankenschwestern mit ihren Untersuchungen fertig waren. Jetzt war es neun Uhr abends, sie war ausgehungert, und sie hatte keinen Platz zum Schlafen außer der Couch im Wartezimmer.

Durch den geschlossenen Vorhang drang Henrys nörgelnde Stimme: »Dr. Jarvis hat Ihnen doch gesagt, dass ich keinen Herzinfarkt hatte. Wieso bin ich dann immer noch hier?«

»Mr. Page, unterstehen Sie sich, diesen Monitor auszustöpseln!«

»Wo ist sie? Wo ist meine junge Dame?«

»Sie ist wahrscheinlich schon gegangen.«

Julia holte tief Luft und ging hinüber zu seinem Bett. »Ich bin noch da, Henry«, sagte sie und schlüpfte durch den Vorhang.

»Bringen Sie mich nach Hause, Julia.«

»Sie wissen, dass ich das nicht kann.«

»Warum nicht? Was hindert Sie daran?«

»Unter anderem die Tatsache, dass die letzte Fähre um fünf abgelegt hat.«

»Rufen Sie meinen Freund Bart in Lincolnville an. Er hat ein Boot mit Radar. Er kann uns im Nebel übersetzen.«

»Nein, das tu ich nicht. Ich weigere mich.«

»Sie *weigern* sich?«

»Ja. Und Sie können mich nicht dazu zwingen.«

Er starrte sie einen Moment lang an. »Soso«, meinte er verstimmt. »Da zeigt jemand ja plötzlich Rückgrat.«

»Ihr Großneffe ist schon unterwegs. Er wird in ein paar Stunden hier sein.«

»Vielleicht wird *er* tun, was ich ihm sage.«

»Wenn Sie ihm nicht völlig egal sind, wird er sich weigern.«

»Und welchen Grund haben *Sie*, mir meine Bitte auszuschlagen?«

Sie sah ihn unverwandt an. »Weil eine Leiche mir nicht helfen kann, diese Kartons durchzugehen«, sagte sie und wandte sich zum Gehen.

»Julia?«

Sie seufzte. »Ja, Henry?«

»Sie werden meinen Großneffen mögen.«

Durch den geschlossenen Vorhang hörte Julia, wie ein Arzt und eine Krankenschwester sich unterhielten. Sie setzte sich auf und rieb sich den Schlaf aus den Augen. Sie war auf dem Stuhl an Henrys Bett eingenickt, und der Roman, den sie gelesen hatte, war auf den Boden gefallen. Sie hob das Taschenbuch auf und sah nach Henry. Wenigstens *er* schlief ruhig und friedlich.

»Ist das hier sein neuestes EKG?«, fragte eine Männerstimme.

»Ja. Dr. Jarvis sagte, sie seien alle normal gewesen.«

»Sie haben keine Arrhythmien auf dem Monitor gesehen?«

»Bis jetzt nicht.«

Sie hörte Papier rascheln. »Seine Blutwerte sehen gut aus. Oh, Moment mal, Kommando zurück. Die Leberenzyme sind ein bisschen erhöht. Er muss schon wieder seinen Weinkeller geplündert haben.«

»Brauchen Sie sonst noch irgendetwas, Dr. Page?«

»Außer einem doppelten Scotch, meinen Sie?«

Die Schwester lachte. »Na, *ich* habe jetzt wenigstens Feierabend. Viel Glück mit ihm. Das werden Sie bestimmt brauchen.«

Der Vorhang teilte sich, und Dr. Page trat ein. Julia erhob sich, um ihn zu begrüßen, und hielt verblüfft inne, als sie in ein wohlbekanntes Gesicht blickte. »Tom«, murmelte sie.

»Hallo, Julia. Wie ich höre, hat er Sie ganz schön genervt. Ich entschuldige mich im Namen der ganzen Familie.«

»Aber Sie …« Sie stockte. »*Sie* sind sein Großneffe?«

»Ja. Hat er Ihnen nicht erzählt, dass ich in Ihrer Nachbarschaft wohne?«

»Nein, das hat er mit keinem Wort erwähnt.«

Tom warf einen überraschten Blick auf Henry, der immer noch fest schlief. »Na, das ist ja merkwürdig. Ich habe ihm erzählt, dass wir uns kennen. Deswegen hat er Sie ja angerufen.«

Julia gab ihm ein Zeichen, ihr zu folgen. Sie schlüpften durch den Vorhang und gingen zur Stationszentrale. »Henry hat mich wegen Hildas Papieren angerufen. Er meinte, ich wäre an der Geschichte meines Hauses interessiert.«

»Genau. Ich hatte ihm gesagt, dass Sie mehr über die Gebeine in Ihrem Garten erfahren wollten. Henry ist so etwas wie unser Familienchronist, also dachte ich mir, er könnte Ihnen vielleicht helfen.« Tom blickte sich zu Henrys Bett um. »Nun ja, er ist immerhin neunundachtzig. Da vergisst er wohl schon mal etwas.«

»Sein Verstand ist noch messerscharf.«

»Sie meinen wohl seine Zunge?«

Sie musste lachen. »Beides. Deswegen war es auch so ein Schock für mich, als ich ihn dort auf dem Boden liegen sah. Er wirkte immer so unverwüstlich.«

»Ich bin froh, dass Sie da waren. Danke für alles, was Sie getan haben.« Er legte ihr die Hand auf die Schulter, und die Wärme seiner Berührung ließ sie erröten. »Er ist nicht gerade pflegeleicht, was wahrscheinlich auch der Grund ist, weshalb er nie geheiratet hat.« Tom betrachtete das Krankenblatt. »Auf dem Papier steht er ganz gut da.«

»Das hatte ich ganz vergessen. Henry sagte mir, dass sein Großneffe Arzt sei.«

»Ja, aber ich bin nicht sein Hausarzt. Ich bin Facharzt für Infektionskrankheiten. Dr. Jarvis sagte, es gebe wohl ein paar Probleme mit der Pumpe.«

»Er will nach Hause. Er hat mich gebeten, einen Mann namens Bart anzurufen, der ein Boot hat.«

»Sie machen wohl Witze.« Tom blickte auf. »Bart lebt immer noch?«

»Was sollen wir nun mit ihm machen?«

»Wir?« Er klappte das Krankenblatt zu. »Wie hat Henry es geschafft, Sie da mit einzuspannen?«

Sie seufzte. »Ich fühle mich in gewisser Weise verantwortlich. Ich bin der Grund, weshalb er angefangen hat, in diesen Kartons zu wühlen und sich so zu verausgaben. Vielleicht ist es alles zu viel für ihn, und deshalb ist er zusammengebrochen.«

»Sie können Henry nicht zu etwas zwingen, was er nicht selbst will. Als ich letzte Woche mit ihm sprach, klang er so aufgeregt, wie ich ihn seit Jahren nicht mehr erlebt habe. Normalerweise ist er quengelig und depressiv. Jetzt ist er nur noch quengelig.«

»Das hab ich gehört!«, tönte es hinter dem Vorhang.

Tom zog eine Grimasse und legte das Krankenblatt weg. Er ging zu Henrys Bett und zog den Vorhang zurück. »Du bist wach.«

»Hast ja ganz schön lange gebraucht. Na los, fahren wir heim.«

»Nun mal langsam. Wieso die Eile?«

»Julia und ich haben eine Menge zu tun. Noch mindestens zwanzig Kartons! Wo ist sie?«

Sie trat zu Tom an den Vorhang. »Es ist zu spät, um jetzt noch nach Hause zu fahren. Warum schlafen Sie nicht einfach weiter?«

»Nur wenn Sie mir versprechen, dass Sie mich morgen nach Hause bringen.«

Sie sah Tom an. »Was meinen Sie?«

»Das ist Dr. Jarvis' Entscheidung«, sagte er. »Aber wenn er sein Okay gibt, dann helfe ich Ihnen morgen früh, ihn nach Hause zu bringen. Und dann bleibe ich noch ein paar Tage in der Nähe, für alle Fälle.«

»Oh, gut!«, rief Henry sichtlich begeistert. »Du bleibst hier!«

Tom sah seinen Großonkel an und lächelte verblüfft. »Freut mich, dass du meine Anwesenheit so zu schätzen weißt, Henry.«

»Dann kannst *du* ja die ganzen Kartons aus dem Keller rauftragen!«

Am späten Nachmittag des nächsten Tages brachten sie Henry mit der Fähre nach Hause. Dr. Jarvis hatte ihn angewiesen, sich sofort ins Bett zu legen, aber davon wollte Henry natürlich nichts wissen. Stattdessen postierte er sich am oberen Absatz der Kellertreppe und gab lautstark Anweisungen, während Tom die Kartons heraufschleppte. Als Henry sich dann endlich in sein Schlafzimmer zurückzog, war es Tom, der erschöpft war.

Mit einem Seufzer ließ er sich in einen Sessel am Kamin sinken und meinte: »Er ist vielleicht neunundachtzig, aber er lässt mich immer noch nach seiner Pfeife tanzen. Und wenn ich ihn ignoriere, bekomme ich es am Ende mit diesem waffenscheinpflichtigen Gehstock zu tun.«

Julia blickte von dem Karton mit Papieren auf, den sie durchgesehen hatte. »War er schon immer so?«

»Seit ich mich erinnern kann. Deshalb lebt er auch allein. Niemand sonst in unserer Familie will etwas mit ihm zu tun haben.«

»Und warum sind Sie dann hier?«

»Weil ich derjenige bin, den er immer anruft. Er hatte nie eigene Kinder, und so kommt es wohl, dass ich den Lückenbüßer machen muss.« Tom sah sie erwartungsvoll an. »Wollen Sie nicht vielleicht einen gebrauchten Onkel adoptieren?«

»Auch nicht mit vierhundert Flaschen Jahrgangswein als Dreingabe.«

»Ah, er hat Sie also schon mit seinem Weinkeller bekannt gemacht.«

»Wir haben letzte Woche seine Vorräte ganz ordentlich dezimiert. Aber der nächste Mann, der mich betrunken macht, sollte doch bitte ein gutes Stück diesseits der Siebzig sein.« Sie wandte ihre Aufmerksamkeit den Dokumenten zu, die sie am Nachmittag gefunden hatten. Es handelte sich um einen Stoß alter Zeitungen, von denen die meisten aus dem späten 19. Jahrhundert stammten und keinen Bezug zu Norris Marshalls Geschichte hatten. Falls die Sammelwut genetisch bedingt war, dann hatte Hilda Chamblett sie von ihrer Ururgroßmutter Margaret Page geerbt, die anscheinend auch nichts hatte wegwerfen können. Da waren alte Nummern der *Boston Post* und des *Evening Transcript* sowie ausgeschnittene Rezepte, so brüchig, dass sie bei der ersten Berührung zerfielen. Und dazu Briefe, Dutzende von Briefen, alle an Margaret adressiert. Nachdem Julia einmal angefangen hatte, konnte sie nicht mehr aufhören, bis sie auch den letzten gelesen hatte, so fasziniert war sie von diesem Einblick in das Leben einer Frau, die vor über hundert Jahren in ihrem Haus gewohnt hatte, die über dieselben Böden gegangen, dieselben Treppen hinaufgestiegen war wie sie. Dr. Margaret Tate Page hatte ein langes und bewegtes Leben gehabt, wenn man nach den Briefen urteilte, die sie im Lauf der Jahre angesammelt hatte. Und was für Briefe! Sie kamen von angesehenen Medizinern aus aller Welt und von Enkelkindern auf Reisen in Europa, die ihrer geliebten Großmutter die Mahlzeiten beschrieben, die ihnen serviert wurden, die Kleider, die man dort trug, und den Klatsch, den sie aufschnappten. Wie schade, dass heute niemand mehr die Zeit hat, solche Briefe zu schreiben, dachte Julia, während sie die

Schilderung eines Techtelmechtels verschlang, das eine der Enkelinnen erlebt hatte. *Wenn ich einmal hundert Jahre tot bin, wer wird dann noch irgendwas über mich wissen?*

»Ist etwas Interessantes dabei?«, fragte Tom. Erschrocken registrierte sie, dass er direkt hinter ihr stand und ihr über die Schulter blickte.

»Für Sie dürfte das alles hochinteressant sein«, antwortete sie, wobei sie sich auf den Brief zu konzentrieren versuchte und nicht auf seine Hand, die auf der Stuhllehne ruhte. »Es geht schließlich um Ihre Familie.«

Er ging um den Tisch herum und setzte sich ihr gegenüber. »Sind Sie wirklich wegen dieses alten Skeletts hier?«

»Denken Sie, es gibt noch einen anderen Grund?«

»Sie opfern doch viele Stunden von Ihrer eigenen Lebenszeit, um diese ganzen Kartons zu durchwühlen und all die Briefe zu lesen.«

»Sie wissen ja nicht, wie mein Leben zurzeit aussieht«, sagte sie, den Blick starr auf die Dokumente vor sich gerichtet. »Das hier war eine willkommene Abwechslung.«

»Sie sprechen von Ihrer Scheidung, nicht wahr?« Als sie ihn fragend ansah, fügte er hinzu: »Henry hat mir davon erzählt.«

»Dann hat er Ihnen eindeutig zu viel erzählt.«

»Ich bin verblüfft, wie viel er an einem einzigen Wochenende über Sie in Erfahrung gebracht hat.«

»Er hat mich betrunken gemacht. Und ich habe geredet.«

»Dieser Mann, mit dem ich Sie letzte Woche in Ihrem Garten gesehen habe – war das Ihr Exmann?«

Sie nickte. »Richard.«

»Es klang nicht gerade nach einer freundlichen Unterhaltung, wenn ich mir die Bemerkung erlauben darf.«

Sie ließ sich in ihren Stuhl zurücksinken. »Ich bin mir nicht sicher, ob geschiedene Eheleute zu einem freundlichen Umgang fähig sind.«

»Es sollte doch möglich sein.«

»Sprechen Sie aus persönlicher Erfahrung?«

»Ich war nie verheiratet. Aber ich denke mir, dass die enge Bindung zwischen zwei Menschen, die sich einmal geliebt haben, nie ganz verloren gehen kann, ganz gleich, was alles schieflaufen mag.«

»O ja, das klingt gut, nicht wahr? Ewige Liebe.«

»Sie glauben nicht daran.«

»Vor sieben Jahren, als ich geheiratet habe, da habe ich vielleicht daran geglaubt. Jetzt denke ich, dass Henrys Philosophie die richtige ist: Single bleiben und stattdessen gute Weine sammeln. Oder sich einen Hund zulegen.«

»Oder einen Garten anlegen?«

Sie legte den Brief hin, den sie zu lesen begonnen hatte, und sah ihn an. »Ja. Einen Garten anlegen. Es ist besser, etwas wachsen zu sehen, als mitzuerleben, wie etwas stirbt.«

Tom lehnte sich auf seinem Stuhl zurück. »Wissen Sie was, wenn ich Sie so vor mir sehe, habe ich ein ganz merkwürdiges Gefühl.«

»Wie meinen Sie das?«

»Ich habe das Gefühl, dass wir uns schon einmal irgendwo begegnet sind.«

»Sind wir auch. In meinem Garten.«

»Nein, davor. Ich schwöre es, ich erinnere mich an Sie.«

Sie starrte in seine Augen, in denen sich das flackernde Kaminfeuer spiegelte. *So ein attraktiver Mann wie du? Oh, daran würde ich mich bestimmt auch erinnern.*

Er betrachtete den Stapel Dokumente. »Na ja, ich denke, ich sollte Ihnen wohl lieber ein bisschen zur Hand gehen, anstatt Sie dauernd abzulenken.« Er griff nach den obersten Blättern. »Sie sagen, wir suchen nach Hinweisen auf Rose Connolly?«

»Legen Sie los. Sie gehört immerhin zu Ihrer Familie, Tom.«

»Sie glauben, das waren ihre Gebeine dort in Ihrem Garten?«

»Ich weiß nur, dass ihr Name in diesen Briefen von Oliver Wendell Holmes immer wieder auftaucht. Dafür, dass sie nur ein armes irisches Mädchen war, hat sie einen ziemlichen Eindruck auf ihn gemacht.«

Er lehnte sich zurück und begann zu lesen. Draußen hatte der Wind aufgefrischt, und hohe Wellen brachen sich an den Felsen. Ein Luftzug im Kamin ließ die Flammen erzittern.

Toms Stuhl knarrte, als er sich plötzlich nach vorn fallen ließ. »Julia?«

»Ja?«

»Hat Oliver Wendell Holmes seine Briefe nur mit seinen Initialen unterzeichnet?«

Sie starrte auf das Blatt, das er ihr hinschob. »Du lieber Gott«, stieß sie hervor. »Das müssen wir Henry sagen.«

22

1830

Heute Abend schien es keine Rolle zu spielen, dass er der Sohn eines Farmers war.

Norris ließ sich von dem Dienstmädchen Hut und Mantel abnehmen und wäre vor Scham fast im Boden versunken, als ihm der fehlende Knopf an seiner Weste einfiel. Doch das Mädchen dankte ihm mit einem ebenso tiefen Knicks wie dem elegant gekleideten Paar vor ihm und neigte nicht minder ehrerbietig den Kopf. Und als er vortrat, um Dr. Grenville zu begrüßen, wurde er genauso herzlich willkommen geheißen.

»Mr. Marshall, wir freuen uns sehr, dass Sie uns heute Abend Gesellschaft leisten können«, sagte Grenville. »Darf ich Ihnen meine Schwester Eliza Lackaway vorstellen?«

Dass die Frau Charles' Mutter war, sah man auf den ersten Blick. Sie hatte die gleichen blauen Augen, den gleichen blassen Teint wie er, und trotz ihres vorgerückten Alters war ihre Haut makellos wie Alabaster. Doch ihr Blick war viel direkter als der ihres Sohnes.

»Sie sind also der junge Mann, von dem mein Charles in so hohen Tönen spricht«, sagte sie.

»Ich kann mir nicht vorstellen, warum«, erwiderte Norris bescheiden.

»Er sagte, Sie seien der geschickteste Präparator in seinem Kurs. Ihre Arbeit zeichne sich durch besondere Sauberkeit und Präzision aus, und niemand habe die Gesichtsnerven so säuberlich zertrennt wie Sie.«

Das Thema schien unpassend für so eine vornehme Gesellschaft, und Norris blickte Rat suchend zu Dr. Grenville.

Doch dieser lächelte nur. »Elizas verstorbener Mann war Arzt. Unser Vater war auch Arzt. Und nun hat sie auch noch das Pech, dass sie meine Gegenwart ertragen muss – sie ist es also gewohnt, dass bei Tisch über die absonderlichsten Themen gesprochen wird.«

»Ich finde das alles höchst faszinierend«, sagte Eliza. »Als wir jung waren, hat unser Vater uns oft in den Sektionssaal mitgenommen. Wäre ich ein Mann, ich hätte mich auch für das Studium der Medizin entschieden.«

»Und du hättest eine glänzende Figur gemacht, meine Liebe«, bemerkte Grenville und tätschelte seiner Schwester den Arm.

»Wie so viele andere Frauen auch, wenn man uns nur ließe.«

Dr. Grenville seufzte resigniert. »Ein Thema, das du heute Abend gewiss noch öfter anschneiden wirst.«

»Finden Sie nicht auch, dass es eine tragische Verschwendung ist, die Talente und Fähigkeiten der Hälfte der Menschheit einfach zu ignorieren?«

»Bitte, Eliza, lass doch den armen Jungen erst einmal ein Glas Sherry trinken, ehe du ihn mit deinem Lieblingsthema traktierst!«

»Ich beantworte die Frage gerne, Dr. Grenville«, sagte Norris. Er blickte Eliza in die Augen und sah Intelligenz und Leidenschaft darin aufblitzen. »Ich bin auf einem Bauernhof aufgewachsen, Mrs. Lackaway, und habe meine Erfahrungen folglich mit dem Vieh gemacht. Ich hoffe, Sie empfinden meinen Vergleich nicht als herabwürdigend. Aber ich habe nie beobachtet, dass ein Hengst klüger wäre als eine Stute oder ein Schafbock klüger als ein Mutterschaf. Und wenn Leib und Leben des Nachwuchses gefährdet sind, ist es stets das Weibchen, das ihn besonders aufopferungsvoll verteidigt und dabei jedem Angreifer gefährlich werden kann.«

Dr. Grenville lachte. »Das hätte kein Anwalt aus Philadelphia besser ausdrücken können!«

Eliza nickte beifällig. »Ich werde mir diese Antwort merken. Mehr noch, ich werde sie mir ausborgen, wenn ich das nächste Mal in eine Diskussion über das Thema hineingezogen werde. Wo ist dieser Bauernhof, auf dem Sie aufgewachsen sind, Mr. Marshall?«

»In Belmont, Ma'am.«

»Ihre Mutter muss stolz darauf sein, einen so fortschrittlich denkenden Sohn großgezogen zu haben. Ich wäre es jedenfalls.«

Die Erwähnung seiner Mutter war wie ein schmerzlicher Stich in eine alte Wunde, doch Norris gelang es, sein Lächeln zu wahren. »Das ist sie gewiss.«

»Eliza, du erinnerst dich doch an Sophia, nicht wahr?«, sagte Grenville.

»Aber ja. Sie hat uns oft in Weston besucht.«

»Mr. Marshall ist ihr Sohn.«

Elizas Blick schnellte zu Norris zurück, und sie fixierte ihn mit plötzlicher Intensität, als hätte sein Gesicht in ihr eine Erinnerung geweckt. »Sie sind Sophias Junge.«

»Ja, Ma'am.«

»Ach, Ihre Mutter hat uns ja seit Jahren nicht mehr besucht, nicht seit dem Tod unserer armen Abigail. Es geht ihr doch hoffentlich gut?«

»Sehr gut, Mrs. Lackaway«, antwortete er, doch er merkte selbst, dass er nicht sonderlich überzeugt klang.

Grenville klopfte ihm auf den Rücken. »Gehen Sie, und amüsieren Sie sich. Die meisten Ihrer Kommilitonen sind schon da und haben sich bereits über den Champagner hergemacht.«

Norris betrat den Ballsaal und hielt inne, geblendet von dem Anblick. Junge Damen flatterten in schmetterlingsbunten Abendkleidern vorüber. An der Decke glitzerte ein gewaltiger Kerzenleuchter, und überall sah man Kristall funkeln. Auf einer langen Tafel entlang der Wand war eine üppige Auswahl an Speisen aufgebaut. So viele Austern, so viel Gebäck! Er hatte noch nie einen Fuß in einen so prächtigen Saal gesetzt, mit diesen erlesenen Einlegearbeiten im Parkett und den gemeißelten Säulen. Wie er so dastand in seinem abgeschabten Rock und den rissigen Schuhen, hatte er das Gefühl, sich in die Fantasiewelt eines anderen verirrt zu haben – gewiss nicht seine eigene, denn einen Abend wie diesen hätte er sich in seinen kühnsten Träumen nicht ausmalen können.

»Endlich bist du da! Ich habe mich schon gefragt, ob du überhaupt noch kommst.« Wendell trat mit zwei Gläsern Champagner auf Norris zu und drückte ihm eines in die Hand. »Ist es wirklich so schrecklich, wie du befürchtet hast? Bist du schon von irgendjemandem geschnitten, beleidigt oder anderweitig brüskiert worden?«

»Nach allem, was passiert ist, war ich mir nicht sicher, wie man mich hier empfangen würde.«

»Die letzte Ausgabe der *Gazette* dürfte dich vollständig entlasten. Hast du schon die neueste Meldung gelesen? Dr. Berry ist in Providence gesehen worden.«

Nun, wenn man den Gerüchten Glauben schenken wollte, die in der Stadt umliefen, hielt sich der flüchtige Dr. Nathaniel Berry an einem Dutzend Orte gleichzeitig versteckt, von Philadelphia bis Savannah.

»Ich kann mir immer noch nicht vorstellen, dass er es gewesen sein soll«, sagte Norris. »So etwas hätte ich ihm niemals zugetraut.«

»Ist das nicht oft der Fall? Mörder kann man in den seltensten Fällen an ihren Hörnern und Reißzähnen erkennen. Sie sehen aus wie du und ich.«

»Ich habe in ihm nur einen tüchtigen Arzt gesehen.«

»Diese Prostituierte behauptet etwas anderes. Laut *Gazette* ist das Mädchen seelisch so erschüttert, dass schon zu Spenden für sie aufgerufen wurde. Sogar ich muss in diesem Fall dem albernen Mr. Pratt beipflichten. Dr. Berry muss der Reaper sein. Und wenn es nicht Dr. Berry ist, dann gibt es, fürchte ich, nur einen anderen Verdächtigen.« Wendell beäugte Norris über sein Champagnerglas hinweg. »Nämlich dich.«

Wendells Blick machte Norris so nervös, dass er sich abwandte und im Saal umsah. Wie viele der Gäste unterhielten sich in diesem Moment im Flüsterton über ihn? Auch nach Dr. Berrys Verschwinden waren gewiss noch nicht alle Zweifel an Norris ausgeräumt.

»Was ziehst du denn für ein Gesicht?«, fragte Wendell. »Soll das etwa eine schuldbewusste Miene sein?«

»Ich frage mich, wie viele in diesem Raum mich immer noch für schuldig halten.«

»Grenville hätte dich nicht eingeladen, wenn er irgendwelche Zweifel hätte.«

Norris zuckte mit den Achseln. »Die Einladung ist an alle Studenten gegangen.«

»Du weißt ja, warum, oder? Sieh dich mal um.«

»Was soll ich da sehen?«

»All die jungen Damen, die auf der Suche nach einem Ehemann sind. Ganz zu schweigen von ihren verzweifelten Müttern. Du siehst ja, dass es nicht genug Medizinstudenten für alle gibt.«

Darüber musste Norris lachen. »Da musst du ja im siebten Himmel sein.«

»Wenn das hier wirklich der Himmel wäre, dann gäbe es nicht so viele Mädchen, die größer sind als ich.« Er bemerkte, dass Norris' Blick nicht auf den Mädchen, sondern auf dem Büfett ruhte. »Ich schätze mal, im Moment ist die holde Weiblichkeit nicht deine oberste Priorität.«

»Nein, viel eher dieser saftig aussehende Schinken da drüben.«

»Wie wär's, wenn wir hingehen und seine Bekanntschaft machen?«

Bei den Austern trafen sie Charles und Edward. »Es gibt wieder etwas Neues über Dr. Berry«, sagte Edward. »Gestern Abend ist er in Lexington gesehen worden. Die Nachtwache sucht jetzt dort nach ihm.«

»Vor drei Tagen war er in Philadelphia«, steuerte Charles bei. »Und vorgestern in Portland.«

»Und jetzt ist er in Lexington?« Wendell schnaubte verächtlich. »Der Mann hat *tatsächlich* Flügel.«

»So *wurde* er jedenfalls von gewissen Zeugen beschrieben«, meinte Edward mit einem Seitenblick auf Norris.

»Ich habe nie behauptet, er hätte Flügel«, protestierte Norris.

»Aber dieses Mädchen. Dieses törichte Irenweib.« Edward drückte seinen Teller mit leeren Austernschalen einem Dienstmädchen in die Hand und begutachtete die reichhaltige Auswahl anderer Köstlichkeiten. Es gab Pudding in der Form eines Fächers und frischen Kabeljau, mit Salat angemacht.

»Du musst die leckeren Honigkuchen von unserer Köchin probieren«, riet ihm Charles. »Die habe ich schon immer am liebsten gemocht.«

»Isst du denn nichts?«

Charles zog ein Taschentuch heraus und tupfte sich die Stirn. Sein Gesicht war stark gerötet, als hätte er getanzt, dabei hatte die Kapelle noch gar nicht angefangen zu spielen. »Ich fürchte, ich habe heute Abend keinen Appetit. Es war bis vor Kurzem noch eiskalt hier drin. Mutter hat ordentlich Holz nachlegen lassen, und jetzt denke ich allmählich, dass sie es etwas übertrieben haben.«

»Ich finde es gerade angenehm.« Edward wandte sich ab und schenkte einer schlanken Brünetten, die gerade vorüberschwebte, ein strahlendes Lächeln. »Entschuldigt mich bitte. Ich glaube, mein Appetit hat sich auf andere Genüsse verlagert. Wendell, du kennst doch dieses Mädchen? Möchtest du mich ihr nicht vorstellen?«

Während Edward und Wendell der brünetten Schönheit nacheilten, musterte Norris Charles kritisch. »Bist du krank? Du siehst aus, als hättest du Fieber.«

»Ich fühle mich auch eigentlich nicht gut genug, um heute Abend hier zu sein. Aber Mutter hat darauf bestanden.«

»Ich bin ziemlich beeindruckt von deiner Mutter.«

Charles seufzte. »Ja, diese Wirkung hat sie auf jeden. Ich hoffe, du hast nicht auch noch ihre Rede über Frauen als Ärztinnen über dich ergehen lassen müssen.«

»Doch, zumindest teilweise.«

»Die müssen wir uns alle ständig anhören, am meisten mein armer Onkel. Er sagt, es würde einen Aufstand geben, wenn er es je wagte, eine Frau am College aufzunehmen.«

Die Musiker stimmten jetzt ihre Instrumente, und es fanden sich bereits die ersten Paare, während andere Gäste noch auf der Suche nach einem Partner waren.

»Ich glaube, es wird Zeit, dass ich mich auf mein Zimmer zurückziehe«, sagte Charles und trocknete sich erneut die Stirn. »Mir geht es wirklich gar nicht gut.«

»Was ist denn mit deiner Hand passiert?«

Charles sah auf den Verband hinunter. »Ach, das ist dieser Schnitt von der Autopsie neulich. Die Hand ist ein bisschen angeschwollen.«

»Hat dein Onkel sie sich schon angesehen?«

»Wenn es noch schlimmer wird, zeige ich sie ihm.« Charles wandte sich zum Gehen, doch zwei lächelnde junge Damen versperrten ihm den Weg. Die Größere der beiden, mit dunklen Haaren und einem Kleid aus hellgrüner Seide, sagte: »Wir sind ganz böse auf dich, Charles. Wann besuchst du uns denn endlich mal wieder? Oder hat es einen bestimmten Grund, dass du uns die kalte Schulter zeigst?«

Charles stand nur da und glotzte die beiden an. »Es tut mir leid, aber ich weiß beim besten Willen nicht …«

»Ach, nun schlägt's aber dreizehn«, rief die kleinere der jungen Damen. »Du hast doch versprochen, im März zu kommen, oder hast du das schon vergessen? Wir waren ja *so* enttäuscht, als dein Onkel ohne dich in Providence ankam.«

»Ich musste für die Prüfungen lernen.«

»Du hättest trotzdem kommen können. Es war doch nur für zwei Wochen. Wir hatten eigens für dich einen geselligen Abend geplant, und dann bist du nicht gekommen.«

»Das nächste Mal, ich verspreche es!«, sagte Charles, der es eilig hatte, sich zu verabschieden. »Wenn die Damen mich jetzt bitte entschuldigen würden. Ich fürchte, ich habe ein wenig Fieber.«

»Wirst du denn nicht tanzen?«

»Ich fühle mich heute Abend ein bisschen schwerfällig.« Er blickte sich verzweifelt zu Norris um. »Aber ich darf euch mit einem meiner begabtesten Kommilitonen bekanntmachen, Mr. Norris Marshall aus Belmont. Norris, darf ich vorstellen: die Schwestern Welliver aus Providence. Ihr Vater ist Dr. Sherwood Welliver, ein Freund meines Onkels.«

»Einer seiner *besten* Freunde«, verbesserte die Größere der beiden. »Wir sind diesen Monat zu Besuch in Boston. Ich bin Gwendolyn, und das ist Kitty.«

»Dann wollen Sie also auch Arzt werden?«, fragte Kitty und blickte strahlend zu Norris auf. »Alle Herren, die wir dieser Tage treffen, scheinen entweder Ärzte oder angehende Ärzte zu sein.«

Die Kapelle hatte gerade mit der ersten Tour der Quadrille begonnen. Norris erhaschte einen Blick auf den klein gewachsenen Wendell, der eine wesentlich größere Blondine über die Tanzfläche führte.

»Tanzen Sie, Mr. Marshall?«

Er sah Gwendolyn an. Und da dämmerte es ihm plötzlich, dass es Charles gelungen war, sich davonzustehlen und ihn mit den Welliver-Schwestern allein zu lassen.

»Nicht sehr gut, fürchte ich«, gab er zu.

Die Mädchen lächelten ihn beide an, offensichtlich unbeeindruckt von seinem Geständnis.

»Wir sind *exzellente* Tanzlehrerinnen«, sagte Kitty.

Die Welliver-Schwestern waren in der Tat sehr gute Lehrerinnen; geduldig ertrugen sie seine Fehltritte, seine falschen Drehungen und seine vorübergehende Verwirrung während des Cotillons, als die anderen Paare gekonnt an ihnen vorüberwirbelten. Als Wendell an ihm vorbeitanzte, flüsterte er ihm zu: »Nimm dich in Acht vor diesen Schwestern, Norrie. Die verschlingen jeden Junggesellen, den sie in die Finger bekommen, mit Haut und Haaren!« Aber Norris genoss einfach nur ihre Gesellschaft. Heute Abend war er ein gefragter junger Mann mit glänzenden Aussichten. Er ließ keinen Tanz aus, trank zu viel Champagner und aß zu viel Gebäck. Und er gestattete sich, nur für diesen einen Abend, von einer Zukunft mit vielen solchen Abenden zu träumen.

Als einer der letzten Gäste zog er seinen Mantel an und verließ das Haus. Es schneite; dicke, üppige Flocken wirbelten herab wie weiche Blütenblätter. Er stand auf der Beacon Street, das Gesicht zum Himmel erhoben, und atmete tief durch, dankbar für die frische Luft nach den Anstrengungen des Tanzes. Heute Abend hatte Dr. Aldous Grenville ganz Boston demonstriert, dass Norris Marshall sich seine Anerkennung verdient hatte. Dass er würdig war, in die höchsten Kreise aufgenommen zu werden.

Norris lachte und fing eine Schneeflocke mit der Zunge auf. *Das Beste kommt erst noch.*

»Mr. Marshall?«, ertönte ein Flüstern.

Er fuhr zusammen und starrte in die Dunkelheit. Zuerst sah er nichts als den fallenden Schnee. Dann löste sich eine Gestalt aus dem weißen Vorhang, das Gesicht umrahmt von einem zerschlissenen Umhang. Eine Eiskruste glitzerte auf ihren Wimpern.

»Ich hatte schon Angst, ich würde Sie verpassen«, sagte Rose Connolly.

»Was tun Sie hier, Miss Connolly?«

»Ich weiß nicht, wo ich mich sonst hinwenden soll. Ich habe meine Arbeit verloren, und ich habe kein Dach über dem Kopf.« Sie blickte sich um und sah dann wieder ihn an. »Sie suchen nach mir.«

»Die Nachtwache ist jetzt nicht mehr an Ihnen interessiert. Sie müssen sich nicht vor ihr verbergen.«

»Es ist nicht die Nachtwache, vor der ich mich fürchte.«

»Wer dann?«

Erschrocken blickte sie auf, als die Tür von Dr. Grenvilles Haus aufging und ein Lichtschein auf die Straße fiel. »Danke für den ausgesprochen angenehmen Abend, Dr. Grenville!«, verabschiedete sich ein Gast.

Norris machte rasch kehrt und ging davon, um nicht mit diesem zerlumpten Mädchen gesehen zu werden. Rose folgte ihm in einigem Abstand. Erst als sie fast am Ende der Beacon Street angelangt waren, kurz vor dem Fluss, schloss sie zu ihm auf.

»Werden Sie bedroht?«, fragte er.

»Sie wollen sie mir wegnehmen.«

»Wen?«

»Das Kind meiner Schwester.«

Er sah sie an, doch ihr Gesicht war unter der Kapuze ihres Umhangs verborgen. Alles, was er durch den Schleier aus Schneeflocken erkennen konnte, war ein Stück alabasterbleiche Wange. »Wer will sie Ihnen wegnehmen?«

»Ich weiß nicht, wer diese Leute sind, aber ich weiß, dass sie skrupellos sind, Mr. Marshall. Ich glaube, dass sie hinter Mary Robinsons Tod stecken. Und dem von Miss Poole. Jetzt bin nur noch ich am Leben.«

»Sie müssen sich keine Sorgen machen. Ich weiß aus zuverlässiger Quelle, dass Dr. Berry aus Boston geflohen ist. Es kann nicht mehr lange dauern, bis sie ihn finden.«

»Aber ich glaube nicht, dass Dr. Berry der Mörder ist. Ich glaube, er ist um sein Leben geflohen.«

»Geflohen vor wem? Vor diesen mysteriösen Leuten?«

»Sie glauben mir kein Wort, nicht wahr?«

»Ich verstehe einfach nicht, was Sie sagen.«

Sie wandte sich zu ihm um. Unter der Kapuze blitzten ihre Augen im Licht, das von den Schneeflocken reflektiert wurde. »An dem Tag, als ich meine Schwester begrub, kam Mary Robinson zu mir auf den Friedhof. Sie fragte mich nach dem Baby. Sie sagte mir, ich sollte gut auf sie aufpassen und sie versteckt halten.«

»Sie meinte das Kind Ihrer Schwester?«

»Ja.« Rose schluckte. »Ich habe Mary nie wieder gesehen. Das Nächste, was ich hörte, war, dass sie tot war. Und dass *Sie* es waren, der sie gefunden hatte.«

»Was ist die Verbindung zwischen diesen Morden und Ihrer Nichte? Ich kann keine erkennen.«

»Ich glaube, dass ihre bloße Existenz für irgendjemanden eine Bedrohung darstellt. Sie ist der lebende Beweis für irgendein skandalöses Geheimnis.« Sie blickte sich um und suchte die dunkle Straße ab. »Sie jagen uns. Sie haben mich aus meiner Unterkunft vertrieben. Ich kann nicht mehr zu meiner Arbeitsstelle zurückgehen, und deshalb kann ich die Amme nicht bezahlen. Ich wage mich ja nicht einmal in die Nähe ihrer Tür, aus Angst, sie könnten mich dort sehen.«

»Sie? Diese skrupellosen Leute, von denen Sie sprachen?«

»Sie sind hinter ihr her. Aber ich werde sie nicht hergeben, nicht um alles in der Welt.« Sie wandte sich zu ihm um, und ihre Augen loderten in der Dunkelheit. »In den Händen dieser Leute, Mr. Marshall, würde sie vielleicht nicht lange leben.«

Das Mädchen hat den Verstand verloren. Er starrte ihr in die Augen und fragte sich, ob so der Wahnsinn aussah. Er erinnerte sich daran, wie er sie kürzlich in ihrem elenden Logierhaus besucht hatte, als er noch geglaubt hatte, Rose Connolly sei eine kluge, besonnene Überlebenskünstlerin. Seitdem musste etwas geschehen sein, was sie in den Wahnsinn getrieben hatte, in eine Welt voller eingebildeter Feinde.

»Es tut mir leid, Miss Connolly, ich wüsste nicht, wie ich Ihnen helfen könnte«, sagte er und begann zurückzuweichen. Er machte kehrt und eilte in Richtung seiner Wohnung davon, durch den flockigen Schnee, in dem seine Schuhe parallele Furchen hinterließen.

»Ich bin zu Ihnen gekommen, weil ich dachte, Sie wären anders. *Besser.*«

»Ich bin nur ein einfacher Student. Was kann ich schon tun?«

»Es ist Ihnen gleich, nicht wahr?«

»Die West-End-Morde sind aufgeklärt. Es steht alles in den Zeitungen.«

»Sie wollen Sie *glauben* machen, dass sie aufgeklärt seien.«

»Das liegt in der Verantwortung der Nachtwache, nicht in meiner.«

»Es war Ihnen aber nicht gleichgültig, als *Sie* derjenige waren, den man beschuldigte.«

Er ging weiter und hoffte, dass sie es irgendwann müde sein würde, ihm nachzulaufen. Doch sie heftete sich an seine Fersen wie ein lästiger Hund, als er am Charles River entlang Richtung Norden marschierte.

»Jetzt, da Sie aus der Sache heraus sind, ist alles wunderbar, nicht wahr?«, sagte sie.

»Ich bin nicht befugt, in dieser Sache weitere Nachforschungen anzustellen.«

»Sie haben die Kreatur mit eigenen Augen *gesehen*. Sie haben die Leiche der armen Mary gefunden.«

Er sah sie an. »Und wissen Sie auch, dass ich wegen dieser Geschichte um ein Haar meinen Platz am College verloren hätte? Ich wäre verrückt, wenn ich neue Fragen über diese Morde aufwerfen würde. Ein paar Gerüchte genügen, und ich könnte alles verlieren, wofür ich gearbeitet habe. Dann wäre ich wieder zurück auf der Farm meines Vaters!«

»Ist es denn so furchtbar, ein Farmer zu sein?«

»Ja! Denn ich habe sehr viel ehrgeizigere Pläne.«

»Und nichts darf diese Pläne durchkreuzen«, bemerkte sie bitter.

Er blickte in die Richtung von Dr. Grenvilles Haus, dachte an den Champagner, den er dort getrunken hatte, die elegant gekleideten Mädchen, mit denen er getanzt hatte. Einst waren seine Ziele sehr viel bescheidener gewesen. Sich die Dankbarkeit seiner Eltern zu verdienen. Die Befriedigung zu erleben, ein Kind den Klauen einer tödlichen Krankheit entrissen zu haben. Aber an diesem Abend in Dr. Grenvilles Haus hatten sich ihm Perspektiven eröffnet, von denen er nie zu träumen gewagt hatte; eine Welt des Luxus, die eines Tages die seine werden könnte, wenn er alles richtig machte, wenn er sich keine Fehltritte erlaubte.

»Ich dachte, es wäre Ihnen auch wichtig«, sagte sie. »Aber

jetzt erkenne ich, dass für Sie nur eines zählt: Ihre bedeutenden Freunde in ihren prächtigen Häusern.«

Er sah sie an und seufzte. »Es ist nicht so, als wäre es mir nicht wichtig. Ich kann nur einfach nichts tun. Ich bin kein Polizist. Ich habe nicht das Recht, mich einzumischen. Und ich schlage vor, dass Sie der Sache künftig auch aus dem Weg gehen, Miss Connolly.« Er wandte sich ab.

»Das kann ich nicht«, sagte sie, und ihre Stimme drohte plötzlich zu versagen. »Ich weiß doch nicht, wohin ich mich sonst wenden soll...«

Er ging ein paar Schritte, zögerte und blieb schließlich stehen. Hinter sich hörte er sie leise weinen. Als er sich umdrehte, sah er, dass sie erschöpft an einem Tor lehnte, den Kopf mutlos gesenkt. Das war eine Rose Connolly, die er noch nicht kannte, so ganz anders als das unerschrockene Mädchen, das er auf der Entbindungsstation erlebt hatte.

»Haben Sie wirklich kein Dach über dem Kopf?«, fragte er und sah, wie sie den Kopf schüttelte. Er griff in die Tasche. »Wenn es eine Frage des Geldes ist, dann nehmen Sie alles, was ich bei mir habe.«

Da richtete sie sich plötzlich kerzengerade auf und funkelte ihn an.

»Ich will nichts für mich! Das ist für Meggie. Es ist *alles* für Meggie.« Aufgebracht fuhr sie sich mit der Hand übers Gesicht. »Ich bin zu Ihnen gekommen, weil ich glaubte, dass uns etwas verbindet, Sie und mich. Wir haben beide die Kreatur gesehen. Wir wissen beide, wozu sie fähig ist. Sie haben vielleicht keine Angst vor ihr, aber ich. Sie will das Baby. Also jagt sie mich.« Sie holte tief Luft und hüllte sich fester in ihren Umhang, wie um die Augen der Nacht abzuwehren. »Ich werde Sie nicht wieder belästigen«, sagte sie und wandte sich ab.

Er sah ihr nach, eine schmächtige Gestalt, die nach und nach von dem Vorhang aus fallenden Flocken verhüllt wurde. Mein Traum ist es, Leben zu retten, dachte er, an zahllosen Krankenbetten heldenhafte Kämpfe auszufechten. *Doch*

*wenn einmal ein Mädchen, das auf der Welt ohne Freunde ist,
mich um Hilfe anfleht, ist es mir schon zu viel.*

Die Gestalt war jetzt fast in dem weißen Gestöber verschwunden.

»Miss Connolly!«, rief er. »Mein Zimmer ist nicht weit von
hier. Wenn Sie für diese eine Nacht einen Platz zum Schlafen
brauchen, dürfte es Ihren Zwecken wohl genügen.«

23

Das war ein Fehler.

Norris lag im Bett und überlegte hin und her, was er am Morgen mit seinem Gast machen sollte. In einem spontanen Akt unüberlegter Nächstenliebe hatte er sich eine Verantwortung aufgebürdet, die er nicht brauchen konnte. Es ist ja nur vorübergehend, gelobte er sich; dies konnte keine dauerhafte Lösung sein. Immerhin hatte das Mädchen sich alle Mühe gegeben, nicht aufzufallen. Lautlos war sie hinter ihm die Treppe hinaufgeschlichen, damit niemand mitbekam, dass er einen weiblichen Gast ins Haus geschmuggelt hatte. Dann hatte sie sich wie ein erschöpftes Kätzchen in der Ecke zusammengerollt und war fast augenblicklich eingeschlafen. Er konnte sie nicht einmal atmen hören. Nur indem er den Kopf hob und nach ihrer schemenhaften Form auf dem Fußboden spähte, konnte er sich davon überzeugen, dass sie überhaupt da war. Er dachte an die Herausforderungen in seinem eigenen Leben – wie unbedeutend sie doch schienen, wenn er sich vorstellte, womit Rose Connolly Tag für Tag auf den Straßen dieser Stadt zu kämpfen hatte.

Aber ich kann nichts dagegen tun. Die Welt ist nun einmal ungerecht, und ich kann die Welt nicht ändern.

Als er am nächsten Morgen aufstand, schlief sie noch. Er überlegte, ob er sie wecken und sie ihrer Wege schicken sollte, doch er brachte es nicht übers Herz. Sie schlief tief und fest wie ein Kind. Bei Tageslicht wirkten ihre Kleider noch zerlumpter; er sah, dass ihr Umhang schon viele Male geflickt worden war, und bemerkte die Schlammspritzer auf dem Saum ihres Rocks. An ihrem Finger glitzerte ein Ring, besetzt mit Steinen aus buntem Glas, eine billige Version jener vielfarbigen Ringe, die er an den Händen so vieler feiner Damen gesehen hatte, auch an der seiner eigenen Mutter. Aber dies hier war eine schlechte Fälschung, ein Blechspielzeug, wie man es einem Kind gab. Es berührte ihn seltsam, dass Rose sich so ungeniert mit solch billigem Tand schmückte, als trüge sie ihre Armut stolz an ihrem Ringfinger zur Schau. Sie mochte arm sein, doch ihr Gesicht war feinknochig und ohne Makel, und in ihrem kastanienbraunen Haar ließ die Sonne kupferfarbene Strähnen schimmern. Hätte sie auf einem Kissen aus feiner Spitze geruht statt auf diesen Lumpen, sie hätte es mit jeder Schönheit aus Beacon Hill aufnehmen können. Doch mit den Jahren, lange bevor die Wangen eines Mädchens aus Beacon Hill ihre Jugendfrische einbüßten, würde die Armut unweigerlich den Glanz von Rose Connollys Antlitz trüben.

Die Welt ist ungerecht. Ich kann sie nicht ändern.

Obwohl er das Geld kaum entbehren konnte, ließ er ihr einige Münzen da; damit würde sie sich ein paar Tage lang Essen kaufen können. Sie schlief immer noch, als er das Zimmer verließ.

Zwar hatte er noch nie einen Gottesdienst von Reverend William Channing besucht, doch der Ruf des Mannes war auch schon zu ihm vorgedrungen. Es war schier unmöglich, nicht von Channing gehört zu haben, dessen angeblich so fesselnde Predigten einen stetig wachsenden Kreis begeisterter Anhänger in die Unitarierkirche in der Federal Street lockten. Gestern Abend bei Dr. Grenvilles Empfang hatten die Welliver-Schwestern wahre Loblieder auf Channing gesungen. »Da treffen Sie am Sonntagmorgen alles an, was Rang und Namen hat«, hatte Kitty Welliver geschwärmt. »Wir werden alle morgen dort sein – Mr. Kingston und Mr. Lackaway und sogar Mr. Holmes, obwohl er kalvinistisch erzogen wurde. Das sollten Sie sich nicht entgehen lassen, Mr. Marshall! Seine Predigten sind so eindrucksvoll, so tiefschürfend. Er bringt einen wahrhaft zum *Nachdenken*!«

Obwohl Norris bezweifelte, dass Kitty Welliver je auch nur

einen tiefschürfenden Gedanken gehabt hatte, konnte er ihren Rat, den Gottesdienst zu besuchen, nicht ignorieren. Gestern Abend hatte er einen Einblick in jenen Kreis bekommen, in dem er eines Tages zu verkehren hoffte, und der gleiche Kreis würde sich an diesem Morgen in der Kirche in der Federal Street erneut versammeln.

Kaum hatte er das Gotteshaus betreten, da erblickte er auch schon die ersten bekannten Gesichter. Wendell und Edward saßen vorn, und er wollte sich gerade zu ihnen gesellen, als ihm jemand auf die Schulter tippte und er sich plötzlich von den beiden Welliver-Schwestern flankiert sah.

»Oh, wir hatten gehofft, dass Sie kommen würden!«, sagte Kitty. »Möchten Sie sich nicht zu uns setzen?«

»Ja, bitte!«, bekräftigte Gwendolyn. »Wir sitzen immer oben.«

Und so ging er mit nach oben, machtlos angesichts dieser geballten weiblichen Willenskraft, und fand sich auf der Empore wieder, eingezwängt zwischen Kittys Röcken zur Linken und Gwendolyns zur Rechten. Bald schon fand er heraus, warum die Schwestern diesen isolierten Platz auf der Empore vorzogen: Hier konnten sie während Reverend Channings gesamter Predigt, die sie sich offensichtlich nicht anzuhören gedachten, ungestört tratschen.

»Sieh mal, da ist Elizabeth Peabody! Die sieht heute aber sehr streng aus«, sagte Kitty. »Und was für ein scheußliches Kleid. So unvorteilhaft!«

»Man sollte meinen, dass Reverend Channing ihre Gesellschaft allmählich satthat«, flüsterte Gwendolyn zurück.

Kitty stieß Norris an. »Sie haben die Gerüchte noch nicht gehört, oder? Über Miss Peabody und den Reverend? Sie stehen sich nahe. *Sehr* nahe«, fügte Kitty mit raffinierter Betonung hinzu.

Norris spähte über die Brüstung der Empore nach der Femme fatale im Zentrum des Skandals und erblickte eine schlicht gekleidete Frau mit einer unattraktiven Brille und einem Ausdruck verbissener Konzentration.

»Da ist Rachel. Ich wusste gar nicht, dass sie aus Savannah zurück ist«, sagte Kitty.

»Wo?«

»Gleich neben Charles Lackaway. Die beiden werden doch nicht…«

»Das kann ich mir nicht vorstellen. Findest du nicht, dass Charles heute merkwürdig aussieht? Irgendwie kränklich.«

Kitty beugte sich vor. »Er hat ja gestern Abend behauptet, er hätte Fieber. Vielleicht hat er tatsächlich die Wahrheit gesagt.«

Gwendolyn kicherte. »Oder Rachel ist einfach *viel* zu anstrengend für ihn.«

Norris versuchte, sich auf Reverend Channings Predigt zu konzentrieren, doch es war unmöglich bei dem unaufhörlichen Geplapper der beiden Mädchen. Gestern Abend hatte er ihre Ausgelassenheit noch reizend gefunden, aber heute fand er es nur noch ärgerlich, wie sie sich ständig darüber ausließen, wer neben wem saß, welches Mädchen langweilig und welches ein trockener Bücherwurm war. Er musste plötzlich an Rose Connolly denken, wie sie in ihren Lumpen erschöpft auf dem Fußboden seines Zimmers eingeschlafen war, und er stellte sich die gemeinen Bemerkungen vor, die diese Mädchen über sie machen würden. Würde Rose auch nur ein Wort über das Kleid eines anderen Mädchens oder die Amouren eines Geistlichen verlieren? Nein, was sie beschäftigte, waren elementare Sorgen: wie sie ihren Magen füllen, wo sie Unterschlupf vor dem Sturm finden würde – Bedürfnisse, die allen fühlenden Wesen gemeinsam waren. Und doch hielten die Welliver-Schwestern sich gewiss für weitaus kultivierter, weil sie so schöne Kleider besaßen und die Muße hatten, den Sonntagmorgen auf der Empore einer Kirche zu vertändeln.

Er lehnte sich an die Brüstung und hoffte, dass seine konzentrierte Miene ein deutliches Zeichen für Kitty und Gwendolyn wäre, ihr Geplapper einzustellen, doch sie redeten einfach über seinen Kopf hinweg weiter. *Wo hat Lydia bloß diesen scheußlichen Hut aufgetrieben? Siehst du, wie Dickie Lawrence sie ständig anstarrt? Oh, sie hat mir heute Morgen etwas ganz Pikantes erzählt! Der wahre Grund, weshalb Dickies Bruder so Hals über Kopf aus New York heimkehren musste. Es ist nämlich wegen einer jungen Dame...* Gütiger Himmel, dachte Norris, gab es irgendeinen Skandal, von dem diese Mädchen nichts wussten? Gab es irgendwo einen verstohlenen Blick, den sie nicht registrierten?

Was würden sie dazu sagen, dass Rose Connolly in seinem Zimmer geschlafen hatte?

Als Reverend Channing endlich mit seiner Predigt fertig war, wollte Norris nur möglichst schnell den Schwestern entfliehen, doch sie blieben stur sitzen und hielten ihn in ihrer Mitte gefangen, während die Kirche sich zu leeren begann.

»Oh, wir können noch nicht gehen«, sagte Kitty und zog ihn auf seinen Platz zurück, als er Anstalten machte, sich zu erheben. »Von hier oben kann man alles viel besser sehen.«

»Was sehen?«, fragte er, der Verzweiflung nahe.

»Rachel wirft sich Charles regelrecht an den Hals.«

»Sie ist schon seit Juni hinter ihm her. Erinnerst du dich noch an das Picknick in Weston? Auf dem Landsitz seines Onkels? Charlie musste praktisch in den Garten fliehen, um ihr zu entkommen.«

»Wieso sitzen sie immer noch? Man sollte doch meinen, dass Charlie inzwischen versucht hätte, die Flucht zu ergreifen.«

»Vielleicht will er gar nicht fliehen, Gwen. Vielleicht hat sie ihn tatsächlich schon an der Angel. Denkst du, dass das der wahre Grund ist, warum er uns im März nicht besucht hat? Da hatte sie ihn sich schon gekrallt!«

»Oh – jetzt stehen sie auf. Sieh nur, wie sie den Arm um ihn legt...« Kitty stockte. »Um Himmels willen, was hat er denn?«

Charles wankte von seinem Platz zum Mittelgang und griff Halt suchend nach der Rückenlehne einer Bank. Einen Moment lang stand er schwankend da und sank dann langsam zu Boden.

Die Welliver-Schwestern schnappten erschrocken nach Luft und sprangen gleichzeitig auf. Unten brach das Chaos aus, als die Kirchenbesucher sich um den zusammengebrochenen Charles scharten.

»Lasst mich durch!«, rief Wendell.

Kitty schluchzte übertrieben und schlug die Hand vor den Mund. »Ich hoffe doch, es ist nichts Ernstes!«

Bis Norris nach unten geeilt war und sich seinen Weg durch die Menge gebahnt hatte, knieten Wendell und Edward schon neben ihrem Freund.

»Mir geht's gut«, murmelte Charles. »Wirklich.«

»Du siehst aber nicht gut aus, Charlie«, erwiderte Wendell. »Wir haben nach deinem Onkel geschickt.«

»Er muss doch nichts davon erfahren.«

»Du bist weiß wie die Wand. Bleib ja still liegen.«

Charles stöhnte. »O Gott, das wird mir ewig anhängen.«

Norris' Blick fiel plötzlich auf den Verband, der Charles' linke Hand umschloss. Die Fingerspitzen, die aus dem Stoff hervorschauten, waren rot und geschwollen. Er kniete sich hin und zupfte an dem Verband.

Charles stieß einen Schrei aus und versuchte, die Hand wegzuziehen. »Nicht anfassen!«, flehte er.

»Charlie«, sagte Norris ruhig, »ich muss nachsehen. Das weißt du selbst.« Langsam wickelte er den Verband ab. Als schließlich die schwarz verfärbte Haut darunter zum Vorschein kam, prallte er entsetzt zurück. Er sah Wendell an, der nur schweigend den Kopf schüttelte.

»Wir müssen dich nach Hause bringen, Charlie«, sagte Norris. »Dein Onkel wird wissen, was zu tun ist.«

»Es ist jetzt ein paar Tage her, dass er sich bei der Anatomieübung geschnitten hat«, sagte Wendell. »Er hat gewusst, dass seine Hand immer schlimmer wird. Warum zum Teufel hat er niemandem etwas gesagt?«

»Hätte er denn zugeben sollen, wie tollpatschig und unfähig er ist?«

»Er wollte ja nie Medizin studieren. Der arme Charlie wäre glücklich und zufrieden, wenn er sein Leben in diesem Zimmer verbringen und seine kleinen Verse schmieden könnte.« Wendell stand am Fenster von Dr. Grenvilles Salon und sah hinaus auf die Straße, wo gerade ein Vierspänner vorüberfuhr. Erst gestern Abend war dieses Haus von Lachen und Musik erfüllt gewesen; jetzt war es unheimlich still, bis auf die knarrenden Schritte im Obergeschoss und das Knistern des Kaminfeuers. »Er hat kein Talent für die Medizin, und wir alle wissen es. Das müsste eigentlich auch sein Onkel akzeptieren.«

Für alle anderen war es jedenfalls offensichtlich, dachte Norris. Kein anderer Student stellte sich so ungeschickt mit dem Skalpell an, keiner war so wenig darauf vorbereitet, sich mit den grimmigen Realitäten ihres erwählten Berufs auseinanderzusetzen. Der Sektionssaal war nur ein Vorgeschmack dessen gewesen, was einen Mediziner erwartete. Es würde noch weit Schlimmeres auf sie zukommen: der Gestank des Typhus, die Schreie auf dem Operationstisch. Eine Leiche zu sezieren, war gar nichts; die Toten beklagen sich nicht. Das wahre Grauen lauerte im lebendigen Fleisch.

Sie hörten ein Klopfen an der Haustür. Mrs. Furbush, die Haushälterin, kam herbeigeeilt, um den Besucher in Empfang zu nehmen.

»Oh. Dr. Sewall! Gott sei Dank, dass Sie da sind! Mrs. Lackaway ist ganz außer sich, und Dr. Grenville hat ihn schon zweimal zur Ader gelassen, aber das Fieber ist unverändert hoch, und ihm liegt sehr daran, Ihre Meinung zu hören.«

»Ich bin nicht sicher, ob meine Fähigkeiten schon gebraucht werden.«

»Sie werden vielleicht Ihre Meinung ändern, wenn Sie seine Hand sehen.«

Norris erhaschte einen Blick auf Dr. Sewall, als dieser mit seiner Instrumententasche in der Hand an der Tür des Salons vorbeiging, und er hörte ihn die Stufen zum Obergeschoss hinaufsteigen. Mrs. Furbush wollte ihm schon nacheilen, als Wendell ihr zurief: »Wie geht es Charles?«

Mrs. Furbush blickte sie durch die offene Tür an, und ihre einzige Antwort bestand in einem betrübten Kopfschütteln.

Edward murmelte: »Das sieht allmählich ziemlich übel aus.«

Von oben hörten sie Männerstimmen und Mrs. Lackaways Schluchzen. Wir sollten gehen, dachte Norris. *Wir stören diese Familie in ihrem Kummer.* Doch seine beiden Gefährten machten keine Anstalten aufzubrechen; auch nicht, als der Nachmittag weiter vorrückte und das Dienstmädchen ihnen noch eine Kanne Tee und ein Tablett mit Gebäck brachte.

Wendell rührte nichts an. Er ließ sich in einen Sessel sinken und starrte mit grimmig konzentrierter Miene ins Feuer. »Sie hatte Kindbettfieber«, sagte er unvermittelt.

»Was?«, fragte Edward.

Wendell sah auf. »Die Leiche, die er an dem Tag seziert hat, als er sich in den Finger schnitt. Es war eine Frau, und Dr. Sewall sagte, sie sei an Kindbettfieber gestorben.«

»Und?«

»Ihr habt seine Hand gesehen.«

Edward schüttelte den Kopf. »Ein ganz grässlicher Fall von Wundrose.«

»Das war Wundbrand, Eddie. Jetzt hat er Fieber, und sein Blut ist vergiftet, durch irgendetwas, was er sich durch einen kleinen Schnitt mit dem Skalpell zugezogen haben muss. Denkst du, es ist reiner Zufall, dass die Frau ebenfalls an einem plötzlich auftretenden Fieber gestorben ist?«

Edward zuckte mit den Achseln. »Viele Frauen sterben daran. In diesem Monat waren es mehr als je zuvor.«

»Und die meisten wurden von Dr. Crouch behandelt«, sagte Wendell leise. Wieder starrte er ins Feuer.

Sie hörten Schritte auf der Treppe, und kurz darauf füllte Dr. Sewalls massige Gestalt fast die ganze Türöffnung aus. Er musterte die drei jungen Männer, die im Salon versammelt waren, und sagte dann: »Sie, Mr. Marshall! Und Mr. Holmes auch. Kommen Sie beide mit nach oben.«

»Sir?«, fragte Norris.

»Sie müssen den Patienten festhalten.«

»Was ist mit mir?«, fragte Edward.

»Meinen Sie wirklich, dass Sie dazu bereit sind, Mr. Kingston?«

»Ich ... ich denke doch, Sir.«

»Dann kommen Sie mit. Wir können Sie gewiss gebrauchen.«

Die drei jungen Männer folgten Sewall nach oben, und mit jedem Schritt wuchs Norris' Beklemmung, denn er ahnte bereits, was passieren würde. Sewall führte sie durch den Flur im ersten Stock, und Norris sah im Vorbeigehen die Familienporträts an der Wand, eine lange Galerie eleganter Herren und schöner Damen.

Sie betraten Charles' Zimmer.

Die Sonne ging bereits unter, und das letzte winterliche Licht des Nachmittags schimmerte im Fenster. Um das Bett herum brannten fünf Lampen. In der Mitte lag Charles, das Gesicht leichenblass, die linke Hand unter einem Tuch verborgen. In einer Ecke saß stocksteif seine Mutter, die Hände im Schoß ineinandergekrampft, Panik in den Augen. Dr. Grenville stand am Bett seines Neffen, den Kopf in müder Resignation gesenkt. Auf einem Tisch lag eine Reihe chirurgischer Instrumente parat: Skalpelle, eine Säge, Nahtmaterial aus Seide und eine Aderpresse.

Charles wimmerte leise. »Mutter, bitte«, flüsterte er. »Lass es nicht zu.«

Eliza richtete einen verzweifelten Blick auf ihren Bruder. »Gibt es denn keine andere Möglichkeit, Aldous? Morgen geht es ihm vielleicht schon besser! Wenn wir noch ein wenig warten ...«

»Wenn er uns seine Hand schon früher gezeigt hätte«, sagte Grenville, »dann hätte ich den Prozess vielleicht aufhalten können. Ein Aderlass gleich zu Beginn hätte das Gift abziehen können. Aber dazu ist es jetzt viel zu spät.«

»Er sagte, es sei nur ein kleiner Schnitt gewesen. Nichts von Bedeutung.«

»Ich habe schon die allerkleinsten Schnitte eitern und brandig werden sehen«, sagte Dr. Sewall. »Wenn das passiert, dann bleibt keine andere Wahl.«

»Mutter, *bitte*!« Charles richtete seine angstgeweiteten Augen auf seine Kommilitonen. »Wendell, Norris – lasst es nicht zu. Das dürfen sie nicht!«

Norris konnte ihm nichts dergleichen versprechen; er wusste, was getan werden musste. Er starrte das Skalpell und die Knochensäge auf dem Tisch an und dachte: *Lieber Gott, ich will das nicht mit ansehen.* Aber er blieb standhaft, denn er wusste, dass seine Hilfe dringend gebraucht wurde.

»Wenn ihr sie abnehmt, Onkel«, sagte Charles, »werde ich *nie* ein Chirurg sein können!«

»Ich möchte, dass du noch eine Dosis Morphium einnimmst«, sagte Grenville, indem er den Kopf seines Neffen anhob. »Komm, trink!«

»Ich werde nie sein, was du dir gewünscht hast!«

»Trink es, Charles. Den ganzen Becher.«

Charles sank aufs Kissen zurück und schluchzte leise. »Das ist alles, was ich je gewollt habe«, stöhnte er. »Dass du stolz auf mich sein kannst.«

»Ich *bin* stolz auf dich, mein Junge.«

»Wie viel hast du ihm gegeben?«, fragte Sewall.

»Bis jetzt vier Dosen. Ich wage nicht, ihm mehr zu geben.«

»Dann lass uns beginnen, Aldous.«

»Mutter?«, flehte Charles.

Eliza stand auf und zerrte verzweifelt am Arm ihres Bruders. »Könnt ihr denn nicht noch einen Tag warten? Bitte, nur noch einen Tag!«

»Mrs. Lackaway«, sagte Dr. Sewall, »in einem Tag wird es zu spät sein.« Er hob das Tuch an, das den linken Arm des Patienten bedeckte, und gab den Blick auf Charles' grotesk angeschwollene Hand frei. Die Haut war straff wie ein Ballon und grünlich-schwarz verfärbt. Selbst auf die Entfernung konnte Norris das faulende Fleisch riechen.

»Das ist keine bloße Wundrose mehr, Madam«, erklärte Sewall. »Das ist eine feuchte Gangrän. Das Gewebe ist nekrotisch, und allein in der kurzen Zeit, die ich hier bin, ist es noch weiter angeschwollen, angefüllt mit giftigen Gasen. Hier am Arm zieht sich bereits ein roter Streifen entlang zum Ellenbogen hinauf; ein Anzeichen dafür, dass das Gift sich ausbreitet. Bis morgen könnte es durchaus die Schulter erreicht haben. Und dann kann nichts mehr den Prozess rückgängig machen, nicht einmal eine Amputation.«

Eliza stand da, die Hand auf den Mund gepresst, und blickte betroffen auf Charles hinab. »Dann hilft also nichts sonst? Es gibt keine andere Möglichkeit?«

»Ich hatte schon mit zu vielen Fällen wie diesem zu tun. Männer, deren Gliedmaßen bei Unfällen zerquetscht oder von Kugeln durchbohrt worden waren. Ich habe gelernt, dass, wenn die feuchte Gangrän einmal eingesetzt hat, nur noch ein begrenzter Zeitraum zum Handeln bleibt. Zu oft habe ich das Notwendige schon hinausgeschoben, und stets habe ich es bedauert. Ich habe gelernt, wie wichtig es ist, früh genug zu amputieren.« Er hielt inne und fuhr mit leiserer, sanfterer Stimme fort: »Der Verlust einer Hand ist nicht der Verlust einer Seele. Wenn alles gut geht, wird Ihnen Ihr Sohn erhalten bleiben, Madam.«

»Er ist mein einziges Kind«, flüsterte Eliza mit tränenerstickter Stimme. »Ich darf ihn nicht verlieren, das wäre mein sicherer Tod.«

»Sie werden beide nicht sterben.«

»Versprechen Sie es mir?«

»Unser Schicksal liegt immer in Gottes Hand, Madam. Aber ich werde mein Bestes tun.« Er hielt inne und wandte sich an Grenville. »Vielleicht wäre es besser, wenn Mrs. Lackaway hinausginge.«

Grenville nickte. »Geh, Eliza. Bitte.«

Sie zögerte einen Moment, den Blick sehnsüchtig auf ihren Sohn geheftet, dessen Lider unter dem Einfluss der Droge schon schwer wurden. »Sorge dafür, dass nichts schiefgeht, Aldous«, sagte sie zu ihrem Bruder. »Wenn wir ihn verlieren, werden wir im Alter keine Stütze haben. Niemand kann ihn ersetzen.« Mit einem unterdrückten Schluchzer verließ sie den Raum.

Sewall wandte sich an die drei Medizinstudenten. »Mr. Marshall, ich empfehle Ihnen, den Rock auszuziehen. Es wird viel Blut fließen. Mr. Holmes, Sie werden den rechten Arm festhalten; Sie, Mr. Kingston, die Füße. Mr. Marshall und Dr. Grenville werden den linken Arm nehmen. Auch vier Dosen Morphium werden nicht ausreichen, die Schmerzen zu unterdrücken, und er wird sich wehren. Die vollständige Ruhigstellung des Patienten ist entscheidend für meinen Erfolg. Die einzig barmherzige Art und Weise, diese Operation durchzuführen, ist, schnell zu arbeiten, ohne Zögern und vergeudete Anstrengung. Haben Sie verstanden, meine Herren?«

Die Studenten nickten.

Wortlos zog Norris seinen Rock aus und hängte ihn über einen Stuhl. Er trat an Charles' linke Seite.

»Ich werde versuchen, so viel wie möglich von dem Glied zu erhalten«, sagte Dr. Sewall, während er Tücher unter den Arm des Patienten schob, um den Boden und die Matratze vor dem Blut zu schützen. »Aber ich fürchte, die Infektion ist zu weit fortgeschritten, als dass ich das Handgelenk retten könnte. Es gibt jedenfalls diverse medizinische Autoritäten – Dr. Larry beispielsweise –, die der Ansicht sind, es sei immer ratsam, den Unterarm weiter oben abzunehmen, in der fleischigen Partie. Und das gedenke ich auch zu tun.« Er band sich eine Schürze um und sah Norris an. »Ihnen kommt bei dieser Operation eine entscheidende Rolle zu, Mr. Marshall. Da Sie mir der Kräftigste und der Nervenstärkste von allen zu sein scheinen, möchte ich, dass Sie den Unterarm festhalten, direkt oberhalb der Stelle, an der ich den Schnitt ansetzen werde. Dr. Grenville wird die Hand unter Kontrolle halten. Während ich arbeite, wird er es sein, der den Unterarm einwärts und auswärts dreht, damit ich an alle Strukturen herankomme. Zunächst wird die Haut aufgeschnitten und anschließend von der Faszie gelöst. Nachdem ich die Muskeln durchtrennt habe, werde ich Sie bitten, den Wundhaken zu halten, damit ich die Knochen sehen kann. Ist das alles klar?«

Norris konnte kaum schlucken, so ausgetrocknet war seine Kehle. »Ja, Sir«, murmelte er.

»Sie dürfen jetzt nicht verzagen. Wenn Sie glauben, dass es Ihre Kräfte übersteigt, dann sagen Sie es jetzt.«

»Ich schaffe das schon.«

Sewall musterte ihn lange und eingehend. Offensichtlich zufriedengestellt, griff er sodann nach der Aderpresse. Seine Augen verrieten keine Unsicherheit, keinerlei Zweifel an dem, was er vorhatte. Es gab in ganz Boston keinen besseren Chirurgen als Erastus Sewall, und sein Vertrauen in das eigene Können zeigte sich in der Geschicklichkeit, mit der er die Binde oberhalb des Ellbogens um Charles' Arm schlang. Er platzierte den Wulst genau über der Armschlagader und zog erbarmungslos zu, bis die Blutzirkulation im Arm gänzlich unterbunden war.

Charles tauchte aus seiner Morphiumtrance auf. »Nein«, stöhnte er. »Bitte nicht.«

»Meine Herren, nehmen Sie Ihre Positionen ein.«

Norris packte den linken Arm des Patienten und drückte den Ellbogen auf die Kante der Matratze.

»Du willst doch mein Freund sein.« Charles richtete seinen jammervollen Blick auf Norris, dessen Gesicht direkt über seinem war. »Warum tust du das? Warum lässt du zu, dass sie mir wehtun?«

»Sei stark, Charlie«, erwiderte Norris. »Es muss sein. Wir versuchen, dein Leben zu retten.«

»Nein. Du bist ein Verräter. Du willst mich nur aus dem Weg räumen!« Charles versuchte, sich loszureißen, woraufhin Norris noch fester zupackte und seine Finger in die mit kaltem Schweiß bedeckte Haut bohrte. Charles wehrte sich so heftig, dass die Muskeln in seinem Arm anschwollen und die Sehnen straff wie Taue hervortraten. »Ihr wollt mich umbringen!«, schrie Charles.

»Das ist das Morphium, das aus ihm spricht.« Ruhig griff Sewall nach seinem Amputationsmesser. »Es hat nichts zu bedeuten.« Er sah Grenville an. »Aldous?«

Dr. Grenville fasste die brandige Hand seines Neffen. Charles bäumte sich jetzt auf und wand sich, doch gegen ihre vereinten Kräfte hatte er keine Chance. Edward hielt seine Fußgelenke nieder, Wendell die rechte Schulter. Sosehr er sich auch sträubte, jammerte und flehte, nichts konnte das Messer aufhalten.

Beim ersten Schnitt von Sewalls Klinge stieß Charles einen schrillen Schrei aus. Blut spritzte auf Norris' Hände und tropfte auf das Laken. Sewall arbeitete so schnell, dass er in den wenigen Sekunden, in denen Norris nicht hingesehen hatte, bereits die Haut rings um den ganzen Unterarm aufgeschlitzt hatte. Als Norris sich zwang, den Blick wieder auf die Wunde zu richten, schälte Sewall schon die Haut von der Faszie zurück, um einen Lappen zu bilden. Er arbeitete mit grimmiger Entschlossenheit, ohne auf das Blut zu achten, das an seine Schürze spritzte, oder auf Charles' markerschütternde Schmerzensschreie, ein so fürchterliches Geräusch, dass sich Norris die Nackenhaare aufstellten. Der Arm war jetzt glitschig von Blut, und Charles, der sich wie ein wildes Tier wehrte, hätte es beinahe geschafft, sich loszureißen.

»Festhalten, verdammt noch mal!«, brüllte Sewall.

Gekränkt packte Norris noch fester zu. Halb taub von Charles' Schreien, hielt er den Arm unbarmherzig umklammert, und seine Finger bohrten sich wie Krallen in das Fleisch.

Sewall legte das Amputationsmesser weg und griff nach einem Instrument mit größerer Klinge, um die Muskeln zu zerteilen. Mit der brutalen Effizienz eines Schlachters führte er ein paar tiefe Schnitte, und schon war er auf dem Knochen.

Charles' Schreie gingen in ein ersticktes Schluchzen über. »Mutter! O Gott, ich sterbe!«

»Mr. Marshall!«

Norris starrte den Wundhaken an, den Sewall soeben in der Wunde platziert hatte.

»Nehmen Sie ihn!«

Mit der rechten Hand hielt Norris weiter Charles' Arm gepackt, während er mit der Linken an dem Retraktor zog und die Wunde freilegte. Da, unter einem Schleier von Blut und Gewebestreifen, schimmerte hell der Knochen hervor. Die Speiche, dachte Norris, als er sich an die anatomischen Illustrationen im Wistar erinnerte, die er so eingehend betrachtet hatte. Er dachte an das präparierte Skelett, das er im Sektionssaal studiert hatte. Aber das waren trockene, spröde Knochen gewesen, so ganz anders als diese lebendige Speiche.

Dr. Sewall griff zur Säge.

Während der Chirurg Speiche und Elle durchtrennte, spürte Norris den Akt der Verstümmelung durch den Arm, den er gefasst hielt – das Raspeln der Sägezähne, das Splittern der Knochen.

Und er hörte Charles' Schreie.

Binnen Sekunden war gnädigerweise alles vorbei. Dann hielt Grenville den abgetrennten Teil in den Händen, und nur noch der Stumpf blieb zurück. Das schlimmste Gemetzel war vorüber, und was nun kam, war die Feinarbeit beim Abbinden der Gefäße. Norris sah tief beeindruckt zu, wie geschickt Sewall die Speichen- und Ellenschlagader sowie die *Arteria interossea* freilegte und sie alle mit einer Seidennaht abband.

»Ich hoffe, Sie haben alle gut aufgepasst, meine Herren«, sagte Dr. Sewall, der sich nun daranmachte, den Hautlappen festzunähen. »Denn eines Tages werden Sie selbst vor der Aufgabe stehen, eine solche Operation durchzuführen. Und es wird vielleicht keine so einfache Amputation sein wie diese hier.«

Norris sah auf Charles hinab, dessen Augen jetzt geschlossen waren. Seine Schreie waren einem erschöpften Wimmern gewichen. »Das schien mir alles andere als einfach, Sir«, sagte er leise.

Sewall lachte. »Das hier? Das war bloß ein Unterarm. Eine Schulter oder ein Oberschenkel, das ist weitaus schlimmer. Da genügt keine einfache Aderpresse mehr. Wenn Sie einmal die Kontrolle über die *Arteria subclavia* oder die Oberschenkelschlagader verlieren, werden Sie verblüfft sein, wie viel Blut ein Mensch in wenigen Sekunden verlieren kann.« Er führte die Nadel wie ein erfahrener Schneidermeister und schloss den Hautlappen bis auf eine kleine Lücke, die als Abflussöffnung diente. Nachdem er mit Nähen fertig war, verband er fein säuberlich den Stumpf und sah Grenville an. »Ich habe getan, was ich konnte, Aldous.«

Grenville nickte dankbar. »Ich hätte meinen Neffen niemand anderem als dir anvertraut.«

»Hoffen wir, dass du dein Vertrauen in den Richtigen gesetzt hast.« Sewall ließ seine blutigen Instrumente in eine Wasserschüssel fallen. »Das Leben deines Neffen liegt jetzt in Gottes Hand.«

»Es können immer noch Komplikationen auftreten«, sagte Sewall.

Im Salon brannte ein munteres Feuer, und Norris hatte bereits mehrere Gläser von Dr. Grenvilles exzellentem Bordeaux geleert, doch noch immer saß ihm die Kälte in den Knochen. Er trug wieder seinen Rock, den er einfach über das schmutzige Hemd angezogen hatte. Wenn er auf seine Manschetten hinabsah, die aus den Jackenärmeln hervorlugten, konnte er vereinzelte Spritzer von Charles' Blut erkennen. Auch Wendell und Edward schienen zu frieren, denn sie hatten ihre Stühle dicht an den Kamin gerückt, wo Dr. Grenville saß. Allein Dr. Sewall schien die Kälte nicht zu spüren. Seine Wangen waren schon von zahlreichen Gläsern Bordeaux gerötet, und der Wein hatte auch seine Haltung entspannt und seine Zunge gelöst. Er saß gegenüber vom Kamin in einem

Sessel, den er mit seinem enormen Leibesumfang ganz aus-
füllte, und hatte die stämmigen Beine vor sich ausgestreckt.

»Es kann so vieles noch schiefgehen«, sagte er, indem er
nach der Flasche griff und sich nachschenkte. »Die kommenden Tage werden noch kritisch.« Er stellte die Flasche hin
und sah Grenville an. »Das weiß sie doch, oder?«

Allen war klar, dass er von Eliza sprach. Sie konnten ihre
Stimme oben hören; sie saß am Bett ihres schlafenden Sohnes
und sang ihm ein Wiegenlied. Seit Sewall mit seiner grässlichen Operation fertig war, hatte sie Charles' Zimmer nicht
mehr verlassen. Norris bezweifelte nicht, dass sie auch den
Rest der Nacht an seiner Seite verbringen würde.

»Sie ist sich der Gefahren durchaus bewusst. Meine Schwester hatte ihr ganzes Leben lang mit Ärzten zu tun. Sie weiß,
was passieren kann.«

Sewall trank einen Schluck und musterte die drei Studenten. »Ich war nur wenig älter als Sie, meine Herren, als ich gezwungen war, meine erste Amputation durchzuführen. Ihnen
war eine schonende Einführung vergönnt. Sie durften eine
Amputation unter idealen Bedingungen erleben, in einem bequemen Zimmer mit guter Beleuchtung, sauberem Wasser
und den geeigneten Instrumenten. Und einem Patienten, der
mit großzügigen Gaben von Morphium bestens vorbereitet
war. Nicht zu vergleichen mit den Bedingungen, mit denen
ich an jenem Tag in North Point konfrontiert war.«

»North Point?«, fragte Wendell. »Sie haben in der Schlacht
von Baltimore gekämpft?«

»Nicht *in* der Schlacht. Ich bin ganz gewiss kein Soldat,
und ich wollte mit diesem unsinnigen, elenden Krieg nichts
zu schaffen haben. Aber ich war in jenem Sommer in Baltimore, wo ich meine Tante und meinen Onkel besuchte. Ich
hatte damals mein Medizinstudium schon abgeschlossen,
aber meine chirurgischen Fähigkeiten waren noch kaum auf
die Probe gestellt worden. Als die britische Flotte eintraf und
mit der Bombardierung von Fort McHenry begann, brauchte
die Miliz von Maryland dringend sämtliche verfügbaren

Chirurgen. Ich war von Anfang an gegen den Krieg, aber ich konnte meine Verpflichtung gegenüber meinen Landsleuten nicht ignorieren.« Er nahm einen tüchtigen Zug aus seinem Glas und seufzte. »Das schlimmste Gemetzel fand auf einem offenen Feld in der Nähe des Bear Creek statt. Eine vierhundert Mann starke britische Truppe war über Land marschiert in der Hoffnung, Fort McHenry zu erreichen. Doch bei Boudens Farm wurden sie von dreihundert der Unsrigen erwartet.«

Sewall starrte ins Feuer, als sehe er dieses Feld wieder vor sich, die vorrückenden britischen Soldaten, die Männer der Miliz von Maryland, die ihre Stellung hielten. »Es begann mit Kanonenfeuer von beiden Seiten«, sagte er. »Dann, als sie näher rückten, wurden die Musketen eingesetzt. Sie sind alle so jung. Sie haben wahrscheinlich noch nie gesehen, was eine Bleikugel in einem menschlichen Körper anrichten kann. Das Fleisch wird davon nicht so sehr durchbohrt als vielmehr zerquetscht.« Er nahm noch einen Schluck. »Als es vorbei war, hatte die Miliz zwei Dutzend Gefallene zu beklagen und an die hundert Verwundete. Die Verluste der Briten waren doppelt so hoch.

An jenem Nachmittag führte ich meine erste Amputation durch. Ich habe mich ziemlich ungeschickt angestellt, und ich habe mir meine Fehler bis heute nicht verzeihen können. An diesem Tag unterliefen mir einfach zu viele. Ich weiß nicht mehr, wie viele Gliedmaßen ich auf diesem Feld amputieren musste. Im Rückblick neigt man zur Übertreibung, und daher waren es wohl nicht ganz so viele, wie ich mir einbilde. Bestimmt lag ich noch weit unter der Zahl von Amputationen, die Baron Larrey in der Schlacht von Borodino an Napoleons Soldaten durchgeführt haben will. Zweihundert an einem einzigen Tag – das behauptet er jedenfalls.« Sewall zuckte mit den Schultern. »In North Point habe ich vielleicht nur ein Dutzend Mal amputiert, aber am Ende des Tages war ich ganz stolz auf mich, weil die meisten meiner Patienten noch am Leben waren.« Er leerte sein Weinglas und griff wieder nach der Flasche. »Mir war nicht klar, wie wenig das bedeutete.«

»Aber Sie haben sie gerettet«, sagte Edward.

Sewall schnaubte verächtlich. »Für ein oder zwei Tage. Bis das Fieber einsetzte.« Er fixierte Edward mit strengem Blick. »Sie wissen, was Pyämie ist, oder?«

»Ja, Sir. Das ist eine Blutvergiftung.«

»Wörtlich ›Eiter im Blut‹. Das war das schlimmste Fieber von allen, bei dem aus den Wunden große Mengen eines gelben Sekrets flossen. Nun, manche Chirurgen sind der Ansicht, die Bildung von Eiter sei ein gutes Zeichen und bedeute, dass der Körper im Begriff sei, sich selbst zu heilen. Aber ich bin vom Gegenteil überzeugt. Für mich ist Eiterbildung vielmehr ein Signal, dass man anfangen kann, den Sarg zu zimmern. Und wenn es nicht Pyämie war, dann waren es andere Gräuel. Gangrän. Wundrose. Tetanus.« Er sah die drei Studenten der Reihe nach an. »Hat einer von Ihnen je einen Wundstarrkrampf gesehen?«

Alle drei schüttelten den Kopf.

»Er beginnt mit einer Kiefersperre, wobei der Mund sich zu einem grotesken Grinsen verzieht, und setzt sich mit krampfartigen Beuge- und Streckbewegungen der Arme und Beine fort. Die Bauchmuskeln werden bretthart. Plötzlich einsetzende Krämpfe beugen den Rumpf mit solcher Gewalt nach hinten durch, dass dabei Knochen brechen können. Und die ganze Zeit ist der Betroffene bei Bewusstsein und leidet die fürchterlichsten Schmerzen.« Er stellte sein leeres Glas ab. »Die Amputation, meine Herren, ist nur der erste Schrecken. Es können sehr wohl weitere folgen.« Er sah die Studenten an. »Auf Ihren Freund Charles lauern noch große Gefahren. Ich habe nichts weiter getan, als das befallene Glied zu entfernen. Was im Weiteren geschieht, hängt von seiner Konstitution und seinem Lebenswillen ab. Und von der Vorsehung.«

Oben hatte Eliza zu singen aufgehört, doch sie konnten die Dielen knarren hören, als sie in Charles' Schlafzimmer auf und ab ging. Hin und her, hin und her. Wenn die Liebe einer Mutter allein ein Kind retten könnte, dann gäbe es keine stärkere Medizin als die, welche Eliza ihrem Sohn jetzt mit jedem unruhigen Schritt, mit jedem bangen Seufzer verabreichte. *Hat meine Mutter mit solcher Hingabe an meinem Krankenbett ausgeharrt?* Norris hatte nur eine einzige blasse Erinnerung an einen Moment, als er kurz aus seiner Fiebertrance erwacht war und im Schein einer flackernden Kerzenflamme Sophia an seinem Bett erblickt hatte, die sich über ihn beugte und ihm übers Haar strich. »Mein geliebter Sohn, mein Ein und Alles«, hatte sie gemurmelt.

Hast du das ernst gemeint? Und warum hast du mich dann an jenem Tag verlassen?

Es klopfte an der Haustür. Sie hörten das Dienstmädchen den Flur entlangeilen, um zu öffnen, doch Dr. Grenville machte keine Anstalten, sich zu erheben. Die Erschöpfung fesselte ihn an seinen Sessel, und er saß reglos da, während er dem Wortwechsel an der Haustür lauschte.

»Könnte ich Dr. Grenville sprechen?«

»Es tut mir leid«, antwortete das Mädchen. »Wir haben einen schweren Krankheitsfall im Haus, und der Doktor kann keine Besucher empfangen. Wenn Sie Ihre Karte dalassen möchten, wird er vielleicht...«

»Sagen Sie ihm, dass Mr. Pratt von der Nachtwache hier ist.«

Grenville, der noch immer zusammengesunken in seinem Sessel saß, schüttelte müde den Kopf über den ungebetenen Besuch.

»Ich bin sicher, dass er ein andermal gerne mit Ihnen sprechen wird«, sagte das Dienstmädchen.

»Es wird nur eine Minute dauern. Diese Neuigkeit wird ihn interessieren.« Schon konnten sie das Trampeln von Pratts schweren Stiefeln im Haus hören.

»Mr. Pratt, Sir!«, rief das Mädchen. »Bitte, wenn Sie nur so lange warten würden, bis ich den Doktor gefragt...«

Pratt erschien in der Salontür und ließ den Blick über die im Raum versammelten Männer schweifen.

»Dr. Grenville«, stammelte das Mädchen hilflos, »ich habe ihm gesagt, dass Sie keine Besucher empfangen!«

»Es ist schon in Ordnung, Sarah«, erwiderte Grenville, während er sich erhob. »Offenbar ist Mr. Pratt der Ansicht, die Angelegenheit sei dringlich genug, um sein Eindringen zu rechtfertigen.«

»Allerdings, Sir«, sagte Pratt. Seine Augen verengten sich, als er Norris fixierte. »Hier sind Sie also, Mr. Marshall. Ich habe Sie schon gesucht.«

»Er war den ganzen Nachmittag hier«, erklärte Grenville. »Mein Neffe ist schwer erkrankt, und Mr. Marshall war so freundlich, uns seine Hilfe anzubieten.«

»Ich habe mich schon gefragt, warum Sie nicht in Ihrer Wohnung waren«, sagte Pratt, den Blick immer noch auf Norris gerichtet, den eine plötzliche Panik erfasste. Hatte man Rose Connolly in seinem Zimmer entdeckt? Starrte Pratt ihn deswegen so an?

»Das ist also der Grund für diese Störung?«, fragte Grenville, der seine Verachtung kaum verbergen konnte. »Sie wollten sich lediglich nach Mr. Marshalls Verbleib erkundigen?«

»Nein, Doktor«, antwortete Pratt und wandte sich zu Grenville um.

»Was dann?«

»Sie haben es also noch nicht gehört?«

»Ich war den ganzen Tag mit meinem Neffen beschäftigt. Ich habe nicht einmal das Haus verlassen.«

»Heute Nachmittag«, sagte Pratt, »bemerkten zwei Jungen, die unter der West Boston Bridge spielten, einen Gegenstand im Schlamm, der wie ein Bündel Lumpen aussah. Als sie genauer hinsahen, stellten sie fest, dass es sich nicht um Lumpen, sondern um die Leiche eines Mannes handelte.«

»Unter der West Boston Bridge?«, fragte Dr. Sewall, der sich bei dieser beunruhigenden Neuigkeit in seinem Sessel aufgerichtet hatte.

»Ja, Dr. Sewall«, sagte Pratt. »Ich lade Sie ein, den Leichnam selbst in Augenschein zu nehmen. Sie werden nicht umhinkönnen, aus den Verletzungen die gleichen Schlussfolgerungen zu ziehen wie ich. In der Tat scheint es mir ebenso wie Dr. Crouch klar zu sein ...«

»Crouch hat die Leiche schon gesehen?«, fragte Grenville.

»Dr. Crouch war auf der Station, als die Leiche ins Krankenhaus gebracht wurde. Ein glücklicher Umstand, da er Agnes Poole ebenfalls untersucht hat. Er sah sofort die Ähnlichkeit der Verletzungen. Das eigenartige Muster der Schnitte.« Pratt sah Norris an. »Sie dürften wissen, wovon ich spreche, Mr. Marshall.«

Norris starrte ihn an. »In der Form eines Kreuzes?«, fragte er leise.

»Ja. Trotz der ... Schäden ist das Muster offensichtlich.«

»Welche Schäden?«

»Ratten, Sir. Vielleicht auch andere Tiere. Es ist klar, dass die Leiche schon einige Zeit dort gelegen hatte. Und es ist logisch, anzunehmen, dass sein Tod mit dem Datum seines Verschwindens zusammenfiel.«

Es war, als sei die Temperatur im Raum plötzlich abgesackt. Obwohl niemand ein Wort sagte, konnte Norris an den betroffenen Mienen der anderen erkennen, dass sie alle begriffen hatten.

»Dann haben Sie ihn also gefunden«, sagte Grenville schließlich.

Pratt nickte. »Es handelt sich um die Leiche von Dr. Nathaniel Berry. Er ist nicht geflüchtet, wie wir alle angenommen hatten. Er wurde ermordet.«

24

Gegenwart

Julia blickte von Wendell Holmes' Brief auf. »Hatte Holmes recht, Tom? Hatte dieser Fall von Kindbettfieber tatsächlich etwas mit Charles' Blutvergiftung zu tun?«

Tom stand am Fenster und starrte aufs Meer hinaus. Der Nebel hatte sich an diesem Morgen zu lichten begonnen, und obwohl der Himmel immer noch grau war, konnten sie endlich das Wasser sehen. Vor einem Hintergrund aus silberfarbenen Wolken zogen Möwen vorüber. »Ja«, antwortete er leise. »Es gab mit ziemlicher Sicherheit einen Zusammenhang. Was er in seinem Brief schildert, gibt uns nur einen flüchtigen Eindruck von den wahren Schrecken des Kindbettfiebers.« Er setzte sich an den Esstisch, gegenüber von Julia und Henry, und das Licht, das durch das Fenster hinter seinem Rücken fiel, tauchte sein Gesicht in düstere Schatten. »Zu Holmes' Zeit«, fuhr Tom fort, »war die Krankheit so verbreitet, dass ihr während einer Epidemie jede vierte Wöchnerin erlag. Sie starben so schnell, dass die Krankenhäuser zwei Leichen in einen Sarg packen mussten. Auf einer Entbindungsstation in Budapest konnten die Frauen, wenn sie in den Wehen lagen, durch das Fenster den Friedhof sehen und am Ende des Flurs den Sektionssaal. Kein Wunder, dass die Frauen panische Angst vor der Niederkunft hatten. Sie wussten, wenn sie ins Krankenhaus gingen, um ihr Kind zu bekommen, bestand ein beträchtliches Risiko, dass sie es in einem Sarg wieder verlassen würden. Und wissen Sie, was das Schlimmste daran ist? Sie wurden alle von ihren eigenen Ärzten umgebracht.«

»Sie meinen, durch deren Inkompetenz?«

»Durch Unwissenheit. Damals ahnte man noch nichts von der Keimtheorie. Niemand trug Handschuhe, und so untersuchten die Ärzte die Frauen mit bloßen Händen. Sie sezierten zuerst eine halb verfaulte, von Krankheitskeimen wimmelnde Leiche und gingen dann mit ihren dreckigen Händen direkt weiter auf die Wöchnerinnenstation. Dort untersuchten sie eine Patientin nach der anderen und verbreiteten so die Krankheit in der gesamten Bettenreihe. Sie töteten jede Frau, mit der sie in Berührung kamen.«

»Und keiner ist je auf die Idee gekommen, sich die Hände zu waschen?«

»In Wien gab es einen Arzt, der diesen Vorschlag machte. Es war ein Ungar namens Ignaz Semmelweis, dem auffiel, dass Patientinnen, die von Medizinstudenten behandelt wurden, eine viel höheres Risiko hatten, an Kindbettfieber zu sterben, als solche, die von Hebammen betreut wurden. Er wusste, dass die Studenten im Gegensatz zu den Hebammen an Autopsien teilnahmen. Er schloss daraus, dass irgendeine Art von Ansteckung sich vom Sektionssaal aus verbreitete. Und er riet allen seinen Kollegen, sich die Hände zu waschen.«

»Das klingt nur vernünftig.«

»Aber er wurde dafür verlacht.«

»Sie befolgten seinen Rat nicht?«

»Sie vertrieben ihn aus seinem Job. Schließlich verfiel er in so schwere Depressionen, dass er in eine psychiatrische Anstalt eingewiesen wurde. Wo er sich dann in den Finger schnitt und sich eine Blutvergiftung zuzog.«

»Wie Charles Lackaway.«

Tom nickte. »Eine Ironie der Geschichte, nicht wahr? Das ist es, was diese Briefe so wertvoll macht. Das ist Medizingeschichte, direkt aus der Feder eines der größten Ärzte aller Zeiten.« Er sah Julia über den Tisch hinweg an. »Das wissen Sie doch, oder? Warum Holmes solch ein Held der amerikanischen Medizin ist?«

Julia schüttelte den Kopf.

»Hier in den Vereinigten Staaten hatten wir noch nichts

von Semmelweis und seiner Keimtheorie gehört. Aber wir hatten es mit den gleichen Epidemien von Kindbettfieber zu tun, den gleichen erschreckenden Sterblichkeitsraten. Amerikanische Ärzte führten es auf schlechte Luft, mangelhafte Durchblutung oder gar so lächerliche Ursachen wie verletztes Schamgefühl zurück! Die Frauen starben reihenweise, und in ganz Amerika konnte niemand sich erklären, woran es lag.« Er sah auf den Brief hinunter. »Bis Oliver Wendell Holmes kam.«

25

1830

In eine Nische in einem Hauseingang gedrückt, wo sie wenigstens einigermaßen vor dem Wind geschützt war, blickte Rose über den Krankenhausanger hinweg, die Augen auf Norris' Dachkammerfenster geheftet. Viele Stunden harrte sie hier schon aus, aber jetzt war die Dunkelheit hereingebrochen, und sie konnte sein Haus nicht mehr von den anderen unterscheiden, deren Dächer sich vor dem Nachthimmel abzeichneten. Warum war er nicht nach Hause gekommen? Was, wenn er heute Abend gar nicht mehr zurückkäme? Sie hatte auf eine zweite Nacht unter Norris' Dach gehofft, auf eine zweite Chance, ihn zu sehen und seine Stimme zu hören. Heute Morgen beim Aufwachen hatte sie die Münzen gefunden, die er ihr dagelassen hatte – Geld, das Meggie eine weitere Woche vor Kälte und Hunger bewahren würde. Als Gegenleistung für seine Großzügigkeit hatte sie zwei seiner zerschlissenen Hemden geflickt. Auch wenn sie ihm nichts schuldig gewesen wäre, hätte sie es gerne getan, einfach nur, weil es ihr Freude machte, den Stoff zu berühren, der sich an seine Haut geschmiegt, der die Wärme seines Körpers angenommen hatte.

Sie sah Kerzenlicht in einem Fenster aufflackern. In seinem Fenster.

Sofort machte sie sich auf den Weg über den Anger. Diesmal wird er mir sicher bereitwillig zuhören, dachte sie. Inzwischen hatte er gewiss gehört, was passiert war. Vorsichtig schob sie die Tür seines Hauses auf und spähte hinein, um dann lautlos die zwei Treppen zum Dachgeschoss hinaufzusteigen. An seiner Tür hielt sie mit pochendem Herzen inne.

Klopfte es so stark, weil sie die Stufen zu schnell erklommen hatte? Oder weil sie gleich Norris wiedersehen würde? Sie zupfte sich das Haar zurecht und zog ihren Rock glatt, doch im nächsten Moment kam sie sich albern vor, weil sie sich all die Mühe für einen Mann machte, der sie keines zweiten Blickes würdigen würde. Warum sollte er Rose auch nur ansehen, nachdem er gestern Abend mit all diesen feinen Damen getanzt hatte?

Rose hatte einen kurzen Blick auf sie erhascht, als sie Dr. Grenvilles Haus verlassen hatten und in ihre Kutschen gestiegen waren, diese hübschen Mädchen mit ihren rauschenden Seidenkleidern, ihren Samtcapes und ihren Pelzmuffs. Sie hatte gesehen, wie achtlos sie ihre Rocksäume durch den schmutzigen Schnee gezogen hatten, aber natürlich waren nicht *sie* es, die hinterher die Flecken herauswaschen mussten. *Sie* hatten nicht wie Rose viele Stunden über Nadel und Faden gebeugt dagesessen und bei so schwachem Licht nähen müssen, dass ihre Augen eines Tages dauerhaft so verkniffen sein würden, als hätte sie Kräuselfalten in ihre eigene Haut genäht. Eine einzige Saison mit ihrer Folge von Abendgesellschaften und Bällen, und das armselige alte Kleid würde ohnehin ausgemustert werden, um für den letzten Schrei Platz zu machen, aus Gaze in den neuesten Modefarben. Verborgen in ihrem dunklen Winkel vor Dr. Grenvilles Haus, hatte Rose just das Kleid entdeckt, das sie selbst genäht hatte mit der rosaroten Seide. Es hatte ein junges Fräulein mit Apfelbäckchen geschmückt, das unentwegt kichernd in seiner Kutsche verschwunden war. *Ist das die Art von Mädchen, die Sie vorziehen, Mr. Marshall? Denn da kann ich nicht mithalten.*

Sie klopfte. Kerzengerade und mit erhobenem Kinn stand sie da, als sie hörte, wie seine Schritte sich der Tür näherten. Plötzlich stand er vor ihr, im Lichtschein, der aus seinem Zimmer in das düstere Treppenhaus fiel. »Da sind Sie ja! Wo sind Sie gewesen?«

Sie hielt verwirrt inne. »Ich dachte, ich sollte wegbleiben, bis Sie wieder da sind.«

»Sie waren den ganzen Tag weg? Niemand hat Sie hier gesehen?«

Seine Worte schmerzten sie wie ein Schlag ins Gesicht. Den ganzen Tag hatte sie sich nach seinem Anblick verzehrt, und das war seine Begrüßung? Ich bin das Mädchen, von dem niemand etwas wissen will, dachte sie. *Das peinliche Geheimnis.*

»Ich bin nur wiedergekommen, um Ihnen zu sagen, was ich auf der Straße gehört habe. Dr. Berry ist tot. Man hat seine Leiche unter der West Boston Bridge gefunden.«

»Ich weiß. Mr. Pratt hat es mir gesagt.«

»Dann wissen Sie ja so viel wie ich. Gute Nacht, Mr. Marshall.« Sie wandte sich ab.

»Wohin gehen Sie?«

»Ich habe noch nicht zu Abend gegessen.« Und wahrscheinlich würde sie heute auch nichts mehr zwischen die Zähne bekommen.

»Ich habe Ihnen etwas zu essen mitgebracht. Wollen Sie nicht bleiben?«

Sie hielt auf dem Treppenabsatz inne, überrascht von seinem Angebot.

»Bitte«, sagte er. »Kommen Sie doch herein. Hier ist jemand, der mit Ihnen sprechen möchte.«

Sie war immer noch verletzt von seiner ersten Bemerkung, und der pure Stolz hätte sie fast bewogen, die Einladung auszuschlagen. Aber ihr Magen knurrte, und sie wollte unbedingt wissen, wer dieser *Jemand* war. Sie trat in die Dachkammer, und ihr Blick fiel auf den kleinen Mann, der am Fenster stand. Es war kein Fremder; sie erinnerte sich, ihn im Krankenhaus gesehen zu haben. Wendell Holmes war Medizinstudent wie Norris, aber sie registrierte sogleich die Unterschiede zwischen den beiden. Was ihr zuerst ins Auge fiel, war die bessere Qualität von Holmes' Rock, der fachmännisch auf seine schmalen Schultern und seine schlanke Taille zugeschnitten war. Er hatte Augen wie ein Vogel, glänzend und hellwach, und während sie ihn betrachtete, war ihr bewusst, dass er sie ebenso aufmerksam musterte und sie vorsichtig taxierte.

»Das ist mein Kommilitone Mr. Oliver Wendell Holmes«, stellte Norris ihn vor.

Der kleine Mann nickte. »Miss Connolly.«

»Ich erinnere mich an Sie«, sagte sie. *Weil Sie aussehen wie ein kleiner Kobold.* Aber sie glaubte nicht, dass ihm diese Bemerkung behagen würde. »Wollten Sie wirklich mit *mir* sprechen, Mr. Holmes?«

»Ja, über den Tod von Dr. Berry. Sie haben davon gehört.«

»Ich habe den Menschenauflauf an der Brücke gesehen. Die Leute erzählten mir, dass man die Leiche des Doktors gefunden habe.«

»Diese neue Entwicklung macht das Bild wesentlich komplizierter«, sagte Wendell. »Morgen schon werden die Zeitungen die Panik in der Bevölkerung aufs Neue schüren. *West End Reaper immer noch auf freiem Fuß!* Wieder werden die Leute an allen Ecken Monster sehen. Das bringt Mr. Marshall in eine höchst unangenehme Lage. Vielleicht gar in eine gefährliche.«

»Gefährlich?«

»Wenn die Menschen verängstigt sind, neigen sie zu irrationalem Handeln. Sie könnten versuchen, sich selbst zum Richter aufzuschwingen.«

»Aha«, sagte sie an Norris gewandt. »Deswegen sind Sie also plötzlich bereit, mich anzuhören. Weil es jetzt *Sie* betrifft.«

Norris nickte reumütig. »Es tut mir leid, Rose. Ich hätte Ihnen gestern Abend mehr Beachtung schenken sollen.«

»Sie haben sich ja schon geschämt, nur mit mir gesehen zu werden.«

»Und jetzt schäme ich mich für mein Verhalten Ihnen gegenüber. Meine einzige Entschuldigung ist, dass ich vieles zu berücksichtigen hatte.«

»O ja. Ihre *Zukunft.*«

Er seufzte, und es klang so resigniert, dass sie ihr beinahe leidtat. »Ich habe keine Zukunft. Nicht mehr.«

»Und wie kann ich das ändern?«

»Worauf es jetzt ankommt«, warf Wendell ein, »ist, dass wir die Wahrheit herausfinden.«

»Die Wahrheit interessiert nur diejenigen, die zu Unrecht beschuldigt werden«, meinte sie. »Allen anderen ist sie gleichgültig.«

»Mir nicht«, beharrte Wendell. »Mary Robinson und Dr. Berry wäre sie auch nicht gleichgültig gewesen. Und den künftigen Opfern des Mörders ist sie ganz gewiss nicht gleichgültig.« Er kam auf sie zu, und der Blick, mit dem er sie fixierte, war so durchdringend, dass sie das Gefühl hatte, er könne ihre Gedanken lesen. »Erzählen Sie uns von Ihrer Nichte, Rose. Von dem kleinen Mädchen, nach dem alle suchen.«

Im ersten Moment erwiderte sie nichts, während sie überlegte, wie weit sie Oliver Wendell Holmes vertrauen könnte. Dann kam sie zu dem Schluss, dass ihr nichts anderes übrig blieb, als ihm zu vertrauen. Sie wusste nicht mehr ein noch aus, und inzwischen war sie beinahe ohnmächtig vor Hunger.

»Ich werde Ihnen alles erzählen«, sagte sie. »Aber zuerst...« Sie sah Norris an. »Sie sagten, Sie hätten mir etwas zu essen mitgebracht.«

Sie aß, während sie die Geschichte erzählte, und unterbrach sich immer wieder, um in ein Hühnerbein zu beißen oder sich ein Stück Brot in den Mund zu stopfen. Das war vielleicht nicht die Art, wie die feinen Ladys speisten, aber dieses Mahl wurde ja auch nicht auf erlesenem Porzellan und mit Silberbesteck serviert. Zuletzt hatte sie an diesem Morgen etwas gegessen – ein vertrocknetes Stück Räuchermakrele, das der Fischhändler eigentlich seiner Katze geben wollte, bevor er es aus Mitleid Rose überlassen hatte. Die paar Münzen, die Norris ihr am Morgen dagelassen hatte, waren nicht etwa gegen eine Mahlzeit für sie selbst eingetauscht worden. Stattdessen hatte sie Billy das Geld in die Hand gedrückt und ihm aufgetragen, es Hepzibah zu bringen.

Wenigstens für eine weitere Woche würde die kleine Meggie nicht hungern müssen.

Und jetzt, zum ersten Mal seit Tagen, konnte sie selbst sich so richtig satt essen. Und das tat sie auch; sie schlang das Fleisch mitsamt dem Knorpel hinunter, saugte das Mark heraus und ließ nur einen Berg zerbrochener, fein säuberlich abgenagter Hühnerknochen übrig.

»Sie haben also wirklich keine Ahnung, wer der Vater des Kindes Ihrer Schwester sein könnte?«, fragte Wendell.

»Aurnia hat mir nichts gesagt. Allerdings deutete sie an…«

»Ja?«

Rose hielt inne und legte das Brot hin, während ihr die Erinnerung die Kehle zuschnürte. »Sie bat mich, einen Priester zu holen, der ihr die Letzte Ölung spenden sollte. Es war ihr so wichtig, aber ich habe es immer wieder hinausgeschoben. Ich wollte nicht, dass sie aufhört zu kämpfen. Ich wollte, dass sie lebt.«

»Und sie wollte ihre Sünden beichten.«

»Die Scham hat sie daran gehindert, es mir anzuvertrauen«, sagte Rose leise.

»Und so weiß nun niemand, wer der Vater des Kindes ist.«

»Bis auf Mr. Gareth Wilson.«

»Ah, der geheimnisvolle Anwalt. Dürfte ich die Karte sehen, die er Ihnen gegeben hat?«

Sie wischte sich das Fett von den Händen und griff in die Tasche, um Gareth Wilsons Visitenkarte hervorzuholen und sie Wendell zu reichen.

»Er wohnt in der Park Street. Eine beeindruckende Adresse«, meinte Wendell.

»Eine feine Adresse macht ihn noch nicht zu einem feinen Herrn.«

»Sie trauen ihm nicht über den Weg, nicht wahr?«

»Schauen Sie sich doch an, mit welchem Abschaum er verkehrt.«

»Sie meinen Mr. Tate?«

»Er hat Eben benutzt, um mich zu finden. Damit ist Mr.

Wilson keinen Deut besser als er, noble Adresse hin oder her.«

»Hat er irgendetwas darüber gesagt, wer sein Auftraggeber sein könnte?«

»Nein.«

»Weiß Ihr Schwager es möglicherweise?«

»Eben? Der weiß doch gar nichts, dieser Narr. Und Mr. Wilson wäre ein noch größerer Narr, wenn er es ihm sagte.«

»Ich glaube, dieser Mr. Gareth Wilson ist ganz und gar kein Narr«, sagte Wendell und warf noch einmal einen Blick auf die Adresse. »Haben Sie irgendetwas davon der Nachtwache erzählt?«

»Nein.«

»Warum nicht?«

»Es ist nutzlos, mit Mr. Pratt zu sprechen.« Ihr verächtlicher Ton machte unmissverständlich klar, was sie von dem Mann hielt.

Wendell lächelte. »Da muss ich Ihnen beipflichten.«

»Ich glaube, selbst der einfältige Billy würde einen besseren Constable abgeben. Mr. Pratt würde mir ohnehin nicht glauben.«

»Sind Sie da sicher?«

»Einer wie mir glaubt niemand. Uns Iren muss man doch ständig im Auge behalten, weil wir euch sonst das Geld aus der Tasche ziehen und eure Kinder stehlen. Wenn eure Doktoren uns nicht aufschlitzen und in unseren Brustkörben herumwühlen würden, wie in dem Buch da drüben« – sie deutete auf das Anatomielehrbuch auf Norris' Schreibtisch – »dann würdet ihr wahrscheinlich denken, wir hätten gar kein Herz im Leib wie ihr.«

»Oh, ich bezweifle nicht, dass Sie ein Herz haben, Miss Connolly. Und ein großes Herz obendrein, da Sie sich mit Ihrer Nichte eine solche Last aufbürden.«

»Sie ist keine Last für mich, Sir. Sie gehört zu meiner Familie.« Und außer Meggie hatte sie nun keine Familie mehr.

»Sind Sie sicher, dass das Kind nicht in Gefahr ist?«

»Ich habe für ihre Sicherheit gesorgt, so gut ich kann.«

»Wo ist sie? Können wir sie sehen?«

Rose zögerte. Wendells Blick war offen und klar, auch hatte er ihr keinen Grund gegeben, an ihm zu zweifeln, und dennoch – es ging hier um Meggies Leben.

Norris sagte: »Um sie scheint sich alles zu drehen. Bitte, Rose. Wir wollen uns nur vergewissern, dass sie in Sicherheit ist. Und gesund.«

Es war Norris' Bitte, die sie schließlich umstimmte. Von ihrer ersten Begegnung im Krankenhaus an hatte sie sich zu ihm hingezogen gefühlt; sie hatte gespürt, dass er anders war als die anderen Herren; dass hier jemand war, an den sie sich in ihrer Not wenden konnte. Und gestern Abend hatte er durch seine Barmherzigkeit ihren Glauben an ihn bestätigt.

Rose sah aus dem Fenster. »Es ist dunkel genug. Ich gehe nie am helllichten Tag hin.« Sie stand auf. »Jetzt dürfte es sicher sein.«

»Ich rufe eine Droschke«, sagte Wendell.

»In die Gasse, in die ich Sie führen werde, passt keine Droschke hinein.« Sie hüllte sich fest in ihren Umhang und wandte sich zur Tür. »Wir gehen zu Fuß.«

In Hepzibahs Welt herrschte ständige Düsternis. Auch wenn Rose sie bei strahlendem Sonnenschein besuchte, drang kaum Licht in den Raum mit der niedrigen Decke. So eifrig war Hepzibah darauf bedacht, es warm zu haben, dass sie die Fensterläden vernagelt und ihre Stube in eine dunkle, enge Höhle verwandelt hatte, in der die hintersten Ecken stets im Schatten verborgen blieben. Und so war es auch, als Rose an diesem Abend die schummrige Stube betrat: Das Kaminfeuer bestand nur noch aus ein paar glimmenden Kohlen, und nirgendwo brannte auch nur eine einzige Kerze.

Vor Glück strahlend hob Rose Meggie aus dem Korb und hielt das kleine Gesichtchen vor ihres, atmete den vertrauten Geruch ihres Haars, ihrer Haut ein. Meggie antwortete mit einem feuchten Husten, und winzige Finger grabschten nach einer Strähne von Roses Haar. Auf ihrer Oberlippe glitzerte Schleim.

»Oh, mein herzallerliebstes Mädchen!«, rief Rose und drückte Meggie an ihre leeren Brüste. Wenn sie sie doch nur selbst hätte stillen können! Die zwei Herren, die hinter ihr standen, waren auffallend still, während sie überschwänglich das Baby begrüßte. Sie wandte sich an Hepzibah. »War sie krank?«

»Gestern Abend hat sie mit der Husterei angefangen. Sie waren ja ein paar Tage nicht hier.«

»Ich habe heute Geld geschickt. Billy hat es doch gebracht, oder nicht?«

Im schwachen Schein des Herdfeuers wirkte Hepzibah mit ihrem fetten Hals wie eine riesige Kröte, die sich in ihrem Sessel breitmachte. »Ja, der schwachsinnige Bursche hat's gebracht. Aber ich brauch noch mehr.«

»Mehr? Aber das war es doch, was Sie verlangt hatten.«

»Die wird mich jetzt wach halten, die da, mit ihrer Husterei.«

»Dürfen wir uns das Baby einmal ansehen?«, fragte Norris. »Wir würden uns gerne davon überzeugen, dass sie gesund ist.«

Hepzibah beäugte ihn und grunzte skeptisch. »Und was sind Sie für zwei Gentlemen, dass Ihnen so viel an so 'nem vaterlosen Wurm liegt?«

»Wir sind Medizinstudenten, Madam. Uns liegt am Wohl aller Kinder.«

»Oh, sieh mal einer an!« Hepzibah lachte. »Ich kann Ihnen noch zehntausend andere zeigen, wenn Sie mit der da fertig sind.«

Norris entzündete eine Kerze am Herd. »Bringen Sie das Baby her, Rose, damit ich sie mir richtig anschauen kann.«

Rose trug Meggie zu ihm. Die Kleine blickte vertrauensselig zu ihm auf, als er die Decke zurückschlug, ihre Brust untersuchte und den Bauch abtastete. Er hat schon die sicheren, geschickten Hände eines Arztes, dachte Rose, als sie ihn beobachtete, und sie stellte ihn sich vor, wie er eines fernen Tages aussehen würde, mit grauen Strähnen im Haar, sein Blick abgeklärt und weise. Oh, sie hoffte, dass sie ihn noch so erleben würde! Sie hoffte, einmal zu sehen, wie er auf sein eigenes Kind herabsah. *Unser eigenes Kind.* Gründlich untersuchte er Meggie, deren mollige Schenkel auf eine angemessene Ernährung schließen ließen. Doch das Baby hustete, und aus ihrer Nase rann klarer Schleim.

»Sie scheint kein Fieber zu haben«, sagte Norris. »Aber ihre Nase ist verstopft.«

Hepzibah schnaubte abschätzig. »'nen Schnupfen haben die Kleinen hier alle. In ganz South Boston finden sie kein Kind, dem nicht der Rotz aus der Nase läuft.«

»Aber sie ist noch so jung.«

»Sie trinkt mehr als genug. Und dafür muss ich übrigens auch mehr kriegen.«

Wendell griff in die Tasche und zog eine Handvoll Münzen hervor, die er der Amme in die Hand drückte. »Sie werden noch mehr bekommen. Aber das Kind muss weiter gut gefüttert werden und gesund bleiben. Haben Sie verstanden?«

Hepzibah starrte auf das Geld. Ungewohnter Respekt schwang in ihrer Stimme, als sie sagte: »Oh, das wird sie, Sir. Dafür werd ich sorgen.«

Rose sah Wendell an, überwältigt von seiner Freigebigkeit. »Ich werde einen Weg finden, es Ihnen zurückzuzahlen, Mr. Holmes«, sagte sie leise. »Das schwöre ich Ihnen.«

»Von Zurückzahlen kann keine Rede sein«, sagte Wendell. »Wenn Sie uns jetzt entschuldigen würden, ich muss mit Mr. Marshall unter vier Augen sprechen.« Er sah Norris an, und die beiden Männer traten hinaus auf die Gasse.

»Nicht bloß einer, sondern gleich zwei Herren, die dich aushalten, was?« Hepzibah warf Rose einen vielsagenden Blick zu und lachte gackernd. »Du musst ja ein Teufelsmädel sein!«

»Das ist ein fürchterliches Loch!«, rief Wendell. »Mag sein, dass sie das Kind gut füttert, aber sieh dir die Frau doch *an*!

Sie ist ein Monstrum. Und diese Gegend, die ganzen Elends-quartiere – das ist doch ein einziger Krankheitssumpf!«

Und es wimmelt von Kindern, dachte Norris, während er die enge Gasse hinaufblickte, zu den Fenstern, in denen Kerzen brannten. Zahllose Kinder, alle mindestens ebenso gefährdet wie Meggie. Sie standen vor Hepzibahs Tür und fröstelten, denn die Nacht war beträchtlich kälter geworden in der kurzen Zeit, die sie im Haus gewesen waren. »Sie kann nicht hierbleiben«, pflichtete er Wendell bei.

»Es fragt sich nur, was die Alternative ist.«

»Sie gehört zu Rose. Bei ihr wird sie am besten aufgehoben sein.«

»Rose kann sie nicht stillen. Und wenn sie recht hat, was diese Morde betrifft, wenn tatsächlich jemand hinter ihr her ist, dann darf sie sich nicht einmal in die Nähe des Babys wagen. Das weiß sie auch.«

»Und es bricht ihr das Herz. Man sieht es ihr an.«

»Ja, sie ist vernünftig genug, um einzusehen, dass es notwendig ist.« Wendell sah die Gasse hinunter, wo ein Betrunkener aus einem Hauseingang gewankt kam und in die andere Richtung davontorkelte. »Sie weiß sich durchaus zu helfen. Sie *muss* ja etwas im Kopf haben, schon allein, um auf der Straße überleben zu können. Ich habe das Gefühl, dass Rose Connolly immer einen Weg finden wird, sich über Wasser zu halten, ganz gleich, was geschieht. Sich und auch ihre Nichte.«

Norris erinnerte sich an das heruntergekommene Logierhaus, in dem er sie besucht hatte. Er dachte an den Schlafraum, in dem es von Insekten wimmelte, an den hustenden Mann in der Ecke, den mit schmutzigem Stroh bedeckten Boden. *Könnte ich auch nur eine Nacht an einem solchen Ort durchstehen?*

»Ein bemerkenswertes Mädchen«, sagte Wendell.

»Das sehe ich auch so.«

»Und hübsch ist sie obendrein. Selbst in diesen Lumpen.«
Auch das ist mir aufgefallen.

»Was wirst du mit ihr tun, Norris?«

Wendells Frage ließ Norris stutzen. Ja, was würde er mit ihr tun? Heute Morgen war er entschlossen gewesen, ihr ein paar Münzen in die Hand zu drücken, ihr viel Glück zu wünschen und sie ihrer Wege zu schicken. Jetzt wurde ihm klar, dass er sie nicht einfach auf die Straße setzen konnte – nicht, solange es so aussah, als sei die ganze Welt darauf aus, sie zu vernichten. Und auch das Baby konnte ihm jetzt nicht mehr gleichgültig sein. Wer wäre nicht bezaubert von so einem fröhlichen Kind und seinem Lächeln?

»Ganz gleich, wie du dich entscheidest«, sagte Wendell, »auch wenn du sie wegschickst – es scheint, dass das Schicksal euch aneinandergekettet hat.«

»Wie meinst du das?«

»Der West End Reaper verfolgt euch beide. Rose glaubt, dass er hinter ihr her ist. Die Nachtwache ist überzeugt, dass du der Reaper *bist*. Solange er nicht gefasst ist, werdet ihr beide in Gefahr sein, du und Rose.« Wendell drehte sich zu Hepzibahs Tür um. »Und auch das Kind.«

26

So macht das Geldverdienen doch Spaß, dachte Jack Burke, als er die Water Street hinaufstapfte, angetan mit seinem besten Rock und sauberen Stiefeln. *Das ist doch etwas ganz anderes, als im Dunkeln herumzufuhrwerken und Kugeln auszuweichen, um hinterher mit schmutzigen Kleidern und nach Leichen stinkend nach Hause zu kommen.* Jetzt, wo der Winter kam und der Boden steinhart gefroren war, würde die ganze Ware ohnehin aus dem Süden kommen, verpackt in Fässern mit Aufschriften wie *Eingelegte Gurken, Madeira* oder *Whiskey.* Ein vom Durst geplagter Dieb, der heimlich eines dieser Fässer aufbräche, würde eine feine Überraschung erleben. *Stell dir vor, du stemmst den Deckel auf, freust dich schon auf den ersten Schluck – und dann findest du statt Whiskey eine nackte Leiche, eingelegt in Salzlake.*

Da kann einem die Lust am Trinken schon gründlich vergehen.

Zu viele dieser Fässer kamen inzwischen aus Virginia und den Carolinas. Ob männlich oder weiblich, weiß oder schwarz, die Ware fand einen reißenden Absatz in den medizinischen Hochschulen, deren unstillbarer Hunger nach Leichen von Jahr zu Jahr größer zu werden schien. Er konnte selbst sehen, wie das Geschäft lief. Er hatte die Fässer in Dr. Sewalls Hof gesehen, und er wusste, dass sie keine eingelegten Gurken enthielten. Es war ein erbitterter Konkurrenzkampf entbrannt, und Jack sah vor seinem geistigen Auge die endlosen Wagenkolonnen, alle beladen mit solchen Fässern, in denen die Leichen des Südens herbeigekarrt und zu fünfundzwanzig Dollar das Stück an die Sektionssäle von Boston, New York und Philadelphia geliefert wurden. Wie konnte er da mithalten?

Da war es doch weitaus bequemer, sein Geld so wie heute zu verdienen, indem er am helllichten Tag mit sauberen Stiefeln die Water Street hinaufmarschierte. Es war nicht die feinste Gegend, aber gut genug für Handwerker, die an diesem klaren, kalten Morgen alle unterwegs waren, ihre Wagen beladen mit Ziegeln, Bauholz oder Stoffen. Es war eine Arbeiterstraße, und der Laden, den er ansteuerte, musste sich gewiss nach dem Geschmack und den Bedürfnissen der arbeitenden Bevölkerung richten. Doch mit dem Frack, der da hinter der staubigen Scheibe ausgestellt war, würde kein Arbeiter etwas anfangen können. Er war aus leuchtend rotem Tuch gefertigt und mit goldener Spitze besetzt; ein Frack, bei dessen Anblick man mitten auf der Straße stehen blieb und von einem besseren Leben zu träumen begann. Ein Frack, der sagte: *Auch ein Mann wie du kann aussehen wie ein Prinz.* Ein nutzloses Kleidungsstück für einen Handwerker, und das wusste der Schneider sicherlich auch; dennoch hatte er sich entschlossen, ihn auszustellen, als wolle er kundtun, dass er nach Höherem strebe.

Ein Glöckchen läutete, als Jack den Laden betrat. Drinnen waren weit alltäglichere Artikel ausgelegt: baumwollene Hemden und Hosen sowie eine enge Jacke aus dunklem Stoff. Auch ein Schneider, der unter Größenwahn litt, musste die praktischen Bedürfnisse seiner Kundschaft befriedigen. Während Jack im Laden stand und den Wollduft einatmete, der sich mit dem scharfen Geruch von Färbemittel mischte, trat ein dunkelhaariger Mann mit einem sauber gestutzten Schnurrbart aus dem Hinterzimmer. Er musterte Jack von oben bis unten, als ob er im Geiste schon für einen Anzug Maß nähme. Er war elegant gekleidet, mit einem Rock, der exakt auf seine schmale Taille zugeschnitten war, und obgleich er nicht sonderlich groß war, hatte er die kerzengerade, steife Haltung eines Mannes, der eine übertriebene Vorstellung von seiner eigenen Statur hat.

»Guten Morgen, Sir. Womit kann ich dienen?«, erkundigte sich der Schneider.

»Sind Sie Mr. Eben Tate?«, fragte Jack.

»Ja, der bin ich.«

Obwohl Jack seinen guten Rock und ein sauberes Hemd trug, hatte er das deutliche Gefühl, dass seine Kleidung dem kritischen Blick von Mr. Tate nicht standhielt.

»Ich habe gerade eine schöne Auswahl von Wollstoffen zu günstigen Preisen von der Lowell-Spinnerei hereinbekommen«, sagte Eben. »Gutes Material für einen neuen Mantel.«

Jack betrachtete seinen eigenen Mantel und sah keinen Grund, weshalb er einen neuen brauchen sollte.

»Oder vielleicht brauchen Sie einen neuen Gehrock oder ein Hemd? Ich kann Ihnen verschiedene praktische Zuschnitte anbieten, speziell für Ihr Gewerbe. Welches wäre ...?«

»Ich bin an nichts dergleichen interessiert«, knurrte Jack, schwer beleidigt, weil dieser Fremde ihn mit einem Blick als einen Kunden eingestuft hatte, der etwas *Praktisches* zu *günstigen Preisen* benötigte. »Ich bin gekommen, um mich nach einer bestimmten Person zu erkundigen. Einer Person, die Sie kennen.«

Eben fixierte weiterhin Jacks breite Brust, als schätze er ab, wie viel Tuch er brauchen würde.

»Ich bin Schneider, Mr. ...«

»Burke.«

»Mr. Burke. Wenn Sie an Hemden oder Hosen interessiert sind, kann ich Ihnen gewiss helfen. Aber ich lege großen Wert darauf, überflüssigen Klatsch zu vermeiden, und deshalb bezweifle ich, dass Sie bei mir an der richtigen Adresse sind.«

»Es geht um Rose Connolly. Wissen Sie, wo ich sie finden kann?«

Zu Jacks Überraschung reagierte Eben mit lautem Lachen. »Sie auch, wie?«

»Was?«

»Alle Welt scheint sich plötzlich für Rose zu interessieren.«

Jack war verwirrt. Wie viele andere waren noch angeheuert

316

worden, um sie zu finden? Wie groß war seine Konkurrenz? »Also, wo ist sie?«

»Ich weiß es nicht, und es interessiert mich auch nicht.«

»War Sie nicht die Schwester Ihrer Frau?«

»Es interessiert mich trotzdem nicht. Ich schäme mich, zugeben zu müssen, dass sie mit mir verwandt ist. Ein nichtsnutziges Luder ist sie, das nichts als Lügen über mich verbreitet. Und eine Diebin ist sie obendrein. Das hab ich auch der Nachtwache gesagt.« Er hielt inne. »Sie sind nicht von der Wache, oder?«

Jack ignorierte die Frage. »Wie kann ich sie finden?«

»Was hat sie denn jetzt angestellt?«

»Sagen Sie mir einfach nur, wo ich sie finden kann.«

»Als ich zuletzt von ihr gehört habe, hat sie in irgendeinem Rattenloch in der Fishery Alley gehaust.«

»Da ist sie nicht mehr. Ist seit Tagen nicht mehr dort gewesen.«

»Dann kann ich Ihnen nicht helfen. Wenn Sie mich jetzt bitte entschuldigen würden.« Eben machte kehrt und verschwand im Hinterzimmer.

Jack blieb im Laden stehen. Es ärgerte ihn, dass diese Spur sich als Sackgasse erwiesen hatte, und zudem befürchtete er, dass ein anderer das Mädchen vor ihm aufspüren könnte. Würde er dann immer noch den Finderlohn ausbezahlt bekommen? Oder würde er sich mit dem zufriedengeben müssen, was er bereits erhalten hatte? Eine großzügige Summe, gewiss, aber es war nicht genug.

Es war nie genug.

Er starrte auf die offene Tür, durch die dieser eingebildete Schneider sich verdrückt hatte. »Mr. Tate?«, rief er.

»Ich habe Ihnen gesagt, was ich weiß!«, kam die Antwort, doch der Mann blieb verschwunden.

»Es würde auch Geld für Sie herausspringen.«

Das war das Zauberwort. Zwei Herzschläge später stand Eben wieder vor ihm. »Geld?«

Wie schnell man sich doch einig werden kann. Ihre Blicke

trafen sich, und Jack dachte: *Der Mann weiß, worauf es ankommt.*

»Zwanzig Dollar«, sagte Jack. »Finden Sie sie für mich.«

»Für zwanzig Dollar lohnt sich der Zeitaufwand kaum. Außerdem hab ich Ihnen doch schon gesagt, ich weiß nicht, wo sie steckt.«

»Hat sie irgendwelche Freunde? Irgendjemand, der es wissen könnte?«

»Nur der Schwachkopf.«

»Wer?«

»So ein zaundürrer Bursche. Den kennt jeder; treibt sich immer im West End herum und bettelt um Pennies.«

»Sie meinen den einfältigen Billy?«

»Genau den. Er hat mit ihr drüben in der Fishery Alley gewohnt. Er war hier und hat nach ihr gefragt. Hat ihre Tasche vorbeigebracht, weil er dachte, sie wäre bei mir.«

»Billy weiß also auch nicht, wo sie ist?«

»Nein. Aber er hat eine gute Nase.« Eben lachte. »Ist vielleicht ein Trottel, aber als Spürhund ist er nicht schlecht.«

Und ich weiß, wo ich Billy finden kann, dachte Jack, als er sich zum Gehen wandte.

»Warten Sie, Mr. Burke! Sie sagten, es würde Geld rausspringen für mich.«

»Für nützliche Informationen. Aber sie müssen wirklich nützlich sein.«

»Und wenn ich sie nun selbst finde?«

»Dann sagen Sie mir einfach Bescheid, und ich sorge dafür, dass Sie bezahlt werden.«

»Von wem kommt denn die Belohnung? Wer bezahlt *Sie*?«

Jack schüttelte den Kopf. »Glauben Sie mir, Mr. Tate«, sagte er, »es ist besser für Sie, wenn Sie das nicht wissen.«

Dr. Berry tot aufgefunden

In der Suche nach dem West End Reaper hat sich eine höchst schockierende Wendung ereignet. Am Sonntagmittag um ein

Uhr entdeckten zwei Knaben, die am Ufer des Charles River spielten, unter der West Boston Bridge die Leiche eines Mannes. Die offizielle Untersuchung ergab, dass es sich bei dem Toten um niemand anderen als Dr. Nathaniel Berry handelt, der als Assistenzarzt im Krankenhaus gearbeitet hatte und seit Beginn dieses Monats verschwunden war. Eine grässliche Bauchwunde, die ihm ohne Zweifel vorsätzlich beigebracht wurde, gilt als Beweis dafür, dass kein Selbstmord vorliegt.

Im Zusammenhang mit den Morden an zwei Krankenschwestern, die im gleichen Haus wie er gearbeitet hatten, war eine umfangreiche Fahndung nach Dr. Berry von Maine bis nach Georgia eingeleitet worden. Die schiere Brutalität der Mordtaten hat in der ganzen Region Angst und Schrecken ausgelöst, und das plötzliche Verschwinden des Arztes war von Constable Lyons von der Nachtwache als überzeugendes Indiz für Dr. Berrys Schuld interpretiert worden. Dessen Tod lässt nun die beunruhigende Vermutung aufkommen, dass der West End Reaper noch auf freiem Fuß sein dürfte.

Der Verfasser dieser Zeilen hat aus zuverlässiger Quelle erfahren, dass derzeit gegen einen anderen Verdächtigen ermittelt wird, der als junger Mann mit Kenntnissen in der Chirurgie wie auch im Schlachterhandwerk beschrieben wird. Der Betreffende hat zudem seine Wohnung im West End. Gerüchte, wonach er zurzeit als Student am Boston Medical College eingeschrieben sei, konnten nicht bestätigt werden.

Vom Gentleman zum Aussätzigen in einem einzigen Tag, dachte Norris, als er die Titelseite des *Daily Advertiser* vor sich über die Straße flattern sah. Gab es irgendjemanden in Bostons besseren Kreisen, der nicht diesen vernichtenden Artikel gelesen hatte? Irgendjemanden, der nicht erraten konnte, wer sich hinter dem »jungen Mann mit Kenntnissen in der Chirurgie wie auch im Schlachterhandwerk« verbarg? Als er an diesem Morgen zur Vorlesung in den Hörsaal gekommen war, hatte er die betroffenen Blicke bemerkt und gehört, wie die Kommilitonen erschrocken nach Luft geschnappt hatten. Niemand hatte offen seine Teilnahme an der Veranstaltung in Frage gestellt. Wie auch, da er ja noch nicht offiziell irgendeines Verbrechens beschuldigt worden war? Nein, ein *Gentleman* sprach nie direkt über einen Skandal, nur in geflüsterten Andeutungen, und die musste Norris nun über sich ergehen lassen. Doch so oder so würden seine Qualen bald ein Ende haben. Nach den Weihnachtsferien würden Dr. Grenville und der Vorstand ihre Entscheidung bekannt geben, und Norris würde wissen, ob er weiter am College würde studieren können.

Vorerst blieb ihm nichts anderes übrig, als sich in der Park Street herumzudrücken und dem einen Mann nachzuspionieren, der möglicherweise die Identität des Mörders kannte.

Zusammen mit Rose hatte er das Haus den ganzen Nachmittag beobachtet, und schon raubte das schwindende Licht dem Tag den letzten Rest an Farbe und ließ nur trübes Grau in Grau zurück. Sie standen direkt gegenüber von Nummer fünf, einem in einer Reihe von acht imposanten Häusern mit Blick auf die kahlen Bäume des schneebedeckten Parks. Bis jetzt hatten sie weder Mr. Gareth Wilson noch irgendwelche Besucher entdecken können. Wendells Erkundigungen über den Mann hatten kaum Informationen zutage gefördert, bis auf die, dass er erst kürzlich aus London zurückgekehrt sei und dass sein Haus in der Park Street die meiste Zeit des Jahres leer stehe.

Wer ist Ihr Auftraggeber, Mr. Wilson? Wer hat Sie dafür bezahlt, ein Baby zu finden und einem armen, verlassenen Mädchen Angst einzujagen?

Die Tür von Nummer fünf wurde plötzlich geöffnet.

»Das ist er!«, flüsterte Rose. »Das ist Gareth Wilson.«

Der Mann war warm angezogen, mit einer schwarzen Biberfellmütze und einem voluminösen Mantel. Er blieb vor seiner Haustür stehen, um in ein Paar schwarze Handschuhe zu schlüpfen, und marschierte dann zügigen Schritts die Park Street hinauf in Richtung State House.

Norris' Blick folgte dem Mann. »Mal sehen, wohin er geht.«

Sie ließen Wilson bis zum Ende der Häuserreihe laufen, ehe sie sich an seine Verfolgung machten. Am State House wandte Wilson sich nach Westen und tauchte in das Gewirr von Straßen ein, die sich den Beacon Hill hinaufzogen.

Norris und Rose folgten ihm, vorbei an herrschaftlichen Backsteinhäusern und winterkahlen Linden. Es war ruhig hier, zu ruhig, und nur dann und wann klapperte eine Kutsche vorüber. Nichts deutete darauf hin, dass der Mann seine Verfolger bemerkt hatte. Er schlenderte jetzt gemächlicher dahin, während er die noblen Residenzen in der Chestnut Street hinter sich ließ und seine Schritte in eine bescheidenere Gegend lenkte, in die ein Gentleman mit einer Adresse in der Park Street sich normalerweise nicht verirren würde.

Als Wilson unvermittelt in die enge Acorn Street einbog, fragte Norris sich, ob der Mann plötzlich gemerkt hatte, dass ihm jemand folgte. Was konnte er sonst in dieser kleinen Gasse verloren haben, wo nur einfache Kutscher und Bedienstete wohnten?

Im schwachen Licht der Abenddämmerung war Wilson fast unsichtbar, als er die düstere Passage entlangging. Er blieb an einer Tür stehen und klopfte. Einen Augenblick später wurde sie geöffnet, und sie hörten einen Mann sagen: »Mr. Wilson! Welche Freude, Sie nach so vielen Monaten wieder in Boston zu sehen!«

»Sind die anderen schon da?«

»Nicht alle, aber die anderen kommen noch. Diese fürchterliche Geschichte bereitet uns allen große Sorgen.«

Wilson betrat das Haus, und die Tür fiel hinter ihm ins Schloss.

Es war Rose, die nun die Initiative ergriff. Unerschrocken schritt sie die Gasse hinauf, als ob sie dort zu Hause wäre. Norris folgte ihr bis zu der Tür, und sie blickten beide zum Haus auf. Es war weder auffällig noch besonders prächtig, nur eines in einer Reihe anonymer Backsteinhäuser. Über dem

Eingang befand sich ein massiver Türsturz, und im schwindenden Licht konnte Norris mit Mühe die Symbole ausmachen, die in den Stein gemeißelt waren.

»Da kommt noch jemand«, flüsterte Rose. Rasch hängte sie sich bei ihm ein, und sie gingen davon, aneinandergeschmiegt wie ein Liebespaar, mit dem Rücken zu dem Mann, der soeben hinter ihnen in die Gasse eingebogen war. Sie hörten ein Klopfen an der Tür.

Dieselbe Stimme, die Gareth Wilson begrüßt hatte, war nun zu vernehmen: »Wir haben uns schon gefragt, ob Sie es schaffen würden.«

»Ich entschuldige mich für den Zustand meiner Kleidung, aber ich komme direkt vom Krankenbett eines Patienten.«

Norris blieb stehen, zu schockiert, um auch nur einen Schritt weiterzugehen. Langsam blickte er sich um. Obwohl er das Gesicht des Mannes im Halbdunkel nicht sehen konnte, war ihm die Silhouette wohlvertraut – die breiten Schultern, die den weit geschnittenen Mantel ausfüllten. Auch nachdem der Mann das Haus betreten und die Tür sich hinter ihm geschlossen hatte, blieb Norris wie angewurzelt stehen. *Es kann nicht sein.*

»Norris?« Rose zupfte ihn am Ärmel. »Was ist denn?«

Er starrte die Gasse hinauf zu der Tür, durch die der Neuankömmling eben eingetreten war. »Ich kenne diesen Mann«, sagte er.

Der einfältige Billy – ein passender Name für den Jungen, der da die Gasse hinunterschlurft, die Schultern hochgezogen, den Hals vorgereckt wie ein Storch, den Blick starr auf den Boden gerichtet, als suche er irgendeinen verlorenen Schatz. Einen Penny vielleicht oder ein weggeworfenes Stück Blech, Dinge, die niemand sonst eines zweiten Blickes würdigt. Aber Billy Piggott ist anders als die anderen, das hat Jack Burke jedenfalls gesagt. Ein nichtsnutziger Vagabund, so hat Burke den Burschen genannt, ein Streuner, der stets auf der Suche nach einer kostenlosen Mahlzeit durch die Straßen irrt, immer mit seinem schwarzen Köter im Schlepptau, einem Streuner wie er selbst. Ein Trottel mag der Junge ja sein, aber ganz nutzlos ist er nicht.

Er ist der Schlüssel zu Rose Connolly.

Bis vor Kurzem hat Billy noch mit Rose in einem Rattenloch in der Fishery Alley gehaust. Der Junge muss wissen, wo sie zu finden ist.

Und heute Abend wird der einfältige Billy bestimmt reden.

Der Junge bleibt plötzlich stehen, und sein Kopf schnellt in die Höhe. Irgendwie hat er gespürt, dass da noch jemand in der Gasse ist, und er blickt sich suchend nach einem Gesicht um. »Wer ist da?«, ruft er. Aber er bemerkt nicht den Schatten, der dort im Hauseingang lauert, stattdessen geht sein Blick zum anderen Ende der Gasse, zu der Silhouette, die sich plötzlich im Lichtschein einer Straßenlaterne abzeichnet.

»Billy!«, ruft ein Mann.

Der Junge verharrt reglos, das Gesicht dem Eindringling zugewandt, der immer näher kommt. »Was woll'n Sie von mir?«

»Ich will nur mit dir reden.«

»Worüber, Mr. Tate?«

»Über Rose.« Eben kommt noch näher. »Wo ist sie, Junge?«

»Ich weiß es nicht.«

»Komm schon, Billy. Du weißt es doch.«

»Nein, tu ich nicht! Und Sie können mich nicht zwingen, es Ihnen zu sagen.«

»Sie gehört zu meiner Familie. Ich will nur mit ihr sprechen.«

»Sie haben sie geschlagen. Sie sind gemein zu ihr.«

»Das hat sie dir erzählt? Und du glaubst ihr?«

»Sie sagt mir nur die Wahrheit.«

»Das würde sie dir gerne weismachen.« Ebens Stimme ist plötzlich honigsüß und schmeichelnd. »Es springt auch etwas für dich heraus, wenn du mir hilfst, sie zu finden. Und noch mehr, wenn du mir hilfst, das Baby zu finden.«

»Sie sagt, wenn ich es verrate, bringen sie Meggie um.«

»Also weißt du doch, wo sie ist.«

»Sie ist doch noch ein Baby, und Babys können sich nicht wehren.«

»Babys brauchen Milch, Billy. Sie brauchen gute Pflege. Ich kann ihr das alles kaufen.«

Billy weicht zurück. Er mag nicht besonders helle sein, aber er hört die Falschheit aus Ebens Stimme heraus. »Mit Ihnen red ich nicht.«

»Wo ist Rose?« Eben tritt vor. »Komm *sofort* her!«

Doch der Junge rennt mit schnellen Trippelschritten davon, flink wie eine Krabbe. Eben will sich auf ihn stürzen, verfehlt ihn in der Dunkelheit und gerät ins Straucheln. Er fällt der Länge nach hin, während Billy entkommt und seine Schritte in der Dunkelheit verhallen.

»Du kleiner Mistkerl. Wart nur, bis ich dich in die Finger kriege!« Eben rappelt sich ächzend auf; er ist immer noch auf allen vieren, als sein Blick plötzlich an dem dunklen Hauseingang haften bleibt, vor dem er gestürzt ist. An den beiden glänzenden Lederschuhen, die praktisch direkt vor seiner Nase stehen.

»Was... wer?« Eben richtet sich mühsam auf, während die Gestalt aus dem Hauseingang tritt. Das schwarze Cape streift über die vereisten Pflastersteine.

»Guten Abend, Sir.«

Eben räuspert sich verlegen und richtet sich zu voller Größe auf, eifrig bestrebt, seine verlorene Würde wiederherzustellen. »Nun, das ist ja eine Überraschung. In dieser Gegend trifft man sonst...«

Die Wucht des Stoßes rammt das Messer so tief in seinen Bauch, dass die Klinge bis zum Rückgrat dringt. Der Aufprall von Stahl auf Knochen überträgt sich durch den Griff, und der Schmerz ist wie der Kitzel absoluter Macht. Eben schnappt nach Luft, während sein Körper plötzlich steif wird und der Schock seine Augen aus den Höhlen treten lässt. Er schreit nicht; kein Laut kommt über seine Lippen. Der erste Stich wird immer mit fassungslosem Schweigen quittiert.

Dann ein Schnitt, ebenso rasch wie geschickt, der die Eingeweide hervortreten lässt. Eben sackt auf die Knie, die Hand auf die Wunde gepresst, wie um den Schwall von Innereien aufzuhalten, doch sie quellen unaufhaltsam hervor, und er würde über seine eigenen Darmschlingen stolpern, wenn er zu fliehen versuchte. Wenn er noch die Kraft hätte, auch nur einen einzigen Schritt zu tun.

Es ist nicht Ebens Gesicht, auf das der Reaper an diesem Abend herabzublicken gedachte, doch das sind nun einmal die Launen der Vorsehung. Obwohl es nicht Billys Blut ist, das in kleinen Bächen die Pflastersteine umfließt und in die Gosse rinnt, wird auch dieses Opfer nicht sinnlos gestorben sein. Jeder Tod, wie auch jedes Leben, hat seinen Nutzen.

Noch ein Schnitt ist zu machen. Was soll es diesmal sein, welcher Teil seines Körpers?

Ah, es ist offensichtlich, worauf die Wahl fällt. Inzwischen hat Ebens Herz aufgehört zu schlagen. Nur wenig Blut fließt, als die Klinge die Kopfhaut aufschlitzt und der Reaper seine Trophäe abzustreifen beginnt.

27

»Diese Anschuldigungen sind extrem gefährlich«, sagte Dr. Grenville. »Bevor Sie sie weiter verbreiten, meine Herren, rate ich Ihnen dringend, die möglichen Konsequenzen zu bedenken.«

»Norris und ich haben beide gesehen, wie er gestern Abend dieses Haus in der Acorn Street verließ«, erwiderte Wendell. »Es *war* Dr. Sewall. Und es waren noch andere dort, die wir erkannt haben.«

»Und was ist daran so schlimm? Eine Zusammenkunft einiger Herren kann wohl kaum als außergewöhnlicher Vorfall gelten.« Grenville wies auf den Raum, in dem sie saßen. »Wir drei sitzen in diesem Moment in meinem Salon zusammen. Ist das etwa auch schon ein verdächtiges Treffen?«

»Bedenken Sie, wer diese Herren sind«, sagte Norris. »Der eine war Mr. Gareth Wilson, der kürzlich aus London zurückgekehrt ist. Ein höchst verdächtiges Individuum mit wenigen Freunden hier in Boston.«

»Sie haben Erkundigungen über Mr. Wilson eingeholt, allein aufgrund der Aussage eines törichten Mädchens? Eines Mädchens, das ich noch nie zu Gesicht bekommen habe?«

»Wir schätzen beide Rose Connolly als zuverlässige Zeugin ein«, sagte Wendell.

»Die Zuverlässigkeit eines Mädchens, das ich gar nicht kenne, kann ich nicht beurteilen. Und ich kann auch nicht zulassen, dass Sie einen so angesehenen Mann wie Dr. Sewall verleumden. Ich bitte Sie, ich *kenne* doch seinen Charakter!«

»Wirklich, Sir?«, fragte Wendell leise.

Grenville erhob sich aus seinem Sessel und ging ungestüm ein paar Schritte auf und ab. Schließlich blieb er vor dem Kamin stehen, mit dem Rücken zu Wendell und Norris. Draußen auf der Beacon Street war abendliche Stille eingekehrt; die einzigen Geräusche waren das Knistern der Flammen und das gelegentliche Knarren der Dielen, wenn die Bediensteten im Haus umhergingen. Just in diesem Moment hörten sie wieder Schritte, die sich dem Salon näherten, gefolgt von einem dezenten Klopfen an der Tür. Ein Dienstmädchen erschien mit einem Tablett voller Gebäck.

»Entschuldigen Sie die Störung, Sir«, sagte sie. »Aber Mrs. Lackaway hat mich gebeten, den jungen Herren das hier zu bringen.«

Grenville wandte nicht einmal den Blick vom Kamin, sondern sagte nur brüsk: »Stellen Sie es hin. Und machen Sie die Tür hinter sich zu.«

Das Mädchen setzte das Tablett auf einem Beistelltisch ab und zog sich rasch zurück.

Erst als das Geräusch ihrer Schritte auf dem Flur verhallt war, sagte Grenville: »Dr. Sewall hat meinem Neffen das Leben gerettet. Ich verdanke ihm das Glück meiner Schwester, und ich weigere mich zu glauben, dass er in irgendeiner Weise in diese Morde verwickelt ist.« Grenville wandte sich an Norris. »Sie wissen besser als irgendjemand sonst, wie es ist, das Opfer von Gerüchten zu sein. Wenn man all den Geschichten Glauben schenken wollte, die über Sie im Umlauf sind, müssten Sie Hörner und einen Pferdefuß haben. Meinen Sie, dass es so leicht für mich war, mich für Sie einzusetzen? Ihren Platz in unserem College zu verteidigen? Und doch habe ich es getan, weil ich mich weigere, mich von bösartigem Geschwätz beeinflussen zu lassen. Und ich sage Ihnen jetzt, dass es weit mehr als das brauchen wird, um meinen Verdacht zu wecken.«

»Sir«, sagte Wendell, »Sie haben noch nicht die Namen der anderen Teilnehmer an diesem Treffen gehört.«

Grenvilles Blick richtete sich auf ihn. »Und die haben Sie auch ausspioniert?«

»Wir haben nur beobachtet, wer das Haus in der Acorn

Street betreten und verlassen hat. Darunter war auch ein Herr, der mir irgendwie bekannt vorkam. Ich folgte ihm bis zu einer Adresse am Post Office Square – Hausnummer zwölf.«

»Und?«

»Es war Mr. William Lloyd Garrison. Ich habe ihn erkannt, weil ich ihn vergangenen Sommer in der Kirche in der Park Street reden hörte.«

»Mr. Garrison, der Abolitionist? Halten Sie es etwa für ein Verbrechen, für die Befreiung der Sklaven einzutreten?«

»Ganz und gar nicht. Ich finde seine Einstellung ausgesprochen nobel.«

Grenville sah Norris an. »Und Sie?«

»Ich stimme vollkommen mit den Ansichten der Abolitionisten überein«, antwortete Norris. »Aber über Mr. Garrison hört man beunruhigende Dinge. Ein Ladenbesitzer sagte uns …«

»Ein Ladenbesitzer? Nun, *das* nenne ich eine zuverlässige Informationsquelle!«

»Er sagte uns, Mr. Garrison sei des Öfteren gesehen worden, wie er sich in höchst verdächtiger Manier in der Gegend von Beacon Hill herumdrückte.«

»Auch ich bin oft noch sehr spät unterwegs, wenn meine Patienten mich brauchen. Der eine oder andere würde mein Verhalten vielleicht auch als verdächtig beschreiben.«

»Aber Mr. Garrison ist kein Arzt. Welchen Grund könnte er haben, zu so später Stunde das Haus zu verlassen? Insbesondere die Acorn Street scheint Besucher von außerhalb des Viertels anzuziehen. Es gibt Berichte von unheimlichen Gesängen, die dort des Nachts zu hören sind, und letzten Monat wurden auf der Straße Blutflecken gefunden. All diese Dinge haben die Menschen in der Nachbarschaft zutiefst beunruhigt, doch als sie sich bei der Nachtwache beschwerten, weigerte Constable Lyons sich strikt, die Vorfälle untersuchen zu lassen. Und was noch merkwürdiger ist: Er gab sogar Befehl, dass die Wache sich ganz und gar von der Acorn Street fernzuhalten habe.«

»Wer hat Ihnen das erzählt?«

»Der Ladenbesitzer.«

»Bedenken Sie, wer Ihre Quelle ist, Mr. Marshall.«

»Wir wären ja auch skeptischer«, warf Wendell ein, »wäre da nicht noch ein weiteres bekanntes Gesicht, das wir aus dem Haus kommen sahen. Nämlich Constable Lyons höchstpersönlich.«

Zum ersten Mal schien es Dr. Grenville die Sprache zu verschlagen. Ungläubig starrte er die beiden jungen Männer an.

»Was immer in diesem Haus geschieht – es wird von allerhöchster Stelle gedeckt«, sagte Norris.

Grenville lachte plötzlich auf. »Ist Ihnen eigentlich klar, Mr. Marshall, dass Sie es allein Constable Lyons zu verdanken haben, dass Sie noch auf freiem Fuß sind? Sein hohlköpfiger Kollege Mr. Pratt wollte Sie schon arretieren, aber Lyons hielt ihn zurück. Allen Gerüchten zum Trotz hat Lyons immer auf Ihrer Seite gestanden.«

»Wissen Sie das mit Bestimmtheit?«

»Er hat es mir gesagt. Er wird von allen Seiten unter Druck gesetzt – von der Öffentlichkeit und der Presse; alles schreit nach einer Verhaftung, irgendeiner Verhaftung. Er weiß sehr wohl, dass Mr. Pratt seinen Posten begehrt, aber Lyons lässt sich nicht zu überstürzten Handlungen drängen. Nicht ohne Beweise.«

»Das habe ich nicht gewusst, Sir«, sagte Norris leise.

»Wenn Sie Wert auf Ihre Freiheit legen, dann rate ich Ihnen, Ihre Verteidiger nicht gegen sich aufzubringen.«

»Aber Dr. Grenville«, wandte Wendell ein, »es gibt so viele unbeantwortete Fragen. Warum haben diese Leute eine so bescheidene Adresse als Treffpunkt gewählt? Warum kommen Männer aus so unterschiedlichen Berufen zu nächtlicher Stunde zusammen? Und schließlich ist auch das Gebäude selbst interessant. Oder vielmehr, ein Detail desselben.« Wendell sah Norris an, woraufhin dieser ein zusammengefaltetes Blatt Papier aus der Tasche zog.

»Was ist das?«, fragte Grenville.

»Diese Symbole sind in den granitenen Türsturz über dem Eingang des Hauses eingemeißelt«, antwortete Norris, indem er Grenville das Blatt reichte. »Ich bin heute Morgen noch einmal hingegangen, um es mir bei Tageslicht anzuschauen. Man erkennt da zwei Pelikane, die einander zugewandt sind. Und dazwischen ist ein Kreuz zu sehen.«

»Kreuze finden Sie an vielen Häusern in dieser Stadt.«

»Das ist nicht einfach irgendein Kreuz«, sagte Wendell. »Dieses hier zeigt in der Mitte eine Rose. Das ist kein papistisches Symbol. Es ist das Zeichen der Rosenkreuzer.«

Abrupt knüllte Grenville das Blatt zusammen. »Absurd. Sie jagen Phantomen nach.«

»Die Rosenkreuzer sind real. Diese Gesellschaft ist so geheim, dass niemand die Identität ihrer Mitglieder kennt. Es gibt Berichte, sowohl hier als auch in Washington, über ihren wachsenden Einfluss. Es heißt, dass sie Opferzeremonien frönen. Dass unter ihren Opfern auch Kinder sind, deren unschuldiges Blut in geheimen Zeremonien vergossen wird. Das Kind, das Rose Connolly schützt, scheint im Zentrum dieser mysteriösen Affäre zu stehen. Wir nahmen an, dass es der Kindsvater sei, der hinter dem Baby her ist. Nun werden wir Zeugen dieser Geheimtreffen in der Acorn Street, wir hören Erzählungen von Blutflecken auf den Pflastersteinen. Und wir fragen uns, ob da nicht ein gänzlich anderes Motiv dahintersteckt.«

»Kinderopfer?« Grenville warf die Zeichnung ins Feuer. »Das sind allerdings äußerst dürftige Beweise, Mr. Marshall. Wenn ich mich nach Weihnachten mit den Kuratoren treffe, werde ich mehr als das brauchen, um Sie zu verteidigen. Wie kann ich mich für Ihren Verbleib am College einsetzen, wenn mein einziges Argument eine haarsträubende Verschwörungstheorie ist, ausgebrütet von einem Mädchen, das ich nie kennengelernt habe? Ein Mädchen, das sich einem Treffen mit mir verweigert?«

»Sie vertraut nur wenigen Menschen, Sir. Noch weniger, seit wir Constable Lyons in der Acorn Street gesehen haben.«

»Wo ist sie? Wer gewährt ihr Unterschlupf?«

Norris zögerte; er schämte sich, den skandalösen Umstand zu enthüllen, dass er, ein unverheirateter Mann, dem Mädchen gestattet hatte, nur wenige Schritte von seinem Bett entfernt zu schlafen.

Umso dankbarer war er, als Wendell geschickt einwarf: »Wir haben für ihre Unterbringung gesorgt, Sir. Ich versichere Ihnen, dass sie an einem sicheren Ort ist.«

»Und das Baby? Wenn dieses Kind tatsächlich in solcher Gefahr schwebt, können Sie da überhaupt seine Sicherheit garantieren?«

Norris und Wendell tauschten einen Blick. Das Wohlergehen der kleinen Meggie war in der Tat eine Sache, die ihnen Kopfzerbrechen bereitete.

»Auch sie wird weiterhin versteckt gehalten«, sagte Wendell.

»Und in welchen Verhältnissen?«

»Die sind alles andere als ideal, das gebe ich zu. Sie wird gefüttert und versorgt, allerdings in einer höchst unreinlichen Umgebung.«

»Dann bringen Sie sie hierher, meine Herren. Ich würde dieses geheimnisvolle Kind, für das sich alle Welt so zu interessieren scheint, gerne einmal sehen. Ich garantiere Ihnen, dass sie in diesem Haus in Sicherheit ist und in den gesündesten Verhältnissen leben wird.«

Wieder wechselten Norris und Wendell Blicke. Konnte es irgendeinen Zweifel geben, dass Meggie hier besser aufgehoben wäre als in Hepzibahs schmutziger Höhle?

Doch Norris erwiderte: »Rose würde es uns nie verzeihen, wenn wir eine solche Entscheidung träfen, ohne sie zu fragen. Sie ist diejenige, die am meisten für das Kind empfindet. Deshalb muss sie auch bestimmen, was mit der Kleinen geschieht.«

»Sie räumen einem siebzehnjährigen Mädchen ja erhebliche Machtbefugnisse ein.«

»Mag sein, dass sie erst siebzehn ist. Aber sie verdient dennoch Respekt, Sir. Sie hat unter den widrigsten Umständen überlebt, und sie hat dafür gesorgt, dass ihre Nichte am Leben blieb.«

»Sie würden das Leben eines Kindes dem Urteil dieses Mädchens anvertrauen?«

»Ja, das würde ich.«

»Dann wecken Sie Zweifel an Ihrem *eigenen* Urteilsvermögen, Mr. Marshall. Man *kann* einem einfachen Mädchen nicht eine so gravierende Verantwortung anvertrauen!«

Alle sahen zur Tür, als es plötzlich klopfte. Eliza Lackaway trat ein und musterte sie mit besorgter Miene. »Ist alles in Ordnung, Aldous?«

»Ja, ja.« Grenville stieß einen tiefen Seufzer aus. »Wir haben lediglich eine angeregte Diskussion.«

»Wir haben euch oben gehört, deshalb bin ich auch heruntergekommen. Charles ist jetzt wach und würde zu gerne seine Freunde sehen.« Sie sah Wendell und Norris an. »Er wollte nur sichergehen, dass Sie nicht wieder gehen, ohne bei ihm hereingeschaut zu haben.«

»Das würden wir doch nie tun«, erwiderte Wendell. »Wir hatten gehofft, dass er in der Lage wäre, Besuch zu empfangen.«

»Er lechzt geradezu nach Besuch.«

»Gehen Sie.« Grenville scheuchte die jungen Männer mit einer ungehaltenen Geste aus dem Zimmer. »Unsere Unterredung ist beendet.«

Angesichts der rüden Art, in der ihr Bruder seine Besucher fortschickte, zog Eliza die Stirn in Falten, doch sie enthielt sich jeden Kommentars, als sie Norris und Wendell aus dem Salon und die Treppe hinaufführte. Stattdessen sprach sie von Charles.

»Er wäre gerne nach unten gegangen, um Sie zu sehen«, sagte sie, »aber ich habe darauf bestanden, dass er im Bett bleibt, da er noch sehr schwach auf den Beinen ist. Seine Genesung ist jetzt in einer äußerst heiklen Phase.«

Sie erreichten den oberen Treppenabsatz, und wieder sah Norris im Vorbeigehen die Familienporträts der Grenvilles im Flur hängen, eine Galerie junger und alter Gesichter, Männer wie Frauen. Norris entdeckte Charles unter ihnen; er posierte in einem eleganten Anzug neben einem Schreibtisch. Den linken Ellbogen hatte er leger auf einen Stapel Bücher gelehnt und die Hand über die Ledereinbände drapiert – eine Hand, die er jetzt nicht mehr hatte.

»Hier sind deine Freunde, mein Liebling«, sagte Eliza.

Sie fanden Charles blass, aber mit einem Lächeln auf den Lippen. Der Stumpf seines linken Arms war diskret unter der Bettdecke verborgen.

»Ich konnte das dröhnende Organ meines Onkels durch den Boden hören«, sagte Charles. »Hörte sich an, als ob da unten eine lebhafte Diskussion im Gange wäre.«

Wendell rückte einen Stuhl ans Bett und setzte sich. »Wenn wir gewusst hätten, dass du wach bist, wären wir schon eher heraufgekommen.«

Charles versuchte, sich aufzusetzen, doch seine Mutter protestierte: »Nein, Charles. Du musst dich ausruhen.«

»Mutter, ich ruhe mich hier schon seit Tagen aus, und ich habe es gründlich satt. Früher oder später muss ich ja einmal aufstehen.« Mit zusammengebissenen Zähnen beugte er sich vor, und Eliza stopfte ihm rasch ein paar Kissen in den Rücken.

»Also, wie geht's dir, Charlie?«, fragte Wendell. »Tut es immer noch so weh?«

»Nur, wenn das Morphium nachlässt. Aber *so* weit versuche ich es nie kommen zu lassen.« Charles brachte ein mattes Lächeln zustande. »Trotzdem, es geht mir schon besser. Und man muss immer das Positive sehen. Ich werde mich nie dafür entschuldigen müssen, dass ich nicht Klavierspielen gelernt habe!«

Eliza seufzte. »Das ist nicht lustig, Schatz.«

»Mutter, würde es dir etwas ausmachen, mich für eine Weile mit meinen Freunden allein zu lassen? Es kommt mir vor, als hätte ich sie eine Ewigkeit nicht mehr gesehen.«

»Ich nehme das als ein Zeichen, dass es dir besser geht.«

Eliza stand auf. »Meine Herren, bitte überanstrengen Sie ihn nicht. Ich schaue in einer Weile wieder nach dir, Schatz.«

Charles wartete, bis seine Mutter das Zimmer verlassen hatte, und stieß dann einen genervten Seufzer aus. »Mein Gott, sie erdrückt mich mit ihrer Fürsorge!«

»Geht es dir wirklich besser?«, fragte Norris.

»Mein Onkel sagt, sämtliche Anzeichen seien gut. Ich hatte seit Dienstag kein Fieber mehr. Dr. Sewall hat sich die Wunde heute Morgen angesehen und war sehr zufrieden.« Er betrachtete sein bandagiertes Handgelenk und sagte: »Er hat mir das Leben gerettet.«

Auf die Erwähnung von Dr. Sewalls Namen reagierten Wendell und Norris mit Schweigen.

»So«, meinte Charles, und seine Miene hellte sich auf, als er seine Freunde betrachtete, »und nun erzählt mal: Was gibt es Neues?«

»Wir vermissen dich am College«, sagte Norris.

»*Charlie die Mimose*? Kein Wunder, dass ihr mich alle vermisst. Denn schließlich kann sich jeder darauf verlassen, dass er im Vergleich zu mir immer eine glänzende Figur machen wird.«

»Jetzt, wo du den ganzen Tag im Bett liegen musst, hast du doch alle Zeit der Welt zum Lernen«, sagte Wendell. »Wenn du wiederkommst, wirst du uns alle in den Schatten stellen.«

»Du weißt, dass ich nicht wiederkommen werde.«

»Natürlich wirst du das.«

»Wendell«, sagte Norris leise. »Es ist doch besser, ehrlich zu sein, findest du nicht?«

»Wirklich, das wird sich alles noch zum Besten wenden«, sagte Charles. »Ich bin einfach nicht zum Arzt geboren. Das weiß jeder. Ich habe weder das Talent noch das Interesse. Es ging immer nur um die Hoffnungen meines Onkels, um seine Erwartungen. Ich bin anders als ihr. Ihr könnt euch glücklich schätzen, dass ihr immer genau gewusst habt, was ihr machen wollt.«

»Und was willst du machen, Charlie?«, fragte Norris.

»Frag Wendell. Er weiß es.« Charles deutete auf seinen Jugendfreund. »Wir waren beide Mitglieder des Literaturclubs von Andover. Er ist nicht der Einzige, der zu plötzlichen lyrischen Ergüssen neigt.«

Norris lachte verblüfft auf. »Du willst *Dichter* werden?«

»Mein Onkel hat es noch nicht akzeptiert, aber jetzt wird er es müssen. Und warum sollte ich auch nicht die Schriftstellerlaufbahn wählen? Denk nur an Johnny Greenleaf Whittier. Er hat schon erste Erfolge mit seinen Gedichten. Und dann dieser junge Autor aus Salem, Mr. Hawthorne. Der ist nur ein paar Jahre älter als ich, und ich wette, er wird sich schon bald einen Namen machen. Warum sollte ich mich nicht dem widmen, woran mein Herz hängt?« Er sah Wendell an. »Wie hast du es einmal genannt? Diesen Drang zum Schreiben?«

»Der berauschende Genuss des Schreibens.«

»Ja, das ist es! Der berauschende Genuss!« Charles seufzte. »Gewiss, seinen Lebensunterhalt kann man damit kaum verdienen.«

»Irgendwie habe ich das Gefühl, dass du dir darüber keine großen Gedanken machen musst«, meinte Wendell trocken, indem er sich in dem luxuriös ausgestatteten Schlafzimmer umsah.

»Das Problem ist, dass mein Onkel der Meinung ist, Gedichte und Romane seien nur ein frivoler Zeitvertreib, ohne jede wahre Bedeutung.«

Wendell nickte verständnisvoll. »Das könnte auch von meinem Vater stammen.«

»Bist du denn nie versucht, ihn zu ignorieren? Und dich ihm zum Trotz für die Schriftstellerlaufbahn zu entscheiden?«

»Aber ich habe keinen reichen Onkel. Und ich habe eigentlich auch Gefallen an der Medizin gefunden. Sie liegt mir.«

»Nun, mir hat sie nie gelegen. Und jetzt wird mein Onkel das akzeptieren müssen.« Er blickte auf seinen Armstumpf.

»Es gibt nichts Nutzloseres als einen einhändigen Chirurgen.«

»Ah, aber ein einarmiger Dichter! Du wirst eine höchst romantische Figur abgeben.«

»Welche Lady wird mich schon haben wollen?«, fragte Charles betrübt. »Jetzt, wo ich eine Hand verloren habe?«

Wendell tätschelte seinem Freund die Schulter. »Charlie, jetzt hör mir mal zu. Jede Lady, die es wert ist, dass du ihre Bekanntschaft machst und dich in sie verliebst, wird sich keinen Deut um deine fehlende Hand scheren.«

Knarrende Schritte auf dem Flur kündigten Elizas Rückkehr an. »Meine Herren«, sagte sie, »ich glaube, er braucht jetzt seine Ruhe.«

»Mutter, wir haben uns noch so viel zu erzählen!«

»Dr. Sewall sagt, du darfst dich nicht zu sehr anstrengen.«

»Das Einzige, was ich bis jetzt angestrengt habe, ist meine Zunge.«

Wendell stand auf. »Wir müssen sowieso gehen.«

»Warte mal. Ihr habt mir noch gar nicht gesagt, warum ihr zu meinem Onkel gekommen seid.«

»Ach, das war nichts von Bedeutung. Es ging nur um diese Geschichte im West End.«

»Du meinst den Reaper?« Charles war plötzlich ganz Ohr. »Ich habe gehört, sie hätten Dr. Berrys Leiche gefunden.«

»Wer hat dir das gesagt?«, fuhr Eliza dazwischen.

»Die Mädchen haben sich darüber unterhalten.«

»Das hätten sie nicht tun dürfen. Du sollst dich doch nicht aufregen.«

»Ich rege mich ja gar nicht auf. Ich will doch wissen, was passiert ist.«

»Nicht heute Abend«, bestimmte Eliza knapp und beendete damit das Gespräch. »Ich bringe deine Freunde jetzt zur Tür.«

Sie begleitete Wendell und Norris die Treppe hinunter und zur Haustür. Als die beiden sich verabschiedeten, sagte sie: »Sosehr Charles sich über Ihre Besuche freuen mag, ich will dennoch hoffen, dass Sie sich das nächste Mal auf angenehme und erbauliche Gesprächsthemen beschränken. Kitty und Gwen Welliver waren heute Nachmittag hier, und sie haben es geschafft, dass sein Zimmer die ganze Zeit von Lachen erfüllt war. Just das fröhliche Geplauder, das ihm guttut, gerade jetzt, da es auf Weihnachten zugeht.«

Aus dem Mund der hirnlosen Welliver-Schwestern? Da hätte Norris es vorgezogen, im Koma zu liegen. Doch er sagte nur: »Wir werden es uns merken, Mrs. Lackaway. Gute Nacht.«

Draußen blieben er und Wendell auf der Beacon Street stehen. In der kalten Luft bildete ihr Atem Wölkchen, während sie zusahen, wie ein einsames Pferd vorübertrappelte, gelenkt von einem Reiter, der gebeugt im Sattel saß, tief in seinem Mantel versunken.

»Dr. Grenville hat tatsächlich recht«, sagte Wendell. »Das Kind wäre hier bei ihm viel besser aufgehoben. Wir hätten sein Angebot annehmen sollen.«

»Darüber haben wir nicht zu bestimmen. Es ist Roses Entscheidung.«

»Hast du wirklich so grenzenloses Vertrauen in ihre Urteilsfähigkeit?«

»Ja, das habe ich.« Norris starrte die Straße entlang, wo Pferd und Reiter allmählich von der Dunkelheit verschluckt wurden. »Ich glaube, sie ist das klügste Mädchen, das ich je kennengelernt habe.«

»Du bist in sie vernarrt, gib's zu!«

»Ich respektiere sie. Und ja, ich mag sie – wer täte das nicht? Sie hat ein sehr großes Herz.«

»Das nennt man *vernarrt*, Norris. Verhext. Verliebt.« Wendell seufzte wissend. »Und offensichtlich ist sie genauso vernarrt in dich.«

Norris runzelte die Stirn. »Was?«

»Hast du nicht bemerkt, wie sie dich ansieht, wie sie an deinen Lippen hängt, wenn du sprichst? Wie sie dein Zimmer aufgeräumt, deinen Mantel geflickt und alles Mögliche getan hat, um dir eine Freude zu machen? Brauchst du noch eindeutigere Beweise dafür, dass sie in dich verliebt ist?«

»Verliebt?«

»Mach die Augen auf, Mann!« Wendell lachte und klopfte Norris auf die Schulter. »Ich muss über die Feiertage nach Hause fahren. Ich nehme an, du verbringst Weihnachten in Belmont?«

Norris war noch ganz perplex von dem, was Wendell gerade gesagt hatte. »Ja«, sagte er benommen. »Mein Vater erwartet mich.«

»Und was ist mit Rose?«

Ja, was war denn nun mit Rose?

Sie war Norris' einziger Gedanke, nachdem er sich von Wendell verabschiedet hatte. Während er zu seiner Wohnung zurückging, fragte er sich, ob es wirklich stimmen konnte, was sein Freund gesagt hatte. Rose – verliebt in ihn? Er hatte nichts dergleichen wahrgenommen. *Aber ich habe auch nie darauf geachtet.*

Von der Straße aus konnte er das Kerzenlicht in seinem Dachfenster flackern sehen. Sie ist noch wach, dachte er, und plötzlich konnte er es nicht mehr erwarten, sie zu sehen. Er stieg die Treppe hinauf, und mit jeder Stufe wuchs seine Ungeduld. Als er schließlich die Tür öffnete, pochte sein Herz ebenso sehr vor Vorfreude wie vor Anstrengung.

Rose war am Schreibtisch eingeschlafen, den Kopf auf die gekreuzten Arme gebettet. Vor ihr lag aufgeschlagen Wistars *Anatomie.* Als er über ihre Schulter spähte, sah er, dass sie eine Abbildung des menschlichen Herzens betrachtet hatte. Was für ein außergewöhnliches Mädchen, dachte er. Die Kerze war bis auf eine kleine Wachspfütze niedergebrannt, also entzündete er eine neue. Als er behutsam das Anatomiebuch zuklappte, wachte Rose auf.

»Oh«, murmelte sie und hob den Kopf. »Sie sind zurück.«

Er sah zu, wie sie sich streckte und den Kopf in den Nacken legte. Das Haar fiel ihr dabei lose über den Rücken. Als er in ihr Gesicht blickte, sah er nichts Gekünsteltes darin, keine

Falschheit, nur ein Mädchen, das benommen den Schlaf abzuschütteln versuchte. Das Umschlagtuch, das sie sich um die Schultern gelegt hatte, war aus grober graubrauner Wolle, und als sie sich mit der Hand über die Wange wischte, verschmierte sie ein wenig Asche auf der Haut. Er musste daran denken, wie vollkommen anders sie war als die Welliver-Schwestern mit ihren Seidenkleidern, ihren hübschen Fransenschals und ihren eleganten Schühchen aus Saffianleder. Wenn er in der Gesellschaft dieser Schwestern war, hatte er nicht einen Moment lang das Gefühl, sie wirklich so zu sehen, wie sie waren – so geschickt spielten sie das unaufrichtige Spiel der Koketterie. Ganz anders als dieses Mädchen, das ganz ungeniert gähnte und sich die Augen rieb, wie ein Kind, das aus dem Mittagsschlaf erwacht.

Sie sah zu ihm auf. »Haben Sie es ihm erzählt? Was hat er dazu gesagt?«

»Dr. Grenville behält sich sein Urteil vor. Er will die Geschichte von Ihnen selbst hören.« Er beugte sich zu ihr herab und legte ihr die Hand auf die Schulter. »Rose, er hat ein großzügiges Angebot gemacht, von dem Wendell und ich glauben, dass es das Beste wäre. Dr. Grenville hat sich erboten, Meggie zu sich zu nehmen.«

Sie erstarrte. Statt Dankbarkeit sah er Panik in ihren Augen aufblitzen. »Sagen Sie mir, dass Sie dem nicht zugestimmt haben!«

»Es wäre so viel besser für sie. Sicherer und gesünder.«

»*Sie hatten kein Recht dazu!*« Rose sprang auf. Als Norris in ihre Augen starrte, sah er darin die unverfälschte, kämpferische Entschlossenheit eines Mädchens, das für einen geliebten Menschen alles opfern würde. Eines Mädchens, dessen Treue so unverbrüchlich war, dass es für das Leben seiner Nichte alles auf sich genommen hätte. »Sie haben ihm *Meggie* gegeben?«

»Rose, ich würde niemals Ihr Vertrauen missbrauchen!«

»Sie haben nicht das Recht, sie wegzugeben!«

»Hören Sie mich an. *Bitte!*« Er nahm ihre Hände und zwang

sie, ihm in die Augen zu sehen. »Ich habe ihm gesagt, dass *Sie* es sind, die das entscheiden wird. Ich habe ihm gesagt, dass ich nur das tun werde, was *Sie* wollen. Ich folge Ihren Anweisungen, Rose, was immer es ist, das Sie wünschen. Sie wissen es am besten, und ich will nur, dass Sie glücklich sind.«

»Ist das Ihr Ernst?«, flüsterte sie.

»Ja. Mein voller Ernst.«

Sie starrten einander eine Weile schweigend an. Plötzlich schimmerten Tränen in ihren Augen, und sie riss sich von ihm los. Wie zierlich sie ist, dachte er. *Wie zerbrechlich. Und doch hat diese junge Frau die Last der Welt auf ihren Schultern getragen und ihre Verachtung ertragen. Sie ist ein recht hübsches Mädchen,* hatte Wendell gesagt. Als er sie jetzt betrachtete, sah Norris eine unverfälschte, ehrliche Schönheit, die auch noch durch die Ascheflecken auf ihren Wangen hindurchschien, eine Schönheit, an die die Welliver-Schwestern nie heranreichen würden. Sie waren nichts als zwei alberne Prinzesschen in Satinkleidern. Dieses Mädchen besaß so wenig, und doch hatte es diesen einfältigen Billy unter seine Fittiche genommen. Sie hatte alles zusammengekratzt, was sie hatte, um eine anständige Beerdigung für ihre Schwester zu bezahlen und ihre Nichte zu ernähren.

Das ist ein Mädchen, das zu mir stehen wird. Auch wenn ich es nicht verdient habe.

»Rose«, sagte er, »es ist Zeit, dass wir uns über die Zukunft unterhalten.«

»Die Zukunft?«

»Was mit Ihnen und Meggie geschehen soll. Ich muss aufrichtig sein: Meine Aussichten am College sind trübe. Ich weiß nicht, ob ich mir dieses Zimmer weiterhin werde leisten können, ganz zu schweigen vom Unterhalt für uns alle.«

»Sie wollen, dass ich gehe.« So, wie sie es sagte, war es eine schlichte Feststellung; als wäre keine andere Schlussfolgerung denkbar. Wie leicht sie es ihm machte, sie einfach fortzuschicken. Wie großzügig sie ihn von jeglicher Schuld freisprach.

»Ich will, dass Sie in Sicherheit sind«, sagte er.

»Ich werde schon nicht zusammenbrechen, Mr. Marshall. Ich kann mit der Wahrheit leben. Sagen Sie sie mir einfach.«

»Morgen fahre ich heim nach Belmont. Mein Vater erwartet mich zu Weihnachten. Ich fürchte, es wird keine allzu lustige Zeit werden. Mein Vater hält nicht viel von Feiern, und ich werde die Tage wahrscheinlich mit allerhand Arbeiten auf dem Hof verbringen.«

»Sie müssen nichts erklären.« Sie wandte sich ab. »Ich werde morgen früh verschwinden.«

»Ja, das wirst du. Und zwar mit mir. Und du wirst endlich aufhören, mich Mr. Marshall zu nennen.«

Sie fuhr zu ihm herum, die Augen vor Begeisterung weit aufgerissen. »Nach Belmont?«

»Es ist der sicherste Ort für dich und das Kind. Da gibt es frische Milch für Meggie, und du wirst dein eigenes Bett haben. Dort wird euch niemand finden.«

»Ich kann sie mitnehmen?«

»Natürlich werden wir sie mitnehmen. Ich würde nicht im Traum daran denken, sie zurückzulassen.«

Außer sich vor Freude flog sie in seine Arme. So zierlich sie war, hätte sie ihn doch um ein Haar umgerissen. Lachend fing er sie auf und wirbelte sie in der engen Kammer umher, und er spürte, wie ihr Herz an seinem Herzen vor Freude klopfte.

Plötzlich löste Rose sich von ihm, und er sah den Zweifel in ihrer Miene. »Aber was wird dein Vater zu mir sagen, Norrie?«, fragte sie. »Und zu Meggie?«

Er konnte sie nicht anlügen, schon gar nicht, wenn sie ihm so unverwandt in die Augen blickte. »Ich weiß es nicht«, antwortete er.

28

Es war nach drei, als der Bauer seinen Wagen auf der Straße nach Belmont anhielt und die beiden absteigen ließ. Sie hatten immer noch zwei Meilen Fußmarsch vor sich, aber der Himmel war blau, und der mit einer Eiskruste überzogene Schnee glitzerte hell wie Glas in der Nachmittagssonne. Während sie die Straße entlangstapften, Rose mit der kleinen Meggie auf dem Arm, erklärte Norris ihr, welche Felder welchem Nachbarn gehörten. Er würde sie ihnen allen vorstellen, und sie würden ihr alle zu Füßen liegen. Das heruntergekommene Haus dort drüben gehörte dem alten Ezra Hutchinson, dessen Frau vor zwei Jahren an Typhus gestorben war, und die Kühe im angrenzenden Feld waren die der Witwe Heppy Comfort, die ein Auge auf Ezra geworfen hatte, nachdem er nun wieder zu haben war. Das gepflegte Haus auf der anderen Straßenseite gehörte Dr. und Mrs. Hallowell, dem kinderlosen Paar, das immer so gut zu Norris gewesen und bei dem er stets willkommen gewesen war, als gehörte er zur Familie. Dr. Hallowell hatte Norris seine Bibliothek zur Verfügung gestellt, und letztes Jahr hatte er ihm ein glänzendes Empfehlungsschreiben für das Medizinische College ausgestellt. Rose nahm all diese Informationen mit einer Miene auf, die lebhaftes Interesse bekundete, selbst die banalen Details über Heppys lahmendes Kalb und Dr. Hallowells ausgefallene Sammlung deutscher Gesangbücher. Je mehr sie sich der Marshall-Farm näherten, desto schneller und ungeduldiger kamen ihre Fragen, als ob sie geradezu darauf brannte, sein Leben in allen Einzelheiten zu erforschen, bevor sie ankamen. Als sie die Kuppe erklommen hatten und die Farm am Horizont auftauchte, blieb sie stehen und hielt die Hand über die Augen, um sich vor der Sonne zu schützen, während sie in die Ferne starrte.

»Es ist nichts Besonderes«, gab er zu.

»Doch, Norris, das ist es. Du bist schließlich dort aufgewachsen.«

»Ich konnte es nicht erwarten, all dem zu entfliehen.«

»Ich hätte absolut nichts dagegen, hier zu leben.« Meggie war auf Roses Arm aufgewacht und gab ein zufriedenes Gurgeln von sich. Rose lächelte ihre Nichte an und sagte: »Ich könnte auf einer Farm glücklich sein.«

Er lachte. »Das gefällt mir so an dir, Rose. Ich glaube, du könntest überall glücklich sein.«

»Auf das Wo kommt es gar nicht an.«

»Bevor du jetzt sagst, *sondern auf die Menschen, mit denen man zusammenlebt*, musst du erst mal meinen Vater kennenlernen.«

»Ich fürchte mich regelrecht davor. So, wie du über ihn redest.«

»Er ist ein verbitterter Mann. Das musst du einfach vorher wissen.«

»Weil er deine Mutter verloren hat?«

»Sie hat ihn verlassen. Sie hat uns beide verlassen. Er hat ihr das nie verziehen.«

»Und du?«, fragte sie und sah ihn an. Ihre Wangen waren von der Kälte gerötet.

»Es wird schon spät«, sagte er.

Sie gingen weiter, während die Sonne tiefer sank und die kahlen Baumkronen filigrane Schattenmuster auf den Schnee malten. Bald waren sie an der alten Steinmauer angelangt und hörten schon die Kühe im Stall muhen. Als sie auf das Haus zugingen, hatte Norris den Eindruck, dass es kleiner und bescheidener wirkte, als er es in Erinnerung hatte. Waren die Schindeln schon so verwittert gewesen, als er vor gerade einmal zwei Monaten nach Boston aufgebrochen war? Hatte die Veranda immer schon in der Mitte durchgehangen, und war der Zaun immer so schief gewesen? Je näher sie kamen, desto schwerer schien die Pflicht auf seinen Schultern zu lasten, und desto mehr graute ihm vor dem bevorstehenden Wiedersehen. Schon bedauerte er, Rose und das Baby in die Sache hineingezogen zu haben. Er hatte sie zwar vorgewarnt, dass sein Vater recht unangenehm sein konnte, doch das schien sie nicht zu schrecken: Fröhlich marschierte sie neben ihm her, während sie Meggie etwas ins Ohr summte. Wie konnte irgendein Mann, und sei es auch sein Vater, dieses Mädchen nicht ins Herz schließen? Sicherlich werden sie und das Baby ihn mit ihrem Charme bezaubern, dachte er. *Rose wird ihn für sich gewinnen, so wie sie mich für sich gewonnen hat, und wir werden beim Abendbrot sitzen und miteinander lachen.* Ja, es könnte ein guter Besuch werden, und Rose war sein Glücksbringer. *Mein irisches Glückskind.* Er sah sie an, und gleich wurde sein Herz leichter, weil sie sich so darüber zu freuen schien, mit ihm hier zu sein. Und so marschierten sie weiter, immer an dem schiefen Zaun entlang, auf das Haus zu, das ihm mit jedem Schritt trostloser und verwahrloster vorkam.

Durch das windschiefe Tor traten sie in einen Hof, in dem ein zerbrochener Wagen herumstand, daneben ein Stapel Brennholz, das noch darauf wartete, zu Scheiten gehackt zu werden. Die Welliver-Schwestern würden beim Anblick dieses Hofes vor Schreck erbleichen, und er malte sich aus, wie sie versuchten, durch den von Schweinen aufgewühlten Matsch zu trippeln, ohne ihre feinen Schühchen zu ruinieren. Rose zögerte nicht eine Sekunde; sie raffte einfach ihren Rock und folgte Norris über den Hof. Die alte Sau, aufgeschreckt durch den ungewohnten Besuch, grunzte und trottete in Richtung Stall davon.

Noch bevor sie die Veranda erreichten, ging die Tür auf, und Norris' Vater kam heraus. Isaac Marshall hatte seinen Sohn seit zwei Monaten nicht mehr gesehen, doch er rief ihm keinen Willkommensgruß entgegen, sondern blieb schweigend auf der Veranda stehen und sah zu, wie seine Besucher näher kamen. Er trug dieselbe schlichte Jacke, dieselbe graue Wollhose wie immer, doch die Kleider schlackerten jetzt um seine dürren Glieder, und die Augen, die unter dem verbeulten Hut hervorspähten, waren tiefer in ihre Höhlen gesunken. Er brachte nur die Andeutung eines Lächelns zustande, als Norris die Stufen erklomm.

»Willkommen zu Hause«, sagte Isaac, doch er machte keine Anstalten, seinen Sohn zu umarmen.

»Vater, darf ich dir Rose vorstellen? Sie ist eine Freundin von mir. Und das ist ihre Nichte Meggie.«

Rose trat lächelnd einen Schritt vor, und das Baby gurrte wie zur Begrüßung. »Freut mich, Sie kennenzulernen, Mr. Marshall«, sagte Rose.

Isaac hielt die Arme stur an seiner Seite und kniff die Lippen zusammen. Norris sah Rose erröten, und er hatte das Gefühl, dass er seinen Vater noch nie so gehasst hatte wie in diesem Moment.

»Rose ist eine sehr gute Freundin«, sagte Norris. »Ich wollte, dass du sie kennenlernst.«

»Wird sie über Nacht bleiben?«

»Ich hatte gehofft, sie könnte länger bleiben. Sie und das Baby brauchen für eine Weile ein Dach über dem Kopf. Sie kann im oberen Zimmer schlafen.«

»Dann muss das Bett für sie gemacht werden.«

»Das kann ich übernehmen, Mr. Marshall«, sagte Rose. »Es macht mir gar keine Mühe. Und ich bin sehr fleißig! Es gibt keine Arbeit, die ich nicht machen kann.«

Isaac betrachtete eingehend das Baby. Mit einem widerwilligen Nicken machte er sodann kehrt und ging ins Haus. »Dann sollte ich wohl besser schauen, dass genug fürs Abendessen da ist.«

»Es tut mir leid, Rose. Es tut mir so leid.«

Sie saßen auf dem Heuboden, neben sich die friedlich schlummernde Meggie, und blickten im schummrigen Licht der Laterne auf die Kühe hinab, die unten fraßen. Auch die Schweine hatten sich in den Stall zurückgezogen und balgten sich grunzend um die besten Schlafplätze zwischen den Strohballen. An diesem Abend fühlte Norris sich hier, wo die

Luft vom Geruch und den Geräuschen des Viehs erfüllt war, wohler als in Gesellschaft dieses schweigenden Mannes in seinem stillen Haus. Isaac hatte kaum gesprochen während ihres Weihnachtsessens, das aus Schinken, Salzkartoffeln und Steckrüben bestanden hatte; er hatte nur ein paar Fragen zu Norris' Studium gestellt, und die Antworten hatten ihn offensichtlich gleichgültig gelassen. Die Farm war das Einzige, was ihn interessierte, und wenn er selbst einmal etwas sagte, dann ging es nur um den Zaun, der repariert werden musste, um die schlechte Qualität des Heus in diesem Herbst oder um die Faulheit des neuen Hilfsarbeiters. Rose hatte direkt gegenüber von Isaac gesessen, doch sie hätte ebenso gut unsichtbar sein können, denn er hatte sie kaum angesehen, es sei denn, wenn er ihr das Essen reichte.

Und sie war so klug gewesen, den Mund zu halten.

»So ist er schon immer gewesen«, sagte Norris und starrte zu den Schweinen hinunter, die im Stroh wühlten. »Ich hätte mir denken können, dass sich nichts geändert hat. Ich hätte dir das nicht antun sollen.«

»Ich bin froh, dass ich gekommen bin.«

»Es muss doch eine Tortur für dich gewesen sein heute Abend.«

»Du bist der Einzige, der mir leidtut.« Das Licht der Laterne fiel auf ihr Gesicht, und im Halbdunkel der Scheune sah Norris weder ihr geflicktes Kleid noch ihr zerschlissenes Umschlagtuch; er sah nur dieses Gesicht, die Augen, die ihn so unverwandt anblickten. »Das ist ein trauriges Haus, in dem du aufgewachsen bist«, sagte sie. »Kein Zuhause, wie ein Kind es braucht.«

»Es war nicht immer so. Ich will nicht, dass du denkst, ich hätte so eine trostlose Kindheit gehabt. Es gab auch gute Zeiten.«

»Wann ist es anders geworden? War es, nachdem deine Mutter euch verlassen hatte?«

»Danach war nichts mehr wie vorher.«

»Wie könnte es auch? Das ist eine furchtbare Sache, wenn

man allein gelassen wird. Schlimm genug, wenn ein geliebter Mensch stirbt. Aber jemanden *aus freien Stücken* zu verlassen …« Sie brach ab, holte tief Luft und schaute in den Koben hinab. »Ich habe den Geruch eines Stalls immer schon gemocht. Alles, die Tiere, das Heu, den Gestank. Es ist ein guter, ein ehrlicher Geruch, ja wirklich.«

Er starrte ins Dunkel. Die Schweine hatten jetzt aufgehört zu wühlen und sich leise grunzend zum Schlafen aneinandergeschmiegt. »Wer hat dich im Stich gelassen, Rose?«, fragte er.

»Niemand.«

»Du hast davon gesprochen, dass jemand dich verlassen hätte.«

»*Ich* bin diejenige, die das getan hat«, erwiderte sie und schluckte. »Ich war es, die fortging. Was war ich doch für eine Närrin! Nachdem Aurnia nach Amerika gegangen war, bin ich ihr gefolgt. Weil ich es nicht erwarten konnte, erwachsen zu sein. Ich konnte es nicht erwarten, die Welt zu sehen.« Sie seufzte schwer und fuhr mit tränenerstickter Stimme fort: »Ich glaube, ich habe meiner Mutter das Herz gebrochen.«

Er musste nicht nachfragen; schon an der Art, wie sie in tiefem Schmerz den Kopf senkte, erriet er, dass ihre Mutter nicht mehr lebte.

Dann setzte sie sich auf und sagte mit fester Stimme: »Ich werde nie mehr irgendjemanden im Stich lassen. Niemals.«

Er nahm ihre Hand, und die Berührung kam ihm so vertraut vor, als hätten sie sich schon immer an den Händen gehalten, als hätten sie schon immer hier in diesem schummrigen Stall gesessen und einander ihre Geheimnisse anvertraut.

»Ich verstehe, warum dein Vater so verbittert ist«, sagte sie. »Er hat jedes Recht dazu.«

Lange nachdem Rose Meggie ins Bett gebracht und sich schlafen gelegt hatte, saßen Norris und Isaac noch am Küchentisch zusammen. Zwischen ihnen standen eine brennende Lampe und ein Krug Apfelbranntwein. Norris hatte nur ein paar Schlucke getrunken, doch sein Vater hatte den ganzen Abend Branntwein in sich hineingeschüttet, mehr als Norris ihn je hatte trinken sehen. Wieder goss er sich ein Glas ein, und seine Hand zitterte, als er den Krug verkorkte.

»Also, was hast du nun mit diesem Mädchen?«, fragte Isaac und blinzelte mit trüben Augen über den Rand seines Glases hinweg.

»Das habe ich dir doch schon gesagt – sie ist eine Freundin.«

»Ein Mädchen? Was bist du denn – ein Weichling? Kannst du dir keine richtigen Freunde suchen, wie ein normaler Mann?«

»Was hast du denn gegen sie? Ist es, weil sie ein Mädchen ist? Oder weil sie Irin ist?«

»Hat sie ein Balg im Bauch?«

Norris starrte seinen Vater ungläubig an. *Das ist nur der Branntwein. Das kann er nicht ernst meinen.*

»Ha. Du weißt es nicht einmal.«

»Du hast kein Recht, solche Dinge über sie zu sagen. Du kennst sie ja gar nicht.«

»Wie gut kennst *du* sie denn?«

»Ich habe sie nicht angerührt, falls du das meinst.«

»Das heißt nicht, dass sie nicht schon schwanger ist. Und dann hat sie auch noch ein Balg am Bein! Wenn du dich mit der einlässt, nimmst du einem anderen Mann die Verantwortung ab!«

»Ich hatte gehofft, dass sie hier willkommen wäre. Ich hatte gehofft, du würdest lernen, sie zu akzeptieren, sie vielleicht gar zu lieben. Sie ist ein fleißiges Mädchen und zudem der großherzigste Mensch, den ich kenne. Sie hat wahrlich Besseres verdient als den Empfang, den du ihr bereitet hast.«

»Ich habe nur dein Wohl im Sinn, Junge. Dein Glück. Willst du ein Kind großziehen, das nicht einmal dein eigenes ist?«

Norris stand abrupt auf. »Gute Nacht, Vater.« Er wandte sich ab und wollte hinausgehen.

»Ich versuche nur, dir das Leid zu ersparen, das mir angetan wurde. Sie lügen dich an, Norris. Sie sind voller Falsch, und du merkst es erst dann, wenn es zu spät ist.«

Norris hielt inne, und plötzlich begriff er. Er drehte sich um und sah Isaac an. »Du sprichst von Mutter.«

»Ich habe versucht, sie glücklich zu machen.« Isaac kippte den Branntwein hinunter und stellte das Glas mit einem Knall ab. »Ich habe alles versucht.«

»Nun, davon habe ich nichts gesehen.«

»Kinder sehen nichts und wissen nichts. Es gibt vieles, was du von deiner Mutter nicht weißt und nie wissen wirst.«

»Warum hat sie dich verlassen?«

»Sie hat auch dich verlassen.«

Auf diese schmerzliche Wahrheit wusste Norris nichts zu erwidern. *Ja, sie hat mich verlassen. Und das werde ich nie begreifen.* Plötzlich fühlte er sich erschöpft. Er kehrte an den Tisch zurück und setzte sich, während sein Vater sein Glas wieder auffüllte.

»Was weiß ich nicht über Mutter?«, fragte Norris.

»Dinge, die ich selbst hätte wissen müssen. Die mich hätten stutzig machen müssen. Was ein Mädchen wie sie dazu bringt, einen Mann wie mich zu heiraten. Oh, ich bin kein Narr. Ich habe lange genug auf einem Bauernhof gelebt, um zu wissen, wie lange es dauert, bis eine Sau...« Er brach ab und senkte den Kopf. »Ich glaube nicht, dass sie mich je geliebt hat.«

»Hast du sie geliebt?«

Isaac blickte mit feuchten Augen zu Norris auf. »Als ob das einen Unterschied gemacht hätte! Es war nicht genug, um sie hier zu halten. *Du* warst nicht genug, um sie hier zu halten.«

Seine Worte, ebenso grausam wie wahr, hingen zwischen ihnen in der Luft wie Pulverdampf. Sie saßen schweigend da und starrten sich über den Tisch hinweg an.

»An dem Tag, an dem sie verschwand, warst du krank«, sagte Isaac. »Erinnerst du dich?«

»Ja.«

»Es war ein Sommerfieber. Du hattest eine solche Hitze im Leib, dass wir schon fürchteten, du würdest sterben. Dr. Hallowell war in dieser Woche nach Portsmouth gefahren, sodass wir uns nicht an ihn wenden konnten. Deine Mutter hat die ganze Nacht an deinem Bett gewacht. Und den ganzen nächsten Tag. Und immer noch ließ das Fieber nicht nach. Wir waren beide sicher, dass wir dich verlieren würden. Und was tut sie? Kannst du dich daran erinnern, wie sie gegangen ist?«

»Sie sagte, dass sie mich liebt. Sie sagte, sie würde wiederkommen.«

»Das hat sie mir auch gesagt. Dass ihr Sohn das Beste verdiente und dass sie dafür sorgen würde, dass du es bekämst. Sie zog ihr bestes Kleid an und verließ das Haus. Und sie kam nie mehr zurück. Nicht an diesem Abend und auch nicht am nächsten. Ich war hier ganz allein, mit einem kranken Jungen, und ich hatte nicht die geringste Ahnung, wohin sie gegangen war. Mrs. Comfort ist gekommen, um bei dir zu wachen, während ich mich auf die Suche machte. Ich suchte sie überall, ich fragte alle Nachbarn, zu denen sie gegangen sein könnte. Ezra meinte gesehen zu haben, wie sie nach Süden ritt, auf der Straße nach Brighton. Jemand anderes hatte sie auf der Straße nach Boston gesehen. Ich konnte mir nicht vorstellen, was sie an einem dieser Orte gewollt haben könnte.« Er machte eine Pause. »Dann stand eines Tages ein Junge vor der Tür, mit Sophias Pferd. Und dem Brief.«

»Warum hast du mir diesen Brief nie gezeigt?«

»Du warst noch zu jung. Erst elf Jahre.«

»Ich war alt genug, um zu verstehen.«

»Den Brief gibt es längst nicht mehr. Ich habe ihn verbrannt. Aber ich kann dir sagen, was drinstand. Ich bin nicht sehr gut im Lesen, das weißt du. Also habe ich Mrs. Comfort gebeten, ihn sich anzusehen, nur um mich zu vergewissern, dass ich alles verstanden hatte.« Isaac schluckte und starrte direkt in die Lampe. »Sie schrieb, sie könne nicht länger mit mir verheiratet sein. Sie habe einen Mann kennengelernt, und sie würden zusammen nach Paris gehen. *Sieh zu, wie du zurechtkommst.*«

»Sie muss doch noch mehr geschrieben haben.«

»Da stand sonst nichts. Mrs. Comfort kann es dir bestätigen.«

»Sie hat nichts erklärt? Sie hat keine Einzelheiten genannt, nicht einmal seinen Namen?«

»Wenn ich's dir doch sage – das ist alles, was sie geschrieben hat.«

»Auch nichts über mich? Sie muss doch irgendetwas gesagt haben!«

»Deswegen habe ich dir den Brief nie gezeigt, Junge«, entgegnete Isaac leise. »Du solltest es nicht erfahren.«

Dass seine eigene Mutter noch nicht einmal seinen Namen erwähnt hatte. Norris konnte seinem Vater nicht in die Augen sehen. Stattdessen starrte er auf den zerkratzten Tisch hinab, den Tisch, an dem er und Isaac so oft schweigend beim Essen gesessen hatten, wenn nur das Pfeifen des Windes und das Kratzen ihrer Gabeln auf den Tellern die Stille durchbrochen hatten. »Warum jetzt?«, fragte er. »Warum hast du so viele Jahre gewartet, bis du es mir erzählt hast?«

»Wegen *ihr*.« Isaac sah hinauf zum Obergeschoss, wo Rose schlief. »Sie hat ein Auge auf dich geworfen, und du auf sie. Wenn du jetzt einen Fehler machst, wirst du den Rest deiner Tage damit leben müssen.«

»Wie kommst du darauf, dass es ein Fehler ist, wenn ich mich auf sie einlasse?«

»Manche Männer sehen es einfach nicht, und wenn man sie mit der Nase darauf stößt.«

»Mutter war also dein Fehler?«

»Und ich ihrer. Ich habe sie heranwachsen sehen. Jahrelang habe ich sie regelmäßig in der Kirche getroffen; immer saß sie da mit einem ihrer modischen Hüte, und immer war sie recht freundlich zu mir, aber auch immer unerreichbar für mich. Und dann, eines Tages, ist es, als ob sie mich plötzlich zum ersten Mal richtig *sieht*. Und beschließt, dass ich einen zweiten Blick wert bin.« Er griff nach dem Krug und schenkte sich ein. »Elf Jahre später sitzt sie auf diesem stinkenden Bauernhof fest, mit einem kranken Jungen. Klar, dass es da einfacher ist wegzulaufen. Das alles hinter sich zu lassen und mit einem anderen Mann ein neues, aufregendes Leben zu beginnen.« Er stellte den Krug ab, und wieder ging sein Blick nach oben, wo Rose schlief. »Du kannst sie nicht beim Wort nehmen, das ist alles, was ich dir sagen will. Das Mädel hat ein hübsches Gesicht, gewiss. Aber was verbirgt sich dahinter?«

»Du schätzt sie falsch ein.«

»Ich habe deine Mutter falsch eingeschätzt. Ich wollte dich nur vor dem gleichen Kummer bewahren.«

»Ich liebe dieses Mädchen. Ich habe vor, sie zu heiraten.«

Isaac lachte. »Ich habe aus Liebe geheiratet, und du siehst ja, wohin das geführt hat!« Er hob sein Glas, hielt aber mitten in der Bewegung inne und blickte zur Tür.

Es klopfte.

Sie wechselten beunruhigte Blicke. Es war tiefste Nacht, ganz und gar nicht die Zeit für einen Besuch in der Nachbarschaft. Stirnrunzelnd nahm Isaac die Lampe und ging zur Tür. Als er sie öffnete, wehte ein Windstoß herein, und die Lampe wäre fast erloschen, während Isaac wie angewurzelt dastand und auf die Veranda hinausstarrte.

»Mr. Marshall?«, ertönte eine Männerstimme. »Ist Ihr Sohn hier?«

Beim Klang dieser Stimme sprang Norris sofort erschrocken auf.

»Was wollen Sie von ihm?«, fragte Isaac. Gleich darauf prallte er taumelnd zurück, als zwei Männer sich an ihm vorbei in die Küche drängten.

»Da sind Sie ja«, sagte Mr. Pratt, als er Norris entdeckte.

»Was hat das zu bedeuten?«, wollte Isaac wissen.

Wachmann Pratt nickte seinem Gefährten zu, der sich sogleich hinter Norris postierte, wie um ihm den Fluchtweg abzuschneiden. »Sie kommen mit uns zurück nach Boston.«

»Wie können Sie es wagen, einfach so in mein Haus einzudringen!«, rief Isaac. »Wer sind Sie überhaupt?«

»Die Nachtwache.« Pratt wandte den Blick nicht von Norris. »Die Kutsche wartet, Mr. Marshall.«

»Sie nehmen meinen Sohn fest?«

»Aus Gründen, die er Ihnen bereits erläutert haben sollte.«

»Ich komme nicht mit, solange Sie mir nicht sagen, was mir zur Last gelegt wird«, erklärte Norris.

Der Mann, der hinter Norris stand, versetzte ihm einen solchen Stoß, dass er strauchelte und gegen den Tisch prallte. Der Krug mit dem Apfelbranntwein fiel zu Boden und zerbrach.

»Aufhören!«, schrie Isaac. »Warum tun Sie das?«

»Die Anklage lautet auf Mord«, sagte Pratt. »Ihnen werden die Morde an Agnes Poole, Mary Robinson und Nathaniel Berry zur Last gelegt. Und nun auch der an Mr. Eben Tate.«

»Tate?« Norris starrte ihn an. Roses Schwager ebenfalls ermordet? »Ich weiß nichts von seinem Tod! Und ich habe ihn ganz bestimmt nicht umgebracht!«

»Wir haben alle Beweise, die wir brauchen. Es ist nun meine Pflicht, Sie nach Boston zurückzubringen, wo Ihnen der Prozess gemacht werden wird.« Pratt nickte dem anderen Wachmann zu. »Bringen Sie ihn raus.«

Norris wurde abgeführt. Sie waren gerade an der Tür angelangt, als er Rose rufen hörte: »Norris?«

Er drehte sich um und fing ihren entsetzten Blick auf. »Geh zu Dr. Grenville! Sag ihm, was passiert ist!«, konnte er ihr noch zurufen. Gleich darauf wurde er in die Nacht hinausgestoßen.

Seine Häscher verfrachteten ihn in die Kutsche, und Pratt gab dem Kutscher ein Zeichen, indem er zweimal fest an das Dach schlug. Sie fuhren los, über die Straße nach Belmont und weiter Richtung Boston.

»Auch Ihr Dr. Grenville kann Sie jetzt nicht mehr schützen«, sagte Pratt. »Nicht angesichts dieser Beweise.«

»Welcher Beweise?«

»Können Sie sich das nicht denken? Ein gewisser Gegenstand in Ihrem Zimmer?«

Norris schüttelte verwirrt den Kopf. »Ich habe keine Ahnung, wovon Sie sprechen.«

»Der Krug, Mr. Marshall. Es erstaunt mich, dass Sie so etwas aufheben.«

Der andere Wachmann, der ihnen gegenübersaß, starrte Norris an und murmelte: »Sie sind ein perverses Schwein.«

»Es kommt nicht jeden Tag vor, dass man einen Whiskeykrug findet, in dem ein menschliches Gesicht herumschwimmt«, sagte Pratt. »Und für den Fall, dass es noch irgendwelche Zweifel geben sollte, haben wir auch Ihre Maske gefunden. Noch mit Blut bespritzt. Da haben Sie ein ganz schönes Hasardspiel mit uns getrieben, was? Uns genau die Maske zu beschreiben, die Sie selbst getragen haben?«

Die Maske des Reapers? Jemand muss sie in mein Zimmer geschafft haben.

»Ich schätze, das bedeutet den Galgen für Sie«, sagte Pratt.

Der andere Wachmann lachte in sich hinein, als freute er sich schon auf eine gelungene Hinrichtung – genau das richtige Amüsement für die trüben Wintermonate. »Und dann können Ihre feinen Medizinerkollegen sich über Sie hermachen«, fügte er hinzu. Trotz des Halbdunkels, das im Innern der Kutsche herrschte, konnte Norris sehen, wie sich der Mann mit dem Finger am Brustbein entlangfuhr, eine Geste, die keiner Interpretation bedurfte. Viele Leichen gelangten auf heimlichen und verschlungenen Wegen auf die Seziertische der Anatomen. Sie wurden im Schutz der Nacht aus Gräbern ausgebuddelt, von »Auferstehungsmännern«, die bei jedem ihrer nächtlichen Beutezüge zum Friedhof das Risiko einer Verhaftung eingingen. Doch die Leichen hingerichteter Sträflinge wanderten direkt in den Sektionssaal, mit voller Billigung des Gesetzes. Für ihre Verbrechen bezahlten die Verurteilten nicht nur mit ihrem Leben, sondern auch mit ihren sterblichen Überresten. Jeder Gefangene, der auf dem Schafott stand, wusste, dass die Hinrichtung nicht die letzte

Demütigung war; danach wartete das Messer des Präparators auf ihn.

Norris dachte an den alten Paddy, den Toten, dessen Brustkorb sie aufgebrochen hatten, dessen bluttriefendes Herz er in den Händen gehalten hatte. Wer würde Norris' Herz halten? Wessen Schürze würde mit seinem Blut bespritzt werden, wenn seine Organe in den Eimer klatschten?

Durch das Kutschfenster sah er mondbeschienene Felder, die vertrauten Höfe entlang der Straße nach Belmont, an denen er auf der Fahrt nach Boston jedesmal vorbeikam. Nun würde er sie nie wieder sehen; zum letzten Mal erblickte er die ländliche Gegend, der er seine ganze Kindheit lang zu entkommen getrachtet hatte. Er war ein Narr gewesen, wenn er geglaubt hatte, dass ihm das je gelingen würde; und dies war seine Strafe.

Die Straße führte sie von Belmont nach Osten, und aus den Gehöften wurden Dörfer, je mehr sie sich Boston näherten. Schon konnte er den Charles River sehen, ein glitzerndes Band im Mondschein, und er erinnerte sich an den Abend, als er am Ufer entlanggegangen war und über den Fluss hinweg zum Gefängnis geblickt hatte. An jenem Abend hatte er sich glücklich geschätzt, verglichen mit den armen Seelen, die dort hinter Gittern saßen. Jetzt würde er ihnen Gesellschaft leisten, und nur der Henker würde ihn dort wieder herausholen.

Die Räder der Kutsche ratterten über die West Boston Bridge, und Norris wusste, dass sie fast am Ende ihrer Reise angelangt waren. Wenn sie erst einmal auf der anderen Seite wären, müssten sie nur noch ein kurzes Stück die Cambridge Street hinauffahren und dann nach Norden abbiegen, wo das Stadtgefängnis lag. Der West End Reaper, endlich gefasst. Pratts Gehilfe grinste triumphierend, und seine Zähne schimmerten weiß in der Dunkelheit.

»Brr! Brr, halt!«, rief plötzlich der Kutscher, und sie blieben abrupt stehen.

»Was ist denn da los?«, fragte Pratt und spähte aus dem

Fenster. Sie waren immer noch auf der Brücke. Er rief zum Kutscher hinauf: »Warum halten wir an?«

»Da liegt etwas im Weg, Mr. Pratt.«

Pratt stieß die Tür auf und stieg aus. »Zum Donnerwetter! Können die denn nicht dieses Pferd aus dem Weg räumen?«

»Sie versuchen es ja, Sir. Aber der Gaul da steht nicht mehr auf.«

»Dann sollen sie ihn zum Abdecker schleifen. Das Vieh hält ja den ganzen Verkehr auf!«

Durch das Kutschfenster konnte Norris das Brückengeländer sehen. Darunter floss der Charles River. Er stellte sich die kalten schwarzen Fluten vor. Es gibt schlechtere Gräber, dachte er.

»Wenn das noch länger dauert, sollten wir den Umweg über die Canal Bridge nehmen.«

»Sehen Sie, da ist schon der Karren. Gleich werden sie die Schindmähre fortschaffen.«

Jetzt. Das ist meine einzige Chance.

Pratt öffnete den Schlag, um wieder einzusteigen. Als die Tür aufschwang, warf Norris sich dagegen und rollte hinaus. Pratt wurde von der Tür umgerissen und ging zu Boden. Er hatte keine Zeit zu reagieren, genauso wenig wie sein Kollege, der jetzt hektisch aus der Kutsche kletterte.

Norris erhaschte einen Blick auf seine Umgebung: das tote Pferd, das noch an der Stelle lag, wo es vor seinem überladenen Wagen zusammengebrochen war. Die Schlange von Kutschen, die sich hinter der Brücke stauten. Und der Charles River, dessen mondbeschienene Oberfläche die trüben Fluten darunter verbarg. Er zögerte nicht. Es ist der einzige Ausweg, der mir bleibt, dachte er, als er über das Geländer kletterte. *Entweder ich ergreife diese Chance, oder ich muss alle Hoffnung fahren lassen. Alles für dich, Rose!*

»Halten Sie ihn! Er darf nicht springen!«

Aber Norris war schon gesprungen. Er fiel durch die Dunkelheit, durch die Zeit, in eine Zukunft, die er so wenig kannte wie das Wasser, auf das er in diesem Moment zustürzte. Er wusste, dass der wahre Kampf ihm erst noch bevorstand, und er wappnete sich wie ein Krieger vor der Schlacht.

Als er in das kalte Wasser eintauchte, war es wie ein brutaler Schlag, mit dem er in einem neuen Leben empfangen wurde. Er sank wie ein Stein, in eine Schwärze, so tief, dass er nicht wusste, wo oben und unten war, und er ruderte blind mit den Armen. Dann sah er das Mondlicht über sich schimmern und kämpfte sich nach oben, bis sein Kopf aus dem Wasser auftauchte. Während er nach Luft schnappte, hörte er Stimmen über sich.

»Wo ist er? Können Sie ihn sehen?«

»Alarmiert die Wache! Sie sollen das Ufer absuchen!«

»Beide Seiten?«

»Ja, Sie Idiot! Beide Seiten!«

Norris tauchte wieder hinab in die eisige Finsternis und ließ sich von der Strömung tragen. Er wusste, dass er nicht die Kraft hatte, flussaufwärts zu schwimmen, also gab er sich den Fluten hin und machte den Charles River zu seinem Fluchthelfer. Der trug ihn vorbei am Lechmore Point, vorbei am West End und immer weiter ostwärts, der Mündung zu.

Dem Hafen zu.

29

Gegenwart

Julia stand an der Uferkante und blickte aufs Meer hinaus. Der Nebel hatte sich endlich aufgelöst, und sie konnte die Inseln vor der Küste sehen. Ein Hummerboot glitt über die Wasserfläche, die so still dalag wie ein Tablett aus angelaufenem Silber. Sie hörte Toms Schritte nicht, als er von hinten auf sie zukam, doch irgendwie wusste sie, dass er da war, und spürte seine Nähe, lange bevor er sprach.

»Ich habe fertig gepackt«, sagte er. »Ich nehme die Fähre um halb fünf. Tut mir leid, dass ich Sie mit ihm allein lassen muss, aber sein Zustand scheint ja stabil zu sein. Jedenfalls hatte er die letzten drei Tage keine Arrhythmien mehr.«

»Wir kommen schon klar, Tom«, sagte sie, ohne den Blick von dem Hummerboot zu wenden.

»Es ist ziemlich viel von Ihnen verlangt.«

»Es macht mir wirklich nichts aus. Ich hatte sowieso vor, die ganze Woche zu bleiben, und es ist wirklich schön hier. Jetzt, wo ich endlich das Wasser sehen kann.«

»Ist ein hübsches Fleckchen, nicht wahr?« Er trat an ihre Seite. »Zu schade, dass das alles irgendwann in nicht allzu ferner Zukunft ins Meer rutschen wird. Die Tage dieses Hauses sind gezählt.«

»Können Sie es nicht retten?«

»Gegen das Meer kann man nicht ankämpfen. Manche Dinge sind einfach unvermeidlich.«

Sie schwiegen einen Moment, während sie zusahen, wie das Boot mit einem Grollen des Motors anhielt und der Fischer seine Körbe einholte.

»Sie waren den ganzen Nachmittag so still«, sagte er.

»Ich muss einfach immerzu an Rose Connolly denken.«

»Was beschäftigt Sie so?«

»Wie stark sie gewesen sein muss, einfach nur, um zu überleben.«

»Wenn es wirklich sein muss, bringt man meistens die nötige Kraft auf.«

»Die habe ich nie gehabt. Auch nicht, als ich sie am dringendsten gebraucht hätte.«

Sie gingen ein Stück am Ufer entlang, wobei sie reichlich Abstand zu der bröckelnden Kante hielten.

»Sie reden von Ihrer Scheidung?«

»Als Richard sagte, dass er sich scheiden lassen wollte, habe ich einfach angenommen, es sei meine Schuld, weil ich ihn nicht glücklich machen konnte. Das kommt davon, wenn einem tagaus, tagein unter die Nase gerieben wird, dass der eigene Job längst nicht so wichtig ist wie seiner. Dass man mit den Frauen seiner Kollegen intellektuell nicht mithalten kann.«

»Wie viele Jahre haben Sie sich das bieten lassen?«

»Sieben.«

»Und warum haben Sie ihn nicht verlassen?«

»Weil ich irgendwann anfing, es selbst zu glauben.« Sie schüttelte den Kopf. »Rose hätte sich das nicht gefallen lassen.«

»Das wäre doch ein guter Leitspruch für die Zukunft. *Was würde Rose tun?*«

»Ich bin zu dem Schluss gekommen, dass ich keine Rose Connolly bin.«

Sie sahen zu, wie der Fischer seinen Hummerkorb wieder ins Wasser warf.

»Ich fliege am Donnerstag nach Hongkong«, sagte Tom. »Für einen Monat.«

»Oh.« Sie verstummte. Dann würde sie ihn also einen ganzen Monat nicht sehen.

»Ich liebe meine Arbeit, aber sie bedeutet, dass ich die Hälfte der Zeit nicht zu Hause bin. Stattdessen bekämpfe ich

Epidemien, versuche, das Leben anderer Menschen zu retten, und vergesse dabei, dass ich selbst auch ein Privatleben habe.«

»Aber Sie können dabei so viel Gutes tun.«

»Ich bin zweiundvierzig, und mein Hausgenosse verbringt die Hälfte des Jahres bei einem Hundesitter.« Er starrte ins Wasser. »Na ja, ich denke jedenfalls darüber nach, die Reise abzublasen.«

Sie merkte, wie ihr Puls sich beschleunigte. »Warum?«

»Teils wegen Henry. Er ist immerhin neunundachtzig, und er wird nicht ewig leben.«

Natürlich, dachte sie. *Es geht immer nur um Henry.* »Wenn er Probleme hat, kann er ja mich anrufen.«

»Das ist eine große Verantwortung. Ich möchte sie niemandem zumuten.«

»Ich habe ihn schon richtig ins Herz geschlossen. Er ist jetzt ein Freund, und ich lasse meine Freunde nicht im Stich.« Sie blickte auf, als eine Möwe vorbeischoss. »Seltsam, wie so ein Haufen alter Knochen zwei Menschen zusammenbringen kann. Menschen, die sonst absolut gar nichts gemeinsam haben.«

»Also, er mag Sie jedenfalls. Er sagte mir, wenn er *bloß zehn Jahre jünger* wäre ...«

Sie lachte. »Als ich ihm das erste Mal begegnet bin, hatte ich den Eindruck, dass er mich kaum ausstehen kann.«

»Henry kann kaum einen Menschen ausstehen, aber Sie mag er inzwischen wirklich.«

»Es ist wegen Rose. Sie ist unsere einzige Gemeinsamkeit. Wir sind beide von ihr besessen.« Sie sah dem Hummerboot nach, als es davontuckerte und eine weiße Furche in die metallisch graue Fläche der Bucht schnitt. »Ich träume sogar schon von ihr.«

»Was sind das für Träume?«

»Es ist, als ob ich sie wäre, als ob ich sähe, was sie gesehen hat. Die Kutsche, die Straßen, die Kleider. Das kommt davon, dass ich so viel Zeit damit verbracht habe, all diese Briefe zu lesen. Sie dringt schon in mein Unterbewusstsein vor. Ich kann mir fast einbilden, ich wäre selbst dort gewesen; es kommt mir alles inzwischen so ... bekannt vor.«

»So, wie Sie mir irgendwie bekannt vorkommen.«

»Ich wüsste nicht, wieso.«

»Und doch habe ich ständig das Gefühl, dass ich Sie kenne. Dass wir uns schon einmal begegnet sind.«

»Ich kann mir nicht denken, wo und wann das gewesen sein soll.«

»Nein.« Er seufzte. »Ich auch nicht.« Er sah sie an. »Also, dann gibt es wohl keinen Grund, meine Reise abzublasen. Oder?«

Es steckte mehr hinter dieser Frage, als sie beide sich eingestehen wollten. Sie erwiderte seinen Blick, und was sie in seinen Augen sah, machte ihr Angst, denn in diesem Moment sah sie sowohl neue Chancen als auch neue Enttäuschungen. Und für beides war sie nicht bereit.

Julia blickte aufs Meer hinaus. »Henry und ich kommen schon klar.«

In dieser Nacht träumte Julia wieder von Rose Connolly. Nur dass diesmal Rose nicht das Mädchen mit den geflickten Kleidern und dem ascheverschmierten Gesicht war, sondern eine ernste junge Frau mit hochgestecktem Haar und einem Blick, in dem Weisheit lag. Sie stand inmitten von Wiesenblumen und blickte hinunter zu einem Bach am Fuß des Hangs. Es war der gleiche sanft abfallende Hang, der eines Tages Julias Garten werden würde, und an diesem Sommertag wogte das lange Gras im Wind wie Meereswellen, und Löwenzahnsamen wirbelten im goldenen Dunst. Rose drehte sich um, und dort, umwuchert von Gras und Unkraut, bezeichneten verfallene Mauerreste die Stelle, wo einst ein anderes Haus gestanden hatte; ein Haus, das jetzt bis auf die Grundmauern niedergebrannt war.

Über die Kuppe kam ein kleines Mädchen gelaufen, mit flatternden Röcken, das lächelnde Gesicht von der Hitze gerötet. Sie flog auf Rose zu, die sie in die Arme schloss und lachend herumwirbelte.

»Noch mal! Noch mal!«, rief das Mädchen, als Rose sie wieder absetzte.

»Nein, deiner Tante ist schon ganz schwindlig.«

»Können wir den Hang runterrollen?«

»Sieh mal, Meggie.« Rose deutete zum Bach hinunter. »Ist das nicht ein hübsches Plätzchen? Was meinst du?«

»Da sind Fische im Wasser, und Frösche.«

»Es ist ein idealer Platz, findest du nicht? Eines Tages solltest du hier dein Haus bauen. Genau an dieser Stelle.«

»Und was ist mit dem alten Haus da oben?«

Rose sah hinauf zu den verkohlten Grundmauern nahe der Hügelkuppe. »Das hat einem großen Mann gehört«, sagte sie leise. »Es ist abgebrannt, als du erst zwei Jahre alt warst. Vielleicht werde ich dir eines Tages von ihm erzählen, wenn du älter bist. Von all dem, was er für uns getan hat.« Rose holte tief Luft und blickte zum Bach hinunter. »Ja, das hier ist eine schöne Stelle, um ein Haus zu bauen. Die musst du dir merken.« Sie nahm das Mädchen bei der Hand. »Komm. Die Köchin wartet sicher schon mit dem Mittagessen auf uns.«

Und so marschierten sie los, die Tante und ihre Nichte, und ihre Röcke raschelten im Gras, als sie zusammen den Hang hinaufstapften, bis sie die Kuppe überschritten hatten und nur noch Roses kastanienbraunes Haar über dem schwankenden Gras aufblitzte.

Als Julia aufwachte, hatte sie Tränen in den Augen. *Das war mein Garten. Rose und Meggie sind durch meinen Garten gegangen.*

Sie stand auf und trat ans Fenster, wo das rosige Licht der Morgendämmerung sie begrüßte. Endlich waren die letzten Wolken verschwunden, und zum ersten Mal sah sie die Sonne auf Penobscot Bay herabscheinen. Ich bin so froh, dass ich lange genug geblieben bin, um diesen Sonnenaufgang zu erleben, dachte sie.

Sie versuchte, leise zu sein, um Henry nicht zu wecken,

und schlich auf Zehenspitzen die Treppe hinunter, um Kaffee zu kochen. Sie war gerade im Begriff, den Wasserhahn aufzudrehen, um die Kanne zu füllen, als sie aus dem Nebenzimmer das unverkennbare Geräusch von raschelndem Papier hörte. Sie stellte die Kanne ab und warf einen verstohlenen Blick in die Bibliothek.

Henry saß zusammengesunken auf einem Stuhl am Esstisch, den Kopf gesenkt, vor sich einen Wust von Papieren.

Aufgeschreckt rannte sie zu ihm hin. Sie befürchtete schon das Schlimmste, doch als sie ihn an der Schulter fasste, richtete er sich auf und sah sie an. »Ich habe ihn gefunden«, sagte er.

Ihr Blick fiel auf die handgeschriebenen Seiten, die vor ihm auf dem Tisch lagen, und sie sah die drei bekannten Initialen: *O.W.H.* »Noch ein Brief!«

»Ich denke, es ist vielleicht der letzte, Julia.«

»Aber das ist ja wunderbar!«, sagte sie. Doch dann fiel ihr auf, wie blass er war und dass seine Hände zitterten. »Was ist denn?«

Er gab ihr den Brief. »Lesen Sie.«

30

1830

Der grausige Gegenstand hatte schon zwei Tage in Whiskey gelegen, und im ersten Moment konnte Rose den Inhalt des Kruges nicht identifizieren. Sie sah nur einen Lappen rohen Fleischs, eingetaucht in eine teefarbene Brühe. Mr. Pratt drehte den Krug und hielt ihn Rose vors Gesicht, um sie zu zwingen, genauer hinzusehen.

»Wissen Sie, wer das ist?«, fragte er.

Sie starrte in den Krug, als der Gegenstand plötzlich aus seinem unappetitlichen Bad aus Alkohol und altem Blut auftauchte und gegen das Glas geschwemmt wurde, das jedes Detail vergrößerte. Rose prallte entsetzt zurück.

»Es ist ein Gesicht, das Sie wiedererkennen müssten, Miss Connolly«, sagte Pratt. »Es wurde einem Mann entfernt, dessen Leiche vor zwei Tagen in einer Gasse im West End gefunden wurde, mit Schnittwunden in der Form eines Kreuzes. Und der Tote war Ihr Schwager, Mr. Eben Tate.« Er stellte den Krug auf Dr. Grenvilles Tisch.

Rose wandte sich an Grenville, der nicht minder schockiert schien angesichts dieses Beweisstücks in seinem Salon. »Dieser Krug war niemals in Norris' Zimmer!«, rief sie. »Er hätte mich nicht aufgefordert hierherzukommen, wenn er nicht an Sie glauben würde, Dr. Grenville. Jetzt müssen Sie an *ihn* glauben!«

Pratt reagierte mit einem gelassenen Lächeln. »Ich denke, es ist völlig klar, Dr. Grenville, dass Ihr Student Mr. Marshall Sie getäuscht hat. Er *ist* der West End Reaper. Es ist nur noch eine Frage der Zeit, bis er gefasst wird.«

»Falls er nicht schon ertrunken ist«, sagte Grenville.

»Oh, wir wissen, dass er noch lebt. Heute Morgen haben wir Fußspuren im Schlamm gefunden, die in der Nähe der Hafenanlagen aus dem Wasser herausführten. Wir werden ihn finden, und dann wird der Gerechtigkeit Genüge getan werden. Dieser Krug enthält alle Beweise, die wir brauchen.«

»Alles, was Sie haben, ist ein in Whiskey eingelegtes Präparat.«

»Und eine blutbefleckte Maske. Eine weiße Maske, genau wie die, die von gewissen Zeugen« – er sah Rose an – »beschrieben wurde.«

»Er ist unschuldig!«, protestierte Rose. »Ich werde bezeugen…«

»Was wollen Sie denn bezeugen, Miss Connolly?« Pratt schnaubte herablassend.

»Sie haben ihm diesen Krug untergeschoben!«

Pratt stürzte sich mit derart wutentbrannter Miene auf sie, dass sie zusammenzuckte. »Du kleine Hure!«

»Mr. Pratt!«, mahnte Grenville.

Doch Pratt wandte den Blick nicht von Rose. »Sie glauben, Ihre Aussage hätte irgendeinen Wert? Ich weiß ganz genau, dass Sie mit Norris Marshall zusammengelebt haben. Und dass er seine Dirne sogar zu Weihnachten mit nach Hause genommen hat, um sie seinem lieben alten Herrn Papa vorzustellen. Nicht nur, dass Sie sich ihm hingegeben haben, jetzt geben Sie sich auch noch für ihn her, indem Sie ihn verteidigen. Hat er Eben Tate Ihnen zuliebe getötet? Hat er Ihren unliebsamen Schwager aus dem Weg geräumt?« Er stellte den Krug in die mit Tuch ausgeschlagene Beweismittelkiste zurück. »O ja, die Geschworenen werden *Ihrer* Aussage gewiss Glauben schenken!«

Rose wandte sich an Grenville. »Der Krug war nicht in seinem Zimmer. Ich schwöre es.«

»Wer hat die Durchsuchung von Mr. Marshalls Zimmer genehmigt?«, fragte Grenville. »Wie ist die Nachtwache überhaupt auf die Idee gekommen, dort nachzusehen?«

Zum ersten Mal zeigte Pratt Anzeichen von Unruhe. »Ich

habe nur meine Pflicht getan. Wenn wir eine Anzeige bekommen…«

»Was für eine Anzeige?«

»Ein Brief, in dem die Nachtwache darauf hingewiesen wird, dass sie in einem Zimmer gewisse Gegenstände von Interesse finden könne…«

»Von wem kam der Brief?«

»Es steht mir nicht frei, das preiszugeben.«

Grenville lachte auf. »Also anonym!«

»Wir haben das Beweisstück gefunden, oder nicht?«

»Sie würden das Leben eines Menschen deswegen aufs Spiel setzen? Wegen dieser Maske?«

»Und Sie, Sir, sollten es sich gut überlegen, ob Sie wegen eines Mörders Ihren guten Ruf aufs Spiel setzen wollen. Es sollte inzwischen offensichtlich sein, dass Sie sich in diesem jungen Mann gründlich getäuscht haben, genau wie alle anderen.« Er nahm die Kiste und setzte mit selbstzufriedenem Unterton hinzu: »Alle außer mir.« Er nickte knapp. »Guten Abend, Dr. Grenville. Ich finde allein hinaus.«

Sie lauschten Pratts Schritten, als er den Flur entlangging, und hörten die Haustür ins Schloss fallen. Gleich darauf kam Dr. Grenvilles Schwester Eliza in den Salon gerauscht.

»Ist dieser garstige Mann endlich weg?«, fragte sie.

»Ich fürchte, es sieht sehr düster aus für Norris.« Grenville seufzte und ließ sich in einen Sessel am Kamin sinken.

»Kannst du denn gar nichts für ihn tun?«, fragte Eliza.

»Hier reicht selbst mein Einfluss nicht mehr aus.«

»Er zählt auf Sie, Dr. Grenville!«, sagte Rose. »Wenn Sie und Mr. Holmes ihn beide verteidigen, werden sie gezwungen sein, Sie anzuhören.«

»Wendell wird zu seinen Gunsten aussagen?«, fragte Eliza.

»Er ist in Norris' Zimmer gewesen. Er weiß, dass da kein Whiskeykrug war. Und auch keine Maske.« Rose sah Grenville an. »Es ist alles meine Schuld. Es hat alles nur mit mir zu tun und mit Meggie. Die Leute, die hinter ihr her sind, sind zu allem fähig.«

»Auch dazu, einen unschuldigen Mann an den Galgen zu bringen?«, meinte Eliza.

»Und noch weit mehr als das.« Rose ging auf Grenville zu, die Hände ausgestreckt, als wolle sie ihn beschwören, ihr zu glauben. »In der Nacht, als Meggie zur Welt kam, waren zwei Krankenschwestern und ein Arzt im Raum. Jetzt sind alle drei tot, weil sie das Geheimnis meiner Schwester kannten. Sie haben den Namen von Meggies Vater erfahren.«

»Einen Namen, der Ihnen noch immer unbekannt ist«, sagte Grenville.

»Ich war nicht dabei. Das Baby hat so laut geschrien, deswegen bin ich mit ihr hinausgegangen. Später forderte Agnes Poole mich auf, sie herzugeben, aber ich weigerte mich.« Rose schluckte und setzte leise hinzu: »Und seitdem jagen sie mich.«

»Es ist also das Kind, das sie wollen?«, fragte Eliza. Sie sah ihren Bruder an. »Es muss geschützt werden.«

Grenville nickte. »Wo ist Ihre Nichte, Miss Connolly?«

»Versteckt, Sir. An einem sicheren Ort.«

»Sie könnten sie aufspüren«, wandte er ein.

»Ich bin die Einzige, die weiß, wo sie ist.« Sie sah ihm in die Augen und sagte mit ruhiger Stimme: »Und niemand kann mich zwingen, es zu verraten.«

Er hielt ihrem Blick stand und schien sie zu taxieren. »Ich zweifle nicht eine Sekunde an Ihnen. Sie haben sie so lange vor jedem Schaden bewahrt. Sie wissen besser als irgendjemand sonst, was das Beste ist.« Er stand abrupt auf. »Ich muss jetzt gehen.«

»Wohin?«, fragte Eliza.

»Ich muss mich in dieser Angelegenheit mit gewissen Leuten beraten.«

»Wirst du zum Abendessen zurück sein?«

»Das weiß ich nicht.« Er ging hinaus in den Flur und zog seinen Mantel an.

Rose folgte ihm. »Dr. Grenville, was soll ich tun? Wie kann ich helfen?«

»Bleiben Sie hier.« Er sah seine Schwester an. »Eliza, sorge dafür, dass es dem Mädchen an nichts fehlt. Solange sie unter unserem Dach weilt, darf ihr kein Leid geschehen.« Er ging zur Tür hinaus, und ein eisiger Luftschwall wehte herein, der Rose die Tränen in die Augen trieb. Sie musste blinzeln.

»Sie haben kein Zuhause, nicht wahr?«

Rose drehte sich zu Eliza um. »Nein, Madam.«

»Mrs. Furbush kann Ihnen in der Küche ein Bett aufschlagen.« Elizas Blick streifte Roses geflicktes Kleid. »Und neue Kleider kann sie Ihnen gewiss auch besorgen.«

»Danke.« Rose räusperte sich. »Danke für alles.«

»Mein Bruder ist derjenige, bei dem Sie sich bedanken müssen«, sagte Eliza. »Ich hoffe nur, dass diese Affäre ihn nicht ruiniert.«

Es war das vornehmste Haus, das Rose je betreten hatte, und ganz gewiss das vornehmste, in dem sie je übernachtet hatte. Die Küche war warm, die Kohlen im Kamin glühten noch und gaben reichlich Hitze ab. Ihre Decke war aus schwerem Wollstoff, ganz anders als der fadenscheinige Umhang, in den sie sich in so vielen kalten Nächten gehüllt hatte, ein armseliger alter Lumpen, der nach sämtlichen Logierhäusern und sämtlichen schmutzigen Strohbetten roch, in denen sie je geschlafen hatte. Die resolute Haushälterin Mrs. Furbush hatte darauf bestanden, diesen Umhang zusammen mit Roses übrigen abgetragenen Kleidern ins Feuer zu werfen. Was das Mädchen selbst betraf, so hatte Mrs. Furbush Seife und reichlich heißes Wasser kommen lassen, denn Dr. Grenville vertrat die Ansicht, dass ein sauberer Haushalt auch ein gesunder Haushalt sei. Frisch gebadet und mit einem sauberen Nachthemd bekleidet, lag Rose nun in einem Feldbett nahe dem Kamin und genoss den ungewohnten Luxus. Sie wusste, dass auch Meggie heute Nacht im Warmen und in Sicherheit war.

Aber was war mit Norris? Wo schlief er heute Nacht? Fror er, war er hungrig? Warum hatte sie nichts von ihm gehört?

Das Abendessen war schon längst vorbei, aber Dr. Grenville war noch immer nicht zurück. Rose hatte den ganzen Abend mit gespitzten Ohren gewartet, doch sie hatte weder seine Stimme noch seine Schritte gehört. »Das liegt in der Natur seines Berufs, Mädchen«, hatte Mrs. Furbush gesagt. »Man kann nicht erwarten, dass ein Arzt geregelte Arbeitszeiten hat. Immer wieder wird er nachts zu Patienten gerufen, und manchmal kommt er erst gegen Morgen zurück.«

Lange nachdem der Rest des Haushalts sich zur Ruhe begeben hatte, war Dr. Grenville immer noch nicht zurück, und Rose lag immer noch wach. Die Kohlen im Kamin waren erkaltet und zu Asche zerfallen. Durch das Küchenfenster konnte sie im Mondschein die Silhouette eines Baums sehen, und sie hörte den Wind im Geäst rauschen.

Und dann hörte sie noch etwas anderes: knarrende Schritte auf der Dienstbotentreppe.

Sie blieb reglos liegen und lauschte, während das Knarren immer vernehmlicher wurde und die Schritte sich der Küche näherten. Eines der Dienstmädchen vielleicht, das gekommen war, um das Feuer neu zu entfachen. Sie konnte gerade eben eine schemenhafte Gestalt ausmachen, die sich in der Dunkelheit bewegte. Dann hörte sie, wie ein Stuhl umkippte, und eine Stimme brummte: »*Hol's der Teufel!*«

Ein Mann.

Rose schwang sich aus dem Bett und lief rasch zum Kamin, wo sie im Dunkeln nach einer Kerze tastete. Als die Flamme aufflackerte, sah sie, dass der Eindringling ein junger Mann im Nachthemd war, mit blondem Haar, das vom Schlaf wirr und zerzaust war. Bei ihrem Anblick erstarrte er, offenbar nicht minder erschrocken als sie.

Es ist der junge Herr, dachte sie; Dr. Grenvilles Neffe, von dem man ihr erzählt hatte, dass er sich in seinem Schlafzimmer im Obergeschoss von seiner Operation erholte. Der Stumpf seines linken Unterarms war mit einem Verband umhüllt, und er wirkte recht unsicher auf den Beinen. Sie stellte die Kerze ab und eilte zu ihm, um ihn aufzufangen, als er zur Seite kippte.

»Alles in Ordnung, mir fehlt nichts«, beharrte er.

»Sie sollten nicht aufstehen, Mr. Lackaway.« Sie stellte den Stuhl auf, den er gerade umgestoßen hatte, und setzte den jungen Mann vorsichtig darauf. »Ich hole Ihre Mutter.«

»Nein, tun Sie das nicht. Ich bitte Sie!«

Sein inständiges Flehen ließ sie innehalten.

»Sie wird sich nur unnötig aufregen«, sagte er. »Ich habe es satt, dass alle immer einen solchen Wirbel um mich machen. Ich habe es satt, in meinem Zimmer eingesperrt zu sein, nur weil sie panische Angst hat, ich könnte mir ein Fieber holen.« Er sah sie eindringlich an. »Wecken Sie sie nicht. Lassen Sie mich einfach ein Weilchen hier sitzen. Dann gehe ich wieder hinauf in mein Bett, versprochen!«

Sie seufzte. »Wie Sie wollen. Aber Sie sollten nicht allein auf den Beinen sein.«

»Ich bin ja nicht allein.« Er brachte ein mattes Lächeln zustande. »Sie sind da.«

Sie spürte seinen Blick im Rücken, als sie zum Kamin ging, um die Kohlenglut zu schüren und Holz nachzulegen. Bald loderten die Flammen auf, und wohlige Wärme breitete sich in der Küche aus.

»Sie sind also dieses Mädchen, von dem das ganze Personal redet«, sagte er.

Sie wandte sich zu ihm um. Das neu entfachte Feuer erhellte sein Gesicht, und sie sah fein geschnittene Züge, eine edle Stirn und einen beinahe mädchenhaften Mund. Die Krankheit hatte die Farbe aus seinen Wangen weichen lassen, doch es war ein hübsches, empfindsames Gesicht, eher jungenhaft als männlich.

»Sie sind Norris' Freundin«, sagte er.

Sie nickte. »Ich heiße Rose.«

»Nun, Rose, auch ich bin sein Freund. Und nach allem, was ich höre, braucht er jetzt jeden Freund, den er finden kann.«

Der Ernst von Norris' Lage lastete mit einem Mal so schwer auf Roses Schultern, dass sie auf einen Stuhl am Tisch sank. »Ich habe solche Angst um ihn«, flüsterte sie.

»Mein Onkel hat Beziehungen. Er kennt viele einflussreiche Persönlichkeiten.«

»Selbst Ihr Onkel hat inzwischen seine Zweifel.«

»Aber Sie nicht?«

»Nicht die Spur.«

»Wie können Sie seiner so sicher sein?«

Sie sah Charles unverwandt an. »Ich kenne sein Herz.«

»Wirklich?«

»Sie denken, ich bin bloß ein schwärmerisches Mädchen.«

»Es ist nur, weil man so viele Gedichte über selbstlose Liebe liest. Aber in der Wirklichkeit findet man so etwas selten.«

»Ich würde meine Liebe nicht an einen Mann verschwenden, an den ich nicht glaube.«

»Also, sollte mir eines Tages der Galgen blühen, Rose, dann würde ich mich glücklich schätzen, eine Freundin wie Sie zu haben.«

Bei der Erwähnung des Galgens schauderte es sie, und sie wandte sich ab, um in den Kamin zu starren, wo die Flammen gierig das Holzscheit verzehrten.

»Es tut mir leid, das hätte ich nicht sagen sollen. Sie haben mir so viel Morphium verabreicht, dass ich schon nicht mehr weiß, was ich rede.« Er sah auf seinen verbundenen Armstumpf. »Ich bin neuerdings zu gar nichts mehr zu gebrauchen. Kann mich nicht mal auf meinen eigenen zwei Beinen bewegen.«

»Es ist schon spät, Mr. Lackaway. Sie sollten eigentlich im Bett liegen.«

»Ich bin nur heruntergekommen, um mir einen Schluck Brandy zu genehmigen.« Er warf ihr einen hoffnungsvollen Blick zu. »Würden Sie ihn mir holen? Er steht in dem Schrank dort drüben.« Er deutete in die Ecke der Küche, und sie hatte den Verdacht, dass er nicht zum ersten Mal nachts durchs Haus geisterte, um sich an der Brandyflasche zu vergreifen.

Sie schenkte ihm nur einen Fingerbreit ein, und er leerte das Glas in einem Zug. Obwohl er offensichtlich mehr erwartete, stellte sie die Flasche in den Schrank zurück und sagte bestimmt: »Ich helfe Ihnen zurück auf Ihr Zimmer.«

Mit der Kerze in der Hand führte sie ihn die Stufen zum ersten Stock hinauf. Sie war noch nie hier oben gewesen, und als sie ihm den Flur entlanghalf, wurde ihr Blick von all den Wunderdingen angezogen, die im Kerzenschein aus dem Dunkel auftauchten. Sie sah einen prächtig gemusterten Teppich und einen Tisch aus glänzend poliertem Holz. An der Wand hing eine Galerie von Porträts, lauter feine Herren und Damen, so lebensecht dargestellt, dass sie spürte, wie die Augen ihr folgten, während sie Charles zu seinem Zimmer führte. Als sie ihm schließlich ins Bett half, schwankte er schon bedenklich, als ob dieser kleine Schluck Brandy zusammen mit dem ganzen Morphium, das er bereits im Leib hatte, ihn auf einen Schlag sturzbetrunken gemacht hätte. Mit einem Seufzer ließ er sich auf die Matratze fallen.

»Danke, Rose.«

»Gute Nacht, Sir.«

»Er kann sich wirklich glücklich schätzen, unser Norris. Ein Mädchen zu haben, das ihn so liebt, wie Sie es tun. Das ist die Art von Liebe, von der die Dichter singen.«

»Ich verstehe nichts von Gedichten, Mr. Lackaway.«

»Das müssen Sie auch nicht.« Er schloss die Augen und seufzte wieder. »Denn Sie kennen die wahre Liebe.«

Sie sah zu, wie seine Atemzüge tiefer wurden, bis er schließlich eingeschlafen war. *Ja, ich kenne die wahre Liebe. Und jetzt werde ich sie vielleicht verlieren.*

Sie nahm die Kerze, verließ sein Zimmer und trat wieder hinaus in den Flur. Dort hielt sie plötzlich inne, den Blick auf ein Gesicht geheftet, das sie anstarrte. Im Halbdunkel des Korridors, mit der Kerzenflamme als einziger Beleuchtung, wirkte das Porträt so verblüffend lebensecht, dass sie wie angewurzelt davor stehen blieb, überwältigt von der unerwarteten Vertrautheit dieser Züge. Sie sah einen Mann mit einem dichten, üppigen Haarschopf und dunklen Augen, die eine lebhafte Intelligenz widerspiegelten. Er schien geradezu darauf zu brennen, sie von der Leinwand herunter in eine Diskussion zu verwickeln. Rose trat näher, um jeden Schatten, jede Rundung dieses Gesichts genauestens zu inspizieren. So gefesselt war sie von dem Bildnis, dass sie die Schritte, die auf sie zukamen, erst hörte, als sie fast direkt hinter ihr waren. Ein Knarren der Dielen ließ sie herumfahren, und sie erschrak dermaßen, dass sie fast die Kerze fallen ließ.

»Miss Connolly?«, sagte Dr. Grenville und musterte sie stirnrunzelnd. »Dürfte ich fragen, warum Sie um diese Stunde hier im Haus umherirren?«

Sie hörte den Argwohn in seiner Stimme und errötete. Er nimmt gleich das Schlimmste an, dachte sie; bei den Iren nehmen sie immer gleich das Schlimmste an. »Es war wegen Mr. Lackaway, Sir.«

»Was ist mit meinem Neffen?«

»Er kam herunter in die Küche. Er schien mir etwas wacklig auf den Beinen zu sein, also habe ich ihm in sein Bett zurückgeholfen.« Sie deutete auf Charles' Tür, die sie offen gelassen hatte.

Dr. Grenville warf einen Blick ins Zimmer und sah seinen Neffen auf dem Bett liegen, alle viere von sich gestreckt und laut schnarchend.

»Es tut mir leid, Sir«, sagte sie. »Ich wäre nicht heraufgekommen, wenn er nicht …«

»Nein, ich bin es, der sich entschuldigen muss.« Er seufzte. »Es war ein sehr anstrengender Tag, und ich bin erschöpft. Gute Nacht.« Er wandte sich zum Gehen.

»Sir?«, sagte sie. »Gibt es Neuigkeiten von Norris?«

Er hielt inne. Widerstrebend drehte er sich zu ihr um. »Ich muss leider sagen, dass es wenig Grund zum Optimismus gibt. Die Beweise sind erdrückend.«

»Die Beweise sind gefälscht.«

»Das muss das Gericht entscheiden. Aber bei Gericht entscheiden Fremde, die nichts über ihn wissen, über seine Schuld oder Unschuld. Sie wissen nichts als das, was sie in der Zeitung gelesen oder in der Schenke gehört haben. Dass Norris

Marshall in der Nähe der Tatorte aller vier Morde wohnt. Dass er über die Leiche von Mary Robinson gebeugt angetroffen wurde. Dass das herausgeschnittene Gesicht von Eben Tate in seiner Wohnung gefunden wurde. Dass er ein geschickter Präparator und zugleich im Schlachterhandwerk erfahren ist. Für sich genommen wäre jeder dieser Punkte anfechtbar. Aber wenn sie zusammen vor Gericht vorgetragen werden, wird seine Schuld unbestreitbar erscheinen.«

Sie starrte ihn betroffen an. »Können wir denn gar nichts zu seiner Verteidigung tun?«

»Ich fürchte, es ist schon so mancher für weniger an den Galgen gebracht worden.«

Außer sich vor Verzweiflung packte sie seinen Ärmel. »Ich kann nicht zulassen, dass sie ihn hängen!«

»Miss Connolly, noch ist nicht alles verloren. Es gibt vielleicht noch eine Möglichkeit, ihn zu retten.« Er nahm ihre Hand und sah ihr direkt in die Augen. »Aber ich werde Ihre Hilfe benötigen.«

31

»Billy. Hier drüben, Billy!«

Der Junge blickte sich verwirrt um und suchte die Dunkelheit nach demjenigen ab, der da gerade seinen Namen geflüstert hatte. Ein schwarzer Hund wuselte um seine Füße herum. Plötzlich bellte das Tier aufgeregt und kam auf Norris zugetrottet, der hinter einem Stapel Fässer kauerte. Wenigstens dieser Straßenköter dachte nicht schlecht von ihm; er wedelte mit dem Schwanz und schien ganz begeistert von der Idee, mit einem Mann, den er gar nicht kannte, ein wenig Verstecken zu spielen.

Der einfältige Billy war da schon vorsichtiger. »Wer ist es, Tüpfel?«, fragte er, als rechnete er fest damit, von dem Hund eine Antwort zu bekommen.

Norris trat hinter den Fässern hervor. »Ich bin's, Billy«, sagte er und sah, wie der Junge zurückwich. »Ich tu dir nichts. Du erinnerst dich doch an mich, oder?«

Der Junge sah seinen Hund an, der vollkommen arglos Norris' Hand leckte. »Sie sind Miss Roses Freund«, sagte er.

»Du musst ihr eine Nachricht von mir bringen.«

»Die Nachtwache sagt, dass Sie der Reaper sind.«

»Das bin ich nicht. Ich schwöre es.«

»Sie suchen nach Ihnen, den ganzen Fluss rauf und runter.«

»Billy, wenn du ihr Freund bist, dann tust du mir diesen Gefallen.«

Der Junge sah wieder seinen Hund an. Tüpfel hatte sich zu Norris' Füßen gesetzt und verfolgte schwanzwedelnd das Gespräch. Der Junge mochte nicht der Schlaueste sein, aber er wusste, dass man dem Instinkt eines Hundes trauen konnte, wenn es darum ging, die wahren Absichten eines Menschen einzuschätzen.

»Ich möchte, dass du zu Dr. Grenvilles Haus gehst«, sagte Norris.

»Das große in der Beacon Street?«

»Ja. Finde heraus, ob sie dort ist. Und gib ihr das hier.« Norris gab ihm einen zusammengefalteten Zettel. »Gib es ihr in die Hand. *Nur* ihr und niemandem sonst!«

»Was steht denn da drin?«

»Gib es ihr einfach.«

»Ist es ein Liebesbrief?«

»Ja«, antwortete Norris zu schnell, in seiner Ungeduld, den Jungen loszuschicken.

»Aber *ich* liebe sie doch«, jammerte Billy. »Und ich werd sie heiraten.« Er warf den Zettel weg. »Ich denk nicht dran, ihr einen Liebesbrief von Ihnen zu bringen.«

Norris musste sich mühsam beherrschen, als er den Brief aufhob und sagte: »Ich will sie nur wissen lassen, dass sie frei ist, ihr Leben zu leben, wie sie es will.« Er drückte Billy den Brief wieder in die Hand. »Bring ihn ihr, damit sie es weiß. Bitte.« Er fügte hinzu: »Wenn du es nicht tust, wird sie böse mit dir sein.«

Das funktionierte – Billys größte Angst war es, Rose zu verärgern. Der Junge steckte den Zettel in die Tasche. »Ich würde alles für sie tun«, sagte er.

»Erzähl niemandem, dass du mich gesehen hast.«

»Ich bin doch nicht blöde«, versetzte Billy. Dann stapfte er in die Dunkelheit davon mit seinem Hund, der ihm dicht auf den Fersen folgte.

Norris hielt sich nicht lange auf, sondern machte sich gleich auf den Weg in Richtung Beacon Hill. Billy mochte ja die besten Absichten haben, aber Norris traute ihm nicht zu, dass er ein Geheimnis für sich behalten konnte. Und er hatte nicht vor, hier zu warten, bis die Nachtwache kam, um ihn einzukassieren.

Falls sie tatsächlich immer noch glaubten, dass er am Leben war und sich in Boston aufhielt, nachdem nun schon drei Tage vergangen waren.

Die Kleider, die er gestohlen hatte, passten ihm nicht; die Hose war zu weit und das Hemd zu eng, aber der weite Mantel verbarg alles, und mit dem Quäkerhut, den er sich tief in die Stirn geschoben hatte, marschierte er zielstrebig die Straße hinunter, ohne zu zögern oder zu schleichen. Ich bin vielleicht kein Mörder, dachte er. *Aber jetzt bin ich ganz eindeutig ein Dieb.* Sie würden ihn ohnehin hängen, da kam es auf ein Verbrechen mehr oder weniger nicht an. Jetzt ging es nur noch ums nackte Überleben, und wenn es dafür nötig war, einen Mantel von einem Haken in der Schenke zu nehmen oder sich eine Hose und ein Hemd von einer Wäscheleine zu angeln, dann musste er es eben tun, wenn er nicht erfrieren wollte. Wenn er schon am Galgen enden sollte, dann wenigstens nicht, ohne tatsächlich etwas verbrochen zu haben.

Er bog in die Acorn Street ein. Es war dieselbe Gasse, in der Gareth Wilson und Dr. Sewall sich getroffen hatten, in dem Haus mit den eingemeißelten Pelikanen auf dem Türsturz. Norris suchte sich einen dunklen Hauseingang, um dort im Schatten zu warten. Inzwischen würde Billy Dr. Grenvilles Haus erreicht haben; sein Brief würde in Roses Händen sein, eine Botschaft, die nur aus einer einzigen Zeile bestand:

Heute Abend unter den Pelikanen.

Sollte der Brief in die Hände der Nachtwache fallen, würden die Herren daraus nicht schlau werden. Aber Rose würde wissen, was er meinte. Rose würde kommen.

Er lehnte sich zurück und wartete.

Die Nacht rückte vor. Eins nach dem anderen erloschen die Lichter in den Fenstern, und es wurde finster in der engen Acorn Street. Ein paar Mal hörte er noch das Geklapper eines Fuhrwerks drüben auf der weitaus belebteren Cedar Street, doch bald verstummten auch diese Geräusche.

Er hüllte sich enger in den Mantel und sah zu, wie in der Dunkelheit die Atemwolken aus seinem Mund aufstiegen.

Wenn es sein müsste, würde er die ganze Nacht hier warten. Wenn sie bis zum Morgengrauen nicht gekommen wäre, dann würde er am nächsten Abend wiederkommen. Er hatte genug Vertrauen zu ihr, um überzeugt zu sein, dass nichts sie aufhalten würde, sobald sie wüsste, dass er auf sie wartete.

Seine Beine wurden allmählich steif, seine Finger taub. Im letzten Fenster in der Acorn Street erlosch das Licht.

Und dann bog plötzlich eine Gestalt um die Ecke, die Silhouette einer Frau im Gegenlicht einer Straßenlaterne. Sie blieb in der Mitte der Gasse stehen, als versuche sie, in der Dunkelheit etwas zu erkennen.

»Norris?«, rief sie leise.

Sofort trat er aus dem Hauseingang hervor. »Rose«, sagte er, und sie lief auf ihn zu. Er schloss sie in die Arme und hätte am liebsten laut gelacht, während er sie herumwirbelte, so glücklich war er, sie endlich wiederzusehen. Sie schien federleicht in seinen Armen, leichter als Luft, und in diesem Moment wusste er, dass sie für immer eins waren. Der Sprung in den Charles River war Tod und Wiedergeburt zugleich gewesen, und dies war sein neues Leben, mit diesem Mädchen, das ihm keine Reichtümer zu bieten hatte, keinen großen Namen, nichts außer seiner Liebe.

»Ich wusste, dass du kommen würdest«, murmelte er. »Ich wusste es.«

»Du musst mir zuhören.«

»Ich kann nicht in Boston bleiben. Aber ich kann auch nicht ohne dich leben.«

»Es ist wichtig, Norris. Hör mich an!«

Er wurde plötzlich still. Es war nicht ihre Aufforderung, die ihn erstarren ließ; es war der Anblick einer kräftigen Gestalt, die vom anderen Ende der Acorn Street auf sie zukam.

Norris hörte hinter sich Hufgetrappel und fuhr im gleichen Moment herum, als der Zweispänner mitten in der Gasse stehen blieb und ihm in der anderen Richtung den Fluchtweg versperrte. Der Schlag wurde aufgerissen.

»Norris, du musst ihnen vertrauen«, sagte Rose. »Du musst *mir* vertrauen.«

Hinter ihm in der Gasse ertönte eine bekannte Stimme: »Es ist der einzige Weg, Mr. Marshall.«

Verblüfft drehte Norris sich um und starrte den breitschultrigen Mann an, der vor ihm stand. »Dr. Sewall?«

»Ich rate Ihnen, in diese Kutsche zu steigen«, sagte Sewall. »Wenn Ihnen Ihr Leben lieb ist.«

»Sie sind unsere Freunde«, sagte Rose. Sie nahm seine Hand und drängte ihn zu der Kutsche hin. »Bitte, lass uns einsteigen, bevor noch irgendjemand dich sieht.«

Er hatte keine Wahl. Was immer ihn erwartete, es war Roses Wille, und er hätte ihr blind sein Leben anvertraut. Sie führte ihn zur Kutsche, stieg ein und zog ihn mit sich.

Dr. Sewall blieb draußen und klappte den Schlag zu. »Glückliche Reise, Mr. Marshall«, sagte er durchs Fenster. »Ich hoffe, wir sehen uns eines Tages wieder, unter angenehmeren Umständen.«

Der Kutscher ließ die Zügel schnalzen, und sie fuhren los.

Erst als Norris sich auf dem Sitz zurücklehnte, fiel sein Blick auf den Mann, der ihm und Rose gegenübersaß. Das Licht einer Straßenlaterne schien in sein Gesicht, und Norris konnte nur verblüfft die Augen aufreißen.

»Nein, dies ist keine Festnahme«, sagte Constable Lyons.

»Was ist es dann?«, fragte Norris.

»Ein Gefallen für einen alten Freund.«

Sie fuhren aus der Stadt hinaus, über die West Boston Bridge und durch das Dorf Cambridge. Es war die gleiche Strecke, auf der er erst wenige Nächte zuvor als Gefangener transportiert worden war, doch dies war eine vollkommen andere Reise – eine, die er nicht mit schwerem Herzen, sondern voller Hoffnung antrat. Die ganze Fahrt über lag Roses kleine Hand auf der seinen, eine stumme Versicherung, dass alles nach Plan lief, dass er keinen Verrat fürchten musste. Wie hatte er je das Schlimmste von ihr annehmen können? Dieses Mädchen allein, dachte er, hat mir die ganze Zeit in unerschütterlicher Treue zur Seite gestanden. *Ich bin ihrer nicht würdig.*

Sie hatten die Häuser von Cambridge hinter sich gelassen und fuhren durch eine düstere Landschaft mit kahlen Feldern. Die Reise ging nach Norden, in Richtung Somerville und Medford, vorbei an Weilern mit dunklen Häusern, die sich unter dem Wintermond duckten. Erst als sie den Ortsrand von Medford erreichten, bog die Kutsche endlich in einen gepflasteren Hof ein und hielt an.

»Sie werden sich hier einen Tag lang ausruhen«, sagte Constable Lyons, während er den Schlag öffnete und ausstieg. »Morgen werden Sie die Wegbeschreibung zu Ihrem nächsten Zufluchtsort weiter im Norden erhalten.«

Norris stieg aus der Kutsche und starrte zu einem aus Stein erbauten Bauernhaus hinauf. In den Fenstern brannten Kerzen, ein flackernder Willkommensgruß für die Reisenden der Nacht. »Wo sind wir hier?«, fragte er.

Constable Lyons gab keine Antwort. Er ging voran zur Tür, klopfte zwei Mal, wartete eine Weile und klopfte dann noch ein Mal.

Kurz darauf ging die Tür auf, und eine alte Frau mit einer Spitzen-Nachthaube spähte heraus. Sie hob ihre Lampe hoch, um die Gesichter der Besucher sehen zu können.

»Wir haben einen Reisenden«, sagte Constable Lyons.

Die Frau musterte Norris und Rose stirnrunzelnd. »Die zwei da sind aber sehr ungewöhnliche Flüchtlinge.«

»Die Umstände sind auch sehr ungewöhnlich. Ich bringe sie auf persönlichen Wunsch von Dr. Grenville. Sowohl Mr. Garrison als auch Dr. Sewall haben zugestimmt, und auch Mr. Wilson hat sein Einverständnis erklärt.«

Die alte Frau nickte schließlich und trat zur Seite, um die drei Besucher einzulassen.

Norris betrat eine alte Küche, deren Decke vom Ruß unzähliger Herdfeuer geschwärzt war. Eine Wand wurde von einem gewaltigen gemauerten Kamin beherrscht, in dem noch die Asche des abendlichen Feuers glomm. Von der Decke hingen

Bündel von Kräutern herab, getrockneter Lavendel und Ysop, Wermut und Salbei. Rose drückte Norris' Hand und deutete zu dem geschnitzten Emblem hinauf, das am Querbalken befestigt war. Ein Pelikan.

Constable Lyons sah, wohin ihre Blicke gingen, und sagte: »Das ist ein uraltes Symbol, Mr. Marshall, und eines, das wir verehren. Der Pelikan ist das Sinnbild der Selbstaufopferung für ein höheres Gut. Er erinnert uns an das Motto: Wie wir geben, so werden wir empfangen.«

Die alte Frau fügte hinzu: »Es ist das Siegel unseres Schwesternordens. Des Ordens der Rosen von Saron.«

Norris wandte sich zu ihr um. »Wer sind Sie? Was ist das hier für ein Haus?«

»Wir sind Rosenkreuzer, Sir. Und dies ist eine Herberge für Reisende. Reisende, die eine Zufluchtsstätte benötigen.«

Norris dachte an das bescheidene Reihenhaus in der Acorn Street mit den in Stein gemeißelten Pelikanen am Türsturz. Er erinnerte sich, dass William Lloyd Garrison einer der Besucher an jenem Abend gewesen war. Und er erinnerte sich auch an das Gerede unter den Ladenbesitzern der Gegend, die Gerüchte über Fremde, die dort nach Einbruch der Dunkelheit gesehen wurden, in einem Viertel, das auf Anordnung von Constable Lyons von den Patrouillen der Nachtwache zu meiden war.

»Es sind Abolitionisten«, sagte Rose. »Das hier ist ein Versteck für entflohene Sklaven.«

»Eine Zwischenstation«, erklärte Lyons. »Eine von vielen, die die Rosenkreuzer auf dem Weg vom Süden hinauf nach Kanada eingerichtet haben.«

»Sie gewähren Sklaven Unterschlupf?«

»Kein Mensch ist ein Sklave«, sagte die alte Frau. »Kein Mensch hat das Recht, einen anderen zu besitzen. Wir sind alle frei.«

»Jetzt werden Sie verstehen, Mr. Marshall«, sagte Constable Lyons, »warum dieses Haus und das in der Acorn Street niemals erwähnt werden dürfen. Dr. Grenville hat uns versichert, dass Sie ein Befürworter der Sklavenbefreiung sind. Sollten Sie je gefasst werden, dann dürfen Sie kein Wort über diese Stützpunkte verraten, denn Sie würden sonst unzählige Menschen in Lebensgefahr bringen. Menschen, die schon genug Qualen für zehn Menschenleben erlitten haben.«

»Ich schwöre Ihnen, ich werde nichts preisgeben.«

»Es ist ein gefährliches Geschäft, das wir hier betreiben«, meinte Lyons. »Heutzutage mehr denn je. Wir können nicht riskieren, dass unser Netzwerk aufgedeckt wird; nicht, solange so viele darauf aus sind, uns auszumerzen und zu vernichten.«

»Sie sind alle Mitglieder des Ordens? Auch Dr. Grenville?«

Lyons nickte. »Auch das ist ein Geheimnis, das nicht ans Licht kommen darf.«

»Warum helfen Sie mir? Ich bin kein geflohener Sklave. Wenn Sie Mr. Pratt Glauben schenken, bin ich ein Ungeheuer.«

Lyons schnaubte verächtlich. »Und Pratt ist eine Kröte. Ich hätte ihn schon längst aus der Nachtwache hinausgeworfen, wenn ich nur könnte, aber er hat sich geschickt ins Licht der Öffentlichkeit gedrängt. Schlagen Sie heute irgendeine Zeitung auf, und Sie lesen überall nur von den Taten des *heldenhaften* Mr. Pratt, des *genialen* Mr. Pratt. In Wahrheit ist der Mann ein Idiot. Ihre Verhaftung sollte sein krönender Triumph werden.«

»Und das ist der Grund, weshalb Sie mir helfen? Nur, um ihm diesen Triumph nicht zu gönnen?«

»Das wäre kaum die Mühen wert, die ich auf mich genommen habe. Nein, wir helfen Ihnen, weil Aldous Grenville vollkommen von Ihrer Unschuld überzeugt ist. Und weil es ein schweres Unrecht wäre, Sie am Galgen enden zu lassen.« Lyons wandte sich an die alte Frau. »Ich lasse ihn jetzt bei Ihnen, Mrs. Goode. Morgen wird Mr. Wilson mit Proviant für seine Reise vorbeikommen. Es war keine Zeit mehr für derartige Vorkehrungen. Ohnehin bricht schon bald der Tag an, und es wäre das Beste, wenn Mr. Marshall morgen bis zum Einbruch der Dunkelheit wartete, ehe er die nächste Etappe antritt.« Er sah Rose an. »Kommen Sie, Miss Connolly. Fahren wir zurück nach Boston?«

Rose wirkte betroffen. »Kann ich nicht bei ihm bleiben?«, fragte sie, und in ihren Augen schimmerten Tränen.

»Ein einzelner Reisender kann sich schneller und sicherer bewegen. Es ist wichtig, dass Mr. Marshall ungehindert vorankommt.«

»Aber es ist eine so plötzliche Trennung!«

»Es bleibt uns keine Wahl. Sobald er in Sicherheit ist, wird er nach Ihnen schicken.«

»Ich habe ihn doch gerade erst wiedergefunden! Kann ich nicht bei ihm bleiben, nur diese eine Nacht? Sie sagten, Mr. Wilson käme morgen hierher. Dann werde ich mit ihm nach Boston zurückfahren.«

Norris drückte ihre Hand noch fester und sagte an Lyons gewandt: »Ich weiß nicht, wann ich sie wiedersehen werde. Wer weiß, was geschehen wird. Bitte, gewähren Sie uns diese letzten paar Stunden miteinander.«

Lyons seufzte und nickte. »Mr. Wilson wird morgen noch vor Mittag hier sein. Seien Sie bis dahin reisefertig.«

Sie lagen im Halbdunkel; nur der Mondschein, der durchs Fenster drang, erhellte ihr Bett, doch trotz des schwachen Lichts konnte Rose sein Gesicht sehen. Und erkennen, dass auch er sie ansah.

»Versprichst du, dass du mich und Meggie nachkommen lässt?«, fragte sie.

»Sobald ich an einem sicheren Ort bin, werde ich dir schreiben. Der Brief wird einen anderen Absender tragen, aber du wirst wissen, dass er von mir ist.«

»Wenn ich doch nur gleich mit dir kommen könnte.«

»Nein, ich möchte, dass du in Dr. Grenvilles Haus bleibst, wo du in Sicherheit bist, anstatt mit mir auf irgendeiner gottverlassenen Landstraße alle möglichen Strapazen zu erdulden. Und welch ein Trost, zu wissen, dass für Meggie gesorgt ist. Du hast wirklich den besten Platz für sie gefunden.«

»Das eine Versteck, von dem ich wusste, dass du mir dazu geraten hättest.«

»Meine kluge Rose! Du kennst mich so gut.«

Er nahm ihr Gesicht in seine Hände, und sie seufzte, als sie seine Wärme auf ihrer Haut spürte. »Das Beste steht uns noch bevor. Das musst du mir glauben, Rose. All diese Prüfungen, all diese Unbilden werden unsere Zukunft nur umso angenehmer machen.« Sanft drückte er seine Lippen auf ihre, ein Kuss, der sie in den siebten Himmel hätte heben sollen. Doch stattdessen musste sie plötzlich schluchzen, denn sie wusste nicht, wann – und ob – sie sich wiedersehen würden. Sie dachte an die Reise, die vor ihm lag, an geheime Zufluchtsorte und winterliche Landstraßen – und was lag am Ende des Wegs? Sie konnte sich die Zukunft nicht vorstellen, und das war es, was ihr Angst machte. Bisher hatte sie sich immer vorstellen können, was sie als Mädchen erwartete: die Jahre der Arbeit als Näherin, dann der junge Mann, den sie eines Tages kennenlernen, die Kinder, die sie zur Welt bringen würde. Aber wenn sie jetzt nach vorn blickte, sah sie nichts – kein gemeinsames Heim mit Norris, keine Kinder, kein Familienglück. Wieso war die Zukunft auf einmal verschwunden? Warum konnte sie nicht über diese Nacht hinaussehen?

Ist dies die einzige Zeit, die uns vergönnt ist?

»Du wirst auf mich warten, nicht wahr?«, flüsterte er.

»Immer.«

»Ich weiß nicht, was ich dir bieten kann, außer einem Leben auf der Flucht. Immer gehetzt, immer auf der Hut vor Kopfgeldjägern. Das hast du nicht verdient.«

»Du auch nicht.«

»Aber du hast eine Wahl, Rose. Ich habe solche Angst, dass du eines Tages aufwachen und deine Entscheidung bereuen könntest. Fast wäre es mir lieber, wir würden uns nie wiedersehen.«

Das Mondlicht verschwamm vor ihren tränennassen Augen. »Das kann nicht dein Ernst sein.«

»Es ist mein Ernst, aber nur, weil du es verdienst, glücklich zu sein. Ich will, dass du eine Chance hast, ein normales Leben zu führen.«

»Ist es wirklich das, was du willst?«, flüsterte sie. »Dass wir unser Leben getrennt leben?«

Er schwieg.

»Du musst es mir jetzt sagen, Norris. Denn wenn du das nicht tust, werde ich immer auf deinen Brief warten. Ich werde warten, bis meine Haare weiß sind und mein Grab geschaufelt ist. Und selbst dann werde ich noch warten …« Ihre Stimme versagte.

»Sei still. Bitte, sei still.« Er schlang die Arme um sie und zog sie an sich. »Wenn ich wahrhaft selbstlos wäre, würde ich dir sagen, du sollst mich vergessen. Ich würde dir sagen, du sollst dein Glück woanders suchen.« Er lachte bekümmert. »Aber offenbar bin ich doch nicht so edel. Ich bin egoistisch, und ich bin eifersüchtig auf jeden Mann, der dich je besitzen oder lieben wird. *Ich* will dieser Mann sein.«

»Dann sei dieser Mann.« Sie griff nach seinem Hemd und zog ihn zu sich. »*Sei* es.«

Sie konnte nicht in die Zukunft sehen; sie konnte nicht weiter sehen als diese wenigen Stunden, die vor ihnen lagen, und diese Nacht war vielleicht die einzige Zukunft, die sie je haben würden. Mit jedem Herzschlag konnte sie spüren, wie ihre gemeinsame Zeit verrann, wie sie entschwand, bis nur noch Erinnerungen und Tränen blieben.

Und so ergriff sie die Zeit, die ihnen noch zusammen blieb, und vergeudete keine Sekunde davon. Mit fahrigen Bewegungen zog sie an den Haken und Schnüren ihres Kleids, und ihr Atem ging schnell und stoßweise, während sie fieberhaft gegen die Zeit ankämpfte. Schon rückte der Morgen näher. Noch nie zuvor hatte sie mit einem Mann geschlafen, aber irgendwie wusste sie, was sie zu tun hatte. Sie wusste, was ihm gefallen würde, was ihn für immer an sie binden würde.

Das weiche, milchige Mondlicht schien auf ihre Brüste, auf seine nackten Schultern, auf all die geheimen Stellen, die sie einander nie gezeigt hatten. Das ist es, was eine Frau ihrem Mann gibt, dachte sie, und obwohl der Schock seines Eindringens ihr den Atem verschlug, jubilierte sie innerlich, denn immer gingen die Triumphe im Leben einer Frau mit Schmerzen einher, beim Verlust ihrer Jungfräulichkeit, bei der Geburt eines jeden Kindes. *Du bist jetzt mein Mann.*

Noch bevor der Tag anbrach, hörte sie einen Hahn krähen. Schlaftrunken dachte sie: *Verrückter alter Vogel, lässt dich vom Mond täuschen und verkündest eine falsche Morgendämmerung.* Aber es war keine falsche Dämmerung, die da so früh schon im Fenster schimmerte, und als sie die Augen aufschlug, sah sie, dass die nächtliche Schwärze einem kalten, trüben Grau gewichen war. Voller Verzweiflung beobachtete sie, wie der Tag immer heller wurde, wie der Himmel sich allmählich blau verfärbte, und sie hätte so gerne den Morgen aufgehalten, hätte sie es nur vermocht; doch schon spürte sie, wie Norris' Atem sich veränderte, spürte, wie er aus den Träumen auftauchte, in denen er sie so fest umschlungen gehalten hatte.

Er schlug die Augen auf und lächelte. »Es ist nicht das Ende der Welt«, sagte er, als er ihr kummervolles Gesicht sah. »Wir werden auch das überstehen.«

Sie blinzelte ihre Tränen weg. »Und wir werden glücklich sein.«

»Ja.« Er berührte ihr Gesicht. »So unendlich glücklich. Du musst nur daran glauben.«

»Ich glaube an nichts anderes. Nur an dich.«

Draußen bellte ein Hund. Norris stand auf und schaute aus dem Fenster. Sie sah ihn dort stehen, sein nackter Rücken umspielt vom Morgenlicht, und sie prägte sich begierig jeden Muskel, jeden Zoll seiner Haut ein. Das wird mein einziger Trost sein, bis ich wieder von ihm höre, dachte sie. *Die Erinnerung an diesen Moment.*

»Mr. Wilson ist gekommen, um dich abzuholen«, sagte Norris.

»So früh schon?«

»Wir sollten hinuntergehen, um ihn zu begrüßen.« Er kam zum Bett zurück. »Ich weiß nicht, wann ich noch einmal eine Gelegenheit bekomme, das zu sagen. Also lass es mich jetzt sagen.« Er kniete sich neben sie auf den Boden und nahm ihre Hand. »Ich liebe dich, Rose Connolly, und ich will mein Leben mit dir verbringen. Ich will, dass du meine Frau wirst. Wenn du mich haben willst.«

Sie starrte ihn durch die Tränen hindurch an. »Ja, Norrie. O ja, das will ich.«

Er drückte ihre Handfläche an seine und betrachtete lächelnd Aurnias billigen Ring, den sie nie vom Finger nahm. »Und ich verspreche dir«, sagte er, »dass der nächste Ring, den du tragen wirst, kein armseliges Ding aus Blech und Glas sein wird.«

»Ich mache mir nichts aus Ringen. Ich will nur dich.«

Lachend zog er sie an sich. »Du wirst es deinem Mann leicht machen, dich zu unterhalten!«

Ein lautes Klopfen ließ sie beide erstarren. Die Stimme der alten Frau rief durch die Tür: »Mr. Wilson ist da. Er muss sofort nach Boston zurückfahren, also sollte die junge Dame schleunigst herunterkommen.« Dann hörten sie, wie die Alte die Treppe wieder hinunterstapfte.

Norris sah Rose an. »Ich verspreche dir, das ist das letzte Mal, dass wir uns trennen«, sagte er. »Aber jetzt, meine Liebste, ist es so weit.«

32

Oliver Wendell Holmes saß in Edward Kingstons Salon, wo Kitty Welliver von links und ihre Schwester Gwendolyn von rechts auf ihn einredeten, und er kam zu dem Schluss, dass es ein weit erträglicheres Schicksal wäre, in der Hölle eingesperrt zu sein. Hätte er gewusst, dass die Welliver-Schwestern heute bei Edward zu Besuch waren, hätte er einen Bogen um das Haus gemacht – einen Bogen von mindestens zehn Tagesritten. Aber wenn man einmal das Haus seines Gastgebers betreten hat, gilt es als äußerst unhöflich, gleich darauf schreiend die Flucht zu ergreifen. Und bis er über diese Möglichkeit nachzudenken begann, war es ohnehin schon zu spät, denn Kitty und Gwen waren sofort von den Stühlen aufgesprungen, auf denen sie so dekorativ gethront hatten, und jede hatte einen von Wendells Armen gepackt, woraufhin sie ihn in den Salon geschleift hatten wie hungrige Spinnen, die gerade eine fette Mahlzeit erbeutet hatten. Jetzt bin ich wirklich und wahrhaftig erledigt, dachte er, während er eine Teetasse auf dem Schoß balancierte – seine dritte bereits. Er saß hier für den Rest des Nachmittags fest, und es blieb jetzt nur abzuwarten, wer sich zuerst genötigt sähe, den Besuch zu beenden, weil seine oder ihre Blase zu platzen drohte.

Leider schienen die jungen Damen Blasen aus Eisen zu haben; sie schlürften munter eine Tasse Tee nach der anderen, während sie mit Edward und seiner Mutter plauderten. Um sie nicht noch zu ermuntern, hielt Wendell zumeist den Mund, was die Mädchen allerdings wenig störte, da sie selbst kaum einmal lange genug still waren, als dass er hätte zu Wort kommen können. Wenn eine der Schwestern kurz verstummte, beispielsweise zum Zwecke des Atmens, dann sprang die andere sogleich mit irgendeinem neuen Klatsch oder einer giftigen Bemerkung in die Bresche – ein wahrhaft unendlicher Wortstrom, begrenzt nur durch die Notwendigkeit, zwischendurch ab und zu einzuatmen.

»Sie sagte, es wäre eine absolut entsetzliche Überfahrt gewesen, und sie wäre fast gestorben. Aber dann habe ich mit Mr. Carter gesprochen, und er meinte, es sei gar nichts gewesen, bloß ein kleiner Atlantiksturm. Hat sie also wieder mal gewaltig übertrieben...«

»Wie üblich. Sie übertreibt *immer*. Wie neulich, als sie steif und fest behauptet hat, Mr. Mason sei ein weltberühmter Architekt. Dann haben wir herausgefunden, dass er gerade mal ein einziges kleines Opernhaus in Virginia gebaut hat, alles andere als ein beeindruckendes Bauwerk, wie ich mir habe sagen lassen, und ganz gewiss nicht auf dem Niveau von Mr. Bulfinch...«

Wendell unterdrückte ein Gähnen und starrte aus dem Fenster, während die Schwestern sich über alle möglichen Leute ausließen, die ihn nicht im Geringsten interessierten. Da steckt irgendwo ein Gedicht drin, dachte er. Ein Gedicht über alberne Mädchen in hübschen Kleidern. Kleidern, die von anderen Mädchen genäht wurden. Mädchen, die unsichtbar blieben. »...und er hat mir versichert, dass die Kopfgeldjäger ihn auf jeden Fall irgendwann erwischen werden«, sagte Kitty. »Oh, ich *wusste* doch, dass er etwas Zwielichtiges an sich hat. Ich konnte das Böse direkt *spüren*.«

»Ich auch!«, rief Gwen und schüttelte sich. »An dem Morgen in der Kirche, als ich neben ihm saß – also, da ist es mir eiskalt den Rücken runtergelaufen.«

Schlagartig wandte Wendell seine Aufmerksamkeit wieder den Schwestern zu. »Sprechen Sie von Mr. Marshall?«

»Aber natürlich. Alle reden doch nur noch von ihm. Aber Sie waren ja die letzten paar Tage in Cambridge, da haben Sie den ganzen Klatsch verpasst.«

»Ich habe auch in Cambridge genug davon gehört, vielen Dank.«

»Ist es nicht *shocking*?«, sagte Kitty. »Die Vorstellung, dass wir mit einem Mörder diniert und getanzt haben? Und mit *solch* einem Mörder? Einem Mann das Gesicht abzuziehen! Seinem Opfer die Zunge herauszuschneiden!«

Ich kenne da zwei Damen, denen ich mit Vergnügen die Zungen herausschneiden würde.

»Ich habe gehört«, übernahm Gwen mit vor Eifer glänzenden Augen, »dass er eine Komplizin hat. Ein irisches Mädchen.« Sie senkte die Stimme, ehe sie das anstößige Wort aussprach: »Eine *Abenteurerin.*«

»Dann haben Sie Unsinn gehört!«, fuhr Wendell scharf dazwischen.

Gwen starrte ihn nur an, schockiert über seine unverblümte Widerrede.

»Ihr albernen Mädchen habt doch keine Ahnung, wovon ihr redet. Alle beide nicht.«

»Oje«, warf Edwards Mutter rasch ein, »ich fürchte, die Teekanne ist schon wieder leer. Ich denke, ich lasse uns noch etwas kommen.« Sie griff nach einer Glocke und läutete energisch.

»Aber wir wissen sehr wohl, wovon wir reden, Mr. Holmes«, protestierte Kitty. Ihr Stolz stand nun auf dem Spiel, und das drängte alle gespielte Höflichkeit in den Hintergrund. »Wir haben Quellen, die der Nachtwache sehr nahestehen. Mit *intimsten* Kenntnissen ...«

»Das geschwätzige Weib von irgendeinem Wachoffizier, nehme ich an.«

»Oh, diese Bemerkung war aber gar nicht gentlemanlike!«

Mrs. Kingston läutete erneut nach dem Personal, diesmal fast schon verzweifelt. »Wo *steckt* nur dieses Mädchen? Wir brauchen mehr Tee!«

»Wendell«, warf Edward ein, um die Wogen zu glätten, »du musst dich doch nicht angegriffen fühlen. Das ist nur leeres Gerede.«

»*Nur?* Sie reden über Norris. Du weißt genauso gut wie ich, dass er nicht fähig ist, solche Abscheulichkeiten zu begehen.«

»Aber warum ist er dann davongelaufen?«, fragte Gwen. »Warum ist er von dieser Brücke gesprungen? So handelt doch nur jemand, der schuldig ist.«

»Oder Angst hat.«

»Wenn er unschuldig ist, sollte er hierbleiben und sich verteidigen.«

Wendell lachte. »Gegen Leute wie Sie?«

»Also wirklich, Wendell«, sagte Edward. »Ich glaube, wir sollten besser das Thema wechseln.«

»Wo *ist* bloß dieses Mädchen?«, rief Mrs. Kingston und sprang auf. Sie rauschte zur Tür und rief: »Nellie, bist du taub? *Nellie!* Du bringst uns jetzt auf der Stelle noch eine Kanne Tee!« Sie knallte die Tür zu und stampfte zu ihrem Stuhl zurück. »Ich sage Ihnen, es ist geradezu unmöglich, heutzutage anständiges Personal zu finden.«

Die Welliver-Schwestern waren in beleidigtes Schweigen verfallen und mieden es geflissentlich, in Wendells Richtung zu schauen. Er hatte die Grenze dessen überschritten, was sich für einen Gentleman schickte, und dies war seine Strafe: Er wurde ignoriert, und niemand richtete das Wort an ihn.

Als ob mich das juckt, dachte er, ob irgendwelche dummen Gänse mit mir reden wollen. Er stellte seine Tasse ab und sagte: »Vielen Dank für den Tee, Mrs. Kingston. Aber ich fürchte, ich muss jetzt gehen.« Er stand auf, und Edward tat es ihm gleich.

»Oh, aber es kommt gleich eine neue Kanne.« Sie blickte zur Tür. »Wenn dieses schusslige Mädchen endlich seine Arbeit macht.«

»Sie haben vollkommen recht«, sagte Kitty, wobei sie Wendells Existenz demonstrativ ignorierte. »Man kann heutzutage kein brauchbares Personal mehr finden. Ich sage Ihnen, unsere Mutter hatte ja solche Probleme letzten Mai, nachdem unser Stubenmädchen uns verlassen hatte. Sie war erst drei Monate bei uns, da ist sie durchgebrannt, um zu heiraten, einfach so, ohne Vorankündigung. Hat uns schlicht auf dem Trockenen sitzen lassen.«

»Wie unverantwortlich.«

»Guten Tag, Mrs. Kingston«, sagte Wendell. »Miss Welliver, Miss Welliver.«

Seine Gastgeberin verabschiedete ihn mit einem Nicken, doch die beiden Mädchen nahmen keine Notiz von ihm. Sie plapperten einfach weiter, während er und Edward zur Tür gingen.

»Und Sie wissen ja, wie schwierig es ist, dieser Tage in Providence gutes Personal zu finden. Aurnia war nicht gerade eine Perle, aber wenigstens hat sie es verstanden, unsere Garderobe in Ordnung zu halten.«

Wendell war gerade im Begriff, den Salon zu verlassen, als er plötzlich innehielt und sich zu Gwen umdrehte, die munter weiterschwatzte.

»Einen ganzen Monat hat es gedauert, bis wir einen angemessenen Ersatz für sie gefunden hatten. Da war es schon Juni, und wir mussten unsere Sachen packen, um in unser Sommerhaus in Weston zu fahren.«

»Ihr Name war Aurnia?«, fragte Wendell.

Gwen blickte sich um, als fragte sie sich, wer sie da angesprochen haben könnte.

»Ihr Stubenmädchen«, sagte er. »Erzählen Sie mir von ihr.«

Gwen erwiderte kühl seinen Blick. »Warum um alles in der Welt sollte Sie das interessieren, Mr. Holmes?«

»War Sie jung? Hübsch?«

»Sie war ungefähr in unserem Alter, nicht wahr, Kitty? Und hübsch – nun ja, das hängt davon ab, welche Maßstäbe man anlegt.«

»Und ihr Haar – welche Farbe hatte es?«

»Warum ist das denn …«

»*Welche Farbe?*«

Gwen zuckte mit den Achseln. »Rot. Ziemlich auffallend, muss man sagen, aber leider neigen diese feuerroten Mädchen alle *so* zu Sommersprossen.«

»Wissen Sie, wohin sie gegangen ist? Wo ist sie jetzt?«

»Wie sollen wir das wissen? Das törichte Mädchen hat uns ja kein Wort gesagt.«

»Ich glaube, Mutter könnte es wissen«, warf Kitty ein. »Nur will sie es uns nicht sagen, weil es kein Thema ist, über das man in feiner Gesellschaft spricht.«

Gwen sah ihre Schwester vorwurfsvoll an. »Warum hast du mir das noch nicht erzählt? Ich erzähle dir doch *alles*!«

»Wendell, du machst dir ja ungewöhnlich viele Gedanken über eine einfache Hausangestellte«, meinte Edward.

Wendell kehrte zu seinem Stuhl zurück, setzte sich hin und sah die Welliver-Schwestern an, die sichtlich perplex waren. »Ich will, dass Sie mir alles über dieses Mädchen erzählen, woran Sie sich noch erinnern, angefangen mit ihrem vollen Namen. Hieß sie Aurnia Connolly?«

Kitty und Gwen wechselten verdatterte Blicke.

»Aber Mr. Holmes«, sagte Kitty. »Wie haben Sie das bloß erraten?«

»Da ist ein Herr, der Sie zu sprechen wünscht«, sagte Mrs. Furbush.

Rose sah von dem Nachthemd auf, das sie gerade ausbesserte. Zu ihren Füßen stand ein ganzer Korb voller Kleidungsstücke, mit denen sie sich den Tag über abgeplagt hatte: Mrs. Lackaways Rock mit dem ausgeleierten Saum, Dr. Grenvilles Hose mit der ausgefransten Tasche und all die Hemden, Blusen und Hosen, an denen Knöpfe anzunähen und Nähte zu verstärken gewesen waren. Seit sie an diesem Morgen in das Haus zurückgekehrt war, versuchte sie, ihren Kummer zu betäuben, indem sie wie eine Besessene nähte und flickte – die einzige Fertigkeit, mit der sie diesen Leuten ihre Güte vergelten konnte. Den ganzen Nachmittag hatte sie hier in der Küchenecke gesessen, schweigend über Nadel und Faden gebeugt, und so deutlich hatte ihre Miene ihren Gram verraten, dass die anderen Hausangestellten ihr respektvoll aus dem Weg gegangen waren. Niemand hatte sie gestört, niemand hatte sie auch nur angesprochen. Bis jetzt.

»Der Herr wartet an der Hintertür«, sagte Mrs. Furbush.

Rose legte das Nachthemd in den Korb und stand auf. Als sie durch die Küche ging, merkte sie, wie die Haushälterin sie neugierig beäugte, und als sie zur Tür kam, verstand sie, wieso.

Wendell Holmes stand am Dienstboteneingang – ein ungewöhnlicher Ort für einen Gentleman, der seinen Besuch anmelden wollte.

»Mr. Holmes«, sagte Rose. »Warum kommen Sie an den Hintereingang?«

»Ich muss mit Ihnen sprechen.«

»Kommen Sie doch herein. Dr. Grenville ist zu Hause.«

»Es ist eine vertrauliche Angelegenheit, nur für Ihre Ohren bestimmt. Können wir uns hier draußen unterhalten?«

Sie warf einen Blick über die Schulter und sah, dass die Haushälterin sie beobachtete. Wortlos trat sie vor die Tür und zog sie hinter sich zu. Sie und Wendell bogen um die Hausecke und blieben unter den Bäumen stehen, die im kalten Licht der untergehenden Sonne dürre Schattenfinger auf die Erde malten.

»Wissen Sie, wo Norris ist?«, fragte er. Als sie zögerte, setzte er hinzu: »Es ist dringend, Rose. Wenn Sie es wissen, *müssen* Sie es mir sagen.«

Sie schüttelte den Kopf. »Ich habe es versprochen.«

»Wem haben Sie es versprochen?«

»Ich darf mein Wort nicht brechen. Auch nicht Ihnen gegenüber.«

»Dann *wissen* Sie also, wo er ist?«

»Er ist in Sicherheit, Mr. Holmes. Er ist in guten Händen.«

Er packte ihre Schultern.

»War es Dr. Grenville? Ist *er* derjenige, der seine Flucht organisiert hat?«

Sie starrte in Wendells wild funkelnde Augen. »Wir können ihm doch vertrauen, oder nicht?«

Wendell stöhnte auf. »Dann ist es vielleicht schon zu spät für Norris.«

»Warum sagen Sie das? Sie machen mir Angst.«

»Grenville wird nie zulassen, dass es zum Prozess gegen Norris kommt. Zu viele Geheimnisse würden dabei ans Licht kommen, skandalöse Geheimnisse, die die diese Familie ruinieren werden.« Er blickte zu Aldous Grenvilles stattlichem Haus auf.

»Aber Dr. Grenville hat Norris immer verteidigt.«

»Und haben Sie sich nie gefragt, wie ein so einflussreicher Mann dazu kommt, seinen Ruf aufs Spiel zu setzen, indem er einen namenlosen Studenten ohne jegliche Beziehungen verteidigt?«

»Weil Norris unschuldig ist! Und weil...«

»Er hat es getan, um zu verhindern, dass Norris vor Gericht kommt. Ich glaube, er will, dass Norris von der öffentlichen Meinung gerichtet wird, dass ihm auf den Titelseiten der Zeitungen der Prozess gemacht wird. Da ist er nämlich schon für schuldig befunden worden. Jetzt braucht es nur noch einen Kopfgeldjäger, der das Amt des Henkers übernimmt. Sie wissen doch, dass auf seinen Kopf eine Belohnung ausgesetzt ist?«

Sie schluckte ihre Tränen hinunter. »Ja.«

»Damit wäre ein sauberer Schlussstrich unter die Affäre gezogen – wenn erst der West End Reaper aufgespürt und zur Strecke gebracht ist.«

»Warum sollte Dr. Grenville das tun? Warum sollte er sich gegen Norris wenden?«

»Es ist jetzt keine Zeit für Erklärungen. Sagen Sie mir einfach nur, wo Norris ist, damit ich ihn warnen kann.«

Sie starrte ihn an und wusste nicht, was sie tun sollte. Sie hatte bisher nie an Wendell Holmes gezweifelt, aber nun schien es ihr, als müsse sie an allen zweifeln, selbst an den Menschen, denen sie am meisten vertraut hatte.

»Bei Einbruch der Dunkelheit«, sagte sie, »bricht er von Medford auf und reist nach Norden, auf der Straße nach Winchester.«

»Sein Ziel?«

»Die Stadt Hudson. Die Mühle am Fluss. Da ist ein geschnitzter Pelikan am Tor.«

Er nickte. »Mit etwas Glück werde ich ihn eingeholt haben, lange bevor er Hudson erreicht.« Er wandte sich zum Gehen, hielt dann aber inne und blickte sich zu Rose um. »Kein Wort zu Grenville«, warnte er sie. »Vor allem verraten Sie *keinem Menschen*, wo das Kind ist. Es muss versteckt bleiben.«

Sie sah ihm nach, als er zur Straße lief, und einen Augenblick darauf hörte sie Hufgetrappel, das sich rasch entfernte. Die Sonne stand schon tief am Himmel, und noch in dieser Stunde würde Norris aufbrechen und den Weg nach Winchester einschlagen.

Beeil dich, Wendell. Du musst als Erster bei ihm sein.

Ein Windstoß wehte um die Hausecke und wirbelte totes Laub und trockene Erde auf. Sie musste die Augen zusammenkneifen, um sich vor dem Staub zu schützen, und sah gerade noch, wie sich etwas auf dem Gehsteig bewegte. Der Wind legte sich, und sie starrte den Hund an, der durch das offene Tor von der Beacon Street hereinspaziert war. Er schnüffelte an den Büschen und scharrte in der Asche herum, die auf dem glatten Gehweg ausgestreut war. Dann hob er ein Bein, pinkelte an einen Baum und trottete zum Tor zurück. Während sie ihm nachsah, wurde ihr plötzlich klar, dass sie diesen Moment schon einmal erlebt hatte. Oder jedenfalls einen sehr ähnlichen.

Aber es war in der Nacht gewesen.

Mit diesem Bild stieg ein nagendes Gefühl der Traurigkeit in ihr auf, die Erinnerung an einen so furchtbaren Kummer, dass sie den Gedanken von sich stoßen, die Bilder in das dunkle Verlies der vergessenen Schmerzen zurückdrängen wollte. Aber das tat sie nicht, stattdessen zog sie hartnäckig weiter an jenem dünnen Faden der Erinnerung, bis er sie zu jenem Augenblick zurückführte, da sie an einem Fenster gestanden, ihre neugeborene Nichte im Arm gehalten und in die Nacht hinausgestarrt hatte. Sie erinnerte sich an einen Einspänner, der in den Hof des Krankenhauses eingebogen war. Sie erinnerte sich daran, wie Agnes Poole aus dem Schatten herausgetreten war, um mit der Person in der Kutsche zu sprechen.

Und sie erinnerte sich noch an ein weiteres Detail: das unruhige Pferd, das nervös mit den Hufen getrappelt hatte, als ein Hund vorbeigetrottet war. Ein großer Hund, dessen Silhouette sich gegen die glänzenden Pflastersteine abzeichnete.

Das war Billys Hund, den ich in dieser Nacht gesehen habe. War Billy etwa auch dort?

Sie lief zum Tor hinaus und begann, die Beacon Street hinunterzueilen, als sie eine Stimme hörte, die sie erstarren ließ.

»Miss Connolly?«

Sie drehte sich um und sah Dr. Grenville in der Tür seines Hauses stehen.

»Mrs. Furbush sagte, Mr. Holmes sei hier gewesen. Wo ist er?«

»Er ... er ist wieder gegangen, Sir.«

»Ohne mit mir gesprochen zu haben? Das ist höchst eigenartig. Charles wird enttäuscht sein zu hören, dass sein Freund gegangen ist, ohne ein Wort mit ihm gewechselt zu haben.«

»Er ist nur einen Moment geblieben.«

»Warum war er denn hier? Und warum um alles in der Welt hat er an der Hintertür geklopft?«

Sie errötete unter seinem Blick. »Er hat nur kurz vorbeigeschaut, um sich nach meinem Befinden zu erkundigen, Sir. Er wollte Sie nicht stören, so kurz vor dem Essen.«

Grenville musterte sie eine Weile. Sie konnte seine Miene nicht deuten, und sie hoffte, dass auch die ihre ihm nichts verriet.

»Wenn Sie Mr. Holmes sehen, sagen Sie ihm, dass er in diesem Haus niemals stört, Tag oder Nacht«, trug er ihr auf.

»Ja, Sir«, murmelte sie.

»Ich glaube, Mrs. Furbush sucht sie.« Er ging zurück ins Haus.

Sie blickte die Beacon Street hinauf. Der Hund war verschwunden.

33

Es war schon fast Mitternacht, als im Haus endlich Ruhe einkehrte.

Rose lag in ihrem Bett in der Küche und wartete darauf, dass die Stimmen im Obergeschoss verstummten und das Knarren der Schritte aufhörte. Erst als nichts mehr zu hören war, stand sie auf und zog ihren Mantel über. Sie schlüpfte zur Hintertür hinaus und schlich an der Seite des Hauses entlang, doch gerade als sie in den Vorgarten hinaustreten wollte, hörte sie, wie eine Kutsche heranrumpelte und vor dem Haus stehen blieb. Rasch zog sie sich in den Schatten zurück.

Jemand hämmerte an die Haustür. »Doktor! Wir brauchen den Doktor!«

Einen Augenblick darauf ging die Tür auf, und Dr. Grenville fragte: »Was ist?«

»Ein Feuer, Sir, drüben bei Hancock's Wharf! Zwei Gebäude sind schon abgebrannt, und wir wissen nicht, wie viele Verletzte es gibt. Dr. Sewall bittet Sie um Ihre Hilfe. Meine Kutsche wartet auf Sie, Sir, wenn Sie gleich mitkommen könnten.«

»Lassen Sie mich nur meine Tasche holen.«

Einen Moment später fiel die Haustür mit einem Knall ins Schloss, und die Kutsche rollte davon.

Rose kam aus ihrem Versteck hervor und schlüpfte zum Tor hinaus auf die Beacon Street. Drüben am Horizont leuchtete der Himmel blutrot. Ein Pferdewagen raste an ihr vorbei in Richtung der brennenden Hafenanlagen, und zwei junge Männer, angelockt von dem Spektakel, hasteten vorüber. Sie folgte ihnen nicht, sondern ging die ruhigen Straßen von Beacon Hill hinauf, auf das Viertel zu, das als West End bekannt war.

Zwanzig Minuten später bog sie in den Hof eines Stalls ein und schob leise das Tor auf. In der Dunkelheit hörte sie das leise Glucken von Hühnern, und sie roch Pferde und süßes Heu.

»Billy?«, rief sie leise.

Der Junge antwortete nicht. Aber irgendwo oben auf dem Heuboden winselte ein Hund.

Sie tastete sich im Dunkeln zu einer schmalen Stiege vor und stieg auf leisen Sohlen hinauf. Vor dem Fenster zeichnete sich Billys spindeldürre Silhouette ab. Er stand da und starrte auf den roten Schein am östlichen Himmel.

»Billy?«, flüsterte sie.

Er wandte sich zu ihr um. »Miss Rose, schauen Sie! Da brennt es!«

»Ich weiß.« Sie stieg auf den Heuboden, und der Hund trottete auf sie zu, um ihr die Hand zu lecken.

»Es breitet sich immer mehr aus. Glauben Sie, dass es bis hierher springen könnte? Soll ich einen Eimer Wasser holen?«

»Billy, ich muss dich etwas fragen.«

Doch er beachtete sie nicht; sein Blick war starr auf den Feuerschein gerichtet. Sie fasste seinen Arm und spürte, wie er zitterte.

»Es ist drüben am Hafen«, sagte sie. »Es kann sich nicht so weit ausbreiten.«

»Doch, das kann es. Ich hab gesehen, wie ein Feuer auf meinen Pa gesprungen ist, vom Dach runter bis zu ihm. Wenn ich einen Eimer gehabt hätte, hätte ich ihn retten können. Wenn ich nur einen Eimer gehabt hätte.«

»Dein Vater?«

»Hat ihn ganz schwarz verbrannt, Miss Rose, wie ein Stück Fleisch am Spieß. Wenn Sie eine Kerze anzünden, sollten Sie immer einen Eimer in der Nähe haben.«

Im Osten wurde der rote Schein heller, eine Flamme loderte auf und krallte nach dem Himmel wie mit orange glühenden Zinken. Der Junge wich vom Fenster zurück, als wolle er die Flucht ergreifen.

»Billy, du musst versuchen, dich an etwas zu erinnern. Das ist sehr wichtig für mich.«

Er wandte den Blick nicht vom Fenster, als hätte er Angst, dem Feind den Rücken zu kehren.

»In der Nacht, als Meggie geboren wurde, kam jemand mit einem Einspänner zum Krankenhaus, um sie zu holen. Schwester Poole sagte, es sei jemand vom Säuglingsheim, aber sie hat gelogen. Ich glaube, sie hat Meggies Vater benachrichtigt. Meggies *wirklichen* Vater.«

Er beachtete sie immer noch nicht.

»Billy, ich habe deinen Hund in dieser Nacht beim Krankenhaus gesehen, deshalb weiß ich, dass du auch da warst. Du musst den Einspänner im Hof gesehen haben.« Sie packte seinen Arm. »Wer ist da gekommen, um das Baby zu holen?«

Endlich schaute er sie an, und im rötlichen Licht, das durch das Fenster fiel, sah sie sein verängstigtes Gesicht. »Ich weiß es nicht. Schwester Poole hat den Zettel geschrieben.«

»Welchen Zettel?«

»Den ich ihm von ihr geben sollte.«

»Sie hat dir aufgetragen, eine Nachricht zu überbringen?«

»Sie hat gesagt, ich würde einen halben Dollar kriegen, wenn ich mich sputen würde.«

Sie starrte den Jungen an – einen Jungen, der nicht lesen konnte. Gab es einen besseren Kurier als den einfältigen Billy, der für ein paar Münzen und einen anerkennenden Klaps auf den Rücken bereitwillig jeden Botengang übernahm?

»Wohin hat sie dich mit dem Zettel geschickt?«, fragte Rose.

Sein Blick ging wieder zu dem Flammenmeer. »Es wächst. Es kommt hierher.«

»Billy.« Sie schüttelte ihn energisch. »Zeig mir, wohin du den Zettel gebracht hast.«

Er nickte und trat vom Fenster zurück. »Das ist die Richtung vom Feuer weg. Da werden wir sicherer sein.«

Er stieg vor ihr die Stufen hinunter und führte sie aus dem

Stall hinaus. Der Hund folgte ihnen schwanzwedelnd, als sie den Osthang des Beacon Hill hinaufstiegen. Immer wieder blieb Billy stehen, um nach Osten zu spähen und zu sehen, ob die Flammen ihnen folgten.

»Bist du sicher, dass du dich noch an das Haus erinnerst?«, fragte sie.

»Klar erinnere ich mich dran. Schwester Poole hat gesagt, es wäre ein halber Dollar für mich drin, aber das hat nicht gestimmt. Ich bin den ganzen Weg gelaufen, und dann war der Herr nicht zu Hause. Aber ich wollte meinen halben Dollar, also hab ich dem Hausmädchen den Zettel gegeben. Und sie hat mir die Tür vor der Nase zugemacht, einfach so. Die dumme Kuh! Meinen halben Dollar hab ich nie gesehen. Ich bin zurück zu Schwester Poole, und sie hat mir auch keinen halben Dollar gegeben.«

»Wohin gehen wir denn?«

»Hier lang. Das wissen Sie doch.«

»Ich weiß es nicht.«

»Doch, Sie wissen es.«

Sie kamen den Hügel herunter und stießen auf die Beacon Street. Wieder ging sein Blick nach Osten. Der Himmel war schmutzig orange gefärbt, Rauchwolken wehten auf sie zu und trugen den Geruch der Katastrophe zu ihnen. »Schnell«, sagte er. »Das Feuer kann nicht über den Fluss springen.« Er begann, die Beacon Street hinaufzutraben, immer weiter in Richtung Mill Dam.

»Billy, zeig mir, wo du den Zettel abgeliefert hast. Bring mich *direkt* vor die Haustür!«

»Hier ist es.« Er stieß ein Tor auf und trat in einen Vorgarten. Der Hund lief ihm hinterher.

Sie blieb stehen und starrte betroffen Dr. Grenvilles Haus an.

»Ich hab ihn an die Hintertür gebracht«, sagte Billy. Er bog um die Hausecke und verschwand im Schatten. »Hier hab ich ihn abgegeben, Miss Rose!«

Sie blieb wie angewurzelt stehen. *Das war also das Ge-*

heimnis, das Aurnia in jener Nacht im Kreißsaal verraten hat.

Sie hörte den Hund knurren.

»Billy?«, rief sie. Sie folgte ihm ums Haus herum. Hier war es so finster, dass sie ihn nirgends sehen konnte. Einen Moment lang zögerte sie, und ihr Herz klopfte laut, während sie angestrengt in die Dunkelheit spähte. Sie ging ein paar Schritte und hielt dann inne, als der Hund knurrend und mit gesträubtem Nackenhaar auf sie zugekrochen kam.

Was hatte er nur? Warum hatte er Angst vor ihr?

Sie verharrte reglos, und ein eisiger Schauer lief ihr über den Rücken. Der Hund knurrte nicht sie an, sondern etwas, das *hinter* ihr war.

»Billy?«, sagte sie und blickte sich um.

»Ich will nicht, dass noch mehr Blut fließt. Und sehen Sie zu, dass Sie meine Kutsche sauber halten. Es ist ohnehin schon alles verdreckt, und den Gehsteig hier werde ich auch wischen müssen, bevor es hell wird.«

»Ich mache das nicht allein. Wenn Sie wollen, dass es erledigt wird, Ma'am, dann sind Sie genauso dabei wie ich.«

Trotz der hämmernden Schmerzen in ihrem Kopf hörte Rose die gedämpften Stimmen der beiden, doch sie konnte sie nicht sehen, und auch sonst sah sie nichts. Wenn sie die Augen aufschlug, umfing sie nur Dunkelheit, finster wie das Grab. Irgendetwas lag auf ihr, so schwer, dass sie sich nicht rühren konnte und kaum Luft bekam. Die beiden setzten ihren Wortwechsel fort, und sie waren so nahe, dass sie jedes Wort ihres erregten Geflüsters verstehen konnte.

»Was ist, wenn ich auf der Straße angehalten werde?«, sagte der Mann. »Was ist, wenn jemand mich mit dieser Kutsche erwischt? Es gibt keinen Grund, warum ich damit fahren sollte. Aber wenn Sie dabei sind…«

»Ich habe Ihnen genug bezahlt, um auch dieses Problem aus der Welt zu schaffen.«

»Nicht genug, dass ich dafür den Galgen riskieren würde.«

Der Mann hielt inne, als Billys Hund plötzlich zu knurren begann. »Verdammter Köter«, schimpfte er. Der Hund jaulte vor Schmerz auf und verlegte sich dann auf ein leises Winseln, das allmählich erstarb.

Rose rang nach Luft und atmete den Geruch von schmutziger Wolle und ungewaschener Haut ein – erschreckend vertraute Gerüche. Sie schaffte es, einen Arm zu befreien, und betastete das Ding, das auf ihr lastete. Sie fühlte Knöpfe und Wollstoff. Ihre Hand wanderte weiter über einen zerschlissenen Kragen, und dann berührte sie plötzlich Haut. Sie ertastete einen schlaffen, leblosen Unterkiefer, ein Kinn mit den ersten kläglichen Stoppeln eines Milchbarts. Und dann etwas Glitschiges, das an ihren Fingern klebte und einen intensiven Rostgeruch ausströmte.

Billys Blut.

Sie kniff ihn in die Wange, doch er regte sich nicht. Da erst fiel ihr auf, dass er nicht atmete.

»... kommen Sie entweder mit mir, oder ich mach's nicht. Ich riskier dafür nicht meinen Hals.«

»Sie vergessen, was ich über Sie weiß, Mr. Burke.«

»Dann sind wir ja quitt, würde ich sagen. Nach heute Nacht.«

»Wie können Sie es wagen!« Die Frau hatte die Stimme erhoben, und plötzlich erkannte Rose sie. *Eliza Lackaway.*

Es trat eine lange Pause ein. Dann lachte Burke verächtlich. »Na los doch, erschießen Sie mich ruhig. Ich glaube nicht, dass Sie das wagen. Dann müssen Sie sich nämlich drei Leichen vom Hals schaffen.« Er schnaubte, und sie hörte, wie seine Schritte sich entfernten.

»Also gut«, sagte Eliza. »Ich komme mit Ihnen.«

Burke grunzte. »Dann steigen Sie hinten zu den beiden ein. Wenn uns jemand anhält, überlass ich es Ihnen, uns rauszureden.«

Rose hörte, wie der Kutschenschlag geöffnet wurde, und spürte, wie die Karosserie sich unter dem zusätzlichen Gewicht senkte. Eliza schlug die Tür zu. »Fahren Sie los, Mr. Burke.«

Aber die Kutsche bewegte sich nicht vom Fleck. Burke sagte leise: »Wir haben ein Problem, Mrs. Lackaway. Einen Zeugen.«

»Was?« Eliza schnappte plötzlich erschrocken nach Luft. »Charles«, flüsterte sie und kletterte hastig aus der Kutsche. »Du solltest doch im Bett bleiben! Geh sofort zurück ins Haus.«

»Warum tust du das, Mutter?«, fragte Charles.

»Am Hafen ist ein Feuer ausgebrochen, Liebling. Wir bringen die Kutsche hin, falls sie zum Transport von Verletzten gebraucht wird.«

»Das ist nicht wahr. Ich habe dich von meinem Fenster aus gesehen, Mutter. Ich habe gesehen, was ihr in die Kutsche geschafft habt.«

»Charles, du verstehst das nicht.«

»Wer sind die zwei?«

»Sie sind nicht wichtig.«

»Und warum hast du sie dann umgebracht?«

Es war lange still.

Burke sagte: »Er ist ein Zeuge.«

»Er ist mein *Sohn*!« Eliza atmete tief durch, und als sie weitersprach, klang sie ruhiger und beherrschter. »Charles, ich tue das für dich. Für deine Zukunft.«

»Was hat der Mord an zwei Menschen mit meiner Zukunft zu tun?«

»Ich werde *nicht* zulassen, dass noch einer seiner Bastarde uns in die Quere kommt! Vor zehn Jahren habe ich schon einmal in Ordnung bringen müssen, was mein Bruder angerichtet hatte, und jetzt werde ich es wieder tun.«

»Wovon redest du?«

»Es ist dein Erbe, das ich schütze, Charles. Mein Vater hat es mir vermacht, und es steht dir zu. Ich lasse nicht zu, dass auch nur ein Penny davon an das Balg eines *Stubenmädchens* geht!«

Wieder trat eine lange Pause ein. Dann stieß Charles betroffen hervor: »Das Kind ist von *Onkel Aldous*?«

»Schockiert dich das?« Sie lachte. »Mein Bruder ist alles

andere als ein Heiliger, und doch hat er immer die ganze Anerkennung eingeheimst. Ich war bloß die Tochter, die möglichst schnell verheiratet werden musste. *Du* bist mein Lebenswerk, mein Liebling. Ich lasse nicht zu, dass deine Zukunft zerstört wird.« Eliza stieg wieder in die Kutsche. »Und jetzt geh wieder ins Bett.«

»Und das Kind? Du würdest ein Baby umbringen?«

»Nur das Mädchen wusste, wo sie versteckt ist. Das Geheimnis ist mit ihr gestorben.« Eliza schloss den Wagenschlag. »Und nun lass mich diese Sache zu Ende bringen. Fahren wir, Mr. Burke.«

»Wohin?«, fragte Burke.

»Weg von dem Feuer. Da werden zu viele Menschen sein. Fahren Sie nach Westen. Auf der Prison Point Bridge werden wir am ungestörtesten sein.«

»Mutter«, sagte Charles mit einer Stimme, die vor Verzweiflung zu brechen drohte. »Wenn du das tust, dann nicht in meinem Namen. *Nichts* von alldem tust du in meinem Namen!«

»Aber du wirst es akzeptieren. Und eines Tages *wirst* du mir dafür dankbar sein.«

Die Kutsche rollte los. Rose, eingeklemmt unter Billys Leiche, lag vollkommen reglos; sie wusste, wenn sie auch nur einen Finger rührte und Eliza merkte, dass sie noch lebte, dann würde es nur einen Schlag auf den Schädel brauchen, um der Sache ein Ende zu machen. Sollten sie denken, sie wäre tot. Das war vielleicht ihre einzige Hoffnung auf Rettung.

Durch das Poltern der Wagenräder hindurch vernahm sie die Stimmen von Passanten, das Rumpeln eines anderen Wagens, der vorüberraste. Das Feuer lockte die Massen nach Osten, in Richtung der brennenden Hafenanlagen. Niemand würde diese einzelne Kutsche beachten, die westwärts fuhr. Sie hörte ein hartnäckiges Bellen – Billys Hund, der hinter seinem toten Herrn herlief.

Eliza hatte ihm gesagt, er solle nach Westen fahren. Zum Fluss.

Rose erinnerte sich daran, wie sie einmal zugesehen hatte, als eine Leiche aus dem Hafenbecken gefischt wurde. Es war Sommer gewesen, und als der Körper aus dem Wasser aufgetaucht war, hatte ein Fischer ihn herausgezogen und auf den Kai gebracht. Rose hatte sich der Menge angeschlossen, die zusammengelaufen war, um die Leiche zu begaffen, und was sie an jenem Tag zu sehen bekommen hatte, war kaum noch als menschliches Wesen zu erkennen gewesen. Fische und Krebse hatten das Fleisch angefressen und die Augen in leere Höhlen verwandelt, der Bauch war aufgebläht gewesen, die Haut straff gespannt wie eine Trommel.

Das passiert mit dem Körper eines Ertrunkenen.

Mit jedem Rumpeln der Kutschräder rückte die Brücke näher, und mit ihr der Moment des letzten Sturzes. Jetzt hörte sie die Hufe des Pferdes über Holz trappeln, und sie wusste, dass sie gerade die viel befahrene Canal Bridge überquerten und Richtung Lechmore Point fuhren. Das Ziel der Fahrt war die weit weniger frequentierte Prison Point Bridge. Dort könnten die beiden Körper in den Fluss gerollt werden, ohne dass es Zeugen gäbe. Die Panik ließ Roses Herz schlagen wie das eines wilden Tiers, das aus seinem Käfig auszubrechen suchte. Schon hatte sie das Gefühl zu ertrinken, verzweifelt nach Luft zu ringen.

Rose konnte nicht schwimmen.

34

»Aurnia Connolly«, sagte Wendell, »arbeitete als Stubenmädchen im Haushalt der Wellivers in Providence. Nach nur drei Monaten gab sie ihre Stellung dort von einem Tag auf den anderen auf. Das war im Mai.«

»Im Mai?«, wiederholte Norris. Ihm dämmerte, was das bedeutete.

»Zu der Zeit muss sie sich schon über ihren Zustand im Klaren gewesen sein. Bald darauf heiratete sie einen Schneider, mit dem sie bereits bekannt war. Mr. Eben Tate.«

Norris starrte angespannt auf die dunkle Straße, die vor ihnen lag. Er hielt die Zügel von Wendells zweisitzigem Einspänner, und schon seit zwei Stunden trieben sie ihr Pferd gnadenlos an. Jetzt näherten sie sich bereits dem Dorf Cambridge, und nur noch eine Brücke trennte sie von Boston.

»Kitty und Gwen erzählten mir, ihr Hausmädchen habe feuerrotes Haar gehabt«, sagte Wendell. »Sie war neunzehn Jahre alt und soll ausnehmend hübsch gewesen sein.«

»Hübsch genug, um einem hoch angesehenen Gast des Hauses aufzufallen?«

»Dr. Grenville hatte die Wellivers im März besucht. Das haben die Schwestern mir erzählt. Er blieb zwei Wochen, und den beiden fiel auf, dass er in dieser Zeit häufig noch spätabends im Salon saß und las, nachdem der Rest des Haushalts sich bereits zur Ruhe begeben hatte.«

Im März. Das war der Monat, in dem Aurnias Kind gezeugt worden sein musste.

Der dahinrasende Einspänner rumpelte plötzlich durch ein Schlagloch, und die beiden jungen Männer hatten Mühe, sich auf dem Bock zu halten.

»Fahr langsamer, um Himmels willen!«, rief Wendell. »Es

wäre fatal, hier mit einer gebrochenen Achse liegen zu bleiben. So nahe an Boston könnte es sein, dass dich jemand erkennt.«

Aber Norris zügelte das Pferd nicht, obwohl es schon schwer keuchte und an diesem Abend noch eine lange Wegstrecke vor sich hatte.

»Es ist tollkühn von dir, in die Stadt zurückzukehren«, sagte Wendell. »Du solltest lieber zusehen, dass du sie so weit wie möglich hinter dir lässt.«

»Ich lasse Rose nicht bei ihm.« Norris lehnte sich nach vorn, als könne er ihr kleines Gig durch schiere Willensanstrengung noch schneller machen. »Ich habe geglaubt, sie wäre dort sicher. Ich glaubte, sie zu schützen. Stattdessen habe ich sie dem Mörder direkt in die Hände geliefert.«

Die Brücke lag vor ihnen. Eine kurze Fahrt über den Charles River, und Norris wäre zurück in der Stadt, aus der er erst gestern geflüchtet war. Aber heute Abend bot diese Stadt ein ganz anderes Bild. Er ließ das erschöpfte Pferd im Schritt weitergehen und blickte über das Wasser hinweg auf den Nachthimmel, der sich orange verfärbt hatte. Am Westufer des Charles hatte sich eine kleine, aber erregte Menschenmenge versammelt, um zu beobachten, wie die Flammen in der Ferne den Horizont erhellten. Selbst in dieser Entfernung vom Brandort war die Luft bereits schwer vom Geruch des Rauchs.

Ein Junge lief an ihrer Kutsche vorbei, und Wendell rief ihm zu: »Wo brennt es denn?«

»Hancock's Wharf, heißt es! Es werden Freiwillige gesucht, um das Feuer zu bekämpfen!«

Was bedeutet, dass anderswo in der Stadt weniger Menschen unterwegs sein werden, dachte Norris. *Weniger Gefahr, dass ich erkannt werde.* Dennoch klappte er seinen Mantelkragen hoch und zog die Hutkrempe tief in die Stirn, als sie über die West Boston Bridge fuhren.

»Ich gehe zur Tür, um sie zu holen«, sagte Wendell. »Du bleibst beim Wagen.«

Norris starrte geradeaus, und seine Hände krampften sich um die Zügel. »Es darf nichts schiefgehen. Schaff sie nur aus diesem Haus heraus.«

Wendell fasste seinen Freund am Arm. »Ehe du dich's versiehst, wird sie hier neben dir sitzen, und ihr werdet euch gemeinsam auf den Weg machen.« Bedauernd fügte er hinzu: »Mit meinem Pferd.«

»Ich werde irgendwie dafür sorgen, dass du den Gaul wiederbekommst. Ich schwöre es, Wendell.«

»Nun ja, Rose glaubt jedenfalls an dich. Das sollte mir genügen.«

Und ich glaube an sie.

Ihr Pferd trappelte von der Brücke herunter auf die Cambridge Street. Direkt vor sich sahen sie den Feuerschein der brennenden Hafenanlagen, und die Straße wirkte unheimlich verlassen, während die Luft von Rauch und schwarzen Aschepartikeln immer dicker wurde. Sobald er und Rose die Stadt hinter sich gelassen hätten, würden sie sich nach Westen aufmachen, um Meggie zu holen. Bei Sonnenaufgang würden sie Boston schon weit hinter sich gelassen haben.

Er lenkte das Pferd nach Süden, auf die Beacon Street zu. Selbst hier waren die nächtlichen Straßen merkwürdig menschenleer, und der Rauchgeruch verstärkte noch die unheilschwangere Atmosphäre. Die Luft selbst schien sich um Norris zusammenzuziehen wie eine immer enger werdende Schlinge. Grenvilles Haus lag jetzt direkt vor ihnen, und als sie sich der Eingangstür näherten, bäumte das Pferd sich plötzlich auf, erschreckt durch einen vorbeihuschenden Schatten. Norris zerrte an den Zügeln, als der Einspänner ins Schlingern geriet und sich zur Seite neigte. Endlich brachte er das Gefährt wieder unter Kontrolle. Und da erst sah er, was dem Tier einen solchen Schrecken eingejagt hatte.

Charles Lackaway, nur mit einem Nachthemd bekleidet, stand im Vorgarten und starrte Norris benommen an. »Du bist zurückgekommen«, murmelte er.

Wendell sprang vom Wagen. »Lass ihn einfach nur Rose mitnehmen, und sag niemandem etwas. Bitte, Charlie. Lass sie mit ihm gehen.«

»Das kann ich nicht.«

»Herrgott, ich dachte, du bist mein *Freund*. Er will doch nur Rose mitnehmen.«

»Ich glaube...« Charles' Stimme brach schluchzend. »Ich glaube, sie hat sie umgebracht.«

Norris kletterte vom Bock, packte Charles am Kragen seines Nachthemds und drückte ihn gegen den Zaun. »Wo ist Rose?«

»Meine Mutter – sie und dieser Mann haben sie mitgenommen...«

»*Wohin?*«

»Zur Prison Point Bridge«, flüsterte Charles. »Ich fürchte, es ist zu spät.«

Im nächsten Moment war Norris wieder auf dem Kutschbock. Er wartete nicht auf Wendell; das Pferd war schneller, wenn es nur einen Mann zu ziehen hatte. Er ließ die Peitsche knallen, und das Pferd galoppierte los.

»Warte!«, rief Wendell und setzte ihm nach.

Aber Norris schwang die Peitsche nur noch wilder.

Die Kutsche hielt an.

Rose, eingezwängt in einer Ecke am Boden, halb erdrückt von Billys Leiche, spürte ihre Beine nicht mehr. Sie waren taub und versagten den Dienst, tote Gliedmaßen, die ebenso gut Billy hätten gehören können. Sie hörte, wie der Schlag geöffnet wurde, und fühlte das Schwanken der Kutsche, als Eliza auf der Brücke ausstieg.

»Warten Sie«, warnte Burke sie. »Da kommt jemand.«

Rose vernahm das stete Getrappel eines Pferdes, das über die Brücke kam. Was würde der Reiter wohl denken, wenn er an der Kutsche vorbeikam, die dort am Brückengeländer hielt? Würde er einen Blick auf den Mann und die Frau werfen, die dort standen und aufs Wasser hinausblickten? Würde er denken, dass Eliza und Burke ein Liebespaar waren, das sich diese einsame Brücke für ein heimliches Stelldichein erwählt hatte? Billys Hund fing an zu bellen, und sie hörte ihn an der Kutsche kratzen, in der sein toter Herr lag. Würde dem Reiter dieses merkwürdige Detail auffallen? Der Hund, der bellend an der Kutsche hochsprang, während das Paar ihn einfach ignorierte und seelenruhig mit dem Rücken zu ihm auf den Fluß blickte?

Sie versuchte, um Hilfe zu schreien, doch sie konnte nicht tief einatmen, und das schwere Wachstuch, das über sie und Billy gebreitet war, dämpfte ihre Stimme. Und der Hund, dieser furchtbare Kläffer, bellte und kratzte weiter ohne Unterlass und übertönte ihr schwaches Rufen. Sie hörte das Pferd vorübertrotten, dann verhallte das Hufgetrappel, der Reiter entfernte sich, ohne zu ahnen, dass seine Unachtsamkeit gerade eine Frau zum Tod verurteilt hat.

Der Schlag wurde aufgerissen.

»Verdammt – wusste ich doch, dass ich etwas gehört hatte. Das Mädchen lebt noch!«, sagte Eliza.

Das Wachstuch wurde weggezogen. Der Mann packte Billys Leiche und rollte sie aus der Kutsche. In diesem Moment schnappte Rose nach Luft und schrie. Sofort legte sich eine kräftige Hand auf ihren Mund und erstickte ihren Schrei.

»Geben Sie mir das Messer«, sagte Burke zu Eliza. »Ich bring sie zum Schweigen.«

»Kein Blut in der Kutsche! Werfen Sie sie nur schnell ins Wasser, bevor noch jemand kommt!«

»Was ist, wenn sie schwimmen kann?«

Seine Frage wurde durch das plötzliche Geräusch von reißendem Stoff beantwortet. Eliza hatte begonnen, Roses Unterrock in Streifen zu reißen. Mit brutaler Zielstrebigkeit band sie Roses Fußgelenke zusammen. Ein Stoffballen wurde Rose in den Mund gestopft, und dann fesselte der Mann ihre Hände.

Das Gebell des Hundes steigerte sich zur Raserei. Er lief jetzt jaulend um die Kutsche herum, doch es gelang ihm immer, den Tritten der beiden im letzten Moment auszuweichen.

»Werfen Sie sie rein«, sagte Eliza. »Bevor der verdammte Köter noch die ganze Nachbarschaft...« Sie brach ab. »Da kommt wieder jemand.«

»Wo?«

»Machen Sie schnell, bevor sie uns sehen!«

Rose schluchzte auf, als der Mann sie aus der Kutsche hievte. Sie wand sich in seinen Armen, und ihr Haar peitschte ihm ins Gesicht, als sie sich verzweifelt aus seiner Umklammerung zu befreien suchte. Doch seine Arme waren zu stark, und es war zu spät für irgendwelche Zweifel, die ihn von seinem Tun hätten abbringen können. Als er sie zum Geländer trug, erhaschte Rose einen Blick auf Billy. Er lag tot neben der Kutsche, neben ihm kauerte sein Hund. Sie sah Eliza, das Haar wirr und vom Wind zerzaust. Und sie sah ein Stück des Himmels, die Sterne, deren Licht von einem Rauchschleier getrübt war.

Dann fiel sie.

35

Norris hörte das Platschen bis zum Lechmore Point. Er konnte nicht sehen, was da gerade ins Wasser gefallen war, doch er erspähte die Kutsche, die auf der Brücke hielt. Und er hörte einen Hund heulen.

Als er näher kam, sah er die Leiche des Jungen ausgestreckt neben dem Hinterrad der Kutsche liegen. Ein schwarzer Hund kauerte daneben; er fletschte die Zähne und wehrte knurrend den Mann und die Frau ab, die sich dem Toten zu nähern versuchten. *Das ist Billys Hund.*

»Wir konnten das Pferd nicht mehr rechtzeitig anhalten!«, rief die Frau. »Es war ein schrecklicher Unfall! Der Junge ist uns direkt vor die Kutsche gelaufen, und...« Sie brach ab und riss die Augen auf, als sie Norris absteigen sah. »Mr. Marshall?«

Norris riss den Wagenschlag auf, konnte aber Rose nirgends entdecken. Auf dem Boden lag ein Stofffetzen. Er hob ihn auf. *Vom Unterrock einer Frau.*

Er wandte sich zu Eliza um, die ihn stumm anstarrte. »Wo ist Rose?«, fragte er. Sein Blick ging zu Schielaugen-Jack, der schon zurückwich, im Begriff zu fliehen.

Dieses Platschen. Sie hatten etwas ins Wasser geworfen.

Norris rannte zum Geländer und starrte in den Fluss. Er sah die gekräuselte Wasseroberfläche, die im Mondlicht silbrig glänzte. Und plötzlich erzitterte, als etwas aus der Tiefe auftauchte und gleich wieder versank.

Rose.

Er kletterte über das Geländer. Schon einmal war er in den Charles River gesprungen. Damals hatte er sein Schicksal bereitwillig den Launen der Vorsehung überantwortet. Aber diesmal war er entschlossen, es selbst in die Hand zu nehmen. Als er sich von der Brücke abstieß, streckte er die Arme weit aus, als wollte er seine letzte Chance auf das Glück ergreifen. Das Wasser, in das er eintauchte, war so eiskalt, dass der Schock ihn unwillkürlich nach Luft schnappen ließ. Hustend kam er an die Oberfläche, aber nur so lange, bis er einige Male tief ein- und ausgeatmet und seine Lunge mit Luft durchgespült hatte.

Dann tauchte er wieder ab.

Blind reckte er im Dunkeln die Arme, versuchte verzweifelt, irgendetwas zu fassen zu bekommen, ein Bein, ein Stück Stoff, eine Handvoll Haare. Doch seine Hände griffen nur leeres Wasser. Außer Atem schoss er wieder an die Oberfläche. Diesmal hörte er von der Brücke über sich eine Männerstimme rufen.

»Da unten ist jemand!«

»Ich sehe ihn. Rufen Sie die Nachtwache!«

Drei schnelle Atemzüge, dann tauchte Norris wieder unter. In seiner Panik nahm er die Kälte ebenso wenig wahr wie die anschwellende Kakophonie von Rufen über sich. Mit jeder Sekunde, die verstrich, entglitt ihm Rose weiter. Wild ruderte er mit den Armen wie ein Ertrinkender. Sie war vielleicht nur wenige Zoll von ihm entfernt, doch er konnte sie nicht sehen.

Ich werde dich verlieren.

Das dringende Bedürfnis nach Luft trieb ihn wieder an die Oberfläche. Während er Atem schöpfte, sah er Lichter auf der Brücke über sich und hörte noch mehr Stimmen. Ohnmächtige Zeugen seiner Verzweiflung.

Ich würde eher ertrinken, als dich hier im Stich zu lassen.

Ein letztes Mal tauchte er. Schwach erhellte der Schein der Laternen die dunklen Fluten mit wabernden Lichtsäulen. Er sah die schemenhaften Bewegungen seiner eigenen Arme, sah Wolken von Sedimenten. Und direkt unter sich sah er noch etwas anderes dahintreiben. Etwas Bleiches, aufgebläht wie Segel im Wind. Er tauchte ab, und seine Hand bekam Stoff zu fassen.

Roses schlaffer Körper trieb auf ihn zu, ihr Haar ein schwarzer Wirbel.

Sofort arbeitete er sich mit kräftigen Beinstößen an die Oberfläche und zog Rose mit sich. Doch als sie auftauchten und er die Luft tief in seine Lunge sog, lag sie schlaff in seinen Armen, leblos wie ein Bündel Lumpen. *Ich bin zu spät gekommen.* Schluchzend und nach Luft ringend zog er sie Richtung Ufer, trat das Wasser, bis seine Beine so erschöpft waren, dass sie ihm kaum mehr gehorchten. Als er endlich den schlammigen Boden unter den Füßen spürte, konnte er kaum noch sein eigenes Gewicht tragen. Mit letzter Kraft wankte er aus dem Wasser und zog Rose die Uferböschung hinauf aufs trockene Land.

Ihre Hand- und Fußgelenke waren gefesselt, und sie atmete nicht mehr.

Er rollte sie auf den Bauch. *Wach auf, Rose! Du musst leben, ich brauche dich doch!* Er legte ihr die Hände auf den Rücken und beugte sich über sie, um mit aller Kraft auf ihren Brustkorb zu drücken. Das Wasser aus ihrer Lunge ergoss sich in einem Schwall aus ihrem Mund. Wieder und wieder pumpte er, bis ihre Lunge leer war, doch immer noch zeigte sie keine Reaktion.

Hektisch riss er ihr die Fesseln von den Handgelenken und drehte sie auf den Rücken. Ihr mit Schlamm verschmiertes Gesicht starrte zu ihm auf. Er legte ihr die Hände auf die Brust und lehnte sich mit seinem ganzen Gewicht darauf, um auch die letzten Wassertropfen aus ihrer Lunge zu pumpen. Immer wieder drückte er zu, während seine Tränen, vermischt mit Flusswasser, auf ihr Gesicht tropften.

»Rose, komm zu mir zurück! Bitte, mein Schatz. Komm zurück!«

Ihr erstes Zucken war so schwach, dass er es sich in seiner Verzweiflung auch eingebildet haben könnte. Dann erschauerte sie plötzlich und begann zu husten, und dieser würgende Husten, der ihren ganzen Leib durchschüttelte, war das wunderbarste Geräusch, das er je gehört hatte. Lachend und weinend zugleich drehte er sie auf die Seite und strich ihr das klatschnasse Haar aus dem Gesicht. Er hörte die Schritte, die auf ihn zukamen, doch er blickte nicht einmal auf. Er sah nur Rose, und als sie die Augen aufschlug, war sein Gesicht das Erste, was sie erblickte.

»Bin ich tot?«, flüsterte sie.

»Nein.« Er schlang die Arme um ihren zitternden Leib. »Du bist ganz nah mir. Wo du immer sein wirst.«

Ein Kieselstein rollte über die Erde, und die Schritte erstarben. Erst jetzt blickte Norris auf und sah Eliza Lackaway dastehen. Ihr Cape blähte sich im Wind. *Wie Flügel. Wie die Schwingen eines riesigen Vogels.* Und ihre Pistole war direkt auf ihn gerichtet.

»Sie können uns sehen«, sagte Norris mit einem Blick auf die Zuschauer oben auf der Brücke. »Sie werden sehen, wie Sie es tun.«

»Sie werden sehen, wie ich den West End Reaper töte!« Eliza rief zu der Menge hinauf: »Mr. Pratt! Es ist Norris Marshall!«

Auf der Brücke wurde erregtes Stimmengewirr laut.

»Habt ihr das gehört?«

»Es ist der West End Reaper!«

Rose versuchte mühsam, sich aufzusetzen, und klammerte sich an Norris' Arm. »Aber ich kenne die Wahrheit«, sagte sie. »Ich weiß, was Sie getan haben. Sie können uns nicht beide töten.«

Elizas Arm schwankte. Sie hatte nur einen Schuss. Während Mr. Pratt und zwei Männer von der Nachtwache schon vorsichtig die steile Uferböschung herunterstiegen, stand sie immer noch unschlüssig da und schwenkte die Pistole zwischen Norris und Rose hin und her.

»Mutter!«

Eliza erstarrte. Sie blickte zur Brücke auf, wo ihr Sohn jetzt neben Wendell stand.

»Mutter, tu's nicht!«, flehte Charles.

»Ihr Sohn hat uns alles erzählt«, sagte Norris. »Er weiß,

417

was Sie getan haben, Mrs. Lackaway. Wendell Holmes weiß es auch. Sie können mich hier und jetzt töten, aber die Wahrheit ist schon heraus. Egal, ob ich lebe oder sterbe, Ihre Zukunft ist bereits entschieden.«

Langsam ließ sie den Arm sinken. »Ich habe keine Zukunft«, sagte sie leise. »Ob es nun hier endet oder am Galgen, es ist vorbei. Das Einzige, was ich jetzt noch tun kann, ist, meinem Sohn die Schande zu ersparen.« Sie hob die Pistole erneut, aber diesmal war sie nicht auf Norris, sondern gegen ihren eigenen Kopf gerichtet.

Norris stürzte sich auf sie. Er packte ihr Handgelenk und versuchte, ihr die Pistole zu entwinden, doch Eliza leistete Widerstand und wehrte sich mit der Bösartigkeit eines verwundeten Tieres. Erst als Norris ihr den Arm auf den Rücken drehte, ließ sie endlich los. Vor Schmerz aufheulend taumelte sie zurück. Norris stand auf der Uferböschung, allen Blicken gnadenlos ausgesetzt, in der Hand die Waffe. Im nächsten Moment war ihm klar, was nun passieren würde. Er sah Wachmann Pratt anlegen. Er hörte Roses verzweifelten Schrei: »*Nein!*«

Die Kugel traf ihn in die Brust und raubte ihm mit einem Schlag den Atem. Die Pistole fiel ihm aus der Hand; er taumelte und fiel hinterrücks in den Schlamm. Eine seltsame Stille legte sich über die Nacht. Norris blickte zum Himmel auf, doch er hörte keine Stimmen, hörte nicht die Schritte, die auf ihn zueilten, nicht einmal das Plätschern der Wellen am Ufer. Alles war ruhig und friedlich. Er sah die Sterne über sich heller funkeln; der Rauch hatte sich verzogen. Er spürte keine Schmerzen, keine Angst, nur ein Gefühl der Verwunderung darüber, dass all seine Kämpfe, all seine Träume auf diesen einen Moment hinauslaufen sollten, hier am Flussufer, mit dem Sternenzelt, das sich über ihm wölbte.

Und dann, wie aus weiter Ferne, hörte er eine liebliche und vertraute Stimme, und er sah Rose, ihr Kopf von Sternen umringt, als ob sie vom Himmel auf ihn herabblickte.

»Können Sie denn gar nichts tun?«, schrie sie. »Bitte, Wendell, Sie müssen ihn retten!«

Nun hörte er auch Wendells Stimme, hörte, wie sein Hemd aufgerissen wurde. »Bringt die Lampe näher! Ich muss die Wunde sehen!«

Warmes gelbes Licht ergoss sich über ihn, und als die Wunde freigelegt war, sah Norris Wendells Gesichtsausdruck, und er las die Wahrheit in seinen Augen.

»Rose?«, flüsterte Norris.

»Ich bin hier. Ich bin hier bei dir.« Sie nahm seine Hand und beugte sich über ihn, um sein Haar zu streicheln. »Du wirst durchkommen, mein Schatz. Du wirst wieder gesund, und wir werden glücklich sein. Wir werden so glücklich sein.«

Er seufzte und schloss die Augen. Er konnte sehen, wie Rose ihm entschwebte, davongetragen vom Wind, so schnell, dass er nicht hoffen konnte, sie einzuholen. »Warte auf mich«, hauchte er. Er hörte etwas, das wie ein ferner Donnerschlag klang, ein einzelner Schuss, der durch die hereinbrechende Finsternis hallte.

Warte auf mich.

Jack Burke riss die Bodendiele in seinem Schlafzimmer hoch und schaufelte hektisch das Geld heraus, das er darunter versteckt hatte. Die gesamten Ersparnisse seines Lebens, annähernd zweitausend Dollar, fielen rasselnd in die Satteltasche.

»Was willst du mit dem ganzen Geld? Bist du verrückt geworden?«, rief Fanny.

»Ich haue ab.«

»Du kannst dir nicht alles nehmen! Das gehört auch mir!«

»Über *deinem* Kopf baumelt schließlich keine Schlinge.« Plötzlich ruckte sein Kinn in die Höhe, und er erstarrte.

Jemand hämmerte unten an die Tür. »Mr. Burke! Mr. Burke, hier ist die Nachtwache. Sie machen jetzt sofort die Tür auf!«

Fanny schickte sich an, nach unten zu gehen.

»Nein!«, sagte Jack. »Lass sie nicht rein!«

Sie musterte ihn mit zusammengekniffenen Augen. »Was hast du angestellt, Jack? Warum sind sie gekommen, um dich zu holen?«

Unten donnerte die Stimme: »Wir brechen die Tür auf, wenn Sie uns nicht hereinlassen!«

»Jack?«, fragte Fanny.

»*Sie* hat's getan!«, sagte Jack. »*Sie* hat den Jungen umgebracht, nicht ich!«

»Welchen Jungen?«

»Den einfältigen Billy.«

»Dann soll *sie* am Galgen baumeln!«

»Sie ist tot. Hat sich die Pistole geschnappt und sich vor allen Leuten eine Kugel in den Kopf gejagt.« Er stand auf und warf die schwere Satteltasche über die Schulter. »Und mir werden sie alles in die Schuhe schieben. Alles, wofür *sie* mich bezahlt hat.« Er ging zur Treppe. Zur Hintertür will er sich rausstehlen, dachte sie. *Einfach das Pferd gesattelt, und ab.* Wenn er ein paar Minuten Vorsprung herausholte, könnte er sie in der Dunkelheit abschütteln. Bis zum Morgen wäre er schon über alle Berge.

Die Haustür flog mit einem Krachen auf. Jack blieb wie angewurzelt am Fuß der Treppe stehen, als drei Männer in die Stube stürmten.

Einer der drei trat vor und sagte: »Ich verhafte Sie, Mr. Burke, wegen des Mordes an Billy Piggott und des versuchten Mordes an Rose Connolly.«

»Aber ich habe nicht – das war ich nicht! Es war Mrs. Lackaway!«

»Meine Herren, nehmen Sie ihn fest.«

Jack wurde so grob nach vorn gerissen, dass er strauchelte und in die Knie ging, wobei er die Satteltasche fallen ließ. Sofort sprang Fanny hinzu und schnappte sie sich. Die Tasche mit dem kostbaren Inhalt an die Brust gedrückt, wich sie gleich wieder zurück. Während die Nachtwache ihren Mann auf die Füße hievte, machte sie keine Anstalten, ihm zu helfen, und kein Wort zu seiner Verteidigung kam ihr über die

420

Lippen. Das war das Letzte, was er von Fanny sah: wie sie seine Ersparnisse gierig an sich raffte und mit ruhiger, unbewegter Miene zusah, wie er aus der Schenke herausgeführt wurde.

Als er in der Kutsche saß, war Jack bereits klar, wie alles ablaufen würde. Nicht nur der Prozess, nicht nur der Galgen, sondern auch das, was danach kam. Er wusste, wo die Leichen hingerichteter Straftäter unweigerlich endeten. Er dachte an das Geld, das er so gewissenhaft gespart hatte, alles für seinen kostbaren Bleisarg mit dem Eisenkäfig und für den Grabwächter, alles nur, um die Bemühungen von Leichenräubern, wie er selbst einer war, zu vereiteln. Vor langer Zeit hatte er sich geschworen, dass kein Anatom je seinen Bauch aufschlitzen, seinen Leichnam zerhacken würde.

Jetzt sah er auf seine eigene Brust hinunter und schluchzte unwillkürlich auf. Schon konnte er spüren, wie das Skalpell sich durch seine Haut bohrte.

Es war ein Haus der Trauer und ein Haus der Schande.

Wendell Holmes war sich bewusst, dass er den Grenville'schen Haushalt in seinem privaten Schmerz störte, doch er machte keine Anstalten zu gehen, und niemand forderte ihn dazu auf. Dr. Grenville schien nicht einmal zu registrieren, dass Wendell anwesend war und still in einer Ecke des Salons saß. Wendell war von Anfang an in diese Tragödie verwickelt gewesen, und es war nur passend, dass er auch jetzt zugegen war und den letzten Akt miterlebte. Was er im flackernden Schein des Kaminfeuers sah, war ein gebrochener Aldous Grenville, der in seinen Sessel versunken dasaß, den Kopf in tiefem Gram gesenkt. Constable Lyons hatte ihm gegenüber Platz genommen.

Mrs. Furbush, die Haushälterin, betrat zaghaft den Salon, in der Hand ein Tablett mit Brandy, das sie auf dem Beistelltisch absetzte. »Sir«, sagte sie leise, »ich habe dem jungen Mr. Lackaway eine Dosis Morphium gegeben, wie Sie befohlen haben. Er schläft jetzt.«

Grenville nickte nur schweigend.

»Und Miss Connolly?«, fragte Constable Lyons sie.

»Sie weigert sich, den Leichnam des jungen Mannes zu verlassen, Sir. Ich habe versucht, sie von ihm wegzuziehen, aber sie weicht nicht von seinem Sarg. Ich weiß nicht, was wir mit ihr machen sollen, wenn sie ihn morgen früh abholen kommen.«

»Lassen Sie sie. Das Mädchen hat allen Grund zu trauern.«

Mrs. Furbush zog sich zurück, und Grenville sagte leise: »Wie wir alle.«

Lyons schenkte ein Glas Brandy ein und drückte es seinem Freund in die Hand. »Aldous, du darfst nicht dir die Schuld an Elizas Taten geben.«

»Aber ich *gebe* mir die Schuld. Ich wollte es nicht wahrhaben, aber ich hätte Verdacht schöpfen müssen.« Grenville seufzte und leerte das Brandyglas in einem Zug. »Ich wusste, dass sie für Charles alles getan hätte. Aber für ihn zu *töten*?«

»Wir können nicht mit Gewissheit sagen, ob sie allein gehandelt hat. Jack Burke schwört, dass er nicht der Reaper ist, aber er war vielleicht in die Morde verwickelt.«

»Dann war sie ganz gewiss die Anstifterin.« Grenville starrte sein leeres Glas an und sagte leise: »Eliza wollte immer alles selbst bestimmen, schon, als wir noch Kinder waren.«

»Aber wie viel von ihrem Schicksal kann eine Frau je selbst bestimmen, Aldous?«

Grenville senkte den Kopf und sagte mit gedämpfter Stimme: »Die arme Aurnia sicherlich am allerwenigsten. Ich habe keine Entschuldigung für das, was ich getan habe. Nur, dass sie ein bezauberndes Wesen war, einfach bezaubernd. Und ich bin nichts als ein einsamer alter Mann.«

»Du hast versucht, das Ehrenhafte zu tun. Das soll dir ein Trost sein. Du hast Mr. Wilson engagiert, um das Kind zu finden, und du warst bereit, für sie zu sorgen.«

»Ehrenhaft?« Grenville schüttelte den Kopf. »*Ehrenhaft*

wäre es gewesen, schon vor Monaten für Aurnia zu sorgen, anstatt ihr ein hübsches Halsband in die Hand zu drücken und sie dann sitzen zu lassen.« Er blickte auf, und seine Augen spiegelten seine inneren Qualen. »Ich schwöre dir, ich habe nicht gewusst, dass sie mein Kind unter dem Herzen trug. Nicht bis zu dem Tag, als ich sie auf dem Seziertisch liegen sah. Erst als Erastus darauf hinwies, dass sie vor Kurzem niedergekommen war, wurde mir klar, dass ich ein Kind hatte.«

»Aber du hast es Eliza nie gesagt?«

»Niemandem außer Mr. Wilson. Ich war fest entschlossen, für das Wohl des Kindes zu sorgen, aber ich wusste, dass Eliza es als Bedrohung empfinden würde. Ihr verstorbener Mann hatte Pech mit seinen Finanzen. Sie lebte hier von meiner Mildtätigkeit.«

Und dieses neue Kind könnte alles für sich beanspruchen, dachte Wendell. Er dachte an die ganzen abfälligen Bemerkungen über die Iren, die er von den Welliver-Schwestern und Edward Kingstons Mutter zu hören bekommen hatte, wie überhaupt von fast allen Damen der feinen Gesellschaft in den besten Häusern Bostons. Die Zukunft ihres einzigen, innigst geliebten Sohnes, der leider gar kein Talent zum Geldverdienen hatte, nun durch die Brut eines einfachen Stubenmädchens bedroht zu sehen, musste in Elizas Augen ein unerhörter Frevel gewesen sein.

Und doch war es ein irisches Mädchen gewesen, das sie am Ende überlistet hatte. Rose Connolly hatte dafür gesorgt, dass das Kind am Leben geblieben war, und Wendell konnte sich vorstellen, wie das Mädchen Eliza allmählich zur Raserei getrieben hatte, indem es ihren Nachstellungen immer wieder entwischt war. Er dachte an die brutalen Schnittwunden, die Agnes Poole beigebracht worden waren, an die Torturen, die Mary Robinson erlitten hatte, und er begriff, dass die wahre Zielscheibe von Elizas Wut Rose gewesen war, und mit ihr alle Mädchen wie sie, all die zerlumpten Einwanderinnen, die die Straßen von Boston bevölkerten.

Lyons nahm Grenvilles Glas, füllte es auf und gab es ihm wieder. »Es tut mir leid, Aldous, dass ich die Ermittlungen nicht früher an mich gezogen habe. Bis ich mich einschaltete, hatte dieser Idiot von Pratt es schon geschafft, in der Bevölkerung einen wahren Blutrausch auszulösen.« Lyons schüttelte den Kopf. »Ich fürchte, der junge Mr. Marshall war das unglückliche Opfer dieser Hysterie.«

»Dafür muss Pratt büßen.«

»Oh, er wird dafür büßen. Dafür sorge ich schon. Wenn ich mit ihm fertig bin, wird sein Ruf ruiniert sein. Ich werde nicht ruhen, bevor er aus Boston vertrieben ist.«

»Nicht, dass es noch eine Rolle spielte«, sagte Grenville resigniert. »Norris ist tot.«

»Wodurch sich uns nun eine Chance eröffnet. Eine Möglichkeit, den Schaden zu begrenzen.«

»Wie meinst du das?«

»Mr. Marshall können wir nicht mehr helfen, und ihm kann auch nichts mehr etwas anhaben. Er kann nicht noch mehr leiden, als er bereits gelitten hat. Wir könnten den Skandal einfach stillschweigend im Sande verlaufen lassen.«

»Ohne seinen Namen reinzuwaschen?«

»Auf Kosten des Namens deiner Familie?«

Wendell hatte bis zu diesem Zeitpunkt geschwiegen. Doch jetzt war er so entsetzt, dass er sich nicht länger beherrschen konnte: »Sie würden zulassen, dass Norris als der West End Reaper zu Grabe getragen wird? Obwohl Sie wissen, dass er unschuldig ist?«

Constable Lyons sah ihn an. »Es gilt, noch an andere Unschuldige zu denken, Mr. Holmes. An den jungen Charles zum Beispiel. Es ist schmerzlich genug für ihn, dass seine Mutter ihrem Leben selbst ein Ende gesetzt hat, und das in aller Öffentlichkeit. Wollen Sie ihn auch noch zwingen, mit dem Stigma zu leben, der Sohn einer Mörderin zu sein?«

»Es ist die Wahrheit, oder nicht?«

»Die Öffentlichkeit hat keinen Anspruch darauf, die Wahrheit zu erfahren.«

»Aber wir sind es Norris schuldig. Seinem Andenken.«

»Er hätte nichts mehr von einer solchen Wiedergutmachung. Wir werden ihn nicht offen beschuldigen. Wir werden einfach Stillschweigen wahren und der Öffentlichkeit gestatten, ihre eigenen Schlüsse zu ziehen.«

»Auch wenn diese Schlüsse falsch sind?«

»Wem schadet es? Keinem Menschen, der noch atmet.« Lyons seufzte. »Ohnehin wird es noch zu einem Prozess kommen. Mr. Jack Burke wird mit an Sicherheit grenzender Wahrscheinlichkeit zum Galgen verurteilt werden, allein schon für den Mord an Billy Piggott. Durchaus möglich, dass dabei die Wahrheit ans Licht kommt und es uns nicht gelingt, sie unter Verschluss zu halten. Aber wir müssen sie auch nicht hinausposaunen.«

Wendell sah Dr. Grenville an, der unterdessen geschwiegen hatte. »Sir, Sie würden eine solche Ungerechtigkeit gegen Norris zulassen? Er hatte Besseres verdient.«

Grenville erwiderte leise: »Ich weiß.«

»Es ist eine falsche Ehre, an der Ihre Familie so erbittert festhält, wenn Sie dafür das Andenken eines unschuldigen Mannes besudeln müssen.«

»Ich muss auch an Charles denken.«

»Und das ist alles, was für Sie zählt?«

»Er ist mein Neffe!«

Da ertönte plötzlich eine andere Stimme: »Und was ist mit Ihrem Sohn, Dr. Grenville?«

Verblüfft drehte Wendell sich um und starrte Rose an, die in der Tür des Salons aufgetaucht war. Der Kummer hatte alle Farbe aus ihrem Gesicht weichen lassen, und was er sah, hatte wenig Ähnlichkeit mit dem lebhaften jungen Mädchen, das sie einmal gewesen war. An ihrer Stelle erblickte er eine Fremde, kein Mädchen mehr, sondern eine Frau mit versteinerter Miene, die aufrecht und unbeugsam dastand und Dr. Grenville fixierte.

»Sie wussten doch sicherlich, dass Sie noch ein weiteres Kind gezeugt hatten«, sagte sie. »Er *war* ihr Sohn.«

Grenville stöhnte gequält auf und ließ den Kopf in die Hände sinken.

»Er hat es nie erfahren«, sagte sie. »Aber ich habe es gesehen. Und Sie müssen es auch gesehen haben, Dr. Grenville, schon als Sie ihm das erste Mal gegenüberstanden. Wie vielen Frauen haben Sie noch Ihren Willen aufgezwungen, Sir? Wie viele uneheliche Kinder haben Sie noch gezeugt, von denen Sie nicht einmal wissen? Kinder, die in diesem Moment um ihr Überleben kämpfen?«

»Es gibt keine anderen.«

»Wie können Sie das wissen?«

»Ich *weiß* es!« Er blickte auf. »Was zwischen mir und Sophia war, liegt lange zurück, und wir haben es beide hinterher bereut. Wir haben meine teure Frau betrogen. Ich habe so etwas nie wieder getan, nicht, solange Abigail lebte.«

»Sie haben Ihrem eigenen Sohn den Rücken gekehrt.«

»Sophia hat mir nie gesagt, dass der Junge von mir war! Die ganzen Jahre, während er in Belmont heranwuchs, hatte ich keine Ahnung. Bis zu dem Tag, als er im College ankam und ich ihm zum ersten Mal begegnete. Da erkannte ich …«

Wendell blickte zwischen Rose und Grenville hin und her. »Sie reden doch nicht etwa von *Norris*?«

Rose fixierte weiterhin Grenville. »Während Sie in diesem vornehmen Haus wohnten, Doktor, während Sie in Ihrer prächtigen Kutsche zu Ihrem Landsitz in Weston fuhren, bestellte er die Felder und fütterte die Schweine.«

»Ich sage Ihnen, ich habe nichts davon gewusst! Sophia hat mir nie ein Wort gesagt.«

»Und wenn sie es getan hätte, hätten Sie ihn dann anerkannt? Ich glaube es nicht. Und so hatte die arme Sophia keine Wahl, als den erstbesten Mann zu heiraten, der sie haben wollte.«

»Ich *hätte* den Jungen unterstützt. Ich *hätte* für sein Auskommen gesorgt.«

»Aber Sie haben es nicht getan. Alles, was er erreicht hat, hatte er seinen eigenen Anstrengungen zu verdanken. Macht es Sie nicht stolz, der Vater eines so bemerkenswerten Sohnes zu sein? Eines Sohnes, der sich in seinem kurzen Leben aus seinen bescheidenen Verhältnissen so weit hochgearbeitet hatte?«

»Ich *bin* stolz«, entgegnete Grenville leise. »Wenn Sophia sich doch nur vor Jahren schon an mich gewandt hätte.«

»Sie hat es versucht.«

»Wie meinen Sie das?«

»Fragen Sie Charles. Er hat gehört, was seine Mutter gesagt hat. Mrs. Lackaway sagte ihm, sie wollte nicht, dass noch einer Ihrer Bastarde plötzlich in der Familie auftauche. Sie sagte, sie sei vor zehn Jahren schon einmal gezwungen gewesen, in Ordnung zu bringen, was Sie angerichtet hatten.«

»Vor zehn Jahren?«, fragte Wendell. »Ist es nicht so lange her, dass...«

»Dass Norris' Mutter verschwand«, vollendete Rose. Sie atmete zitternd ein, und ihre Stimme klang plötzlich tränenerstickt. »Wenn Norris das nur gewusst hätte! Es hätte ihm so unendlich viel bedeutet zu wissen, dass seine Mutter ihn geliebt hat. Dass sie ihn nicht im Stich gelassen hat, sondern vielmehr ermordet wurde.«

»Ich habe nichts zu meiner Verteidigung vorzubringen, Miss Connolly«, sagte Grenville. »Ich habe so viele Sünden auf mich geladen, dass ich den Rest meines Lebens damit zubringen muss, Buße zu tun, und das ist auch meine Absicht.« Er sah Rose unverwandt an. »Nun gibt es anscheinend irgendwo ein kleines Mädchen, das ein Zuhause braucht. Und ich schwöre Ihnen, dass ich alles tun werde, um diesem Mädchen alle Annehmlichkeiten und alle Chancen im Leben zu bieten.«

»Ich werde Sie beim Wort nehmen«, erwiderte Rose.

»Wo ist sie? Werden Sie mich zu meiner Tochter bringen?«

Rose hielt seinem Blick stand. »Wenn es an der Zeit ist.«

Das Feuer im Kamin war erloschen, und draußen erhellte schon das erste Licht der Morgendämmerung den Himmel.

Constable Lyons erhob sich aus seinem Sessel. »Ich verlasse dich jetzt, Aldous. Was Eliza betrifft – es geht hier um deine Familie, und es ist deine Entscheidung, wie viel du zuzugeben bereit bist. Im Augenblick steht Mr. Jack Burke im Blickpunkt der Öffentlichkeit. Er ist momentan in ihren Augen das Monster. Aber ich bin sicher, dass schon bald ein anderer ihre Aufmerksamkeit auf sich ziehen wird. So viel weiß ich über die Menschen: Ihre Gier nach Monstern ist unersättlich.« Er verabschiedete sich mit einem Nicken und verließ das Haus.

Nach einer Weile erhob sich auch Wendell, um zu gehen. Er störte hier schon allzu lange und hatte allzu offen ausgesprochen, was er dachte. Und so schwang ein entschuldigender Unterton in seiner Stimme, als er sich von Dr. Grenville verabschiedete, der nicht aufstand, sondern in seinem Sessel sitzen blieb und in die Asche starrte.

Rose folgte Wendell in die Eingangshalle. »Sie haben sich als wahrer Freund gezeigt«, sagte sie. »Ich danke Ihnen für alles, was Sie getan haben.«

Sie umarmten sich, und trotz der tiefen gesellschaftlichen Kluft, die sie trennte, erschien die Geste beiden vollkommen natürlich. Norris Marshall hatte sie zusammengebracht; nun würde die Trauer um ihn sie für immer aneinander binden. Wendell war im Begriff, zur Tür hinauszugehen, als er noch einmal innehielt und sich zu ihr umdrehte.

»Woher haben Sie es gewusst?«, fragte er. »Wo doch Norris selbst es nicht erkannt hat?«

»Dass Dr. Grenville sein Vater ist?«

»Ja.«

Sie nahm seine Hand. »Kommen Sie mit.«

Sie führte ihn die Treppe hinauf in den ersten Stock. Im Halbdunkel des Flurs blieb sie stehen, um die Lampe zu entzünden, und trat damit auf eines der Porträts an der Wand zu. »Hier«, sagte sie. »Das hat mich darauf gebracht.«

Er starrte das Bildnis eines dunkelhaarigen jungen Mannes an, der an einem Schreibtisch stand und die Hand auf einen

Totenschädel legte. Die braunen Augen sahen Wendell herausfordernd an.

»Das ist ein Porträt von Aldous Grenville im Alter von neunzehn Jahren«, sagte Rose. »Das hat Mrs. Furbush mir gesagt.«

Wendell konnte sich nicht vom Anblick des Gemäldes losreißen. »Das ist mir bis jetzt nie aufgefallen.«

»Mir ist es sofort aufgefallen. Und ich hatte keinen Zweifel.« Rose starrte das Bildnis des jungen Mannes an, und ein trauriges Lächeln spielte um ihre Lippen. »Den Menschen, den man liebt, erkennt man jederzeit wieder.«

36

In Dr. Grenvilles prächtiger Kutsche fuhren sie westwärts auf der Straße nach Belmont, vorbei an Bauernhäusern und winterlichen Feldern, die Rose inzwischen wohlvertraut waren. Es war ein gnadenlos schöner Nachmittag, und der Schnee glitzerte unter dem wolkenlosen Himmel, genau wie vor zwei Wochen, als sie diesen Weg zu Fuß gegangen war. *Damals bist du an meiner Seite gegangen, Norrie. Wenn ich die Augen schließe, kann ich beinahe glauben, dass du hier bei mir bist.*

»Ist es noch sehr weit?«, fragte Grenville.

»Nur ein kurzes Stück, Sir.« Rose schlug die Augen auf und blinzelte, als die grelle Sonne ihr ins Gesicht schien und sie mit der unerbittlichen Wahrheit konfrontierte: *Aber ich werde dich nie wiedersehen. Und ich werde dich jeden einzelnen Tag meines Lebens vermissen.*

»Hier ist er aufgewachsen, nicht wahr?«, sagte Grenville. »An dieser Straße.«

Sie nickte. »Bald kommen wir zu Heppy Comforts Farm. Sie hatte ein lahmendes Kalb, das sie zu sich ins Haus geholt hat. Und es ist ihr so ans Herz gewachsen, dass sie es nicht fertigbrachte, es zu schlachten. Und ihr Nachbar ist Ezra Hutchinson. Seine Frau ist an Typhus gestorben.«

»Woher wissen Sie das alles?«

»Norris hat es mir erzählt.« Und sie würde es nie vergessen. Solange sie lebte, würde sie sich an jedes Wort, an jeden Augenblick mit ihm erinnern.

»Die Marshall-Farm liegt auch an dieser Straße?«

»Wir fahren nicht zu Isaac Marshalls Farm.«

»Wohin dann?«

Sie spähte voraus zu dem schmucken Bauernhaus, das soeben am Horizont aufgetaucht war. »Ich kann das Haus schon sehen.«

»Wer wohnt dort?«

Ein Mann, der gütiger und großzügiger zu Norris war als sein eigener Vater.

Kaum war die Kutsche zum Stehen gekommen, ging die Tür des Bauernhauses auf, und der alte Dr. Hallowell trat auf die Veranda. Seine düstere Miene verriet Rose, dass er schon von Norris' Tod erfahren hatte. Er kam herbei, um ihr und Dr. Grenville aus der Kutsche zu helfen. Als sie die Stufen hinaufstiegen, sah Rose zu ihrer Überraschung einen zweiten Mann aus dem Haus kommen.

Es war Isaac Marshall, und er sah unendlich viel älter aus als noch vor wenigen Wochen.

Die Trauer um einen jungen Mann hatte die drei Männer, die auf der Veranda standen, zusammengeführt, und allen fiel es schwer, die richtigen Worte zu finden. Schweigend sahen sie einander an – die beiden Männer, die Norris hatten heranwachsen sehen, und der eine, der es hätte tun sollen.

Rose schlüpfte an ihnen vorbei ins Haus, angelockt von einem Geräusch, auf das die Ohren der Männer nicht eingestellt waren: das Gurren eines Babys. Sie folgte ihm in die Stube, wo die grauhaarige Mrs. Hallowell saß und Meggie im Arm wiegte.

»Ich bin gekommen, um sie zu holen«, sagte Rose.

»Ich wusste, dass du kommen würdest.« Die Frau sah Rose hoffnungsvoll an, als sie ihr das Baby übergab. »Bitte sag mir, dass wir sie wiedersehen werden! Versprich mir, dass wir an ihrem Leben teilhaben dürfen.«

»Oh, das werden Sie bestimmt, Ma'am«, antwortete Rose lächelnd. »So wie alle, die sie lieben.«

Die drei Männer drehten sich um, als Rose mit dem Baby auf die Veranda hinaustrat. Und als Aldous Grenville seiner Tochter zum ersten Mal in die Augen schaute, lächelte Meggie zu ihm auf, als ob sie ihn wiedererkenne.

»Sie heißt Margaret«, sagte Rose.

»Margaret«, wiederholte er leise. Und er nahm das Kind in seine Arme.

37

Gegenwart

Julia trug ihren Koffer nach unten und stellte ihn neben die Haustür. Dann ging sie in die Bibliothek, wo Henry inmitten der Kartons saß, die schon zum Abtransport ins Boston Athenaeum bereitstanden. Julia und Henry hatten gemeinsam sämtliche Dokumente geordnet und die Kartons wieder verschlossen. Die Briefe von Oliver Wendell Holmes jedoch hatten sie sorgfältig aussortiert, um sie der Bibliothek zur Verwahrung zu übergeben. Henry hatte sie auf dem Tisch ausgebreitet und sich hingesetzt, um sie noch einmal zu lesen – zum vielleicht hundertsten Mal.

»Es tut mir weh, sie herzugeben«, sagte er. »Vielleicht sollte ich sie doch behalten.«

»Sie haben schon versprochen, dass Sie sie dem Athenaeum überlassen werden.«

»Ich könnte es mir immer noch anders überlegen.«

»Henry, die Briefe müssen sachgerecht gelagert werden. Die Archivare wissen, wie man sie am besten erhält. Und ist es nicht eine wunderbare Vorstellung, diese Geschichte mit der ganzen Welt zu teilen?«

Henry blieb störrisch auf seinem Stuhl hocken und beäugte die Dokumente wie ein Geizkragen, der sich nicht von seinen Schätzen trennen will. »Sie bedeuten mir zu viel. Das ist etwas Persönliches.«

Sie trat ans Fenster und blickte aufs Meer hinaus. »Ich weiß, was Sie meinen«, sagte sie leise. »Für mich ist es inzwischen auch etwas Persönliches.«

»Träumen Sie immer noch von ihr?«

»Jede Nacht. Das geht jetzt schon seit Wochen so.«

»Was haben Sie letzte Nacht geträumt?«

»Es waren eher ... Eindrücke. Bilder.«

»Was für Bilder?«

»Stoffballen. Bänder und Schleifen. Ich habe eine Nadel in der Hand und nähe.« Sie schüttelte den Kopf und lachte. »Henry, ich *kann* überhaupt nicht nähen.«

»Aber Rose konnte es.«

»Ja, das stimmt. Manchmal denke ich, sie ist wieder lebendig und spricht mit mir. Dadurch, dass ich ihre Briefe gelesen habe, habe ich ihre Seele zurückgeholt. Und jetzt träume ich bereits ihre Erinnerungen. Ich lebe ihr Leben noch einmal.«

»Sind die Träume so lebhaft?«

»Bis hin zur Farbe des Garns. Und das sagt mir, dass ich zu viel Zeit damit verbracht habe, über sie nachzudenken.« *Und darüber, was aus ihrem Leben hätte werden können.* Sie warf einen Blick auf ihre Uhr und wandte sich zu ihm um. »Ich sollte mich wohl auf den Weg zum Anleger machen, wenn ich die Fähre nicht verpassen will.«

»Ich finde es schade, dass Sie gehen müssen. Wann kommen Sie mich denn wieder mal besuchen?«

»Sie können auch jederzeit zu mir kommen.«

»Vielleicht, wenn Tom zurück ist. Dann muss ich nur einmal runterfahren, um euch beide zu besuchen.« Er machte eine Pause. »Also, nun mal raus mit der Sprache: Was halten Sie eigentlich von ihm?«

»Von Tom?«

»Er ist Single, wissen Sie.«

Sie lächelte. »Ich weiß, Henry.«

»Er ist aber auch sehr wählerisch. Ich habe schon eine ganze Reihe von seinen Freundinnen mitbekommen, und mit keiner hat er es lange ausgehalten. Sie könnten die Ausnahme sein. Aber Sie müssen ihm zeigen, dass Sie interessiert sind. Er glaubt nämlich nicht, dass Sie es sind.«

»Hat er Ihnen das gesagt?«

»Er ist enttäuscht worden. Aber er ist auch ein geduldiger Mann.«

»Nun, ich mag ihn wirklich.«

»Und was ist das Problem?«

»Vielleicht, dass ich ihn zu sehr mag. Das macht mir Angst. Ich weiß, wie schnell eine Beziehung zerbrechen kann.« Julia wandte sich wieder zum Fenster um und sah auf das Wasser hinaus, das still und glatt dalag wie ein Spiegel. »Eben noch sind Sie total verliebt, und alles ist wunderbar. Sie denken, dass nichts schiefgehen kann. Aber dann geht es doch schief, so wie bei mir und Richard. Oder so wie bei Rose Connolly. Und dann dürfen Sie für den Rest Ihres Lebens leiden. Rose hatte diesen kurzen Moment des Glücks mit Norris, und dann musste sie den Rest ihrer Tage mit der Erinnerung an das leben, was sie verloren hatte. Ich weiß nicht, ob es das wert ist, Henry. Ich weiß nicht, ob ich das aushalten würde.«

»Ich glaube, Sie ziehen die falschen Lehren aus Roses Leben.«

»Was wäre denn die richtige Lehre?«

»Wenn's um die Liebe geht, greif zu, ehe es zu spät ist!«

»Und nimm die Folgen auf dich?«

Henry schnaubte verächtlich. »Wissen Sie, diese ganzen Träume, die Sie hatten – da steckt eine Botschaft drin, Julia, aber die stößt bei Ihnen auf taube Ohren. *Sie* hätte sich die Chance nicht entgehen lassen.«

»Ich weiß. Aber ich bin nicht Rose Connolly.« Sie seufzte. »Auf Wiedersehen, Henry.«

Sie hatte Henry noch nie so adrett gesehen. Als Julia mit ihm im Büro der Direktorin des Boston Athenaeum saß, warf sie ihm immer wieder verstohlene Blicke zu. Das sollte derselbe alte Henry sein, der immer in ausgebeulten Hosen und zerschlissenen Flanellhemden in seinem klapprigen Haus in Maine herumschlurfte? Sie hatte das gleiche Outfit erwartet, als sie ihn am Morgen in seinem Bostoner Hotel abgeholt hatte. Aber der Mann, der im Foyer auf sie wartete, trug einen schwarzen Dreiteiler und hielt einen Gehstock aus Ebenholz mit Messingspitze in der Hand. Und nicht nur seine alten

Klamotten hatte Henry abgelegt, sondern auch seine ewige sauertöpfische Miene, und jetzt flirtete er regelrecht mit Mrs. Zaccardi, der Direktorin des Athenaeum.

Und Mrs. Zaccardi, die selbst keinen Tag jünger als sechzig war, flirtete höflich zurück.

»Es kommt nicht alle Tage vor, dass wir eine so bedeutsame Schenkung erhalten, Mr. Page«, sagte sie. »Scharen von Wissenschaftlern stehen bereits Schlange und können es kaum erwarten, diese Briefe in die Hände zu bekommen. Es ist schon eine ganze Weile her, seit zuletzt neues Holmes-Material aufgetaucht ist, und deswegen freut es uns ganz besonders, dass Sie beschlossen haben, uns Ihre Sammlung zu stiften.«

»Oh, ich habe mir das lange und gründlich überlegt«, erwiderte Henry. »Ich habe auch andere Institutionen in Betracht gezogen. Aber das Athenaeum hat mit Abstand die attraktivste Direktorin.«

Mrs. Zaccardi lachte. »Und Sie brauchen eine neue Brille, Sir. Ich verspreche Ihnen, ich werde mein gewagtestes Kleid tragen, wenn Sie und Julia uns heute Abend beim Diner des Kuratoriums Gesellschaft leisten wollen. Ich weiß, dass die Herrschaften ganz erpicht darauf sind, Sie beide kennenzulernen.«

»Ich wünschte, wir könnten die Einladung annehmen«, sagte Henry. »Aber mein Großneffe kommt heute Abend mit dem Flugzeug aus Hongkong zurück. Julia und ich haben vor, den Abend mit ihm zu verbringen.«

»Dann vielleicht nächsten Monat.« Mrs. Zaccardi stand auf. »Nochmals vielen Dank. Kaum ein Sohn der Stadt wird in Boston so verehrt wie Oliver Wendell Holmes. Und die Geschichte, die er in diesen Briefen erzählt ...« Sie lachte verlegen. »Sie ist so herzzerreißend, dass sie mich fast zu Tränen gerührt hat. Es gibt so viele Geschichten, die wir nie zu hören bekommen werden, so viele andere Stimmen, die für uns endgültig verloren sind. Danke, dass Sie uns die Geschichte von Rose Connolly geschenkt haben.«

Als Henry und Julia das Büro verließen, begleitete sie das

energische *Tock-tock* seines Gehstocks. Um diese Zeit am frühen Donnerstagmorgen war das Athenaeum noch wie ausgestorben. Sie hatten den Aufzug für sich, und im Foyer, dessen Wände vom Klappern des Gehstocks widerhallten, waren sie die einzigen Besucher. Als sie an einem Ausstellungsraum vorbeikamen, blieb Henry stehen. Er deutete auf das Schild mit dem Titel der aktuellen Ausstellung: *Boston und die Transzendentalisten: Porträts einer Epoche.*

»Das war genau Roses Zeit«, sagte er.

»Möchten Sie reinschauen?«

»Wir haben den ganzen Tag Zeit. Warum nicht?«

Sie betraten den Ausstellungsraum. Da sie die einzigen Besucher waren, konnten sie jedes Gemälde und jede Lithografie in aller Ruhe studieren. Sie blieben vor einem Bild aus dem Jahr 1832 stehen, das den Blick von Pemberton Hill auf den Hafen von Boston zeigte, und Julia fragte sich: *Hat Rose dieses Panorama mit eigenen Augen gesehen? Hat sie diesen hübschen Zaun im Vordergrund bewundert, diesen Blick über die Dächer?* Sie gingen weiter zu einer Lithografie der Colonnade Row, mit einer Gruppe elegant gekleideter Damen und Herren unter den stattlichen Bäumen, und sie fragte sich, ob Rose unter ebendiesen Bäumen spazieren gegangen war. Sie betrachteten Porträts von Theodore Parker und Reverend William Channing, Gesichter, die Rose durchaus auf der Straße oder an irgendeinem Fenster gesehen haben könnte. *Das hier ist deine Welt, Rose, eine Welt, die heute längst Geschichte ist. Genau wie du.*

Sie hatten ihren Rundgang fast beendet, als Henry so abrupt stehen blieb, dass Julia gegen ihn stieß. Sie spürte, dass er alle Muskeln anspannte.

»Was ist?«, fragte sie. Dann fiel ihr Blick auf das Ölgemälde, das er anstarrte, und auch sie hielt sogleich verblüfft inne. Dieses Gesicht schien nicht hierherzugehören, in einen Raum voller Bildnisse von Fremden – dieses Gesicht, das sie beide kannten. Der dunkelhaarige Mann, der sie aus dem Bild anblickte, stand an einem Schreibtisch und hatte die Hand auf einen Totenschädel gelegt. Trotz des üppigen Backenbarts, des Halstuchs und des Gehrocks, den er trug, war das Gesicht ihr unglaublich vertraut.

»Mein Gott«, stieß Henry hervor. »Das ist Tom!«

»Aber es wurde 1792 gemalt.«

»Sehen Sie sich die Augen an, den Mund. Das ist eindeutig unser Tom.«

Julia las stirnrunzelnd die Infotafel neben dem Bild. »Der Künstler ist Christian Gullager. Wer der Porträtierte ist, steht da nicht.«

Sie hörten Schritte im Foyer und sahen eine Bibliothekarin an der Tür des Ausstellungsraums vorbeigehen.

»Entschuldigen Sie!«, rief Henry. »Können Sie uns etwas über dieses Gemälde sagen?«

Die Bibliothekarin kam in den Saal und betrachtete lächelnd das Porträt. »Es ist wirklich sehr hübsch, nicht wahr?«, sagte sie. »Gullager war einer der besten Porträtmaler seiner Zeit.«

»Wer ist denn der Mann auf dem Bild?«

»Wir glauben, dass es einen prominenten Bostoner Arzt namens Aldous Grenville darstellt. Es muss entstanden sein, als er neunzehn oder zwanzig war, denke ich. Er ist um 1832 herum auf tragische Weise bei einem Brand ums Leben gekommen. In seinem Landhaus in Weston.«

Julia sah Henry an. »Norris' Vater.«

Die Bibliothekarin sah sie fragend an. »Ich habe nie gehört, dass er einen Sohn hatte. Ich weiß nur von seinem Neffen.«

»Sie haben von Charles gehört?«, fragte Henry überrascht. »War er denn bekannt?«

»O ja. Charles Lackaways Werk war zu seinen Lebzeiten sehr en vogue. Aber unter uns gesagt, seine Gedichte waren wirklich ziemlich furchtbar. Ich glaube, seine Beliebtheit verdankte er hauptsächlich seinem romantischen Image als *der einhändige Poet.*«

»Er ist also tatsächlich Dichter geworden«, sagte Julia.

»Und sogar ein sehr angesehener. Es hieß, er habe seine Hand bei einem Duell verloren, bei dem es um eine Lady ging. Die Anekdote machte ihn ausgesprochen begehrt beim schönen Geschlecht. Er starb schließlich mit Mitte fünfzig – an Syphilis.« Sie sah das Gemälde an. »Wenn das sein Onkel war, kann man nur zu dem Schluss kommen, dass das gute Aussehen in der Familie lag.«

Während die Bibliothekarin sich entfernte, betrachtete Julia immer noch fasziniert das Porträt von Aldous Grenville, dem Mann, der Sophia Marshalls Liebhaber gewesen war. Jetzt weiß ich, was mit Norris' Mutter passiert ist, dachte Julia. An einem Sommerabend, als ihr Sohn mit Fieber daniederlag, hatte Sophia sein Krankenbett verlassen und war zu Aldous Grenvilles Landhaus nach Weston geritten, um ihm zu sagen, dass er einen Sohn hatte, der jetzt schwer krank war.

Aber Aldous war nicht zu Hause. Es war seine Schwester Eliza, der Sophia sich anvertraute, die sie um Hilfe anflehte. Hatte Eliza an ihren Sohn Charles gedacht, als sie ihren nächsten Schritt beschloss? War es nur der Skandal, den sie fürchtete, oder war es das Auftauchen eines neuen Erben im Stammbaum der Grenvilles, eines Bastards, der sich nehmen würde, was doch ihr eigener Sohn einmal erben sollte?

Das war der Tag, an dem Sophia Marshall verschwunden war.

Fast zwei Jahrhunderte sollten vergehen, bis Julia beim Umgraben des unkrautüberwucherten Grundstücks, das einmal Aldous Grenvilles Sommersitz gewesen war, auf Sophia Marshalls Schädel stieß. Fast zweihundert Jahre hatte Sophia in ihrem namenlosen Grab gelegen, vergessen von der Welt.

Bis jetzt. Die Toten mochten nie wiederkehren, aber die Wahrheit konnte wieder zum Leben erweckt werden.

Sie starrte Grenvilles Porträt an und dachte: *Du hast Norris nie als deinen Sohn anerkannt. Aber wenigstens hast du für das Wohl deiner Tochter Meggie gesorgt. Und durch sie wurde dein Blut von Generation zu Generation weitergegeben.*

Und heute war Aldous Grenville immer noch lebendig – in Tom.

Henry war zu erschöpft, um sie zum Flughafen zu begleiten.

Julia fuhr allein durch die Nacht und dachte an das Gespräch, das sie vor ein paar Wochen mit Henry gehabt hatte:

»Ich glaube, Sie ziehen die falschen Lehren aus Roses Leben.«

»Was wäre denn die richtige Lehre?«

»Wenn's um die Liebe geht, greif zu, ehe es zu spät ist!«

Ich weiß nicht, ob ich es wagen kann, dachte sie.

Aber Rose hätte es gewagt. Sie hat es gewagt.

Wegen eines Unfalls in Newton staute sich der Verkehr auf dem Turnpike auf zwei Meilen. Während sie im Schritttempo vorrückte, dachte sie über Toms Anrufe in den letzten Wochen nach. Sie hatten sich über Henrys Gesundheit unterhalten, über die Schenkung an das Athenaeum. Unverfängliche Themen, nichts, was von ihr verlangt hätte, irgendwelche Geheimnisse preiszugeben.

»Sie müssen ihm zeigen, dass Sie interessiert sind«, hatte Henry ihr gesagt. »Er glaubt nämlich nicht, dass Sie es sind.«

Ich bin es. Aber ich habe Angst.

Sie saß auf dem Turnpike fest, während die Minuten verstrichen. Und sie dachte daran, was Rose für die Liebe riskiert hatte. War es das wert gewesen? Hatte sie es je bereut?

In Brookline begann der Verkehr plötzlich wieder zu fließen, doch da wusste sie schon, dass sie es nicht rechtzeitig schaffen würde. Als sie im Terminal E des Logan Airport ankam, war Toms Maschine bereits gelandet, und sie musste sich durch einen Hindernisparcours aus Passagieren und Gepäck schlängeln.

Sie begann zu laufen, wich kleinen Kindern und Koffern aus, und als sie den Abholpunkt erreichte, wo die Passagiere aus der Zollkontrolle kamen, pochte ihr Herz wild. Ich habe ihn verpasst, dachte sie, während sie in die Menge eintauchte und sich suchend umschaute. Sie sah nur fremde Gesichter, eine endlose Reihe von Menschen, die sie nicht kannte, die an ihr vorbeiströmten, ohne sie eines Blickes zu würdigen. Menschen, deren Lebenslinien sich nie mit der ihren kreuzen würden. Plötzlich schien es ihr, als hätte sie immer nur Tom gesucht und ihn immer gerade verpasst. Als hätte sie ihn immer an sich vorbeigehen lassen, ohne ihn zu erkennen.

Aber jetzt kenne ich dein Gesicht.

»Julia?«

Sie wirbelte herum und sah ihn direkt vor sich stehen. Er wirkte müde und verknautscht nach seinem langen Flug. Ohne auch nur einen Moment nachzudenken, schlang sie die Arme um seinen Hals, und er lachte überrascht auf.

»Was für ein Empfang! Damit habe ich gar nicht gerechnet«, sagte er.

»Ich bin so froh, dass ich dich gefunden habe.«

»Ich auch«, erwiderte er leise.

»Du hattest recht, Tom. Du hattest ja so recht!«

»Womit?«

»Du hast mir mal gesagt, ich käme dir bekannt vor. Wir wären uns schon einmal begegnet.«

»Sind wir das?«

Sie sah in das Gesicht, das ihr erst heute Nachmittag von einem Porträt entgegengeblickt hatte. Ein Gesicht, das sie schon immer gekannt, schon immer geliebt hatte. *Norris' Gesicht.*

Sie lächelte. »Ja.«

1888

Und nun weißt Du also alles, Margaret, und ich habe die beruhigende Gewissheit, dass die Geschichte nicht mit mir sterben wird.

Deine Tante Rose hat zwar nie geheiratet oder eigene Kinder gehabt, aber Du kannst mir glauben, meine liebe Margaret, dass Du ihr genug Freude für mehr als ein Menschenleben geschenkt hast. Aldous Grenville hat nach diesen Ereignissen nur noch kurze Zeit gelebt, aber die wenigen Jahre, die er mit Dir hatte, waren für ihn ein Quell des Glücks. Ich hoffe, Du wirst es ihm nicht zum Vorwurf machen, dass er Dich nie öffentlich als seine Tochter anerkannt hat. Erinnere Dich stattdessen daran, wie großzügig er für Dich und Rose gesorgt hat, indem er Euch seinen Landsitz in Weston vermachte, wo Du Dir nun Dein eigenes Haus gebaut hast. Wie stolz wäre er auf Deinen scharfen Forschergeist gewesen! Wie stolz wäre er gewesen zu erfahren, dass seine Tochter zu den ersten Absolventinnen der neuen Medizinischen Hochschule für Frauen gehörte! Was für eine wunderbare neue Welt, in der Frauen nun endlich auch so Großes erreichen können!

Nun gehört die Zukunft unseren Enkelkindern. Du schreibst, dass Dein Enkel Samuel schon eine ganz erstaunliche wissenschaftliche Begabung an den Tag legt. Du musst begeistert sein, weißt Du doch besser als irgendjemand sonst, dass es keinen edleren Beruf als den des Heilers gibt. Ich hoffe inständig, dass der junge Samuel dieser Berufung folgen und damit die Tradition seiner hochbegabten Ahnen fortsetzen wird. Wer Leben rettet, dem ist eine ganz eigene Art von Unsterblichkeit gewährt, in den Generationen von

Menschen, die er rettet, und den Nachkommen, die sonst nie geboren worden wären. Heilen bedeutet, der Zukunft seinen Stempel aufzudrücken.

Und so, liebe Margaret, ende ich diesen letzten Brief mit einem Segenswunsch für Deinen Enkel. Es ist das größte Geschenk, das ich ihm oder irgendeinem Menschen wünschen kann.

Möge er den Arztberuf ergreifen.

Es grüßt Dich Dein ergebenster
O.W.H.

Anmerkung der Autorin

Im März 1833 verließ Oliver Wendell Holmes Boston und reiste nach Frankreich, wo er in den folgenden zwei Jahren sein Medizinstudium abschloss. An der renommierten *École de Médecine* in Paris hatte der junge Holmes unbegrenzten Zugang zu anatomischen Studienobjekten, und einige der größten medizinischen und naturwissenschaftlichen Kapazitäten zählten zu seinen Lehrern. Als er nach Boston zurückkehrte, war er ein weit besserer Arzt als die meisten seiner amerikanischen Altersgenossen.

1843 hielt er vor der *Boston Society for Medical Improvement* einen Vortrag mit dem Titel »Die ansteckende Natur des Kindbettfiebers«. Er sollte sich als sein größter Beitrag zur amerikanischen Medizin erweisen und führte eine neuartige Praxis ein, die uns heute selbstverständlich erscheint, zu Holmes' Zeit jedoch eine radikale Neuerung bedeutete. Unzählige Menschenleben wurden gerettet, unendliches Leid vermieden durch seine simple, aber revolutionäre Empfehlung: dass Ärzte sich schlicht und einfach *die Hände waschen sollten*.

Danksagung

Es war ein langes, anstrengendes Jahr für mich, in dem ich über *Leichenraub* gebrütet habe. Mehr als je zuvor bin ich dankbar für die zwei Engel, die mir während der Arbeit beigestanden, mich angefeuert und mir immer die Wahrheit gesagt haben – auch wenn ich sie nicht hören wollte. Ein dickes Dankeschön geht also an meine Agentin Meg Ruley, die es einfach versteht, die Seele einer Autorin zu pflegen und zu hätscheln, und an meine Lektorin Linda Marrow, die mit das beste Gespür für eine Story in der gesamten Branche hat. Mein Dank gilt auch Selina Walker, Dana Isaacson und Dan Malory, die dieses Buch auf verschiedenste Weise so viel besser gemacht haben. Und meinem wunderbaren Mann Jacob: Wenn es einen Preis für den »besten Schriftstellerinnengatten« gäbe, du würdest ihn mit links gewinnen!

Alte Spione rosten nicht ...

432 Seiten. ISBN 978-3-8090-2778-2

Über Maggie Bird kann man einiges erzählen: Sie züchtet Hühner, ist eine zuvorkommende Nachbarin und lebt ein ruhiges Leben im idyllischen Purity in Maine. Die Sechzigjährige besucht regelmäßig einen Buchclub, wo sie mit ihren Freunden Martinis trinkt, kann hervorragend mit einem Gewehr umgehen – und sie spricht nie über ihre Vergangenheit. Als eines Tages eine tote Frau in ihrer Auffahrt liegt, weiß Maggie: Dies ist eine Nachricht aus der »guten alten Zeit«, in der sie für die CIA arbeitete. Nun scheint die Vergangenheit sie eingeholt zu haben. Zusammen mit ihren Freunden aus dem Buchclub – alles ehemalige Spione wie sie – nimmt Maggie die Ermittlungen auf ...

Lesen Sie mehr unter: **www.blanvalet.de**